国家出版基金项目
NATIONAL PUBLICATION FOUNDATION

改革开放以来中国马克思主义文艺理论建设丛书

文艺批评四十年
改革开放以来中国文艺批评的发展路向与价值嬗变

国家社会科学基金重大项目成果

马龙潜／主　编
饶先来／执行主编

河南人民出版社

图书在版编目（CIP）数据

文艺批评四十年：改革开放以来中国文艺批评的发展路向与价值嬗变 / 马龙潜主编 . — 郑州：河南人民出版社，2022.6
（改革开放以来中国马克思主义文艺理论建设丛书）
ISBN 978-7-215-12184-3

Ⅰ. ①文… Ⅱ. ①马… Ⅲ. ①文艺评论-研究-中国-当代 Ⅳ. ①I206.7

中国版本图书馆 CIP 数据核字（2020）第 117157 号

本书编写者　饶先来　张春华　陈亚民

河南人民出版社 出版发行

（地址：郑州市郑东新区祥盛街27号 邮政编码：450016 电话：65788060）
新华书店经销　　　河南金之汇信息技术有限公司印刷
开本　710毫米×1000毫米　　1/16　　印张 26.25
字数　378千字
2022年6月第1版　　　　　　2022年6月第1次印刷

定价：95.00元

前　言

　　认真总结改革开放以来文艺运动的经验和规律，反思改革开放以来文艺理论与批评发展的经验和教训，对于提高我国文艺理论与文艺批评的整体水平，深入认识文艺科学的发展规律，有着重要的意义。改革开放以来，我国文艺理论与批评的建设尽管取得很大成绩，但依然处于调整和转型期，还明显存在一些值得探讨的问题。学者们在改革开放以来的文艺理论与批评的基本性质、思想路线、理论走向、基本特征与形态等一系列问题上都出现了分歧和论争。而其中，最根本的则是如何认识和把握马克思主义文艺理论的思想路线问题。我们只有对马克思主义文艺理论之于中国特色社会主义文艺的性质、特征、规律、过程、方式、经验和教训等的基本规定有一个全方位的认识，才能全面总结改革开放以来文艺理论与文艺批评建设的历史经验，推动中国特色马克思主义文艺理论不断创新和发展。

一、问题的提出

党的十九大报告中明确提出了"培育和践行社会主义核心价值观，不断增强意识形态领域主导权和话语权，推动中华优秀传统文化创造性转化、创新性发展"的战略目标。习近平总书记在全面系统阐述改革开放以来党和国家建设发展的若干重大理论和现实问题的系列讲话中，又明确提出了"要高度重视文艺理论研究，加强文艺评论队伍和阵地建设，支持开展积极健康的文艺批评"的具体要求，这对于深化作为社会主义文化重要组成部分的文学艺术与社会主义核心价值体系之间内在的必然联系和一致性的认识，尤其是对于深化习近平新时代中国特色社会主义思想之于文艺理论和文艺批评研究的重要价值和意义的认识，都具有重要的意义。

习近平新时代中国特色社会主义思想作为当代有中国特色马克思主义的世界观和方法论，是马克思主义中国化的全面、具体、生动的体现。深入研究和把握习近平新时代中国特色社会主义思想之于当代思想文化领域，特别是文艺思想领域所具有的重大理论价值和实践意义，将其作为指导当前文艺运动的基本原则，这已成为摆在广大文艺理论工作者面前的一项重要而紧迫的任务。当前马克思主义文艺理论的发展、马克思主义文艺理论中国化的进程正面临着一系列新变化、新问题和新挑战。在这个时候，认真研究习近平新时代中国特色社会主义思想对中国特色社会主义文艺发展的本质和规律的规定，对于提高我国文艺理论与文艺批评的整体水平，深入认识文艺科学的发展规律，推进社会主义文化事业的大繁荣、大发展，都具有重大的现实价值和理论意义。

作为国家社科基金重大项目，本课题的提出正是基于党中央提出建设社会主义核心价值体系、推动文化大发展大繁荣的战略目标这一难得的历史机遇，旨在对以有中国特色的马克思主义文艺理论为主导的当代中国文学理论的整体结构形态做深入的学理分析与探索，并以此对改革开放以来马克思主义文艺理论中国化的进程做历史性的回望与前瞻式研究,进而总结在这一历史性过程中的成绩、贡献、矛盾与挑战。

该课题是整个思想理论界、文化艺术界很关注的一个研究项目。它在系统、完整把握当代中国文艺理论与文艺批评发展最新现实的基础上,对中国特色的马克思主义文艺理论的基础与来源、全球化时代中国马克思主义文艺理论研究的基本问题与理论意义等问题做深入探索。

这种研究,对认真总结改革开放以来文艺运动的经验和规律,反思改革开放以来文学理论与批评发展的经验和教训,冷静、客观地评价改革开放以来我国文艺学学科的基本状况有重要意义。只有通过这种实事求是的总结和反思,我们才有可能在面对成绩的同时发现妨碍学科建设和发展的因素和问题,从而促进我们在进一步的探讨中沿着正确的途径前进。

这种研究,对深入理解和把握中国特色的马克思主义文艺理论的基本性质、整体结构和历史发展趋势,准确把握当前文学艺术基本格局的特征与规律有重要的意义。只有奠定牢固的马克思主义文艺理论基础,我们才能正确处理文学艺术的一元与多元、雅与俗、普及与提高等众多范畴之间的辩证关系,才能既有利于形成文学艺术的百花齐放格局,又有利于核心价值体系统领社会主义文化,从而实现主旋律与多样化的辩证统一。

这种研究,对凸显邓小平理论、"三个代表"重要思想、科学发展观和习近平新时代中国特色社会主义思想的理论引领作用,推进中国特色的马克思主义文艺理论的建设,推进中国特色社会主义文艺学建设,提高广大理论工作者、文化与艺术工作者的马克思主义文艺理论水平,提高贯彻中国特色社会主义文艺精神的自觉性和自信心,促进社会主义市场经济条件下文艺创作的繁荣和文化艺术事业的健康发展,也会产生积极的作用。同时,对促进中西文化艺术交流,确立中国文化艺术在世界文化发展格局中的地位,也具有重要的理论意义和现实意义。

尤为重要的是,这种对社会主义核心价值体系与文学艺术之间的辩证关系进行的全面、系统、整体的研究,有利于我们深入理解社会主义核心价值体系的理论内涵,把握社会主义核心价值体系建设之于文艺理论与文艺批评发展的内在意义,使文艺成为社会主义核心价值走向大众、影响大众、教育大众、内化为大众素质和行为的重要桥梁，有利于实现文艺弘扬社会主义核心价值体系、推动社会主义文化大发展大繁荣的目标。

二、研究现状的回顾与反思

党的十一届三中全会以来，我国文艺理论和文艺批评伴随着改革开放的伟大事业，在风雨兼程中已走过了四十年的光辉历程。从拨乱反正和恢复马克思主义文艺理论传统、同西方现代文艺理论和我国古代理论资源碰撞融会，到构建中国特色的马克思主义文艺理论，这样三个相互渗透和转化的基本层面，较充分地体现了改革开放以来文艺理论发展的本质和规律。四十年来，我国文艺理论和文艺批评的建设取得了很大的成绩，也存在一些亟待解决的问题。认真总结改革开放以来文艺理论和文艺批评发展的经验和教训，冷静、客观地评价改革开放以来我国文艺学学科的基本状况，已成为时代赋予广大理论工作者不容推卸的历史责任。

我国理论界关于改革开放以来文艺理论发展进程的研究，近年来呈现出前所未有的活跃局面，特别是在2008年纪念改革开放三十周年的时候，文艺界出现过一个回顾与反思改革开放三十年中国文艺理论发展历程的热潮，《文学评论》等刊物发表了系列性文章，各地也召开了多次全国性的学术讨论会。学者们对改革开放以来文艺理论的分期、文艺理论的基本结构和形态、文艺理论研究和解决的基本理论问题等畅所欲言，各抒己见，在许多问题上达成了共识。

从1978年到20世纪80年代中期，是"文革"后出现的学科反思阶段，也是传统马克思主义文艺理论的恢复阶段。对这一阶段文艺理论与批评新的探索和发展，学者们做了认真的梳理和总结：首先，邓小平结合我国人民建设有中国特色的社会主义的伟大实践，发展了马克思主义和毛泽东思想的文艺理论，正确地阐明了文艺与政治、文艺与生活、文艺与人民的关系，为文艺理论工作者指出文艺为人民、为社会主义服务的正确方向，这确立了改革开放以来文艺理论研究的思想路线和理论基础；其次，广大理论工作者努力研究和传播马克思主义经典作家包括毛泽东、邓小平的著作，编辑、出版了大批这方面的论著，如蔡仪、陈涌、陆梅林、程代熙、陆贵山、董学文等人的有关著作。与此同时，许多学者还借鉴、吸取和参照了西方20世纪以来的文艺理论著作，深化了文艺学基本理论的研究。如钱中文的《文学原理：发展论》、杜书瀛的《文学原理：创作论》等著作和高校教师编撰的一批新的文艺学教材。在文艺社会学、文艺心理学、文艺语言学等方面均出现进行深入探讨的著作，有的著作还对形象思维的规律进行了探讨。对社会主义文艺的规律进行探讨的则有何国瑞的《社会主义文艺学》和张炯的《社会主义文学艺术论》。此外，还新出版了许多中国文学理论批评史方面的著作，如敏泽、王运熙等分别编撰的多卷本文论史著作，在梳理我国传统文论脉络方面各有建树。有些专著还在传统文论观念与今天接轨方面做出了新的努力，除了对儒家的文艺思想有较广泛和深入的研究外，某些著作还对道家和佛家的文艺思想的研究有新的拓展。

从1985年至20世纪90年代初期和中期，伴随着西方"新潮"理论的大量涌入和理论界不同学说矛盾和冲突的加剧，中国文艺理论的发展进入了一个急剧分化和重新整合的时期，也进入了一个艰难的探索阶段。对当时所展开的与文艺创作关系密切的现实主义和典型问题、人性与人道主义问题、文艺主体性和人文精神问题等的讨论，学者们充分肯定了这些讨论的价值和意义，认为虽然讨论中存在分歧，最后也未曾获得一致的结论，但毕竟活跃了理论思维，促进了对有关问题更深入的思考，并纠正了以往明显偏离辩证唯物主义和历史唯物主义的认识。有的学者对这一时期的各种学术论争进行了综合考察，认为这些论争大多是在马克思主义文艺理论范围内进行的。它们表面上看似是一系列观念的冲突，本质上却是马克思主义文学理论空间的开拓，是马克思主义文学理论从传统形态向当代形态的转换。他们认为在这一阶段，比较符合时代需要、有学理价值且具有连贯性和推进性的文艺理论主张，是相当一部分学者提出的构建"马克思主义文学理论当代形态"的意见。学者们充分肯定了这一阶段在文艺理论建设上所取得的成就，肯定了广大文艺理论工作者在马克思主义文艺理论中国化的大目标下，打破旧有僵化观念的束缚，坚持批判的研究精神,积极转化外国的理论成果,并提出焕发生机与活力的新命题,把文学理论不断推向前进的理论贡献。

从20世纪90年代初期至今,改革开放以来的文艺理论迈入了一个新的理论开拓的阶段、一个理论自觉的时期。这一时期文艺理论与批评取得的成就,尤其是马克思主义文艺理论中国化的日益深入人心,引起了国内外学术界极大的关注并获得了高度的评价。这一阶段,从整个社会范围看,中国特色社会主义理论日臻成熟。在文艺理论上,经过对探索过程中各种文艺思潮的清理,经过对现代文化和文艺理论发展进程的思考,关于如何在争鸣中把文艺科学推进新境界,如何建设中国特色的文艺理论,如何与时俱进地建构马克思主义文艺理论的新形态,已经成为实际的关键和主题。这一阶段建设性的学术论著成果是很多的,各种体例和形态的文艺理论教材也普遍地建设起来,除新编的各种"文学概论""文学原理"外,"艺术生产原理""主体论文艺学""感受论文艺学""认识论文艺学""社会主义文艺学""元文艺学""生态文艺学"等,都显示了主动建构的努力。关于文艺理论书写及学科未来构想问题,学科的定位与可能存在的边界问题,文艺理论研究热点背后的偏失问题,文艺理论研究的科学性问题,学科殖民化与文艺理论自主创新问题,文艺理论研究的文化战略问题,我国文艺理论现代进程中形成的传统问题,网络时代与文艺理论发展问题,以及怎样看待文艺理论再次面临的危机等,都逐一进入了人们的理论视野。最能代表这一阶段文艺理论建设性质和特征的,是对于马克思列宁主义的文艺理论、毛泽东文艺思想、邓小平文艺思想,"三个代表"重要思想、科学发展观和习近平新时代中国特色社会主义思想的文艺观的研究,以及2004年启动的"马克思主义理论研究和建设工程"中对《文学理论》教材的编写。这一加强基本理论的战略地位、加强马克思主义在学科中的指导作用的有力举措进一步表明,尽管我国实际存在着文艺理论"多元化"的现象,但是坚持马克思主义的统领地位和作用,依然是我国文学理论沿着正确方向发展的根本保证。

改革开放以来,我国文艺理论与批评的建设尽管取得很大成绩,但依然处于调整和转型期。这就决定了改革开放以来的文艺理论与批评还有不甚成熟的方面,还明显存在一些值得探讨的问题。

我国理论界对改革开放以来的文艺理论的研究,在一系列问题上都出现了分歧和论争。这些分歧和论争归根到底都是对改革开放以来文艺理论与批评的性质和发展趋势的不同认识的反映。而这些认识的不同,又是学者们在研究对象、范围上的差异,以及他们在理论研究时依据的概念、范畴和思维方式、研究方法的不同,即文艺学观念的不同所决定的。在这些研究中,有的学者偏重对一些专题性问题的研究,如对文学的主体性问题、人类学本体论的美学与文艺学问题、文艺学方法论问题、文学研究的文化学转向与语言学转向问题等的探讨,而较少把这些问题放在改革开放以来文艺理论与批评的整体结构之中,放在其发展的逻辑行程中来加以综合把握;而有的学者则偏重对一些"新潮"理论,如西方现代主义、后现代主义、新历史主义和"西方马克思主义"(以下简称"西马")的一些流派和观点的引进和移植,而较少把它们与中国社会发展和文学艺术发展的历史与现实相结合;也有的学者虽然偏重对马克思主义文艺理论的研究,但较少对马克思主义文艺理论在当代中国的新发展以及马克思主义哲学文化思想与人类现代化历史进程的关系进行更为全面深入的研究和把握。应该说,这些研究虽然从不同角度对改革开放以来文艺理论的发展进程都有所论述,但由于缺乏对构成改革开放以来文艺理论与批评基本格局的各种条件和因素的整体把握,缺乏对改革开放以来文艺理论的整体结构特性及其历史与逻辑发展过程的辩证综合考察,尤其缺乏对在改革开放以来文艺运动中居于主导地位的马克思主义文艺理论在当代中国的新发展并形成其开放性、包容性的体系结构特性的综合研究,致使其对改革开放以来文艺理论发展进程的研究还不够系统、全面和深入。而在此基础上产生的对文学艺术本质问题的认识,特别是对改革开放以来文艺理论的性质和发展趋势的认识,就难免以偏概全,以致不同程度地脱离改革开放以来我国社会发展和文学艺术发展的实际。

对改革开放以来文艺理论发展总体进程的把握,是改革开放以来文艺理论与批评研究的基础和前提,这理所当然地引起了学者们的极大关注。有论者将改革开放以来文艺理论的发展进程,概括成"形象思维论—二重性格组合论—文学主体论—向内转论—审美意识形态论"的"转型"模式。这种概括，在个别理论线路的描述上应该说有一定的现实根据。但如果只着眼于对改革开放以来文艺理论发展的某一个方面、某一个部分、某一个阶段、某一个环节乃至某一种文学因素、理论因素的研究，并试图把这个模式扩展到整个改革开放以来的文艺理论领域，或者将其说成唯一的"转型"模式，那就忽视了更实质的转变，有以偏概全之嫌了。20世纪80年代中后期的"文学主体性"论争相当激烈，意见对立十分尖锐。有论者对其给以充分肯定，有论者对其给以鲜明质疑，有论者指出这一理论把作家和作品中人物的主观能动性"作了无限夸张"，"违背了历史科学"，其中"包含着主观唯心主义的实质"，"基本上背离了马克思主义"。这是历史的真相，可是20年后，有的"转型"论者居然消解了这场论争的意义，在回顾时只是单方面地肯定"文学主体性"理论，这就不实事求是了。

除了上述"转型"模式，那种把改革开放以来文艺理论的变迁简单概括为从"政治化"到"审美化"再到"学科化"的意见，也值得商榷。因为把改革开放以前和改革开放初期的文艺理论通称为"政治化"的文艺理论，是不准确的。把个别理论上和政策上的错误混同于整个学说，认为改革开放以来的文艺理论就是从"政治化"走向"审美化"，也是以点代面、不及其余的。尽管改革开放以来文艺理论呈现出多元和多样的格局，但从时代的需要和现实的进展出发，从当今世界文艺理论格局的深刻变化和我国文艺事业发展的目标出发，坚持唯物史观和辩证法的指导，建设中国特色社会主义文艺理论，依然是改革开放以来文艺理论前进的主航道。多元共生、多样统一，依然是中国未来文艺理论不断寻求的发展格局。

改革开放以来的文艺理论与批评的基本性质、思想路线、理论走向、基本特征与形态，是改革开放以来文艺理论研究中的重要论题。建设中国特色社会主义文艺理论，是就其总体而言的。它并不排斥其他各种形态文艺理论的存在与发展，也不排斥中国特色文艺理论内部的多样化探索与争鸣。强调建设马克思主义文艺理论中国化的当代形态、建设中国特色社会主义文艺理论，关键是要对中国的文艺理论运动主体有一个性质上的规约,有一个时代价值性质上的限定。因为在多种选择与多种可能的情况下,如果没有性质上与价值取向上的规定,那就可能在"转型"时与其他种类现代文艺理论形态划不清界限,就可能抹杀根据我国实际赋予文艺理论中国特色的科学精神。毋庸讳言,改革开放以来的中国文艺理论,在相当一段时间内对中国传统文论尤其是对马克思主义文论陷入了认同危机。文艺理论界诸多的论争与挑战,其主流实际上也是围绕着对哪种文艺理论加以认同的问题而展开的。向现代西方文艺理论倾斜,一度占据了主导的位置。这就在客观上向我们提出了对改革开放以来文艺理论发展进程回顾和反思所面临的一系列亟待解决的基本理论问题。而其中,最根本的则是如何认识和把握改革开放以来文艺理论发展一以贯之的思想线索和体系精神问题。

在对改革开放以来文艺理论走向的判断上,有一种以现代性思想为指导,以对现代性的诉求为指向的理论观点。这种观点一方面认为,改革开放以来的一个重要成就,就是在现代性的指引下,大体明确了文学也包括文学理论的自主性问题,使文学理论初步回归自身,并认为建设具有我国自身特色的文学理论,必须要有坚实的现代性思想为指导。这种观点另一方面认为,我国20世纪初的文论开头原是很有希望的,但由于我国国情、文化制度的关系,在后来的70多年间,王国维的文学思想或者说这条文学思想路线一直是忽隐忽现、处于被抑制状态;在这期间,我国的文学主张大体承袭了梁启超早期的文学观,并随着时代的发展逐步演化,把它发展到了极端,而到20世纪70年代末不得不改弦更张。这种对改革开放以来文艺理论走向的判断,对文学理论"现代性"的诉求,总不免让人产生疑虑:姑且不说早有学者指出王国维接触德国美学并借以解读《红楼梦》"是一个相当个人化的案例",就算中国现代文艺理论从王国维开始,那他所遵循的"现代性"是否就是唯一的现代性?难道中国现代文艺理论其后的途程,真像这种意见说的那样"抑制"了文艺的"自主性"和"独立性",走上了一条违背艺术规律的、没有希望的歧途?难道半个多世纪马克思主义文艺理论的传播、确立和发展的作用与功绩,真的无须进入视野?建设具有"我国自身特色"的文艺理论用不着以马克思主义为指导,单靠"现代性思想为指导"就行了?难道中国文艺理论到了改革开放时期真的"不得不改弦更张",非得重新回到王国维昔日的叔本华、康德维度不可?显然,这样的历史总结,是把改革开放以来我国文艺理论的发展方向给定错了,而用这种思路去构制改革开放以来的文艺理论,势必会产生许多弊端。

对文学艺术审美特征的强调,一度成为某些学者判定改革开放以来文艺理论成绩的一个重要标准。但"审美"是否就是文学本质的唯一规定、"第一原理","审美"是否能说明改革开放以来文艺的一切方面,却是值得商讨与研究的。如何界定"审美"在文艺中的地位,如何评价"审美论"模式在改革开放以来文艺理论中的作用和意义,归根结底还是个理论的"科学性"问题。审美本是文艺的重要属性和功能,这在文艺理论史上多是被承认和重视的。但是,当某些文艺"审美特征论"出现以后,"审美"在有些理论家那里却成了改革开放以来文艺理论的基本模式,或者把文艺的"审美"当作人生救赎的主要途径。在这种对"审美"的作用的无限制强调和夸大中,遮蔽或抑制了对其他本质性因素,如认识、道德、政治、宗教等的认知。本来,在对改革开放以来文艺理论发展历程的回顾中,突出文艺的审美功能有纠偏补正的积极意义,可一旦理论走上全然"审美论"的模式,那它本身也就失去了原有的价值和意义。

追求文艺理论的"原创性"和"创新精神",是改革开放以来一代学人肩负的神圣使命,也是推动改革开放以来文艺理论发展的重要动力。但有些文艺理论研究却打着追求"原创性"的招牌,编造一些模糊的、歧义的、虚假的、反常识的概念,且多以对"审美""现代性"片面、抽象的理解为理论指向。如果以为只要把所谓"新潮"的东西,不管它科学不科学、正确不正确都拿来展示一番,就可以冒充和替代改革开放以来文学理论的进展与功绩;如果以为只要把花样翻新的当代西方文艺理论的方法和概念,不管是适用的还是不适用的都引入中国当代文艺理论体系,就可以认为是解决了中国文艺理论的创新问题,那么,这种想法至少是不切实际的。在文艺理论研究中,学习和借鉴当代西方文论和"西马"文论是合理和必要的。作为他山之石,它们不仅是推动我国马克思主义文艺理论建设的重要参照,而且也是推动中国特色文论建设可资汲取的成分。但是,这里的借鉴,不是生吞活剥,不是不顾一切条件、地点、时间任意拿来乱用,更不是用硬搬进来的西方文艺思潮对马克思主义的理论概念与思维方法进行代替和转换,而是要首先鉴别它们是否科学、客观地反映了客观事物。同时,更重要的是要将其与我们的实践经验相比较,把它放在我们的历史和现实的大背景下来加以考察,把其中符合我们实际情况的部分拿来为我所用。那些离开了中国现实的土壤,不符合中国国情的东西,只能是无源之水、无本之木。我们应该看到,由于当代西方资本主义发生了巨大变化,"西马"学者在相当程度上已重新定位了"马克思主义"概念,他们讲的"马克思主义",同我们眼下讲的"马克思主义"已经常常不是一个等同的概念。他们所运用的方法论,也已未必是唯物辩证法和唯物史观。我们还应该看到,当代西方文论家们所使用概念的内涵有着其特定国情和地域的规定,比如他们讲的"现代性"就是"私人性世界",是"语言瀑布"和"叙述怪圈",是单纯"强调个人价值的发展和效率",这种对"现代性"的判断,显然难以为当今中国的实践所接受。因之,我们在使用和借鉴"西马"文论和当代西方文论的时候,是不能不加以鉴别、区分和辨析的。实践已经证明,热衷于用"西马"文论和当代西方文论来构制中国当代文艺理论体系,迷信"西马"文论和当代西方文论的选题和研究方式,将马克思主义研究方法视为"过时"而弃如敝屣,或只口头上承认而实际上背离,这对发展当代中国特色的马克思主义文艺理论是极其不利的。目前亟须对"西马"文论和当代西方文论进行客观理性的分析,实事求是地辨别其中错综交织的各种观念。同时,防止简单化地将它们的一些观点和方法直接移植到我国文艺理论的建构中来。我们只有对它们进行批判性借鉴、消化和提升其理论的话语功能,才能科学地汲取一切有益的滋养,推动中国特色社会主义文艺理论的建设和发展。厘清"西马"文论和当代西方文论与中国当代文艺理论体系的关系以及相互间的交集,是改革开放以来文艺理论与文艺批评研究亟须解决的一个重大问题。

  一般来说,人们总是习惯于把文艺批评作为文艺理论在各个时期、各个部分的一种运动着的形态来研究的,主要是考察它在文学思潮、文艺理论演变中的状态和作用。因此,人们一般在单独使用"文艺理论"这个概念时,文艺批评均是其题中应有之义,是它内涵的一个部分。就文艺批评的相对独立性而言,对改革开放以来文艺批评的研究无论是在批评的理论观念和形态构建的探索上,抑或是在批评著作出版及实绩上,都取得了令人瞩目的成绩。但由于社会急剧转型、思想观念新变、市场经济的冲击,理论界对改革开放以来文艺批评功能的认识却出现了某些偏失,不仅对诸如网络(新媒介)文学、大众文化、文艺创作的市场化倾向等新问题、新挑战反应迟钝,应对左右失据,甚至出现了时尚化、商业化、广告化的价值取向,改革开放以来文艺批评的发展遭遇了严重的困境。该课题试图以"文艺批评的功能"为纽带,对改革开放以来文艺批评的价值转型及其当前困境进行深入研究。

三、基本思路与研究方法

该课题以中国特色马克思主义的世界观和方法论为指导,以对社会主义核心价值体系与中国特色社会主义文艺之间辩证关系的把握为理论前提,力求对改革开放以来文艺理论建设和文艺批评的本质和规律,对改革开放以来马克思主义文艺理论中国化的本质和规律做全面、深入、系统的学理探索与研究。

该课题在总体框架上把"史"和"论"、专题研究与综合研究有机地结合起来,既注重对改革开放以来文艺理论和文艺批评的历史地位和复杂多样的结构因素及其相互间关系的揭示和论证,形成一种逻辑运动的链条和结构;又注重从当代中国社会和文艺发展的具体问题和实际需要出发,注重对具体文艺现象和理论现象的分析和考察,力求生动、具体地描述出改革开放以来文艺理论建设和文艺批评发展的历史面貌,准确、完整地展现出改革开放以来马克思主义文艺理论中国化的具体全景。同时,在历史回顾和反思的基础上,对中国文艺理论发展的未来作适当的前瞻性考察。

在理论框架的建构过程中,我们要采取"史论结合,论从史出"的方法,力求历史与逻辑的统一,通过认真总结改革开放以来文艺理论建设和文艺批评发展的经验和教训,在冷静、客观地对改革开放以来我国文艺学学科基本状况的分析评价中,对改革开放以来中国文艺理论和文艺批评发展的不同层面和所涵盖的基本问题及其相互联系和转化的关系进行全面、系统的考察,以把握作为当代中国文艺理论主流的中国特色马克思主义文艺理论对文学艺术的本质特征和当代中国文艺学的基本性质、整体结构和历史发展趋势的基本规定。

在"史"这一方面,主要是以梳理和把握改革开放以来文艺理论和文艺批评形成和发展的历史轨迹为基础,从中透视改革开放以来文艺理论和文艺批评发展的曲折过程,揭示它的变化轨迹、运动沿革、历史面貌和思想脉络;在"论"这一方面,主要是以阐述改革开放以来马克思主义文艺理论中国化的基本内涵、体系形态、理论本质和功能结构为基础,通过对改革开放以来围绕重大文艺理论问题所展开的论争中各种代表性观点的理论定位和对比分析,把握当代中国文艺理论与批评发展的逻辑行程,揭示它的基本经验、主要教训、指导原则及其可能的发展前景。

我们将马克思主义中国化和马克思主义文艺理论中国化这两条线索结合起来,作为贯穿课题研究的主导线索;把揭示改革开放以来中国文艺理论与批评发展的不同层面和所涵盖的基本问题及其相互联系和转化的关系,作为课题研究的重心。在历史和逻辑的动态结构中,将改革开放以来文艺理论与批评的发展分为一条主线、三个阶段。其中,首先研究改革开放以来文艺理论和文艺批评形成与发展的基本动因,其基本动因主要包括:改革开放的社会现实及其所带来的人们思想观念的变化;经济与文化的世界性对话与当代西方哲学文化和文学艺术思潮的引进与输入;马克思主义思想体系面对新的挑战所做出的应答。在此基础上,我们对改革开放以来文艺理论发展的不同层面及其逻辑关系进行系统梳理、综合把握和对比分析。这主要包括三个层面的内容:

一是对改革开放以来文艺理论整体结构的基础层面的研究,这是对"文革"后出现的学科反思阶段、传统马克思主义文艺理论恢复阶段的反思和总结。它包括两个方面的内容:一个方面是对从20世纪70年代末开始逐步形成的对存在主义文论、精神分析学文论、形式主义文论等西方当代主流文艺理论的移植模式,对"方法年"和"观念年"所形成的众声喧哗的理论格局的比较分析,同时,也包括对形象思维论、人道主义与人性论、二重性格组合论、"新感性"论、纯审美论等文论的基本观点所进行的梳理和与西方当代主流文艺理论的比较;另一个方面是对以邓小平文艺思想为标志的有中国特色的马克思主义文艺理论观念重新确立的价值和意义的论述,并以此确立建构本课题理论框架的逻辑起点。

二是对改革开放以来文艺理论整体结构的中介层面的研究,这是对改革开放以来文艺理论进入了一个急剧分化和重新整合的时期、一个艰难的探索阶段的回顾和总结。它也包括两个方面的内容:一个方面是对20世纪80年代末90年代初开始逐步形成的对引进和移植西方现代主义、后现代主义和"西马"的一些流派和观点的分类和总结,并对文学主体性理论、文体革命论、文学"向内转"论、文化工业论、大众文化论、文学理论的文化学转向、文学理论的语言学转向等理论观点进行系统的梳理和综合的分析;另一个方面是对一部分学者提出的构建"马克思主义文学理论当代形态"构想的理论内涵、理论价值及意义进行实事求是的分析和评价。这构成了改革开放以来文艺理论历史和逻辑发展的链条中承上启下的中介环节,也确立了建构本课题理论框架的逻辑中介。

三是对改革开放以来文艺理论整体结构的主导层面的研究,这是对改革开放以来的文学理论迈入了一个新的理论开拓的阶段、一个理论自觉时期的总结和展望。首先,揭示了从20世纪90年代初期至今,伴随着中国特色社会主义理论的日臻成熟,提出建设中国特色社会主义文艺理论即中国特色马克思主义文艺理论的新形态这一主题的历史必然性。其次,对一系列基本理论问题,如文艺理论书写及学科未来构想问题,文艺理论研究的科学性问题,文艺理论研究的文化战略问题,我国文艺理论现代进程中形成的传统问题,以及网络时代与文艺理论发展问题等,都逐一进行辩证的分析。而对马克思列宁主义的文艺理论、毛泽东文艺思想、邓小平文艺思想,"三个代表"重要思想、科学发展观和习近平新时代中国特色社会主义思想的文艺观的研究,以及对2004年启动的"马克思主义理论研究和建设工程"的评价,则进一步显示了尽管我国存在着文艺理论"多元化"的现象,但是坚持马克思主义的统领地位和作用,依然是我国文学理论沿着正确方向前进的主导力量和根本趋势。

在这种历史与逻辑相统一的理论框架和研究过程中,我们通过对改革开放以来文艺理论建设与文艺批评发展的经验和教训的系统总结和整体把握,把改革开放以来中国文艺理论建设和发展的具体全景准确地、扎实地、细致地、完整地呈现出来。在这一研究中,我们把握当代马克思主义文艺理论中国化进程与改革开放以来文艺理论发展的关系问题,探讨西方文艺思想特别是现当代西方文艺理论与改革开放以来的文艺理论的关系问题,摸索中国古代文艺思想在改革开放以来的文艺理论建设中的作用问题,总结中国社会主义文艺实践对改革开放以来的文艺理论发展的推动问题,关注中国的学者和文艺理论家在他们的理论实践中对马克思主义文艺理论中国化的贡献问题。同时,从学科的角度,研究在改革开放以来文艺理论与批评发展的过程中,当代文艺理论与批评的概念、范畴、体系、关键词、话语方式等的演变问题。经过这种研究,我们在学理上对中国共产党的几代领导集体及其理论成果对马克思主义文艺理论中国化的贡献有了一个明确的认识,并自觉地把这种认识与已有的经验结合起来,将其进一步转化为系统的理论认识,以期对改革开放以来的文艺理论的性质、特征、规律、过程、方式、经验、教训、未来走向和可能前景等有一个全方位的、更加科学的把握,从而进一步推动中国特色社会主义文艺理论的不断创新和发展,发挥文艺在建设社会主义文化、弘扬社会主义核心价值体系方面的重要作用。这些既是课题研究的基本目标,也是课题研究的基本思路和内容。

四、研究成果主要内容概述

该项目的最终成果"改革开放以来中国马克思主义文艺理论建设丛

书",是国内第一部全面、系统地研究我国改革开放以来文艺理论与批评的多卷本学术专著,共一套四卷、130余万字。该丛书立足于文艺学所涵盖的文艺理论、马列文论、中国古代文论和文艺批评这几个基本部分,力图多层面、多角度、整体地把握改革开放以来中国文艺理论与批评发展的总体面貌,认真总结和深刻反思改革开放以来文艺理论与批评发展的经验和教训;丛书通过对改革开放以来围绕重大文艺理论问题所展开的论争中各种代表性观点的理论定位和对比分析,深入理解和把握中国特色马克思主义文艺理论的基本性质、结构形态和历史发展趋势。其中:

《转型与创新——改革开放以来中国文艺理论基本问题的进展》(第一卷)着眼于改革开放以来文艺理论与批评在"转型"背景下发展的思想脉络,通过对形象思维、人性与文学主体、现实主义和文学典型等问题研究的一般过程,对"向内转""纯文学""文学性""重写文学史""文学现代性"等一般概念的梳理和分析,探讨了改革开放以来文艺理论与批评的学科范式与文化转型问题。该书全面论证了改革开放以来文艺理论研究发展的核心主脉是以马克思主义文艺观为指导的基本路径,马克思主义文论是在与其他文学理论的相互撞击、融合、借鉴中,在其理论自身的不断变革中不断前进的。

《行进中的沉思——改革开放以来马克思主义文论中国化的历史进程与基本规律》(第二卷)以研究马克思主义文艺理论中国化进程与改革开放以来文艺理论发展的关系为主线,深入研究中国特色社会主义理论之于当代思想文化领域,特别是文艺思想领域的重大理论价值和实践意义,力求对改革开放以来文艺理论与批评的本质和规律、改革开放以来马克思主义文艺理论中国化的本质和规律做全面、深入的学理探索与研究。该书从多个层面总结概括了中国化马克思主义文艺理论发展的历史进程和基本规律,分析了中国化马克思主义文艺理论研究中的问题与症结,并提出了相应的对策建议。

《传承与弘扬——改革开放以来中国古代文论的现代价值》(第三卷)从对改革开放以来中国文艺理论的发展进程中出现的西方文论话语的迅猛势头、中国古代文论愈发被置于边缘化境地的分析入手,通过对有关"失语症""转换论""中西比较诗学""意境""新儒家诗学""古代叙事理论"以及"龙学"等中国古代文论研究的重要议题的比较分析,找到传统与现代的结合点,以确立中国传统文论在改革开放以来文艺理论发展格局中的地位和作用,弘扬中国古代文论的优秀传统。

《文艺批评四十年——改革开放以来中国文艺批评的发展路向与价值嬗变》(第四卷)认真梳理了改革开放以来中国文艺批评发展演进的基本脉络,从知识语境、思想资源和价值取向等方面深入分析了制约20世纪80年代文艺批评走向的原因;探析在20世纪90年代社会转型、市场经济和思想分化的时代波澜中文艺批评的现实选择;剖析了文化批评、大众批评对新世纪文艺批评探索与转型的启示,以及新媒体环境下新的文艺生产消费机制对新世纪文艺批评的塑造;提出在中国传统文论、西方文艺批评思潮与改革开放以来文艺批评的互动中,重构一种能有效处理"中国经验"的有中国特色的文艺批评形态的理论观点。

五、相对于该领域已有研究成果的理论特色

(1)我国文艺理论界对改革开放以来文艺理论与批评发展进程的研究,局限于某一个问题或某一个阶段的零散、浮泛的成果居多,全面、系统研究的学术专著尚未见到。该课题通过对构成改革开放以来文艺理论与批评基本格局的各种条件和因素的整体把握,尤其注重对在改革开放以来文艺运动中居于主导地位的马克思主义文艺理论在当代中国的新发展的综合研究,展现出一个全面、立体的中国文艺理论与批评发展的图景。无论在内容的丰富性、可靠性上,还是在体例的完备性和严整性上,该丛书都超过了以往在这方面的研究。

(2)改革开放以来的中国文艺理论,在相当长一段时间内对马克思主义文论陷入了认同危机,向现代西方文艺理论倾斜一度占据了主导的位置。在对改革开放以来的文艺理论走向的判断上,一种以现代性思想为指导的理论观点较有代表性。持此论者热衷于用"西马"文论和当代

西方文论来构制中国当代文艺理论体系,迷信"西马"文论和当代西方文论的选题和研究方式,这就不能不削弱中国特色马克思主义文艺理论的地位和影响。本课题研究坚持辩证唯物论和历史唯物论的基本原理,在冷静、客观地对改革开放以来关于我国文艺学学科发展的各种观点的分析评价中,提出尽管我国实际存在着文艺理论"多元化"的现象,但是改革开放以来文艺理论发展的核心主脉依然是以马克思主义文艺观为指导思想的基本路径。马克思主义文论在与其他文学理论的相互撞击、融合、借鉴中,在其理论自身的不断变革中前进。坚守马克思主义文艺理论中国化的立场和观点,这是该课题研究的突出特点。

(3)改革开放以来,西方大量、多元的学术思想涌入国门,被中国文艺理论界大量借鉴,由此形成了文艺研究多视角的理论格局,中国特色的马克思主义文论就是在这样的环境中发展的。但已有的相关研究显然还缺乏对构成当代中国马克思主义文艺理论发展环境的各种条件的辩证分析和综合研究。建构当代中国的马克思主义文论话语,并不是简单地套用马克思主义理论来解释今天的文艺现象,也不仅仅是对马克思主义文论真理性的证明,而是要强调文艺研究中的中国问题和中国视角。本课题对马克思主义文艺理论史的研究,不是只停留于罗列表面现象,而是在一些理论关节点以专题的形式做深度的理论开掘,这较一般性理论史研究更为深入、更为具体。该课题设专章"中国特色社会主义文艺理论的新境界"来阐述习近平总书记的文艺论述,这是对马克思主义文艺观的新的阐释。

(4)如何在新的历史条件下正确认识文学与政治、审美的关系,这是改革开放以来文艺理论的"转型"研究中面临的理论难题。文学与政治、审美的关系是一个复杂、动态的过程,而不是一种单项的因果关系。无论是以往的文学工具论所主张的"文艺为政治服务"的观点,还是审美独立论所倡导的"文艺非政治化"的主张,都表现出一种简单化与极端化的倾向。文学既不能简单地从属于政治,做政治的奴婢,也不能脱离政治,不能打着回归所谓"纯文学"的幌子,为热衷于搞"去政治化""去思想化""去意识形态化""去价值化"的错误主张推波助澜。就文学的本性和特征而言,文学的本质与核心功能是审美的。但文学除了审美属性,还具有社会属性、文化属性、历史属性以及文学特有的语言符号属性等多种属性。审美主义文论把形式化审美和娱乐性审美视为文学的唯一功能,忽视甚至否认文学实用的、道德的等功利性价值目标,是一种片面的文学本质观。本课题对文学社会功用问题的研究,是对以往相关理论的超越。

(5)该课题坚持以辩证逻辑为基础的研究方法,注重对改革开放以来文艺理论与批评的历史地位和复杂多样的结构因素的揭示和论证。这种研究避免把各种理论的分歧和争论机械地分割开来、对立起来,单一地从某一层面、某一视角做出非此即彼的绝对性论断,而是把它们作为一个个发展的中介和环节,在总的联系中进行考察,从而形成对改革开放以来的文艺理论与批评完整而全面的把握。加强对众多理论家、批评家和学者在改革开放以来文艺理论建设的过程中发表的大量学术论著的辩证分析,确定它们之间的相互关联性和理论层次关系,找到成为普遍共识的"中国化"观点,这是中国特色社会主义文艺理论开放性、包容性的体系结构特性的必然要求。该课题的研究不再单纯强调改革开放以来文艺理论与批评研究中各种不同观点的对立和冲突,而是注意各种不同意见之间潜在的关联性,致力于消除由于时间、语境不同而产生的理论差异,从而获得对改革开放以来文艺理论与批评的本质特征和发展规律更为全面的认识。这是区别于以往相关研究的特点。

(6)在改革开放以来文艺理论与批评的发展中,由于长期以来对"现代性"的误读,特别是由于西方文论的介入与强势所导致的中国自身文论话语的"虚脱",致使中国古代文艺理论的研究愈发被置于边缘化的境地。该课题研究力求通过对"失语症""转换论""中西比较诗学""意境""新儒家诗学""古代叙事理论"以及"龙学"等中国古代文论研究重要议题的分析,通过对中国古代文艺思想中"比兴""游艺""意境""意象""滋味""天人合一""神与物游"等范畴与命题在现代学术视域中的重新清理和总结性评估,重审中国古代文论的价值取向与本体论诉求,以确立中国传统文论在改革开放以来文艺理论发展格局中的地位和作用。

(7)该课题通过对改革开放以来中国文艺批评发展基本脉络的认真

梳理，对改革开放以来文艺批评领域的几次重要论争进行了深刻反省和理性重估。这种反思和重估深刻剖析了改革开放以来中国文艺批评多热衷于对西方理论的追踪和跟进，时兴用西方的理论筛子来淘选中国的文艺作品的倾向。它们往往忽视对中国文艺发展道路和文艺实践经验的历史分析和现实阐释，甚至认为马克思主义文艺批评是"旧的模式"，已经老套过时。这导致了文艺批评在市场经济背景下和新媒介环境中，出现站不稳脚跟、迷惘无措的局面，也间接地放任了文学创作的私人化、无根化、模式化，以及文学生活的拜金主义、庸俗化倾向的滋生。改革开放以来，文艺创作、文艺批评的失范与马克思主义文艺批评的缺失有着重要的内在关联。

（8）该课题对市场经济和网络时代文艺批评的特征和发展规律做了全新的概括。网络写作与网络阅读的快速发展和崛起，对整体的文艺创作、生产、传播和消费产生了重大影响，形成了全新的文艺生态，并由此产生了全媒体时代的"媒体批评观"。这种批评观以马克思主义文艺批评为主体，吸纳各种文艺批评理论中的有益思想、观点、方法，做到五个"转变"：一是文艺批评更加关注意见表达的渠道，尊重接受者的主体地位和重要作用，使其从"观点的提供者"转变为"观点的引导者"。二是强化对话精神，在马克思主义文艺批评的统领下，摄取多元化批评价值取向中的一些有益原则和方法，对其进行萃取、提炼、熔铸，使其转变为一套新的符合现实要求和时代精神的批评原则和价值标准，重新建立一种新的文艺秩序。三是加强了与全媒体的对接、融合，从传统纸媒评论一花独放转变为加强电视、网络、移动媒体的评论渠道建设，实现文艺批评的多媒体、全媒体、新媒体的传播和深度融合。四是从文学评论一枝独秀转变为加强各艺术门类、各新兴文艺业态的文艺批评，对文艺门类及文艺生态进行全覆盖。五是从传统的单向度评论转变为依靠大数据的统计分析、数据分析，构建起一套高效、全面、科学的文艺评价体系，真正发挥出文艺批评固有的强大功能。

六、研究成果的主要不足及其原因

（1）由于各子课题组之间、课题组成员之间相互联系欠紧密，又受所把握问题的局限，致使各卷本、各章节在写作的思路、方法和风格上协调性和统一性不够，写作的质量也参差不齐。

（2）课题组人员多为1970年以后出生、具有博士学位的青年学者。他们对改革开放四十年的历史感受偏弱，致使其理论反思的自觉性不强，对所把握问题理论开掘的广度和深度不够。

（3）由于写作时间的零碎和仓促，有的成果对改革开放以来文艺理论与批评发展的历史线索的梳理和把握显得粗糙和简单，这限制了对问题进行深入和全面的把握与解决。

（4）课题组人员的知识储备有限，马克思主义理论素养不够深厚，致使有的成果缺乏对相关材料的准确把握，缺乏对相关理论问题论争中各种观点正误得失的辩证分析，这限制了对所研究问题进行比较完整的规律性认识。

该丛书是由笔者主持承担的国家社科基金重大项目"新时期文艺理论建设与文艺批评研究"的结项成果，是课题组全体同志集体智慧的结晶。在主编提出全书立意、体系框架、写作计划和写作要求并与各分卷执行主编商定写作提纲后，由各撰稿人分头写出初稿。书稿先由四位执行主编分卷统稿，最后由主编统一修改、加工、整合、定稿。所以，本丛书如有疏漏和失误，当由主编负责。本丛书所提出的一些观点作为一家之言，欢迎读者、同行和专家们批评指正。

该丛书撰写的分工情况：

前言：马龙潜

《转型与创新——改革开放以来中国文艺理论基本问题的进展》（第一卷）的绪论第一节至第三节：杨杰；绪论第四节：李龙、宋刚；第一章第一节:赵耀;第一章第二节至第四节:宋建林;第二章第一节:杨杰、王成功;第二章第二节至第四节:梁玉水;第三章:刘洁;第四章、第五章:李龙、宋刚;第六章、总论:李志宏。

《行进中的沉思——改革开放以来马克思主义文论中国化的历史进程与基本规律》(第二卷)的绪论、第三章第三节、第五章第二节、第六章第三节和第十一章第三节、第四节:马建辉;第一章、第二章、第四章:盖生;第三章第一节、第二节:杨厚均,硕士研究生戴黄、张梦、刘超彪为这部分内容做了材料搜集和初步整理的工作;第五章第一节、第三节和第六章第一节、第四节以及第七章:李立;第八章:郑丽平;第九章:王晓宁;第十章:王晓宁、马建辉;其他未列诸章节内容均由马建辉选文编定。

《传承与弘扬——改革开放以来中国古代文论的现代价值》(第三卷)的绪论、第一章、第五章、第八章、结语:陈士部;第二章:段吉方;第三章、第四章、第十一章:高波;第六章、第七章:袁宏;第九章、第十章:张静斐。

《文艺批评四十年——改革开放以来中国文艺批评的发展路向与价值嬗变》(第四卷)的总论、第五章、第六章、结语:饶先来;第一章、第二章:张春华;第三章、第四章:陈亚民。

该丛书是笔者于2012年受时任上海交通大学校长张杰院士、人文学院院长王杰教授之邀,就聘于上海交通大学人文学院特聘教授期间所承担的国家社科基金重大项目的最终成果。从项目的立项、完成到结项,该丛书得到了张杰院士、王杰教授以及上海交通大学文科建设处、山东大学文学院自始至终的关心、支持和帮助。河南人民出版社的陈智英、张继成同志为本丛书的编辑和出版付出了艰辛的劳动,谨在此一并表示衷心的感谢!

马龙潜
2018 年 7 月 12 日于山东大学文学院

目 录

1 / 总 论

第一章
30 / 调整与借鉴：思想解放语境中的文艺批评

30 / 第一节　现实主义文艺观的重新确立
38 / 第二节　批评的主体自觉与姿态调整
52 / 第三节　新说引入与方法借鉴

第二章
在场抑或缺席：马克思主义文艺批评的
65 / 历史际遇与当代活力

66 / 第一节　改革开放以来马克思主义文艺批评问题之争
92 / 第二节　马克思主义文艺批评的中国化实践
111 / 第三节　改革开放以来马克思主义文艺批评再阐释

第三章

128 / 分化与聚合：学院批评、专业批评、媒体批评与大众批评

128 / 第一节 文艺批评的类型和话语形态
143 / 第二节 多元并存的文艺批评形态及实践
170 / 第三节 文艺批评的主导话语与价值的多元取向

第四章

177 / 巨变与新局：新媒介与文艺生产机制的变革

180 / 第一节 消费主义与文艺生产新模式
193 / 第二节 新媒介传播模式与文艺的消费、接受
208 / 第三节 新的文本观与文艺的生产筛选新机制
235 / 第四节 新媒介环境中文艺批评的价值取向

第五章

259 / 包容与借鉴：文化批评与文艺批评的转型

260 / 第一节 社会转型与大众文化的兴起
279 / 第二节 大众文化批评的理论范式
290 / 第三节 文化批评视域中的文艺活动

第六章
311 / 回应与展望:新世纪文艺批评的建构实践与发展方向

312 / 第一节 新世纪文艺批评的建构实践
331 / 第二节 新世纪文艺批评功能的重塑
358 / 第三节 新世纪文艺批评的发展趋向

结　语
375 / 构建具有中国气派的新世纪文艺批评形态

388 / 参考资料

393 / 后　记

总 论

1978年12月召开的中国共产党十一届三中全会开始全面纠正"文化大革命"中及其以前的"左"倾错误,进而作出把工作重点转移到社会主义现代化建设上来的战略决策,中国的社会主义建设进入新的历史时期。在这一从"以阶级斗争为纲"到"以经济建设为中心"的社会伟大转型中,中国文艺批评也发生了历史性的转折变化,从此被称为"社会主义新时期文艺批评"。新时期文艺批评是我国当代文艺批评发展过程中的一个重要阶段,它是对"文革"后正在展开的文艺批评的命名,具体涵盖1976年以后我国文艺批评家的所有批评活动。

文艺批评是当代中国文化最活跃、最富有生机、最有影响力的部分。虽然它的直接研究对象是文学艺术,但其功能却不仅仅限于反思、调校、总结、提升文艺创作,而同时担当着思想启蒙、建构新的人文精神乃至谋划中国文化之未来等重要的使命。正因为文艺批评在中国独特的文化语境中具有如此重要的意义,在当下社会经济文化面临深刻转型的时刻,对新时期文艺批评的发展路向和价值迁移的梳理就显得十分必要而迫切。

改革开放以来,中国当代文学批评表现出前所未有的丰富多彩:20

世纪70年代末,通过对"文艺黑线专政论""黑八论"的批判,开展"实践是检验真理的唯一标准"大讨论,文艺领域开启了思想解放和拨乱反正的进程。"文艺与政治"关系的大讨论的展开,特别是邓小平在全国第四次文代会上的祝词,为厘清文艺与政治的应然关系,"为人民服务、为社会主义服务"方针的确立,以及文艺批评摆脱极左思想的强力束缚,创造了良好氛围和重要条件。科学健康的马克思主义文艺批评被重新擦亮,并重获强大的现实阐释力,一大批具有社会积极意义和艺术审美价值的文艺作品作为"重放的鲜花"而得到了重估,也唤醒了不同时代的艺术家、作家的创作热情和创造潜能。批评的主体得到进一步的确认和张扬,文艺批评在深入反思和回归本位的路上奋力前行。20世纪80年代有关"文学主体性"的深度论争,"朦胧诗"等现代派创作方法的讨论,对电影《苦恋》的批评,尤其是1985年文艺学"方法论"大讨论,"文学观念"的渐趋新变,以及各种批评方法的实际运用,都给改革开放以来的文艺批评注入了新鲜的实践活力和强劲的发展动力。20世纪90年代文艺批评界提出了"文学与人文精神危机"这一问题,并围绕该问题进行了较大范围的论争,文学批评的主体意识和学科独立性进一步凸显。在文学批评呈现多元化的发展趋向的同时,批评的时尚化、商业化和媚俗化的倾向开始显现。新世纪以来,文学批评的学理性得到生长和积淀。学院批评、文化批评和传媒批评是其主要的批评形态。由于互联网等新媒介的出现和发展,微信、微博、博客、QQ空间、BBS、门户网站、文学文化专业网站都成了文学批评新的重要的交流平台,批评家的角色已然转型,文艺批评的价值正在嬗变。

一、改革开放以来文艺批评发展演进的基本线索

20世纪70年代末至20世纪80年代初,文艺批评界通过对"重放的鲜花"的重新评价,拉开了文学领域平反昭雪和拨乱反正的序幕。稍后,更是以"文艺与政治的关系""写真实与现实主义传统""文学与人道主

义"以及"文学批评的标准"问题的探讨为突破口,通过对"文艺与政治关系"的正确辨析,贯彻邓小平在第四次文代会上的祝词精神,使文艺批评脱离了外在的束缚真正回归文艺批评本身,真正成为关于文艺的批评。

对文艺创作和文艺批评而言,1985年是一个重要的年份。文艺创作在1985年出现了转折,作家、艺术家从以往强调"写什么"转而关注"怎么写",从热衷"外部分析"转向"内部研究"。而批评界与此前专注于文艺作品的阐释评价和对"现实主义"创作方法的辩护不同的是,将目光转至文艺批评的方法问题上,出现了批评的"方法论热"。这一"方法论热"主要体现在三个具体的方面:其一,系统介绍西方20世纪的文艺批评流派和批评方法;其二,介绍国内外学者采用自然科学的概念、知识和方法进行批评研究的成果和经验;其三,普及推广系统科学方法论,倡导用系统科学的方法、原则来认识和研究文艺现象。① 全国掀起了一次文学批评方法论的学习高潮,故1985年被称为"方法论年"。虽然有些批评家有唯方法论之嫌,有些方法的使用存在不匹配甚至生吞活剥的弊端,但难以否认的是,文学批评界在"方法论年"获益甚多,其长期存在的教条、僵化、线性和封闭的思维方式被打破,批评的思维方式和研究方法出现了根本性的变革,开启了文学批评多元化时代的序幕。

与此相匹配的是1986年出现的有关现代文学观念的实践和讨论。《上海文学》在1982年刊发李陀、刘心武、冯骥才等人关于高行健《现代小说技巧初探》的通信("四只小风筝"),实际上与北京《文学报》展开了关于"现代派"的文艺争论。这些争论如烟如缕,绵延不休。时至1986年,先锋派文艺作品集束出版,李陀、吴亮等文艺批评家群起为它们鼓与吹,这些原本阅读费力、意象突兀、情绪暧昧的先锋派作品横空出世,开始进入普通读者的视野之中。这些作品虽然引发了文艺界的激烈争议,但难以否认的是,现代派文学观念的实践及其创作实绩造成的社会影响得到进一步的发酵和放大。1986年因此也被称为"文学观念年"。自此,文

---

① 参见李慧英:《新时期文学批评的崛起》,见中共中央党校文史教研部语文教研室编:《当代文艺思潮研究》,中共中央党校出版社1994年版,第102页。

艺批评从观念到方法、从思维方式到文体风格均开始发生变化。

20世纪80年代中期的文学批评,呈现出前所未有过的生动局面和新面貌。多种批评方式互动竞争,批评空间得到开创,文学批评的主体意识不断增强;批评家本着对文学的真诚用自己的智慧对作家作品进行推介和阐释,批评的自主个性和独立性凸显,批评家与作家形成了互动和对话关系:批评家带来新的思想方法、知识,作家贡献了他们的创作经验。在此互动和对话关系中,批评和创作都获得了推进,文学批评的观念发生了新变,对"寻根文学""先锋文学"给予了深入的关注和正面的肯定,并且用现代文化观念来审视研究文学。

在1985年前后,文学创作聚焦于"怎么写"的探索,随即出现了"寻根文学"和"先锋文学"。李杭育、阿城、韩少功、郑义、郑万隆、贾平凹等作家不仅争相推出了"寻根文学"作品,而且在文学创作界首先开展了"寻根文学"的理论大讨论。韩少功、阿城等作家分别在《作家》《文艺报》《小说界》等刊物上撰文,为他们的"寻根文学"进行理论阐述,高扬文学寻根和文化寻根的旗帜。一些批评家随后迅速加入了这场争论。如陈思和、雷达、李书磊、陈剑晖等人对"寻根文学"作品持肯定的态度,认为"寻根文学"是"对当代中国文学面对世界、走向未来的大胆探索,是对民族文化和艺术传统的自觉反思,是当代作家独立思考和寻求自我价值的标志",充分表达了作家的文化责任感和使命感。另一些批评家则认为"寻根文学"强化了文化意识,但其当代意识衰弱,审美魅力褪色,且是以"丧失文学的现在和未来"作为代价。对于稍后的以刘索拉、徐星、马原、残雪等人为代表的"先锋文学",批评家吴亮、李洁非、李劫等人为其进行理论阐释和推波助澜,可以说这些批评家为"先锋文学"带来了最初的声誉。文学批评第一次对文学作品如此贴近,反应迅速而敏锐,并且借文学作品及其艺术形象说出自己的感受和见解。这是20世纪80年代文学批评赢得尊重的一个重要品格。

这一时期文艺批评空前活跃,还得益于众多文艺评论报刊的创立,为批评家提供了重要的言论阵地和发声平台。据20世纪80年代末的统计,这一时期除却《文艺报》《文学评论》等传统文艺批评杂志之外,新创办的评论杂志有《当代文艺思潮》(1982年)、《当代作家评论》(1984年)、《小说评论》(1985年)、《批评家》(1985年)、《文学自由谈》(1985年)、《文艺理论与批评》(1986年)、《上海文论》(1987年)、《百家》(1988年)等,另外还有很多文学作品刊物开辟了《文艺批评》专栏,密切了作家与读者、作家与批评家之间的沟通和交流、批评和反批评。通过这些报刊,批评得以近距离观察文艺现场,密切关注和跟踪文艺创作实际,热情地拥抱当代生活,为文艺创作与读者的对接铺路架桥,为文艺创作新潮摇旗呐喊、推波助澜。这些文艺批评的成果或是重点评析新面世的文艺作品,或是对年度和一定时段文艺创作的回顾、总结和展望。正是凭借这些文论刊物,文艺批评进一步更新和提炼出新的批评观念,与创作界实现充分的沟通和交流,开创了批评与创作相互促进、比翼齐飞的崭新局面,有效地推动了文学艺术的发展。

1985年,钱理群、陈平原、黄子平发表《论"二十世纪中国文学"》一文,在文学批评界和学术界引起了高度关注。1988年,王晓明、陈思和在《上海文论》主持《重写文学史》专栏,是对这一讨论的一种延续和发扬,同样引起了文坛和知识界的关注和竞相参与。这些大讨论,为文学批评界思想的进一步开放打下了基础。

可见,20世纪80年代的文学批评最可贵的进展是由批判走向论争、走向建设的正轨:摆脱了政治评判的模式,走向了文学自身,真正成为文学意义上的批评,并且初步形成了一种百家争鸣的气氛。

从中国的内部环境来看,20世纪90年代政治气候的新变,思想界的反思,中国当代社会开始转型,这些都对文学批评产生了重大影响。这一时期,知识界、批评界围绕人文精神与市场经济的关系展开了多个回合的争论,比如"文学与人文精神"的争论、"二王""二张"的争论,对知识分子的思想、角色、责任进行了深刻的反思,承袭20世纪80年代末的余绪而出现的学院批评和文化批评,成为两支主要的批评形态。这一时期的批评虽然缺少了20世纪80年代那种一呼百应而惹人注目的力量和地位,但在批评思想、学理、学科建设等方面有了明显的掘进和发展。

随着商品经济的迅猛发展,文学杂志纷纷转向、改版,新作品的质量出现了大面积的下降,文学出现边缘化的趋势,不少作家"下海"。这种功利主义、市场意识也同样渗透到了批评界。批评出现了商业化、媚俗化、时尚化的趋势,"人情批评"甚至"红包批评"时有发生。对批评家而言,能实现自己的社会价值当然是合理的,但是因为利益因素而影响到其评价的公正性和批评的品格,不仅会损害文学创作,反过来也会损害批评自身的尊严和公信力,阻碍批评的健康发展。

文化论争在20世纪90年代成为批评界的一个热点。这些论争不乏关于世俗化与大众文化、文化人的历史定位这样的理论问题的探讨,也有围绕"王彬彬与王蒙"、批评家与"张炜、张承志"等一些具体作品具体问题的纷争。现在看来,这些论争在中国当代文化思想界留下了深深的印痕,但其中也呈现出一些非理性和情绪化的因素,一些人关心的不是具体问题和真理的探索,而是那些非文学的东西,不是朝着问题的深度上开掘,而是横向拓展开去,这样必然会使文化批评因缺乏必要的规则而导致论争的真正创获不大。

外部环境的影响也推动了文艺批评的新变。新一轮的西学翻译热、西方学术的全球旅行都导致西方文论思潮快速涌入,再加上一批在国外留学深造的学者加入批评家行列,为文艺批评带来了新的批评思维和思想方法,批评家群体的批评视野、知识语境和思想资源都发生了结构性的变化。作者与读者、文本与作品、能指与所指、结构与意义、象征与想象、传统与现代已经成为耳熟能详的知识语境,以及专业讨论的话语平台,而中国古代文论、西方美学思想、西方马克思主义文论、西方现代主义创作思想与方法也成为20世纪90年代中国文艺批评可资借鉴的思想资源。

就批评实践而言,批评进入了一个自觉主动的理性时代。一方面,在20世纪90年代"思想退隐,学术凸显"的大背景下,一批先前活跃的批评家遁入"象牙塔"(高校或学院)潜心深入细致的经典文本研读,以一种学院化的话语体系来进行知识和学问的生产,这种学院化的文艺批评似乎与文学现场脱了节,也压抑了文艺批评应有的活力。另一方面,一些文艺批评家以其不卑不亢的姿态深度介入文学发展进程,引领文艺风尚,制造文艺主潮。批评家与期刊共同命名文学现象和作家作品中的新潮,就是一个显例。虽然在20世纪80年代末期批评家就有与《钟山》一起对"新写实"作家作品命名的实践,但20世纪90年代批评家和期刊的这种自觉实践或操作的热情和命名事件出现的密集度是从未有过的。1993年左右,《北京文学》《上海文学》《钟山》《特区文学》等刊物与批评界联袂推出"晚生代"作家为主创作的作品,比如"新体验""新市民""新状态""新都市"等"新"字号小说。这种旗号林立的批评景观,既显示了批评界对新的作品命名的冲动、对创作的推波助澜的自觉,也透出批评在文学创作面前更多的自信、独立和介入。一些批评家通过对作家作品的研究,阐述自己的文学观念和批评思想。不过,这种对新作品的命名冲动也产生了一个致命的副产品:有些批评家为了命名而命名,不断制造一个个文学新时尚,这些时尚成为过眼云烟之后,受伤的却是批评本身。批评的声誉和公信力被削弱,因为批评并没有真正为读者提供新的东西,有的只是名称的炒作。

20世纪90年代确乎是批评界的一个思想生长和积累的时期。批评界在思想上的反思和知识批判方面取得了较大的收获,而且使得批评呈现出一个真正多元化的局面,批评学科性和批评本体的建设得到了较大的进展。

在人们欢呼新世纪到来之际,人们对新世纪文学批评似乎具有更多的想象、期待和关切。新世纪文学批评一路走来已有20个年头了,虽然已少有20世纪八九十年代所特有的激情、跃动,但多了一份沉稳和成熟的深邃。批评已进入了一个理性时代。它具有自己的一些新特点和新动向,即学院批评、文化批评和传媒批评呈现并驾齐驱的态势。

学院批评仍是非常厚实和活跃的一种批评形态。大多数学院批评家集中在北京、上海、南京等一些高校和研究机构内。其批评视野、学理分量以及批评实力都相当强。他们关注着文学界的创作动向,思维敏捷、思辨雄富,批评著述颇多,依得得天独厚的资源培养了一大批新生力量,人才队伍蔚为壮观,大都坚持批评的批判品格和纯文学立场。

其时,以介入政治和干预现实为己任、富有反思精神的文化研究或文化批评蔚为大观,开创了新的批评领域和思想空间,与西方学术界保持密切的联系,能迅速吸取西方最新研究成果,对前沿研究动态甚为敏锐,尝试着与西方文化批评界、学术界进行对话和交流,并有了一些创获。但是文化批评所固有的方法视角基本上是外来的,中国文学、文化事象在其手中,往往成为西方文化理论的例证,其对中国的文学现象、文化事实到底有多大的解释力,还有待进一步观察。

传媒批评是新世纪表现抢眼的一种批评形态。它往往能对新出现的文学现象和文化事件做出迅速的回应,扩大了批评的读者群。但是,传媒批评多数只对文学事件或文学现象背后的文化含蕴感兴趣,而对具体的文本缺乏应有的分析和深入的评论,且有不少批评活动都是出版商或媒体事先策划的。其媚俗和自娱特征较为明显,这就造就了一些明星批评家和"酷评家"。

由于新世纪互联网的快速发展与运用,传媒批评获得了更大的势力和影响。目前,微信、微博、QQ空间、BBS、门户网站、文学文化专业网站等新媒体空间的出现,使普通读者获得了充分的表达机会,他们已不愿再听从精英的摆布,每个人对待文学或者作家作品的看法、感受都可以得到自由发表。这对文学批评产生着不可忽视的影响。很多著名作家的"粉丝"都纷纷自发组织论坛、社区、聊天吧等新的平台,沟通和交流着各自对作家作品的阅读经验和审美感受。比如,余华、郭敬明、虹影、余秋雨、韩寒、金庸、易中天等作家都有由其忠实"粉丝"发起组织的论坛。这种现象如果加以合理引导,将有利于阅读经验的交流和文学空间的开创。

这种新的传媒批评形态在2006年上半年发生的"韩白之争"中表现出巨大的能量,也造成了批评前所未有的乱象:既使得文学场批评界风生水起,也因粉丝们在博客上起哄、对骂等违反批评道德的文化民粹主义的影响而出现了非理性的、不健康的论争局面。可是,新传媒环境下批评出现了多极分层的现象,特别是由于新媒体的发展,"人人成为批评家"的断言在一定程度上成为现实,这确实应该引起批评界的重视。批评家的角色似乎出现了一种由以往的"观点提供者"向"观点的引导者"转移的新动向。

总体而言,改革开放以来,传统的马克思主义的文艺批评获得新的发展,而来自国外的形式主义、结构主义、解构主义、"新批评"、人文主义、弗洛伊德主义、存在主义、符号学批评和原型批评等,也被许多批评家所不同程度地汲取和采用。中国当代文艺批评发展呈现出两条交织的主线:其一,马克思主义文艺批评的中国化(或曰当代形态)进程。在社会主义中国,作为主流意识形态的马克思主义文艺批评一直拥有主导地位。20世纪90年代以来,中国社会文化发生了巨大的变化,在新的社会语境、历史语境和时代语境下,马克思主义文艺批评面对崭新的文化现实和丰富的文艺实际,发挥其固有的科学辩证的方法论优势,坚持积极干预、介入文艺现实的批评精神,刷新问题意识,拓展问题域,提炼真实问题,解释文艺现象。其二,在全新的知识语境和近现代东西方文艺理论批评资源的共同作用下,当代文艺批评形成了多向化的批评视角和多方位、多层次的批评格局,呈现出多元化发展趋势。事实上,这两条线索相互交织互动展开,时而互为启发相互推动,时而交锋论战彼此竞争。这导致了我国文艺批评的"一元主导,多元涌流"的发展格局,不仅出现了多种学派的批评,也出现了多种层次和多种方位的批评。对作家作品的微观评论和对文艺现象、对不同时空文艺发展的宏观性批评和比较文学批评,都有长足的开展。各种学派的观点和方法,既存在哲学见解、文艺观念和价值取向的不同,也存在批评视角、方位的差异,但总体上还是有益于文艺批评的发展,也有助于读者更全面地认识和评价特定的文艺作品和文艺现象。①

21世纪文艺批评是20世纪80年代以来中国文艺批评发展和成长的一个方向,一个新世纪的批评想象。我们应该建立以新世纪中国文艺现实以及批评现实和想象为立足点和出发点的批评新观念。今天我们面临的文化生活、审美观念、文学趋势之急剧变化,一点也不亚于20世纪80年代的那次转型。而艺术上新的创造、新的追求,一定是需要批评家来发现和推动的。

21世纪以来,大批文艺研究机构、研究团体的成立,各类文学周、读

---

① 参见张炯:《文艺批评:多元与主导》,《文艺报》2015年5月31日。

书会的定期举办,使得文艺批评呈现活跃姿态,尤其是在传统媒体和互联网媒体上,大量的书评、影评、剧评以及对文艺现象的评论,促成大量形式多样的文艺讨论。这些文艺批评的活动以及文学的公众活动,在影响社会文化思潮、推动文艺创作、扩大文艺传播与接受方面发挥的作用将会越来越得到充分显现。在文艺批评理论方面,理论批评家开始意识到不能盲目迷信西方批评理论,而应批判地审视其中固有的思想错误,更加努力地了解西方、分析西方和化用西方的优秀成果,更深入地反思西方将哲学社会科学理论嵌入文艺批评理论、武断地对待文艺作品的弊端,从而重新回归"文艺"本身,更多地将视线投向文艺本身相关的论题。在这个意义上,新世纪的文艺批评已经或必将萌发更多的生长点,取得更大的进展。

梳理改革开放以来文艺批评发展的历史进程,我们会发现它在挣脱了政治的束缚后向自己的本体回归,恢复了自主权和独立性,显现出自身的丰富性、多样性。概言之,改革开放以来文艺批评发展总的进向:从"反思与重建"(本体复归)到"思考与分化"(多元化、个性化),再到"探索与转型"。与这一进向相匹配的大致可分三个阶段,即20世纪70年代末至80年代末、20世纪90年代初至20世纪末、21世纪初至今。

二、反思与重建:20世纪80年代的知识语境、思想资源和价值取向

改革开放一段时间以来,人们不仅深入揭露和有力控诉林彪、"四人帮"在"文革"中给国家、社会和人民带来的巨大灾难,积极投入和推动社会政治生活中的拨乱反正,而且开始从政治、思想、意识形态、文化、经济等各个角度来反思"文革"发生的原因,寻找重建正常社会的政治、经济、文化的必要路径。改革开放以来文艺批评的再定向再出发,同样是从反思"文革"开始的。批评家们在认识"文革"给文学艺术造成的损失和灾难的同时,开始反思文艺体制、文艺政策与文艺发展的关系,重新认识文艺自身的发展规律,重建文艺世界中各种关系和生态环境,推动马克思主

义文艺批评的发展。

在1978年11月14日中央为"四五运动"平反后,1979年中宣部下达了学习周恩来"六一讲话"的通知,这个讲话当年在"大跃进"之后的调整形势下提出了"文艺民主",以重新鼓励"双百"方针的推行。除此之外,在1979年被重新提起的还有周恩来在1959年"关于文化艺术工作两条腿走路"的讲话、1961年新侨饭店会议上提出的"文艺十条"等。可以说,对周恩来文艺讲话的讨论成了"思想解放"后文艺思想建设的起点,以学习周恩来的讲话为契机,文艺界开始对党如何实行对文艺事业的领导,以及艺术民主、艺术规律等问题进行广泛讨论。发扬艺术民主,一时成为文艺界的最强音。从某种程度上说,正是这些文艺思想成为重新讨论"双百"方针的历史资源。在"文艺民主"的政策鼓励下,1979年前后引发大辩论的几个重要话题如"歌德"与"缺德"、文艺"工具论"、"十七年"文学成就等,都涉及一个核心问题,即如何处理文艺与政治的关系。事实上,人们所反对的"政治"只是前三十年以阶级斗争为纲的政治路线,反对的是文艺成为阶级斗争的附庸从而丧失了独立的艺术性。

"思想解放"后,文艺领域需要对前三十年大量的批判运动和理论问题进行清理,之所以提出"为文艺正名"的口号也正是因为文艺路线上的斗争依然是一种重要的"政治",在这样的形势下,文艺不可能仅仅成为独善其身的纯审美形态。因此,那些在20世纪50—60年代引发大批判的一些文艺命题,在此时又纷纷被重新提出,诸如"干预生活""写真实""政治倾向性""现实主义深化""中间人物""人道主义""人性论"等,此时都成为重建新的文艺理论和思想的有力支撑。

1979年,中国文学艺术工作者第四次代表大会顺利召开,邓小平同志在大会上的祝词为备受束缚的文艺界吹来了解放之风。在祝词中,邓小平指出:"党对文艺工作的领导,不是发号施令,不是要求文学艺术从属于临时的、具体的、直接的政治任务,而是根据文学艺术的特征和发展规律,帮助文艺工作者获得条件来不断繁荣文学艺术事业,提高文学艺术水平,创作出无愧于我们伟大人民、伟大时代的优秀的文学艺术作品和表演艺术成果。"①"围绕着实现四个现代化的目标,文艺的路子要越走越宽,在正确的创作思想的指导下,文艺题材和表现手法要日益丰富多彩,敢于创新。要防止和克服单调刻板、机械划一的公式化概念化倾向。"②邓小平的话发人所不敢发,为认真清理过去僵硬的文艺观念指出了方向。

不久之后,邓小平在《目前的形势和任务》一文中进行了更为明确的阐述,他在该文中指出:"不继续提文艺从属于政治这样的口号,因为这个口号容易成为对文艺横加干涉的理论根据,长期的实践证明它对文艺的发展利少害多。"③邓小平不继续提文艺从属于政治的思想,使广大的文艺理论工作者备受鼓舞,自此人们开始真正地解放思想,从不同的角度、用不同的方法来研究艺术理论、艺术创作与艺术价值等问题。1979年第4期《上海文学》发表了署名评论员文章《为文艺正名——驳"文艺是阶级斗争的工具"说》,反对把文艺作为阶级斗争的工具。在这期间,《上海文学》《文学评论》《文艺研究》等刊物就政治与文艺的关系问题展开了讨论。1980年7月26日,《人民日报》发表了《文艺为人民服务,为社会主义服务》的社论,最终由中央做出决定,不再提"文艺为政治服务""文艺从属于政治"的口号,而改为提倡"文艺为社会主义服务,为人民服务"。社论指出:"作为学术问题,如何科学地解释文艺与政治的关系,人们完全可以自由展开讨论。作为政策,党要求文艺事业不要脱离政治,坚持正确的政治方向,但并不要求一切文艺作品只能反映一定的政治斗争,只能为一定的政治斗争服务。"这篇社论全面地论述了文艺与政治的关系问题,可以将其看作这场讨论的一个总结;它为改革开放以来中国特色的社会主义文学艺术的发展和繁荣指明了方向。关于这个问题的讨论至此暂告一段落。

粉碎"四人帮"之后,文艺批评家撰写的连篇累牍的批判文章,不断地出现在大大小小的报刊上,从而为清算"四人帮"的罪行立下了汗马功劳。于是,一大批因"反右"而被"清除"到乡下的作家、艺术家重又被挖

---

① 《邓小平文选》第2卷,人民出版社1994年版,第213页。
② 《邓小平文选》第2卷,人民出版社1994年版,第211页。
③ 《邓小平文选》第2卷,人民出版社1994年版,第255页。

掘出来,像出土文物一样受到了社会空前的重视和保护。他们的作品以《重放的鲜花》等样式被再版,他们在改革开放以后发出了璀璨的光芒。

这个时期,文艺批评一方面面临着正本清源、拨乱反正的艰巨任务,另一方面又要为文艺创作的新题材、新趋势、新潮流保驾护航,任务是艰巨的。文艺批评家针对极左的所谓在上层建筑包括整个思想文化领域实行全面的无产阶级专政的理论,论证了真正全面贯彻落实"百花齐放,百家争鸣"方针的迫切性、必要性,倡导艺术民主和创作自由,强调尊重艺术规律;批评"主题先行"的论调,讨论以形象思维为主要表征的艺术创作的特殊规律。与此相应的是理论批评界掀起了长时段持续的"美学热",并开始大量引进西方的美学理论和著作。

文艺批评是"运动着的美学",它一端连接着文艺理论和美学理论,一端连接着文艺创作的实践。它一方面用新的观念、新的方法武装自己;一方面尽着自己的天职,密切关注文艺创作的动向。在改革开放以来的文艺早期的料峭春寒中,文艺批评实际上是刚刚从初融的冻土下探出头来的新苗的保护神和辩护士,是盾牌和锋芒。

改革开放初期文艺界进行了拨乱反正,这个"正"很大程度上就是现实主义的优良传统,文艺批评则为恢复文艺创作的现实主义传统打通了理论经脉和现实对接管道。现实主义在"文革"中受到了致命的摧残:"五四"以来,以现实主义为主潮的新文学创作中的许多经典作品,在"文革"中绝大部分被否定;大批操现实主义"枪法"的作家、艺术家被加上莫须有的"黑帮""黑线"的罪名,被戴上各种"分子"的帽子关进了"牛棚";坚持现实主义美学观念的文艺批评家和他们具有真知灼见的理论主张,也遭到了现实主义作家作品同样的命运。在被"四人帮"及其文化打手们反复批判的所谓"黑八论"中,至少有四论,即"现实主义深化论""现实主义广阔道路论""中间人物论"和"写真实论",是与现实主义的美学原则有关系的。因此,摆在作家、艺术家面前的首要任务,就是要从"四人帮"设置的瞒和骗的魔障中杀出一条血路来,回归现实主义。在文学领域最初是以刘心武的《班主任》为代表的"伤痕文学"的现实主义创作潮流,严文井称之为"潮头文学",同类作品较为重要的还有《伤痕》《枫》

《铺花的歧路》等,批评家为这类作品做了充满热情的辩护,指出了这个潮流真实反映了人在"文革"中的受难和抗争的历史意义和价值,论证了它的深刻的现实主义性质,从而使"伤痕文学"成为当代文学史上一个正面的、阶段性的历史称谓。在戏剧界,《丹心谱》最早在北京人艺的舞台上吹响了现实主义回归的号角。导演要求演员一踏上舞台就要把生活带进来,一切要从生活出发。朱寨在《文艺报》复刊的第1期上,以《从生活出发》为题发表了长篇论文予以肯定。《丹心谱》以及在此前后的《于无声处》《有这样一个小院》等,也都可以划归"伤痕文学"的艺术潮流。在美术界,连环画《枫》,还有四川青年油画家程丛林以"文革"武斗为题材的绘画等,同样可以从这个艺术潮流的角度来描述。

其后,出现了被理论批评家概括为"反思文学"的潮流。"反思文学"是"伤痕文学"潮流的深化,它是人们思考何以会出现"文革"浩劫,反思"左"祸对人性的戕害、对党和人民的血肉联系的破坏的一个必然结果。这个潮流中出现了许多优秀的作品,文学作品如小说《犯人李铜钟的故事》《月食》《剪辑错了的故事》《李顺大造屋》《内奸》等。电影《天云山传奇》、话剧《桑树坪纪事》和《狗儿爷涅槃》,特别是巴金陆续写出的《随想录》,也大体可以划归这一潮流。在美术创作中较早出现的罗中立的《父亲》,也有很强的类似"反思文学"的色彩。从文艺批评的角度看,在对"反思文学"的评价和总结中,人性、人道主义的问题被突出地提了出来,批评家们在以"伤痕文学"和"反思文学"为代表的创作潮流中,发现了极左的以绝对化、扩大化了的"阶级斗争为纲"的理论及其实践给我们这个民族所带来的深重灾难,指出了极左思潮的深刻的反人道、反人性、反人类的性质。大写的人,正是在反思中被重新发现的。在以周扬、张光年、陈荒煤、冯牧、朱寨、钟惦棐等为代表的老一辈理论家、批评家的带领下,一大批刚进入中年的批评家,向极左的观念进行了连续的冲击。

对于人道、人性问题的探讨还带来了人们对于文学艺术本性的新认识。钱谷融在改革开放以后将他过去长期遭到批判的"文学是人学"的观点重新提了出来,并在《文艺研究》1980年第3期上发表了《〈论"文学是人学"〉一文的自我批判提纲》一文。与此相呼应,王蒙在1982年《文学评论》第 4 期上发表了《"人性"断想》一文,钱中文在 1982 年《文学评论》第 6 期上发表了《论人性共同形态描写及其评价问题》一文,他们分别对文学与人性的关系问题进行了探讨。经过一个阶段的理论研讨,"文学是人学"的命题得以最终确立,并被肯定为马克思主义的文艺命题。诸如此类的文艺理论探讨,从更深的层次彻底否定了过去"文艺从属于政治"的口号,在最大程度上恢复了文艺的本质特征和本来面目。

这一时期,"文艺批评标准"问题也是批评家关注的焦点之一。程代熙在 1982 年撰写的《谈谈马克思主义文艺批评的标准问题》一文中,从毛泽东在延安文艺座谈会上的"讲话"说起,通过对文艺"政治"标准、"艺术"标准的历史性分析,指出"政治标准成了惟一标准的直接后果就是批评文章的简单化",而这种简单化又"在一定程度上反过来影响和助长了文艺创作上的概念化、公式化",甚而促成"文艺为政策服务"等不尊重艺术规律的后果。程代熙通过论述分析恩格斯给拉萨尔的信后认为,马克思主义的文艺批评标准应是"美学的、历史的"标准,而且虽然马克思、恩格斯从未明确提出哪是"第一",哪是"第二",但"如果从行文上看,他倒是把美学观点摆在前面。另外,马克思写给拉萨尔的信,首先作的是美学观点的批评,接着才是历史观点的批评。恩格斯也是先谈艺术问题,后谈作品的思想内容问题"[①]。那种提倡"政治标准第一,艺术标准第二"的说法显然是不恰当的,也是违反马克思、恩格斯关于文艺批评标准本意的。程代熙的观点代表了当时关于艺术标准与政治标准的正确看法。

思想解放的潮流促进了学术的发展,从 1978 年到 1984 年这段时间,在我国哲学界首先出现了关于人道主义和异化问题的大讨论,由于它与文艺现象、文艺理论密切关联,因此引起了文艺理论界、美学界的广泛关注。当时几乎所有的文艺理论家、批评家都投入到了这场讨论之中,取得了不少理论成果。文艺理论批评界的学者结合艺术自身的实际,发表了大量的论著,全面地探讨了人性与阶级性的关系及其在文艺中的表现,不仅深化了对这些问题的研究,而且也带动了文艺创作的某些变化。

---

① 程代熙:《马克思主义与美学中的现实主义》,上海文艺出版社 1983 年版,第 55—56 页。

以思想解放为前导、从十一届三中全会开始的改革开放是全方位的，不仅包括经济、政治，而且包括科学、文化、艺术等。中国人特别是中国的知识分子，开始以开放的眼光、宏阔的胸襟看待世界，并如饥似渴地学习和吸收国外一切用得着的东西，主要是西方发达国家的东西。在文艺领域，人们译介的热情是很高的，西方现代主义诸流派最重要的作品，当代西方最有影响的文论家、美学家、心理学家、批评家的重要著作，都被大量翻译介绍到中国来，有的还不止一种译本。其规模之大、持续时间之长，远远超过了五四新文化运动前后的翻译活动。以文艺批评而论，除原有的马克思主义的社会历史的和美学的批评外，新批评派的文本分析批评、存在主义批评、结构主义和解构主义批评、文化学批评、弗洛伊德心理分析批评、神话原型批评、俄国形式主义批评、接受美学批评、后现代批评等，都有理论的译介和具体的批评实践，称之为批评理念、批评方法的多元化格局，应该说是符合实际的。这在年轻一代的批评家和作家身上表现得尤为突出。

尽管早期会有某些艰涩难读、以其昏昏使人昭昭的弊病，甚至被称为新名词大爆炸、大搬运，但总的方向或者主流是好的。何况，任何吸纳与借鉴都会有一个历史的过程。从一到多，多元吸收，多元并存，多元互补，无疑是中国当代文艺批评的一大进步。

王蒙的《布礼》《蝴蝶》《夜的眼》《海的梦》《风筝飘带》等一系列意识流小说的问世，引起了批评界激烈的争论，为创作理念和创作方法多元格局的形成带来了推力，也为现实主义的革新与发展提供了动力。而拉美文学对中国文学的影响也不可低估，马尔克斯《百年孤独》多种译本的出现及其魔幻现实主义方法的冲击，使文坛上卷起一股小小的旋风。主要受西方现代、后现代思潮的影响，一批年轻作家开始了"先锋小说"的探索，尽管这个潮流的影响主要在圈内，其总体的成就并不算高，但在语言技巧、叙事方式上的追新求变，也还是有价值的。

在戏剧界，素以现实主义表演风格著称的北京人艺的舞台上，出现了中国自己的现代主义剧作，由林兆华执导的小剧场戏《绝对信号》《车站》、大舞台戏《野人》，也产生了很大的冲击和激烈的争议。单以北京人艺而论，从艺术上看，如果没有这些作品的成功探索和大力开拓，就不可能有《狗儿爷涅槃》这出堪与"十七年"中《茶馆》媲美的经典作品的出现。像文学领域有"先锋小说"、现代派诗一样，戏剧领域也有一批稍后产生过一定影响的实验戏剧作品出现，并且一直延续到现在。而现代主义的风甚至吹到了戏曲领域，魏明伦的《潘金莲》及其在批评界引起的反响，其意义也不可低估。

尽管现代主义作品和理论的译介与吸收大大地丰富与促进了20世纪80年代多元的文艺格局的形成，但现实主义始终是主潮。而无论什么方法，表现在创作上，都无不把大写的人的描写，包括其深层心理和性格层面的剖析与展示，放在中心的地位。表现在理论批评上，就是对人物性格复杂性的关注，它不再把人的性格看作单一的、线性的、扁平的，而是用黑格尔矛盾两极的二分法给出了剖析。当然，缺陷也正生于此，因为它实际上是把人物性格的多维性和多层次性简化了。

20世纪80年代中后期，通过对干预现实、写真实、典型化、历史的美学的观念、人性论等文艺命题的讨论，马克思主义文艺理论批评得以重建和新的发展，传统的现实主义创作方法也占据了主流地位。但是，随着西方文艺理论特别是现代派文艺理论的引进，在西方经过千百年才积淀和发展起来的各种文艺批评理论在中国舞台上逐一竞相轮番表演，新异理论魅力的吸引和对扩大阐释空间的向往使很多批评家忙于接受新的理论知识和操演新的批评方法，醉心于构建自己的宏伟的观念体系和理论大厦；有的人打着马克思主义的旗帜，口里讲一套手里搞的实际上是另一套理论；有的人将"西方马克思主义"全盘拿来编织进马克思主义文艺理论之中，或者认为马克思主义文艺理论已经过时，将马克思主义文艺理论束之高阁；更有甚者，有人站在了马克思主义文艺理论的对立面。一段时间以来，马克思主义文艺理论出现了被边缘化的趋势。

三、思考与分化：20世纪90年代社会转型、思想分化和文艺批评的选择

　　1989年政治风波之后，中国面临着走向何方的抉择问题。十一届三中全会以来的改革开放给中国带来了翻天覆地的变化，人们勤劳致富的热情高涨，作为社会主人翁的精神面貌和主动性焕然一新。面对这一政治风波，大家都在反思。这些都是改革开放必然会带来的结果吗？出现这样的局面，还要不要继续改革开放，还会不会继续改革开放？

　　1992年邓小平"南方谈话"对此做出了肯定性的回答：重启改革开放，并且较之以前加大了改革开放的力度和步伐，提出了建设"社会主义市场经济"的目标。随着社会主义市场经济建设的迅速铺开，中国经济开始起飞，经济发展和对外开放的步伐加快，城市商业文化（特别是消费文化）得到了长足发展。在这种社会变迁和经济转型的大背景下，知识分子之间分歧尖锐，很难达成共识，并展开了三次大论争[①]：

　　其一，随着市场社会的出现，知识分子的生存处境和社会尊严受到世俗化的严峻挑战，被迅速边缘化。他们在面对国家权力的同时，惊讶地发现市场金钱的压力，甚至是更直接、更具体。市场经济本来是20世纪80年代启蒙知识分子呼唤的理想之一，但当市场真正来临的时候，启蒙者自身却成为可怜的祭品。于是围绕着如何看待市场社会、知识分子何以重

---

① 这些争论表征着20世纪90年代以来知识分子阵营开始出现分化。1978年改革开放以后，中国先后面临着两大激进主义思潮的挑战：最初，挑战来自右的激进西化派，但进入20世纪90年代，这股力量在政治上被边缘化；此后，否定改革开放、"左"的一套的党内保守派开始活跃起来，1992年邓小平通过"南方谈话"坚定了改革开放的方向。"左""右"两种政治势力先后被边缘化。但此后的几十年，由政府主导的"强国家—弱社会"体制一方面实现了市场经济下的经济繁荣，另一方面也出现越来越严重的结构性矛盾与问题，如贫富两极分化、权力庇护网和自利化、社会创新能力弱化等。最典型的是，那些与政府部门密切相关的企业、单位、官员与利益集团在培育市场化的过程中，利用本身与政府关系的特殊地位，有更多的获利机会，这种利益还随着时间推移而进一步固化与垄断化，于是形成结构性的"近水楼台效应"，由此而产生社会不公、腐败、各种矛盾与问题等。因此，近年来，社会不满情绪上升，群体事件层出不穷。正是在这种情况下，在20世纪90年代逐渐被边缘化的两种激进主义思潮——"新'文革'思潮"与"西化自由主义"思潮，最近几年，在改革又陷入停滞的时期，又开始进入活跃期。

建自己的尊严,发生了一系列的论战:1994年由王晓明等上海知识分子在《读书》杂志上首先发起的人文精神大讨论;由张承志、张炜两位作家发出"抵抗投降"而引发的道德理想主义论战;由张颐武、陈晓明两位文学评论家所代表的否定"五四"以来启蒙话语、肯定世俗生活的后现代和后殖民文化思潮以及论战。

  人文精神讨论的参与者取向各不相同,从这一讨论的主要发起者(如王晓明、张汝伦等人)的表述来看,1994年至1995年间的"人文精神"讨论的部分内容是对市场扩张运动的一次本能的反抗,它重新提醒知识界在市场条件下不应放弃自己的批判使命。但与有关市民社会和激进主义的讨论一样,人文精神的讨论没有深入分析20世纪80年代以来的社会变迁,基本承续了20世纪80年代新启蒙思想的那些基本预设。与这一讨论相互呼应的是作家韩少功、张承志等人对于市场意识形态的批判和反抗,他们的若干洞见为人文精神的讨论深入大众文化层面提供了一个重要的桥梁。

  这一讨论受到了几乎在同一时期(或稍早一点)崛起的后现代批评的抨击。后现代批评同样不是一个统一的理论群体,其中一些人通过解构现代性叙事把批判的矛头指向了当代社会进程自身,但在1993—1995年,后现代思潮的主流是把人文精神的讨论视为精英主义的叙事,他们用解构的策略为商业和消费主义文化提供论证,显示出全面拥抱市场的取向。在这个意义上,后现代的这一方面与20世纪80年代新启蒙运动的批判目标并无二致,即产生于革命与动荡之中的国家。后现代批评与人文精神讨论中都有部分知识分子触及了中国改革过程的深刻危机,但这两种不同的讨论中也都包含了与市场主义者相似的乐观主义。

  值得顺便一提的是后现代批评家以及年岁稍长一些的论者对张承志作品《心灵史》的抨击:没有人关注这一著作涉及的内部民族关系的历史,却将这一著作作为"文化大革命"的遗产,特别是红卫兵精神的象征加以讨伐。这一例子深刻地暴露了中国知识分子最为严重的思想危机:在如此关系重大的问题上,批评者不仅没有展开起码的讨论,甚至连问题究竟是什么都完全忘却了——一切均存在于他们所理解的"文革"与"反文革"、"精英"与"反精英"、"世俗"与"反世俗"的关系之中。"人文精神"的讨论最终转变为有关理想主义的辩论,从而放弃了对当代社会转变及其内在矛盾的分析。这一点不能不说是论辩双方共享的方式。

其二,随着中国日益卷入全球化国际经济政治秩序,而国内市场社会与政治威权主义并存,社会与国家、全球化与民族主义的关系变得异常复杂,中国知识分子在现实层面发生了进一步的分歧。邓正来在《中国社会科学季刊》(香港)发起的市民社会与公共领域的讨论,在《东方》杂志、《战略与管理》杂志上展开的民族主义与全球化的论争在20世纪90年代中期全面展开,并且逐渐引向涉及改革方向和原则的一些更深层的问题,在社会政治层面慢慢形成了"自由主义"和"新左派"两大阵营,各自找到了自己的旗帜、理论和代表人物。

其三,1997年年底,汪晖在《天涯》杂志发表的《当代中国的思想状况与现代性问题》点燃了"自由主义"与"新左派"之间为时三年多的大论战,大分化由此进入了第三阶段。两派在现代性、自由与民主、社会公正、经济伦理、民族主义等一系列涉及中国改革的重大问题上,发生了激烈的争论,其规模之大、涉及面之广、讨论问题之深刻,为20世纪中国思想史上所罕见。但这一时期的相关讨论对于中国知识界摆脱西方中心主义的历史观和批判地理解民族主义问题有着积极的意义。

相较于20世纪80年代思想界的分歧,20世纪90年代思想界的分歧,具有十分深刻的、不可通约的性质。20世纪80年代,启蒙阵营内部虽然也有分歧,常常也有激烈的争论,但那些争论通常是观念和理解上的分歧,争论者背后有太多的一致性:作为启蒙者,面对传统体制,他们的利益无论是社会利益还是经济利益都是一致的;虽然各自的价值观念和意识形态偏好有差别,但他们的知识结构又是相当同构的,对西方知识和中国文化传统都只是一种混沌的、整体主义的了解。最重要的是,20世纪80年代的启蒙者对现代化目标的诠释和追求也是高度一致的,即那个整体意义上的西方所代表的,以民主政治、市场经济和个人主义为核心价值的普世化的现代化。然而,到了20世纪90年代,中国思想界所发生的分歧,就不是简单的观念分歧,而是更深刻的利益的分化、知识结构的断裂和现代性目标诉求的不同。

首先是利益的分化。20世纪90年代中期以后的中国,出现了明显的经济和社会利益的分化,各社会阶层之间产生了严重的等级分化甚至紧张关系。对于知识分子而言,这样的分化具有双重的性质。一方面,在知识分子内部,全体知识人在1992年以前那种均质化的经济收入和社会地位状况发生了很大的变化,文化市场的精英和学院精英与一般知识人和文化人的收入差距和社会地位差距明显扩大,知识精英与知识大众利益上的分殊,使得知识分子由于本身的利益差异,而对同一问题的立场迥然不同。另一方面,在知识分子的外部,社会各个阶层的利益发生分化,而且底层的利益和上层的利益发生断裂,加速了传统的知识分子的转变过程。20世纪80年代的知识分子通常宣称他们代表的是民族国家的整体利益或者是普遍真理的化身。到20世纪90年代以后,一部分知识分子特别是经济自由主义知识分子,将中国现代化的希望寄托在中产阶级身上,甚至自觉地成为中产阶级在经济、社会和政治利益上的代言人。另一部分知识分子特别是左翼知识分子,不满在社会分化过程中社会底层的屈辱地位,以代表底层民众利益、为被压抑者说话而自命。知识分子内部和所倾向的社会利益的分化,使得他们各自对现代性和启蒙的理解具有了截然不同的现实语境。

其次是知识结构的分化。如果说20世纪80年代的启蒙者对中国和西方的文化传统的了解是整体主义的、混沌笼统的,那么,到了20世纪90年代,随着国学热、新的一轮翻译西方图书、留学海外的学者加入中国思想界和知识体制的专业化、学科化,知识分子们对中国文化和西方知识内部异常丰富的思想传统和知识结构已经有了相当的了解。面对各种互相冲突、皆以"新"为标榜的思潮,知识分子的理论背景也迅速发生分化,形成一个个拥有各自知识场域(杂志、会议、体制化空间、文化资本、知识出身和生活习惯等)的知识共同体。在相当大程度上,各共同体之间所借助的知识结构变得不可通约,无法形成有效对话,乃至于缺乏基本的相互理解。这样,一旦形成争论,虽然具有共同的关怀,但各自所借助的知识结构的差异如此之大,以致于争论更多地体现为相互的误读、无谓的外部冲突。

最后是目标诉求的分化。现代性是所有启蒙知识分子的共同诉求,但到20世纪90年代,由于改革过程中利益的断裂和知识结构的分化,问题变成不是要不要现代性,而是要什么样的现代性。现代性从一个历史目的论的普世化价值变为众说纷纭的多种现代性。在不同的现代性元话语视野之中,本来具有自明的现代性基本价值,比如自由、民主、市场、公正、平等等,如今也具有了不同的甚至是相互冲突的内涵。这些学理上的争论不仅仅具有学院的性质,在这些学理选择背后,又与中国改革的具体目标、方案和途径紧密相关,具有直接的实践品格。中国的改革目标究竟是一个个人权利优先的古典自由主义社会,还是一个优先考虑各社会阶层平等的激进民主的社会?又或者是自由与公正兼顾的社会民主主义社会?20世纪90年代的中国思想界,已经在现代性目标上,设下了多向路标。

经过上述这三波大分化,到20世纪90年代末,新启蒙运动所建立的脆弱的同质性已经完全解体,无论是在目标诉求/价值指向上,还是在知识背景/话语方式上,都发生了重大断裂,变得不可通约。20世纪80年代形成的一个统一的、可以进行有效对话的思想界不复存在。

20世纪80年代的确出现了文学艺术和社会积极互动的时期,但是很多批评者没有从那种美好记忆的门槛中迈出来。这一时期的文艺批评是比较传统的方式,存在一个设定的价值系统,这种方式在20世纪80年代的中国得到了反映。1989年政治风波之后,不少对现实失望和遭受挫折的知识分子陷入了深深的思考之中,他们中大多数选择了自我边缘化,要不就下海或改行,要不退回了书斋,寄情于知识推演的象牙塔生活。由于对国家、民族、社会发展走向的设计出现了分歧,知识分子内部产生了裂痕,在文化思想层面上更难以达成共识。

20世纪90年代后,由于市场经济的兴起,文艺作品淡出了公众的话题中心,读者的阅读兴趣也发生了迁移,迫于经费和经营的压力,大量的文艺刊物难以为继被迫改版甚至停刊,文艺批评家失去了社会话语的主导权和发声表演的舞台。文艺生产的市场机制正在逐渐替代传统的作品生产机制，作家和批评家都在适应和调整中寻找方向。时代要求知识分子走出书斋，走向社会实践。这种状况体现在文艺批评界就是：一部分人从作协体制中出走到高校，专注于学术知识的生产，醉心于文化研究；另一部分人则转行进入传媒。文艺批评的学院化和传媒化是这一时期的重要特征。"年轻的知识分子再也不像以往的知识分子那样需要一个广大的公众了：他们几乎无一例外地都是教授，校园就是他们的家，同事就是他们的听众，专题讨论和专业性期刊就是他们的媒体。不像过去的知识分子面对公众，现在，他们置身于某些学科领域中有很好的理由。"20世纪90年代的中国学者与雅各比笔下的美国学者极为相似，他们选择退守学院虽是万不得已，但绵延至今却也形成了一种毁誉参半的学院传统。而实际上，知识分子学院化的过程也是知识分子自我去势的过程。因其学院化，知识分子的文化传统行将终结。

从创作与批评的互动关系来看，文艺批评对新潮文艺创作有积极的推动，但其后文艺批评对创作的技艺性阐释倾注了更多的精力，而对文艺作品的思想流向关注得少。20世纪80年代中后期一直到20世纪90年代，中国文学处于亢奋的文学实验期，那时候批评家最愿意说的话是"怎么写"比"写什么"更重要。先锋、实验、向内转、语言本体论等形式主义美学概念差不多成为一个时期中国文学批评的关键词。文艺批评因应20世纪90年代的社会变化，"学术凸显，思想淡出"，要求文学批评的理性化和专业化表达。[①] 表面上看，这一时期中国的文艺作品产量空前，作品研讨会多如牛毛，文艺批评界看似百花齐放，但实际上很贫乏，相互之间也缺少认同。批评家与文艺杂志合谋制造文艺话题或者文艺潮流，很多是为了获得文艺话语权，而不是真的在意对文艺创作的创新辩护和阐释能力，对一些作品的命名只是为了演绎自己的理论，证明某一种批评方法、批评策略的正确性，甚或是沦为文化产业的助推剂和吹鼓手。在这样

---

① 相对于文学在20世纪80年代的中心位置与人文学者的活跃程度，20世纪90年代以来，人文学术总体来说是趋于"边缘化"的。也可以说，在20世纪90年代以来的知识界，社会科学逐渐占据了主导位置。这可以从许多具体的原因上去解释，比如学术"与国际接轨"的影响，比如专业化的学科知识体制的完善等。但最重要的原因在于，20世纪80年代通过文学、艺术与人文学术所表达的核心理念和价值观，其实背后有其社会科学的依据，大致可以称为一种现代化范式。

的时代语境中,文艺批评选择专业化、学者化、传媒化的发展路径就不令人奇怪了。

其实,文艺批评要有吸引力,首先要能解释这个时代和社会的文化现象,解释这个时代的文学作品,进而影响文艺创作的方向和生态。当下文艺批评界的一个突出问题是不观照中国的文艺现实。如果大家都研究中国的现实问题,那么就比较容易达成文化共识。现在的问题是,我们信奉的东西都是从西方拿过来的,人们总想着拿西方的学说去改造中国自己的世界,而不是去着力解释中国的现实,怎么能达成共识呢?

在文艺批评方面,时下流行的,要么是对传统儒家的再解释,要么是贩卖西方的概念和理论。文艺批评也要从被殖民状态中解放出来,从权力迷恋中解放出来,从利益束缚中解放出来,不能照抄不误地拿别人的东西来解释你自己,比如以西方的概念和知识体系来解释中国的文艺现象。现在很多学者,依然拿着西方的东西来解释中国,思维被高度殖民化了。知识分子的权利和使命首要是解释事物,而不是改变事情。文艺批评的使命同样主要是解释事实和现象,而不是改变现状和改造世界。

四、探索与转型:进入新世纪的文艺批评

如果说20世纪90年代的思想界、知识界、学术界思想理念和文化立场的分歧导致了知识分子群体的分化,那么21世纪则被很多人寄予了很大希望,他们不再以西方思想方法为圭臬,而是有自己的反省和思考,并以自己的实践方式在各自的思想理路和文化维度上开拓掘进,希望找到阐释转型期中国社会文化的理论框架和分析方法。这一努力在文艺批评领域同样有具体的体现。面对新世纪文艺生产机制和传播媒介的变革,以及网络文学的勃兴所带来的强力挑战,文艺批评在分析阐释本土化文化现实和文艺事象上做了不少有益探索,选择吸纳文化研究和文化批评的有益养分,走上了转型之路。

新世纪形态多样与价值多元的文化现实,为文艺批评实践提供了较

为广阔的空间。面对消费文化催生的多种文学类型,在不同的利益主体的召唤下,批评主体从不同的文化体认出发,借助相应的文学,表达各自的文化价值观,文艺批评遂形成社会历史批评、意识形态批评、文化批评、思想(史)批评、道德批评、纯文学批评等共存互补的多元格局。其中文化批评从20世纪90年代兴起以来,产生了更强的辐射力。道德批评则以强烈的自我反省姿态而引人注目,对文学创作与批评自身同时构成一种隐约的压迫。在20世纪80年代一度成为主流批评的纯文学批评,在纯文学遭到质疑后,位置移向边缘,声音变得微弱。纯文学批评的萎缩,主要来自文化批评的挤压。文化批评因强旺的文化理论的支撑和现实社会文化生态的迎纳而富有生命力。它把过去通常被看作只是对文学的发生发展产生影响的因素,或被认为是外在于文学自身的因素,诸如政治、经济、宗教、自然、科技、意识形态等纳入批评视野,归类于文学的范畴,这就拓宽了文学研究的领域,使文学批评更为丰富与厚重。但文化批评因重文化而轻审美,故而模糊了大众文化与精英文化、通俗文化与高雅文化的界限,影响了正常文化生态的建设,在取消文学的独立性时削弱了文学、特别是纯文学的文化批判力量。①

　　纯文学批评主要就是以好的文学作品为批评对象,这应当是文学理论批评界的常识。然而由于文化批评和思想史批评的兴盛,批评自身显得丰富而富有魅力,批评对象的审美因素被思想文化所湮没,在文学意义上的杰作就难以凸显了。尤其在文化理论的追光灯下,丑陋之物都可变得神奇夺目,甚至越是丑陋越有看头,鱼目混珠,良莠难分,真正富有思想和审美内涵的杰作其价值就无法体现,久而久之,普通读者对于作品的审美鉴赏力得不到引导和培养,面对市场推动下过剩生产的文学产品因丧

---

① 文艺批评界对20世纪90年代纯文学的文学史意义有了客观的定位,并对批评在其中的功能有所反省,认为随着社会和文学观念的变化和发展,"纯文学"这个概念原来所指向、所反对的那些对立物已经不存在了,因而使得"纯文学"观念产生意义的条件也不存在了,它不再具有抗议性和批判性,而这应当是文学最根本、最重要的一个性质。虽然"纯文学"在抵制商业化对文学的侵蚀方面起到了一定作用,但更重要的是,它使得文学很难适应今天社会环境的巨大变化,不能建立文学和社会的新的关系,以致20世纪90年代的严肃文学(或非商业性文学)越来越不能被社会所关注,更不必说在有效地抵抗商业文化和大众文化侵蚀的同时,还能对社会发言,对老百姓说话,以文学独有的方式对正在进行的巨大社会变革进行干预。(见李陀:《漫说"纯文学"》,《上海文学》2001年第3期。)

失选择能力而感到一片茫然,社会公众的心灵因而缺少美的滋养,文学作者也无以捕捉到美的创造的标准,创作陷于盲目,结果,专业化、学术化的文学批评愈加发达了,而文学借助审美安顿现代人灵魂的积极作用反而下降了。一方面,批评企图通过文化的播撒消解权力对于人的控制,还自由与公平于大众;另一方面,文化理论与分析阐释活动对审美的强暴,使普通人连精神享受的一点快乐也被剥夺了,生存的紧张感无由缓解,身心双重地受到现实的捆绑。当制度安排和人心浇漓造成的不公与不快,向现实批判的文学发出期待和询唤,审美就显得更加苍白无力了,文学与生活就这样陷入恶性循环之中。这大概是审美主义退潮后,文学批评面临的处境。可以说,改革开放以来的文学批评的最大问题就是纯文学批评不敢理直气壮地站出来维护文学的审美批评的标准,以致文学在自我怀疑中失去好不容易获得的一点独立性和尊严。

但是,在一些批评家看来,纯文艺批评并不能分析阐释中国转型期社会文化的现象,更不要说找到解决这些问题的方法。而文化研究和文化批评则能够给批评家提供一个介入社会变革和干预现实生活的入口和可能,文化批评为文艺批评的转型注入了新的动力和养分。比如,文艺创作和文艺批评如何通过关注底层写作,以适当的方式伸张和维护转型期底层老百姓的利益。在他们看来,中国作家不能在精神上背叛他们的社会出身,而是要为基层民众说话,维护和捍卫他们的根本利益,而不是掠夺和损害。其实,当前文艺批评的这种历史趋向,有不少批评家有自己的深度反思,并出现了思想转向。旷新年通过对"纯文学"和"文学现代化"之间关系的反思,指出了纯文学观念的有关争论对20世纪90年代文学意识出现偏失的影响:"在80年代,'纯文学'的标准和'文学现代化'的标准几乎是同时产生和确立的。也就是说,将'文学现代性'理解为'文学现代化',将'文学现代化'又理解为'纯文学'和'现代主义'的追求。这种理解直到90年代被固定为常识。"[①]在《半张脸的神话》(南方日报出版社2000年版)一书中,王晓明对过去的追求进行了深入的反思,认为他在

[①] 旷新年:《"重写文学史"的终结与中国现代文学研究转型》,《南方文坛》2003年第1期。

20世纪90年代所亲见的这种种变化,实在和20世纪80年代人们的期望相差太远:"我在80年代获得的那些认识生活、历史和社会性质的理论方法,已经开始丧失效力了。随着时间的流逝,我的疑惑愈益深广。"这种反思的结果就是王晓明的思想转向。王晓明指出,由广告和传媒塑造出来的那个富有、漂亮、享受名车豪宅的"成功人士",大有充任当代中国人"现代化"想象的聚集点的气势。事实上,这些流行想象已经蒙住了许许多多人的眼睛,使他们看不见经济发展背后的隐患,看不见生态平衡的危机,自然更看不见"新富人"的掠夺和底层人民的苦难,甚至使他们根本不关心这些事情。王晓明对这种掩盖新的压迫和掠夺的一些神话和幻觉的批判和揭露走得较远。不仅走出了"纯文学"这个死胡同,而且超越了文学世界。陈思和不但在他主编的《上海文学》2003年第7期上发表了潘旭澜对张艺谋导演的影片《英雄》的批评,而且在2003年第10期上做了进一步的批判。潘旭澜认为:"那些正说、戏说的影视,基本上避开了这一点,满台辫子飞来飞去,马蹄袖甩个没完,'皇上圣明''奴才该死'之声不绝于耳,实际上是在对观众进行帝王崇拜和奴化教育。而《英雄》更有很大发展,它不是隐恶溢美,而是以虚幻的人物,不讲心理流程与行为逻辑的情节,从根本上倒说嬴政,将血腥的兼并和全无人性的暴政'颠倒'为'保国卫民',值得英雄志士为之死的人间大义。要用一句话来说,这是宣扬强权与极权崇拜。"陈思和则指出:"一般来说,中国的武侠总不能摆脱从流氓到鹰犬的堕落过程,但至多也只是黄天霸之流拍御马,没有一个像张艺谋那样把'马'拍到了世界霸主的屁股上。《英雄》是劝说荆轲们千万不要去刺'秦',而应该反过来,为了秦始皇的'天下'放弃生命和正义。"可见,陈思和的这种调整主要表现在他对一些迎合狭隘需要的文人和文艺作品的批判上。

  传播媒介的革命性变化也给新世纪文艺批评造成了重大影响。纸介质的文学传播,无论是相对于口传文学还是荧屏银幕的文学传播,都更便于文学的精致化、复杂化,从而倾向于走入精英化。这是20世纪现代主义形式复杂的文学文本得以涌现的一个重要条件。这就当然更需要文学批评和文学批评的学理化、专家化。于是,在20世纪便迎来了一个文学批评的时代。但这一切在今天正在发生改变。互联网的出现、文学的网络传播方式是导致这种改变的重要因素。在当前的网络文学活动中,刊布作品的网页之下大多设计了读者发表意见的位置。读者阅读作品之后,可以随即将自己的想法贴上去,非常便捷地实现了读者与作家、读者与读者的广泛交流。而这样的交流,因其交流者隐藏在网络的背后,抹平了身份差别,即使是权威的职业批评家,在这样的交流中也被还原到普通读者的位置。也就是说,作为作家与读者之间的中介的专业批评家,在这里似乎已经没有特别的位置、没有特别的必要了。另外,网络文学传播的视频阅读,比之于纸介质的书刊阅读,显然不便于细嚼慢咽、悉心揣摩。这就逐渐地拒斥了现代主义创作中那种复杂化、精英化的可写性文本,从而势必逐渐地削减了训练有素的专业批评家的用武之地。

于是,改革开放以来一种我们已经习惯了的文学现象在新世纪发生了裂变。这种文学现象就是:一拨作家的出道通常伴随着一拨批评家的出场。比如伤痕文学、反思文学的经典化与何西来等批评家业绩的关联;比如马原、莫言、余华等先锋作家的经典化与季红真、吴亮、李陀、陈晓明等批评家的成就的关联……这一文学现象在网络文学作家那里,在"安妮宝贝们"、在"80后"的文学出道过程中,发生了明显断裂。白烨所谓"80后"作家"进入了市场,尚未进入文坛",撇开其中包含的价值判断不论,它揭示的正是这样一种断裂现象。因为进入白烨所谓的"文坛",通常就是被专业批评家评论、阐释而经典化的过程。从这一视角来看,"韩白之争"应该是一件非常有意味的文学史事件。普遍依赖以互联网为主流的现代传媒而出道的"80后"及其粉丝们,对批评家白烨出言不逊的顶撞,似乎象征性地宣告了这些从网络文学中走来的年轻一代作家与专业批评家的那种传统互生性关系开始走向决绝。

由此看来,如果说,中国未来的文学事业毕竟是更年轻一代人的事业,那么,专业文学批评在互联网时代的衰微似乎应该是一种必然的命运。但情况也还有另一面。在当前大学扩张,博士、硕士大扩招的时代,从事专业文学批评的训练有素的人员及其后备军的数量不是在日益减少,而是在空前增长。这似乎非但不是一种专业文学批评衰微的征兆,而是正在以更强大的阵容朝着更专业化的方向挺进。但这种"挺进"基本上只是向内的,是学院体制内的文学批评"学科"的事情。因为作为这种"学科"的学术生产已经越来越倾向于只在学院体制内一个狭小的圈子里自我循环、自产自销,它满足的是学院体制内"学科建设"的需要和学者赢取各种学术头衔、津贴的需要;它似乎不需要向外去谋求存在价值,既无需面向作家及其创作谋求存在价值,也无需面向读者和社会谋求存在价值。也就是说,这已经迥异于原本的文艺批评了。与这种现象相关联,过去一些跻身文联、作协的活跃的文艺批评家,转眼之间,许多已经跻身为大学教授了。这一现象看起来好像是高校相对来说较为优厚的薪酬诱惑的结果,但究其更深层的因素,却不能不说是受制于一种社会需要的消长变化驱使;这些曾经活跃于文坛、在作家和读者间颇具影响的批评家们业已感到在文坛的价值已经越来越小了,无足轻重了,转向学院的学术研究及其博士点硕士点建设、一级学科建设等另谋发展已经变得更具价值。这种从文坛转战学院、从意气风发的批评家到学者的转型,似乎可以看作在传统的专业文学批评开始走向衰微的年代里向其相关领域的一种"转产"或主动"再就业"。

总之,新世纪以来,文艺批评似乎不像以往那样通过思潮的方式呼风唤雨、大张旗鼓。但有所针对的批评和非常具体的批评概念的植入,让一些作家还是从中感受到不一样的批评气象。如对城市化问题的讨论,对方言写作的关注,对网络时代文学写作高产现象的正视,都在改变着原有的批评话语和批评方式。另外,新世纪文艺批评对自身的责任和使命有清醒的意识。一方面,揭示和解释新世纪以来文艺创作的新气象和新元素;另一方面,文艺批评的自觉意识和学科意识得到提升,不断探索适应当代现实的新形态,增强批评实践的阐释力和公信力,进而构建文艺批评学科或文艺批评新体系。

第一章
调整与借鉴：思想解放语境中的文艺批评

第一节
现实主义文艺观的重新确立

对"阴谋文艺"和"工具论"的批判和反思，使文艺界特别是批评理论家对文艺与政治的关系有了更进一步的反思和认识。邓小平同志代表党中央在全国第四次文代会上的祝词、"二为"方向和"双百"方针的重新确立，使科学的马克思主义文艺观得到进一步的廓清和确立，文艺生活和批评标准有了新的尺度，社会主义现实主义文艺观念得到重新确立。

一、文艺理念的校正与文艺政策的调整

20世纪70年代末80年代初，中国迎来"文革"后的改革开放时期，

"反思"成为当时最流行的词语之一。与之相联系,文艺界对长期以来"文艺为政治服务""文学从属于政治"的理论进行了反思。

在那样的时代背景下,提出新说以取代旧说,是一代文艺理论工作者重要的历史使命。1979年《上海文学》第4期以评论员名义发表的《为文艺正名——驳"文艺是阶级斗争的工具"说》一文认为:"造成文艺作品公式化概念化的原因是多方面的,其中有一个主要的原因,就是创作者忽略了文学艺术自身的特征,而仅仅把文艺作为阶级斗争的一个简单的工具。"文章还提道:"马克思主义认为,文艺同理论思维一样,是人类掌握世界的一种方式。人类所以在理论之外还需要通过文艺来认识世界,就因为文艺具有理论不可替代的特点和作用。文学艺术的基本特点,就在于它用具有审美意义的艺术形象来反映社会生活。"文章一经发出,便引起强烈反响,赞成者有之,反对者亦有之。一篇题为《坚持无产阶级的党的文学原则——"文艺是阶级斗争的工具"不容否定》的文章指出:"在存在着阶级矛盾和阶级斗争的社会里,一切文学艺术都是阶级斗争的工具,这是一条不以人的意志为转移的客观规律,是不容否定的马克思主义的文艺理论、毛泽东思想的基本原理。否定文艺是阶级斗争的工具,就是否定文艺事业应当成为无产阶级总的事业的一部分,成为整个革命机器中的'齿轮和螺丝钉',因而就是否定无产阶级的党的文学原则。一切革命者必须坚持这一根本原则,因为它是无产阶级文艺的生命线。"这类带有"左"的情绪的文章在当时比比皆是,说明要进行理论上的拨乱反正仍然十分困难。

在这困难时刻,1979年召开了中国文学艺术工作者第四次代表大会,邓小平同志在会上发表祝词,其中说道:"围绕着实现四个现代化的目标,文艺的路子要越走越宽,在正确的创作思想指导下,文艺题材和表现手法要日益丰富多彩,敢于创新。要防止和克服单调刻板、机械划一的公式化概念化倾向。"[①]"党对文艺工作的领导,不是发号施令,不是要求文学艺术从属于临时的、具体的、直接的政治任务,而是根据文学艺术的

---

① 《邓小平文选》第2卷,人民出版社1994年版,第211页。

特征和发展规律,帮助文艺工作者获得条件来不断繁荣文学艺术事业。"①"我国历史悠久,地域辽阔,人口众多,不同民族、不同职业、不同年龄、不同经历和不同教育程度的人们,有多样的生活习俗、文化传统和艺术爱好。雄伟和细腻,严肃和诙谐,抒情和哲理,只要能够使人们得到教育和启发,得到娱乐和美的享受,都应当在我们的文艺园地里占有自己的位置。"②

对于文艺界的人们来说,这些积极的变化无疑非常振奋人心。不久,邓小平又在《目前的形势和任务》一文中更明确地指出:"不继续提文艺从属于政治这样的口号,因为这个口号容易成为对文艺横加干涉的理论根据,长期的实践证明它对文艺的发展利少害多。但是,这当然不是说文艺可以脱离政治。文艺是不可能脱离政治的。任何进步的、革命的文艺工作者都不能不考虑作品的影响,不能不考虑人民的利益、国家的利益、党的利益。"受此影响,文艺理论工作者开始解放思想,不约而同地从"审美"和"情感"角度切入,来研究和阐释"文学是什么"的问题。不少理论家纷纷发表意见,如王春元的《"文艺为政治服务"是个错误的口号》(《文艺理论研究》1980年第3期),林焕平的《文艺为社会主义服务》(《文艺研究》1980年第3期),邹贤敏、周勃的《文艺的歧路》(《新文艺论丛》1980年第3期),曹廷华的《"文艺从属于政治"是不科学的命题》(《文艺研究》1980年第3期),等等。

1980年7月26日,《人民日报》发表名为《文艺为人民服务,为社会主义服务》的社论,正式以"文艺为人民服务,为社会主义服务"的口号来取代"文艺从属于政治""文艺为政治服务"的口号,这对改革开放以来的文艺理论界来说,是在反思中走出的重要一步,从根本上解决了大问题,为文艺的发展、文艺理论的发展开辟了广阔的道路。胡乔木在《当前思想战线的若干问题》(1981年8月8日)中,对此作了进一步阐释:"我们的一切政治归根结底都是为大多数人谋利益的手段,政治本身不是目

---

① 《邓小平文选》第2卷,人民出版社1994年版,第213页。
② 《邓小平文选》第2卷,人民出版社1994年版,第210页。

的","我们不能为政治而政治,所以也不能为政治而文艺,等等"。

不提文艺从属于政治有着重大意义,问题的根本不仅是不继续提"文艺从属于政治"的口号,而在于这是一次真正的"拨乱反正"。因为它解开了文学创作与文艺理论多年来的死结。长期以来,文学意识形态一直从属和依附于政治意识形态,文艺从属于政治,导致了"文革"前十七年文艺创作中的简单化、概念化倾向,后来虽有几次纠正,但积重难返。在理论上大肆宣扬文艺对政治的从属性和依附性,造成人们对文艺创作的错误印象,使文艺创作者失去了创作的独立性和想象力,在很长一段时期内为政治和政策服务。在"文革"时期,文艺的从属性使文艺成了听命于文化专制主义的工具。因此,不继续提文艺从属于政治,意味着文艺摆脱了狭窄的约束,获得了前所未有的广阔空间。

二、对极左文艺观的批判和反思

改革开放以来文论对文艺与政治关系的反思,既是新启蒙主义思潮的重要表现,也与权威政治对过去"左"倾路线的否定相一致。邓小平1979年10月在全国第四次文代会上的祝词所体现的精神,与1980年7月26日《人民日报》以社论的形式提出"文艺为人民服务,为社会主义服务"的新口号,取代了"文艺为政治服务""文艺从属于政治"等旧的说法,这种方针政策的调整,实际上肯定了文艺理论的学术话语对文艺相对于政治的独立性要求。有人提出"把文艺从政治的腰带上解下来",提出文学"回复到自身"的口号,文艺的"非政治化"成了改革开放以来文学最初的重要动力。

伴随着思想上的觉醒和政治上的拨乱反正,改革开放以来的文论开始重新审视文艺与政治的关系问题。最早明确质疑文艺"工具论"的是陈恭敏,他运用马克思主义哲学反映论的武器,通过论证艺术反映生活的广泛性、多样性、复杂性的特点,突破单一政治性的限制,从审美的角度争取艺术的相对独立性。随后,《上海文学》发表评论员文章《为文艺正名——驳"文艺是阶级斗争的工具"说》,同样从审美的角度批驳了文艺工具论。文章认为,"'文艺是阶级斗争的工具'说之所以必须纠正,因为它将文艺与政治的关系说成唯一的、全部的关系,这样的文艺观,将导致文艺与政治的等同,因而是一种取消文艺的文艺观,必须从理论上加以澄清"。"文学艺术的基本特点,就在于它用具有审美意义的艺术形象来反映社会生活。"因此,"文艺与生活的关系应当是文艺首先的和基本的关系。只有把文艺与生活的关系作为首先的和基本的关系来考察的文艺观,才是唯物主义的文艺观。而'文艺是阶级斗争的工具'说,要求文艺创作首先从思想政治路线出发,势必导致'主题先行',这样就撇开了不以人的主观意志为转移的客观世界,把文艺与阶级的欲望、意志的关系作为首先的和基本的关系来考察,这样的文艺观实质上是唯心主义的文艺观"[1]。显然这里从哲学反映论的角度把艺术认识的客观性提到了优先地位,要求首先解决艺术与生活之关系,也就是对真的追求。同时,文章指出,艺术体现真善美的统一,所以对于真的偏重并不意味着放弃对善和美的追求,也就是说要考虑艺术与政治之关系,以求得善的价值。并且在真与善的基础上,解决内容与形式的关系,以求得美的价值。真善美彼此不是孤立的,而是互相联系、互相渗透着的。"文艺追求的真,不是概念的真,而是艺术形象的真;文艺所追求的善,不是政治的或道德的说教,而是把强烈的、代表人民的爱与憎熔铸在艺术形象的创造中;文艺所追求的美,也不是纯形式的美,而是内容与形式的统一,真善美的统一。"[2]文章旗帜鲜明地驳斥了文艺工具论,引起了广泛的关注与讨论。

　　文学的这种"去政治化"在当时的语境显然有着积极的意义,对"文学性"的强调也有其历史必然性。正如有学者所说:"在八十年代,我们对意识形态不会有如此复杂的认识,那个时候,我们把意识形态仅仅理解为一种主流意识形态,更具体一点说,就是极左政治的意识形态。这种意识形态不仅控制了我们的全部生活内容,同时也控制了文学写作,使文学

---

[1] 《上海文学》评论员:《为文艺正名——驳"文艺是阶级斗争的工具"说》,《上海文学》1979年第4期。
[2] 《上海文学》评论员:《为文艺正名——驳"文艺是阶级斗争的工具"说》,《上海文学》1979年第4期。

仅仅成为某种政治主张的简单的'宣传机器',而所谓的'再现',只是再现了这种意识形态的虚假图像而已。因此,在这一特定的历史环境中,当时'纯文学'强调的'非意识形态化'显然有着相当积极的意义。它借此拒绝了极左的政治——意识形态对文学的控制,从而使文学得以独立地表达当时时代的声音。"①

但同时也要看出,改革开放之初的文艺理论所提出的文艺要摆脱的政治是具有特定含义的政治,它包括现行政策、当前中心任务、抽象政治观念、各部门的地方长官意志等,而不是广义的政治。而且就后者而言,改革开放以来的文论对于文艺与政治关系的重新审视本身就具有强烈的政治意味,可称为一种去政治化的政治,而且其背后还有着某种政治的背景。否认文学为政治服务的人,他们的理论是自相矛盾的。首先,他们一方面否认文学为政治服务,另一方面却以政治的标准来评价文学。其次,他们虽然否认文学与政治之关系,却首先从政治上赞扬暴露林彪、"四人帮"的文学作品,尽管其中很多作品在艺术上并不成熟。所以,有人提出,《为文艺正名——驳"文艺是阶级斗争的工具"说》一文借口尊重艺术的特殊规律,却否定了艺术的基本规律。"为文艺正名"是反抗当代中国文艺的政治工具化,是以艺术自律的名义反对政治的绝对化,以艺术原理来反抗政治。"文学的非政治化"实际上是对政治的反抗,文学非政治化其实也是极端政治化的表现。

对此我们应该在特定历史时刻来看待,强调艺术与生活之关系和艺术的认知功能,对于真善美相统一的要求,对于艺术特性和独立性的重视,都是值得肯定的。但如果将纯文学看作一种纯粹文学内在的要求,而不将它与当时的历史政治联系起来,脱离历史脉络,就失去了对纯文学的正确理解。

---

① 蔡翔:《何谓文学本身》,《当代作家评论》2002年第6期。

三、文艺与政治、社会生活的新型关系

文艺与政治的关系,历来是文艺与其他意识形态各部门之间最重要的关系之一,这种关系是一种客观存在,我们既不能无视,也不能否认这种关系的存在。问题在于如何把握、如何摆正这种关系。在"文革"期间和之前,曾流行过的所谓"工具论"(文艺是阶级斗争的工具)、"服务论"(文艺为政治服务)、"从属论"(文艺从属于政治),就是对文艺与政治关系的认识偏颇和实践失误的典型表现。

20世纪70年代末,文艺界进入拨乱反正的新时期,伴随着新一轮启蒙主义的盛行和西方现代主义的传入,自由、个性、人性等受到前所未有的关注,人们开始质疑"文艺为政治服务"的口号,呼吁让文学回归到自身。"纯文学"的概念由此产生,朦胧诗、寻根文学、先锋文学相继出现在文坛上。诚如周扬所说:"文艺从属于政治,文艺为政治服务的口号决不能穷尽整个文艺的广泛范围和多种作用,容易把文艺简单地纳入经常变化的粗暴干涉。"①长期实践证明,毛泽东在《在延安文艺座谈会上的讲话》中"关于文艺从属于政治的提法,关于把文艺作品的思想内容简单地归结为作品的政治观点、政治倾向性,并把政治标准作为衡量文艺作品的第一标准的提法……虽然有它们产生的一定历史原因,但究竟是不确切的,并对新中国成立以来的文艺的发展产生了不利的影响"②。如此一来,文艺总算被摘掉了"政治婢女"的帽子,中国的文艺理论出现了"为文艺正名"的历史性转机。

这一转机打破了过去那种不是以实践来检验文艺理论的正确与否,而是以权威来检验文艺理论正确与否的恶劣作风。检验文艺理论的正确与否,只能靠客观的文艺实践,没有一成不变的真理。

---

① 参见周扬:《解放思想,真实地表现我们的时代》,《文艺报》1981年第4期。
② 胡乔木:《当前思想战线的若干问题——1981年8月8日在中央宣传部召集的思想战线问题座谈会上的讲话》,《文艺报》1982年第5期。

这次论争虽然仍带有对专制主义和以往极左路线批判的性质,仍属于政治学术活动的范畴,但与以往相比较,已经有了明显区别。20世纪50年代、20世纪60年代及"文革"期间的论争,如对电影《武训传》的批判、《红楼梦研究》的批判,对胡适、胡风、右派文艺思想的批判……以至于"文革"中批判所谓"文艺黑线",甚至包括1979年年初关于文艺是"歌德"还是"缺德"的论战,基本上都属于政治行为而非纯粹意义上的学术行为。这次虽然没离开政治,但是在政治批判和论争的形式下,实质运行着的是文艺与政治关系的学术探讨和学术研究内容。许多文章,不论是高呼"为文艺正名"、主张修正"文艺从属于政治""文艺为政治服务"口号的,还是仍坚持"文艺为政治服务"的,大都是从学理上研究探讨经济基础与上层建筑、意识形态之间的关系,从而寻找文艺在其中的恰当位置以及文艺不同于其他上层建筑和意识形态的特点。

很大一部分学者认为,"艺术不但要受政治的影响,也要受宗教、哲学、道德等其他意识形态的影响。各种上层建筑之间的关系是密切联系的,互相影响的",倘若"把上层建筑同经济基础之间以及上层建筑各种因素之间的本来是极其错综复杂的关系过于简单化、庸俗化,这就不是真正的唯物主义,而是走向了它的反面"[1]。大部分文章都是通过从学理上探究经济基础、上层建筑、意识形态等概念的内涵这种方式来为文艺把脉;有人认为上层建筑和意识形态不是一码事,而文艺不是上层建筑只是意识形态;有人认为意识形态属于上层建筑,文艺既然是意识形态,那就是上层建筑的一部分,也应具有意识形态的特点;有人认为文艺既有意识形态性,也有非意识形态性;有人探究和比较哲学、道德、宗教等意识形态形式与作为艺术的意识形态形式各自不同的特点……总之,大部分学者都力求讲出一定的学理,而不是像过去那样根据政治立场作出判断。

可见,这次"为文艺正名",是从过去的政治批判向学术探讨的过渡,是在"政治"旗号之下所进行的文艺理论的学术行为,其意义不在于"文艺为人民服务,为社会主义服务""文艺与政治互相影响,文艺不脱离政

---

[1] 周扬:《解放思想,真实地表现我们的时代》,《文艺报》1981年第4期。

治"等结论,而在于它为文艺在后一阶段的变革创造了必要的社会气氛和文化前提。从此,文艺开始脱离政治附庸地位,逐渐确立了自己在社会结构中的独立自由的品格,文艺学的研究开始走向自身意义上的学术探索道路,而不再是带着政治镣铐的舞蹈。

我们认为,人文学术作为时代精神的表征,无法回避或远离文化政治议题,并不存在与政治完全无关的人文学术研究。但一般说来,人文学术并不需要直接以政治的形式表达,它不是指令性和权威性的政治宣言或政治话语,现代政治理念主张政治对话的多元化、民主化,提倡不同声音的对话交流,人文学术的主要政治功能在于,以学理式的话语方式不断探寻和建立公平正义原则的合理性,表达不同社会阶层的利益诉求。因此,只有在现代政治理念下,当代文艺理论与人文学术探讨才能正常展开,文学与政治的关系才能重新获得思考。

一个概念必须依赖其特定的历史语境方能合理存在,时代语境改变了,"纯文学"依然远离政治、远离现实、远离意识形态,就会成为无源之水、无本之木。时过境迁之后,文学需要重新为时代立言,关注现实,关心社会,这样的文学才能真正成为人民的文学,才能守住文学的生命之源、活力之根,文学的发展才会有崭新的未来。

第二节
批评的主体自觉与姿态调整

一、批评思维的拓展和理论焦点的位移

20世纪80年代,随着人道主义思潮的兴起,"人"的觉醒和发现、人性的复归成为改革开放以来文化启蒙的主题,人道主义成为新启蒙文学的理论基础和精神实质。文学创作上,人们开始关注人的精神与心灵,表现人性的作品大量出现,理论层面形成了以"人类学本体论"为理论基础的美学,对改革开放以来的文论产生了深远影响。1979年,李泽厚出版了《批判哲学的批判——康德述评》一书,他结合康德哲学理论研究主体性问题,认为人具有能动地改造社会的能力,肯定人类历史的实践性。在此基础上,刘再复发挥李泽厚的主体论思想,强调精神主体性,并将之落实在文学及艺术领域,提出了颇富争议的"性格组合论""文学主体论"和"国魂反省论"。该理论来源除了哲学层面,更多来自近现代以来形成的一种人道主义文学观念。他把主体性解释为"强调人的能动性,强调人的意志、能力、创造性,强调人的力量",且将主体性区分为"按照自己的方式去行动的,这时人是实践的主体""按照自己的方式去思考,去认识的,这时人是精神主体"[1]。刘再复认为改革开放以来的文学主潮是人道主义,人不是手段而是目的,文学要以人为主体,应该在充分发挥人的自主性、能动性和创造性的基础上去认识和改造现实。1985年,刘再复先后在《文汇报》和《文学评论》上发表《文学研究应以人为思维中心》和《论文学的主体性》等文章,认为"在艺术活动中,由于审美活动和审美关系的全面性和自由性,主体和客体不再处于片面对立之中,客体成为真正的人的对象,并使人的全面发展的本质力量对象化。……在艺术活动中,人自身复归为全面的完整的人,便用充分发展的完整的人的眼光来看世界"[2]。文章高扬人的主体性,肯定人的价值和尊严,恢复了人们对自我价值的肯定与自信,阐释了文学以人为中心和目的的新思维,在学界引起很大反响及广泛论争。《文汇报》组织了相关问题的座谈会,于1985年9月30日以整版篇幅刊登讨论摘要;中国社科院文学研究所于1986年2月18日和3月1日召开"文学主体性"问题座谈讨论会,并在《文学评论》上发表了发言摘要。同年,《红旗》杂志发表陈涌的《文艺学方法论问题》一文予以批评,《文论报》发表敏泽、汤学智的文章,不同观点之间相互交锋,"文学主体性"论争成为人们争相关注的热点问题。在这些论争

---

[1] 刘再复:《论文学的主体性》,《文学评论》1985年第6期。
[2] 刘再复:《论文学的主体性(续)》,《文学评论》1986年第1期。

中,赞誉者有之,拥护者有之,中立者有之,批判者、反对者、声讨者亦有之。论证的实质,依然是社会转型时期正确思想观念和错误思想观念的对抗与冲突在文艺理论领域的体现。

对其肯定的观点认为,"文学主体性"理论以文学艺术作为研究对象,高扬人的主体性,呼唤人性的觉醒,肯定人的价值和尊严,表达出与极左文艺思想彻底决裂的理论勇气。作为一种对旧有思维模式的突破,文章阐释了文学以人为中心和目的的新思维,以其敏锐的思想而领风气之先,重新建立起了人的价值,建立起了一种新的文学理论话语体系。

与此同时,该理论也受到了不同观点的严厉批判。有的文章认为,文学主体性理论混淆了作为方法论的马克思主义与我们过去具体的文学活动出现的唯心主义、形而上学的偏差之间的原则性不同,"没有把我们有些人在解释和应用马克思主义观点时的错误和缺点,和马克思主义本来面目区别开来,却在否定我们的错误和缺点时,实际上连同这些问题上的马克思主义观点和方法也一起否定了"。同时,文学主体性理论在阐释"主体性"问题时,逻辑起点也出现了失误,将"精神主体"与社会实践相脱离,从而失去了坚实的客观物质基石,这必然导致"不是回到机械唯物主义的直观反映论,就是走向主观唯心主义"的结局①;有的学者认为在马克思主义哲学中就已经包含并阐释了科学的主体论思想,因此,如果再有人提出主体论是人类思想史上的一个新课题的论断,显然是有悖常理的;有的学者认为主体性理论的错误"不在于应该不应该重视对人和人道主义问题的研究和宣传",而是"在于站在什么立足点上"阐述问题,是运用历史唯物主义的观点,还是适用"人本主义"的观点进行理论分析才是一系列原则性分歧的根本②;有的学者将马克思主义哲学唯物辩证法作为思维科学方法,通过对文艺主客体关系分析,阐述了文艺活动中的文艺主体与文艺客体之间的辩证关系,尤其强调了文艺主体与客体之间的"交互作用"关系,提出"既不应当超越文艺客体对文艺主体的决定作用,

---

① 陈涌:《文艺学方法论问题》,《红旗》1986年第8期。
② 敏泽:《论〈论文学的主体性〉——与刘再复同志商榷》,《文论报》1986年6月21日。

不适度地推崇、夸大文艺主体对文艺客体的能动作用,也不应当排斥文艺主体对文艺客体的能动作用,单纯孤立地强调文艺客体对文艺主体的决定作用"的观点①;有的学者认为,当我们谈论主动性时不能忽视受动性的存在,因为人的主体性中一定包含受动性,而且,人的主体性的确立是离不开受动性的,从这个角度讲,受动性具有无法或缺的重要意义和决定性的作用。如果忽视受动性的存在以及对主动性的决定性意义而静止地、绝对地以精神性主体概括人的主体性,那么主体性是无法与现实社会发生任何撞击的。

通过这些论争我们可以看到,改革开放以来的"新潮"文论在对待"文艺与政治"问题上又走向了另一个极端,开始强调文艺与政治无关,追求文学艺术的审美自律性,从而与"主体性"理论一起形成了"向内转""纯文学""纯形式"等以文本探索为诉求的"形式主义"和标举无功利性的"审美主义"的思潮。有意味的是,从人道主义和文学"主体性"论争,直至20世纪80年代对"形式"的先锋性探索,以及审美自律性的确立,其背后都无不隐藏着鲜明的政治指向性,都在以"非政治化"的方式表达着其或隐或显的政治意图。正因为或隐或显的政治性诉求,才体现出鲜明的问题意识和现实关怀,成为人们关注的热点。如果说,对人道主义持不同意见者的政治表达是直接的,那么人道主义倡导者的政治表达则是间接曲折的,但两者的问题域其实是一致的。改革开放以来,人道主义和文学主体性论争留给我们的精神遗产是强烈的"现实关怀"和当下的"问题意识",它体现了面对问题勇于担当的历史责任感和理论勇气,如何将思想深度、学理深度和现实关怀真正结合起来,进行既富时代精神又具学术深度的理论反思,依然是我们今天需要面对和解决的理论难题。

伴随时间推移及时代发展,文艺创作及理论中远离政治的心态,改革开放以来提出的"文学与政治无关"的理念,已然成为一种逃离现实的理论依据。在这种理论的支撑下,文艺创作越来越丧失了现实关怀和批判精神,因此摒弃"文学工具论"而主张"文学与政治无关",是一种特定语

---

① 陆贵山:《对文艺主体客体作用的宏观分析》,《光明日报》1987年3月5日。

境下的抵抗策略,在多元政治语境下,继续坚持文学远离政治的主张,无疑是一种对当代社会现实语境的逃避,文学丧失了多元表达的可能性,也就丧失了对现实的阐释能力。今天,在现代多元政治语境下,我们应重新思考"文学与政治"的议题,寻求文学艺术的多元表达才是正确的方向。

二、外部研究与内部研究并重

改革开放以来关于文学"向内转"的话题是20世纪80年代中期后在《文艺报》上展开的"阵势拉得更大,延续时间最长,论点最为针锋相对"的讨论和争鸣。讨论源于1986年10月18日鲁枢元在《文艺报》发表的《论新时期文学的"向内转"》一文。据鲁枢元回忆,"在沉寂了一段时间后,到了1987年夏天,以《文艺报》为主要阵地对这篇文章展开了热烈的讨论,讨论持续了一年多时间,到了1988年下半年,渐渐平息下来。停顿两年之后,1991年春,《人民日报》《文艺报》等报刊又接连发表署名文章批评'向内转',至此这场关于新时期文学'向内转'问题的讨论已拖延了将近五年的时间"①。

在《论新时期文学的"向内转"》一文中,鲁枢元总结和评价了新时期文学十年的现象、趋势与成果,他说:"一种文学上的'向内转',竟然在我们八十年代的社会主义中国显现出一种自生自发、难以遏止的趋势。"而且,新时期文学出现了"题材的心灵化、语言的情绪化、主题的繁复化、情节的淡化、描述的意象化、结构的音乐化"等趋势。10年后,鲁枢元再次撰文对"向内转"进行了清晰的界定:"向内转"是对中国当代"新时期"文学整体动势的一种描述,指文学创作的审美视角由外部客观世界向着创作主体内心世界的位移。例如,他提到改革开放以来许多小说创作的作者"都在试图转变自己的艺术视角,从人物的内部感觉和体验来看外部世界,并以此构筑起作品的心理学的时间和空间。"而改革开放以来的

---

① 鲁枢元:《文学的内向性——我对"新时期文学'向内转'讨论"的反省》,《中州学刊》1997年第5期。

诗歌创作则"发生了由'客体真实'向'主体真实'的位移,发生了由'被动反映'向'主动创造'的倾斜"等,具体表现为题材的心灵化、语言的情绪化、情绪的个体化、描述的意象化、结构的散文化、主题的繁复化。它是对多年来极左文艺路线的一次反拨,从而使文学更贴近现代人的精神生存状态,为中国当代文学的发展开创出一个新的局面。中国当代文学的"向内转"显示出与西方19世纪以来现代派文学运动流向的一致性,为从心理学角度探讨文学艺术的奥秘提供了必要性与可行性。

可见文学的"向内转"指的是,文学从客观反映转向主观表现,从外部世界转向内心世界。它特指20世纪初开始崛起的一种新的审美观念和审美特征,而不是泛指文艺作品对人的心理、感情及情绪的刻画。

但是,鲁枢元一方面把"向内转"界定为整体上的审美观念的主观化、内向化,另一方面却又把整体上是"客观反映"的文学作品中对人的感情及心理的细致描写作为"向内转"的例证,这样一来就把"向内转"的涵义扩大了、泛化了,从而导致内外界限的混淆。

对于文学的"向内转"的讨论,大致有三种意见:

第一种是充分肯定的意见。叶廷芳认为,新时期文学"正为找回它的'自我'而努力,它所呈现的'内向化'倾向是明显的"。童庆炳在《文学的"向内转"与艺术创作规律》一文中认为,"'向内转'的趋势作为新时期文学发展过程中的一种重要现象,是有目共睹的"。江岳在《回顾与展望》一文中把"向内转"提到了"普遍规律"的高度来认识,他认为,从文学自身的发展规律来看,"文学的入乎'内'、出乎'外'的矛盾运动是生生不息、历久常新的,不是偶然发生的现象";从社会历史原因来看,"在社会矛盾尖锐、社会动荡不定的时期,艺术总不免带有强烈的社会功利色彩"。而"一旦社会冲突缓和,社会相对稳定的时候……艺术就开始向自身的价值回归——'向内转'"。他还认为中国现代文学的"向内转"自"五四"前后已然开始,鲁迅的《野草》便属于"象征主义文学",其中很多篇章侧重表现人物情绪体验,解剖人物的灵魂,表现了"情绪性""心理性""象征性""暗示性"的特点。中国现代文学发展到20世纪20—30年代,由于当时的阶级矛盾和民族矛盾需要一种集中一致的实用性文艺活动,开始了由内向外的倾斜。中华人民共和国成立后,文学本该"向内转",但由于长期形成的心理定式,文学仍被定位在"工具"和"武器"的框架上,一直到改革开放以后,文学艺术才回到自身运转的轨道上。

第二种意见是对"向内转"部分肯定,即承认新时期文学存在"向内转"倾向,但它不能代表其他文学的存在,也不能代表发展的主流趋势,更不能作为一种普遍规律。王仲认为,新时期文学"是基本上迈着内深化和外深化的双足来开始自己新的征途的",是两条腿走路而不是一条腿走路。他认为,"三无小说"或"朦胧诗"固然客观存在,但它们只是新时期文学的一部分,不能代表全部或整体。张炯在《也谈文学"向内转"与艺术规律》一文中也有相似观点。他肯定"向内转"的文学即"追求表现作家体验、感觉、想象、幻想,追求更深入地开掘人的内在精神世界的趋向",有别于"追求模仿现实,侧重描写外在世界和人物行为的'向外转'的趋向",但不能把它视作普遍规律。文学创作的深刻或肤浅,关键不在于"向内"或是"向外",而在于作为创作主体的作家本身的素质以及他们在多大程度上尊重艺术自身的规律。任何艺术创作都要通过自我去表现现实世界,是主观与客观的统一。所以,作家应重视艺术创作规律,正确处理艺术创作中主体与客体的关系,而不应该特别去提倡"向内转"。

第三种意见是对"向内转"的否定或部分否定。这种意见以周崇坡为代表,他承认"向内转"是新时期文学的突出表现,但认为这种表现恰恰表明新时期文学严重不足。因为"向内转"文学在充分强调作家主体性的同时,没有重视作家的实践性。"离开了外在条件一味地'开掘'人物的内宇宙……使通过人物内部感觉和体验来返照外部世界的创作意图落空,作品中的人物成了隔绝于现实生活之外的隐世者。"由于对思想、背景和人物性格的有意淡化,"向内转"文学过分追求一种非现实化、非历史化、非社会化的创作途径,因而缺乏直面人生和揭示现实矛盾的使命感。

"向内转"提倡对文学本身的语言、形式、文体、叙事结构等审美性质方面的研究和批评,宣扬一种从方法到功能的美学意义上的回归,强调"用心理学的眼光看文学,文学作品必然是文学家的实践活动、生产活动、心理活动的结晶。文学作品的品位高下,总是由文学家心灵的深度和广度决定着的。文学创造的难能之处在于斯,可贵之处亦在于斯"[1]。它有意颠覆现实主义话语和疏离中国化马克思主义文艺体系,把外面的政治与内里的主体割裂开来,把文学批评与文艺创作当作主体免受伤害独善其身的避难所和自我表现的工具。但是,当完成了瓦解僵化的文学意识形态的任务后,"向内转"继续沿着二元对立的方向,要求作家表现自我,袒露内心,甚至把文学围绕着语言文体写作作为一种规范的时候,这种"非政治化"的诉求本身的文化政治性和意识形态性也因此表现了出来。

应该说,文学创作作为一种特别强调个体性和独创性的精神活动,理应开掘作家、艺术家的感觉、体验、思想、情感、心理乃至潜意识。改革开放以来,不少作家作品也确实呈现出"向内转"的倾向,显示了作家主体意识的强化和创作的深化,如果正确认识和评价这种趋势,可能会引导文艺作品走向更广阔的天地。但把它作为一种具有普遍意义的必然趋势,认为唯有"向内转"的作品才符合审美要求,才合乎文学的本性,无疑是片面和狭隘的。

无论是从哲学的意义上说,还是从文艺创作过程看,内与外、主观与客观是互相矛盾又互相依存的两面,没有外也无所谓内,离开了客观也就谈不上主观。无论是作为创作主体的作家,还是作为对象主体的人物形象,人的感觉、体验、情感、认识乃至潜意识等内在、主观的东西都不是孤立存在的,它们离不开外在的客观世界,离不开生活于其中的社会环境和物质生活条件。文学艺术作为人造的自然或自然的人化,就是通过自我去认识世界和表现世界,是主客观的统一。文学固然应通过作家的心灵折射和反映现实生活,但离开生活之源,作家的心灵之泉也会干涸。把内与外、主观与客观割裂开来或对立起来,违反了唯物辩证法的常识。文艺创作不可能纯客观地摹写现实生活,也不可能离开客观世界去孤立地表现人的主观精神。文艺作品应具有海纳百川的胸怀,内外兼具,兼容并

---

[1] 鲁枢元:《用心理学的眼光看文学》,《文学评论》1985年第4期。

包,容得下各种创作途径和创作方法,才能创作出更多更好的作品。

总之,"向内转"是一种在20世纪80年代文学变革中被重读的文学现象,它所具有的文化政治性和意识形态性,使它既被看作是借助西方的话语优势来突破现实主义文学所构成的秩序,也被看作一种探寻作为历史主体的民族自我意识及表达的可能性的理论观点,它们交织在一起,成为新时期文坛的一道风景线。

三、关注审美与介入创作

1979年以后,"人性""人道主义"禁区的逐渐突破以及文学的人学基础的确立,使得文艺理论挣脱了政治工具主义的枷锁,逐步从机械的反映论走向能动、审美的反映论,并进一步通过对艺术反映论、艺术生产论的探索,恢复了文学的审美特性,学界开始把文学艺术与美联系起来思考,将美认定为文学艺术的基本属性。

蒋孔阳在1980年发表的《美和美的创造》一文中指出:"艺术的本质和美的本质,基本上是一致的。美具有形象性、感染性、社会性以及能够实现人的本质力量的特点,艺术也都具有这些特点。正因为这样,所以我们说,美是艺术的基本属性。不美的'艺术'不能成为真正的艺术。从事艺术工作的人,不管他办不办得到,但从本质上说,他都应当是创造美的人。创造美和创造艺术,在基本的规律上应当是一致的。""艺术美不美,并不在它所反映的是美的东西,而在于它是怎样反映的,在于艺术家是不是塑造了美的艺术形象。生活中美的东西,固然可以塑造为美的艺术形象,就是生活中不美的甚至丑的东西,也同样可以塑造为美的艺术形象。"①

可见,蒋孔阳对于文学艺术的本质思考已经转移到"美"的概念上来,他把文学艺术的性质归结为美,这是很重要的。更重要的是他认为文

---

① 蒋孔阳:《美和美的创造》,江苏人民出版社1981年版,第52页。

学艺术的美不仅是反映对象问题,更是怎么写的问题,丑的事物经过艺术加工也可塑造成美的形象。写什么并不具有决定性作用,更重要的是怎么写。

李泽厚在1979年在有关"形象思维"的演说中,也谈到对文学艺术的理解,他认为:"把艺术简单看作是认识,是我们现在很多公式化概念化作品的根本原因。"①他又认为,文学艺术的特征也不是形象性,仅有形象性也不是艺术。他指出:"艺术包含有认识的成分,认识的作用。但是把它归结为或等同于认识,我是不同意的。我觉得这一点恰恰抹煞了艺术的特点和它应该起的特殊作用。艺术是通过情感来感染它的欣赏者的,它让你慢慢地、潜移默化地、不知不觉地受到它的影响,不像读本理论书,明确地认识到什么。"②

从上述两位美学家的论述可以看出,改革开放以来的文学观念逐渐转向文学审美特征论。

童庆炳1981年发表《关于文学特征问题的思考》一文,明确提出文学的情感特征。1983年他又发表《文学与审美》一文,阐述了文学审美特征论。文学反映的生活是人的美的生活。人的整体的生活能不能成为文学的对象、内容,还得看这种生活是否跟美发生联系。如果这种生活不能跟美发生任何联系,那么它还不能成为文学的对象。文学,是美的领域。文学的对象必须具有审美的意义,或是在描写之后具有审美。美并不单纯是客观事物的属性,它跟审美主体的主观作用有密切关系。什么是美的生活,什么是不美的生活,什么生活可以进入作品,什么生活不能进入作品,是一个极其复杂的问题。但文学创造的是艺术美,艺术美来源于生活美,因此只有美的生活才能成为文学的对象的道理,却是容易理解的。诗人们歌咏太阳、月亮、星星,因为太阳、月亮、星星能跟人们的诗意感情建立联系,具有美的价值;没有听说哪一首诗歌吟咏原子内部的构造,因

---

① 李泽厚:《谈谈形象思维问题》,见李泽厚:《李泽厚哲学美学文选》,湖南人民出版社1985年版,第340页。
② 李泽厚:《谈谈形象思维问题》,见李泽厚:《李泽厚哲学美学文选》,湖南人民出版社1985年版,第341—342页。

为原子内部的构造暂时还不能跟人们的诗意感情建立联系,还不具有美的价值。诗人吟咏鸟语花香、草绿鱼肥,因为诗人从这些对象中发现了美;没有听说哪个诗人吟咏粪便、毛毛虫、土鳖、跳蚤,因为这些对象不美。"①从以上表述可见,童庆炳提出了审美价值的观念。价值就是对人所具有的意义,审美价值就是对人所具有的诗意的意义。从这样的观点来考察文学显然更接近文学本身。他还文学反映的对象可以有两个层面:一是本身就具有审美价值的生活,如优美、壮美、崇高;一是经过描写之后具有审美价值的生活,如悲、喜、丑等。

文学的"审美反映论"的构建,是基于对"认识反映论"的不满,童庆炳在1984年版的《文学概论》中谈到社会生活是文学的唯一源泉,文学是社会生活的反映。但是,文学还有反映生活的特殊性,"我们认为文学对社会生活的反映是审美的反映。审美是文学的特质。……文学之所以是文学就在于它是对社会生活的审美反映,文学的崇高目的是要按照一定的社会审美理想来改造人的生活,使人的生活变得更美好"②。

1986年,钱中文也提出文学的"审美反映论",他说:"文学的反映是一种特殊的反映——审美反映,由于其自身的特殊性,较之反映论原理的内涵,丰富得不可比拟。反映论所说的反映,是一种二重的、曲折的反映,是一种可以使幻想脱离现实的反映,是一种有关主体能动性原则的说明。审美反映则涉及具体的人的精神心理的各个方面,他的潜在的动力,隐伏意识的种种形态,能动的主体在这里复杂多样,而且充满着种种创造活力,这是一个无所不能的精灵。"③钱中文的文章力图从根本上区别一般反映论与文学的审美反映论,力图从心理层面、感性认识层面、语言符号等形式层面说明文学"审美反映论"的特征。

王元骧在1988年发表《艺术的认识性和审美性》一文,论证了文学"审美反映论"的各个层面。第一,从反映对象看,与认识对象不同,"在审美者看来,它们的地位价值就大不一样。这就是因为审美情感作为审

---

① 童庆炳:《关于文学特征问题的思考》,《北京师范大学学报(人文社会科学版)》1981年第6期。
② 童庆炳:《文学概论》上册,红旗出版社1984年版,第46—48页。
③ 钱中文:《新理性精神文学论》,华中师范大学出版社2000年版,第157—158页。

美主体面对审美对象的一种态度和体验,总是以对象能否契合和满足主体自身的审美需要为转移的:凡是契合和满足主体审美需要的,哪怕是在别人看来微不足道的东西,也会成为主体爱慕倾倒、心醉神迷的对象;否则不论事物本身的客观意义多么重大,人们也照样无动于衷,漠然处之"。① 第二,就审美的目的看,与认识目的以知识为依归不同,"由于审美的对象是事物的价值属性,是现实生活中的美的正负价值(即事物的美或丑的性质),而美是对人而存在的,是以对象能否满足主体的审美需要从对象中获得某种满足而引起的。所以,从审美愉快中所反映出来的总是主体对对象的一种直接或间接的(即通过对丑的否定来肯定美)肯定的态度,亦即'应如何'的问题。这就决定了审美反映不是不可能以陈述判断,而只能是以评价判断来加以表达"②。第三,一般的反映形式是逻辑的,而审美反映是"以崇敬、赞美、爱悦、同情、哀怜、忧愤、鄙薄等情感体验的形式来反映对象的"③。王元骧的文学"审美反映论"从反映的对象、目的和形式三个方面来阐述,进一步深化了对文学"审美反映论"的理解。

与文学的"审美反映论"相联系的是钱中文在1984年发表的《文学艺术中的"意识形态本性论"》一文中提出的文学的"审美意识形态论"。"文学艺术固然是一种意识形态;但我以为是一种审美的意识形态;文学艺术不仅是认识,而且也表现人的情感和思想;审美的本性才是文学的根本特性,缺乏这种审美的本性,也就不足以言文学艺术。看来文学艺术是双重性的。"④论者试图运用社会结构学说来对文学艺术观念问题作出新的阐释。1987年,钱中文又发表题为《文学是审美意识形态》的论文,得出这样的结论:"文学作为审美的意识形态,以情感为中心,但它是感情和思想的认识的结合;它是一种自由想象的虚构,但又具有特殊形态的多样的真实性;它是有目的的,但又具有不以实利为目的的无目的性;它具

---

① 王元骧:《审美反映与艺术创造》,杭州大学出版社1992年版,第52页。
② 王元骧:《审美反映与艺术创造》,杭州大学出版社1992年版,第53页。
③ 王元骧:《审美反映与艺术创造》,杭州大学出版社1992年版,第54页。
④ 钱中文:《文学理论:走向交往与对话的时代》,北京大学出版社1999年版,第87页。

有社会性,但又是一种具有广泛的全人类性的审美意识的形态。"①钱中文提出的文学的"审美意识形态论"具有广阔的阐释空间,文学在哲学上确是一种意识形式,与哲学、伦理等具有意识形态的共同特性,但文学之所以为文学,是因为文学是一种具体的意识形式,即审美意识形式。

从功能上来看,以上两种理论都是既强调认识又强调情感。文学是社会生活的反映,包含了对社会的认识。这就决定了文学有认识的因素,但又不同于哲学认识论或科学的认识。文学的认识总以情感评价的方式表现出来,是与作家的情感评价态度交融在一起的。

从方式上来看,以上两种理论既肯定假定性又强调真实性。文学作为审美意识与科学意识是不同的。科学是不允许虚构的,文学意识是审美意识,它追求的是艺术的真实。总之,文学的"审美反映论"与文学的"审美意识形态论"都是力图说明文学作为人类的审美活动,在审美中包含着那种独特的认识或意识形态,如同盐溶于水,无痕无迹,已经达到了合二为一的境界。

改革开放以来,文艺的拨乱反正是由反思、质疑文艺的"工具论"肇始,以"向内转"寻找文艺"自身的规律"为己任,于是,审美主义就成为揭示文艺审美特性的有力的理论支撑,并且,审美被赋予为文艺独特的属性,等到文艺的审美意识形态论提出,似乎"审美"已经成为文艺的"全部"属性和所有规定性。

在我国以外的文艺学研究中,文艺的意识形态属性曾被片面地夸大为绝对,而其审美特性则没有得到应有的重视。因此,改革开放以来的理论界重视对文艺审美特性的研究,确有对以往极端政治化文艺观进程反驳的意义。但与此同时,也出现了把文艺的本质归结为审美的本质,把审美等同于文学艺术,进而否定文艺意识形态本性的极端审美化理论倾向。

诚然,在文学艺术的创造和欣赏过程中,审美是不可或缺的重要因素,创造美是文学艺术的根本目的之一。但文学艺术又不同于一般的审美,它是世界、作者、作品、读者交互作用的复杂的精神现象。改革开放以

---

① 钱中文:《新理性精神文学论》,华中师范大学出版社2000年版,第136页。

来,理论界在探讨审美与文艺的关系时,往往过多地强调二者的一致性而忽视其本质区别。而在强调一致性时,又有意无意地提出"文学即审美"的论断。持此论者往往以康德在《判断力批判》中提出的"审美无利害性"作为文艺审美自律论的理论基础。殊不知,康德在《美的分析》里不但没有说"文学即审美",反而强调文学不是单纯的审美。正如朱光潜所说,"读者往往只注意到《美的分析》部分,而没有充分注意到全书的后一部分,就连对这《美的分析》部分也只注意到康德所否定的东西(如美不涉及欲念、利害计较、目的、概念等),而没有充分理解康德所肯定的东西(例如美的理性基础和普遍有效性);只注意到纯粹美与依存美的严格区分,没有充分认识到康德从来没有把纯粹美看作理想美,恰恰相反,他说理想美只能是依存美"[1]。"审美无利害关系"原则,这个本用来描述审美心理意识状态的术语,竟然被人们用来说明文学的本质特征。康德将审美设定为自律的领域,是将其作为联结认识和实践的中介,而我们的一些学者却把审美作为文学的本质特征,试图建立文学审美自律论。这种理论把目光局限在审美活动本身,而没有把社会、历史因素对主体的决定作用包括在内,或者说,没有把文学艺术放在意识形态这个最根本的基点上来加以考察。而从文艺发展的客观实际看,恰恰是文艺所具有的意识形态特性,决定了文艺活动决不是单纯的主体自我满足和自我实现的审美愉悦,而是一种具有广泛社会意义、要求得到社会承认的主体创造性活动。文艺虽然具有审美的属性,但它对于那些更多表现为自发性和无目的性的一般审美活动来说,则有着更为深刻的社会意义。它要求文艺家始终是一定社会责任的承担者,并决定了世界观的正确与否之于文艺创造的重要作用。

显然,文艺是无论如何也不能与审美等量齐观的,这是文艺学的一个最基本的常识。任何"文艺即审美"的理论预设,其结果只能是对文艺的意识形态本性和功能的取消。

---

[1] 朱光潜:《西方美学史》下,中国友谊出版公司2019年版,第422—423页。

第三节
新说引入与方法借鉴

纵观改革开放以来文艺理论发展的历程,被称为"方法论"年的1985年,在引进和学习自然科学批评方法和西方现代文艺批评方法方面曾经掀起了一个高潮。那时中国在政治、经济改革大潮的推动下,封闭了30年的中国文艺理论与批评力图摆脱长期以来的单一模式的禁锢,从新观念到"新写法",流派思潮竞相涌现,内容形式不断创新,中西文化的全面交流,带来了作家、理论家固有理性范式的分解,一次次的文学造山运动,使得这一时期的文学创作出现了多变而奇异的景观,那些被视为先锋艺术的实验性文本,使单纯操守社会学批评理论的批评家陷入空前尴尬。面对复杂的批评对象,人们只有从内到外、从远及近、从宏观到微观地进行全方位的观照考察,才能真正接近文艺创作的本来面目,对于小说创作显示出的深邃的主体心理、空前的灵感机制、全新的叙述语言和陌生的结构形态作出切实合理的审美把握。所以,20世纪80年代中期在我国理论界兴起的方法论热潮是中国文学发展的必然,也是文艺理论批评适应新形势所作出的必然调整。

一、"方法论热"兴起的时代语境

20世纪80年代兴起的文艺学美学方法论变革的热潮规模壮阔,成为学术界一段时间内令人瞩目的中心话题,也是学术史上的一大奇观,其兴起和发展的根基和动力主要来自开放变革的社会环境和文艺发展的内在必然。

第一,从外部社会环境来看,十一届三中全会后拨乱反正的大气候下,经济社会的现代性转型带来了社会生活全方位的急剧变革,从外部促进着文学观念的开拓与变革。随着经济体制的大幅度调整,哲学、文学、艺术等意识形态领域的思想解放也应潮流而动,文艺理论与文艺批评也掀起了反思热潮,开始清理"文革"时期思想文化路线所带来的灾难后果,营造出"百花齐放,百家争鸣"的自由宽松的文化学术语境,形成了开放、包容、变革的新的学术生态和面向现代化、面向未来的自由争鸣的精神氛围。

第二,从内部来看,随着人们对文艺的认识日趋全面、深广和多样化,文艺批评不再仅仅局限于用社会、历史、政治、道德等比较单一的批评标准,而是逐渐地、艰难地转向和上升到更加全面、更加丰富和更加深化的内外兼顾的批评标准和批评方法,文艺理论和批评新观念正在逐步确立。这一转变必然而内在地导向文艺理论和批评方法的变革,催生了跨领域、跨学科、全面而多样化的方法论借鉴和创新,使文艺创作和审美活动得到更全面的审视和更贴近本质的体认。

第三,文艺创作的先锋实验的兴起。20世纪80年代初期,国内文艺创作新潮迭起,文艺和审美的新现象、新问题纷纷出现,文学艺术急剧发展的新现实使得长期受"工具论"等教条主义观念影响和危害的文艺批评在方法上日益捉襟见肘。而此时西方现代主义文艺批评发展势头猛劲,先后出现了"人本主义"和"科学主义"两大主潮,以及"非理性"和"语言学"两个转向。新潮涌动,流派纷呈,轮番上马,更迭迅速,在此境况下,国外的新观念和新技术源源不断地被引介到国内,不仅拓展了我们的视野,也为我们提供了可资借鉴的新方法、新路径。

从当时的具体情况来看,这种学习和借鉴主要来自两个方面:一种是引进和研究运用自然科学的方法,比如系统论、控制论、信息论,以及后来的耗散结构论、协同论和突变论,即所谓的"新、老三论";一种是借鉴西方20世纪现代主义的各种批评方法,如俄国形式主义、符号学方法、结构主义批评、心理学方法、原型批评,等等。尽管今天看来,这种借鉴和引进多少有点饥不择食、食洋不化,但那股学习的热情以及给中国文艺界带来的影响,还是积极的,也是值得肯定的。着眼未来的文艺学建设,其成败得失都值得我们深入反思。

二、"新、老三论"与文艺研究的新格局

借鉴自然科学的方法进行文艺学研究是文艺理论界长久以来纷争不休的话题。十一届三中全会后，党中央将工作重点转移到"四个现代化"和经济建设上来，邓小平发出"向科学技术现代化进军"的号召以及"科学技术是第一生产力"的论断，掀起了全民崇尚科学、学习科学的氛围，文艺理论和批评界的学人也竭力想把人文社会科学纳入"科学技术生产力"的范围，以争取学术发展的话语权。20世纪80年代中期，在我国文艺理论界出现的方法论研究热潮中，自然科学的系统论、信息论和控制论在文艺研究中的运用引起了理论界一系列观念、范畴的连锁反应，成为当时的一个热点问题。

（一）"新、老三论"的内涵和基本原则

率先对文艺学方法产生变革影响的是科学方法论。在科学方法论中，首先引进的是所谓的"老三论"，即系统论、信息论、控制论。系统论方法是在20世纪30年代由奥裔美籍理论生物学家贝塔朗菲提出来的。他在1934年发表的《现代发展理论》一文中批判了传统的机械论，引进协调秩序和目的性概念，初步形成了用数学和模型来研究生物有机体的方法和机体系统论。很快，系统论方法进入一切研究领域，引起了世界科学发展史上一次大的革命，把研究对象看成各种元素相互作用、协调统一的系统，逐渐成为自然科学家和社会科学家的基本概念，人类由此进入了知性分析时代，进入了系统思维时代。信息论是1948年由申农创立的，它是利用数学方法研究信息的计算、传递、变换和储存的学科。控制论是1948年由维纳创立的，它是研究动物（包括人类）和机器内部的控制和通信的一般规律的科学。显然，信息论和控制论都是以系统论为基础的，没有系统的存在就产生不了信息，而没有信息，控制论也就失去了对象，因

此,系统理论就包括了系统论、信息论和控制论,统称为"三论"。它最主要的一点就是要求我们自觉地用联系的、动态的、反馈的观点看待一切事物,分析文学现象。

文艺学界在引入"老三论"之后不久即引入了"新三论",即耗散结构论、协同论和突变论。它们是 20 世纪 70 年代以来陆续确立并获得极快进展的三门系统理论的分支学科,合称"新三论"。耗散结构理论是比利时物理学家普利高津于 1969 年提出来的。耗散结构论者认为,系统只有在远离平衡的条件下,才有可能向着有秩序、有组织、多功能的方向进化。事物的这种在非平衡状态下新的稳定有序结构就称为耗散结构。从这个意义上说,耗散结构论与系统论有异曲同工之妙。协同论是联邦德国著名理论物理学家赫尔曼·哈肯在 1973 年创立的。他认为自然界是由许多系统组织起来的统一体,这许多系统就称为小系统,这个统一体就是大系统,在某个大系统中的许多小系统既相互作用,又相互制约。协同论是处理复杂系统的一种策略。突变理论是比利时科学家托姆在 1972 年创立的。突变理论通过探讨客观世界中不同层次上各类系统普遍存在着的突变式质变过程,揭示出系统突变式质变的一般方式,说明了突变在系统自组织演化过程中的普遍意义。

(二)自然科学批评方法的尝试与成果

以"研究当代文艺思潮,追踪文艺发展趋势,开拓文艺研究领域,革新文艺研究方法"为宗旨的《当代文艺思潮》从 1982 年创刊后相继开辟了《美学与文艺学的现代化问题》《文艺学与现代科学》《文艺学与自然科学》等栏目,专门发表用自然科学的方法进行文艺研究的文章,标志着之前分散、零星的探讨逐渐转向了相对集中的、规模化的方法论讨论。1984 年以后,《文艺报》《文学评论》《文艺理论研究》等刊物相继设立了《文艺特征与新方法》《文学研究方法创新笔谈》《新方法与文艺探索》等专栏,可以看出当时的学术界把文艺学的现代化与自然科学和西方话语联系在一起的心态,连同在北京、厦门、桂林、扬州、武汉等地举行的一系列学术讨论会,一举把文艺学方法的变革讨论推向了高潮。

在这场讨论中，批评家形成了若干比较明确的共识：一是肯定了方法论在文学研究中的重要地位和作用。大家意识到，"方法的更新，不仅意味着思维空间的开拓，也意味着心理空间的开拓。它有助于我们自由广阔地去感受生活，思考生活，更好地发挥文学批评的功能"①。二是认识到文学研究方法是由处于不同层次的诸多方法构成的综合体系，肯定了以"三论"为代表的自然科学方法论对于调整或改变思维方式、促进文学批评方法的变革所起到的推动作用。

当然，这场讨论中也难免会有分歧，主要表现在如何看待自然科学方法的引进和运用方面。具有科学主义倾向的一派认为，以系统科学为代表的自然科学方法论作为人类认识发展的新成果，最具有科学性，而且本身就包括了对世界的审美把握，"一方面，它以其模式化特征与数学接轨，另一方面，它又以其有机整体观念而与审美方式相通"，因此，"系统科学方法论可能就是通往人类文明极地的一座桥梁"②。

具有人文主义倾向的一些学者对此提出质疑。他们认为，包括文学在内的人文学科与自然科学的研究对象不同，方法也应当有所不同，文学艺术是体验、直觉、情绪的领域，而"'科学的方法'有点像一柄解剖刀，它是锋利的、便捷的，却也是冷峻的、无情的，其操作运用的结果，在弄明白了机体的某些构造和组合的同时，常常也夺去了机体的生命，它得到了艺术的躯壳，失去了艺术的精灵"③。这一派批评家更关注的是文学所表现的人生意义和价值、人的独特感受和经验世界、作家的自由创造和独特表达，而这些都是自然科学方法所难以切入的。

分歧尽管存在，却并不妨碍批评家们依循各自所选择的理论模式和批评方法去研究自己所关心的问题。

文艺研究和文艺批评作为一门科学，当然也可以引进系统理论和方法。一方面，我们可以把批评对象，如一部作品、一个典型形象、一种文艺

---

① 晓丹、赵仲：《文学批评：在新的挑战面前——记厦门全国文学评论方法论讨论会》，《文学评论》1985年第4期。
② 林兴宅：《文明的极地——诗与数学的统一》，《文学评论》1985年第4期。
③ 鲁枢元：《艺术精灵与科学方法》，《文艺报》1985年7月13日。

现象作为一个系统看待,考察它的各种构成要素的联系以及这些要素构成整体的结构和层次,由此判断这一批评对象自身的规定性;另一方面,我们也可以考察这一批评对象的历史发展和动态过程的具体机制,把握它在文艺创作和文艺欣赏过程中的所有功能和效果,并把这一批评对象放到社会的大系统中,考察它与社会人生的各种联系,从而可以对批评对象作出比较全面的、符合实际的评价。这一引进尽管还属于尝试性的探索,但它们在文艺研究和批评领域已经展示出一种新的前景。

林兴宅的《论阿Q性格系统》和《论文学艺术的魅力》是较早运用系统科学方法来分析文学作品的两篇文章,在当时引起了广泛的关注和反响。在《论阿Q性格系统》一文中,他把阿Q这个典型人物看成一个复杂的性格系统来研究,既从系统内部各种联系与结构层次中把握它,又把它放到社会这个大系统中,从各个侧面角度来考察它,并历史地分析了在审美过程中因条件不同而产生的不同功能和意义,较为全面地回答了阿Q这个艺术典型超越时代、民族限制,而具有普遍意义的原因。在《论文学艺术的魅力》一文中,他运用系统论、信息论、控制论等现代自然科学的方法分析了文学艺术的魅力,建立起了艺术魅力的系统结构,进而分析文艺作品诱发艺术魅力的基本因素及其复杂微妙的动态过程,打破了人们把艺术魅力看成文艺作品的客体属性的观念,突破了以往对文学进行印象式、经验式描述的局限,这种理论的引进和研究的深入,无疑是有积极意义的。

这一时期,也有不少人运用系统理论来研究文艺学和美学理论,并试图建立系统论的文艺学和美学体系,如汪济生的《系统进化论美学观》运用系统论的方法,从生理学、心理学和进化论角度对人类美感作了新的探索。杨春时的《系统美学》同样采用系统论方法,从对人类生活系统的分析入手,推导出审美系统。黄海澄在《从控制论观点看美的客观性》中指出,美是适应主体系统的自调节的需要而产生,并在与主体系统相互作用的过程中发展的,美的客观性就在于这一过程的客观性。这些研究给传统的文艺学和美学研究增添了一种全方位的新鲜视角。

三、西方文论的理论移植与本土阐释

系统论、信息论、控制论等自然科学方法论受到普遍重视和广泛应用,取得了令人瞩目的成绩,西方人文社会科学方法论的引进也紧步其后。1984年至1985年,伴随改革开放的不断深入,西方文艺思潮,尤其是现代主义与后现代主义文艺思潮大量涌入,许多西方文艺批评流派和方法也大量被引进和译介。在译文方面,如《美学译文》《美学与艺术评论》《世界艺术与美学》等刊物,译介了众多西方文艺学方法论资料;在译著方面,1985年,江西人民出版社出版了《外国现代文艺批评方法论》,集中译介了国外现代主义文艺学美学方法论,北京文化艺术出版社出版了《马克思主义文艺理论研究》编辑部编选的《美学文艺学方法论》,译介了西方文艺学美学方法论新近进展,还有李泽厚主编的"美学译文丛书",蒋孔阳、朱立元主编的《二十世纪西方美学名著选》等。这一大批论著的译介,让来自国外的形式主义批评、精神分析批评、符号学批评和原型批评等,被许多批评家所不同程度地汲取和采用,对于学界学习和借鉴西方现代人文社会科学的方法论产生了巨大作用。当时引进的西方文艺批评方法主要有文本批评方法、心理学批评方法、原型批评方法。

(一)文本批评方法

对作品存在本体进行研究,是形式主义理论批评的最终指归,它包括俄国形式主义、英美新批评、符号学、结构主义以及解构主义等。虽然这些流派的理论彼此各有不同,但都共同地以"文本"为中心,把文艺作品看作一个独立自足的封闭体系,特别关注作品的语言、结构等形式构成要素,以致最后走向割断作品与作家、社会联系的极端。但是,它们采用各种方法对艺术形式进行了精细的分析、研究,充分肯定了形式在文艺作品中的地位和作用,提出了许多新的见解和具体的批评模式,对于我们重新认识文艺的特性很有启发和帮助。

在形式主义理论批评兴起之前,居主流地位的是建立在认识论哲学基础之上的社会学批评方法、传记研究法,批评者往往从文艺的外在因素方面入手,研究作家生平,考据时代背景与社会因素,旁征博引外在资料以解释文艺作品,使文艺研究变成了哲学、历史学、心理学、社会学、政治学甚至经济学和自然科学等方面的大杂烩,对文艺本身的特性则没有引起足够的重视。在这种背景下,以雅克布逊为首的俄国形式主义及时捕捉到了索绪尔在语言学上的贡献,并将它带入文艺研究领域,开创了诗学语言学时代。以此为理论指导,他们向传统的文艺观念发起了猛烈的攻击,提出要以科学的方法研究文艺的"内在问题",就是说,要从作品的语言、技巧、程序、形式、结构等方面来进行研究,认为只有通过对作品的构成要素和构成方式的分析,才能发现决定文艺作品之所以会成为审美对象的审美特性。在这种理论指导下,他们提出了许多各具特色的理论,从不同角度展开了对艺术形式的研究。他们认为文艺作品里的一切都是形式,不过形式的含义在形式主义文论家的心目中已发生了新的变化,文艺作品的情节、风格、体裁,甚至情绪评价、主题、意义等,可以说,文艺作品的一切构成要素都成了形式。

俄国形式主义的这一观点直接得到英美新批评派的继承。新批评研究方法注重在文学的语言本身探索文学的特异性,他们认为,作品本身的意义和价值不应同作家的意图和读者的反应相混淆,否则就会产出"意图谬误",把作品与其效果相混淆就会产生"动情谬误",对文学的研究只应注目于作品本体,强调通过语言分析,用细读法去寻找作品的本意。

结构主义方法则把语言学引入了文学批评,它借助于语法分析来解剖叙事作品,其兴趣并不在个别作品的分析,而是想寻找叙事作品普遍具有的结构。他们把文学等同于语言,视文学作品为封闭的语言结构自足体,是另一种形式的形式主义。

在对于形式的看法方面,西方马克思主义者也提出了相近的看法。卢卡奇认为,审美反映始终是在文艺丰富多彩的感性框架内达到认识的理性高度和深邃性的,文艺和它所反映的现实都应该是不可分割的、具有丰富的感性内容的辩证的整体,它们是处于不同层次的、独立的、完整的形式,只不过素材形式的完整性服从于审美形式的完整性。马尔库塞也认为,形式一方面指代那种规定艺术之为艺术的东西,另一方面又是指对社会素材的重新组合与感性熔铸,艺术的价值与功能只存留于审美形式中,因为一件艺术品的真诚或真实与否,并不取决于它的内容(即是否"正确"地表现了社会环境),也不取决于它的纯粹形式,而是取决于业已成为形式的内容。

符号学研究方法同样对艺术形式重视有加。卡西尔认为,艺术是一种特殊形式的创造,即符号化了的人类情感形式的创造。艺术的本质作用就在于它能把情感形式用符号表现出来,这种符号则象征着人类情感的形态或结构,从而展示了人的内在情感生活的真实面貌。苏珊·朗格在《艺术问题》《情感和形式》这两本书中,具体阐述了如何用符号学原理去解释各类艺术现象。

我国学者对文本批评方法进行了大量研究,并给予高度评价。陈剑晖指出,"本体论批评在我国出现具有不可低估的意义。它不但开阔了我国批评的路子,为我国的批评提出了新的视点和尺度;而且,它是对于传统批评的挑战"[1]。蒋炳贤在《西方当代文学批评方法述评》中介绍和评价了英美新批评方法,并指出:"在对待西方当代文艺批评各流派不同方法的态度方面,应该如继承一切优秀的文学艺术遗产一样,批判地吸收其中一切有益的东西,凡值得借鉴的,均应加以了解和研究,既不能全部接受,也不能一概拒斥。譬如'新批评'派主张在密读细读文学原著的基础上进行文学批评的做法,很值得我们借鉴。"[2]

(二)心理学批评方法

心理学批评是把弗洛伊德的精神分析学等现代心理学理论运用于文学研究的一种批评模式,它是20世纪影响最大、延续时间最长的西方文艺批评流派之一,对意识流、表现主义、荒诞派等现代主义流派都产生过

---

[1] 陈剑晖:《走向本体的批评》,《文艺争鸣》1989年第1期。
[2] 蒋炳贤:《西方当代文学批评方法述评》,《杭州大学学报(哲学社会科学版)》1985年第4期。

直接或间接的影响。它的最大贡献在于开拓了一种心理学批评方法,把文艺看作内在主体的表现,倡导从个体心理结构、心理经验去理解文艺,为我们找到了一条从精神,从心灵,从主体的心理需要、心理结构、心理原型去把握艺术创作的途径和方法,这是别的批评模式所不能代替的。

弗洛伊德的心理学分析方法认为,艺术是"原欲"的升华,它将人的心理结构分为意识和无意识两个层次,"原欲"就存在于无意识层,它是人的终极动力,在现实中得不到满足,于是,它就在梦幻想象和文学艺术中得到发泄。荣格在弗洛伊德精神分析学的基础上,进一步提出了"集体无意识"理论,他认为不同时代和社会的艺术作品中反复出现的主题往往来自某种集体无意识原型观念,艺术家既是个体生活的人,又是"集体无意识"的传递者,而读者因被唤醒这种沉睡在心中的"集体无意识"原型而获得审美愉悦。他用"集体无意识"理论来分析艺术的象征性,阐释艺术的意义,作出了令人信服的说明。

心理学批评发现了"无意识"领域,不仅开拓了深层心理学研究,而且还为这一研究提供了具体的方法和手段,如"症候分析法"和"象征破译法",有助于人们从显意识中找到无意识的隐意,破译无意识的密码,从而真正地理解作家、作品。但是精神分析方法过于夸大无意识的作用,完全抹杀了意识在人的心理和行为中的地位和作用,也有它的局限性,其研究方法虽有一定的合理性,但还缺乏科学基础,有时难免武断和牵强。

我国文艺批评界在引入心理学批评方法以后,展开了对文艺心理、审美经验的理论探索以及相应的批评实践,对于我国心理批评的促发产生了直接的推动作用。仅据《文学评论》1985年刊载的文章来看,相当多的论文在这方面,即已显示了可贵的努力和相应的优势。如金开诚在文艺心理学领域中的探析、鲁枢元对创作心理学的研究、滕守尧对审美心理的描述等,都在理论批评界产生了影响,对相应的心理批评活动给予了理论上的有力支持。尽管我国改革开放以来对于心理批评方法借鉴还略显生硬,有些批评过于主观化、随意化,但这也恰恰是心理批评本身的局限或发展的障碍,这种不足可以通过批评家们的切实努力加以弥补或超越,以谋求心理批评的健康发展。

(三)原型批评方法

原型批评方法的创始人是诺斯若普·弗莱,他认为,原型"即那种典型的反复出现的意象"①。原型批评的理论基础主要是荣格的精神分析学说和弗雷泽的人类学理论。批评家们强调作品中的神话原型,通过发现文学作品中反复出现的各种意象、叙事结构和人物类型,找出它们背后的基本形式。文化传统正是通过这些原型在不同的作品中得到体现,文学批评可以通过作品中的原型去追溯历史渊源,"探求原型,实质上就是一种文学上的人类学"②。因此,原型批评呈现出一种整体性批评和文化批评的倾向。

弗莱的原型批评理论的重要贡献在于为我们观察文学世界提供了新视角,也为我们分析文学作品提供了新方法。他将文学作为整体来考察,注意到了文学本身的运动发展规律,对于我们认识文学的本质、起源、发展和演变具有重要意义。此外,他还将文学批评作为一门独立的学科,不仅考察各种批评之间的关系,而且考察文学批评与其他学科之间的关系,这种"批评的解剖"有助于我们进一步认识批评的功用,有助于建立科学的文学批评体系。

原型批评的不足之处在于它认为文学艺术只源于原型,从而割裂了文学艺术与社会生活的必然联系,这显然是错误的;此外,它虽注重文学的整体性研究,但却忽略了对具体文学作品的审美结构和审美功能的个性研究,也是片面的。

改革开放以来,原型批评方法逐渐被介绍到中国并运用于文艺批评实践。大量学术著作和理论文章如雨后春笋般地在各种学术期刊上得到发表。1986年,叶舒宪在《陕西师范大学学报》第2期和第3期上连续发表了长篇述评文章《神话——原型批评的理论与实践》,首次较为系统地揭示了原型理论所涉及的诸多概念,评述了其产生发展过程,梳理了具体

---

① 叶舒宪选编:《神话——原型批评》,陕西师范大学出版社1987年版,第15页。
② [加拿大]弗莱:《文学原理》,见[英]戴维·洛奇编:《二十世纪文学批评》,朗曼出版社1972年版,第426页。

应用中的不同分支,并结合中国文学批评的实际指出其优势与局限。国内还出版了原型批评家们如荣格、弗雷泽、弗莱等的几部著作的中译本:冯川、苏克翻译了荣格的《心理学与文学》;张月翻译了《荣格心理学纲要》;1987年,《金枝》正式出版;1989年,中国社会科学院出版社出版弗莱的《批评的解剖》;叶舒宪出版《神话——原型批评》,该书以弗莱为中心,选编了西方有关原型批评的理论和批评论文20篇,试图多角度、多层次地反映其理论风貌,具有学术独创性。至此,原型批评理论才较全面地传入中国,引起学界关注。

四、"方法论热"的反思

综观当时文艺研究对于新方法的引进所取得的主要成果,就是建立了以创新为主导的、开放的、动态发展的、系统的文学批评观。自然科学方法中的"新、老三论"都有一个共同特点,就是反对过度强调一种因素的作用,如系统论强调有机整体性,也就是说系统各部分之间是平等和谐、相互协调的,而不是各部分的简单相加或者一个部分凌驾于另一个部分之上。将其引申到文艺创作和文艺欣赏的过程中来看,就意味着作家与读者是一个完整的系统,彼此制约、彼此影响。信息论把信息源、信息传递和信息接受放在同等重要的地位,也就意味着作家与读者处于平等的位置。控制论重视信息反馈,这一观点体现在文艺创作中就意味着作者要注意读者的反应。所有这些观念都有助于形成一种综合考虑各种因素的开放包容的思维模式。

学者们对于"方法论热"也进行了深入的反思,对文艺研究借鉴自然科学的方法大多给予了肯定。如陈晋和张筱强合著的《近年来文艺学研究中六种方法的探讨概述》(载《文艺理论研究》1985年第3期),丁宁的《系统研究:文艺理论跃迁的契机》(载《文艺理论研究》1985年第3期)等,所有这些文章无一例外地都高度评价用自然科学的方法进行文艺研究所取得的成就。

但也有些学者认为,这次方法论的尝试探索虽然取得了一定成就,但也存在着忽视文艺研究的价值性、历史性倾向,以及对自然科学方法在文艺研究中的适用范围和作用地位认识不清等弊病。赵海指出,"新三论"(系统论、信息论、控制论)在我国新时期的文学研究中产生了巨大影响,"在我们看来,'新三论'在汉语经验中的功能决不是形成一种'科学的'或'正确的'文艺理论。它真正的价值和作用在于对当时占统治地位的庸俗反映论、认识论文艺学的突破"[①]。尤战生用辩证的态度反思了这股热潮的功与过,指出了它在开拓文艺研究的多元化新局面方面的重要意义,也指出了这种方法忽视文艺研究的历史性、价值性的弊端。

在对西方文艺批评方法的借鉴上,学者的观点也是各有千秋。大多数学者认为,西方现代批评流派各有其特点和长处,它们开拓了人们的思维空间,丰富了批评的手段,对于文艺批评科学的建设无疑有着特殊的价值。这段时期,文艺批评在各方面都取得了很大的成绩,但有些学者也看到了在新说和新论的潮流中出现了因选择太多而食洋不化的现象。大部分批评家沉醉于方法的更新和操演、对西方理论的跟踪和跟进,在总体上都出现了言不及"义"(不及马克思主义、不及社会主义)的趋向。甚至认为马克思主义文艺批评是"旧的模式",以标榜"三论"和"洋论"为新潮,认为马克思主义和社会主义文艺理论老套,而在理论上却未对此予以澄清,这导致了批评在后来市场经济背景下和新媒介环境中站不稳脚跟,迷惘无措,随波逐流。没有科学的方法论作支撑,理论上的不彻底,也间接地放任了文学创作的私人化、无根化、模式化,以及拜金主义、庸俗化倾向的滋长。我们加强文艺批评理论的建设,既要注意多元互补,又要注意优化选择,只有这样才能使我们的文艺批评达到更高层次的丰富与完善。

[①] 赵海:《"新三论"在我国文论语境中的变形及其话语功能》,《四川大学学报(哲学社会科学版)》2001年第3期。

第二章
在场抑或缺席：马克思主义文艺批评的历史际遇与当代活力

　　改革开放以来，我国的文艺创作与文艺批评的生态环境发生了结构性变化，马克思主义文艺批评也遇到了时代的挑战，存在着一定的信任危机，于是，有些学者对马克思主义文艺批评产生了怀疑和动摇，问题集中于：马克思主义文艺批评发展到今天，是否仍然具有强大的生命力？马克思主义文艺批评能否解释新形势下文艺创作出现的问题？本章通过梳理马克思主义文艺批评在我国的传播、马克思主义文艺批评对于重大文艺现象的理论表述，探析新的历史形势下我国文艺创作和文艺批评出现的问题及其背后的原因，从而回答马克思主义文艺批评在我国文艺批评理论重建中的作用，以及我们如何构建当代形态的马克思主义文艺批评体系这些问题。

第一节
改革开放以来马克思主义文艺批评问题之争

过去的40年,在社会主义现代化建设和改革开放的大潮中,伴随着政治、经济、哲学和文艺思潮的起伏,我国文艺批评界对许多理论问题进行了热烈的讨论,可以说新说竞起,观念递嬗流变。其中重要的论争有:现实主义与现代主义之争,人性、人道主义与"异化"之争,艺术生产论与文艺的商品性之争,等等。本节只就其中三个问题,对若干文艺观念的流变和碰撞作一简述。

一、现实主义与现代主义之争

现实主义理论在我国改革开放以来的文艺批评的发展历程中是一个非常重要的概念。在文艺批评发展的历程中,关于它的命题有很多,诸如"社会主义现实主义""革命现实主义与革命浪漫主义相结合""新写实主义"以及"现实主义的复归",等等。这些命题代表着现实主义在中国文艺批评发展中的流变轨迹,也描述着它的浮沉面貌,以下通过对这些命题的解析,探究现实主义理论与改革开放以来的文艺创作是怎样由最初的主观选择到后来的背离、扭曲,再到后来的回归,以及其背后的根源、演变的动力因素和内在需求到底发生了什么变化。

(一)马克思主义经典理论中的现实主义
马克思主义创始人将现实主义引入文艺批评领域,是1859年恩格斯在《致斐·拉萨尔》的信中:"我认为,我们不应该为了观念的东西而忘掉现实主义的东西,为了席勒而忘掉莎士比亚。"自此,现实主义也就成了马克思主义文艺理论和文艺批评的灵魂和核心。

现实主义理论的形成有其深刻的历史背景,西方现实主义文艺创作在19世纪获得了巨大成功,美术上有库尔贝、杜米埃,文学上有巴尔扎克、狄更斯、托尔斯泰等一大批杰出的艺术家,这些艺术家的作品具有极高的审美价值和现实意义。19世纪现实主义艺术创作高潮的出现,引起了马克思、恩格斯的关注,他们总结了这一时期现实主义的艺术成就,提出了对现实主义的一些基本观点,这是马克思主义经典文论留给我们的丰厚遗产。

马克思主义现实主义是在欧洲文学描写对象发生根本性变革、无产阶级革命运动蓬勃发展时期形成和发展起来的。它既是时代的产物,又是文学艺术自身发展的必然结果,更是马克思主义创始人批判继承人类优秀文化遗产的伟大创举,是马克思主义文艺理论的灵魂和核心。其基本原则:关注弱势群体,反映下层人民现实生活的真实状态;再现典型环境,塑造无产阶级叱咤风云的艺术形象;重视细节描写,强调文艺的自身规律及其美学特征。马克思主义现实主义这一基本原则,一直影响着我国现当代文学的形成和发展,它不仅是具有中国特色社会主义文学的内在品质,也是繁荣和发展我国文艺事业的根本保证。

(二)社会主义现实主义的传入与发展

20世纪30年代初,苏联文学界为了肃清"拉普派"的"唯物辩证法的创作方法"之弊病,提出"社会主义现实主义"的口号,1934年第一次苏联作家大会把"社会主义现实主义"明确写进《苏联作家协会章程》,将其作为苏联文学创作与批评的基本方法。

我国明确提出将"社会主义现实主义"作为文艺创作和批评的基本原则是在1942年,毛泽东在《在延安文艺座谈会上的讲话》中明确表示,"我们是主张社会主义的现实主义的",并且对这一原则作了具体说明,那就是文艺要适应时代政治的需要。这一原则的提出是与苏联的文艺创作原则密切关联的,或者可以说它直接来源于苏联对于现实主义的解释。

但是,后来考虑到中国社会尚处于新民主主义革命阶段,暂时没有推广使用这一概念,而是更多地采用了"革命的现实主义"这一概念。1949年,茅盾对这两个概念作了明确辨析。他说:"革命的现实主义是区别于旧现实主义而言的,高尔基把俄国革命前的旧现实主义称为批判的现实主义,因为这些现实主义的作品虽然也批判了世界的罪恶,却没有指出前进的道路。十九世纪的西欧其他国家的现实主义作家也是如此,批判的现实主义在当时也有其进步的意义。十月革命后,苏维埃文学的现实主义称为社会主义的现实主义,简言之,'表现苏维埃人们的新的崇高的品质,不但表现我们人民的今天,而且还展望他的明天,用探照灯帮助照亮前进的道路',这就是社会主义的现实主义。照这样来说,社会主义的现实主义的创作方法和我们目前对于文艺创作的要求也是吻合的。但是,因为一般人看见社会主义一词就想到它的政治的经济的含义,而我们现在是新民主主义阶段,所以,一般我们都用'革命的现实主义'一词区别于旧现实主义——即批判的现实主义。"①

在毛泽东《在延安文艺座谈会上的讲话》发表时隔十年之后,20世纪50年代初期,"社会主义的现实主义"这一概念在文艺理论与批评文章中出现的频率骤然增高,这说明,我们的国家逐步完成了由新民主主义向社会主义的过渡,在文学艺术上明确提出"社会主义现实主义"的创作方法似乎已经水到渠成。1952年12月,胡乔木指出:"为迎接大规模的经济建设的开始,高度反映这个伟大现实,文艺工作者就必须学习和掌握社会主义现实主义原则,公式化概念化正是违背了这个创作原则,真实地描写现实与以社会主义精神教育人民,是这个原则不可分割的要求。"②习仲勋也在《对于电影工作的意见》一文中指出,在文学艺术工作上学习苏联,学习社会主义现实主义的创作方法是坚定不移的,是不能够动摇的。此后的1953年4月,全国文学创作委员会组织在京作家、批评家和文艺领导干部就"社会主义现实主义"进行专题学习,在1953年9月召开的第二次全国文艺工作者代表大会上,把"社会主义现实主义"明确规定为

---

① 茅盾:《略谈革命的现实主义》,《文艺报》1949年第1卷第4期。
② 胡乔木:《全国文协组织第二批作家深入生活》,《文艺报》1952年第24期。

今后创作和批评的最高准则。

如何运用和实践"社会主义现实主义"的原则和方法就成为以后一个时期理论研究的重点问题。这一时期,人们对现实主义的本质与特征的理解就是:文艺必须发挥改造人、教育人的功能,这是文艺的任务。要完成这一任务,就必须具有社会主义精神思想,这是发挥教育功能的关键,也就是说,创作方法要从属于世界观,是否以无产阶级的世界观为指南,成为社会主义现实主义与旧现实主义的根本区别,正如周扬所指出的:"判断一个作品是否是社会主义现实主义的,主要不在它所描写的内容是否是社会主义的现实生活,而是在于以社会主义的观点、立场来表现革命发展的生活的真实。"① 文艺要完成用社会主义思想教育人和改造人的任务,就必须创作出生动的、鲜活的英雄人物形象以作为人们学习的榜样,因为艺术的政治教育功能是通过艺术形象的感染力量而实现的。周扬在《全国第一届电影剧作会议上关于学习社会主义现实主义问题的报告》中指出:"目的是很清楚的,我们认为,既然是以社会主义精神去教育人民,去培养人民中间新的道德品质,去教育他们为创造新生活而斗争,那么就不能不要求我们作家创造出各种明朗而生动的、足以为人民作榜样的、先进人物的艺术形象,使人民群众能够从他们身上感到必须向他们学习的高尚品质,从他们身上看到新时代的伟大理想,从他们身上得到鼓舞和振奋,得到亲切的感受。这样的英雄在现实生活中是新生活的积极建设者,在我们文学中也就不能不是主要的典型和主要的人物。这种英雄形象对于人民,特别是对于青年一代所起的巨大教育作用是难以估计的……社会主义现实主义文学的伟大功用就在于此。"②

既然要创造英雄人物,就不能是照搬生活现象,于是,典型化的创作方法就被提出并加以强调。周扬在这次会议上指出:"所以我想提出这样一个任务,就是要创造先进人物的典型。只有创造很好的典型,才能很

---

① 周扬:《社会主义现实主义——中国文学前进的道路》,《人民日报》1953年1月11日。
② 周扬:《周扬文集》第2卷,人民文学出版社1985年版。

好地表现党性,典型创造的愈完全,党性也就表现的愈完全。"①由此可见,社会主义现实主义典型化的本质就是把典型和党性联系起来。至于具体的创作手法,冯雪峰认为:典型化的方法之一就是所谓的扩张;扩张就是放大,放大的意思就是把小的东西放大,使人容易看见,或者把隐藏的东西变成显露,以引起人们注意的意思。然而,夸张和放大并不是现实主义艺术的规定性特征,现实主义原则要求细节的真实性,如何将"夸张"的手法与"细节的真实"达到统一就成为这一创作方法的关键所在。

理论家们追本溯源,从苏联关于"社会主义现实主义"的表述中找到了依据。茅盾在《目前创作上的一些问题》中指出:"最进步的创作方法,是社会主义的现实主义的创作方法。高尔基为这一创作方法所下的解释,基本要点之一就是旧现实主义(即批判的现实主义)加上革命的浪漫主义。而在人物描写上所表现的革命浪漫主义的'手法',如用通俗的话来说,那就是人物性格容许理想化,——但要注意,这不是空想的理想化,如十九世纪的旧浪漫主义所为,而是植根于现实基础的理想化,亦即是比现实提高一步。"他指出,"各种浪漫主义所表现的对于崇高的理想的追求,对于未来的美好生活的'梦想',是有现实基础的,是被现实的革命运动所指引而向着确定的目标并且烧起了旺盛的斗争的情绪的"②。他要求作家在发掘了现实生活的本质以外,还要高于现实,用高于生活的崇高的理想和热情来"装饰"生活,人物性格的描写要按照作者的理想有所提高,比现实人物更完美,因此才会有更大的教育意义。

光未然也提道:我们的现实主义还没有和革命的浪漫主义结合起来,没有把现实生活中的英雄人物的典型提高到它应有的高度,要将英雄人物的优美品质的特征放大一些,热情地加以歌颂。我们不要那样害怕浪漫主义;缺乏想象、热情和预见,反倒使我们成了疲沓的经验主义者。这样一来,把浪漫主义纳入社会主义现实主义之中,除了人物塑造上借用浪漫主义的夸张的手法,为人物的精神品质提高一步,达到一个理想化的状

---

① 周扬:《全国第一届电影剧作会议上关于学习社会主义现实主义问题的报告》,见《周扬文集》第2卷,人民文学出版社1985年版。
② 茅盾:《目前创作上的一些问题》,《文艺报》1944年第1卷第5期。

态,而且,还给人类的未来指明了前进的道路,指出了明天的远景和美好的理想,这恰与社会主义现实主义的世界观不谋而合。

现实主义与浪漫主义相结合的"社会主义现实主义"创作原则在20世纪50年代的中国成为适应时代要求的最新的和最具有先进意义的理论标杆,它的引入与重新阐释都与那个特定时期政治和文化的背景密切相关。它的根本出发点就是以社会主义思想改造人和教育人,通过赞美英雄人物的崇高,歌颂新生活的光明,为人们描绘一幅共产主义的理想画卷。它对当时的文艺创作和文艺批评无疑是一种正确的指引和导向。

(三)现实主义的问本清源

今天看来,当时对于现实主义理论的界定和阐释还是有其一定的局限性的,因对世界观的过度强调,与政治关系的过度紧密,过于重视了文艺的"教育"功能,而相对忽视了文艺的审美功能,导致文艺更多具有了意识形态观念和政治理念的功能,而某种程度上背离了现实主义所要求的直面现实、忠于现实、真实地描写现实关系和人物的原则,这一现象一直蔓延到"文革"时期,表现得尤为严重,它带着独属于那个时代的热烈、激情和浪漫,带着种种不切实际的幻想和简单机械的千篇一律,在一种公式化和概念化的现实主义理论框架中去表达那样一个时代的激进特征。

这种公式化和概念化的创作倾向严重影响着文艺的发展,1952年,《文艺报》开辟了专栏,对此问题进行讨论,许多理论家、批评家和作家纷纷撰文对这种公式化、概念化的倾向提出了批评;1953年召开的第二次全国文代会,也把克服公式化、概念化作为大会的一个重要内容,周扬在大会上指出,"概念化、公式化"是"主观主义创作方法严重存在"导致的结果,作家在创作时不是从生活出发,而是从书面的政策、指示和决定出发,"思想不是渗透在作品的艺术组织中,而是一些硬加到作品中去的抽象议论"。究其原因,周扬指出,文学艺术上的概念化、公式化倾向之所以不容易克服,还因为把艺术服从政治的关系简单化、庸俗化的思想作祟。他同时还指出,作家在观察和描写生活的时候,必须以党和国家的政策作为指南,他对社会生活的任何现象都必须从政策的观点来加以估量。

正确表现政策和真实地描写生活两者必须完全统一起来,而生活描写的真实性则是现实主义的最高原则。茅盾在报告中也指出,概念化和公式化都是主观主义思想的产物,它们是一对双生兄弟,这种创作方法是违反现实主义的根本原则的。茅盾进一步指出,我们的文艺由于不敢于去大胆地表现生活的矛盾和冲突,在我们中间也还缺乏揭露和讽刺反面人物和落后现象的作品。这就是说我们还没有能够充分地发挥文学的力量,无情地烧毁生活中一切腐朽和垂死的东西、一切阻碍进步的东西。应该说,他们对于当时文艺批评和文艺创作中普遍存在的主观主义和教条主义倾向的认识是深刻的,批评也是中肯的,对于克服公式化、概念化倾向具有积极意义。

尽管文艺界对概念化、公式化倾向的反省、检讨与批评都是深刻的,但是,彻底克服这一问题却非一日之功。1954年和1955年开展的对胡适、胡风等人的文艺思想的简单化批判,不仅没有解决中国文艺发展面临的问题,反而助长了主观主义和教条主义的扩张。1956年2月,中国作家协会召开了第二次理事扩大会议,虽然会议的主题仍然是克服公式化的弊端,但当时的历史条件决定了它不可能完全摆脱公式化,周扬的报告也表现出明显的"二元论"方式,他一方面强调"客观的生活真实""克服一切脱离现实主义的倾向";另一方面又强调"文学艺术离开了政策,就是离开了为当前政治斗争服务的立场",在反对公式化的同时又提出了反对"自然主义"的倾向,并把"自然主义"视为"主观主义"的表现。可见,真正克服公式化、概念化的弊病并不容易。

直到1956年"百家争鸣、百花齐放"的方针提出,才从思想根源上彻底破除了教条主义,摆脱了庸俗社会学的种种束缚。"双百"方针的提出是顺应国际形势变化的需要,也是适应国内经济建设、社会发展的需要,体现了对科学文化发展规律和特征的认识与尊重,体现了一种宽容的、探索的、实事求是的思想路线,从而使文学艺术上坚持现实主义原则成为可能。在"双百"方针的指导下,人们放下包袱、解除束缚,有了独立思考、学术争鸣的权利,文艺思想渐趋活跃,对于概念化、公式化的探讨也渐趋深刻,对于现实主义的问本清源才成为可能。

从 1956 年下半年到 1957 年上半年,全国报刊发表的关于现实主义问题的文章数以百计,大多数理论家和批评家以及许多作家纷纷撰文参与讨论。探讨的问题主要集中在以下几个方面:一是文艺与政治的关系问题;二是艺术真实与生活真实的关系;三是典型形象的塑造问题。"双百"方针的提出并努力贯彻大大解放了文艺家的思想,也大大解放了强加在现实主义身上的种种限制和束缚,使艺术家们能够进一步以现实主义的态度正视现实存在状态与人的精神状态,能够摆脱教条而独立思考,真正体现了现实批判的艺术精神,即描写现实与人的全面性与真实性。

历史总是以迂回曲折的方式推进着,对于现实主义的认识和坚守同样如此。经历了 1956—1957 年轰轰烈烈的"双百"方针大辩论之后,接下来的"反右"运动对于所谓"资产阶级文艺思想"和"修正主义文艺路线"的清算中那种机械的、教条式的思维方式又有所回潮,使人们刚刚获得的直面现实的艺术勇气和力量备受打击。接下来的十年"文革",教条主义的文艺思想达到了极端,甚至集成为铁板一块的文艺思想体系。在这个体系中,文艺的功利目的是核心,也就是将"文艺为政治服务"的目标极端化和绝对化。从目的到手段,从写什么到怎么写,政治、思想、文化的多重专制与极端,直接阻挠了文艺直面现实的现实主义原则的可能性,而狂热与盲从也淹没了对现实进行理性分析与真实描写的可能性,给当代文学造成了巨大损失。

1976 年,随着"四人帮"的覆灭和"文革"的结束,历史进入了一个新的历史时期,现实主义文艺发展也由此展开了一种新的面貌。它在文艺理论上表现为:一是文艺"从属"论和"工具"论的终结,文艺的主体性和文学艺术的规律被重新认识;二是写"本质"与写"真实"的现实主义原则被重新界定,由"本质"论所导致的公式化、概念化弊病被彻底清算,"真实"成为一个新的文学时代的旗帜;三是"文学是人学"观念的确立,"人"在文学中的主体地位被确立,人的现实性、具体性、个性为文学全面地、整体地把握人开辟了道路。

（四）现实主义与现代主义之争

现实主义艺术运动主要发生在19世纪,因此,马克思、恩格斯在世时的艺术评论主要针对现实主义和浪漫主义艺术,而西方在20世纪初兴起了现代主义思潮,对这一现象,传统马克思主义研究得并不充分,甚至一度还采取了全盘否定的态度。接续这一问题研究的是以研究西方资本主义社会为己任的西方马克思主义,他们于20世纪30年代开始就表现主义等艺术现象展开论争。西方马克思主义批评关于现代主义有各种见解,其中,卢卡奇始终如一地对现代主义进行批判,阿多尔诺和本雅明在维护各自偏好的艺术流派时,都赞同和采纳了现代主义的一些基本的美学原则。而传统马克思主义文艺批评又对西方马克思主义批评中对现代主义的肯定态度持有异议,因此可以说,在西方马克思主义内部存在着现实主义和现代主义之争。在传统马克思主义和西方马克思主义之间也有现实主义和现代主义之争,这场论争从20世纪30年代开始,一直到今天都没有结束。可以说,现实主义与现代主义之争是20世纪马克思主义批评的世纪之争。

中国从20世纪80年代初开始,几乎重演了西方马克思主义关于表现主义的争论,这就是围绕着朦胧诗、意识流小说等新潮文学展开的论争。这其中,也有一些观点是单纯维护现实主义、批判现代主义的,也有简单地把现代主义作为现实主义的必然趋势的;另有一种观点认为,朦胧诗、意识流小说是中国当代文学中的现代主义思潮,它们的出现是现代西方外来文化与中国原生文化撞击之后产生的逆向选择,其核心就是要反叛传统。它们对现代主义某种极端的、荒诞的内容和形式进行了横向移植,甚至进行体系性植入,并标榜自己就是中国的现代主义。对此,批评家李洁非认为,朦胧诗、意识流小说明显模仿西方现代派,表现为一种矫情、虚伪、无病呻吟和玩弄技巧,但没有达到西方现代派那种形而上的审美境界和层次,因而只能是"伪现代派"。新潮文学的产生既有改革开放潮流的影响,又有西方现代主义艺术观念的影响,它是在种种复杂因素的影响下形成的一种反传统的艺术倾向,它在内容上以对人性的探寻和追问作为艺术的本体内容,在形式上以语言实验和手法的标新立异为主要目标,它为中国当代文艺批评提供了一个分析西方现代主义对其他民族文学影响的标本,但却不能简单地认定它就是现代主义文学,根本原因就在于,中国缺乏现代主义赖以繁衍的社会基础,以及哲学和文化土壤,尽管它们在不同层面上接受了西方现代主义的影响,但是却没有也不可能创造出真正意义上的现代主义文本。

马克思主义创始人是在现代性文化语境中创建马克思主义和文艺批评理论的。因此,他的理论实际上已经涉及了文艺的现代性问题。马克思对现代性文化和工业现代化的深刻反思和批判性解析,也为他的文论思想奠定了基础。我国改革开放以来的现实主义与现代主义之争,促使我们认识到艺术向前发展的轨迹,在现代艺术创作中也逐渐出现一种现实主义与现代主义的艺术观念和形式技巧相融合的趋势。通过前述对现实主义在我国的引入、传播以及发展流变的历史梳理,我们可以看到,对于现实主义文艺创作与批评的理解更加宽泛了,正如有论者所总结的:"今天,现实已经从政治中心走向了社会全景,从重大斗争走向了日常生活,从纯粹客观走向了主客融合,从外部景观走向了心灵世界,从普遍现象走向了特殊现象。现实变得多维、立体和世俗化了。这种新的现实观就是现实主义和现代主义在当代文学中相互渗透、融合的客观基础。"[①]现实主义的核心无疑就是"现实"二字,"主义"附着其后,是对"现实"的一种强调,是对关注现实、如实描写现实、真实再现现实的一种强调。"现实"在发生着变化,对于"现实"的描写方式不可能一成不变,或反映、或折射、或暗示、或隐喻、甚或变形,都可以从中看到"现实"的影像。所以,现实主义应当是开放的、发展的,并非是封闭的、僵死的。它是一种文艺创作的方法,更是一种文艺创作的宗旨——始终对现实社会和人的生存状态予以极大关注,并不断吸取新的艺术营养来完善自身。

[①] 冯宪光:《马克思美学的现代阐释》,四川教育出版社2002年版,第66页。

二、人性、人道主义与"异化"之争

1932年,马克思的《1844年经济学哲学手稿》(以下简称为《手稿》)全文发表。在这篇手稿中,马克思集中详尽地表达了他的人道主义思想和关于劳动异化的思想。这篇手稿在欧洲学界产生了很大影响,研究马克思主义的学者在《手稿》研究的基础上发表了大量的著作,也产生了不同的学派,引起了热烈的论战。

在我国,《手稿》的第一个中译本是在1956年出版的,当时报刊上零星发表过一些有关人道主义和"异化"的文章,总的来说对于这一问题的研究和重视都是不够的。直到20世纪80年代初期,文学艺术和文艺批评在改革开放的历史背景下开创了新局面,提出了新问题,人性、人道主义问题和其他"理论禁区"一样被突破了,国内学界重新对这一问题展开热烈的研究和讨论,刊发了一大批颇有影响力的著述,这场争论历时之长、争论之激烈、影响范围之广,实属罕见。以下对论争的问题以及代表性观点作一引述。

(一)"人性"概念之辨

"文化大革命"中,人的尊严、价值、权利、人性、人情、人道主义遭到压制、摧残和践踏,它们几乎从艺术家的创作中和理论家的视界中消失。改革开放以后,文艺界拨乱反正,肃清了极左路线和教条主义的影响,这些问题不仅重新活跃于艺术家的笔底,而且成为理论探讨的重要课题。讨论围绕"什么是人性""人性与阶级性以及共同人性的关系""人性、人道主义与马克思主义的关系""如何认识当前文艺创作中人性与人道主义的表现"等一系列问题展开。

有学者认为,人性,就是人类的自然本性。"由于人的肉体组织构造一般地说是相同的,所以人类有着以共同生理构成为基础的共同的人性需要,共同的人的本质力量——物质力量与精神力量,共同的感觉、认识、活动、创造规律,心理、情感和审美规律等等。这些大体上构成了可称之为'人性'、'人类本性'、'人的一般本性'的内容。没有这种人性,就没有人类历史。不承认这种客观存在的、第一性的、物质的人性,就不是历史唯物主义者。这些人的自然本性和秉赋,是随着人们社会生活实践的发展而发展起来的,在历史上呈现着不断变化的面貌,在阶级社会里还必然地受到阶级关系的制约,但是作为人的本性和禀赋,却是没有阶级性的,这也就是所谓'超阶级的人性',相对意义上的'永恒人性'(说是相对意义上的,是因为存在着史前史,而且人类还将灭亡)。"①

也有人不同意上述说法,认为人性是人的社会性和阶级性。"人性,主要是人的社会性,但是也包含着和人的社会属性融合在一起的自然属性。"②"阶级社会中,由于每个人都处在一定的、不以人的意志为转移的经济关系之中,无不打上阶级的烙印,所以说到人性或人的本质,理所当然地主要指包含阶级性的人性,而不是指人的那种动物机能的自然本性。离开了人的社会性、阶级性,也就不能真正地把握人性。"③还有论者强调:"人的本质是人的社会属性,而不是人的自然属性。人具有各种属性,但人的本质并不是所有这些属性加在一起的混合物,或者这些属性的任何一种都成为人的本质的组成部分。……构成人的本质的东西,恰恰是那种为人所特有、失去了它人就不成其为人的因素。而这种因素就是人的社会性。"④

还有不少学者不赞同以上各执一端的观点,而是提出了"人性是人类一切特性的总和"的观点。他们认为,人性就是人的自然性和社会性的对立统一。即使在阶级社会里,人的社会性也必定存在着非阶级性的方面。"人既是自然的存在物,又是社会的存在物,人的社会本质和自然本质是互相联系、互相渗透的,既对立,又同一,成为人性这一矛盾事物的

---

① 李以洪:《人的太阳必然升起》,《读书》1981年第2期。
② 顾骧:《人性与阶级性》,《文艺研究》1980年第8期。
③ 陆荣椿:《也谈文艺与人性论、人道主义问题——兼与朱光潜同志商榷》,《社会科学辑刊》1980年第8期。
④ 王元化:《人性札记》,见王元化:《沉思与反思》,上海辞书出版社2007年版,第76页。

两个方面。"①

也有不少学者引证马克思写于1845年的《关于费尔巴哈的提纲》中的论断:"人的本质不是单个人所固有的抽象物。在其现实性上,它是一切社会关系的总和。"②并进一步分析道:"一切社会关系包括两性关系、民族关系、阶级关系等等,这些体现人性的各种社会关系是错综复杂的,又不是抽象的,而是现实的社会化的人性。"③杨柄认为:"迄今尚未见到有哪种说法可以动摇或者代替这一科学论断的。可是我们今天的某些肯定资产阶级人性论和人道主义的文章的作者们在摘引马克思的词句时,对这些正确思想置而不顾,或者将人的本质归结为自然属性,或者将自然属性与社会属性搅在一起,或者抽象地承认社会属性而具体地否定阶级社会中的人的阶级性,或者抽象地承认这种阶级性而在具体论述中将它挤到一旁。……所有这些看法虽然都违背了马克思主义,但是都从另一个方面证明了马克思区分人的自然属性与社会属性的理论的正确性。"④

(二)人性与阶级性的关系问题

在人性与阶级性的关系问题上,经过反复论争,人们基本上抛弃了人性等于阶级性这个提法,但具体观点仍然呈现纷纭之态。

有的学者认为,人性与阶级性是包容关系,或者说是共性和个性的关系。如朱光潜提出:"人性和阶级性的关系是共性与特殊性或全体与部分的关系。部分并不能代表或取消全体,肯定阶级性并不是否定人性。"⑤也有学者认为,"人的阶级性就是人的自然本性在一定的社会历史条件下的特殊表现形式之一","我们既不应当把人性同阶级性对立起来,也不应当把二者混为一谈。……从这两者的关系中,我们是看不出它们之间的对立的。我们之所以又说不能把两者混为一谈,是因为在阶级

---

① 刘大枫:《人性的"异化"并非人性的泯灭》,《南开学报(哲学社会科学版)》1981年第2期。
② 《马克思恩格斯文集》第1卷,人民出版社2009年版,第501页。
③ 张恩荣:《文学——塑造人物,表现人性的艺术》,《社会科学》1981年第3期。
④ 杨柄:《马克思恩格斯青年时期所论及的人性和人道主义问题》,《江淮论坛》1980年第6期。
⑤ 朱光潜:《关于人性、人道主义、人情味和共同美问题》,《文艺研究》1979年第3期。

社会中,人性还不仅仅表现为阶级性,它还表现为别的东西"①。

也有学者提出,人性与阶级性是对立统一关系:"人是一个完整的统一体,人的自然属性和社会属性是有机地统一在人身上的。……从人的自然属性和社会属性的总体中产生和发展起来的人性和阶级性,同样是有机地结合着的,是同一个人身上的两个不同的侧面。两者既有相对独立性的一面,又有相互渗透、相互影响和相互制约的一面。"②

有的学者认为:"不能否认,'人性'是一个历史概念,有着时代的阶级的烙印,在社会发展的各个历史阶段,各个阶级的不同人性是受一定的阶级关系的制约所规定的。这就造成人与人之间在思想、观念、性格、感情、心理和习性诸方面的差异和相背。"③还有学者认为,人性和阶级性是两个不同的概念,它们隶属于不同的范畴,"在阶级社会中,人性和阶级性不能划等号,把人性和阶级性这两个不同范畴的概念搅在一起,硬要找出它们之间的什么关系,问题是不可能搞清楚的"④。

(三)人性、人道主义与马克思主义的关系

关于人道主义与马克思主义的关系问题,学界的观点主要有以下三种:

一种观点认为,人道主义是马克思主义的题中应有之义。如朱光潜认为:"人道主义在西方是历史的产物,在不同的时代具有不同的具体内容,却有一个总的核心思想,就是尊重人的尊严,把人放在高于一切的地位。""马克思《经济学—哲学手稿》整部书的论述,都是从人性论出发。……马克思正是从人性论出发来论证无产阶级革命的必要性和必然性,论证要使人的本质力量得到充分的自由发展,就必须消除私有制。"⑤

另一种截然相反的观点:马克思主义不应该包括人道主义,人道主义

---

① 王润生:《人的自然本性、社会性和阶级性——与胡绳生、袁杏珠同志商榷》,《辽宁大学学报(哲学社会科学版)》1980年第3期。
② 李遵进:《试谈人性的相对独立性》,《东海》1980年第2期。
③ 王冠华:《人性的闪光与毁灭——悲剧艺术美感之管见》,《学习与探索》1981年第1期。
④ 刘大枫:《人性的"异化"并非人性的泯灭》,《南开学报(哲学社会科学版)》1981年第2期。
⑤ 朱光潜:《关于人性、人道主义、人情味和共同美问题》,《文艺研究》1979年第3期。

是资产阶级的阶级意识,它同马克思主义是截然不同的两种思想体系,因而今天,我们也没有必要重新拾起这种精神武器。陆梅林在《马克思主义与人道主义》一文中指出:"人性论和人道主义,正如恩格斯批评费尔巴哈时说的那样,实则正是一种以人(个人)为主的利己主义。""人道主义和科学社会主义,是两个对立的概念。"①"有些作者在谈人道主义时,常常把马克思主义和共产主义理想说成是人道主义的,认为不这样看,就会把早期马克思和后期马克思、把马克思人道主义和马克思阶级论对立起来。我觉得,这种说法还可斟酌。""我们知道,由于马克思和恩格斯的早期思想处于一个急剧发展的阶段,因而在他们的早期著作中,在某些方面往往新旧思想相互交替,其中既有天才思想的萌芽,又有旧观念的遗迹和残痕,即使正确的思想也有一个不断充实、完善和发展过程。因此,我们在引来为自己立说时,就要深入研究,细心辨识,严加选择。""自从发现了唯物史观,马克思和恩格斯就在不断地批判费尔巴哈的人本主义思想和'真正社会主义者'的共产主义人道说,同时也就是在清算自己,扬弃他们以前曾经有过的思想,明确地指出不能把共产主义原理消融在人道主义之中。"②

还有一种相对比较折中的观点,就是要区别对待马克思的人道主义和资产阶级的人道主义。这种观点提出:"我们对于人道主义应当采取历史分析的态度,既不要笼统地肯定,也不要一概地否定,而要具体地分析它的阶级内容和实际作用。但是,要说马克思主义理论是从人性论出发,是人道主义的,不符合马克思主义创始人的思想实际,因而也是不正确的。如果说共产主义能使人人得到自由的、全面的、充分的发展,在这个意义上使用'人道主义'的话,那么,马克思主义自然是包含着人道主义的因素的。根据马克思主义的观点,似可对人道主义作这样的表述:一、阶级的人道主义;二、社会主义的人道主义;三、共产主义的人道主义。这样来说明马克思主义和人道主义的关系,比较符合马克思主义的性质

---

① 陆梅林:《马克思主义与人道主义》,《文艺研究》1981年第3期。
② 陆梅林:《文学的制高点》,《光明日报》1981年9月2日。

和内容,比较符合一个国家和整个人类历史的发展进程,既可在一定的历史条件下,和各阶级的真正的人道主义结成统一战线,又可保持马克思主义的鲜明阶级性和独立性。马克思所阐述的今后人类历史发展的实际进程是:首先是工人阶级的解放,然后才是全人类的解放。这就把马克思的共产主义和人道主义者的'共产主义'严格地区分开来了。"①

(四)文艺创作中的人性与人道主义表现

人的重新发现,是改革开放以来文学潮流的最重要的特点,它反映了文学变革的内容和发展趋势。在文学创作上,"人的重新发现"有三个标志:一是从神到人,过去对于领袖人物的过度神化,产生了公式化、概念化的不良倾向,让领袖走下神坛,才真正具有了人性的魅力。二是爱的解放,"文革"时期的文艺作品羞于谈爱,认为爱是资产阶级的低级趣味,所以"样板戏"中的英雄人物没有一个是爱情美满、家庭健全的,因此,爱的解放,应该是人性解放的重要内容。三是把人当作人,这里的人指的是普通人,普通人的非人化和对个别领袖的神化是同一个问题的两个极端,无论是前者还是后者,都是背离人性的表现。当人们对自己的处境开始有所醒悟的时候,当艺术家开始表现普通人真正的生存状态的时候,文艺才真正具有了人性的光辉。对此,朱光潜指出,作家如果"望人性而生畏……就必然要放弃对人性的深刻理解和忠实描绘",结果"只能产生一些田园诗式或牧歌式的歌颂和一些概念的图解。要打破这种公式化概念化,首先就要打破'人性论'这个禁区。打破这个禁区,文艺才能踏上康庄大道"②。

改革开放以来文艺创作的人道主义潮流主要有以下特征:第一,暴露和鞭挞"文革"时期反人道的社会现象;第二,通过反映这些现实,揭示人的异化现象;第三,思考和认识由此出现的人的价值问题。总体来说,这些作品重视人的价值,恢复人的尊严,关心人,爱护人,是文学真实反映现

---

① 白烨整理:《人性和人道主义学术讨论会情况综述》,《中国社会科学》1981年第1期。
② 朱光潜:《关于人性、人道主义、人情味和共同美问题》,《文艺研究》1979年第3期。

实、抒发人民心声、逐步深化的一种表现,也是时代的需要和历史的必然。这些作品以深厚的思想力量和强烈的感情力量开辟着自己的道路。

但是,文艺作品在表现人性、宣传人道主义的问题上也出现了一些错误倾向,有些作品不是对真实的人性、人情、人格尊严做具体生动的描写,而是脱离社会实际,试图描写所谓共同的人性,即抽象的人性论。也有的作者把人的生物本能当作人性夸大、渲染。对此,陆梅林指出:"我们今天不能因为有过一段痛苦的历史回忆,我们的文艺创作和批评在阶级论上犯过简单化、庸俗化的错误,又偏到另一方面,而去打起早就被批判了的人性论和人道主义这个旗号。有人说,过去我们的文艺创作的公式化、概念化,是由于没有写人性造成的……要克服这种毛病,人性论和人道主义是无济于事的。因为人性论是一种唯心史观,它的基本点是脱离人的社会性来讲人的本质,把共同的人性强调到否认人的阶级性的地步,而用超阶级的人性,来解释社会历史现象。这样就会是非不分,爱憎不明,也就无所谓善恶,无所谓美丑。"①

(五)关于"异化"问题的论争

在《1844年经济学哲学手稿》中,马克思站在费尔巴哈人本主义的唯物主义立场上,同时又批判地接受了黑格尔对劳动分析的影响,提出了"异化劳动"的思想。这是马克思使用"异化"一词最多、最系统、最集中的一部著作。在这里,马克思把"异化"作为自己尚在探索和形成过程中新的学说的基本范畴,从人的本质"异化"的观点来说明资本主义社会产生所谓的"异化劳动"的根源和不合理性,企图由此证明私有制的必然灭亡和共产主义一定会实现。在用"异化"概念来解释资本主义社会的经济事实和社会现象时,《手稿》也附带地涉及与此相关的某些美学问题,明确地谈到美与美感的关系,提出了"人也按照美的规律来建造"的重要论点。然而,马克思在这一时期的思想仍然处于过渡阶段,他所使用的"异化"概念,不仅是费尔巴哈宗教异化思想的移植,而且主要还是以人

---

① 陆梅林:《马克思主义与人道主义》,《文艺研究》1981年第3期。

本主义的抽象原则为依据,他在运用"异化"概念时前后哲学思想并不一样,使用的范围和意义大不相同,标志着青年马克思还处于探索新的科学世界观的转变时期。

在1845年写作的《关于费尔巴哈的提纲》中,马克思已经开始自觉地在清除费尔巴哈"异化"思想的影响,坚决反对把抽象的人的本质作为理论的出发点。他提出,应把人的本质的研究置于具体的现实的社会关系的分析之上。1845—1846年,马克思在与恩格斯合作完成的《德意志意识形态》中对唯物主义的历史观作了全面论述,同时也以更加明确而直接的否定态度来对待"异化"概念。可见,在马克思的著作中,"异化"这一概念始终只是作为反映资本主义特定社会关系的某些特定现象的概念,而不是一个永恒的、普遍的、适应于任何时代、任何社会、任何现象的抽象范畴,尤其是在论述社会主义社会时,从来没有用"异化"的术语来说明这一新的社会制度。

我国学术界对于"异化"问题的讨论始于20世纪80年代初,问题的焦点在于社会主义是否存在"异化"现象。代表性观点分为两派:一派认为社会主义存在异化现象,如王若水认为:"社会主义还有没有异化?社会主义应该是消灭异化,但它究竟是不是已经消灭了异化,没有了异化呢?我想我们应当承认,实践证明还是有异化。不仅有思想上的异化,而且有政治上的异化,甚至经济上的异化。"[①]他认为,教条主义、现代迷信就是思想上的异化,政治上存在着权力异化,经济上也可能出现异化,不过,他承认这种异化同资本主义的异化是不同的,它不是剥削造成的,而是由于不认识客观经济规律以及官僚主义、体制等问题所造成的。在美学和文艺领域内,也同样存在着异化现象,并且提出把写社会主义"异化"当作我国改革开放以来文艺的发展方向,要文艺对现实生活中的"异化"现象提出抗议和批评。有的文章把文艺评论划分为三种方法,即阶级分析法、心理分析法和"异化"分析法,认为"异化的批评方法"是最高的、最值得提倡的"马克思主义文艺批评方法",它"适用于阶级社会以来

[①] 王若水:《谈谈异化问题》,《新闻战线》1980年第8期。

凡是反映人性异化和复归的一切文艺作品"。①

另一派的观点则认为,社会主义不存在异化问题。代表性观点体现在胡乔木的《关于人道主义和异化问题》一文中,该文划清了马克思主义历史唯物主义和抽象的人道主义、异化论的界限,阐明应如何用历史唯物主义观点观察现实的社会主义社会及其存在的各种问题,观察人性、人的目的、人的价值等,批评了抽象的人道主义、异化论在这类问题上的唯心主义观点。同时,该文还把作为伦理原则和行为规范的人道主义同作为世界观、历史观的人道主义做了区分,肯定了社会主义人道主义的伦理道德,批判了唯心主义的人道主义世界观和历史观。

胡乔木的这些观点也引起了一些讨论,一些人至今也不赞成他的观点,但是从马克思主义的整个思想体系来看,从马克思主义经典作家在政治上对人道主义和异化问题的批判来看,这些观点是确当的。在我国学术讨论中出现的"社会主义异化论"在历史观上混淆了两种不同社会制度的区别,是不恰当的。他们或许是对我们社会中存在的一些不良倾向、消极的甚至腐败的现象表示不满,并试图从哲学的高度去说明它们,以求得到解决,但由于他们离开了历史唯物主义而求助于异化论,问题不仅得不到解释,还产生了不良的社会影响,最终是事与愿违的。

三、艺术生产论与文艺商品性之争

"艺术生产"是马克思在研究政治经济学的过程中提出的一个概念,后来发展成了马克思主义文论中的一个重要学说。它包括三个层面:第一,在资本主义制度下,艺术和其他产品一样,也是一种劳动产品,因此,艺术也是一种生产;第二,艺术生产是与物质生产相对应的精神生产;第三,艺术生产的方式也就是人"艺术地掌握世界"的方式。

---
① 石文年:《异化理论与文艺批评》,《厦门大学学报(哲学社会科学版)》1982年第1期。

(一) 经典马克思主义的"艺术生产论"

马克思在《1844年经济学哲学手稿》中指出,人与动物之间的本质区别在于劳动,生产劳动的过程孕育了美,也培育了人们的美感和对美的追求,"已经生成的社会创造着具有人的本质的这种全部丰富性的人,创造着具有丰富的、全面而深刻的感觉的人作为这个社会的恒久的现实"[1],这是人的本质力量,它们在生产劳动中得以实现,并通过人的感觉和心理能力表现出来。"人对世界的任何一种人的关系——视觉、听觉、嗅觉、味觉、触觉、思维、直观、情感、愿望、活动、爱,——总之,他的个体的一切器官,正像在形式上直接是社会的器官的那些器官一样,是通过自己的对象性关系……而对对象的占有"[2],因此,"人也按照美的规律来构造"[3]。这是马克思主义重要的美学思想。

马克思进而指出,宗教、家庭、国家、法、道德、科学、艺术等,都是一种特殊的生产方式,并且受生产的普遍规律所制约。在《德意志意识形态》中,马克思和恩格斯明确提出了"物质生产"和"精神生产"的概念,并阐明了两者的关系。他们不仅提出了"思想、观念、意识的生产""政治、法律、道德、宗教、形而上学等的语言中的精神生产"[4]的概念,还指出了"支配着物质生产资料的阶级,同时也支配着精神生产资料"[5]。在这里,马克思把艺术劳动看作整个社会生产结构中的一个特殊形态,是与"物质生产"相对应的精神生产。在《共产党宣言》中,马克思明确了物质生产与艺术生产的支配与被支配的关系,强调了精神文化的受动性,着重指出了艺术生产与物质生产的内在一致性,在《资本论》和《剩余价值理论》中再次强调艺术生产受制于经济基础、社会状况和物质生产,不同发展阶段的物质生产决定着那个阶段的艺术生产。

在《〈政治经济学批判〉序言》中,马克思说:"人们在自己生活的社会生产中发生一定的、必然的、不以他们的意志为转移的关系,即同他们的

---

[1] 《马克思恩格斯文集》第1卷,人民出版社2009年版,第192页。
[2] 《马克思恩格斯文集》第1卷,人民出版社2009年版,第189页。
[3] 《马克思恩格斯文集》第1卷,人民出版社2009年版,第163页。
[4] 《马克思恩格斯文集》第1卷,人民出版社2009年版,第524页。
[5] 《马克思恩格斯文集》第1卷,人民出版社2009年版,第550页。

物质生产力的一定发展阶段相适合的生产关系。这些生产关系的总和构成社会的经济结构,即有法律的和政治的上层建筑竖立其上并有一定的社会意识形式与之相适应的现实基础。物质生活的生产方式制约着整个社会生活、政治生活和精神生活的过程。不是人们的意识决定人们的存在,相反,是人们的社会存在决定人们的意识。"①这就是说,艺术生产作为"关于意识的生产",是由社会存在决定的,也是以物质生产为基础的,离不开社会的生产结构。

　　社会存在对人的意识的决定虽然是最基本的、最重要的因素,但并不就是单向的,艺术生产虽然离不开作为其基础的社会存在和经济基础,但作为一种特殊的"思想、观念、意识的生产",其最终产品必然渗透着社会的意识形态,它也必然反作用于物质生产和经济基础。如果说古希腊稳定的社会状态和丰裕的经济现实造就了希腊的文学艺术,那么,希腊的文学艺术反过来也推动了希腊文明的进步。也就是说,艺术产品通过语言、形象、声音等媒介表现某一民族的政治、法律、道德、宗教和哲学,不但与政治、法律、道德、宗教和哲学乃至文学艺术本身相互影响,而且对经济基础也发生影响。

　　马克思还提出了物质生产与艺术生产之间的不平衡关系。他说:"关于艺术,大家知道,它的一定的繁盛时期决不是同社会的一般发展成比例的,因而也决不是同仿佛是社会组织的骨骼的物质基础的一般发展成比例的。例如,拿希腊人或莎士比亚同现代人相比。就某些艺术形式,例如史诗来说,甚至谁都承认:当艺术生产一旦作为艺术生产出现,它们就再不能以那种在世界史上划时代的、古典的形式创造出来;因此,在艺术本身的领域内,某些有重大意义的艺术形式只有在艺术发展的不发达阶段上才是可能的。"②这里涉及的不仅仅是物质生产与艺术生产的不平衡问题,而且涉及了艺术的繁荣和艺术形式的历史演进问题。艺术生产作为精神生产的一种形式,不仅与物质生产构成了作用与反作用的关系,

---

① 《马克思恩格斯文集》第2卷,人民出版社2009年版,第591页。
② 《马克思恩格斯文集》第8卷,人民出版社2009年版,第34页。

并由多种因素共同作用,造成两者之间的不平衡发展而引发矛盾运动,推动社会和历史的进步。

马克思还从消费的角度论及艺术生产问题:"一切艺术和科学的产品,书籍、绘画、雕塑等等,只要它们表现为物,就都包括在这些物质产品中。"①因此,它也必然以物的形式而被消费。在《〈政治经济学批判〉导言》中,马克思说,消费从两个方面生产着生产:第一,因为产品只是在消费中才成为现实的产品,消费是在把产品消灭的时候才使产品最后完成,因为产品之所以是产品,不在于它是物化了的活动,而只是在于它是活动着的主体的对象。第二,因为消费创造出新的生产的需要,也就是创造出生产的观念上的内在动机,后者是生产的前提。消费在观念上提出生产的对象,把它作为内心的图像、作为需要、作为动机和目的提出来。没有需要,就没有生产,而消费则把需要再生产出来。② 产品的最终形式不是物自身,而是被活动着的主体消费的物,换句话说,消费是产品完成的最终阶段,是物作为产品的最终实现。因此,消费是生产的前提,消费所创造的主体的需要是生产的必要条件。

(二)"西方马克思主义"的艺术生产论

虽然马克思把艺术看成一种社会生产,但他研究的中心一直放在对决定社会生活及其发展的物质生产上面,还没有来得及仔细地研究艺术生产,形成比较完备的"艺术生产"理论。20世纪,本雅明是最早、最系统地对艺术进行全面的生产论式的考察的"西方马克思主义"文论家,他发掘了马克思有关论述中还没有展开的思想原点,把马克思主义政治经济学的生产理论运用到艺术中,开拓了马克思主义文艺学的新的艺术本质视角,提出和推进了"艺术生产"理论的研究。

本雅明在1934年作了一个题为《作为生产者的作家》的演讲,在这一演说中,他提出了一个用马克思主义来认识艺术的新颖思路。他说:

---

① 《马克思恩格斯全集》第26卷第1册,人民出版社1972年版,第165页。
② 参见《马克思恩格斯文集》第8卷,人民出版社2009年版,第14—16页。

"正如我们所知,唯物主义批评一旦对一部作品进行分析,就习惯于要问这部作品对时代的社会生产关系抱何态度。这是一个重要问题,也是一个难于回答的问题。……我建议各位先提出另外一个问题,即在我问一部作品对于时代的生产关系抱何态度之前,我想问这部作品是如何处于这种生产关系之中的?"①本雅明认为,在艺术生产中,艺术创作的技巧就是生产力,它是艺术生产发展的阶段性标志,技巧使艺术的生产者与大众形成特定的生产关系。他认为这就是对艺术进行直接的、社会的、唯物的分析。他提出:"我们正处在一个文学形式发生剧烈变化的过程中。"②文学艺术的生产和发展就是形式技巧的演变,所有的艺术家都应当顺应时代的发展,以改革旧有的艺术形式和创建新的艺术形式,使艺术形式革命化,为发展艺术生产做出贡献。从这一观点出发,他对现代主义艺术进行了分析,认为现代主义艺术方式是对传统艺术手段的反叛,体现了艺术生产随着时代的发展而变化的固有规律,因此,他对布莱希特的史诗剧给予了高度评价,认为布莱希特的史诗剧就是用新的观念对旧的艺术生产机器进行革命改造的范例。布莱希特成功地"改变了舞台和观众、剧本与表演、导演与演员之间功能上的关系"③。这也就是说,作为生产者的艺术家对生产工具的改革,不仅发展和提高了艺术表达的水平和能力,而且用新的生产机器造就了艺术家与群众的新的社会关系。

  本雅明的"艺术生产"理论在《机械复制时代的艺术作品》中得到了进一步的发展。机械复制,是本雅明艺术生产理论的一个重要概念,这是区别传统艺术与现代艺术的一个时代生产力概念。他把艺术看成一个由生产—产品—消费组成的动态流程,并且随着社会生产力的发展,艺术生产力也获得相应的发展,艺术的机械复制的手段和范围都有很大的变化。19世纪石印术的发明标志着一切绘画作品都可以复制,照相术和录音术

---

① [德]本雅明:《作为生产者的作家》,见中国社会科学院外国文学研究所、《世界文论》编辑委员会编:《文艺学和新历史主义》,社会科学文献出版社1993年版,第47页。
② [德]本雅明:《作为生产者的作家》,见中国社会科学院外国文学研究所、《世界文论》编辑委员会编:《文艺学和新历史主义》,社会科学文献出版社1993年版,第49页。
③ [德]本雅明:《作为生产者的作家》,见中国社会科学院外国文学研究所、《世界文论》编辑委员会编:《文艺学和新历史主义》,社会科学文献出版社1993年版,第58页。

的发明,又标志着一切视觉和听觉的艺术都是可以复制的。他总结说,从同社会生产力的直接联系上看,艺术史就是机械复制的发展史。

伊格尔顿在本雅明的基础上提出了"文化生产"的文艺学理论。他在《批评与意识形态》一书中指出,艺术既是一种意识形态,又是一种与一般社会生产在层次上相同的艺术生产,即审美的意识形态的生产。他的文化生产理论就是具体分析在复杂的意识形态关系中文学生产方式和一般生产方式的联系与区别;又在两者生产关系的交互作用中,来说明一般意识形态与作者艺术形态在一定审美常规条件下相互渗透、冲突,成为具有独特的审美意识形式的文本的过程和特点,着重研究了"作为文学的意识形态话语的生产规律"。伊格尔顿在《马克思主义与文学批评》一书中指出,文学可以是一件人工产品,一种社会意识形态的产物,一种世界观;但同时也是一种制造业。书籍不只是有意义的结构,也是出版商为了利润销售市场的商品。戏剧不止是文学脚本的集成,它是一种资本主义的商业,雇佣一些人(作家、导演、演员、舞台设计人员)产生为观众所消费的、能赚钱的商品。批评家不只是分析作品,他们(一般地说)也是国家雇佣的学者,从意识形态方面培养能在资本主义社会尽职的学生。作家不只是超个人思想结构的调遣者,还是出版公司雇佣的工人,去生产卖钱的商品。

传统马克思主义文艺学只从社会意识形态的角度去理解艺术,有正确的一面,但还没有穷尽艺术如何产生意识形态效应的途径和中介,因此是不够全面的,作品的生产完成,必须涉及艺术家所处的时代所能提供给他的物质手段和艺术表达方式。"西方马克思主义"的艺术生产论突破了这一传统理解,从艺术生产角度去把握艺术的本体对于全面理解马克思的文艺学美学理论是有开拓意义的。

(三)关于艺术生产论和艺术商品性的讨论

随着中国改革开放以来社会的转型,社会主义市场经济逐步建立和发展,社会生活的中心从意识形态的阶级斗争模式转移到经济建设上面,人们开始注意到社会生产对于整个社会的重要影响。艺术产品的商品属性问题也提到了现实生活的面前,对于文学艺术的研究开启了一个新的视野,即不再单纯地从社会意识形态角度去观察理解文学艺术,开启了艺术生产论的大幕。

国内最早研究马克思的艺术生产理论的学者是董学文。他在20世纪80年代初连续发表了《关于马克思的"艺术生产"理论》《马克思论艺术生产和物质生产》《马克思的"艺术生产"概念及其理论——为马克思逝世百周年作》等文章。他提出:"马克思的'艺术生产'的概念,不是一个多义性的、含混性的日常用语,而是严格规定的科学语言。这个文艺学和美学的新名词,今天看来似乎有些司空见惯,但它的产生和发展,它的真实意义和基本内容,以及在文艺学和美学上的变革意义,并没有得到应有的重视。"①"在'艺术生产'的概念里,对以往的艺术观至少发生了这样两个变化:一是彻底指出了对艺术这种意识形态形式……如果说以往的艺术理论总是静观地对艺术问题以沉思开始,那么,马克思则始终强调人是在既有的现实关系的基础上进行创造的,并通过这种实践把自己审美需要从初期的粗糙阶段发展到高级的水平。所以,从美学史上看,'艺术生产'概念反映了美学思想的新变革。"②

程代熙高度评价了董学文对于马克思"艺术生产"理论的阐释。他认为,既然要从艺术生产的理论出发来研究艺术和美学,那么就有一个正确理解艺术生产力和生产关系的问题。他指出,艺术生产力主要是指运用艺术生产工具进行艺术生产的艺术家。因为艺术工具、艺术技术都必须有人,即艺术家来运用,否则形成不了艺术生产力。艺术生产力得到大发展的重要标志之一,就是文艺创作的繁荣。由于艺术家本身是艺术生产力中最为活跃的因素,艺术家自身素养的提高是发展艺术生产力的重要一环。文艺体制的改革的内容是多方面的,它涉及领导体制、文艺团体的管理体制、文艺领域的思想政治工作及法制建设等方面,但主要是破除

---

① 董学文:《马克思的"艺术生产"概念及其理论——为马克思逝世百周年作》,见《文艺论丛》第18辑,上海文艺出版社1983年版,第1页。
② 董学文:《马克思的"艺术生产"概念及其理论——为马克思逝世百周年作》,见《文艺论丛》第18辑,上海文艺出版社1983年版,第9页。

过去长期形成的"左"的东西及各种弊端,达到真正按艺术规律办事的目的。①

改革开放以来,我国的社会生活重心发生了根本性变化,发展生产力成为时代的核心话语,董学文、程代熙等学者开启的艺术生产理论的讨论,顺应了时代发展对于文艺研究的新要求。我国学者面对建立社会主义市场经济的现实,深深感到不能离开社会主义市场经济体制及其运行的实际来讨论文学艺术问题,文学艺术的存在方式离不开市场经济所提供的方式和形态。因此,改革开放以来,我国许多学者对此着手进行研究,也有一些创造性见解。丁振海在《在新的实践中学习和研究马克思的"艺术生产"理论》一文中,提出了在艺术生产的研究中要研究和解决的十大问题:一是研究艺术生产一定要与物质生产的一定形式相联系;二是要研究马克思关于区分生产劳动与非生产劳动的理论,并结合新的实践加以消化、运用;三是要研究文艺对消费者的直接刺激、激励作用;四是要进一步研究物质产品与精神产品的本质差别;五是要进一步区别精神产品的审美价值和商业价值;六是要进一步研究艺术产品进入流通领域的特殊性;七是在社会主义市场经济的条件下进一步研究艺术生产和消费的辩证关系;八是要注意区分艺术家和艺术工厂中的"艺术工人";九是要结合新的实践研究艺术生产同一般社会发展不平衡的规律;十是要研究科学技术对艺术生产的巨大影响。这十大问题的提出,应该说是作者立足于我国社会主义市场经济的实际来建立马克思主义艺术生产理论的全面思考。

在市场经济体制下,人与人之间的经济关系成分日益强化,绝大多数文艺作品也要以商品形式进入流通领域,艺术市场的存在是不以人的主观意志为转移的,"艺术生产"也在不同层面上向经济效益、商业价值方面倾斜,文艺学不仅要从意识形态角度去研究艺术,而且应该从经济学角度去研究艺术。我们在品评艺术作品的审美价值之外,必须研究现实社

---

① 参见程代熙:《一本值得一读的美学论著——董学文〈马克思与美学问题〉述评》,《贵州大学学报(社会科学版)》1985年第1期。

会中艺术生存所应当具备的市场价值,如果像过去那样单纯追求社会效益,完全无视艺术市场的存在,否定艺术产品具有生产和经营的商业属性,那势必会阻碍文艺的发展和繁荣。

　　社会结构的变化导致人们对文艺价值的思考方式也发生了变化,使人们看到了文艺作品过去未曾显露过的商业价值的一面,于是,也产生了一部分人单纯追求经济效益的"一切向钱看"的倾向。为了迎合市场,有些文艺作品出现了庸俗、低俗和媚俗的现象,给社会风气带来极坏的影响。为了纠正和扭转文艺界出现的"一切向钱看"的不正之风,我们希望思想文化教育部门要以社会效益为一切活动的最高准则。这也就是说,我们讲求文艺作品的经济效益,但不能否定和排斥艺术作品的社会效益,因为艺术是一种精神产品,要作用于人的精神世界,要净化心灵,引领思想,任何情况下,社会效益都应该是它的最高标准。

第二节
马克思主义文艺批评的中国化实践

　　我国新时期文学诞生于一个思想开放的艺术探索时代,短短的时间里几乎把西方一百多年的历史匆匆走了一遍,新观念竞相涌现,新写法层出不穷,无论是体式、结构、表现角度,还是手法、语言、美学特征,都在实质上打破了过去那种单一审美模式,特别是那些被人们视为先锋艺术的实验文本,如朦胧诗、意识流小说、荒诞体验小说、新写实小说,等等,人们依据过去的审美经验已经无法识别。新时期文学的艺术探索与西方文化的冲击有着直接的关系。也就是说,作家、艺术家是在吸取西方的现代哲学、心理学以及文艺理论的过程中改变了自身的创作审美定势,面对陌生、复杂的批评对象,马克思主义文艺批评也曾遭遇尴尬,批评家在传统的批评视角上已经无法做出切实合理的解释。因此,探索新的批评方法也跟随文学的实验活动应运而生。

一、"朦胧诗"与"新的美学原则在崛起"

改革开放以后,思想的进一步解放,加上西方现代派的影响,使得文艺创作变得更加自由,文学艺术迎来了一个创作的繁荣时期。在思想解放的新形势下,诗歌也获得了全面的解放,涌动了一股强有力的现代主义诗潮,其标志就是"朦胧诗"的出现,代表人物有舒婷、北岛、顾城、江河、杨炼等。作为一个创作群体,他们并没有统一的组织形式,也未曾发表宣言,然而却以各自独立又呈现出共性的艺术主张和创作实绩,构成一个"崛起的诗群"。

(一)朦胧诗的出现及其特征

1979年3月号《诗刊》发表了北岛的诗《回答》,以此为起点,《诗刊》及全国的报刊相继发表了不少其面目与传统新诗迥然相异的诗歌。从这以后,人们逐渐重视起这些诗歌,对它们的特点和风格展开热烈的讨论。1980年5月7日《光明日报》发表的谢冕的《在新的崛起面前》一文对这些作品持全面肯定态度,将这些诗的出现与五四新文化运动相提并论,肯定了其探索精神,"寻求诗适应社会主义现代化生活的适当方式",并且以赞赏的态度指出了它们的特点:古怪、表现个人情绪、不易看懂,并且首先明确使用"朦胧"这个字眼来形容这批后来被称为"朦胧诗"的作品的特点。1981年第3期《诗刊》上发表了孙绍振的《新的美学原则在崛起》一文,从思想解放运动和艺术革新潮流必然会挑战"权威和传统的神圣性"出发,详细阐述了新诗潮的哲学基础与审美特征,认为这种新诗潮"与其说是新人的崛起,不如说是一种新的美学原则的崛起",并且这种美学原则对以往的艺术教条和文学规范"表现出一种不驯服的姿态"。这篇文章明确表明了朦胧诗的美学特征和在文学史上的意义,也进一步推动了关于朦胧诗的论争,在接下来的《诗刊》中刊登了多篇反驳孙绍振观点的文章,如程代熙的《评新的美学原则在崛起——与孙绍振同志商权》一文,对孙绍振提出的"新的美学原则""人的价值标"和"美的规律问题"——进行了反驳。《诗刊》第 4 期至第 8 期也发表了一系列辩论和批驳的文章,其中的反对者认为新诗的出现是对传统的背离,支持者则认为是继承了传统。

1980 年第 8 期的《诗刊》就这类诗歌展开讨论,章明发表了题为《令人气闷的"朦胧"》的文章,他指出,当前有些诗歌"写得十分晦涩、怪癖,叫人读了几遍也得不到一个明确印象,似懂非懂,半懂不懂,甚至完全不懂,百思不得其解","我对上述一类的诗不用别的形容词,只用'朦胧'二字,这种诗体,也就姑且名之为'朦胧体'吧。"从此,"朦胧诗"就成了这类诗歌的正式名称,朦胧诗的命名,也可以说是特定时代赋予这一群诗人的一个有意义的称谓。

朦胧诗的创作观念明显受到西方现代主义诗歌的影响,他们借鉴了一些西方现代派的表现手法,去表达自己的感受、情绪与思考。这种风格与当时诗坛盛行的现实主义或浪漫主义诗歌风格呈现截然不同的面貌。朦胧诗的精神内涵主要有三个层面:一是揭露和批判黑暗的社会;二是反思与探求意识以及浓厚的英雄主义色彩;三是对"个体的人"的特别关注。朦胧诗的出现,引发了文艺批评界广泛的关注,对于朦胧诗的艺术特征、朦胧诗的表现手法以及朦胧诗产生的社会原因等问题,学者们展开了深入的探讨,以下就几个主要问题分而述之。

(二)关于朦胧诗的"自我表现"

朦胧诗自出现以来,首当其冲被争论的就是它的"自我表现"问题。各方学者纷纷发文各抒己见,形成了两种尖锐对立、截然不同的观点。在朦胧诗讨论之初,艾青就指出,"他们的理论核心,就是以'我'作为创作的中心,每个人手拿一面镜子只照自己,每个人陶醉于自我欣赏","把'我'扩大到遮掩整个世界"[①]。冯牧指出:"如果只写'小我'狭小圈子细微的感情波动,或只能从事个人感受的描述,可能成为一个诗人,但不可

---

① 艾青:《从朦胧诗说起》,《文汇报》1981 年 5 月 12 日。

能成为伟大诗人。"①吴亮认为:"向自我回缩,审视自我,伸张自我,提高个人价值,应当是一个开端,而不是终点。""成功的诗篇往往逸出自我,进入普遍领域,把一个人的情绪升华为一代人的情绪,把一代人的思考浓缩在一个人的思考之中。"针对"新原则"强调个人存在价值,反对以"社会利益否定个人利益"的论点,他说:"我们民族的历史和惨痛的经验教训表明,个人利益和社会利益总是一齐被否定被践踏的,而凌驾于个人之上更凌驾于社会之上的特殊集团利益也就是特殊个人利益否定了普遍个人利益。"因此,"重新走出自我,面向社会与时代,是精神力量真正展开,真正显示一个人的价值特别是诗人的价值的必然出路"②。季敏认为,这种美学原则就是要"关在'自我'的小圈子里,写一种朦朦胧胧、晦涩难懂的东西,除了孤芳自赏,对人民、对社会能起什么作用呢"③? 李元洛说:"并不是任何'我'都有诗美的意义,不同思想境界的诗作者的'我',其社会价值和美学价值并不相同。"他认为:"'抒人民之情'本身并不是将'我'排除在外的……'抒人民之情'实际上就是抒发那种个性与共性、'我'与'人民'相结合的典型化的感情。"④

严迪昌对此则持相反观点,他认为:"害怕'我'、不准有'我',无异于害怕艺术个性、不准有艺术个性,于是也就取消了艺术、取消了诗。"⑤郑乃臧认为:"诗人就是要顽强地表现自己。""有鼓、有号、有提琴、有黑管……才能组成一支五音繁会的交响乐。每一个诗人的作品都是陈列我们社会生活的小橱窗,千千万万个小橱窗汇合在一起,就成为反映我们整个时代和社会的气象万千的大橱窗。我们把诗人分为表现'小我'和表现'大我',本身就是一种荒谬的逻辑。"⑥陈志铭在他与孙绍振、程代熙商榷的文章中指出,"自我表现"在意识表现上体现了诗人独特的审美感受和独特的艺术技巧,它既可以是时代精神、人民心声,也可以只是一小部

---

① 冯牧:《门外谈诗——在诗刊社举办的"青年诗作者创作学习会"上的谈话(摘录)一九八〇年八月十一日》,《诗刊》1980年第10期。
② 吴亮:《传统炭炭可危了吗?》,《雨花》1981年第10期。
③ 季敏:《缪斯为谁歌唱? ——"朦胧诗"的"美学原则"质疑》,《文汇报》1981年6月23日。
④ 李元洛:《是什么"新的美学原则"? ——与孙绍振同志商榷》,《诗探索》1981年第3期。
⑤ 严迪昌:《各还命脉各精神——关于新诗的"危机"与生机的随想》,《诗刊》1980年第12期。
⑥ 郑乃臧:《诗人就是要顽强地表现自己!》,《淮阴师专学报(社会科学版)》1980年第4期。

分人的某种共同的情绪,这是一条艺术规律。因此,决不能说"自我表现就一定是发泄小资产阶级个人主义情绪"[①]。

"朦胧诗"无疑是中国当代诗歌史上最值得关注、也绕不过去的重要课题。他们受西方现代主义诗歌影响,借鉴一些西方现代派的表现手法,表达自己的感受、情绪与思考。他们所创作出来的诗歌,与当时诗坛盛行的现实主义或浪漫主义诗歌风格呈现截然不同的面貌。不言而喻,在当时历史文化语境中,朦胧诗用信念、信仰的理想之光来照亮反抗之旅,从思想文化的角度上来说,它带有启蒙时代的浪漫主义那种热情四射的鼓动作用,在某种程度上改写了以往诗歌单纯描摹"现实"与图解政策的传统模式,把诗歌作为探求人生的重要方式,在哲学意义上达到了前所未有的高度。但是,以马克思主义唯物史观的眼光来审视朦胧诗的先锋意识,就不难发现它的思想局限性。朦胧诗的先锋意识,固然表达了从专制主义禁锢中走出来的国民对"自由""民主"的思想诉求,但所传达出来的"自由""民主"信念、信仰的内涵,则显得朦朦胧胧,其诉求方式也显得过于情绪性,这正是朦胧诗的性质所决定了的。

二、关于现代派文艺的讨论

西方现代派文艺指的是19世纪末20世纪初开始在欧美发展起来的不同于传统的现实主义创作方法的各种流派的总称,包括象征主义、表现主义、超现实主义、意识流、存在主义、荒诞派、黑色幽默等。西方现代派文艺经历了近一个世纪的变化,流派纷呈,作家的政治、思想倾向也很不一致,但就其共性来说,有如下几点:第一,各流派都强调要表现"现代意识",其中心就是危机感和荒谬感。因此,现代派文艺的共同主题是表现现代人的困惑,反映了西方资本主义世界的全面危机。第二,现代派文艺对垄断资本主义社会中人与社会、人与自然、人与人、人与自我四种基本

---

① 陈志铭:《为"自'我'表现"辩护——与程代熙、孙绍振同志商榷》,《诗刊》1981年第8期。

关系的尖锐对立作了深刻的反映,表现了异化这一主题。第三,现代派文艺是西方现代知识分子精神危机的自我表现,它深受唯心主义和非理性主义思潮的影响,具有虚无主义、神秘主义和悲观主义、个人主义的色彩。

我国文艺界对西方现代派文艺的讨论,大致分为三个阶段:第一阶段是中共十一届三中全会以后到1980年年初,在"解放思想,开动脑筋,实事求是,团结一致向前看"精神的引领下,文艺界开始介绍长期以来作为禁区的西方现代派文艺,这一阶段主要是一些译介性的文章,使我们对西方现代派文艺极其复杂的现象有了初步的印象,它改变了过去在介绍西方文艺方面存在的"左"的倾向——对除现实主义文艺以外的种种资产阶级文艺流派采取全盘否定的态度。但是,也有一些对西方现代派作品不加分析、全盘接受甚至盲目崇拜的现象。第二阶段是1980年年中到1983年年底,这期间,对现代派文艺的讨论同我国一些作家、艺术家在创作方法上的探索紧密联系在一起。《外国文学研究》季刊首先发起关于西方现代派文艺问题的讨论,从1980年第4期到1982年第1期,先后发表32篇讨论文章,最后发表了徐迟的总结性文章《现代化与现代派》,在文艺界引起强烈反响,褒贬不一。此外,《文艺报》《上海文学》《当代文艺思潮》等刊物也相继发表了一些学者的文章,将有关西方现代派文艺的讨论引向高潮。第三阶段是1984年以后,一般性讨论减少,专题性研究文章增多,如《现代作家》在1984年第1期发表了老作家马识途的文章《且说存在主义小说》,针对我国受存在主义思潮影响而产生的一批文学作品进行了分析批评。还有些报刊也发表文章和举行座谈会,就具体问题(诸如存在主义问题、意识流问题、非理性主义问题、现代派的表现手法等)和具体作品中反映出的现代派文艺倾向进行讨论和批评。1984年,外国文学出版社出版的《西方现代派文艺问题讨论集》挑选了自从开展现代派文艺问题讨论以来代表性文章52篇,基本反映了我国有关西方现代派问题讨论的初期概貌,有些问题的讨论比较深入,分析评论也较有说服力。现将这场讨论中几个突出的问题分述如下。

(一)关于西方现代派兴起的原因

有学者指出,西方现代派文艺是顺应西方经济发展的产物,因此,研究西方现代派文艺不应当无视经济因素,现代派文艺既反映了西方社会的物质生活,也反映了这种物质生活关系总和的内在精神。这种观点受到不少人的质疑,他们认为,文艺的发展不仅受到经济基础特别是生产力水平的一定的影响,而且更直接受到一个时代的政治观点、哲学观点等因素的影响,马克思在《〈政治经济学批判〉导言》一文中就曾精辟地讨论了文艺发展与社会物质生产发展不平衡的规律,所以,上述观点有机械论或经济决定论之嫌。李准在《现代化与现代派有着必然的联系吗?》一文中质疑道:"如果只是因为西方国家的科学技术和经济水平还在继续发展,就说现代派文艺与它是适应的,岂不是等于说垄断资本主义的经济制度、政治制度也是和现代物质生产发展的要求完全适应的吗?显然这是说不通的。"由此,他进一步指出:应当到西方经济制度、政治制度及其演变中,到资本主义社会的基本矛盾和包括精神生活在内的整个社会生活的发展变化中去寻找现代派文艺的起因。具体说来,它是西方垄断资本主义社会制度及其发展所带来的严重经济、政治、精神危机的一个直接产物,同时它又是20世纪以来西方资本主义整个社会矛盾尖锐化和社会生活畸形发展的一个畸形反映。袁可嘉认为对西方现代派起决定影响的是主客观两方面的条件:客观上是垄断资本主义时期生产关系、社会关系、物质生活、科学文化等方面的变革;主观上则是现代派作家的阶级地位、世界观和艺术观。

也有的论者从艺术的内部规律来讨论现代派兴起的必然性,并指出,现实主义在19世纪形成了几乎无法逾越的艺术高峰,同时也日益显出它的局限性,例如,在深刻表现人们心理活动方面,其孤立静态的描写难以表现出现代人层次复杂、丰富多变的内心世界;在满足人们的审美欲望和激发想象力方面,它也不能适应人们所要求的更为紧迫的节奏感和时空跳跃的需要。这就迫使艺术家去寻找新的出路,寻找能够充分表现自己对世界的主观感觉和认识的手法,这就是现代派兴起在艺术上的必然性。

(二)关于西方现代派文艺的评价问题

第一,在思想性方面,有的学者充分肯定了现代派思想内容的社会意义,现代派文艺作品相当普遍地表现了对资本主义现实的不满、讽刺、揭露和批判,对某些重大的社会问题进行了严肃的探索和思考,说明这些作家、艺术家能够在资本主义物质文明高度发展的条件下,透过某些繁荣的表象,指出这种社会制度导致的深刻的精神危机,而且是以独特的为前人所未有的艺术方式提出来的,足以给人以精神上的巨大震动,从而在客观上启示读者对资本主义社会的现状必须加以改变,这样的作品无疑对无产阶级革命具有积极的意义。有的学者指出了现代派文艺的自我批判精神对于促进社会意识的进步与发展是大有益处的,这些作品中大量地描写精神危机和异化现象,这是资本主义文明对自己本身的意识有所发展的一个标志,是这种意识朝着自由所取得的一种思想的前景,也许,甚至在现代派作为一股潮流消失以后,这种前景也还是没有出现,但是,无论如何,它很可能是会为一种更高的意识的出现铺平道路的。

也有的学者认为,现代派作品只是揭露了资本主义社会的弊端,反映了人与人之间关系的冷漠,人们的变态心理和悲观绝望的情绪等,具有一定的社会意义,但是其思想体系是唯心主义的、属于资产阶级的意识形态范畴的,在对社会的态度上,主要倾向是"反社会,颂扬自我,宣传强烈的个人主义"[①]。

第二,在真实性方面,一种观点认为,西方现代派艺术家的主观愿望也许是求真实,但实际上没有达到,甚至是远离真实的,这是由于他们自身的艺术观以至整个世界观往往是唯心主义和形而上学的,因此,现代派的观点与现实主义的、特别是马克思主义关于现实主义的真实观是大相径庭的。他们非但没有遵从艺术要通过典型形象反映生活中某些本质的东西,甚至根本否认客观现实的实在意义,只相信自己心灵的真实,以至于无意识、潜意识、梦境的真实。实际上,现代派所表现的往往只是感觉到的某些现象,甚至是与客观真实绝缘的主观臆想。

---

① 关林:《文学的提高和现代主义的呼声》,《文艺报》1983年第1期。

与此相反的观点是,现代派作为一种非物质主义的文艺思潮,认为事物的表象并不能反映事物的本质,只有一种高于现象世界的抽象本质,才是最高的真实。在他们看来,只有心灵才是世界的真实反映。因此,文艺要摆脱那种拘泥于对现象世界的传统的表现方法,去表现事物的最高真实,就要着重表现个人的主观感受。这种观点固然与西方哲学的直觉主义、神秘主义不无关系,但是,仅就其强调感受的主观性、认识的能动性而言,也未必就是否定客观实在。现代生理学、心理学和社会人类学已经充分证明,任何客观事物,对于感受的主体来说,只有当其从主观上把握住它的时候,才是真实的。马克思在《1844年经济学—哲学手稿》中就已指出,对象之于我,只是我的本质力量的确证,它的意义对我恰恰像我的感觉所能达到的程度为止。由此可见,现代派作家强调主观感受的重要性是无可厚非的,据此而否定现代派作品的真实性未免失之偏颇。从创作实践来看,在现代文学作品中,在表现人的异化的悲剧方面能比卡夫卡的《变形记》更深刻、更惊心动魄的也是不多见的,这充分证明了现代派在追求真实性上所取得的成就。

第三,在表现技巧方面,较多的学者对西方现代派在艺术上的创新及其所取得的成就持肯定态度。柳鸣九在《外国文学研究》上发表《西方现当代资产阶级文学评价的几个问题(续篇)》一文,全面评价了现代派文学表现方法的优点,他指出,荒诞派戏剧的表现手法看似违反真实,实际上抓住了现实的某些本质,加以集中的、夸张的表现,不仅没有违反创作的规律,反而利用了艺术创作的特点,引起更加强烈的效果;对意识流手法的合理运用能够扩大心理描写的领域;象征主义以具体的形象来代表观念的联系,避免了抽象的观念堆砌,恰恰是对形象思维的重视。总的说来,现代派作家以歪曲客观事物的方法来曲折地表现自己的思想感情,突破事物表象的描绘,着重其内在的实质;突破对人物行为的描写,着重揭示其内在的灵魂,因而在探索人们潜在的主观世界、直觉和无意识方面,现代派作家获得了较大的成功。因此,有人提出,对于现代派文艺,我们不能笼统地把重视想象说成是唯心主义,把重视内心说成是脱离现实,把重视艺术形式说成是形式主义,把强调艺术表现的个性说成是"自我表现"，对这一切都要作具体细致的分析，要研究现代派技巧运用的成败得失和经验如何为我所用。

持不同意见的学者虽然承认现代派创造了一些独特的表现手法，但是它们总的倾向是反传统的，也是对艺术规律的否定，比如摒弃叙事艺术的情节、人物、环境描写；摒弃塑造典型形象；随心所欲地把艺术抽象化、非理性化，甚至走向"反文学""反艺术"，等等。

三、改革开放以来的小说创作与批评实践

我国改革开放以来的小说创作基本上是以现实主义创作手法为主，但随着西方现代主义文学理论的渗进，一些具有"先锋意识"的作家接触了西方现代派的某些创作手法，渐渐脱离了现实主义创作主流，出现了视角不同的"探索性"文学，它们在一定程度借鉴了西方现代派的某些创作手法，有些作品在模式的意义上摆脱了传统的情节而建立新的情节观念模式；有的作品在主题上对民族文化进行全方位的反思，对现实中不合理的现象予以讽刺，表达了对愚昧落后的痛惜和对人性的关怀，注重对人的潜意识以及心理历程的揭示；少数作品有图解存在主义之嫌，带有宿命论和悲观主义倾向。针对改革开放以来小说多元化文学思潮的出现，文艺批评也进行了积极的应对。以下就几个主要流派进行简要分析。

（一）意识流小说

与诗歌领域一样，小说领域也广泛吸纳西方现代派艺术观念和手法，出现了所谓的"意识流小说"。王蒙是较早创作和大量发表意识流小说的作家之一，他在1979年到1980年短短一年多的时间里，先后发表了《夜的眼》《风筝飘带》《春之声》《海的梦》《布礼》《蝴蝶》等作品，成为1980年文学界的一大热点。王蒙的意识流小说的主要特征：内心独白、自由联想的语言形式，时空跳跃的叙事结构和音乐化、蒙太奇的表现技巧。

第一，小说的叙事角度发生了变化，传统小说中全知全能的作者隐没不见了，人物的行动或意识不是由作者来说明或者解释，而是通过人物本身的感受或内省来自我表现，人物的心理和意识活动不再附着在小说情节之上，而是作为具有独立意义的表现对象出现在作品中，情节则极度淡化。如《春之声》写工程物理学家岳之峰乘车回到阔别二十多年的故乡的见闻和感受，通篇都是人物的感觉和联想，小说描绘的重心不在于客观事物，而在于人物对客观事物纯粹个人角度的反应。

第二，小说在叙事模式上打破了传统的以物理时空作为情节展开的基础，而是将其建立在心理时空的框架之中，以人物的意识活动为结构中心来展示人物持续流动的感觉和思想，根据意识活动的逻辑，按照意识的流程，重新组建时空秩序。常常出现过去、现在乃至未来的大跨度的跳跃，人物心理、思绪的飘忽变幻，情节段落的交叉拼接，现实情景、感觉印象、回忆、向往等的交织叠合，象征性意象及心理独白的多重展示，往往使叙事显得扑朔迷离。比如《蝴蝶》中张思远所回忆的故事被主体的心理感受随意切割和安排，情节不再具有自足、完整的客观性，而具有个人意识随意铺设的主观性。

第三，在写作手法上，意识流小说常用内心独白、自由联想、感官印象等表现手法，扩大了文学的心理描写领域。传统小说的内心独白是受理性意识控制的，因而叙述的是连贯的意识。而意识流小说的内心独白则具有自由感和无间断感，仿佛直接触及人物的灵魂，透视人物意识深处的活动。与内心独白相比，自由联想带有更大的主观随意性和跳跃性，它巧妙地利用现实这个"中转站"将主观世界与客观世界、意识层次与潜意识层次连接起来，在意识深处由一个意念激发出另一个意念，《春之声》中这种描写方法贯穿始终。

改革开放以来的文艺批评对于意识流小说给予了客观中肯的评价，肯定了在意识流小说技巧的启示下，新时期小说在深入探索、刻画人物心理意识方面有了长足发展，形成了 20 世纪 80 年代特有的心态小说或心理现实主义小说，如茹志鹃、谌容、张洁、王安忆、张承志等作家都在他们的作品中吸收了自由联想、内心独白等手法，深化了现实主义的表现手段,在客观上促进了新时期文学的良性发展。王蒙对西方现代派小说技巧的借鉴是成功的,他没有去作纯粹的"自我表现",而是将人物自我与社会环境联系起来,用人物的主观意识流动来反映和表现时代的变迁。

当然,一些批评家也指出了意识流小说自身的缺失和不足。虽然意识流小说在艺术形象的营造手段上丰富和深化了传统小说心理描写的深度、广度和力度,引领新时期小说在刻画人物心理意识方面取得了长足的发展,但是,意识流小说以剖析个体内在心理见长,在描写纷繁复杂的客观世界、刻画广阔的社会生活和复杂的矛盾冲突时就显得力不从心了,人物本身的典型意义很难传达出来,根本无法塑造出恩格斯所说的"典型环境中的典型人物",这也是为许多评论者所诟病之处。

也有一些批评家对于意识流小说的兴起缺乏冷静的分析,而是形成了一种形而上学的思路,误以为中国当代文学发展的主要出路只在于形式的创新,而形式的创新又主要仰赖于引进西方现代主义的艺术手法,高行健的《现代小说技巧初探》的问世就反映了这种心态。一味地追求形式创新,放弃贴近现实、贴近人民的创作立场,只描写身边琐事和个人心理体验,这是导致意识流小说内容平庸、格调不高的原因。

(二)文化寻根小说

20世纪80年代中期,中国文坛上兴起了一股"文化寻根"的热潮,作家们开始致力于对传统意识、民族文化心理的挖掘,他们彻底摒弃了对生活和历史进行单纯政治层面剖析的创作手法,而把探寻的笔触伸进了民族历史文化心理结构中去,超越政治批判层面而突入历史文化反思层面。1985年,韩少功率先在一篇纲领性的论文《文学的"根"》中声明:"文学有根,文学之根应深植于民族传统的文化土壤中。"[1]他提出应该在立足现实的同时又对现实世界进行超越,去揭示一些决定民族发展和人类生存的谜。他发表的小说《爸爸爸》《女女女》《归去来》等都体现了文化寻根精神,并对此后形成的寻根文学思潮产生了重大影响。寻根小说家们

---

[1] 韩少功:《文学的"根"》,《作家》1985年第4期。

不是正面地描写现实人生,而是写古旧的文化遗存,通过主观化的处理并以现代意识反思传统文化。《爸爸爸》展示了生活于"夷蛮之地"的鸡头寨中,一个族类的历史及其赖以生存的原始文化形态。主人公丙崽,始终只有原始性的智力和语言系统,是这个封闭、蒙昧、野蛮的文化生态环境中的产物,是封闭、僵死的文化生态的一种象征。该小说在创作上明显受到现代主义的影响,同时还运用魔幻现实主义手法描写原始的自然景观和迷信风俗,神秘莫测,亦真亦幻。

"寻根文学"具有以下特点:第一,对民族文化资料的重新认识和阐释,发掘其积极向上的文化内核。可以说,"寻根文学"是一次文学寻找自我的思潮,其特点一是寻找民族文化的自我,二是寻找作家的个性自我。第二,以现代人感受世界的方式去领略古代文化遗风,寻找激发生命能量的源泉。第三,对当代社会生活中所存在的丑陋的文化因素的继续批判,并进而对民族文化心理的深层结构进行深入挖掘。综合来看,"寻根派"的文学主张是希望能立足于我国自己的民族土壤中,挖掘分析国民的劣质,发扬文化传统中的优秀成分,从文化背景来把握我们民族的思想方式和理想、价值标准,努力创造出具有真正民族风格和民族气派的文学。

"寻根文学"在对中国传统文化的继承上无疑起了一定的推动作用,同时很多寻根作家在创作时吸收了大量现代主义甚至后现代主义的表现方式,在促进中国文学自身的发展上功不可没。但"寻根文学"的局限也是十分明显的。大多数作家对"文化"概念的理解是以偏概全的,他们往往抓住某种民俗、习惯便刻意进行渲染,而忽略了对"民族性"的真正解剖。很多作家不约而同地表现出对那些具有原始风貌、异域情调的社会生活形态的偏好,尤其是一些作家对现代文明的排斥近乎偏执,一味迷恋于挖掘那种凝滞的非常态的传统人生,缺乏对当代生活的指导意义,而导致作品与当代现实的疏离,这造成了几年后"寻根文学"的衰微。

(三)荒诞体验小说

当"寻根文学"主潮过去之后,荒诞体验小说逐渐为人们所重视。其中很重要的一个方面就是以荒诞的手法揭示社会生活的荒诞。荒诞小说主要有以下几种形态：一是以现实主义的手法，写现实中的荒诞之事，其内容（人和事）本身是荒诞的。二是描写出现实中没有的怪诞事物，其内容本身是虚拟的荒诞。三是在基本写实的内容中，包含有局部荒诞的处理，其形式含有荒诞因素。还有部分作品以荒诞的手法写荒诞之事，内容与形式的荒诞融为一体。从1985年开始相继出现了一批此类作品，如刘索拉的《你别无选择》《寻找歌王》、徐星的《无主题变奏》、陈村的《少男少女，一共七个》、残雪的《苍老的浮云》、余华的《十八岁出门远行》等。在《你别无选择》中，一群艺术学院的大学生，玩世不恭，放荡不羁，但在怪诞言行的外衣下，可以发现他们的迷惘、愤懑、沉沦，他们也会抗议、挣扎和拼搏，带有积极的挑战和反叛意味，去探索人类生存的价值和意义。残雪的作品把对荒诞感的表现推向极致，《山上的小屋》《苍老的浮云》等充满病狂梦魇的作品，在荒诞怪异的幻想中显示绝望，表现出人与人之间的隔阂、一种无法消除的恐惧和焦虑。在她的笔下，毛毯会飞，耳朵能长出桂花树，作者以一种变形的虚构来描写精神真实。

　　从文化寻根小说开始，现代主义文学潮流已经形成了一个广义的文学流派，它们在反传统、反主流、反现成秩序、反一切规范上集为一体，在不同题材、主题、形式、表现方法的试验、寻找中汇成一股大潮。改革开放以来，现代主义文学思潮以其独有的先锋性向正统文学观念提出挑战，加快了文学观念的更新，促进了文体审美形式的变革。同时，拓展文艺表现范围，与人类生活相关的一切内容，大到国际风云变幻，小至日常琐事，都被纳入作家笔端，极大地扩展了文学思维，有其创新意义。但同时我们应警觉到，改革开放以来的现代主义文学思潮极端地抒写个性，张扬自我，只关注身边琐事，对事件进程、对人物命运不作动态描写，而只作现有状态的描绘，看不见一点亮色，缺乏对未来的远景透视，忽视时代、社会赋予作家的历史使命感和社会责任感。

　　这些作品引起了批评界新的论争，赞成者有之，反对者有之。现在看来，一味地肯定现实主义、批判现代主义，或者认定现代主义必然取代现实主义的观点都是简单肤浅的。客观地说，以朦胧诗、意识流小说为代表的中国新时期文艺创作是现代西方外来文化与中国原生文化撞击之后产生的逆向选择的变体,它们从反叛现有传统出发,在内容和形式上对西方现代主义进行了横向移植甚至体系性移入,其作品具有了某些现代主义的艺术印记,但如果从根本上认定新潮文学就是中国的现代主义文学则未免仓促。季红真在1988年发表的《中国近年小说与西方现代主义文学》一文中指出,中国新时期文学与西方现代主义文学产生的社会背景不同,无论在物质水平、哲学基础以及文化心理机制等方面均存在巨大差异,也可以说,这一时期中国缺乏现代主义赖以繁衍的社会、哲学和文化土壤,因此也不能创造出真正意义上的现代主义文本。中国的现代派文学与西方现代主义之间存在着巨大的差异,其原因就在于新潮文学创作者们不自觉地对西方现代主义所负载的"现代性"有着某种程度的"误读",而"误读"的根源就在于忽视了两者的体制差异和文化背景差异。因此,不能简单地将新潮文学说成中国的现代主义文学,它是在种种复杂因素影响下形成的一种反传统的艺术倾向,它既受改革开放以来时代潮流的影响,又受到西方现代主义世界观、艺术观念和技巧的影响。

现代主义在新时期文学中的影响可分为两步:第一步是推动现实主义的开放,允许包容艺术表现方法的多样化,其中包括现代主义的表现技巧,这是过渡性的一步;第二步是体现了现代意识与表现技巧的浑然一体,这是出现成熟标志的一步。不断发展更新的现代意识与相对稳定的民族文化构成的新时期文学的基本坐标,为当代文学展开了广阔的创作天地。

(四)新写实小说

20世纪80年代后期,新潮文学创作转入低谷,"新写实主义"应运而生。《钟山》杂志在1989年第3期设立了"新写实小说大联展"的专辑,并在《卷首语》中说:"所谓新写实小说,简单地说,就是不同于历史上已有的现实主义,也不同于现代主义'先锋派'文学,而是近几年小说创作低谷中出现的一种新的文学倾向。"它们"仍以写实为主要特征,特别注重现实生活原生态的还原,真诚直面人生。虽然从总体的文学精神来看,新写实小说仍可归为现实主义的大范畴,但无疑具有了一种新的开放性和包容性,善于吸收、借鉴现代主义各流派在艺术上的长处"。新写实小说的代表作有池莉的《烦恼人生》《不谈爱情》《太阳出世》,刘震云的《一地鸡毛》《单位》《官场》,方方的《风景》《冷也好热也好活着就好》《黑洞》等。

新写实小说总体来说具有以下特点:在题材上注重对凡俗生活的表现,大量平淡琐碎的生活场景与操劳庸碌的小人物成为作品的中心。同时对传统现实主义而言,他们不再追求"本质的真实",而追求一种本色的"体验真实",他们的动机不是改造生活和超越生活,而是认同现实和接受现实。在文学精神上,往往出现对理想精神的放逐、对崇高的解构,而凸现人生平庸的真相,将过去曾经被装饰与打扮的生活还原其真实本相。在人物形象塑造上,人物也不再是振臂高呼的英雄,不再是拯救世界的勇士,而是专注对平凡小人物的描写,他们的性格缺少强烈的自主意识,往往处于生活的边缘,经历着日常生活的琐碎、凡俗,也体现出他们在日常生活中的坚韧与顽强。在表现手法上,"新写实小说"善于吸收、借鉴现代主义各种流派在艺术上的长处,但褪去伪现实主义的那种直露、急功近利的政治化色彩,追求一种更为丰厚、博大的文学境界。它放弃了先锋小说的变形、分割、组合和拼贴,不再刻意进行生活的虚构性再创造,而是"流水账"式地"还原生活",表现人们生存的世俗状态。在叙事上采用生活流的线索展开,不对生活素材做人为的加工、剪辑和修饰,叙述者尽量隐藏自己的态度,采用所谓"零度视角"的方式"描述"生活。

新写实小说的出现,与商品经济浪潮中"世俗文化"的萌动有一定的关系。20世纪80年代中期以后,文学界对极左做法修正、转移的任务基本结束,伤痕文学、改革文学、现代派小说、寻根文学、先锋小说等主要在"知识分子"题材领域的创作也相继完成各自使命。社会要求更多地关注"平凡人生"和普通人的"日常生活",读者和批评家对纯"形式"、观念"抽象"的过度试验日益感到不满。更主要的是,随着社会经济中心的确立和商业时代的来临,人的价值观、行为方式和文化态度都发生了转变。传统的文化理念迅速蜕变,文化世俗化特征愈加明显,新写实小说正是迎合大众文化消费趣味而产生的。

新写实小说淡化了传统的现实主义文学当中那种理想主义、浪漫主义的色彩,力求还原生活的本来面目,在一定程度上,它有迎合大众文化及其趣味的倾向。但在深层次上,也包含了对当代文学创作"反映现实"方式的反思,在反对极左思潮影响下广有影响的、人为地拔高英雄人物的假大空的创作倾向方面具有积极的意义,同时又具有关怀普通人生的忧患意识。其原生态和零度情感原则,对于反拨新潮文学过于强烈的自我表现欲望也是一种有益的尝试。但是也不能不承认,其零度情感原则取消和弱化了现实主义作家的现实批判精神和积极的人生态度,表现了一种对现实的妥协。学者张炯对他们作出了比较客观公允的评价:"人们也都看到,这批作家大多是有才华的、有旺盛的创作力的。但又感到从这样的作品中很难感受时代的主旋律,很难触摸社会主义四化建设和改革开放的宏伟的历史脉搏,很难见识决定这个时代前进方向的为美好未来充满信心地战斗的人们,很难看到使读者的心灵为之燃烧、为之升华的、不愧为民族脊梁的崇高、刚强的人物性格,因而就不免为这些作家的才力感到惋惜。"[1]

(五)现实主义的回归与深化

新写实小说并没有直接迎来现实主义的回归和发展,直到20世纪90年代中期,随着改革开放的深入发展,文学创作才真正迎来现实主义创作的繁荣,涌现了一大批具有鲜明现实主义特色的小说,如谈歌的《年底》《大厂》、何申的《穷人》《年前年后》、刘醒龙的《分享艰难》、张平的《抉择》等,它们一经问世就被争相转载,广为传阅,在文学界引发了一种新的涌动。文艺理论界和文艺批评界又开始了重建现实主义的讨论,这一时期出现的"现实主义回归"现象,并不是简单地回到传统现实主义的艺术框架之中,不是单纯地表现社会生活的本质,单纯地追求对历史规律的真理性寻求,而是致力于在人与历史的统一、人性深度与历史深度的统

---

[1] 中国社会科学院文学研究所当代文学研究室:《"新写实"小说座谈辑录》,《文学评论》1991年第3期。

一的向度上,去进行现实主义深化的开掘。真正的历史发展规律总是与人性发展的客观目的相一致,现实主义的文艺作品就是要让历史规律和人性目的在宏观与微观两个层面上完整地统一起来。"不仅要力求再现社会生活的具体历史面貌,达成对社会生活历史性走向的审美理解,而且应当再现具体人物在特定社会生活中的人生处境和人生命运,特别是应当艺术地展示这些具体人物的偶然人生处境与不同人生命运的人性根基。"①"只有把人们出自人性根基的人生抉择,与历史活动的整体流程动态地结合起来把握和描写,才能符合我们这个时代对'描写生活本来面目'的审美要求,达到我们这个时代的现实主义的审美水准。"②

改革开放以来,社会关系和经济结构均发生了巨大变化,我们的文艺创作也面临更为丰富的内容,现实主义本身也在不断变化和丰富,它始终关注现实社会的历史进程,对时代的新问题保持着一种敏锐的感受和体验。西方现代派创作方法的引入,与我们的现实主义传统相互碰撞、对接乃至部分融合,使得现实主义文艺从角度到内涵都产生了一定程度的拓展和深化。如果说这样的一场变革使现实主义经受了严峻的挑战,那么,不可否认的是,它同样为现实主义提供了机遇,为现实主义走出狭隘、走向丰富的自我蜕变提供了契机,使现实主义进入了新的境界和新的状态。李广鼒认为:"我们今天倡导重构现实主义绝不是原来意义上的现实主义的简单回归,也不是几种文学主张的简单归一,而是一种整合和扬弃,一种前进和超越。首先,它不放弃现实主义的最基本的原则,即严格地忠实于现实,艺术地真实地反映现实。在这样一个大前提下,我们提出的重构论包括三个方面的内容,简单地说来就是:现实精神+现实理性精神+现代叙述话语。"③

现实主义应该是一个开放的系统,新时代的现实主义具有以下几个特征:第一,现实主义直接描绘现实生活中的人和现象,从而让我们更加关爱现实,更加关爱人和环境;作为一种源远流长的艺术方法和艺术原

---

① 冯宪光:《马克思美学的现代阐释》,四川教育出版社2002年版,第179页。
② 冯宪光:《马克思美学的现代阐释》,四川教育出版社2002年版,第180页。
③ 李广鼒:《拓宽现实主义文学之路——现实主义重构论之缘起》,《时代文学》1995年第5期。

则,它的首要前提就是按照生活的本来面目来反映生活,它是通过对生活本体的摹写、再现而达到对现实世界的艺术把握,也就是说,现实主义的审美首先要求的是艺术描写的真实性,这种真实不是任何抽象的、先验的观念的真实,而是具体的、活生生的真实,艺术离不开虚拟和想象,同样,现实主义也可以借用虚构和想象的艺术方法,但它的基本原则是客观性,是一种被人们的生活经验和现实感受所认可的存在,而不能因为主观的欲念、倾向而任意改变现实的真实样态。

第二,现实主义旨在指向现实背后的深刻而隐秘的问题,比如人的生存问题、情感问题、心理问题等,因此现实主义不能等同于自然主义。按照生活的本来面目反映生活,并不是对现实的亦步亦趋或简单单纯的摹写过程,而是一种艰苦的、艰难的艺术创造,因此,这个看似朴素的艺术原则,不仅是对艺术家是否具有直面现实的勇气的考量,而且也是对其是否达到真实的艺术功力构成严峻的考验。秉承现实主义原则的文艺作品不仅需要抒情叙事,还要鞭挞丑恶,不仅赞美人道,还要抚摸伤痛,敢于审视心灵的"内伤",真诚地思考人生,感性描摹的背后是理性的自觉。

第三,现实主义通过反映这种与我们息息相关的问题,引起我们的反思,对未来做出正确的指引,唤起人们改造现实的热情,这就是现实主义精神。只要是反映今天的情感、精神和审美,只要是这个时代的人的感悟和心灵的触动,那就是对现实的反映;而反思则意味着要在更加广阔的视野上,从更加纵深的历史背景上去思考这林林总总的社会现实所发生和形成的历史、文化、人性的根源,它可以帮助我们弄清楚我们是怎样走过昨天,才能知道我们应该怎样走向明天,因为对于未来的选择,只能从历史的启示中获得,所以,回顾、沉思、反省的艺术元素是现实主义原则的核心。它对现实的介入,不仅表现为对"真、善、美"的情操的渴望,而且表现为对世道人心的匡正与修复的愿望,不管这些作品的表现形式是具象还是抽象,是直接还是隐晦,是再现写实还是夸张变形,只要是切人生活,直面人生,表现出强烈的匡时正世的责任感,它就包含现实主义精神,他们的精神实质都是一脉相承的。

任何事物的发展都离不开继承和创新两个方面,人的进化、社会形态的演变无不如此,文艺的发展也不例外。现实主义艺术绝不是僵死的、一成不变的教条,它随着人类历史的进程也在不断填充着新的内容和形式,它的创作观念和表现方式也在与时俱进,走向深化。我们今天面对的社会生活比以往任何时代都更丰富多彩,我们的思想观念也发生了巨大的变化,这一切都对现实主义艺术形成了严峻的挑战,也刺激和促动着现实主义的蜕变,完成了从封闭、机械、单调的艺术模式向开放的艺术形态的过渡,实现了审美意识的更新和审美视野的拓展,使现实主义具有吸收、融化其他艺术形式的可能性,具有了适应时代需要的艺术活力。我们也会用新的眼光、新的评判尺度重新审视现实主义。现实主义作为一种以现实为本、以人性为本的艺术方式,作为一种关注现实、关注人的现实处境和现实命运的艺术精神,它具有顽强的内在生命,体现了适应时代、追踪现实的艺术本能,具有开放的胸怀和自我完善的能力,会随着时代的发展而不断发展和深化。

第三节
改革开放以来马克思主义文艺批评再阐释

改革开放以来,文艺理论界风起云涌,西方形形色色的文艺思潮传入我国,对马克思主义文艺学构成严重挑战。鼓吹马克思主义文艺学"不成体系"者有之,宣扬马克思主义文艺理论"已过时"者有之,声称应将马克思主义文艺学"冷冻三十年"者有之。在当今各种哲学、美学和文艺理论批评相互碰撞与对话的新时代,重新认识和坚持马克思主义哲学方法论对文论研究的指导意义,首先是基于它为文论研究提供从宏观上把握对象的科学钥匙,从而深刻全面地揭示当代多元文论格局的相互关系及其价值、局限;其次是基于它面向实际、面向未来的开放体系,从发展的高度为文论研究提供新思路、开拓新境界。归根到底,它为文论研究提供了与社会、文化发展具有内在逻辑关系的重要思维方式,对当代文论的创新、拓展具有导引作用。

一、"历史的与美学的批评模式"的当代掘进

文艺批评的实践告诉我们,任何性质的文艺批评都有一定的标准,没有一定的标准的批评家是不存在的。在马克思、恩格斯看来,文艺批评需要一定的标准,而"美学观点和史学观点"就是他们批评的最高标准。

(一)"美学的和史学的观点"的提出

"美学的和史学的观点"的最初提出,主要是针对当时德国出现的有些文学批评从狭隘的党派观点和单纯的政治观点出发来进行文艺批评的极端倾向和各种实用主义的不良倾向。德国在19世纪30年代,出现了这样一股反动思潮和反动现象,那就是以白尔尼为代表的"青年德意志派"对席勒的竭力颂扬和对歌德的大肆贬低,目的就是为了他们的资产阶级自由主义或激进民主主义的政治、党派的需要。而到了19世纪40年代,又出现了这样一种截然相反的现象,那就是小资产阶级的政论家——卡尔·格律恩为了借歌德来美化德国小市民,论证小市民制度是"真正的社会主义",又对歌德大加赞颂,甚至不惜把歌德的"一切庸俗的、小市民的、一切琐屑的东西"加以夸张,而对于歌德的一切伟大的、天才的东西加以唾弃。

综观前后两种主义即宗派主义和实用主义批评倾向,它们的共同点在于都是以片面功利性和实用性为主导,而忽视了艺术的审美特性和审美价值,都不懂得文学其实是一种艺术形式同时也是一种历史现象,特别是一种审美意识物化形式和特殊的历史现象,因而他们仅仅从某种党派利益和政治需要去衡量作家作品,对作家作品作任意的解释和褒贬的行为和结果都是极端错误和必将失败的。

马克思、恩格斯运用"美学的和史学的观点"对席勒和歌德进行了深刻的剖析和细致、准确的评价,还了美学与历史以客观和公正,令人耳目

一新。同时也给了白尔尼和格律恩的唯心主义和机会主义批评观以狠狠的打击,在理论和实践上、在思想和行为上使人们认识到宗派主义、实用主义的批评才是真正的庸俗社会学,必须加以反对和唾弃。

1846年年底至1847年年初,恩格斯在《诗歌和散文中的德国社会主义》一文中,主张用"美学的和历史的观点"来衡量歌德。1859年,恩格斯在评论历史剧《济金根》时,更明确地把"美学观点和史学观点"看作文艺批评的最高标准。他对拉萨尔说:"您看,我是从美学观点和史学观点,以非常高的亦即最高的标准来衡量您的作品的。"[1]马克思也发表了和恩格斯相类似的看法,称赞巴尔扎克的《人间喜剧》是"用诗情画意的镜子反映了整整一个时代",就出色地运用了美学观点和历史观点的批评原则。

所谓"美学观点",就是要求按照文艺反映生活的特点和规律来分析、评价文艺作品。它主要是鉴别作家按照美的规律进行创作的成败得失,衡量作家发现美、表现美的能力,衡量作家的作品是否有艺术独创性和较高的审美价值。文艺批评是一种审美评价活动,必须按照美的规律进行。在马克思看来,人类和其他动物相区别的重要标志,就是能否按照美的法则自觉地进行物质产品和精神产品的创造。对文艺来说,美的法则更具有特殊的制约作用。在某种意义上说,文艺家的使命就是追求美、发现美、表现美。马克思主义经典作家正是遵循美的法则,从审美的角度对文艺作品进行审美分析和审美评价的。马克思批评拉萨尔的剧本《济金根》描写得太抽象了。

所谓"历史观点",就是历史唯物主义观点,即历史唯物主义的观点在文艺批评活动中的具体运用。具体地说,就是在文艺批评中坚持运用历史观点,要求把文艺现象提到一定的历史范围之内进行考察。也就是要求结合作家生活的整个时代、前辈和同代人来评论作家及其作品,从作家的生活道路和创作发展上结合其社会地位来考察其作品反映生活的真实程度和表现的思想倾向,从而确定其社会价值。

---

[1] 《马克思恩格斯文集》第10卷,人民出版社2009年版,第178页。

马克思、恩格斯非常重视作家所置身或作品所反映的社会环境和历史条件。他们评论歌德,不是孤立地谈论作家,也不是就作品而论作品,而是把歌德置身于他所处的那个时代,结合着这个时代的特点,对他进行分析、评价。第一,他们揭示了歌德出现的历史必然性,指出歌德是时代的产儿。歌德处于欧洲封建制度日趋崩溃、资本主义逐步上升的大动荡、大变革的时代。当时的德国基本上是落后的封建主义国家,资本主义生产关系刚刚开始形成。资产阶级很软弱,却又要革命。德国没有见诸政治行动的社会积极性,而把它的光芒折射到幻想上面,就在文学里创造自己的理想图像。正如恩格斯所说,这个时代在政治和社会方面是可耻的,但是在文学方面却是伟大的。歌德就是这种特定的历史时代所创造的伟大思想家和伟大的文学家。第二,歌德用诗情画意的镜子反映了整整一个时代,表现了反对封建暴政的叛逆精神,表达了这个时代人民的理想和愿望。歌德作为年轻的德国资产阶级的代表人物,竭力宣扬自由、平等、个性解放,歌颂人民反对封建暴政的斗争。历史剧《葛兹》的主人公,是一个穿着骑士服装的高呼自由的资产阶级革命者形象。它表现了作者反对封建割据和渴望祖国统一的革命思想。《少年维特之烦恼》是以现实生活为题材的书信体小说。主人公维特追求恋爱自由,憎恶等级特权,争取做人的权利。但是,在当时德国一切都烂透了的环境里,他无法存身,终归自杀。《浮士德》通过主人公浮士德一生追求真理的过程,概括地表现了从文艺复兴到19世纪西欧新兴资产阶级的先进分子的精神面貌和社会理想,深刻地描写了德国广阔的社会生活。第三,歌德对当时德国社会的态度是带有两重性的,而这种两重性是那个时代德国社会矛盾的集中反映,是当时德国落后的经济、政治条件下新兴市民阶级的矛盾的集中反映。歌德的创作不是统一的,而是矛盾的,不是凝固的,而是变化的。歌德有时敌视、讨厌、逃避、反对现存社会,有时又亲近、迁就、称赞、保护现存社会;即使是同一部作品也表现出这种倾向性。被恩格斯称为市民牧歌的《赫曼与窦绿苔》就是突出的例子。它一方面颂扬了窦绿苔未婚夫那样为创造新世界而开出血路的高贵者;另一方面又着力渲染因受法国人革命浪潮冲击而哭哭啼啼的难民的不幸遭遇,流露出对革命的恐惧。

它一方面赞扬了名望超群的豪杰之人拿破仑;另一方面,又咒骂参加革命起义的群众为"不良之辈"。

"美学观点"和"历史观点"是文艺批评的两个标准,但不是简单的相加,而是互相渗透、融合的,不是互相对立的,而是统一的。美学评价不能离开文艺作品的历史内容,而历史评价总是结合着艺术对象的美学特点进行的。这一方法之所以科学是因为:第一,它符合艺术的特殊规律。艺术是按照美的规律进行创造的精神产品,文艺批评必须注意文艺这种特殊性。文艺批评是一种审美的评价活动。它应当分析、评价作品本身及其艺术品格,从而考察它们的美学价值。马克思、恩格斯不同意用"哲学体系"衡量作家,不同意用道德的尺度和政治的尺度衡量作家。因为这些尺度都忽视了文艺本身的特点和规律。评论艺术家,应以他的艺术品为依据,评论艺术品应看它的审美价值。第二,它是建立在历史唯物主义原理的基础上的。不少评论家认为文艺批评是一种审美活动,把文艺作品作为主要评论对象,这是正确的。但是,他们往往忽略了对文艺作社会历史分析。对于丹纳的文艺批评观,在马克思、恩格斯看来,文学给社会生活以伟大的影响,但是文学的普遍繁荣归根到底是经济高涨的结果,是受经济发展所支配的。只有用历史唯物主义观点看问题,才能正确地揭示文艺与时代的辩证关系,才能对文艺作品作正确的评析。

(二)"美学的和史学的观点"的当代价值

在西方形形色色的现代文艺思潮冲击下,有人对马克思主义文艺思想的发展前景表示担忧,有人对马克思主义文艺思想的适应能力产生怀疑,更有甚者则打着批判庸俗社会学的幌子,以反对文学政治化、功利化为由全盘否定马克思主义文学批评标准——"美学的和史学的观点"。在这种情况下,如何彻底走出中国当代文艺批评的历史误区,恢复文学批评"最高标准"的本来面目,并以发展的眼光重新评价和运用它,便成了当前马克思主义文艺思想研究亟待解决的新课题。

"美学的和史学的观点"体现着一种文艺观念,反映着恩格斯从观念上对文艺本质的洞察和剖析。在马克思主义看来,文学既是审美现象又是社会现象,既是具有社会属性的审美现象,又是带有审美特征的社会现象。从"美学的观点"看文艺,着重认识文艺的审美本质;从"史学的观点"看文艺,着重提示文艺的社会本质。从"美学观点"看文学和从"史学观点"看文学应该是互补的。马克思主义文学方法论的具体内涵就包含在马克思和恩格斯的两封信中,也见之于他们其他的文艺论述或有关文艺的审美意识形态批评的实践中。恩格斯之所以倡导"美学的和史学的观点",是因为他是从文艺观念上把文艺的本质理解为审美本质和社会本质的辩证统一。正因为他从文艺观念上认为文艺的本质是审美本质和社会本质的辩证统一,所以他也才主张用"美学的和史学的观点"来分析和评价作家作品。马克思主义从"美学的观点"看文艺和从"史学的观点"看文艺是互为补充、互相联系着的有机整体。

第一,文艺批评的对象主要是文艺现象和文艺作品,这就要求我们在进行文艺批评时必须遵循艺术规律进行分析、评论和探求。在这方面,马克思、恩格斯正是通过自己的文艺批评实践证明了他们的文艺观点和文艺批评主张。他们的文艺批评非常重视文艺的特征和规律。他们一生评论过几百个作家、作品,但没有哪一次不是从具体的作品出发,不是通过对作品的反复品味和认真分析来发表见解,没有哪一次不是根据作品的实质来进行实事求是的评价。马克思在批评普鲁士书报检查的批评标准缺乏科学性时曾经说过,要想在自己的美学批评中表现得彻底,就要用事物本身的语言来说话,来表达事物的本质特征。他们很尊重文本,对评论的作品总是很仔细地反复阅读和钻研,不仅读一两遍,有时甚至读三四遍或更多;他们总是在有了大量的、丰富的真切的审美感受的基础之上,才进入对作家作品的品评和分析的,并且首先进行的是对该作品关于美学方面和艺术形式的分析,之后才进而提出对于作品思想内容的见解,同时表明并提出自己的文艺理论观点和文艺批评主张。

马克思、恩格斯的这一批评实践是他们在文艺批评方面的具体表现,同时这也正是他们在本质和行为上不同于那些"纯艺术""纯审美"的唯心主义美学家和批评家的地方。因为他们始终认为,文艺作品首先应该是艺术,艺术是人们掌握世界的独特方式,是按照美的规律所进行的一种美的创造。文艺批评作为这种美的创造物的评价活动,理所当然也必须遵循"美的规律",遵循艺术的规律。

第二,评论文学作品除了注重其艺术特征分析外,还必须将它与社会的经济、政治、文化、哲学、伦理道德及人民生活联系起来考察。离开了这些联系,把文艺作品与这些事物割裂开来,就无法找到一切文艺现象产生和发展变化的根源,就无法找到艺术形象的深层底蕴,也就无法对它们作出公正的评价和科学的说明。这就是马克思主义文艺批评所说的"史学的观点"的意义所在。作为意识形态的特殊形式的文艺,它的性质必然要受经济基础性质的制约,并且必然与社会的政治、哲学、道德等其他社会意识形态发生关系,与人民的生活、习惯、思想、感情紧密相连。需要特别指出的是,由于马克思主义经典作家不仅仅是天才的文艺理论家,而且更重要的是,他们都是革命的导师,自然注重从"史学的观点"看文艺,从谋求人民解放的革命事业的现实需要出发,强调文艺的历史使命和社会责任,马克思、恩格斯对席勒、歌德的评价,对斐迪南·拉萨尔的《弗兰茨·冯·济金根》、欧仁·苏的《巴黎的秘密》、哈克奈斯的《城市姑娘》等作品的评论,以及恩格斯对19世纪后期挪威文学的评价,便是用具体的文艺批评实践阐释并证明"史学的观点"的批评的意义的最好例证。

第三,"美学的和史学的观点"作为一种批评模式之所以科学,之所以被恩格斯称为文艺批评的"最高标准",那是因为它既不是单纯的艺术批评,也不是单纯的历史批评,而是两者的辩证统一,两者之间存在本身固有的综合、分化、相异、相激的张力,同时也存在着协作统一的共同合力。如果没有历史观点,以为艺术就是艺术,可以无需生活实践的检验,可以不顾历史和生活的真实,不把它摆到产生的时代中去考察,就无法揭示出它的社会本质;如果没有美学的观点,就会使文学批评陷入一般的政治批评或思想评论。因此,也只有将两者结合起来,才能对文学的本质特征做出全面的准确的解释与说明。

第四,"美学的和史学的观点"并不排斥对作品的美学标准或历史标准的侧重。因为,文艺作品本身的的确确存在着思想性与艺术性不平衡的实际情况,这已然是文艺本身无法克服和避免的不争事实。所以,在运用"美学的和史学的观点"评论作家作品、看待文艺现象或文艺问题时便不可能整整齐齐、不偏不倚、完完全全"用力一样",做到等量齐观,而只能是以交错或交替的方式,从"美学的观点"和从"史学的观点"批评文艺,力求达到这两方面的高度融合,这也就是它作为一种文艺批评模式的内在固有张力所在。正是这一张力作用,使这一批评的发展和深化成为现实。

二、马克思主义文艺批评的科学本质

改革开放以来的中国文艺理论,在相当一段时间内对马克思主义文艺理论陷入了认同危机,在对改革开放以来的文艺理论发展总体进程的把握上,有论者把改革开放以来文艺理论的变迁简单概括为从"政治化"到"审美化"再到"学科化"的"转型"模式,把历史上个别理论和政策上的错误混同于整个学说,把改革开放以来的文艺理论与改革开放以前和初期的文艺理论割裂、对立起来,并将后者通称为"政治化"的文艺理论。这种概括,只是着眼于文艺理论发展的某一个方面、某一个部分、某一个阶段、某一个环节,并试图把这个模式扩展到整个改革开放以来的文艺理论领域,这就忽视了对改革开放以来的文艺理论进行更全面的把握。

对文艺审美特征的强调,一度成为某些学者判定改革开放以来文艺理论成绩的一个基本准则。但"审美"是否就是文艺本质的唯一规定,"审美"是否能说明改革开放以来文艺的一切方面,却是值得商榷和研究的。审美本是文艺的重要属性和功能,但当某些文艺理论出现以后,"审美"却成了文艺的基本模式,甚至被定义为人生救赎的主要途径。这就无限制地夸大了"审美"的作用,而遮蔽或抑制了对文艺其他本质性因素(如认识、伦理、政治、宗教等)的认知。

追求文艺理论的"原创性"和"创新精神",是改革开放以来一代学人肩负的神圣使命,也是推动改革开放以来文艺理论发展的重要动力。但是,这里的"原创性"和"创新精神"要以科学性和科学精神为前提。如果以为只要把所谓"新潮"的东西,不管它科学不科学、正确不正确都拿来展示一番,就可以作为改革开放以来文学理论的进展与功绩,如果以为只要把当代西方文艺理论的方法和概念,不管是适用的还是不适用的都引入中国当代文艺理论体系,就认为是解决了中国文艺理论的创新问题,那么,这种想法是不切实际的,也是有害的。

产生这些现象的原因较复杂,但从研究主体这个角度说,这里面最根本的还是我们的研究者缺乏一个牢固的辩证唯物论和历史唯物论的基础,缺乏对科学的马克思主义文艺理论基本观念的研究,没有真正理解和把握马克思主义文艺理论中国化当代形态的科学本质所致。马克思主义美学和文艺学运用历史唯物主义和辩证唯物主义的立场、观点和方法来观察和评价文学艺术,马克思主义文艺批评的总体原则和基本方法是"美学观点"和"史学观点"的统一。

(一)唯物辩证法是马克思主义文艺批评的牢固基石

马克思主义文艺理论同先前文艺理论的质的不同,是发生了哲学根基的变革。它除了价值取向的更移和范畴术语的变迁外,最根本的是把辩证唯物论和历史唯物论的世界观应用到了文艺学说当中。在《反杜林论·序言》中,恩格斯说:"马克思和我,可以说是唯一把自觉的辩证法从德国唯心主义哲学中拯救出来并运用于唯物主义的自然观和历史观的人。"[①]可以将这句话看作理解马克思、恩格斯文艺观的一把钥匙。这句话中的"唯一""自觉的辩证法""拯救""运用""历史观"等字眼,清晰地表明了经典作家是将辩证法和唯物论注入自然和历史研究作为自己的理论追求。

可是,多年来我们相当一些马克思主义文论研究,不是从辩证法出发,不是从马克思主义的方法论出发,也不是从总体观出发,而是从传统的文学理论套路出发,从零碎的经典作家的只言片语出发,从个人主观营造的结构系统出发,把一些彼此不搭界、不联系甚或观点悖谬的言论组合

[①] 《马克思恩格斯文集》第9卷,人民出版社2009年版,第13页。

到一起,把各种角度、各个层面的意见强行地组织到文学本质、文学审美、文学形式等问题的研究中去,追求体系化和面面俱到。由于忽视辩证法,不难发现,文艺理论上就出现了所谓的"外部研究"和"内部研究"的区分,产生了所谓"自律"和"他律"的区分,产生了所谓"思想性"和"审美性"等的区别。这样一来,不管人们把马克思主义文艺理论摆在其中哪种研究里,都是有局限、不准确的。因为,在马克思主义经典作家那里,这些都是对立统一的存在。

由于越来越多的学人立足于马克思主义提供的宏观把握研究对象的理论方法,因而不仅在文艺的审美反映与主体创造的问题上,而且在现实主义与现代主义的关系的研究上,也获得了理论的深化与拓展,即不再像过去那样囿于马克思、恩格斯论著中的现实主义论述和社会学视角与方法,而且着眼于文艺的整体关系,重视文化学、文艺心理学的视角与方法,从而构成了多种视角相互观照与作用的阐释系统:现实主义侧重于客观世界和现实人生的真实描写,现代主义侧重于心灵世界、特别是人的主观感受和精神历程的真实表现。这两种文艺"真实观",以不同的方式、特点体现了文艺重在描写和表现人的性格、命运的现实状态,凸显了现实主义文艺思想与现代主义文艺思想之间悖立和融合的复杂关系,引发人们在反思历史、面向未来的理论创新中,坚持文艺研究的辩证综合思维。

事实上,19世纪西方涌现的文学巨匠,如斯丹达尔、列夫·托尔斯泰和陀思妥耶夫斯基,都是描写社会现实与人物心理的大师。列夫·托尔斯泰的现实主义创作中的"心灵辩证法",绝不仅仅是一种文艺的社会学描写,尤其突出了人物的心理表现和深厚的民族文化底蕴。20世纪以降,一些成就卓著的现实主义作家(如海明威、马尔克斯等人),除了承续上述现实主义大师关注社会、人生的创作路径外,更吸纳了现代社会文化变革的新思想,在刻画人物心理时,普遍地把描写的重心转向主观化、内向化,注重开掘人物的深层意识,塑造出人物的多层而复杂的性格。至于现代主义作家,也没有完全脱离对社会人生的关注,而是更多地借助现代以来的科学文化成果,尤其是心理学、语言学的最新成果,竭力挖掘、发现人的潜意识,从而创立了内心独白、自由联想、时空倒错、意识流动,以及将梦幻与真实、主观与客观、神话与现实相交错的荒诞等表现手法,极大地扩展了传统文学(特别是小说)的表现方法。

总之,中外文艺现代以来嬗变的历史充分证明,马克思主义哲学世界观和方法论体系为我们探求文艺的特点和规律所提供的理论方法,就是要着眼于研究对象的整体的系统构成,即文艺对人和现实的观照和表现,是充满多维度、多层次的复杂的建构,或者侧重于客观世界和社会现实,从而强调文学的社会学、心理学研究;或者侧重于人的心灵世界,从而强调文学的心理学、社会学研究。而这些不同方面的侧重,又总是相互包容而非完全对立的。正因为如此,才有了特定文化语境下多种文学风格、流派的争妍斗艳,才能形成多元文艺理论思潮对话与交流的创新发展机制。

(二)历史唯物论是马克思主义文艺批评的基本立场

时代是变化的,但文学的历史性品格却是恒定的。21世纪的今天,与马克思主义创始人所处的19世纪相比,已经发生了天翻地覆的变化:在政治方面,已由19世纪无产阶级与资产阶级的两阵对垒发展到了今天的多阶层共处;在科技方面,已由19世纪的前工业社会发展到了今天的信息社会;在文学方面,已由19世纪的现实主义为主导发展到了今天的多种主义竞争。但是,仅就文学的历史性品格而言,却是一种恒定属性。不同时代的文学,可能表现时代和反映历史性的艺术方法与技巧不同,但都会或多或少、或直接或间接地反映时代特色和时代精神,描写社会生活的历史画面,赋予文学的历史性品格。文学作品,即使是虚构的小说,在一位伟大的小说家手上,完美的虚构也可能创造出真正的历史。从这一角度看,文学批评中的历史精神在任何社会都是必要的、不会过时的。

中国当下的文艺批评,呈现出一种远离历史的倾向,具体表现为忽视对批评对象历史内涵的挖掘。一些批评家在评论作家作品时,既不将作家作品放到文学发展史的宏观背景下去审视,认真分析其在文学史上的作用与贡献、意义与地位,随意就给评论对象定性,动不动就赠之以"著名""独创"等赞词;又不将作家作品放到社会发展的特定历史条件下去把握,认真分析其与历史的内在关联,深入挖掘其历史意蕴,随意就给评论对象下断语,动不动就冠之以"史诗""巨著"等名号。这在近几年的电影大片评论中表现得尤为突出,从《无极》到《满城尽带黄金甲》再到《赤壁》,不管是表现一个历史片断,还是表现一个历史时代的作品,评论家们统统都称赞其为"史诗""巨著",弄得"史诗""巨著"满天飞。

经典马克思主义强调历史与现实相结合、主观与客观相结合,以历史唯物主义观点方法建构与剖析文艺和历史生活之间的深层关联,是马克思主义文艺批评的传统特色。在中国当前许多文学批评远离历史的背景下,尤其需要提倡马克思主义文学批评的历史精神,需要坚持马克思主义文学批评的历史唯物主义原则,需要运用马克思主义文学批评的历史方法,去校正当今文学批评中远离历史的倾向,从而将批评对象放到特定的历史条件、时代背景、社会环境中去进行研究和评论,深入挖掘批评对象的历史意蕴,准确地定位批评对象的历史地位与历史作用。

(三)批判精神是马克思主义文艺批评的核心价值

在当代市场经济和文化产业化的背景下,在文化产品的生产和评价、流通和消费中,出现了一种很复杂的现象。马克思主义文艺批评是辩证地看待这一文艺现象的。这其中,马克思主义文艺批评的批判精神、人民立场、超越精神具有巨大的理论透视力。因此,从马克思主义的立场看当代中国的文化现象,就不能如某些学者那样完全地肯定,而是应该更多地对其持一种批判性反思和规范的学理态度,这种批判性反思和规范的态度,并非仅仅是出于对日常生活审美化方式所体现出的基于消费主义的资源耗竭,更多的是基于对人的解放、对人的精神自由的人文主义坚守。因此,在思考和建构中国化、当代形态化的马克思主义批评时,如何在文化自觉、文化自信、文化自强的基础上进一步思考能体现当代中国文化利益的美学自觉、美学自信、美学自强问题,亦是非常重要的。

诞生于19世纪这个"批判时代"的马克思主义文学批评,具有突出的批判精神和鲜明的批判性特点。这种批判精神和批判特点,主要表现为强调文学的社会批判功能和对批评对象的批判性审视。在文学与社会生活的关系上,马克思主义创始人一方面强调文学是社会生活的反映,作品要真实地再现典型环境中的典型人物;另一方面强调文学具有突出的批判性,作品要"通过对现实关系的真实描写,来打破关于这些关系的流行的传统幻想,动摇资产阶级世界的乐观主义,不可避免地引起对于现存事物的永恒性的怀疑"①。换句话说,就是文学要批判现实的不合理性。马克思主义的文艺批评,同他们的整个学术批评一样,具有突出的批判精神,体现出了鲜明的批判性特点。

中国当下的文艺批评,相当普遍地缺少批评精神。其典型表现就是人情批评和浮泛批评。所谓人情批评,是指受作者之托、受出版商和媒体之请而进行的批评。这类批评或只说优点不说缺点,或多说优点少说缺点,说优点时一味歌颂和无原则地夸大。所谓浮泛批评,是指那些浮于表面、不认真阅读作品和审视作品、说表面话、做表面文章的批评。这类批评也批判作家作品的缺点和局限,但由于对被批评者读得不深、想得不透、批判不到位、评价不准确,如隔靴搔痒,缺少批判深度,起不到批判的作用,达不到批判的目的。还有一种现象就是对评论对象的新闻化运作。这种新闻化运作,既表现为批评的新闻及时性,一部作品刚问世,甚至还没有进入市场就已进入评论,而且是即看即评的发表,具有新闻报道的及时性效果;又表现为批评的新闻议程设置,创作者、出版商与媒体把关人为了某种共同的利益和目的联合起来,设置批评话题,引导批评意见,规范批评方向,使所有的批评都在掌控之中,所有的意见都是创作者、出版商和媒体需要的和愿意听的,这在近期的一些影视宣传和评论中表现得尤为典型。

在文艺批评漫长的发展演变过程中,批评观念和批评方式是不断演变的,但文艺批评的批判性功能却是一直存在的。文艺批评从来就是批判的武器,尽管不同历史条件下文艺批评的批判对象和批判重点有所不同,但批判精神是始终如一的。在当前部分文学批评偏离批判功能的语境中,需要突出马克思主义文学批评的批判精神,去纠正当前文学批评偏离批判功能的迷误。批评者应以批判性的眼光去审视批评对象,检讨批

---

① 《马克思恩格斯文集》第10卷,人民出版社2009年版,第545页。

评对象,不因人情关系而对批评对象溢美隐恶,不浮于表面而对批评对象浮光掠影,充分发挥文学批评的艺术批判功能和社会批判功能,复归文学批评本身具有的学术批判本性。

三、马克思主义文艺批评在理论重建中的作用

综观20世纪各种文艺思潮、学说、理论,无论是从其发展的时间来看,还是传播的范围上来看,没有任何一种学说能与马克思主义文艺批评相比,在我国,它一直以来都是居于指导地位的文艺学说。在文艺创作、文艺批评等方面,马克思主义文艺学说都在实践中发挥着重大作用,不断地被新的文艺实践所检验、丰富和发展。今天,它仍然是世界上最具有生命力的文艺学说,在我国改革开放以来的文艺批评理论重建中依然发挥着重要的作用。这体现在以下三个方面。

(一)在世界观和方法论方面,坚持马克思主义"一元"主导

马克思主义文艺批评为我们的文艺创作和文艺批评指明了方向,奠定了最基本的立场。马克思主义文艺批评的灵魂就是辩证唯物主义的方法论和历史唯物主义的精神,革命文艺"为千千万万的劳动人民,为这些国家的精华、国家的理论、国家的未来服务",而不是为"饱食终日的贵妇人""为百无聊赖、胖得发愁的'一万个上层分子'服务"[①]。这就是说,我们的文艺工作者仍然要深入生活,和人民群众在思想和情感上融为一体,真正做人民的歌者,这是马克思主义文艺观的一个基本原则。我们要在世界观和方法论的最高层次上坚持马克思主义的一元论,但在具体研究的方法上要多样化。只要是科学的方法和有益的成果,都可根据唯物辩证法和唯物史观的基本原理批判地加以吸收,借以丰富和发展马克思主义。问题在于如何吸收,怎样才能从世界观和方法论上保持马克思主义

---

① 《列宁全集》第12卷,人民出版社1987年版,第97页。

学说内在的、有机的统一,而不流于多种观念、多种方法的"兼容并蓄",把发展马克思主义的文艺理论搞成一个大杂烩。

(二)在文艺批评的标准方面,坚持"美学和史学观点相统一"

马克思主义文艺批评能够应对新形势下出现的各种新问题,它随着时代的发展而不断丰富着自己的内涵。市场经济下的文艺创作出现了新的特点,在解释物质生产和精神生产、社会效益和经济效益之间的复杂关系上,马克思的"艺术生产"理论也随之迎来了新的挑战,将会产生新的表达,既要符合历史发展的客观规律,又要符合时代的审美特点。马克思主义文艺批评的中国化,将指引我们的文艺批评运用具有中国特色的价值观和审美观,要充满中国的文化元素和理论色彩。

随着20世纪以来自然科学和科学技术的不断进步,相对论和量子力学的建立,原子结构和基本粒子的发现,电子计算机的发明,以及系统科学、信息科学在生产、管理和文化传播中的应用,不但改变着社会物质生活与精神生产方式,而且深化了人们对哲学基本问题的认识,并更新人们探求经济、政治、文化的相互关系的思考方式。这些变化,当然包括艺术生产与消费在内的精神生产与消费方式的变化,从而显现出当代社会文化的变迁和文艺生产与消费的新特征。与以往文艺更多地属于精神享受方式相比,全球化语境下的文化变迁,导致文艺正在成为一种生产方式——文化产业的新形态。基于信息和网络技术的新型的文化生产力,深刻影响文艺生产与消费的方式,影响着作为主体的人的存在状况,不仅拓展了大众的文艺空间,而且改变了当代的文化境况。文化艺术不再停留在少数人的圈子里,而是直接面向大众、服务大众。从这个角度看,这是文化发展的一种有益的进步倾向。但从另一角度看,信息与网络这种新型的中介系统在改变社会、影响着作为主体的人的存在状态的同时,也使人们置身于媒体制造的"视觉文化之网"中,身不由己地接受现代媒体通过话语、声音、图像对自身潜移默化的控制,甚至认同大众媒体文化及其他日常消费文化所包含的一些低俗、消极的价值观念。

我们的文艺批评若不去关注研究对象和范围的变化、拓展视界、调整理论思维方式,从而在马克思主义哲学方法论所揭示的文艺与文化的张力场中,形成与多种文艺存在方式相适应的多种文论范式和阐释角度相互对话的动态建构,就难以打破既定的文学规范,扩展文学的新内涵,创新文艺学的范畴、体系。正是在这种社会文化语境中,我们才提倡在坚持"美学的和史学的"文艺批评原则与方法的同时,适当吸收当代国际学术界极为活跃的"文化研究"之长处,构成跨文化的宏观研究与具体现象的微观研究相结合的分析方法。这样,文学、文化研究的视界与方法,在宏观上兼容了传统与当代文艺研究的基本方法(如美学和历史的、文学社会学和文本研究的);而在微观上则凸显大众艺术审美活动的意义、生产与流通过程的特点,并在同传统精英文艺的审美活动意义、生产与接受过程的特点的比较中,运用与自身特质相适应的解释方法与操作方式,以克服传统理论批评方法与操作方式的局限性。

(三)在借鉴不同学派有益成果方面,坚持方法"多样化"

我国改革开放以来的文艺批评是一个拥有各种不同观点、流派的集合概念,它本身并不是一个统一的整体,在其建构和发展过程中,必然会充满着矛盾和论争,摆在马克思主义文艺批评面前的问题之一就是如何吸收、借鉴不同学派和理论的有益成果,与其互补共存。改革开放以来,中国引进大量当代西方文学理论,中外文论的对话与交流,更直接关系到当代中国文论在跨文化的比较中实现中外理论资源的互补、共进的重要问题,这在一定程度上对当代中国文学理论发展产生了积极推动作用。

不过,西方文论毕竟建基于西方文学经验之上,具体到每个民族的文学实践,则无法完全复制或套用。中国学界对西方文论缺乏总体性与批判性的系统阐述,但批判不是否定,而是为了更好地将其借鉴到中国文学实践中来。然而,当前中国文学理论和文学批评界,仍有不少人在自觉或不自觉地套用西方文论来阐释中国文学实践和经验。我们应该看到,中国具有与西方国家不同的国情和民族文化传统,马克思主义文艺批评的未来发展将沿着与中国文艺实践相结合的思路,在弘扬民族文化传统、表达民族审美情感的实践中进行。必须超越中西之间二元对立的思维模式,才能兼容两者的优势,打破各自的局限。当代文艺理论批评形态的嬗变,正是中西方多种思维形式经过现代以来哲学、文化的分化与整合的产物。而作为现代人类重要思维形式的唯物辩证法,也是随着人和社会的发展而不断丰富、拓展的。所以,马克思主义哲学方法论对当代文论研究的指导意义是不言而喻、关乎全局的。

马克思主义理论中国化的过程,也是中国革命与社会主义建设走向成功和成熟的过程,我们要汲取成功的经验。对待当代西方文论,我们要形成自觉的反思和判断。对中国的问题,要善于从实际情况出发,探求切实可行的解决办法。20世纪中国化马克思主义文论曾深刻影响我国文学创作与文学批评,然而自20世纪80年代以来其影响力逐渐下降。在当年那场文艺学方法论讨论的热潮中,"多元化"的理论主张颇为流行。所谓"多元化",就是说:马克思主义不过是"百家"里的一家、"多元"中的一元,这无疑否定了马克思主义及其指导地位。造成这一现象最重要的原因是,中国当代马克思主义文论家不敢或不善于进行话语权竞争,从而在一些重要文学现场处于缺席或集体失语状态。我们应该立足于当前的社会现实,要与当代社会的文艺现象、具体问题进行联系,要在实践中丰富和发展马克思主义,需要重新明确马克思主义文艺批评的价值取向、原则、标准与方法等问题,建立马克思主义文论的话语领导权,坚持马克思主义文艺思想的指导作用,树立当代中国文学的理论自信。

我们有理由相信,马克思主义文艺批评在改革开放以来的理论重建中将会展现出新的面貌,也必将引发一场文艺批评格局的变革。

第三章
分化与聚合：学院批评、专业批评、媒体批评与大众批评

第一节
文艺批评的类型和话语形态

　　文学作为一种社会意识形式，在一定层面上反映了社会的真实。反之，社会变迁也深刻地影响着文学的格局，在某种意义上甚至可以说社会变迁决定了文学的状况。20世纪90年代以来，中国发生了深刻的社会变革和文化转向。对文学来说，其中最重要的就是在市场经济背景下，大众文化与大众传媒深刻地改变了人们的生活方式和审美追求，由此而形成的文化氛围对文学及其批评产生了巨大影响。

一、文艺批评分化的社会历史原因

我国新时期文学诞生于一个思想解放、艺术探索的时代,短短的四十年,几乎走过了西方文艺一百多年的发展历程,文学创作从新观念到"新写法",流派思潮竞相涌现,内容形式不断创新,尤其是20世纪80年代中期以后,中西文化的全面交流,带来了作家固有理性规范的裂解,小说创作摆脱了对外在社会价值的依附,进入了文学本体价值意义上的自觉追求,文本建构呈现出多元状态,无论是体式、结构、语言、风格,都打破了过去那种单一的审美形态,进而形成一种从理智到情感、从生理到心理的全方位的审美效应。面对复杂的批评对象,批评家再像以前那样从某个固定视点来把握概括创作现象已不可能,特别是那些被人们视为"先锋艺术"的实验性文本,更让持单一的社会批评方法的批评家们捉襟见肘,这在客观上促使文艺批评产生分化。

20世纪80年代中期,在中国文艺批评界所兴起的运用系统科学方法和引进自然科学方法,以及对西方现代文艺批评方法的引进,都是应这种潮流而生,有其历史的必然性。因为文学的批评方法,必然也随着批评对象的改变而不断发展变化。在改革开放的社会背景下,改革开放以来的小说变革显然与西方文化的冲击有直接的关系。因为创作受制于社会历史背景和思想文化环境,身处那一时期的作者的创作必然受到西方现代哲学、心理学以及文艺理论的影响,而改变了固有的审美定势,对于批评家来说,借鉴西方现代的批评模式便不失为一条行之有效的路径。

20世纪西方现代批评的一个突出特点就是以自然科学的眼光、原则和方法来研究文艺现象,强调研究的客观性、科学性甚至精确性。如,受索绪尔现代语言学影响的俄国形式主义批评、英美语义学和新批评派,他们均提出以科学的方法研究文学的"内部问题",其目标是研究文学的内在规律,即文学中的语言形式和结构。此外,结构主义、符号学等批评流派也承接了这一传统,注重与作者无关的文学文本本身及其表层结构之下的深层意义。他们从各自感兴趣的角度建立了自己的观照点,从而使得批评由单一性走向了多元化。他们的认识方式和操作方法大都从具体科学中发现、总结、提取出来,将其应用于文学批评领域,无疑都带着先天的片面性,不过,这种因独创性所带来的片面性往往又是同对批评对象认识的深刻性联系在一起的,因此,这些方法确实带来过去单从社会学角度难以提供的批评视点和分析途径,能为文学批评开拓出一片崭新的天地。

  从我国改革开放以来介绍引进的多种批评方法来看,正是在实质上应和了文学创作的新的发展趋势。所以,我们要客观看待人们对新方法积极选择的热情,不能简单冠以崇洋媚外、盲目崇拜的帽子,也应该看到他们希图从新的理论视点上寻求文学批评的新途径,以对批评对象得出深切而又符合实际的结论和判断。同时,也应该认识到,一种新的方法只能为批评提供一个角度,不能完成对一部作品全部的最终的解释,如果因为某种方法的不成熟或片面性而采取回避或排斥态度,我们就永远不可能进入改革开放以来文艺创作现象的"腹地"。面对改革开放以来的文学创作,我们如果仍然停留在泛社会化的批评层次已经于事无补,为了冲出困境,不少人借鉴了来自西方文艺批评方法的新视点,通过多方位的探索式考察来寻求接近真理的途径,以期能在多个片面的互补中达到对文艺创作现象的全面认识。

  西方批评模式的借鉴在实质上不断开拓着文艺批评的新领域,但是也难免导致食洋不化的浮躁心态。一方面,外来的批评模式有其自身产生的社会历史背景,与我们的社会现状与文化心理结构存在较大差异;另一方面,西方的思维方式也与我们既有的思维模式大相径庭,因此,简单地照搬、模仿很可能会出现言不尽意、文不对题的现象。很多人只是将西方文艺批评中的新名词、新术语信手拈来,并没有做深入的研究和批评的汲取,或者只是把批评对象当作注释西方现代批评方法的材料,想方设法地把植根于我们民族文化土壤中的东西填充到西方的名词术语所构架的空间之中,生拉硬扯,生搬硬套。这种因循西方模式的印证式批评,不仅远离了科学,更无助于我们自己文艺批评理论的发展,这种赶浪头的浮躁心态也使得新方法流于形式,风头一过便偃旗息鼓了。

二、文艺批评的主要类型

改革开放以来的文学批评的发展,在批评形态上大体形成了三个主要类型:"学院批评""作家批评"和"媒体批评"。"学院批评"与"作家批评"的区分主要是根据批评的品格来决定的,大致来说,"学院批评"重理论研究,主要是一种理论形态,而"作家批评"则是实际研究,表现为一种实践形态。"媒体批评"是从大众的角度考察文学现象,以当下的作家作品为主要批评对象的文学批评。"媒体批评"是大众传媒和文学批评的联姻,是指由大众传媒主导、策划或参与展开的文学批评,它包括大众传媒刊发的文学报道和文学批评文章、大众传媒参与或主导制造的文学事件和文学活动等多个层面的意指。

三种批评形态的出现体现了批评的社会职能(目的、对象)有别,是文学批评走向成熟的体现。这三种批评形态,各有自己的优点和合理性,但同时它们又都存在着相当的不足,并且这种"不足"正是制约和妨碍中国当代文学和中国当代文学批评发展的重要原因。

(一) 偏重理论的"学院批评"

学院批评又称"学院派批评"或"学院式批评",学院派并不是一个有着完全一致的理论背景或美学观点的批评流派,而是代表了当今中国文学批评的多元格局中的一种倾向或一种风尚。一般地说,属于"学院批评"的批评家大多都受过良好的理论训练,他们大多数是从大学本科到硕士研究生再到博士研究生一路读过来,他们对于中外文学史非常熟悉,特别是对于属于专业的中国现当代文学史非常熟悉,他们大多数都系统地学习过西方文论史,这样他们在谈论批评对象时可以做到旁征博引,左右逢源,而且通常有一个以理论为"纬"、以史为"经"的坐标,这种坐标非常有效地使他们的批评文章具有学术性、规范性、知识性,甚而"权威性"。

从20世纪90年代初期学院批评崛起之后,它就以充盈着思想、理性和睿智的话语方式,大大拓展了中国当代文学研究与批评的学术空间和维度。而且,它对当代文学的学科意义和学术价值早已有目共睹。实际上,学院批评或多或少是在纠正20世纪80年代初那种感受式、印象主义式批评的理念下发展起来的,旨在建立一种带有启蒙性、批判性、严肃性和深度感的文学批评模式,以避免文学批评对理论的轻慢。这种发轫于西方、强调理论和阐释模式的批评话语,在当代中国获得了意外的兴盛和繁荣,它以持续性的发展以及整体活跃的态势阐释文学经验,引导着文学生产,回应文学思潮,构建文学精神,产生了不容忽视的影响力。

学院派批评的成果,以王晓明主编的《二十世纪中国文学史论》所收的批评文字为代表。正如他在修订版《序言》中所说的那样,20世纪90年代下半叶的现代文学研究,贡献出了一大批新的著作,消化观念、铺陈细节、填补空白,将十年前枝干稀疏的"二十世纪中国文学"的研究范式操演得条分理顺、枝繁叶茂。但他同时也指出:要真正有力地回应那个挑战是不容易的,这需要仔细倾听社会心跳的新的节律,更需要努力跳出思维的惯性,还将不得不怀疑,甚至放弃一些已经得心应手的分析方法,也不得不再次越界,向别的学科寻求知识的补充。入选的批评文字多能穿透流行观念、直抵生活真实,并且有一种突破世俗化潮流、重建心灵世界诗意的可贵尝试。

在刘中树、张学昕主编的《学院批评文库》中,众多的批评家真正做到了学理与才情联姻,既富有文化思考、道德考量和学术底蕴,又将完全个性化的审美经验融入其中。《学院批评文库》中所收录的张清华、谢有顺、施战军、郜元宝、吴义勤、何言宏等批评家的文章,也都将清醒的判断力融入灵动的情感中,在理性与感性的相互张力中张扬起充满活力的艺术力量。他们的学院批评,让我们深深感受到理论模式不是文学批评的终极目标,文学批评的冲击力就在于深刻解释人们浑厚的审美经验,让自我经验、情感在与理论模式相互磨合,最终提供一种震撼人心的审美力量以及探寻文学在现实生活中的终极意义。这样的原创品质在启迪思想、触动心灵之时,也会因文字的诗意流淌令人击节叫好,感叹兴味。这样的批评家总把他全部的热情与精力投入文学研究中去,以超越世俗的诗性姿态表现出对人的精神生命的观照与呵护,在随物赋形、灵动飘逸中呈现出文学批评特有的美感和内在精神力量。

我们固然可以说学院批评已取得了令人瞩目的成绩,但是却也不得不承认,学院批评也隐含着不少问题,面临着诸多困境。近年来有分量、有影响力、有尊严的表达寥寥无几,相反,长短不一、纷繁参差的种种质疑却时时响起:原创性理论的缺失,对西方文艺理论的按图索骥;研究视野的精英化,使其丧失了蓬勃、鲜活的生命力……凡此种种,都让我们深深感受到学院批评面临着失语、失信的危机。

学院批评在当下最大的问题就是从理论出发而不是从文学实际出发,由此而带来一系列的问题。比如,理论的陈旧,问题的陈旧,便会导致视野的狭隘。理论是学院批评的优点,但如果不能很好地把握和运用,也会造成问题。事实上,我们看到,当今学院批评一个重要的缺点就是过分依赖大学课堂上所讲的一些文学理论,文学批评不是从文学实际出发,而是从文学理论出发,没有自己对于文学作品的真切的感受,对新的文学现象视而不见,或者用旧的文学理论标准来评价新的文学现象,或者急于引入西方新的文学理论,故弄玄虚,玩词语游戏。这种批评,看似很有理论,很有学问,很有深度,其实没有多大意义,对创作缺乏影响,对读者没有意义,对文学史和文学理论研究也没有多大意义。

学院批评还有一个倾向就是泛文化批评。由于对新的文学现象缺乏深切的感受和理解,于是便采取一种避实就虚、避重就轻的方法。由于教育体制的缘故,学院派的学者们最熟悉的似乎是文化,于是文化批评便自然成为学者们最轻车熟路、最便捷的文学批评,这是当代文化批评成为"显"批评的一个很重要的原因。应该说,文化批评有它的合理性,其最有价值的地方就在于强调了文学批评的深度。因为文学不可能脱离具体的文化,不可能脱离具体时代的社会哲学思潮,所以,从文化的角度来研究文学有助于对文学进行思想上的定位。但文学的根本还在于它的文学性,文学研究最终还是要归结到文学性的研究,任何脱离文学性的文学研究从根本上都属于非本体的文学研究,都是舍重取轻、主次颠倒、本末倒置。文化批评本质上是一种文学外围批评,它并没有深入文学的根本。

当今大学的科研考核体制也深刻地影响文学批评。对于大学从事文学研究的学者来说,批评就是一种职业,从而与"饭碗"和"生计"问题紧密地联系在一起。正是因为如此,批评家对于批评都非常小心、谨慎。文学批评已经不再重视其对文学的积极影响和对社会进步的意义,而变成了一种纯粹的考核数据,即"科研成果"。批评家考虑更多的是批评的工具价值,考虑尽最大可能让批评发挥它的实用价值,让批评为工资、职称、职务等待遇服务。这样,学院批评就表现出一种怪现状:批评本体弱化,批评附着功能强化。批评家生怕得罪了作家,生怕触犯了敏感问题,生怕触犯文学权贵而惹祸,不敢批评创作中存在的普遍问题,不敢批评文坛中的腐败现象,不敢批评作家的错误,甚至对于明显的抄袭现象,也不愿意揭露,其结果是造成对作家的姑息,既害了作家,也害了整个文学事业。

(二)偏重体验的"作家批评"

作家批评多关注文学的创作实际,多从写作的角度来研究文学现象。它与学院批评分属于两种体制,"学院批评"属于大学体制,"作家批评"属于作家协会体制。这些机构中有一大批文学创作人员、文学管理人员、文学组织(编辑)人员,当然还有一批文学研究人员,他们以文学批评为业,他们共同构成了专业批评家队伍。学院批评的学者多是通过大学教育的方式训练出来的,他们对文学理论的感觉远好于他们对文学作品的感觉。而作家则是从广阔的社会生活中成长起来的,是在文学创作实际中成就出来的,他们并没有进行过系统的文学理论训练,或者说这种训练与他们的创作之间并没有多大的关系。由于批评主体身份的不同,"作家批评"在批评理念、价值立场、话语方式、批评的着眼点等方面与学院批评存在较大差异,也与媒体批评保持着一定的距离。

一般来说,作家批评具有以下一些特征:一是描述性语言的大量使用。二是大量复述文本。他们对创作有着独到的理解,有丰富的创作经验和深刻的生活体验,他们能精确地描绘创作过程,清楚地知道创作的艰难与辛苦,并且一眼就能看出文章的精彩之处。但是作家批评也有其不可避免的局限性，他们擅长经验性描述，却不能对文学创作的过程进行理论上的概括；他们知道创作中哪些是好的哪些是不好的，但却说不出为什么好或为什么不好；他们对文学史不熟悉从而导致批评缺乏历史感，表现为他们对自己的创作以及别人的创作缺乏历史的比较和定位；对作品的创造性缺乏文学史的把握；他们的批评代表了自己的一种经验，但这种经验对于其他创作却未必适用，他们的批评主观性太强，往往以个人的爱好为批评的标准，因此，他们的批评在理论上缺乏普遍意义。

作家反串文学批评是中外文学批评史中广泛存在的现象。20世纪三四十年代是中国现代作家批评发展的黄金时期，作家批评在理论和实践上达到双赢，在批评界具有轰动效应，鲁迅、茅盾、沈从文、李健吾、李长之、梁实秋等都是当时极负盛名的作家型批评家。鲁迅的《中国小说史略》、周作人的《中国新文学的源流》、朱自清的《诗论》、梁实秋的《文艺批评论》、钱钟书的《谈艺录》、沈从文的《沫沫集》等都是非常有见地的、影响深远的、深入文学肌理的批评。进入新世纪，很多当代作家也相继发表批评文章，其中既有自己的创作经验和创作心得，也有阅读经典之作的感悟，同时也有对当下文学热点的敏锐关注。比较有代表性的作家批评家有王蒙、王安忆、残雪、余华、格非、马原、王朔等。

王蒙的批评活动与其创作活动一样，活跃于整个改革开放时期，他的批评视域非常广阔，这一时期的所有重大理论问题和创作现象都在他关注的视野之中，他对文学现象和文学思潮、作家的主体建构、作品的创作、作家作品、古典名著等都有所涉及，他的评论风格也丰富多样，有扫描、有漫谈、有论争、有考究，对批评对象或质疑，或思考，或体悟，或赞赏。他对新生代作家尤其是新生代女作家的推介与批评、对人文精神的讨论的参与以及与王彬彬的争论成了那个年代引人注目的批评事件。

新生代小说家王安忆在创作之余，也出版了多本与小说批评相关的文集，如《心灵的世界——王安忆小说讲稿》一经问世便好评如潮，她的批评文字一洗理论的灰色铅华，浸透着个人生命的丰富体验，是一种回到文学本性的理论言说方式，对今天的文学批评具有独特的启示意义。王朔对金庸和通俗文化的批评以及对老舍、鲁迅的酷评虽然引起了很大争议，但是他在20世纪90年代批评界所引起的喧闹是任何一个批评家都难以望其项背的。余华的批评随笔集《我能否相信自己》，是从读者和听者的角度对大师们的经典作品进行独特的解读，其批评文字既表现出某种痴迷、激越的风格，又保持着对批评对象冷静的思索。在《契科夫的等待》这篇文章中，余华将三部相隔半个多世纪的作品《三姐妹》《等待戈多》和《三姐妹——等待戈多》，在共时的视域之内有机地连接在一起，并靠他敏锐的艺术感觉捕捉到了"几乎所有文学作品中等待的模样"。格非的《小说叙事研究》《塞壬的歌声》等论著精辟入微地阐述了他作为一个作家对小说写作的奥妙、细节、方向等方面的独特感悟。他对卡夫卡、托尔斯泰、福楼拜等世界著名文学大师及其代表作品的精彩解读令人耳目一新。他所写下的关于音乐艺术和电影艺术的精美散文，则显示了一个小说家丰富而高雅的艺术趣味和对顶尖艺术的非凡颖悟。此外，还有残雪的《灵魂的城堡：理解卡夫卡》《读解博尔赫斯》，马原的《阅读大师》等，他们以"操千曲而后晓声，观千剑而后识器"的切身创作体验和丰富实践积累形成独特的批评特色，构成批评多元格局中有力的一元。

纵观20世纪90年代的这些作家批评，他们以不同于学院派批评家的视角，给文学研究带来了新的活力，尤其在文化研究铺天盖地、越来越远离文学，学院批评越来越与文学隔膜的今天，作家批评执着于文学文本，执着于审美经验，执着于直接的阅读经验传达，无疑是对这种批评走向的一种纠偏和反拨。作家批评在新的时代语境中形成了自己独特的审美特征，主要表现在批评话语的通俗化、多重资源的对话和批评个人化等方面。作家批评在困境和机遇中发出了自己应有的声音，为现代文学批评提供了不一样的批评形态和文本阐释类型。

不可否认，这一时期的作家批评也存在着学养不足、批评话语浅表化等缺陷，转变的途径不在别处，要从丰富的本土经验和世界资源里寻找。一方面，我们需要吸纳西方文学批评冷静的审视眼光，以此树立批评者的公正立场，需要吸收西方文艺理论丰富的资源，以此拓宽我们认识文学的视野和角度；但另一方面，我们更迫切需要从中国传统文学批评中汲取养分，重拾文学批评与文学现场生动对话的能力，把提升文学批评同发展我们的文学理论、美学理论结合起来。

(三) 面向大众的"媒体批评"

20世纪90年代以来,面对商业社会和市场意识的强大现实,一方面,传统文学批评从中心走向边缘,专业批评家的"精英意识"受到严峻挑战。另一方面,媒体批评则以"下里巴人"的姿态,借助传媒的广泛性、时效性迅速向广大读者传播,抢夺评论的话语权,几乎占据了文学批评的主流地位,成为不可忽视的文化现象。但文艺界对它的研究起步较晚,2000年3月18日,《文汇报》登载了艾春的《传媒批评,一种新的批评话语》和洪兵的《期待健全的媒体批评》,这是文艺界首次使用"传媒批评""媒体批评"的概念,它标志着文艺界开始了对媒体批评的关注。艾春指出,1999年年底在传媒掀起的王朔批金庸、《十作家批判书》的"批判热",就属于传媒批评。他说,传媒批评作为大众文化的一翼,有着自身的运动方式与运动规律,而如何正面发挥它的社会批判能量,取决于知识分子在多大程度上参与其中的工作。洪兵则指出了媒体批评出现的必然性、媒体批评面目的暧昧性以及建立媒体批评的必要性。此后,陆陆续续有学者、专家对媒体批评发表评论,一些报刊及研究机构也举办了相关的研讨会。

媒体批评以大众传媒为载体,面向大众,关注当下的文学现象,具有捕捉现实的敏锐性。改革开放以来,在市场经济体制下,中国的文化语境由单一走向了多元,各种文化形态都有自己存在的理由和活动的空间,它们之间的关系不是非此即彼的相互排斥,而是同时共存和相互补充。20世纪80年代末,大规模兴起于当代都市的大众文化,以文化工业的形式生产、复制,以大众传播媒介为载体,按市场规律运作,以商品性、娱乐性、休闲性、世俗性成为当代文化的主要形态,它是现代工业和市场经济充分发展后的产物,是放逐了精神深度追求的物质文化。它们的表现形式为流行音乐、电视剧、娱乐节目、畅销小说、商业电影、休闲报刊、泡吧以及时装模特表演等各种大众文化形式上演了一幕幕燎原之势,覆盖社会各个层面和角落,把社会生活打扮得丰富多彩,五光十色。人们沉浸在巨大的狂欢之中,享受由此而带来的精神抚慰。大众在社会文化生活中真正获得了主体性的地位,有权利开创属于自己的文化形式,并在其中得到精神上的满足。

20世纪90年代以来,商业意识和消费主义文化气氛日渐浓厚,冲击着政治意识形态和精英文化的中心地位。在文学批评领域,已厌倦了官方话语的读者开始抽身于政治意识而转向自我意识的满足,阅读期待视野发生很大的转变:大众读者开始青睐通俗、关注自我、崇尚实际、拒绝说教,并且在心理上渴望从文学作品中寻求刺激和情感补偿。在这种社会期待视野的作用下,依附在体制内的主流批评和学院批评陷入了困境,主流批评的意识形态色彩以及学院派偏重于学理性的批评思路和艰涩烦琐的表达风格已与大众的期待视野渐行渐远,以致乏人问津。相反,媒体批评关注当下鲜活的文学现实,它朴实的文风,加上其批评对象的大众化、时尚化,其审美品格更倾向于感性的体味,其言说的平民化风格等都正好契合大众的阅读期待。媒体批评以或轻松自如或优美流畅的笔调、或幽默尖刻或灵动活泼的风格、极富感性冲击力和文字亲和力、感性化的媒体批评迎合了大众文化与消费主义的语境,使文学批评成为人们消遣的一道精神快餐,轻而易举地俘获了受众的青睐。批评家将自己的专业立场(精英文化)以一种十分通俗的方式传递给大众,从而形成了新的批评范式。媒体批评已成为一种独立的文化形式,对当下的文学创作和文学批评产生了不可忽视的影响。

媒体批评顺应了市场经济体制下图书市场的需要,具有捕捉现实的敏锐性和针对性,并侧重于对文学的功效性和传播性的推动。捕捉新作新动向,永远是媒体批评追寻的目标。媒体批评是"对当日著作的批评,这种批评符合当日的精神、当日的语言,带有当日的气质,带有让人愉快地迅速读完所必须的一切,它所表达的是当日的思想,但形式上却变幻无常,给人一种新思想的错觉,并力图避免一切学究气息"[①]。媒体批评面向的主要是普通的大众读者,这决定了媒体批评主要是应用批评,并且是

[①] [法]阿贝尔·蒂博代:《六说文学批评》,赵坚译,生活·读书·新知三联书店2002年版,第60页。

从读者角度出发的应用批评。罗贝尔·埃斯卡皮曾指出,从出版发行的角度来看,文学批评的真正职能在于为读者大众选取样本书。媒体批评正是体现了这一职能。

这种复杂的社会经济文化背景,使得文学在审美趋向、创作手段、批评的武器等方面出现新的震荡与聚变,随之也带来了文学批评的急速变化。审视20世纪90年代以来的文学批评,媒体批评的兴盛已经成为20世纪90年代文学批评最引人注目的变化之一。在传统文学批评埋头于那深邃的学理探究的同时,媒体批评已经大张旗鼓地、按照市场的法则及传媒的运作机制加入了文学批评,参与当代文学批评的建设,其接受者之众、影响程度之广、侵入思想之深,都说明媒体批评正在成为或者说已经成为一股不可逆转的历史潮流。

但是,媒体批评作为当代文学批评的新兴范式生存在大众文化和大众媒体联手打造的文化现实中,不仅面临着来自外部的种种诱惑与挑战,尤其是传统批评的质疑与挤压,还面临着自身的局限以及冲破这局限的种种障碍。因此,媒体批评必须在多元化的批评样式中充分利用媒体优势和对学术资源的整合利用,避免过分的商业操作和浮薄的批评文字损害了自身的批评品格,以一种更健康的姿态参与到文学批评的建设中去,才能有更为广阔的艺术空间。

三、批评话语与理论话语

作为一种指向价值和认识的实践活动,文艺批评在发展过程中逐渐形成了自己的话语特征和话语形态。当代批评话语的特征主要呈现为批评写作的表述方式、文体结构和思想指向;文学批评的话语形态则是生动性、形象性和逻辑性并重,这种特征和形态使得当代文艺批评既具有了生动形象的阐释力量,其结论也因此具有了一定的开放性和普遍性。

（一）批评话语的特征

所谓文学批评话语，是指批评家在批评实践中所运用的术语、概念、表达角度、层次、语态、语式、文体等所组成的结构关系，选用和采取哪种话语方式，不仅体现着批评家的理论素养、批评技巧，而且也有他自觉的价值选择，更包含了批评家固有的无意识心理范式和思维定式。批评话语与理论话语形态的不同主要表现在思维方式、文体特征和语言效果等方面。文学理论话语形态在表述方式上有自己的特征，它反对使用文学性的语言，而是运用一系列抽象的概念，进行细密的推演，这样可以使理论体系富有层次感。它反对随机式表达方式，起转承接都富有逻辑，轻重详略都取决于理论的需要，如此可以使理论体系具有整一的匀称感。抽象概括意味着超越特殊经验的限制，但它并不是也不可能摒弃生动的具体的文学经验，也不可能远离丰富流变的现实生活。

文学批评既要在针对文学现象的评价中抽绎出某种普遍性的和规律性的认识，又需要使这种认识和批评家对批评对象的审美体验融为一体，不至于成为纯粹的论证和说理，这对文学批评的话语和文体就有内在的规定和要求。一方面，文学批评不像文学作品的文体是其形象到场的根据，因为文学批评毕竟要分析、说理，要有批评文字所特有的智性之美，所以，"你可以把批评与创作相融合，但你不能够将创作融于批评之中"；另一方面，批评的文体又不同于文学理论所固有的文体，它的旨趣不在于纯粹的说理分析，而是通过说理分析，来令人信服地表明批评家的情感和价值判断，它不需要面面俱到的周全，而是表述批评家的一种深刻的精神和独到的见解。

（二）批评话语的历史演变

中国独特的艺术思维方式和汉语固有的特点，导致中国古代文学批评家多应用具象、意象等象喻式批评，具象批评或意象批评可以调动大量生动的、可以经验的物象事象，可以用象拟和比况来批评对象的情状、品格，其基本目的在于使人更好地体认和把握这一对象，以及自己对这一对象所作的概括的真实所指。同样，文学批评在西方起初是以一种"小品文"模式而出现,这种小品文式的批评被认为是一种寄生在文学作品之树上的、模仿性的、印象主义式的东西。西方文学批评也只是在19世纪才有了丰满的独立的形态,才是完全意义上的现代批评。

时至今日,当代批评的话语形态有了新的演进:现代批评追求科学性、精确性和系统化,而当代批评则出现了娱乐化、虚拟化、场面化的趋向。现代批评坚持:批评一定要更加科学,或者更加精确,更加系统化。由各种理论衍生出来,甚至是与相关学科嫁接而生成的批评方法层出不穷,轮番上阵,新理论、新方法使得所有的批评家敏感而激动,他们坚信掌握了理论和方法,可以所向披靡,无往而不胜地面对任何文学现象。批评家们把一套套方法操作得熟练无比,他们对批评观念、方法、术语和形式的迷恋,几近使批评沦为智力操作游戏,走向极端便成为"不以诗解诗而以学究之陋解诗",这样只会导致批评远离文学现实和作品,远离读者和阅读经验,从而丧失审美个性、想象和创造的激情,乃至丧失文学对生命精神自由的追求。

现代文学批评作为一种重要的文学活动形式,经过一个多世纪的发展和演变,在实践上和理论上都积累了丰厚的宝贵财富,时间过滤和淘汰了一批数量可观的宣言和体系,也湮没了一些蕴涵着希望的新思想的萌芽。令人欣慰的是,文学批评的演变和发展过程并不是一个自然的优胜劣汰的过程,批评家的首创精神以及批评家和理论家的提倡和阐扬都可以使批评的成果成为理论建构的动力,甚至本身就参加了理论的建构,成为批评理论的一个有机成分。

文学批评形成的历史性决定了文学批评还是一种特殊的文化活动,它能够起到影响世态人心的效果,因为文学批评的话语具有生动性、形象性和逻辑性并重的特点,使得文学批评具有了"感人"与"服人"的力量,但也正是这种形象性和生动性,使得批评的结论具有某种感性和不确定性。

(三)批评话语的理想形态

文学批评话语形态的演变与发展给我们一个重要启示:批评话语理

论的创造和建设,其根本途径不在于移植,而在于发掘,即首先对作品进行直接体验,然后调动各种积累,进行理论上的分析、判断和升华。通过这种途径建构出来的理论,既能概括总结文学创作中的基本问题,同时也能对文学的现实发展产生影响甚至具有指导作用。

首先,文学批评家既以传达文学感受为己任,而文学的一般读者对文学艺术的期待又恰恰主要是获得审美愉悦,对批评的关注也正可以有助于其深化,二者契合,使批评话语首先在话语对象上更主要面向读者。生活、时代既是创作的根基,也是批评的根基。创作与批评的根基是同一的。批评家不是随便说一说一部作品思想和美学上的优点或缺点。优秀批评家应该根据自己对生活与时代的理解,对作品作出自己独特的评判,或者借助作品的一端直接对社会文本说话。这样,一个优秀的批评家如何来理解现实与时代,就成为他的批评赖以生存的源泉。批评家的话语亲切地与读者交换阅读体验,而文学理论相形之下,其所持批评观,由于焦点在理论,因而文学作者和批评者更可能成为其言说的对象,大量的文学批评文本和理论文本之间几乎都显示了这种有意味的特色差异。

其次,批评家话语特征还往往表现在描述性话语的大量使用。由于批评家的实践活动中直觉因素、经验因素、感官印象替代了批评中惯有的逻辑因素、分析和实证手段,描述性话语因与直觉感悟的天然契合而成为传达之首选。相对而论,论证性话语更受理论家的青睐,他往往从批评家所信奉的社会观念和美学观念出发,对作家作品进行解剖,对作品内部或外部的各个方面及其间的关系进行形态各异的论证。

再次,"复述"文本的方式的大量使用是批评话语的又一个特征。特别是批评家在对叙事作品的批评中,呈现得尤为明显。实质上"复述"并非对作品原有话语原封不动地照搬,而是批评主体"整合"以后重新组织建构,值得拿到批评文本中来进行复述的,是批评家与作家心心相印时的刹那灵感,是在纷纭万象中发现的美的愉悦,是在惶惑迷茫之后的豁然醒悟,是在如此基础上对文本从外貌到精髓的把握。因而与其说是文本复述,还不如说是批评主体感受的描述,读者在批评家精选的"材料"的呈现和感受的描述过程中心领神会后者的批评观点和思想观念。

最后,文学批评在表达方式和文体方面也具有独特之处,文体上有书简式、随笔式、偶得式、宣言式、序跋式、评点式,等等。在风格上,既可以是某种强烈的主观印象的描述和发挥,感情色彩浓厚,也可以是无主体偏见地对对象进行全面而细致的解析和重构;既可以是委曲含蓄的,也可以是直率、奔放的;既可以是华丽雅致的,也可以是朴实简洁的。从篇幅上看,既可以是数十万言的鸿篇巨制,也可以是一两句话的感想偶得。相对来说,这种文体决定了批评在讨论有关问题时有相当的随意性和感想性,难以得出整一和严谨的结论。

第二节
多元并存的文艺批评形态及实践

1985年以来,西方20世纪的理论批评著述大量地译介到中国来,为改革开放以来的文学理论批评建设提供了源源不绝的养料,有力地促进了批评方法的变革。从20世纪80年代中期到20世纪90年代,批评家们在十余年间匆匆掠过西方一个多世纪的理论批评发展轨迹,逐渐由喧嚣的"方法热"转入较为平稳的各派批评理论的建构和实用化阶段,形成多种方法、多种流派并存的批评格局。在这个多样化的格局中,几乎可以看到西方各种批评流派的踪迹,但形成一定规模、影响较为广泛者则是心理学批评、形式主义批评、原型批评、结构主义批评和生态批评等。

一、心理学批评引发的无意识狂欢

心理学批评是改革开放以来的文学批评最早使用的新的方法,主要是指运用现代心理学的成果来对作家的创作心理及作品人物心理进行分析,从而探求作品的真实意图以获得其真实价值。改革开放以前,我们的文艺批评主要是社会学批评方法,它是从外部社会切入来研究文艺的创作和欣赏,主要考察文艺与社会的关系,它的局限性就是不能探幽发微,揭示文学的底蕴。而心理学方法的重心就是研究文艺创作和欣赏过程中的感情活动、心理活动的特点、规律和属性,恰好弥补了社会学批评的不足之处,所以,心理学批评方法一经传入,就引发了热烈的讨论和借鉴。

心理学批评是把弗洛伊德精神分析理论应用于文学批评所形成的一种批评模式。西格蒙德·弗洛伊德(1856—1939)是奥地利精神病医师、心理学家,精神分析学说的创始人。弗洛伊德的一个重大突破和贡献就是在人的理性世界之外发现了人的无理性,即无意识。无意识虽然躲在意识的深处,但是作为一种强大的内驱力,它又常常不自觉地冲破理性的束缚,冲到意识的前台,野蛮地支配着人们的行为。根据弗洛伊德的实验和考察,这种无意识力量对人的支配作用在整个人的行动动因中占着很大的比重。无意识之所以受到意识或理性的阻遏和压抑,多半因为它与社会伦理和家庭伦理有着巨大的冲撞,浸淫着浓烈的罪感欲望和要求。弗洛伊德认为这罪感欲望主要是性欲。在他看来人的性欲有着强大的能量,亦称力比多。它被积压着,要求释放。人的许多行为都变形地折射着这种欲望的实现过程。弗洛伊德在他的《梦的解析》中提出了"白日梦"理论,他认为,梦是本能冲动的发泄途径,也是无意识愿望完成的途径。

弗洛伊德把这种理论运用到文艺批评上,他认为文学活动中的心理过程也主要是无意识过程,文艺的动力来自人们心中受到压抑的未被满足的愿望,艺术幻想的产生就是想要缓解本能欲望的需要,人们试图借助文艺这一中介曲折地表达和实现这种本能欲望。虽然文艺是无意识欲望的满足,但是这种满足并不是直接的、赤裸裸的,而是经过化妆、改造、润饰的,因此,文艺的本体就是象征性本体,它具有表层的显意和深层的隐意,创作的过程就是对本能欲望的无意识的化妆过程。

弗洛伊德在具体阐释索福克罗斯的《俄狄浦斯王》时认为:其悲剧效果并非像人们一直坚信不疑的那样源于神的意志与人的徒劳无益的努力之间的冲突,而是在于主人公实现了人们在童年时代就曾有过的、随着年龄增长愈发压抑的杀父娶母的愿望。同样,在解释莎士比亚的《哈姆雷特》和陀思妥耶夫斯基的《卡拉马佐夫兄弟》作品的深层魅力和人物性格的复杂性时,他从作家的童年经验、潜意识积淀中找出对他们的性格和创作的解释,力图从作品的表层结构中发现潜藏的深层结构,并提出了对后来文艺批评产生了深远影响的"俄狄浦斯情结"这一重要概念。

弗洛伊德的具体观点未必能够被世人普遍接受,但是他的研究方法却给文学批评开拓了新的道路,就是如何揭示潜隐在文学文本深处的无意识内容。这一方法弥补了过去文学批评单纯重视外部视角的不足,促进了文学批评的深入发展,成为20世纪西方文学批评的显学。

弗洛伊德精神分析学说的重要贡献在于它开拓了一种心理学批评方法,它把文艺看作内在主体的表现,倡导从个体心理结构、心理经验去理解文艺,为我们找到了一条从精神、从心灵、从主体的心理需要、心理结构、心理原型去把握它的途径和方法,这是别的批评模式所不能代替的。它的另一个重要贡献在于它为我们心理学、文艺学研究开辟了一个新领域——无意识。文学活动是一种复杂的活动,在活动过程和结果中,理性与非理性、自然本能与社会习惯、个体欲求和群体规范、意识和无意识都彼此交织,共同影响和制约,因此,文学研究应该穿过作家、作品、读者的意识层面,进入他的无意识的里层,透过那些显意去找到无意识的隐意,从而真正深层地理解作家、作品、读者和文学活动、文学过程。

当然,这一方法的局限性也是非常明显的:其一,人类对于无意识的心理层面还缺乏深刻的理解,心理学和其他学科的发展也未能为其提供坚实的科学基础,因此,心理学批评方法还常常流于主观臆测,导致了不少伪科学性质的奇谈怪论。其二,心理学批评方法过度夸大了无意识的功能和范围,抹杀了意识在人的心理和行为中的地位和作用。事实上,没有任何文艺活动自始至终都是在完全直觉的、非理性状态下完成的,语言需要秩序、结构需要秩序,这种秩序便是意识的产物。文艺作品应该是意识和无意识相互作用的产物。其三,心理学批评方法缺少对文艺作品的审美价值的判断。在他们看来,题材的重要性大于形式和技巧,因此,只注重内容的分析,而不看内容如何转化为形式,既不分析作品的审美因素,也不分析人们的审美心理,这就难怪西方有些学者认为精神分析连最起码的艺术价值观念和价值尺度都未能提供,就连弗洛伊德本人也承认,在理解伟大作家的创作性方面,精神分析是无能为力的。

改革开放以来,在借鉴西方精神分析批评方法的过程中,我国的批评家显然做了一些扬弃。一方面,他们对无意识理论的兴趣要多于对性本能学说的运用。这是因为,无意识领域确实展示了人的心理的复杂性和层次性,它引导人们去认识意识后面的动机,去探讨无意识心理对人的行为的影响。另一方面,他们也摒弃了无意识理论中其他可疑的假说,对意识和理性的作用进行了充分的挖掘,从而扩大了对文学心理世界的认知范围。

从20世纪80年代初开始,我们不少学者专心致力于文艺心理学研究,涉及的范围包括作家、作品、题材、技巧、创作心理和欣赏心理等各个方面,如裘小龙的《心理分析学派试探》,对新时期文学中以"情"与"爱"为主题的小说进行研究时提出:这种题材在新时期的猛增是因为"文革"期间对此类题材的压制和禁锢造成的,又在很大程度上受到中国传统小说爱情描写模式的影响。方勤戎的《现代心理与现代表现手法》,就新时期文艺创作中出现的众多现代艺术表现手法和文学流派进行了分析,认为,现代人类心理趋向开放,因此文艺作品就会出现新的时空观、节奏感和信息量。冯建民从生理和心理的角度说明艺术中的模仿与同情。邹大炎、李美南从心理学角度探讨艺术特征的心理学依据,认为艺术的形象性固然来源于作家运用形象思维对生活的整体性反映,但它又与读者接受的心理有关,鲜明生动的形象更加易于加深读者印象,从而产生共鸣。此外,张德林发表在《文艺理论研究》上的《人物意识流动的深层次结构》(1983年第2期)、成立的《艺术思维的三种结构类型》(《学术月刊》1984年第10期)、赵惠平的《文学作品真实感的心理探索》(《文艺理论研究》1983年第2期)、胡玉华的《影响文艺批评准确性的若干心理因素》(《当代文艺思潮》1984年第2期)等论文的发表说明心理学研究和批评在整个文艺研究和批评中的地位在不断提高,在运用心理学原理研究文艺创作的心理过程和心理规律,在揭示艺术想象、艺术构思的心理特征方面有了新的突破。这些研究中影响较大的是鲁枢元在《上海文学》等刊物上发表的一系列文艺心理学研究论文,他提出了"创作心境""情绪记忆""艺术感觉与心理定势"等一系列新鲜而有趣的命题,引起了文坛的热情关注。纵观鲁枢元的创作心理研究,虽然存在一些问题,却也给我们提供了重要的思想启示。

运用心理学方法分析具体的文艺作品,也有一些比较成功的文章。

宋永毅的《当代小说中的性心理学》是改革开放以来较早的、十分出色的一篇无意识心理学批评文章。宋永毅在该文中指出:"尽管捕捉这种近乎潜意识的深层心理(指性心理)需要有精细入微的目力,但它作为一种存在却确凿无疑,舍此我们将无法把人的整体性和复杂性揭示无遗,更无法弄清某些文学现象和人物行动的发端。"这说明,在宋永毅看来,探讨无意识的性心理是把握当代小说创作和理解小说中人物行为的一个纽结。

改革开放以来的无意识心理学批评除了选择作品人物作为批评对象外,更多的批评家还是侧重于对作家心理的无意识层面的挖掘。仅以当代作家为例,就有老舍、张贤亮、史铁生、张洁、王安忆、贾平凹、余华、张承志等数十位作家进入无意识心理学批评的视野。改革开放以来,这些作家创作的心灵奥秘和独特的个人风格深深地吸引了批评家,他们希望通过结合作家生平经历、情感体验和创作活动剖析的方法,来透视作家的意识构成与文本的深层关系,从而解释创作主体"这样写"的原因。

关于作家的无意识心理学批评文章数量很多,其中不乏真知灼见之作。王晓明的《所罗门的瓶子——论张贤亮的小说创作》就是突出的一例。诚如有的论者所说:"这篇文章没有运用心理学的概念术语,但却是一篇相当出色的心理主义文学批评。作者采用心理剖析的方法,从张贤亮小说中的'叙事人'入手,细致地分析了张贤亮小说中的'叙事人'与作者和他笔下的男女主角的心理冲突,这就比较令人信服地揭示了创作主体充满痛苦和矛盾的心态,揭示了张贤亮小说艺术感受和理性、意图之间不和谐的内在原因。"

在全面考察了改革开放以来的无意识心理学批评后我们发现,这种批评范式对于文学研究来说意义十分重大。无论是对作家无意识创作心理的剖析,还是对作品人物的无意识行为探讨,都为我们认知文学活动、把握文学的美学意蕴提供新的视角。但需要指出的是,在新时期的批评家中,也有人十分牵强地运用弗洛伊德学说(特别是泛性论)进行文学批评实践。这给文学研究带来很大的负面意义。我们主张应抓住作家作品的实际展开研究,或许唯有如此,无意识批评才不会作茧自缚。

二、原型批评带动的文化寻根热

原型批评与心理学同样有着密切的关系,是心理学批评更为深入的发展。作为其基本理论之一的荣格分析心理学,是对弗洛伊德心理分析学说修正和改造的结果。荣格(1875—1961)曾是弗洛伊德的学生,但荣格不完全赞同他老师弗洛伊德的泛性欲观,认为在无意识领域里还有更重要的内容,即民族的集体无意识,他说:这部分无意识不是个别的,而是普遍的,它与个体心理相反,具备了所有地方和所有个人皆有的大体相似的内容和行为方式。换言之,由于它在所有人身上都是相同的,因此它组成了一种超个性的共同心理基础,并且普遍地存在于我们每一个人身上。

关于集体无意识的形成,荣格解释为"种族心理积淀",简言之就是,这种集体无意识是由祖先形成、后来传给子孙的认识世界和构造世界的心理图式。他认为,每一个人都是种族的人,在每个人的记忆深处都积淀着种族的心理经验,人类世世代代传承下来的精神遗产就积淀在每一个人的无意识深处,形成一种"种族记忆"。由此,荣格提出了"原型"说,建立了原型批评理论。所谓原型,即在历史过程中反复出现的"原始意象",也就是集体无意识显现的形式。荣格认为:"这类意象赋予我们祖先的无数典型经验以形式,因此,我们可以说,它们是许许多多的同类经验在心理上留下的痕迹。"作家既然是种族的成员,那么,在其作品里就一定会受到集体无意识的支配,也就是说,在其作品里一定能找到历史上反复出现过的本宗族的原始意象,即原型。伟大的作家之所以能创造出伟大的作品,就是因为他在集体无意识的驱动下,不自觉地潜入种族历史的深处,触及了种族之魂,发现并表现出了这种原始意象。而读者之所以会受到感动,就是因为这种原型触动了他们的潜藏至深的集体无意识,两者达到了心灵深处的共鸣,这就是"伟大艺术的秘密,也是艺术感染的秘密"。

由此可见,原型批评与心理批评在理论来源上都与心理学有着直接的关系,但两者又有明显的分歧。两种批评方法虽然都是从分析作者心理的角度去研究作家作品,但是它们的着眼点却不同。心理批评着眼于作家个人的心理,原型批评则着眼于作家心理中的集体无意识;心理批评试图揭示作家个人的特性,而原型批评则旨在展示一个民族的心灵和性格;心理批评热衷于"梦"的解析,认为"梦"反映个人的无意识欲望和焦虑,而原型批评则注重对"神话"的研究,认为"神话"象征地投射出一个民族的希望和价值。总起来说,原型批评和心理批评都涉及了构成人类行为基础的动机问题,但两者的出发点和理论依据并不完全相同。心理批评与生物学关系更为密切,具有实验性和诊断性,而原型批评与宗教、人类史密切相关,更富于哲学性和文化性。

荣格的集体无意识为"原型批评"提供了理论支撑,加拿大批评家诺斯罗普·弗莱吸收并发展了荣格的观点,吸收了心理学与人类学的双重成果,把它们化成具体可行的批评途径,他的《批评的剖析》系统阐述了原型批评的基本理论,成为原型批评的权威之作。他对原型的定义也经历了不断的发展和完善,对之界定的基础也从心理学转向了文学。他以原型为一种象征,即把一首诗与另一首联系起来,从而有助于我们文学体验的一体化。"原型是一个象征,通常是一个意象,它在文学作品里反复出现,足可被认作人的文学经验之总体的因素。"[1]在《作为原型的象征》中,他说:"原型即一种典型的、反复出现的意象。"[2]在《布莱克的原型处理手法》中,他又进一步扩展了这一定义:"我把原型看作是文学作品里的因素:它或是一个人物、一个意象、一个叙事定势,或是一种可以从范畴

---

[1] [加拿大]弗莱:《批评的剖析》,陈慧等译,百花文艺出版社1973年版,第365页。
[2] [加拿大]弗莱:《作为原型的象征》,见叶舒宪选编:《神话——原型批评》,陕西师范大学出版社1987年版,第151页。

较大的同类描述中抽取出来的思想。"①如此,原型的内容就扩展到了包括文学作品的叙述构思、性格类型、情节结构,或者是形象、意象,等等。只要它们具有历史文化的普遍的、原始性的基本形式,而在作品中得以反复的形象化表现,就可以称之为"原型"。因此,批评家的任务就是要从作品中寻找反复出现的原型因素,也就是神话和仪式的因素,发现那种具有原型意义的象征、主题和情节,辨认出基本文化状态。而要做到这一点,就不能孤立地研究一部作品,而要了解一个作家的其他相关作品,也不能只了解作品中的一个人物,而必须把他与其他文学人物联系起来,因此可以说,原型批评是一种宏观的批评模式,它甚至要求突破文学本身的界限,将一部作品放置在整个文学的关系之中,达到一种对文学总体轮廓的把握。

原型批评作为一种独特的批评模式,以自身的理论和实践对西方的文艺研究和文艺批评起到了积极的推进作用。它打破了文艺研究的狭小视角,将文艺研究放到整个人类文化领域去认识,深化并拓展了文艺研究的内容和范围。原型批评注重从无数单个作品的系统研究中把握文学的普遍规律,长于从历时性角度对文艺现象进行整体、系统的透视,站在一个文化传统的制高点上,以一种清醒的历史意识去揭示和解读呈现在作品中的无意识。荣格的原型理论核心——集体无意识表明了这样一个心理事实:现代人与原始人的心灵之间有着超越历史长河的同一深层结构,现代人的精神生活同样有着远古文化的烙印,因此,艺术的意义就在于对现代人的精神进行"补偿调节",拯救现代人孤独无依、茫然无助的灵魂。

当然,荣格的集体无意识及其原型批评理论仍有神秘主义倾向,他对神话原型、艺术意象的解释,总是离不开图腾、宗教,而且把每个人的千差万别的意识都用这种神秘性统摄为一,只讲历史积淀和宗族遗传,忽略时代环境的影响,而他对艺术创作冲动的"无意识命令"的解释,使研究对象笼罩在神秘的氛围之中,这是其理论的局限性所在。

---

① [加拿大]弗莱:《布莱克的原型处理手法》,转引自班澜、王晓秦:《外国现代批评方法纵览》,花城出版社1987年版,第224页。

神话原型批评是我国改革开放以来引进的众多西方当代文学批评方法之一,其在我国文学研究转型过程中发挥了不可忽视的作用。1982年,《文艺理论研究》登载蓝仁哲翻译的美国文论家魏伯·司克特的文章《当代英美文艺批评的五种模式》,文中介绍了弗雷泽、荣格、鲍特金等人的原型批评理论,给当时的中国学界送来了清新的气息。1983年理论翻译界出版了两本分别译介荣格原型心理学和弗莱的原型批评理论的文选,揭开了这一西方批评理论在大陆学界传播的序幕,开始比较系统地介绍原型批评理论,很快被批评家关注。1986年,叶舒宪发表长篇述评文章《神话——原型批评的理论与实践》,对原型批评形成、发展和流变过程、原型批评的理论特点和局限以及在中国的运用等作了比较系统、全面的阐述。次年他出版了译文集《神话——原型批评》一书,更为集中、系统地介绍了弗莱、弗雷泽等人的原型理论以及相关的研究论文,将原型批评首次整体性地展示给中国学界,从而使原型批评迅速风行于中国大陆,掀起了译介、研究和运用原型批评的高潮。此后,各种有关原型批评的论著纷至沓来,主要有:1987年出版的荣格的《文学与心理学》,1997年出版的《荣格文集》,1989年出版的弗莱的《批评的剖析》,1992年出版的弗莱的《喜剧:春天的神话》,1995年出版的维克雷的《神话与文学》,等等。

与此同时,不少刊物纷纷开设专栏、专题介绍、评析原型批评。以论文形式出现的,如《容格"原型论"美学评析》《神话——原型批评之我见》《论"原型批评"理论的历史贡献及其局限》等,还有大量的成果出现在文艺学、美学及心理学论著中。这类研究主要介绍该理论的基本内容、特点,评价优劣得失,旨在推动该理论在中国的传播。这些论文和著述的主要观点集中在以下几个方面:

其一是对原型理论进行深入挖掘、批判与反思,并力图对理论进行改造和整合,使之更为完善。代表性的是发表在《外国文学研究》2003年第5期的《原型概念新释》,论者通过对"原型"概念的重新阐释,得出了原型"本质上是人类早期经历中所蕴含的后世一切文化'基因'"的结论,并由此出发,区分了原型与"意象""象征""模式""神话母题""仪式"等概念,在一定意义上改变了长期以来这些概念在使用中的混乱现象,也为世界文化圈的划分提供了新的依据。另一篇是发表在《文艺争鸣》1990年第4期的《马克思主义和神话——原型批评的实践》，论者力图用马克思主义的历史观、神话观去补充、改造原型批评理论，以求使之更具现实说服力。

其二是对原型理论进行本土化阐释，从本土文化出发对原型理论进行解读和补充。比如《原型经验与文学创作》，发表在《北京师范大学学报》1994年第3期，参照中外创作实例对原型与创作经验的关系进行了探讨，并对原型理论中的置换原理做了补充。再如，发表于2004年《社会科学战线》第1期的《原型体验与意境创造》，作者认为意境创造心理与作为民族文化心理的本原的原始思维之间存在着一定的本原性关联和可类比性，并由此入手探讨了意境创造与原始思维之间文化心理联系的三种方式和途径，为拓展和深化意境理论提供了新的角度。

在批评实践方面，不少批评家借鉴原型批评的积极因素，扩展和深化了自己的研究领域，不少学者把作品中出现的主题意象、人物类型和情节模式放在中国文学发展历史的宏观视野中加以考察，从中发现出一些历时性的原型的变形，而在共时性观照的基础上，再把具有某种内在联系的作品纳入中国文学的母题下加以分析研究，从而纠正了过去单一批评造成的弊端，给我国新时期文艺批评带来了新的气象。

有的批评家从大量文艺作品中归纳出了"才子佳人"故事原型，并把这一原型纳入中国文学的整体模式中加以论述；有的批评家在众多的作品中寻找爱情的原型模式，总结出从古至今存在的不断重复的文学母题。

用原型批评来进行人物形象分析，最典型的莫过于对"英雄原型"的探析。千百年来，不论什么时代，英雄都是一个民族重点讴歌的对象，而不同时代对英雄形象的描写无一不深刻体现出一个时代的价值取向和文化精神。喻季欣在《新时期军事文学的"英雄情结"》中十分深刻地指出，正是由于英雄情结的存在，英雄才以某种方式内存于历史、现实以及人类生命中，因而它能够长久地生活在艺术、意识甚至语言中。军事文学以塑造英雄、张扬英雄精神为重要审美内容，实际上反映了人们潜存的"英雄情结"。就改革开放以来军事文学的英雄形象塑造而言，它虽然对古典军事文学,如《三国演义》《水浒传》有所超越,但其精神渊源还是在于古典军事文学——即英雄作为时代的楷模,永远代表人民的意愿。所不同的是,改革开放以来军事文学中的英雄形象已去掉了神性,也更富于人格力量和悲壮崇高的个性品格,有情感、有斗志、有正气,也更有悲剧性。这说明,虽然英雄情结每个时代的人民都有,但不同时代人民的意愿,也决定了不同的英雄形象塑造。喻季欣对此作了较为深刻的阐述,从一种新的视角归纳了改革开放以来英雄形象的艺术变化和发展。

除了上面涉及的几种原型以外,还有许多批评家开拓出了多种研究领域,如生命原型、死亡原型、淑女原型、自卑的知识分子原型,等等。这一批评范式以文化集体无意识分析为目标,以探讨"原型"和"情结"为思路,重在找出文学创作的精神渊源和文学审美的心理规律。

综上所述,原型理论在中国虽被广泛接受,但并不意味着该理论已经完美无缺,它的渐渐沉寂也并不意味着其价值已经失去。对于理论本身来说还有许多基本问题没有解决,原型理论的相关价值也并没有得到充分的挖掘,值得我们进一步努力推动原型批评理论的完善,推动文学研究向更深入发展。

三、文本细读触发的语言崇拜

"文本细读"批评特指兴起于西方20世纪20年代、后来为西方批评界广为接受的英美"新批评",是一种偏重于语言功能的微观批评模式。英美新批评是紧步俄国形式主义后尘的一个批评流派,有的学者把二者共同作为现代文学理论的起点。

统观英美新批评的发展历程,可以看到这样的一条线索。第一代新批评代表瑞恰兹提出了著名的语义批评,注重文学内部的结构组织,分析语言的多义性,在具体语境中分析语言的意义,从读者心理的角度总结误读的原因。这时的新批评还为外部环境保留了一席之地,瑞恰兹的"双重语境理论"(共时与历时)本身就没有排除作者、读者及历史语境等这些外部因素。而到了第二代艾略特,他的"有机整体观"则认为每一个文学作品都是一个有机整体,不仅如此,他还把整个文学看作一个有机整体,主张将每一部文学作品放在文学这个大有机体内进行审视,这种观点视野广阔,但已经把视野缩小到了文学这个大的范围之内。到了以韦勒克为代表的第三代新批评,则完全把研究焦点归结为作品本身。韦勒克认为,涉及作家的创作心理、个性、创作过程、所处的社会环境等因素的研究只是文学的外部研究,而真正文学的内部研究则是对文学作品本身结构的研究。而他坚决主张用内部研究来取代对文学的外部研究。这三代新批评的观点加上其他诸如兰色姆的"构架—肌质"理论、布鲁克斯的"细读法"、燕卜逊的"复义理论"、维姆萨特的"意图谬见"和"感受谬见"说等一大批杰出的批评家的实绩,终于形成了蔚为大观的英美新批评。

新批评派方法论的一般性原则主要表现在如下几个方面:

第一,文学本体论观点。本体论作为一种世界存在及其本质的学说,由新批评派的批评家们第一次引入文学批评。他们把作品视为不依赖外在条件而独立存在的实体,把文学研究从外部引向内部。韦勒克在《文学理论》中给文学下了定义:"文学是具有特殊本体状态的独特的认识客体。"他们认为,批评家只有研究作品的字义结构的深刻而丰富的内涵与外延及其两者组成的"张力",把作品理解透彻,才算履行了自己的职责。忽视作品研究的批评家,不可能达到文学研究的终极境界。

新批评宣称"回到文学本身",重拾"文学性",而真正的文学性既不在作者的主观意图中,也不在读者的自我解读中,它仅在文本之内。因此新批评主张在"作者—作品—读者"这条链条之内斩断"作者"和"读者"这两端,这两点在新批评看来一个是"意图谬见",一个是"感受谬见",都不是文学所要研究的层面,而只有作品本身才是值得关注的。文本是一个自足的存在,对文学性的寻求应该立足于文本本身,而不是之外的作者或读者。新批评所指的作品研究并不是整个作品的研究,而主要是指对作品中的形式因素与技巧方式的研究。为了在理论上确立作品及其形式作为文艺学的本体对象的地位,他们先是把文艺学与社会学、心理学等分离开来,又把作品与作者和读者分割开来,突出作品及其形式的地位。

第二,形式与内容一元论观点。新批评派以探究作品的内在构成为任务,要理解这种构成必须从作品各要素之间的矛盾冲突及其调和中去寻求答案,因此在他们看来,把内容和形式分割开来是不可想象的,就像人的肉体和精神不可分离一样,脱离具体形式的内容根本和文学艺术无缘,因此,文艺批评的对象就是"完成了的内容",即形式,两者是一个不可分割的有机整体。

韦勒克认为,传统的内容形式二分法弊病很多。它把一件艺术品分割成两半:一边是抽象的、粗糙的内容,一边是附加于其上的纯粹的外部形式,然而,在实际的文艺作品中,内容和形式的分野却是很难确定的。因此,韦勒克设想,如果把所有不具备审美特征的因素(如尚未构成艺术品的素材)称为"材料",而把一切已具有美学效果的因素称为"结构",这样就可以克服内容形式二分法的矛盾。他说:"这决不是给旧的一对概念即内容与形式重新命名,而是恰当地沟通了它们之间的边界线。'材料'包括了原先认为是内容的部分,也包括了原先认为是形式的一些部分。'结构'这一概念也同样包括了原先的内容和形式中依照审美目的组织起来的部分。这样,艺术品就被看成是一个为某种特别的审美目的服务的完整的符号体系或者符号结构。"①

兰色姆在《需要一个本体论批评家》这篇文章中,提出了他的"构架—肌质"说。他认为,诗的构成包含构架和肌质两部分,构架是诗的内容的逻辑陈述,肌质则是内容的一种秩序。兰色姆的所谓"构架"有些类似内容,"肌质"近于形式,诗既要有构架,又要有肌质,两者缺一都不可能有诗,但他又强调肌质也有自己的美,可以与构架无关,正如墙上的装饰可以不依赖于墙的存在而存在一样,这实际上是一种构架与肌质相平行的二元论。

布鲁克斯另有一种看法,他不同意把形式看成"盛装内容"的容器,他认为内容和形式是不可分的,必须把诗当作一个整体来考虑,它的美是

---

① [美]勒内·韦勒克、[美]奥斯汀·沃伦:《文学理论》,刘象愚等译,文化艺术出版社2010年版,第151页。

一个整体模式的效果。他强调诗的有机性,写诗不是把音节、韵律、形象、语言、思想等这些成分机械地拼凑在一起,像用砖头砌墙那样,它不是一堵墙,而是像植物那样的有机体。他在《释义误说》中提出一种"结构"说,认为诗的本质结构不同于我们从诗中摘要出来的陈述的逻辑结构,它的本质结构好像建筑和绘画的结构,又像是芭蕾舞或一篇乐章的结构,或戏剧的结构。布鲁克斯所谓的"结构"实质上包含着传统意义上的内容和形式两方面的因素,在这个"结构"的概念中,形式不是内容的附加物,相反,它却起着为了艺术的效果而组织安排内容的积极作用。

不管是把文艺作品看作"材料"和"程序",还是"材料"与"结构",他们的目的都是更好地揭示艺术存在的内在统一性,从而深入地认识文艺的本质。

第三,文本细读的原则。新批评的细读法是一种"细致的诠释",是对作品的"文本"作详尽分析和解释的批评方式。在这种批评中,批评家似乎是在用放大镜读每一个字,捕捉着文学词句中的言外之意、暗示和联想等。新批评提出了一系列文本细读的新概念:

其一是"复义"。"复义"也可译作"语义含混",该术语由燕卜逊引入新批评,指文学语言的多义形成的复合意义。换言之,它指的是一个语言单位(字、词)包含两种或两种以上的意义、一句话可以有多种理解的现象,是指某种修辞手段所产生的多种效果。含混以往被视为文学创作的一大弊病,而新批评则把它视为诗歌语言的基本特征。

其二是"悖论"。悖论是修辞学上的一种修辞格,是文字上的一种矛盾状态,即表面看来自相矛盾甚至荒谬,但仔细观察,却有一种使矛盾双方完全(至少是部分地)谐和一致的真实。在诗歌创作中有意将词语扭曲变形,并把在逻辑上不相干的词语联结在一起碰撞矛盾,诗意正是在这种不协调中产生的,这样一种悖论的语言正是布鲁克斯心目中理想的诗歌语言,他把悖论的使用从语言上扩展到结构,把它作为诗歌区别于其他文体的一个基本特征。他认为,悖论是诗歌区别于其他文体的本质特征。悖论产生的奇异效果让平常之物看起来不平常,从而充满了诗意。

其三是"反讽"。反讽指的是所说的话与所要表达的意思恰恰相反,是语词受到语境压力造成意义扭转而形成的所言与所指之间对立矛盾的语言现象。艾略特认为诗的特点就是理趣和反讽。瑞恰兹认为："反讽就是通常互相干扰、冲突、排斥、互相抵消的方面,在诗人手中结合成一个稳定的平衡状态。"①布鲁克斯也给出这样的解释："反讽,是承受语境的压力","语境对于一个陈述语的明显的歪曲,我们称之为反讽。"②反讽是诗歌语言与科学语言的区别,科学语言是不会在语境的压力下改变意义的。但诗歌语言则是多义的,之所以具有这样的特征,一方面由诗歌的本体特征决定,另一方面则为文学语言本身的难控性和经验的复杂性所制约。诗歌需要依赖言外之意和旁敲侧击使得语言具有新鲜感。

其四是"语境"。这一概念由瑞恰兹提出,他认为语言环境包括两个方面:一是现实环境,主要是指作品的上下文、习俗等对语义的决定作用;二是历史环境,即认为一个词在作品中应当是在特殊的语境当中对历史的全部有关总结。这也就是会所,语言词汇在作品中的意义是变动不居的,即意义随着言语环境的不同而发生变化,语境作为言语活动的一个要素,它不仅制约着言语的表达,而且制约着言语的理解,因此,语境对于理解词汇的内在含义十分重要。语境构成了一个意义交互的语义场,词语在其中纵横捭阖,产生了丰富的言外之意。

新批评对我们最大的启示:在文学研究和批评中,精深细密的文本细读是一切形式的文学研究和批评的起点和立足点。只有对文本进行了真正、充分和扎实的语言和审美性的细读分析,还原和挖掘出它们各种复杂的蕴意,才能在此基础上运用某种理论和方法对其进行批评和观照。由于它把文本以外的作者、读者和社会历史现实等统统排斥在文学研究之外,这样也就使它能够心无旁骛、专心致志地把一切注意力都集中在文本的细读与分析上,而它的文本细读也不像一些人所说的只是一种纯粹和机械的语言意义分割,因它是建立在现代语义学和语境理论的基础上,同时它们的细读又具有一种立足于文本的文学性和审美性的品质,对单个

---

① 赵毅衡:《新批评——一种独特的形式主义文论》,中国社会科学出版社1986年版,第179页。
② [美]克利安思·布鲁克斯:《反讽——一种结构原则》,见赵毅衡编选:《"新批评"文集》,下之琳等译,百花文艺出版社2001年版,第379页。

文本的这种精细微妙的细读分析确实能够挖掘出文本的深层意蕴和言外之意，令人耳目一新。

改革开放以来，我国的文艺创作和文艺批评在西方文艺思潮的影响下都在悄然发生着变化，现代语言学转向以及新批评的兴起，带来了我国文学创作语言的深入变革，文学创作不再停留于非文学层次上的正确、生动等交际功能，而开始真正回到语言艺术的实践上来，把语言运用转向自我独创的言语构建的过程，在语体形态、语象流变、语感召唤、语义空间、语态情绪等诸多言语层次内，融入了审美创造的智性，从而使文学语言具备了审美张力。20世纪80年代中期以后，王蒙的小说文本里很明显地感受到了这种追求，特别是那充溢其间的时下流行语汇的堆积，本身就传达出一个新鲜的、躁动不安的生活世界。陈村在作品中有意运用重复唠叨的语句，使得冗长单调的语句本身构成沉重的语境，意在通过语言本身所引起的读者的本体感悟来实现小说所要表达的主题。此外，像残雪那样的皱眉蹙额的呓语式描绘、余华的混淆现实和感觉世界的疯言疯语式叙述等，都不再追求语言表述的精确，而全力追求的是贯通小说文本的整体语境所富有的艺术启示性。可以说，语言在作家的文体观念中，已经成为自觉性的变革意识，完成了从表达向创造的转变。

改革开放以来，随着文学创作语言意识的强化和语言实验的推进，文艺批评也开始文本细读的探索。《文学评论》《中国现代文学研究丛刊》等刊物连续刊发了强调作品分析的教学笔谈和对鲁迅小说以及当代一些作家作品细读的批评文章，《名作欣赏》刊发了很多古今中外经典文本细读的研究论文，仅从上海教育出版社和广西师范大学出版社在2006年度出版的"名作"系列和"大学名师讲演实录"等丛书来看，其出版的"文本细读"书籍之厚重与聚集名家阵容之强大就可见一斑，也出现了一些"文本细读"的优秀范本。这些专著和文章对现当代文学研究和批评中的文本细读的原则、意义和方法都提出了颇具建设性的意见和建议。

钱谷融的《〈雷雨〉人物谈》是细读批评的代表之作，对《雷雨》剧作的文本细读，尤其是人物的对话和行动场景的细读分析，证明了《雷雨》中的人物对话都是从人物内心发出，都是在规定的情境中说他们自己要说的话,每一句话中都充满说话者的个人情绪,符合他们各自的身份地位和性格特点。钱谷融认为,好的文学作品的审美情感渗透往往是不知不觉的,读者正是在不知不觉中体会到了作品所传达出的"诗意"和"情致"。

王先霈的《文学文本细读讲演录》是他在大学里所主持的一门"文学文本解读"课程的讲课记录,旨在与大学生们讨论文学文本细读的原则和方法,帮助学生养成细读的习惯和能力,使学生们进而能够以文学专业的眼光去面对不同的文本,做到细致入微和比较精准地去感受、领悟、理解和欣赏作品,并且做出自己独立和鲜明的判断,从而尽可能地去避免或减少对文本的误读。

新批评所倡导的注重文学的内部研究以及细致的形式技巧分析方法,给我们带来了重要的启示,在新时期文学批评中,对新批评方法进行改造,取其精华为我所用。具体到小说批评来说,人们借鉴较多的是语境、语义学理论,在从小说语言入手对小说文本形式进行研究的过程中,新批评的方法大大促进了我国文艺批评的深入。

四、结构主义批评与叙事学研究

结构主义批评始于20世纪20年代,到了20世纪60年代结构主义已在人文科学领域中形成了一种思想运动,而在文艺学中则形成了独具体系的批评理论。结构主义批评根据现代语言学所建立的明确模型来对文学作品进行结构分析。如果说新批评所探讨的是文学的微观形式,结构主义所研究的则是文学的宏观形式。

结构主义的理论渊源可追溯到20世纪初,瑞士语言学家索绪尔的《普通语言学教程》(1916)是结构主义理论的奠基之作,他从语言是符号系统这一基本观点出发,深入探讨了语言的意义是由语言符号本身的特点以及符号之间的结构关系决定的,人们的思维和表达思维要是脱离了任何语言系统,都是不可思议的,而且日常使用的具体语言,也只有在各自的整个符号系统中才有一定意义。他所提出的言语与语言、共时与历时、能指与所指等概念的区分以及研究重心的转移,是20世纪语言学上划时代的革新,这一现代语言学上的重要成果,为日后崛起的结构主义思潮奠定了方法论基础。

结构主义的高峰是以法国学派为代表的,列维·斯特劳斯系统吸收了结构主义语言学的原理、概念和方法,建立起独特的文化人类学体系。他认为,社会现象和文化现象与语言现象一样,是各自深层结构系统的表现形式,正是这种深层结构制约着系统的功能,决定着社会、文化事物的外在形态和意义,他以此为基础对神话的结构分析以及所建立起来的结构主义神话理论和原则对美学和文学批评产生了深远的影响。

结构主义学派的另一代表人物是罗兰·巴特,他在结构主义语言学的基础上,主张建立一种以语言学与文学相结合的批评模式。他在1966年发表的论文《叙事作品结构分析导论》中指出,文学作品与语言存在着相通之处,即语言中某一孤立元素本身没有意义,只有与其他元素及整个体系联系起来才有意义,而作品中某一层次也只有与其他层次及整部作品联系起来才有意义,这对结构主义文学理论和批评都有重要贡献。他致力于探求叙事作品的结构方法,并在这方面取得了引人注目的成就,他的理论被称为结构主义叙事学。

结构主义批评的基本特征主要有以下两点:

第一,语言学方法。语言学是结构主义的前提和基础,瑞士语言学家索绪尔开创的结构主义语言学,揭开了现代语言学的发展序幕,此后,语言学与哲学、人类学、心理学、美学、艺术等许多学科广泛联姻,掀起了结构主义的热潮。列维·斯特劳斯将其应用于人类学研究,认为亲缘关系、神话等都是与语言类似的有结构的系统,它们的个别成分之所以有意义,仅仅是因为它们是一个完整系统的一部分。罗兰·巴特将其应用于文学研究,因为文学不仅像语言一样有系统有结构,而且它是由语言所构成,文学本身就是一种使用语言的艺术。现代语言学认为,语言是一种独立自主的系统,它的意义既不依据现实,也不由说话者的意图所决定,而是整个语言系统的产物,结构主义文学批评则否定了把作者和现实作为解释文艺作品的起点,关心的是产生意义的方法而不是意义本身,突出了作品本身,突出了文学语言本身的价值。他们通过对文学语言的选择和组合的分析表明,语词在语音、语法、语义诸方面都具有非语言学家难以觉察的结构特点,这些特点正是文学作品审美效果的重要源泉。拉康把语言学纳入精神分析学,他认为,下意识只有借助结构语言学才能科学地描述,"无意识的话语具有一种语言的结构"。虽然结构主义流派林立,理论观点各异,但他们都共同地依据现代语言学原理,认为一切社会现象和文化现象均取决于其内在结构及其在更大的社会、文化系统中的地位,这在方法论的认识意义上具有一定的科学价值。

第二,结构分析法。结构主义致力于寻找各种文学现象的整体规律性——关系、结构和功能,一方面认为结构是一种自足的存在,理解一个结构不需要去求助结构之外的因素;另一方面,结构具有普遍必然性。在他们的理论中,结构具有以下特征:一是整体性,是指一个由各种成分构成的整体总会组成一定的结构,并有秩序地构成一个完整的系统。二是转换性,指的是一个完整的系统里的各种秩序现象,经常互相转换,按照一定的规律进行运动和不断发展。三是自调性,是指结构本身按照规律进行自我调整,以达到结构内部的平衡。结构主义正是运用这三个观念剖析文学的结构和作品的结构,并阐发出与此相关的基本主张:

其一,一个作品的意义由其本身的结构来决定,而不能由其他的外界因素强加于作品,这就排除了依据社会历史条件或作者生平来解释作品的可能性。因此,为了弄清"是什么东西使言语的信息变成了一部艺术作品",就必须研究作品的"文学性",必须对作品进行细致的分析,从而揭示文学作品内部结构的一般规律。

其二,作品的结构是一个内在的框架,是一个自足的、自我决定的系统,是一个整体,这一整体由不同的层次构成并各具功能。叙事学正是从这一理论角度,从层次与功能的意义上看待小说的结构的。罗兰·巴特把作品的结构分为三个层次,即"功能"层(研究基本叙述单位及其相关性)、"行动"层(研究人物活动及其分类)和"叙述"层(研究人物、作者与读者的复杂关系)。"任何层次自身都不能产生意义。属于某一特定层次的单位,只有当它可以在更高的层次中被结合时才具有含义意义"①

其三,基于这样的结构观,结构主义把社会结构、语言结构、文学结构甚至世界本身的结构都看作同构关系,并以语言结构为基本模式去推导出一套普遍适用的原理。这种从作品出发又不限于具体作品的研究,其意义绝不限于使文学科学化、客观化,更重要的是突出了文艺作品的自身价值。同时,他们对于具体作品的结构分析都是以建立普遍模式为指归,其意趣往往是透过作品揭示一般规律。

结构主义批评对我们有一定的借鉴意义:

其一,它主张内在批评,致力于作品内在结构的研究,对一部作品来说,它是一种写作模式,它根据纯粹的文学规范和准则,由各种因素组合而成。这些因素在作品的内部产生文学"效果",而不是指向作品以外的现实。这样的方法可以防止主观臆断的评论。

其二,它从整体观念出发,把文学看作系统来研究,打破了那种孤立研究个别作品的方法的局限,重视对不同类型文学作品的结构特征探索,对于探求文学艺术的形式规律具有一定的启发意义。

其三,结构主义者把复杂而范围广阔的文化现象概括成容易把握的基本原则和规范,使人们更明确意识到这些现象之间隐含的共性和普遍联系,同时为理解个别现象提供了一个可以参照的思考框架。

但是,结构主义批评也有一定的局限性。它把文学研究的重心从作者和社会背景转入作品本身时,忽视了作者和社会环境在文学研究中的作用,有时甚至排斥它们的作用,这就走向了另一个极端。尽管它否定单部作品的封闭性,却又把文学总体看成一个封闭体系,而不考虑或少考虑它与社会历史的关系,它追求基本故事的做法,也使得结构主义叙事学趋向简单化、抽象化,把丰富多彩的文学作品变得玄虚枯燥了。结构主义用语言学模式去建立文学研究的普遍模式,甚至当作研究万事万物的普遍模式,这也是极为片面的。诚然,语言学分析方法有助于我们去揭示艺术

---

① [法]罗兰·巴尔特:《叙述结构分析导言》,见赵毅衡编选:《符号学文学论文集》,百花文艺出版社2004年版,第409页。

品的奥秘,但是它只限于语言方面,艺术品的审美特质并不完全在于语言的运用,还涉及其他方面,把语言学模式机械地挪用到文学研究中则显得牵强和生硬。

从1984年开始,中国文艺研究和批评界兴起了一股"方法论"热潮,在改革开放以来的方法论热潮中,结构主义批评和其他批评理论一起成为人们热衷于介绍的对象,它频繁地出现于各种刊物和书籍上,《文学评论》《文艺研究》《外国文学研究》《外国文学评论》《当代文艺思潮》《法国研究》等综合性文学评论刊物都开辟了这一理论研究专栏,频频出现介绍结构主义批评理论的论著,其中既有对西方原著的翻译,也有译介类文章,并且在厦门、桂林、扬州等地召开的几个全国性的文艺理论讨论会也都把结构主义作为中心议题,这在一定程度上成了推动当时的结构主义批评研究的动力。

短短几年之内,就出现了几十种有关结构主义的译著,形成了一股研究结构主义的高潮。1984年,倪连生等翻译的皮亚杰的《结构主义》,作为中国大陆第一本结构主义原著的译著由商务印书馆出版;1987年,董学文等翻译的罗兰·巴特的《符号学要素》(译著书名《符号学美学》,后附《叙事作品结构分析导论》《写作的零度》)由辽宁人民出版社出版;同年,商务印书馆又出版了李幼蒸翻译的列维·斯特劳斯的《野性的思维》,文化艺术出版社出版了《美学文艺学方法论续集》;1989年,由胡经之、张首映主编的《西方二十世纪文论选》由中国社会科学出版社出版。《西方二十世纪文论选》较为系统地翻译了法国结构主义代表人物巴尔特、托多洛夫、热奈特、格内马斯的代表性著作,为中国结构主义批评的研究提供了一些原始资料。

尤其值得一提的是季红真和袁可嘉的文章。

1984年,季红真在《文艺理论研究》上发表《文学批评中的系统方法与结构原则》一文,在当时引起了很大反响。这篇文章在介绍结构主义的同时体现了一种革新的气魄,她对结构主义原则进行重新阐释,建构自己的理论模式,提出了三组二元对立的范畴:一是表层结构与深层结构。她认为,作品中直接反映社会内容的是表层结构,这个层次是作家自觉构思的结果,社会学政治学的批评往往只停留在这个层面上,而深层结构往往是作家无意识的,即所谓内在批判的投射,但这恰恰是对作品的美学效果起决定作用的,一般来说,表层结构更多体现共时性特征,而深层结构更趋向于历时性,体现艺术主题的某种延续性。二是内部结构与外部结构。作品的表层结构和深层结构都属于作品自身的内部结构,社会历史环境作为一个系统则构成了作品的外部结构,它在作品内部结构的形成过程中,经过作家这个中介对作品内部结构的形成发生着作用,而且它自身的变化发展也直接或间接地影响着文学结构的转化和发展。三是静态结构与动态结构。作者把文学的外部结构与内部结构的概念称为静态结构,而把动态结构的概念引申为静态结构的变化,对文学静态结构的研究,即研究文学在其整个发展中的一个横断面,称为共时性研究,对静态结构的发生、发展和变化历史的研究,也就是对动态结构的研究,称为历时性研究。季红真进一步用这种方法来分析鲁迅的《药》的深层叙述结构,其研究的可贵之处就在于运用科学的基本方法思想去审视结构主义理论,并且超越了简单介绍而开始走向实际运用。

1979年,袁可嘉在《世界文学》第2期上发表了《结构主义文学述评》。在这篇文章中,他对结构主义批评理论的历史背景、发展渊源、理论内涵做了较为系统的介绍,还对这种理论在多种文学体裁(散文、诗歌、戏剧)中的批评实践进行了充分的评述,指出了结构主义可能出现的三种情况:一是结构主义批评的主要功能是采用语言学的成就和方法来分析文学文本中的语法结构的;二是结构主义是一种致力于挖掘神话、童话中的无意识结构现象,把它们作为自己理论批评的目标,阐述其理论新成果的新型研究方法,而这一切又是以社会人类学理论、精神分析思想的假设为铺垫的;三是结构主义理论的根本目的在于,它要力图在某个文学体裁内部的模式演化中进行层层论述,从中搜寻一些规律性的线索,以此作为文学研究的新方法。

尽管袁可嘉对结构主义理论是持肯定态度的,但是他同时也认为结构主义批评家的理论做法实际上是一种"不考虑产生它的社会历史条件和作者的世界观的,这就会使文学成为无源之水,一个僵化的机械的系统"。他还指出:"作为文学批评,结构主义学派一个严重缺点是它常常脱离了作品本身的思想和艺术。"但无论如何,袁可嘉对结构主义的研究开创了我国关于这一研究的新局面,为结构主义理论以后在中国的长驱直入奠定了基础。1980年,袁可嘉又翻译了罗兰·巴特的《结构主义——一种活动》一文,并发表在《文艺理论研究》1980年第2期上。1986年,袁可嘉在《文艺研究》上发表《西方结构主义文论的成就和局限》一文,再次对结构主义作了介绍和评述,和他1979年的那篇文章比较起来,他对结构主义的态度有所不同,他更强调如何对结构主义进行借鉴和改造。他认为,我们可以吸收和扩大它的系统论思想,加强它原有的唯物辩证因素,使它与文化系统、历史社会系统相衔接,使文学系统在上层建筑大系统中明确自己的地位和意义。不管是季红真的文章还是袁可嘉的文章,它们都强调对结构主义方法的改造,这可以说是对结构主义的接受不断深入的必然结果。

到了20世纪90年代,中国出现了采用全新的叙事方法的先锋派小说,对叙述人、叙述结构、叙事语言的探讨的深入,为结构主义叙事学在中国的研究提供了良好的根基,并使得小说结构、语言、叙事等结构主义批评观念可以深入中国的文学批评话语中去。当时发表的论文有胡亚敏的《结构主义叙事学探讨》、徐贲的《小说叙述学研究概况》、张寅德的《叙述学研究》、林岗的《建立小说的形式结构批评框架——西方叙事理论研究述评》,以及赵毅衡、申丹等撰写的"叙事学研究"论文。专著有徐岱的《小说叙事学》、傅修延的《讲故事的奥妙:文学叙述论》、罗钢的《叙事学导论》、申丹的《叙述学与小说文体学研究》,等等。这些著作要么概括和阐释中国古代叙事学思想及西方叙事学说,建构起以叙事模式为前提的本体结构、构成要素、基本范式、操作机制及修辞特征为框架的叙事理论;要么注重文本基本结构分析,将叙事学研究与小说文体学研究结合起来,对其中一些主要理论和分析模式进行深入系统的评析,使结构主义理论在中国得到了较为深入的研究和发展。

其中有代表性的是周英雄的观点。1990年,周英雄的《比较文学与小说诠释》一书中有两篇文章专门研究结构主义批评。在《结构、语言与文学》一文中,他深入浅出地介绍和评述了结构主义。这篇文章最得力的是对列维·斯特劳斯的结构主义神话学理论的评论。他比较了神话与文学的不同,认为"神话之间屡有雷同之情形,其用意即要一而再再而三反复重申。然而文学的情形则不相同,文学除了表现人性的共同性之外,也重表现形式,而此表现方式往往直接受语言,或间接受社会文化影响",所以"就实际工作而言,文学牵连甚广,不如神话之单纯,因此也不能轻加改写、比较和综合"。周英雄在《结构主义是否适合中国文学研究》一文中,回顾了结构主义批评在中国的俗文学和文人文学两大类文学中的批评实践,对结构主义在何种程度上适合中国文学研究作了进一步的探讨,他认为,结构主义之分析,应用之妙在乎一心。结构主义是否适合中国文学批评,也不能轻率一概而论,应该视个别情形,利用个别结构方法、理论,或哲学来加以处理。

五、生态批评的泛文化现象

生态批评出现在20世纪70年代。1978年,威廉姆斯·鲁克尔特发表了题为《文学与生态学:一次生态批评实验》的文章,首次使用了"生态批评"一词,明确提倡"将文学与生态学结合起来",强调批评家必须具有生态学视野,文艺理论家也应当"构建出一个生态诗学体系"。简单来说,"生态批评"就是从文学批评角度进入生态问题的文艺理论批评方式,一方面要解决文学与自然环境的深层关系问题,另一方面要关注文学艺术与社会生态、文化生态、精神生态的内在关联。它是一个非常庞杂、开放的批评体系,兼有文学批评和文化批评的特性。生态批评的发展是人类面对愈演愈烈的生态危机,防止生态灾难的迫切需要在文学领域的必然表现。

迄今为止,国内已出版的代表性生态批评专著有:曾永成的《文艺的绿色之思:文艺生态学引论》、鲁枢元的《生态文艺学》《自然与人文:生态批评学术资源库》《生态批评的空间》《走进大林莽:四十位人文学者的生态话语》、曾繁仁的《生态存在论美学论稿》《人与自然：当代生态文明视野中的美学与文学》、蒙培元的《人与自然——中国哲学生态观》以及盖光的《生态文艺与中国文艺思想的现代转换》等。另外，对西方生态文学、生态批评的引介与研究也构成了中国生态批评的重要内容，已出版的专著有王诺的《欧美生态文学》和胡志红的《西方生态批评研究》。此外，还有一些博士论文题目也选定在生态批评及生态文学研究领域，研究论文更是不计其数。总的来看，以上这些学术活动较为广泛深入地探讨了生态危机的文化根源、文学艺术与环境的关系以及生态批评的理论建构等议题，极大地推动了中国生态批评学术的发展，扩大了生态批评在中国学界的影响。

胡志红的《西方生态批评研究》是国内第一部对西方生态批评作全面深入研究的学术专著，具有重要的开拓性意义。作者在大量细读西方生态批评名著的基础上，对西方生态批评理论进行了系统的梳理，对西方生态批评的研究范围及主要特征作了高度的概括和明确的界定。鲁枢元是国内较早关注生态批评的学者之一，多年来他始终坚持文艺学跨学科研究，在《生态文艺学》一书中提出了"生态学的人文转向"这一观点，倡导建设生态文艺学学科和关注精神生态的批评，从对自然生态与社会生态的关注进一步发展到对人类精神生态的关注，对女性、文学艺术、女性压迫及自然退化之间的关系也有精湛的分析。

王岳川在《生态文学与生态批评的当代价值》一文中，提出了生态批评的几个基本特征：第一，生态批评以研究文学中的自然生态和精神生态问题为主，力求在作品中呈现人与自然世界的复杂动向，把握文学与自然环境互涉互动关系。第二，生态批评亦可从生态文化角度重新阐释阅读传统文学经典，从中解读出被遮蔽的生态文化意义和生态美学意义，并重新建立人与自我、人与他人、人与社会、人与自然、人与大地的诗意审美关系。第三，生态批评对艺术创作中的人的主体性问题保持"政治正确"立场——既不能有人类中心主义立场，也不能有绝对的自然中心主义立场，而是讲求人类与自然的和睦相处，主张人类由"自我意识"向"生态意识"转变。第四，生态批评将文学研究与生命科学相联系，从两个领域对文学与自然加以研究,注重从人类社会发展与生态环境变化角度进入文学层面,从而使生态批评具有文学跨学科特性。第五,生态批评在对生态文化现象进行观照时,承继了绿色革命的意识形态,强调不能背离文学精神和文学话语,而要尽可能在文学文本形式和艺术手法层面展开话语叙事,通过"文学性"写作的形式美手法去体现出生态文化精神。第六,生态批评的内容要求从生命本质和地球的双重视野考察人类的过去与未来存在状态。这一视角将已经流于形式主义的文学研究与危机重重的地球生存问题联系起来。

这些著作丰富了我国文学批评的研究视野,促进了我国生态批评理论和生态文学的发展,对强化人们的生态意识,建构正确的生活方式和社会发展模式,以便缓解人类面临的不断加重的生态危机具有重要的意义。

20世纪90年代以来,随着现代科学技术进步和经济的飞速发展,人类在物质利益的驱动下对自然进行疯狂的掠夺和摧残,生存的环境遭到极大破坏,大自然已经危机四伏,生态危机遂成为全球关注的焦点。中国的生态文学作家开始将环境投放在世界的科学的视野中去观照,揭露现实中的环境问题,分析环境遭到破坏的根源。这一时期生态文学的体裁和题材趋向多样化,包括小说、散文、诗歌和电影。小说有张炜的《柏慧》、张抗抗的《沙暴》、铁凝的《秀色》、阿成的《小酒馆》等,特别是鄂温克族作家乌热尔图的小说具有较高的生态批评研究价值,他的小说《七岔犄角的公鹿》《一个猎人的恳求》《丛林幽幽》等都具有深刻的生态思索和文化忧患。

生态批评作为一种新的文学研究流派正在蓬勃发展,它对世界各国的文学研究领域都产生了影响。但任何一种新的理论出现,都有不完备之处和理论盲点,生态批评也不例外。这种新的批评模式在文学界引起广泛关注的同时,也受到社会上的广泛批评。我国生态批评的理论基础是西方的生态批评理论体系,目前虽然已经产生部分理论成果,但由于缺乏实践的操作,尚未形成体系,存在亟待解决的问题。

第一,对于传统生态思想的阐释存在简单比附的倾向。中国很多所谓生态视野下的文学批评文章,常常把古代天人合一理念、道法自然等都当作生态思想的"元概念",有些作品描写的自然、田园等意象虽然显示了生态意识,表现出对自然的敬畏与顺从,但并不能说明这些作品蕴含着深刻的生态思想,古代文学家的创作并不是现代意义上真正的生态自觉,其创作的出发点还是人类中心主义。每一个时代的理论都带着特有的时代特色,我国传统的生态文化思想也深深烙有特定时代的印记,中国古典的生态智慧也是在特定的时代语境中形成的,脱离生态批评产生的特定时代语境而生硬改造传统理论,任意地将古典理论进行现代转换的做法是不切实际的。

第二,马克思主义生态观的介入考察尚待加强。马克思、恩格斯具有的前瞻性的生态思想,对于我们构建生态批评理论具有重大的指导意义。在生态批评日益繁荣的今天,马克思主义经典著作值得研究者重读。彭松乔在《马恩生态观在生态文艺批评中的学理意义》中首先归纳了马克思、恩格斯的生态观,进而分析了这些生态思想对于今天我们建设生态文艺批评理论的启发意义,它为我们确立了关于生态文艺批评的科学的逻辑起点,为我们提供了生态文艺批评的评价方法。

第三,批评视角狭窄、批评方法单一。我国的生态文学创作近年来有了很大的发展,出现了大量的作品,这些作品呼吁人们重视生态环境,揭露局部的生态问题,但对生态危机产生的根源缺乏深入研究,没有形成整体的生态观照。因此,在生态文学的创作实践中依旧缺乏既具有思想性又具有审美性和批判性的经典生态文学作品。中国的生态批评在解读人与自然的关系、批判人类文明中的反生态因素时,常常不能从一个较为宽阔的多学科的视角进行观照,往往难以从更广阔的文化视野进行深层次的思考和研究,仅囿于对生态环境恶化问题的简单关注。在今后的发展中,中国生态批评一方面需跨越学科、文化的藩篱,加强学科整合,扩大研究的文化视野;另一方面可立足本土化的生态资源和生态智慧,消除抵触情绪,主动借鉴吸收西方生态批评的理论成果。

第三节
文艺批评的主导话语与价值的多元取向

我国文艺批评在改革开放的四十年中已有很大发展,不仅队伍扩大和年轻了,评论阵地扩充了,而且理论资源多元化,批评视角多向化,初步形成多方位多层次的批评格局。在改革开放和市场经济的大背景下,中外文化交流日益频繁,社会需求日渐多样化,文艺批评的新理论、新术语、新方法层出不穷,真有一种"乱花渐欲迷人眼"的感觉。在这样的历史新境下,人们对文艺创作和文艺批评都仍然感到有所不足,感到存在这样那样的问题。要改进当前的文艺批评工作,要做好两件事情:一是传统文论的现代转型,二是西方文论的合理借鉴。而且要掌握一个重要的原则:既要容许"多元",又必须突出"主导"。

一、传统文论的现代转换

有的批评家提出,"现今文学批评应该回归古典"①。所谓"回归古典",首先是回归到审美历史的批评方法。这显然是针对那些以拥有许多西方理论资源而颇有期许的新潮批评家而言的。在持论者看来,这些新潮批评家过于自信且急功近利,往往还未来得及消化西方的理论资源,便急切运用来批评中国的文学作品,若此,中国的文学作品仅仅是用来印证西方理论的材料;他们既没有耐心去读作品,也似乎日渐丧失了感受和表达真实的艺术能力,审美触角也日益变得迟钝。

不过,我们也应看到,当代文学批评已不可能回归到原先的审美历史

---

① 陈剑晖:《回归古典——对90年代批评的反思及对新世纪批评的展望》,《新东方》1998年第3期。

的批评方法上去,我们所说的审美历史批评方法不再是那种只要审美和历史维度、驱逐其他批评标准和方法的"古典批评"。它也要尊重一切推动批评发展、给予批评新的眼光的批评方法,愿意回应挑战并真诚与之展开对话。因此,这种审美历史批评只能是在更高的基础上的回归和提升,是理性反思后的辩证回归。

其次,这些批评形态都综合中西理论资源进行模式的整合与重构。如"圆形批评",向我们展示了一种新的具有开放性的批评体系,以古代传统的"圆融"思维构建一种涵纳各种批评方法的圆形批评模式,它标举融会传统批评的灵动和西方现代批评的精严,推许一种严谨而洞达、缜密而玄远的批评思维境界,在整体上有着理论的深刻性。它针对古代传统批评偏倚于直觉型思维综合和宏观把握,但缺少现代西方批评对文本的精严分析和理性论证的手段,而现代批评缺乏整体性思维和审美的灵韵,由此提出了两者在更高层次上的整合。

中国传统的诗话、评点等文学批评方法,讲求辞章,注重形式美感和生命体验。批评家与读者、作者之间建立起亲近、贴切、真挚的情感,因而批评更注重随感式的文本细读,注重"心领神会",从中能够鲜明地感受到,好的批评方法都是从生命感悟和文化经验里生长出来的,文学批评同文学创作一样有生命力。这些都是今天文学批评可以借鉴的地方。然而,传统批评方法也存在着明显的缺陷,比如,往往停留在批评文体的原始形态,过于感性、直观,缺乏整体把握和系统性,在功能上往往无法有力阐释现代作品丰富复杂的精神和结构。

全面来看,简单继承传统和复制西式方法都难以满足复杂的现实需要。新的文学批评方法的构建应该以中国传统美学为基础,以当代文学现场为标的,借鉴西方文学研究的优秀成果,追求一种理性与感性兼备不废的新文体。事实上,很多批评家已经开始尝试这种变革,而且不仅仅是上述理论、方法上的融会与完善,还向理论与实践结合、密切关注文学现场、主动介入文学对话的批评态度进行转变。

二、西方文论的合理借鉴

中国文学批评对西方文学理论资源进行了移植和借用，但中国的文学作品有着特定的传统文化背景和审美规范，这就存在一个西方理论对中国作品的阐释的有效性问题，因为作品不仅仅是理论的，不能解释当下作品的理论是无效和拙劣的理论。当代中国文学批评需要从中国文学发展的具体特点出发，以历史研究的纵向思考方式，重新梳理文学批评问题，因为每一种理论的生成活动都是从具体文学研究中提出问题而开始的。中国当代文学批评要在建构原创性理论方面真正有所建树，必须从具体文学研究中提出有价值的问题切入。

当代文学批评对中国文学现实发展的研究较为薄弱，这是因为有些是先有外国的理论，然后才从中国的文学作品中去发掘与这些理论相契合的地方，这是本末倒置，也是难以产生自己的文学思想和批评理论的症结所在。当今的文化发展显然回避不了全球化的现实，文艺批评无疑也需要有开放的视野，因此向国外的批评理论学习借鉴是必然的。但这并不意味着总是跟着别人走，更重要的是如何在中外文论的比较借鉴中建立自己的理论自觉，而不是在盲目崇拜与追逐中迷失自己。应当说中外文艺批评各有其传统和特点、优长，问题只在于如何从我们的文艺批评实际出发取长补短，把本土文艺批评的新传统培育起来，并且使这种新优势发挥出来，而不是在对他人的追逐模仿中将自身的特点、优长丧失掉。当然，这里的关键就在于建立本土文艺批评的自信，有了自信才会有真正的理论自觉和主体精神，才能谈得上对自身批评传统与特点优长的深切认识，也才能真正以我为主、博采众长、为我所用，重建中国文艺批评的新传统。

西方批评理论自有其特点和优长，对其学习和借鉴是完全必要的，但理应以我为主和为我所用，而不是盲目崇拜埋头追逐。然而实际上，在前一时期对西方批评理论的引进接受中，一些人似乎显得过于急切，一切都只顾把它"拿来",而不管它是否对路和适用;而且在这种匆忙急切的追逐中,似乎形成了某种思维定式,以为西方批评理论与方法是最先进的,我们只能亦步亦趋,步步紧追。然而在这种追逐中我们可能渐渐迷失了自我,忘记了为什么要去学习研究西方批评理论,忘记了对这些"拿来"的东西是否应当进行必要的鉴别辨析,忘记了是否还要跟本土的文艺实际相适应。如果没有这些必要的前提,那么就很可能丧失应有的主体精神。近期有学者指出,当代西方批评理论并不见得都很先进,其中的偏执与极端、僵化与教条,不顾文学本体特性,脱离文学实际的强制阐释等缺陷并不少见。更为重要的是,许多外来的批评理论并不适合我们的民族文化传统和当今的文艺现实,盲目搬用不仅无助于我们的理论建设,甚至会带来对文艺实践的误导。要改变这种埋头追逐和盲目崇拜的现状,更清醒自觉地学习借鉴西方批评理论,无疑有待于重建我们文艺批评的主体精神。

三、一元主导与多样探索

我国的文艺批评学正在进行着一场重大的变革。这种变革的主要标志是,批评观念的不断更新和批评模式从单一走向多元,各种方法的多元互补,正逐步改变社会批评模式的"独尊"地位。从1985年"方法论"的讨论以来,精神分析主义批评、形式主义批评、神话原型派批评,还有现象学批评、语义学派批评、结构主义批评、解构主义批评、接受批评、生态批评、女权主义批评等,都不同程度地对我们的文艺批评有所影响。这些西方不同流派的批评观念和批评方法逐步地,然而又是猝不及防地进到我们的批评领域中来,无形中形成了对马克思主义文艺批评的挑战。

如何对待各种西方现代批评流派向马克思主义文艺批评的挑战呢?实践证明,像过去那样采取简单化的"迎头痛击"的态度是不对的,这只能把自己封闭起来,窒息科学的发展。各种学派的观点和方法,即若存在某些片面性、褊狭性,但也往往会有某种深刻性,彼此可以商榷和互补。

总体上还是有益于文艺批评的发展的,也有助于读者更全面地认识和评价特定的文艺作品和文艺现象。

党所制定的"百花齐放,百家争鸣"方针,是发展和繁荣文艺的重要方针。对这个方针,毛泽东曾解释说:"艺术上不同的形式和风格可以自由发展,科学上不同的学派可以自由争论。利用行政力量,强制推行一种风格,一种学派,禁止另一种风格,另一种学派,我们认为会有害于艺术和科学的发展。艺术和科学中的是非问题,应当通过艺术界科学界的自由讨论去解决,通过艺术和科学的实践去解决,而不应当采取简单的方法去解决。"[1]中华人民共和国成立以来的经验和教训表明,上述方针是完全正确的。

改革开放以来,我国文艺批评的多元发展,不仅出现了多种学派的批评,也出现了多种层次和多种方位的批评。传统的马克思主义的文艺批评获得新的发展,而来自国外的形式主义、结构主义、解构主义、"新批评"、人文主义、弗洛伊德主义、存在主义、符号学批评和原型批评等,也被许多批评家不同程度地汲取和采用。对作家作品的微观评论和对文艺现象、对不同时空文艺发展的宏观性批评和比较文学批评,都有长足的开展,对于文艺批评科学的建设,无疑有其特殊的价值。各学派的研究重点不同,但是绝大多数都回避了文艺与时代、文艺与生活、文艺与人民的关系。相对来说,这些批评流派都较少对文艺作品的社会内容做深入的探究,对作品的真正社会价值缺少较深刻的分析。在这些重要方面,只有马克思主义的文艺批评才达到更高的层次。因此,我们不应该忽视马克思主义文艺批评对批评学学科建设的贡献。

在各种批评思潮和批评方法的多元竞争中,我们认为,马克思主义的批评方法是最具有科学性、革命性和社会影响的一种认识论和方法论。当代西方学者把马克思主义文艺批评同19世纪形成的批评流派——"社会批评"模式简单地等同起来,其实是不确切的,这两者可以说属于同一理论渊源,但不能认为是同一种模式。两者之间有许多不同、至少是

---

[1] 中共中央文献研究室编:《毛泽东文艺论集》,中央文献出版社2002年版,第158—159页。

有层次高低之分。我们所说的马克思主义文艺批评,是指马克思和恩格斯所创立的以辩证唯物主义和历史唯物主义为理论基础的"美学—历史批评"。马克思主义文艺批评学说的核心是主张用"美学—历史"相统一的方法来进行文艺批评,他们坚持按照艺术本身的规律来衡量作品的成败得失,既不回避对作品的政治倾向性的要求,但又强调这种倾向性愈隐蔽愈好,他们重视作品的思想内容和艺术形式的完美的统一。马克思主义文艺批评在它的发展过程中出现过简单化、庸俗化的倾向,这种倾向在我国曾一度十分突出,文艺批评演变为政治批评,人们往往忽视艺术本身的规律,过分强调文艺之外的阶级功利目的。改革开放以来,随着时代的觉醒,文艺批评也在拨乱反正。

第一,马克思主义文艺批评的总体构架是建立在科学的认识论和方法论基础之上的。它以辩证唯物主义与历史唯物主义为理论基础,对文学艺术进行深入的分析研究,深刻地揭示了文学艺术的社会本质,认为文学艺术是社会意识形式,是人类社会特有的精神现象,是人们自觉的、有意识的、有目的的精神活动,属于社会的精神生产活动;认为社会生活是一种客观存在,文艺作品是社会生活在作家艺术家头脑中反映的产物。而且还认为,文学艺术作为一种社会意识形态,属于上层建筑的范畴,它和上层建筑的其他社会意识形态(包括政治、法律、哲学、宗教等)是互相联系、互相作用、互相影响的,正是因为它的联系的广泛性,因而形成了文艺对人的精神世界影响是综合的、整体的,而不是局部的。这样来认识文艺的本质,其深度是其他文艺批评体系所远未达到的。

第二,马克思主义文艺批评强调从美学—历史两方面来评价文艺作品,更有利于从总体上把握作品的价值。文艺作品作为一种特殊的意识形态,其不同于哲学、法律、宗教等意识形态之处,在于它不仅具有历史的认识价值,还在于有美学的认识价值。马克思主义文艺批评从美学和历史两个方面来开掘作品的价值,就能更全面地揭示作品的意蕴。这也是其他文艺批评模式所难以达到的。

第三,马克思主义文艺批评不只是研究所谓"文学的外部规律",同样也研究"文学的内部规律",包含着对文艺作品艺术性的深刻分析,既注意典型化，也强调个性化，甚至比其他文艺批评模式更为注意从艺术的整体上来把握艺术。

从上述几个方面来看，马克思主义文艺批评比西方的文艺批评模式有更大的优越性，而且也能更充分地显示出它的理论活力。因此，我们在对西方各种文艺批评流派采取宽容的态度进行艺术借鉴的同时，对马克思主义文艺批评也不能有更多的苛求。我们加强文艺批评理论的建设，就要求既注意多元互补，又注意优化选择，只有这样才能使我们的文艺批评学说达到更高层次的丰富与完善，使这门科学变得更有生气、更有活力、更有生命力。

文艺批评是作家、艺术家与读者的桥梁，是文艺传播过程非常重要的环节。好的文艺批评应该为读者更深刻地阐释文艺作品的审美内容与形式、思想与风格，分析作品的艺术形象和美学意义，揭示作家创作的时代特色和历史渊源，从而帮助读者更好地理解作家、艺术家的创作，甚至以深刻的理论目光和崇高的思想追求照亮读者的心灵，也超越作家、艺术家对自己作品的理解，并反馈读者的意见，使作家、艺术家从批评中获得裨益。因而，文艺批评之切中文艺的最重要的本质与规律，并具有时代的思想高度和鲜明的民族性、大众性，便成为历代优秀文艺批评所追求的不懈目标。

在我国所处的社会主义时代，文艺创作和文艺批评都应坚持为人民服务、为社会主义服务的方向。因为社会主义的本质就是要以不断增长的物质产品和精神产品来满足人民群众的需求。如何使自己的作品和评论有益于广大人民群众，有益于社会主义事业的发展，不仅具有鲜明的时代性，而且具有先进的历史导向性，推动历史沿着正确的方向前进，这更是我国文艺创作和批评工作者所必须努力的方向。因而，坚持和发展马克思主义的文艺批评，在多元的格局中确立它在评坛的突出主导作用，便非常重要。

第四章

巨变与新局:新媒介与文艺生产机制的变革

自加拿大传媒理论家麦克卢汉在20世纪60年代提出"媒介即信息"的观点以来,大众传媒对于社会文化的重大作用愈益得到人们的重视。科学技术的发展带来传媒发展的日新月异,媒体的力量进一步释放出来,大众传媒以前所未有的速度和能量覆盖着我们的生活,深度地参与到我们的日常生活之中,成为社会生活中一个非常重要的组成部分。"许多现代文化是依凭大众传播媒介来传达的。各种各样的媒介传播着古典的歌剧、音乐、关于政客私生活的庸俗故事、好莱坞最新近的流言飞语以及来自全球四面八方的新闻。这已深刻地改变了现象学意义上的现代生活经验,以及社会权力的网络系统。"[1]总之,大众传媒正在以它自己的方式塑造着我们的思想、情感、审美和经验,成为我们逃脱不掉的"新世界"。

所谓大众传媒,是指有组织的传播者为了实现一定的目的,而向广大

---

[1] [英]尼克·史蒂文森:《认识媒介文化——社会理论与大众传播》,王文斌译,商务印书馆2013年版,第12页。

受众进行信息符号复制和传播时所凭借的传播手段、工具、途径和渠道。在当代,大众传媒的形式主要有印刷媒介和电子媒介两种。前者包括图书、报纸和杂志,这种形式的媒介,早在20世纪初就已出现;后者包括电影、电视、国际互联网等,特别是电视和互联网的迅速普及,使信息对于人类社会的意义发生了根本性的改变。"一旦技术使用了某种特殊的象征符号,在某种特殊的社会环境中找到了自己的位置,或融入到了经济和政治领域中,它就会变成媒介。换句话说,一种技术是一台机器,媒介是这台机器创造的社会和文化环境。"①正是在这个意义上,大众传播成为一种当代典型的媒介方式。当代大众传媒不仅缩小了信息传递的时空距离,极大地提高了人类社会活动经济运行的效率,而且扩展了文化时空,改变了人们的生活方式以及思维方式,同时也改变了文化产品生产的方式和机制。

  大众传播媒介时代的到来使文化的生产传播方式产生了重大的改变。首先,大众传媒传播的是信息符号,而并不一定是现实世界的真实面貌。它奉行的是等价交换的原则,只要有人来买就是信息;只要卖得出去,就是信息。大众传媒受到商业利益和消费主义的驱使,以某种理想的受众群体为样本来实现传播活动。这种传播最终必然倾向于一种同质性或单一性,把某种特定的趣味类型作为无所不包的标准,强制性地诉诸有着不同趣味爱好的广大受众。大众传媒逐渐从消费市场的诱导,趋向了生产传播型诱导,不是受众对生产和传播提出要求和限制,而是生产传播诱导消费。不是大众传媒对受众的服从,而是相反,是受众对传播者所虚拟的理想趣味的依从。大众传媒不但造就了它自己的广大受众,同时也造就了受众对大众传媒本身的依赖和服从。从中,我们看到了控制大众传播媒介的各种中间角色,在塑造大众文化的意识形态和趣味方面的巨大能量。大众传媒成为生产时尚和趣味的场所,开始承担起组织文化生产的重要使命。

  其次,大众传媒是一种可无限复制的传播方式。大众传播凭借最先

---

① [美]尼尔·波兹曼:《娱乐至死》,章艳译,广西师范大学出版社2004年版,第110页。

进的技术媒介,大批量地复制产品,大规模地进行传播,尽可能多地向受众传递同样的信息。同时,复制的形式要受到特定传播机制的限制,因为被复制的产品最终要拿到市场上进行交换,实现其商品化。因此,大众传播所复制的不单是一种产品,同时也是一种思想,一种生活方式,一种文化。大众文化的雷同性、流行性、当下性、时效性等毫无疑问地渊源于复制技术,它们消解了传统艺术所具有的独一无二的"韵味"和"光晕"。文化产品的规模化和标准化生产,不仅不能体现出艺术品应有的独特风格和个性,而且还由于其整齐划一的批量性生产以及由其带来的强制性消费,控制和规范着接受者的精神和文化需要,使人们失去了真正的自由。

以大众传媒为媒介的文化生产活动,天然地与消费文化有着内在的联系,在市场这只看不见的大手的支配下,大众传媒必然以消费文化的运作逻辑进行文化产品的生产,而文化产品的样貌形态也必然会深深地打上消费文化的烙印。大众传媒主导着消费文化的生产和传播,消费文化是大众媒介生存发展的土壤。可以说,如果没有大众媒体,现代消费社会也就不会形成,全球化也就无从谈起。消费文化通过大众传播的极力扩散,不仅仅带来消费观念和行为的改变,更可能使人们对整个社会认识的方式、思维模式以及信仰等产生变化,并逐渐成为一种生活方式,从而得到认可和广泛传播。大众传媒所制造的文化产品,在消费文化的传播中发挥了极为重要的作用。另外,消费文化又是大众传媒得以生存的土壤,也只有在主张消费主义和享乐主义的消费文化语境中,大众传媒才可能有越来越多的接受者。

大众传媒尤其是互联网及其衍生的新媒介一旦与消费文化紧密结合,就能塑造一个全新的符号化消费社会,作为符号化任务的重要承担者,文化产品的生产模式也发生了重大的变化。

第一节
消费主义与文艺生产新模式

消费社会是一种特殊的社会类型,以马克思主义的眼光看,社会形态的划分和归类是以生产方式为标志的,是生产力和生产关系之间的矛盾和统一从根本上决定了社会其他矛盾的走向。消费社会则颠倒了以生产为中心的社会结构,将消费和消费行为置于主导地位之上。大众文化就是一种以消费为特征的文化,并在此过程中形成自己独特的消费文化特征,体现了以消费为中心的社会的结构要求。消费型的选择在当代社会中扮演了某种中心的角色。

20世纪末以来,伴随着经济全球化的深化以及信息传播技术的快速发展,大众文化以其标准化、商业化、可复制性极强的文化形态和生活方式越来越影响到发展中国家。

随着经济的快速崛起,中国2003年人均GDP达到1090美元,意味着中国社会已经脱离低收入国家行列,进入了社会经济的黄金发展期,国民物质生活、文化追求都开始发生巨大改变,国民消费水平急剧提升。2010年,我国GDP总量超过日本,成为世界第二大经济体,人均GDP达到4382美元,真正进入了国际公认的"中等收入"发展阶段。2014年,中国人均GDP已经达到7485美元(约合人民币46531元),总量为63.6万亿元人民币,约合10.6万亿美元。经济的快速发展以及财富的不断增加促使国民消费能力不断提升,加快了消费社会的构建。社会主义市场经济建设已经迈入了第四个十年,一个蓬勃旺盛的消费社会正在中国兴起。虽然当代中国发展不平衡,地区差异大,城乡差别大,而导致前现代、现代和后现代等不同社会发展阶段所具有的现象同时显现、共存,但消费文化已成为当代中国一种非常引人注目的现象,在经济发达地区,尤其是在大都市中,大众文化相当程度上已成为人们文化生活的主要消费内容。

在消费社会里,消费的观念变得日益重要,这是后工业化生产所必需的前提,而经济价值与生产也都具有了文化的含义,文艺生产的模式已经与以往大不相同。消费社会是工业化社会,在这样的社会里,消费成为社会生活和生产的主导动力和目标。文化符号的生产者和接受者都卷入这样的历史场景,或者受制于它,被它改造、同化,或者反抗它。消费文化对文艺活动的冲击前所未有,改变或塑造着新的文艺生产模式。消费社会给人揭示了更大的生活空间和可能性,充满机遇与选择的同时也使人失去明确的方向。因此,这样的消费必须加以控制和疏导。

一、消费社会与文艺的生产

经过1989年政治风波,那种从精神、文化和政治方面期盼或质疑改革的公众热情已大为涣散。1992年确立了建成社会主义市场经济的目标,人们的视线转向创造财富和经济繁荣,转向个人的衣食住行,关注物质生活,跃进市场经济的海洋,计划经济时期公众久被压抑的生活欲求急切地爆发膨胀,求富热情高涨,对物质生活的追求孜孜不倦,鄙弃精神趣味、偏好物质利益的风气愈演愈烈。大众传媒正是在这样一个社会语境里发挥着重要作用,它鼓动人们追踪时尚,放手消费,迎合并塑造群体欲望和公众想象,日益牵引人们的感觉、想象和判断。市场经济改革的最显著结果就是完全打乱了已经持续了三十年的社会既成阶层,在沿海地区和大中城市里,冒出了一系列新的阶层,他们的形成和扩展无比迅速。"新富人"阶层、"白领"阶层、"民工"阶层不断扩大,极大地改变了社会的经济、政治和文化格局。这些新阶层形成了社会新的消费格局,影响到文化产品的生产和消费,比如新富人阶层、白领阶层的消费能力和社会影响力日益高涨,成为消费品生产业、服务业和房地产业的聚焦对象。"一大批报纸和杂志,竭力揣摩他的口味,不断改换开本、纸张甚至宗旨,只为了能够进入他的客厅;一些小说家、电视和电影剧本的作者,也从他身上获得灵感,纷纷写起了他和女人们的复杂故事。"①可见,他们的审美趣味和文化品位,正越来越有力地影响影剧院的排片表,影响许多出版社和杂志的选题目录。这些新阶层正悄悄引导着很大一部分文化生产。上述这些特征正符合消费社会里市场对文化生产的主导,消费者对文化产品生产的主宰。

消费主义在当代中国社会中扮演了某种角色。消费主义主要体现在对象征性物质的生产、分布、欲求、获得与使用上。在生活层面上,消费是为了达到建构身份、建构自身以及建构与他人的关系等一系列目的;在社会层面上,消费是为了支撑体制团体机构等的存在与继续运作;在制度层面上,消费则是为了保证种种条件的再生产,而正是这些条件使得所有上述这些活动得以成为可能。

中国大概是在20世纪90年代中后期出现了"后现代"即消费社会的典型特征,虽然其中还掺杂着前现代、现代社会的种种特征。文艺始终具有强烈的意识形态特征,它以宏大的现代性寓言化形式生动表现民族—国家的历史建构。排闼而来的消费社会,使文艺固有的历史与现实冲动严重蜕化,个性化和私人性的体验成为文艺的重要表现对象和生存土壤。

当下中国,消费主义早已进入社会结构的构成空间,并迅速地解构着已往的价值形态。在文学艺术领域,一种以"消费"为内在"节点"的相关意义已经或正在生成。任何一种新型的文化现象,都具有双边或多边效应。彼时,文学艺术与消费社会的关系主要呈现为一种适应同化的形式,文学艺术越来越成为消费社会的一部分,并与流行音乐、时装表演和影视广告等量齐观。商业化的运作与炒作也随之进入文学出版领域,长篇小说的单行本出版快速增长,从20世纪80年代的年产不足百部,上升到20世纪90年代中期的年均500多部,而在20世纪90年代末期更是达到年均1000部左右。很多作家在创作上出现了转向,迎合或者带有同情性理解消费社会的那些心理和态度,甚至有一个很有名气的作家公开表示:

---

① 王晓明:《半张脸的神话》,《上海文学》1999年第4期。

"人与人之间的金钱关系是最干净的关系。"其中特别是一些女作家,对消费主义和享乐主义有天然的敏感,如卫慧的《欲望手枪》《上海宝贝》、棉棉的《糖》、刘志钊的《物质生活》、王芫的《什么都有代价》《你选择的生活》,都反映了这种物质主义和消费至上的价值取向,通过金钱、身体、欲望和成功等主题准确而全面地理解和拥抱消费社会。

在市场逻辑和商业逻辑的双重影响下,新世纪以来的文艺表现出一些与消费主义相适应的内在节律和品格。其主要表现在三个方面:一是日常审美叙事对现代启蒙的遮蔽和销蚀,二是欲望书写对现代文明底线的践踏,三是时尚拼贴冲击艺术创造精神。

(一)日常审美叙事对现代启蒙的遮蔽和销蚀

早在20世纪80年代末,王朔以《一半是火焰一半是海水》《动物凶猛》《顽主》《我是你爸爸》等一系列"痞子文学"作品震瘫了文坛,被称为"文化流氓"。在当时批评家的眼里,王朔作品的痞气,他的调侃,他的玩世不恭,他的京味口语,在20世纪80年代显得与众不同。他的小说的最大特点就在于挑战了原本的话语体制,并重新建构了一套话语系统,进而挑战了既有的道德观和价值观。

1988年,由王朔小说改编的四部电影陆续出笼,导演米家山执导的《顽主》、夏钢执导的《一半是火焰一半是海水》、黄建新导演的《轮回》以及叶大鹰导演的《大喘气》都取得不凡的票房成绩。1990年,由王朔为主编辑的《渴望》在央视黄金时段播出,创下收视奇迹。1992年,由王朔担任编剧的国产轻喜剧《编辑部的故事》开播,也一举成为人们茶余饭后的谈资和话题。王朔跨越文学界,进入影视界和娱乐界,成为家喻户晓的人物。影视使王朔的作品走向大众化,进而引领了大众流行文化。自此王朔身边聚集了一批诸如冯小刚、葛优、姜文、张元等能量巨大的文化能人,王朔也由"文化流氓"一变而成为"文化英雄"。

现在回过头来看,其实"王朔现象"的文化任务十分清晰。王朔的小说之所以能够支配民众的流行趣味,是与那时中国社会正在经历的巨大转型分不开的。在这一转型时期,物欲主义、消费主义得到了迅速的发展,王朔作品的审美趣味与消费主义的内在节律刚好契合。在人们以"消费"的理念与方式和文学艺术(文化商品)产生"意义"关联的时代,文艺的日常生命状态和日常经验性质就成了文艺产品与文艺消费的流通中介。传统的"艺术"与当今的"日常生活"之间的界限、文化符号的等级观念被迅速地消解,并且体现出"日常"与"艺术"的混合编码状态,于是,"日常生活"得以合法性的"审美呈现"。

20世纪90年代以降的中国文学艺术,已经显现日常审美叙事的美学作风。许多曾产生极大影响、被评论家命名为"新写实"的创作,以凡俗人生的日常生活为审美对象,以日常生活流程的精细铺排为情节结构方式,以细碎化、平面感的美学形式,以日常口语化的近乎"唠叨"式的语言风格显示出它们与既往20世纪80年代的启蒙艺术和现代性艺术决然不同的艺术姿态。神圣意义、重大题材、深度模式——这些被20世纪80年代艺术家们所追逐的文艺价值,在20世纪90年代"新写实"作家那里,已经实现或完成着它的意义消解与艺术"祛魅"。

日常审美叙事,还体现为对历史题材的日常生活审美化处理,体现为以当下日常审美经验向历史时空纬度的审美辐射。当"历史"不再仅仅作为人的膜拜对象或对人的神谕对象而是作为当下的"消费对象"时,消费主义文化逻辑必然消祛着已往附着于"历史"中的厚重与神圣意味,要求或制约着文艺家对历史人事作日常化的审美观照。在近年的历史文学创作中,无论帝王贤相,还是皇后公主,作家都从日常生活细部写实,去其王朝宫院的神秘性想象色彩,而还其"常人"的生命姿态。

新世纪以来,在消费性的接受过程中,大凡思想性启迪、知识性索取,自觉让位于消费性欣赏。消费主义文化时潮及其日常审美叙事美学,在它以日常碎片、经验形态和感性形式等符合当下的消费人生的随意性、休闲性和娱悦性的文化语码规则的同时,在当下中国,日常审美叙事又显出它的功能悖论(或者说审美负效应),即现代人性诉求的缺失。

现代人性诉求的缺失,在现实人生题材的日常审美叙事中,表现为对凡俗人生的庸俗与苦难的无价值认同和病态性欣赏。前者如池莉的《生活秀》一类市民写作,后者以刘恒的《贫嘴张大民的幸福生活》一类为代表。作家为了"制造"日常叙事的"快感"(即"幸福"),极力从贫嘴张大民的物质生存苦难中,寻求人物"幽默""达观"的元素,制造一种"幸福生活"的"仿真世界"。与此近似的,还有余华由先锋实验"转向"日常叙事的《活着》和《许三观卖血记》。基本人性底线的缺席与现代人性价值的放逐,使得日常审美叙事作品体现出对日常生命价值的忽视,对人生苦难的病态欣赏的危险倾向。

现代人性诉求的放逐,在历史题材的日常审美叙事中,表现为对帝王官宦的道德性人格的肯定与欣赏。以二月河的"清帝系列"和电视连续剧《康熙微服私访记》为例,所谓"康乾盛世"凡130年,正是1640—1789年英国工业革命、美国独立战争、法国大革命等欧美工业革命飞速发展时期,也正是中华民族与世界迅速拉大发展差距的时代。对此,马克思曾以"东方悲歌"的"落日王朝"作比。我们的作家和影视艺术家却将"盛世"帝王们各个赋予勤勉自律、亲民笃行、励精图治的道德人格光环。在快意休闲式的艺术表现过程中,悄然传递着极为陈旧的帝王人格和历史哲学观念。

(二)欲望书写对现代文明底线的践踏

作为消费主义时代的文学艺术,它的消费功能基本建立在"欲望"和"狂欢"这两种生命元素或生命仪式的基础上。欲望狂欢,成为消费社会文艺的总体风格特征。

欲望书写,在20世纪80年代启蒙语境中,曾经作为对抗极左思潮扭曲人性的反叛性的生命形式,负载着特定时代的执着的精神性追寻与理性深度的分析与思辨功能。但是,20世纪90年代骤然而生的消费性阅读、性、性爱叙事,自然成为既能满足读者快感欲望又能切合出版指标的小说与文本形式。同时,新奇、怪异的欲望书写往往成为特定时代的"时尚"要素。在消费文化语境中,虽然许多文学"流派"各异,但在"身体写作"及"欲望表现"方面,却显出惊人的相似性,充溢着肉感的身体行为和膨胀着的生命情欲。值得关注的是,这类"身体写作"与"欲望狂欢",不再负载此前时代的文化反叛意义,而更多地体现为快感的宣泄,遵循的是一种娱乐与享乐主义效益的标准化原则。

"狂欢"风格的另一种形式,是与"欲望狂欢"相对应的"情绪狂欢"与"智性快感"。"情绪狂欢"多以幽默、戏谑、杂耍、反串、错位、夸张、亵玩等艺术形式,通过对某些神圣严肃、经典庄严的人事现象的"戏仿",发挥其情感宣泄和智性快感的艺术功能。如《戏说乾隆》《康熙微服私访记》《宰相刘罗锅》一类的电视连续剧,都是运用对神圣庄严的戏仿杂耍,以帝王将相人物角色的分裂错位,构成喜剧性夸张;如《卖车》《卖拐》一类的喜剧小品,以对现实小人物的生活智慧及其心理移位的荒诞性表达,传达出狂欢式的"智性快感"。

一旦"欲望"在消费社会获得美学表现的合法通行证,一旦将"合法"运用到极端,那么,就犹如潘多拉的魔盒,呈现出某些无序或失控状态。在棉棉、九丹一类的作家创作中,欲望狂欢已经逾越着"人"的文明基本底线。作家完全摒弃了人作为文明积淀的生命形式,将"人"等同于"动物",仅剩下本能性欲望。在"狂欢"仪式话语中,我们也能够发现它对文明价值底线的销蚀与僭越。当下文学写作的"狂欢"风格,是对弱势人生的恶意幽默。它通过对弱势者的"阿Q式"自嘲自讽,让自我遗忘病苦,让"他者"(观赏者)在自我苦痛处把玩"幸福"幻象和喜剧快感。从本体意义上,这种恶趣狂欢,显示出明显地背离"民主精神"和"人道精神"的价值倾向。与此近似的,在某些历史题材的"戏说"作品中,"狂欢"不是对封建帝王君主的意义解构,相反,却是以喜剧、幽默荒诞的方式,表达出对他们那种谐趣、憨实、纯真的人格亲和力的赞美。"狂欢"风格,不仅没能实现对封建帝王的"嘲讽"和"否定",相反却成为君主人格的情感性膜拜和想象式肯定。

(三)时尚拼贴冲击艺术创造精神

"时尚",作为都市文化社会、市场经济时代、商业消费潮流的特定文化概念,它包含着诸如流行、时髦、新鲜、奇俏、异质、另类等文化元素。"拼贴",是后现代主义艺术语义组合、形式编码的基本艺术方式。我们注意到,当下中国的消费主义文化语境中,一些文学创作将这两者有机整合为"时尚拼贴"式文本,并逐渐成为某种流行性的文本风格。

时尚拼贴文本开放性、随机性的叙事方式使作者可以随意中止原有的叙事进度与叙事指向,"拼贴"、穿插与故事主干关联不多但却与"时尚"内容切合紧密的人事风物故事情节。结果,"小说"文本的某些既定边界被撞开了豁口,"小说"在此衍变为"时尚拼贴"文本。

在新世纪以历史为题材的电视剧中,在实验剧创作中,在流行音乐的旋律中,我们都能发现"时尚拼贴"的形式特征。与现实的"反串","古"与"今"的杂糅,远古蛮荒风俗与时尚服装秀的同台并陈,自然原始音符与金属重音的同构,开放性、随意性的"时尚拼贴"成了消费社会某种共通的艺术文本符号编码形式与编码规则。

当"时尚拼贴"创作方式完全依循着"消费逻辑"并被某种普泛性的"标准化原则"和"社会编码规则"作出"符号操纵"的时候,便显出"艺术"命运的尴尬。在消费主义时代,"艺术"何为?"艺术"何在?当年本雅明在《机械复制时代的文学艺术》中所描述和追寻的艺术存在形态问题,至今已引发中国学术界关于当下的"文学终结"与"文学性"问题的讨论和追问。显然,以个体审美经验性、个体精神特殊性和个体话语表达的独异性为存在根基的文学艺术,已经遭到消费主义时代的"标准化原则"的"社会编码"方式的夹击或解构,并引发当下文学艺术从理念到形态的危机状态。

诚如许多敏锐的学者看到的,在消费主义时代,需要我们的文学艺术家,不仅仅"只能感受生活的表征层面中浮动的嘈杂,大众化地运用语言",而且"能够从生活的隐喻层面感受生活,动用个体化的语言把感受编织成故事叙述出来","用寓意的语言把感觉的思想表达出来"。总而言之,以自我个体方式参与"时尚拼贴"文本,"这就是使得'个体理解'意味着对群体生活的一种'穿越'"。个体不是简单地"超越"群体,而是"穿越",在对群体性"社会编码规则"的既突入又穿越中,实现消费时代的"文学性"(诗性)和艺术创新。①

---

① 参见党圣元:《消费主义思潮对文艺创作的冲击及其应对》,《求是》2014年第18期。

二、消费主义语境中的文艺生产

消费社会推动了大众文化的生产和消费。在西方马克思主义批判理论看来,大众文化是一种他律的文化,即当代大众文化既不是在高雅文化的基础上,也不是在通俗文化的基础上生长,而是在高科技、电子媒体、商业场景的互动过程中应运而生。同样,当代中国艺术也是他律的艺术,它不是在强调艺术自律的氛围中演化而来,而是在房地产业和金融业的商业化运作中迅速膨胀。在当代文学艺术领域,艺术自律的理念在具体的批评和鉴赏过程中,则有一整套艺术评价机制和评价体系在发挥作用,虽然这一评价体系和系统的理论形态保持着一定的距离,且常常不能对应。而更具体的评判准则是在艺术圈内的某种规范、鉴赏经验、权威说法和时代潮流等氛围中产生,即作品的水准和艺术价值往往是由艺术家、批评家、鉴赏家和艺术收藏人等共同认可的,艺术评价机制或艺术评价体系就是在这样一个互动的过程中建立起来的。

但在新世纪文学艺术领域中,情况发生了根本性的变化,作家、艺术家的权威地位摇摇欲坠,文艺评价机制向批评家、收藏人(或消费者)、策展人倾斜。当代文艺生产的规模迅速膨胀,文艺的风向和潮流不断地冲刷着旧有的堤防,改变着文艺河道的走向,使得原有文艺规范和艺术评价机制难以消化。

消费主义一方面是后工业化资本主义的重要意识形态,依赖于强大的现代传媒技术支撑下的资本与信息的跨国流动,它正以强劲的势头迅速在全球扩散,并成为全球化浪潮中的一股重要潮流。另一方面,消费主义又是一种跟日常生活密切相关的价值观、生活观,往往通过影响大众日常生活观念、生活方式等来扩散自己的影响,可以与主流政治意识形态并不尖锐对立,其社会危害非常隐晦,但严重程度并不低。与此相关,作为一种极端个人主义和享乐主义的奢靡生活方式,当今消费主义不仅通过通常的奢侈品消费表现出来,而且往往也通过包括文艺在内的文化消费表现出来,并由此产生更大影响。此外,与极端拜金主义价值观相关的过度商业化,也进一步助长了消费主义在文艺、文化活动中的泛滥。文艺创作和文艺批评一味地迎合消费主义,适应消费社会的需求,对文艺发展危害巨大。

首先,内容空心化盛行,以浮华的笔调对奢靡的时尚生活方式和奢华的生活场景进行炫耀性展示,已成为一些严重消费主义化的文艺作品尤其是影视作品中的典型景观。在近年来的影视和文学创作中,许多作品离普通人的现实生活越来越远,内容空洞,情感苍白,更无精神道义担当可言。一些人在人生价值观上出现了迷失,热衷于炫耀性、夸饰性的文化消费,并以此来炫耀个人财富和地位,而那些奢华而空洞的文艺作品,一定程度上正迎合了他们在文化消费上的拜金、炫富需求;当然,另一方面也满足了一些艳羡暴富而尚未发财的人群渴望过上奢靡生活的虚幻欲望。一些缺乏精神担当的文化人对富人群体的奢靡消费热情过高,并且还为富人群体骄奢淫逸的消费生活方式寻找和建构"文化""美学"方面的合法性依据。比如,一些文艺、文化批评者往往用西方后现代主义所谓平面化、快餐化、抛弃深度模式等时髦理论来为消费主义文艺的内容浅薄化、空心化等辩解。

需要强调的是,受商业社会中过度品牌符号化、明星化包装和推销方式的影响,一些文艺、文化方面的创意时尚产品的市场价值(畅销、票房等)与其内容、质量的联系严重脱节,进一步助长了内容空心化倾向。比如一些青春类的文艺作品和杂志,学习西方高端奢侈品的营销方式,也搞私人订制、限量版等,并且定价奇高,而这种营销方式使文艺明星符号化的"身价"最大化,使崇拜明星的粉丝们的利用价值最大化。再比如影视作品在营销环节的投入节节攀升,明星们为了宣传造势而疲于奔命,与表演相比,他们在营销、推广上所投入的精力也越来越多。此外,影视作品广为诟病的不会讲故事的痼疾,其实也是内容空心化的一种重要表现。近年来,全明星阵容、俊男美女时尚的生活、杂乱无章的奢华生活场景、炫酷的特技等视觉奇观越来越多。而通过具有内在逻辑的故事情节和具有典型意义的人物形象来表达深刻思想和深沉情感的作品,则越来越被轻视。

其次,情趣低俗化泛滥,打着通俗的旗号,以媚俗为目标,以庸俗的方式传达低俗的内容,似乎成为一些奉行消费主义理念的文艺创作者所追捧的流行趣味。历史地看,大众文化消费主义观念的兴起是西方消费社会转型的一种伴生现象:生活日渐富裕、传媒日趋发达,使越来越多的精神文化产品,以越来越快的速度,让越来越多的大众享用。某种程度上可以说,这确实是文化精神享受越来越民主化、普及化的重要标志。但其过度商业化的运作,也确实产生了种种弊端,正面的经验和反面的教训,都值得我们高度重视和深刻反思。这方面在理论上同样存在误区,把文艺大众化、民主化、多样化与低俗化直接画等号,实际上暗含着这样一种模糊的假设:大众的文艺趣味和需求始终是庸俗的乃至低级的。实际上,通俗文艺确实是文化水平参差不齐的大众的一种需求,但是不断地发展和提升自己的文艺欣赏水平,同样也是大众真实的文化需求。低俗化的文艺不需要其生产者投入多大的创造力,当然也不需要文化商人投入多大的资本,如果能把大众文化消费者的趣味控制在低级层次上,显然更有利于低俗文化商品的大量倾销,从而使文化商人大赚其钱。反之,投入较大艺术创造力的作品却往往不一定能尽快地赚钱。因此,如果完全按照在商言商的市场逻辑,文化市场就有可能出现劣币驱逐良币的现象,而这种市场环境的恶化需要引起我们的高度警惕,因为那些打着市场化、产业化旗号的低俗文艺作品,在政治意识形态与社会伦理道德上都产生了一些不良乃至恶劣的后果。例如,这些年来,一些文艺表演、影视作品,对许多红色经典进行解构、恶搞,对历史进行戏说,有时还打擦边球,突破基本的道德底线,经常引起社会争议。虽然主管部门的处理总体上妥当,但文艺批评的介入太少,对这些消费文化现象了解和研究不够深入,分析和批评不够到位。

值得特别注意的是,这种低俗化、突破道德底线的倾向,不仅在通俗文艺中有所体现,在传统意义上所谓"高雅"的前卫文艺中也时有体现。新世纪以来,一些所谓"前卫"文艺创作就出现了非道德化、反道德化的倾向,集中表现在对人的原始本能暴力和性的放纵展示和把玩上:在文学创作中,一些作家各显身手,逞勇斗狠,酷语、秽语和黄段子充斥作品之中;在美术创作中,满脸淫笑的泼皮、艳俗肉感的女体堂而皇之地涂抹在画布上;在影视屏幕上,血腥残暴的场面、恐怖刺激的镜头、大胆露骨的性行为司空见惯。更有甚者,在所谓行为艺术中,那些前卫艺术家们不仅突破了人类最基本的道德底线,而且公然向文明人的生理和心理极限挑战,当众表演各种骇人听闻的把戏。道德意识的丧失和对创作自由的绝对化的理解,造成了一批艺术家其中包括一些原本很有责任感且不乏艺术天分的艺术家普遍的精神迷失和情感世界错乱。他们无所顾忌,结果使当代艺术的思想和美学高度以惊人的速度下坠、堕落。原本应当成为人的精神养料和情感寄托的纯洁而神圣的艺术,终于沦为语言排泄物和镜头垃圾,成了一时刺激人的神经的精神鸦片和饮鸩止渴的慢性毒药。因此,这些打着文艺创作旗号的所谓"前卫"文艺活动,尽管喊着"自由""创意""启蒙""解放"等貌似高雅的口号,究其实质,实际上无不坠入了消费主义低俗化的浊流。

可见,文艺创作中出现的过度娱乐化、思想内容匮乏、审美意蕴严重失血、缺乏精气神倾向,正是消费主义思潮对文艺创作产生影响所导致的必然结果,也是消费主义化的文艺活动较为普遍的特点。文艺作品不能仅仅给人以娱乐性、消遣性享受,尤其是这种娱乐性、消遣性享受不能是无边际的;文艺作品在给读者受众提供文化层面的娱乐、消遣的同时,更应有深化人的精神世界、提升人的精神境界的功能。如果说低俗化的文艺降低了作品本应有的道德教化功能的话,那么,过度娱乐化的文艺则会削弱其应有的激发人自由创造精神的审美涵养力量。

三、新媒介与批评的传播

如果不囿于文本内部的局限,而着眼于文本之外的传播问题,我们或许可以这样说:21世纪新型传播媒介崛起,文艺批评得以借网络而传播,可持续性获得了技术保障。以当代中国美术为例,在20世纪70年代末,文艺批评的传播基本局限于几份官方刊物,例如《美术》杂志。到了20世纪80年代,与美术新潮的出现相呼应,《江苏画刊》《美术思潮》和《中国美术报》借官方平台大力传播西方现代艺术思想,扶持前卫艺术,成为新兴批评家发表先锋言论的主要媒介。到20世纪末,网络兴起,艺术网站出现,自21世纪初,网上博客成为批评话语的新平台。之后不到十年,微博出现,给艺术批评提供了更为便捷的平台,紧接着,微信问世,当代艺术批评有了新的载体。

显然,新媒介已然成为当代艺术批评持续发展的重要因素。但毋庸讳言,新媒介也是降低批评水准的始作俑者。就批评的写手而言,由于网络发帖没有门槛,只要观点激烈、言辞辛辣,都会博来眼球与喝彩,给网站带来人气,会得到网站或明或暗的怂恿。这是大众传媒商业化的特征,也是艺术商业化的表现。这样一来,就当代艺术批评的文本而言,越来越多的肤浅文字行世,在讲究时效的前提下,没有人会静下心来慢慢推敲观点、论述、逻辑和语言,于是文本质量每况愈下,结果反而威胁了批评的可持续性。

也就是说,在文化产业的商业化转型中,从批评的作者和文本两个角度看,当代艺术批评的可持续性都面临着严峻挑战。这不仅使传统的严肃纸媒面临网络新媒体之短平快的挑战,批评家的话语权也受到了非专业写手的挑战,并美其名曰反对话语霸权,甚至美其名曰艺术民主。借一个金融术语来说,这就是"劣币驱逐良币",批评可能最终被毁。大约在新世纪之初,当代艺术界有两大网站广受欢迎,一是"世纪在线艺术"网,再是"艺术同盟"网,其BBS平台为艺术界的普罗大众提供了发言机会,突破了过去由官方批评家和学者把持的批评阵地。这一突破引发了大众狂欢,而狂欢的失控则出现了网络暴力。在这之后的十多年中,随着网络批评的发展,同样的故事不断上演,匿名与实名同样开骂。良币不屑于同劣币交锋,只好撤退,而劣币则乘机霸占网络平台,将新兴传播媒介演变为骂场,变为埋葬严肃批评的坟场。由于谩骂可以扬名,一些出自艺术院校并从事严肃批评的人,也不辨白猫黑猫,与邪恶同流合污,以暴力形式进入中国当代艺术批评。其中有获得海量人气而被艺术圈或艺术江湖认可的,这些人随后漂白自己,华丽转身,挤入官方或非官方的学术圈,或将艺术批评变为谋财工具。另一些人则继续扮演网络恐怖分子的角色,继续将网站博客当作变态发泄的平台。

这是当代艺术批评未曾料到的局面。网络暴力是个普世现象,说得好听点,这是滥用民主;说得不好听,则是人性恶的暴露。自微博和微信兴起,朋友圈不接受谩骂,也不易匿名,网上暴力难再得逞。于是,厌倦或反感网络暴力的人,纷纷离开网站博客,转往微博、微信。毋庸讳言,这在一定程度上说明网络暴力和滥用民主不得人心,也说明新兴传播媒介具有自我清洁的功能。在从网络博客到微博、微信的发展过程中,当代艺术批评一路相随,是为可持续性的有效见证。可以这样说:由于博客发帖没有门槛,艺术批评水准大降;由于微博只适合短平快,无益于批评水准的提高;而微信出现,同样由于短、平、快的限制,迫使转发成为时尚,这反倒有利于批评水准的提高。原因有三:其一,转发的文章原出自报纸杂志,这些刊物的编辑是第一道门槛;其二,刊物精选所发表的文章,发上微信,这是第二道门槛;其三,读者在微信上转发好文章,这是第三道门槛。由于三次筛选,我们在微信上所读的转发文章,都是相对而言的好文章。

微信转发传统纸媒的长文,因三道门槛的筛选,有益于当代艺术批评的学术深度,同时,又保持了新型媒介快速而广泛的传播特征。面对新媒介,究竟怎样才能求得当代批评的可持续性发展,是文艺批评家们需要持续关注的问题。

第二节
新媒介传播模式与文艺的消费、接受

进入20世纪90年代之后,中国深深地卷入了全球化的漩涡,一方面是国际资本急于彻底打开中国市场,另一方面是国内社会的现代化冲动持续加码,中国社会加快与世界接轨的步伐。从深圳特区到浦东开放,纷

纷引入西方的高新技术和管理制度，伴随而来的还有西方的文化产品乃至价值观念。改革开放以来社会所遭遇的种种巨变，都不仅仅是经济、政治或生态现象，而同时也是文化现象。社会阶层的重组新变，中产阶级的扩大，不仅仅意味着财富的转移和新的权力结构的形成，还意味着一系列流行的生活模式、生活理想乃至人生哲学凸显，一套新的价值观的渐趋形成。这为文艺生产新模式的出现做好了准备。

一、新型媒介传播与文艺的消费和接受

20世纪80年代以后，尤其是20世纪90年代以来，时尚需求和文学策划推动文学需求旋生旋灭，引爆了文坛上无数个消费热点，诸如王朔热、《渴望》热、汪国真热、《废都》热、陕军东征、长篇小说热、《文化苦旅》及余秋雨热、闲适散文热、小女人散文热、私人化写作、美女文学、另类文学、青春写作热，等等。文学刊物和出版中介通过"策划"各种旗号来引领、配合着消费者不断更新的消费时尚需求心理。20世纪90年代初，"新写实"甫一出现，就有"新状态""新体验""新历史""新市民"等"新"字号产品取而代之。而20世纪60年代出生的作家刚在20世纪90年代以"新生代"的命名冒出，就立刻被更"新生"的20世纪70年代作家刷"新"。当人们还在为20世纪70年代作家是谁四处打听时，"80后"的作家又登上舞台。这种不断翻"新"求"变"，显然不完全是一种"创新"的文艺创作内在驱动所致，而更多的是满足人们不断追"新"逐"异"的时尚消费需求。

"的确，人们已经发现，推动现代消费主义的核心动力与求新欲望密切相关，尤其是当后者呈现在时尚惯例当中，并被认为能够说明当代社会对于某种商品和服务的非同寻常的需求。"[①]这些作品基于消费主义的话

[①] 毛华栋、章晓佳：《中国当代的消费主义文化探索——以电子产品的消费为例》，《当代社科视野》2011年第11期。

语立场,作家思考与表现都市生活所持的立场与精神姿态呈现出一种复杂的状态:或以超然的理性姿态描绘都市生活景观,都市小说所提供的是一份物质之于生活、之于都市人的独特思考;或自觉认同与追逐时尚,制造"中产阶级"生活的幻象,都市小说成为消费社会的"消费品"。这些现象无不说明,都市文艺和文学的创作、出版与消费等一系列文艺生产机制出现了新变,新型都市文化文学的消费群体诞生了并在不断壮大,都市文学出版与传播的发展和新变,新型文学生产者群体在都市集聚,这一切都标志着大众文艺特别是都市文艺的发展进入了一个新的历史时期。

(一)都市文化的繁荣与新型文学消费群体的出现

20世纪80年代,更多人开始沉醉于阅读琼瑶、三毛、亦舒、金庸、梁羽生、古龙等人创作的通俗文艺作品,更多通俗文体受到欢迎,同时也衬托出消费文学的失声。文学的一元统治开始受到挑战,通俗文本背后巨大的商业欲望打破了文学长期教化功能的能指,张艺谋式的电影,王朔式的小说及电视剧,《玩的就是心跳》《千万别把我当人》《我是你爸爸》等作品一部部出笼。20世纪90年代初,文学被一个商业欲望充斥的巨大梦魇支配着,挑战与突围的姿态在尚留有一丝精英文化的氛围里彻底丧失了,经过欲望包装的《渴望》《北京人在纽约》《编辑部的故事》等在这个文化境遇里产生的文化作品支配着文学读者的审美角度,这些可视性极强的、带来瞬间感官刺激的、有平民文化关怀力的作品,同时也将先锋文学的末梢击得无处藏身,也就是在那个时期,莫言、格非、马原、吴滨、余华、孙甘露等先锋作家开始思考终结及易位。先是莫言为张艺谋量身定做了平庸的通俗小说《白棉花》,后是苏童为张艺谋式文化产品提供了无限的可能性资源,借助张艺谋、陈凯歌等第5代导演的文化号召力也成为他们的唯一目标指向,并以臣服的迎合心理来生产产品,这一类题材多不胜举,《红高粱》《大红灯笼高高挂》《妻妾成群》《人面桃花》《狂》《活着》《老井》《米》等。这些原始母本大多为20世纪90年代出产的小说,而在张艺谋式、陈凯歌式的文化产品中,电影语言的切换全是经过精心遴选而堆积起来的伪"中国文化",其道具多为"深宅大院"、三寸金莲、成群的妻妾、老夫少妻、乱伦,经常出现在电影里的唢呐、花轿、洞房花烛、长辫子、颠顶的脸谱及山村里的野气、粗俗、强悍,就是依靠这一类特定的能指、所指十分明了的"民族本土"性出征西方的。而这个时期的先锋作家就是充当着帮衬的角色。20世纪90年代,中国作家的突出代表之一便是苏童,这是一位"空心"的"文学大师",生于温柔之乡——苏州的他,秉承了微观、香艳、臆想、无生命型的文风。他的出现为张艺谋式的"空间寓言"电影找到了文化资源,并助长了他至今仍在延续的旧历史传奇、"稗史"化写作基调,他和张艺谋合谋了中国文化传统"奇观化""妖魔化"倾向,这就注定了先锋作家在写作超前性探索上寿终正寝。

上述现象表明文学生存方式的改变,使得文学与都市消费文化逐渐合流,从而也改变了文学的传统功能,经典意义上的认识功能、教育功能、审美功能逐渐偏向娱乐功能一端,各种电子媒介上的娱乐资讯将各种传统的文学样式都变成了一种娱乐形式,图快乐、重消遣、尚休闲的普遍心态蔚成了享乐主义的时尚,与现代商品社会盛行的消费主义互为表里,毫无顾忌地摧毁和逾越了任何传统的藩篱;而文学与影、视、网合一,使得文学在很大程度上从传统的语言艺术变成了"图像艺术"。

新世纪以来,"80后"作家率先掐住了视觉文化时代的命脉,不费吹灰之力就将自我打造成了时尚的一部分,写作从此便缩短了与影视娱乐行当间的距离,作家也开始逼近偶像化的道路。在这一点上,"80后"作家的行为将更加自觉。与那些歌星、影星们一样,作家们备受关注的不再是他们的作品,而仅仅是他们的登场亮相。这正像当年时常因为服用毒品而昏昏沉沉地站在舞台上的猫王普雷斯利清醒认识到的那样:台下的人们丝毫不在乎他唱的是什么或者唱得怎么样,他们所在乎的只是可以看到他那张脸,看到他随意摆弄的几个动作。

正是上述这些类型化的文化/文学产品的出现,催生了众多的新型的消费主义受众群,而这些受众群的需求或欲望反过来又拉动了类型化、娱乐化的文化/文学产品的生产和传播。

1. 都市白领的快餐文化消费

20世纪二三十年代出现了"中国近现代产生最早、资金最雄厚、人数最多、教育程度与现代性最强的上层群体……他们是现代化的主要受益者、拥护者与促进者,维护现代市场经济的正常运行是其一切行为取向的出发点"①。穿越历史的时空,在一度被历史淹没之后,他们和他们的生活以"怀旧"的方式重新出现在20世纪90年代以来都市人的精神想象之中,被幻化为对"中产阶级"优雅、有教养而特殊的生活方式以及一种精神境界的向往。

新世纪以来逐渐形成的中产阶级大多出生于20世纪六七十年代,多数人受到过良好的教育,特别是其中许多人还接受了国内或国外的高等教育,目前又正是各个行业的主力。有关资料表明,目前中国外企的白领阶层主要是由这一代人构成。即使在政府或国有企业,他们也正在或很快将进入领导阶层。由于这一群体文化水平较高,可能是我国追求时尚和品位的第一代人。他们懂得追求自我,享受生活,注意健身,因此这一代人又是高档家用电器、服装、化妆品、私人汽车等产品最主要和最有实力的购买群体。

影响这一群体消费行为的观念主要有:关注自我发展观念、乐于接受新事物的观念、工作与娱乐相结合的观念、独立生活与合作消费的观念。种种迹象表明,中产阶级的消费变得越来越感性化、个性化、情感化,他们的需求重点已由追求实用转向追求自我体验与自我表现,消费需求由实用层次转向体验层次。

当下中国都市经过了"市场经济改革"后,社会结构的变化使原来的"两个阶级一个阶层"的社会结构,变成了所谓的"十大阶层",虽然严格意义上的"中产阶级"还在形成中,但是以所谓"白领"为主体的都市新社会中间层却随着经济的发展而在不断扩张。在全球化的文化语境中,在消费主义的话语霸权之下,"中产阶级"的文化趣味已经渗透与弥漫在都市生活之中。作为都市消费主义话语语境中一个独特的"符码",白领们往往受过良好的教育,有稳定的工作、丰厚的收入,衣服华美、风度翩翩,

---

① 忻平:《从上海发现历史:现代化进程中的上海人及其社会生活:1927—1937(修订版)》,上海大学出版社2009年版,第87页。

过着优雅精致的生活。如果说,在新感觉派的都市小说中白领留下的是生活的剪影,是忙忙碌碌的身影,是他们在现代都市生活里迷惘的心态,那么20世纪90年代以来,在一个"金钱至上的商业社会"里,白领们的生活在都市小说中则得以充分表现。在广州作家张欣的新都市小说中,许多"成功"的男男女女们穿名牌、驾名车,出没于酒店、咖啡馆、精品购物中心,他们不仅有豪华的居室,有的还有乡间的别墅,他们以时尚来显示自己的价值与地位,又以超凡脱俗的姿态引领着时尚之潮,他们成了消费社会中一道独特的景观。张欣不仅精描细写人物所拥有的名牌、名车、时尚和雅致,还津津乐道人物的出身。她小说的主人公,大多有着不凡的出身或某种背景。在作家对于小说人物身份的热切指认中,隐含了正在崛起的"新富人"阶层对于自己历史的追寻和身份的认同,满足了消费社会中"新富人"阶层的精神向往,并引领着人们对于一个新时代的文化想象。但这只是"一种消费被允诺的虚幻未来的方式,换言之,他们拥有的美好只存在于想象的世界之中"①。

  白领的工作是紧张、繁忙的,时下都市小说中高级写字楼里繁忙的景象,与新感觉派作家刘呐鸥的小说《方程式》中那办公室里"有节律的打字"声、"猛醒的电话"的情景相差无几,只不过今天又多了许多更加现代化的办公设施。商业社会中,为了攫取财富,为了显示自己的价值,他们搏杀于商战中。激烈而残酷的商战成为都市小说中白领们的日常生活。在书写着商战残酷性的同时,作家也让笔下的人物品味着情感失落的苦涩。《首席》中,梦烟因为江祖扬的拒绝而匆匆嫁人,婚后仍怀恋着初恋的情人,终使婚姻破裂;而飘雪也同样孤身一人,感情生活一片苍白。白领们的生活虽然有声有色,但内心却渴望着爱的归宿、情感的依归。《爱又如何》中的爱宛虽在生意场上精明能干,在情感生活中却"傻里傻气"。她渴望理想的至真至美至纯的爱情,将自己的梦想寄托在"浪漫诗人"肖拜伦身上,她渴望以"诗情"来慰藉自己满是创伤的心灵。然而她越是渴

---

① 倪伟:《虚假主体的神话及其潜台词》,见王晓明主编:《在新的意识形态的笼罩下——90年代的文化和文学分析》,江苏人民出版社2000年版,第52页。

望情感,就越是屡屡遭受情感的创伤。情感生活的落寞、内心的孤寂以及对于爱情、亲情、友情的渴求,也从一个侧面反映出白领在享受成功、享受丰厚的物质回报的同时,他们刻板、单调、机械式的生活带来的心灵的苍白与精神的失落。

值得注意的是,近年来"职场小说"突然升温,且大受白领们的欢迎。《杜拉拉升职记》《蜗居》屡创电视收视纪录,甚至在华人文化圈得到竞相热播。"小资"生活"幻象"的制造、白领生活叙述的程式化与模式化,使都市小说成为一种工业流水线式的"制作品""复制品",迎合了大众的消费心理需求,成为消费社会中的"消费热点"。

2."80后""90后"成为文艺的主要消费群体

我国1980年后出生的青少年总人数接近3.3亿,他们大多是独生子女,成长环境好,追求消费行为带来的舒适便利,现已逐渐成为中国消费市场上的主力军。他们生存在电子信息产业高速发展的时代,掌握了大量的资讯,开始在社会各行业崭露头角,逐渐成为社会主流。他们截然不同的新鲜气质正在冲击着传统的生活方式和价值观。这一群体最突出的特点:不会像上一代人那样,勤苦做事,规矩做人,他们更有个性与思想;非常喜爱个性化的商品,并力求在消费活动中充分展示自我。

他们推崇个性的解放与张扬,追求"酷",希望确立自我价值。他们心目中的所谓"酷",是自我感觉的"酷",是感性多于理性、我行我素的风格。他们注重情感体验,行动易受感情支配。在消费活动中,易受环境的影响,经常发生冲动性购买行为。款式、颜色、形状、价格等因素都能单独成为他们的购买理由。他们只重一条,就是"我喜欢"的主观认知。他们强调的是"感官型消费",具有强烈的"享受生活"的观念。这一代人目前多为大学生及职场新人,他们在特殊的政策背景下成长起来,具有鲜明的时代烙印,期望拥有能显示自身可辨识的DNA,并能紧紧抓住潮流脉搏,把握前沿理念,独立、个性、追求时尚,对事物有独特的看法和价值观。

正如有学者在论及知识分子和网络文化之间的联系时所指出的那样,当代电子媒介、电脑网络在改变社会公理和文化交往的中介系统,改变既有的审美文化的存在方式与价值规范的同时,也改变着文学艺术的传统的价值观念和规范体系,特别是文学与各种媒体艺术、时尚文化的相互渗透与结合,使得文学艺术严肃、高雅、崇高的价值定位及其巨型叙事模式为世俗的感性愉悦和平面化的日常艺术消费所遮蔽,关于终极价值的追问被泛情的世俗关怀所取代。不难看出,在消费文化语境中,不用说当文学作为一种文化因素和资源被纳入符号价值生产之中所不可避免地要带有浓厚的商品色彩,即便是试图极力摆脱市场控制的文学写作,也常常被无孔不入的传媒所利用而陷入消费市场的怪圈。

(二)新型文学生产者群体的集聚

中国都市不是在自身的经济社会土壤上发展起来的,从一开始就是包容吸纳型的,对外来的一切特别是娱乐消遣可资消费的东西,几乎照单全收,少批判、拒斥和摒弃,少坚持和执着,始终缺乏自己应有的选择原则、信念或信仰。

与中国都市的特征相似,都市文学也表现出一种包容、吸纳的姿态,几乎都把都市欲望生存作为自己的创作母题和主题。不管是其中的言情类作品,还是"官场小说"、个人化写作、"青春文学",在作品中充溢和泛滥的基本上是赤裸裸的情欲、性欲、物欲和权欲。

这些都市文学生产者多以市民社会为自己城市书写的支点,而且把笔下的都市风情推到一个极致。他们始终以一种扎根都市的口语、俗语、方言描述一个个各具形态的鲜活、精妙与可感的细节,一种种生香活色、生动非常的都市风情。

新型文学生产者群体的集聚主要有两种形态:一是地理空间(都生活在都市或者同一个都市)上的集聚,二是发表空间(作品都在同一个杂志期刊甚至同一个栏目发表)上的集聚。

新型文学生产者群体的集聚突出地表现为美女作家的私人化、欲望化写作。从以《遗情书》"自叙"性爱经历的木子美到叙述"残酷青春"的春树,大量描写性和情色内容的"美女作家"卫慧、棉棉,自称不惮"妓女"之名的九丹,甚嚣尘上的"下半身"写作群体,个人化"私写作"的陈染、林白,以及当红的都市女作家如池莉、张欣、王安忆、虹影、《中国式离婚》作者王海鸰等,以至于近10余年持续的"张爱玲热""女性文学""她世纪"等性别文学概念的提出,一切都昭示着女性作为都市写作主体的日益强大和对都市文学中心话语权的掌控。在中国,在都市,女性作家更易出名,更易形成气候;女性写作更勇敢、更深入指向性与情色世界。在都市文坛上创作都市文学的作家中,女作家始终更活跃,更吸引读者眼球,存在着明显的"阴盛阳衰"的迹象。

女人和性被作为一种存在、一种创作对象主体和阅读消费对象主体进入都市文学。性描写、情色描写越来越多、越来越大胆地进入都市文学创作,大有无性不成小说之态势。食色,性也。吃饭、性爱是日常生活,在文学中可以描写这些"家常便饭",但目前的现实是,大多数流行的都市文学作品都在写这些内容,这就令人大倒胃口,匪夷所思!

在当代文艺史上,《废都》第一次如此深入细致地进行大量的性描写,都市知识分子的性生存叙事,成为小说的主体。陈染的小说对都市女性私密的性心理,进行了逼真的细腻描述。到了卫慧、棉棉等"美女作家"这里,性描写已如洪水般泛滥,在都市物质化生存空间中肆意地玩弄性意识、性心理,描写都市男女颓废地消费自己的生命,解构了作品可能蕴涵的一切的意义与价值。她们的小说盛行为读者提供巨大的感官刺激:奢华的物质场景,火爆的性爱场面,毒品、酒吧、网络、妓女、文身、行为艺术等一切流行元素汇聚一体。精神失落了,人性消弭了,她们笔下的都市人一个个都成了没有灵魂的"空心人"。

二、当代艺术的"反动"与阐释批评的兴起

文艺批评跟在当代文艺创作的背后亦步亦趋的现象并没有消失。在新世纪大众文化喷薄而出之时,认为存在即合理,为大众文化做辩护,进行阐释性批评,推动了大众文化的接受和消费。当代文艺由于在多媒介环境中蓬勃兴起,没有一种理论能加以涵盖或囊括。首先,当代艺术没有确定的边界,很难定义;再则,当代艺术本身已与古典理论决裂了,在理论

批评上需另起炉灶。这些特点其实与当代艺术的媒介多样性相关。在此，媒介既指材料的多样性，也指路径的广阔性。一种媒介即一条路径，材料的多样性意味着题材的多样性和路径的广阔性，即表明艺术之路有无限多的可能性，可能性转化为现实性只需要勇气和持久的耐心，艺术家个个都成为点石成金的好手。一位当代著名艺术家曾说：艺术是可以乱搞的。但这里还需要加一个条件，批评也是可以乱搞的。批评承担着给乱搞的当代艺术寻找合法性的依据，这也决定了当代艺术理论必须与当代艺术同步产生，当代艺术造成的困惑必须由当代批评来解答，故当代艺术和批评是孪生兄弟。由于当代艺术打破了艺术和现成品的界限，艺术品和非艺术品的分界变得模糊，夸张一点儿说，是否成为艺术作品的决定因素是出版了还是没有出版，是进入还是没进入展馆，出版了流通了就是文艺作品，进入展馆的就是艺术作品，出版流通渠道和进入展馆的场域，就是一种路径，一种特殊的媒介。

随着纯文学和架上画的地位的衰落，文艺自律的氛围被打破了。面对当代文艺，面对艺术媒介的多样性，原有的评价标准无所适从，出现了文艺批评的真空。传统意义上的文艺作品注重技巧和手法，讲究精工细活。创作者掌握这些技巧和方法不是一朝一夕的事情，需要加以若干年的培训和实践，才能进入艺术的门槛。而在当代艺术中，技巧和手法被有意忽略，表现技巧和表现手法的难点被转移，而创意更加重要，既包括构思、意念和想象力，也包括多种媒介的使用和拼贴、各种媒介方式的大胆融合等方面，这既使得艺术的疆域得到新的拓展，也使对其作出准确的评价和判断进入困境。当代艺术的领域如此之宽广，无法找到衡量艺术作品品质高低的万能标尺，也没有艺术大师来帮助指点和定夺。因此，当代艺术批评开辟了一条新的、阐释性批评的道路。鉴赏性判断、价值判断需要相对统一和稳定一些的标准。阐释性批评则不必，阐释性批评没有标尺，或者说另有标尺。阐释性批评有自己的广阔的空间。与此相应，新型的阐释性批评家取代了资深的鉴赏家，新型批评家比经验型鉴赏家更适合应对当代艺术。这类批评家谙熟多种阐释话语，精通各种意识形态理论和分析技巧，他们可以在任何一部当代艺术作品中发现艺术学、文化学、社会学、心理学、精神分析学、政治经济学、人类学、媒介学等相关话题。媒介手段的多样性决定了阐释的多样性和批评话语的多样性。

当代艺术评价体系中,既要有新型的阐释性批评,为其寻找合法性根据,又要有老牌的艺术大师,为其发掘历史根据;还要有大众媒体炒热宣传,以博取社会影响。在这三种力量中,阐释性批评举足轻重,因为其担负着为形形色色的当代艺术作品寻找合法性或合理性的任务,似乎每一部作品、每一种涂鸦都有社会生活的必然性、媒介技术的偏向性和艺术家个体心理的独特性,有时批评还需要为其构造特殊谱系,以证明历史渊源。在一般的情形下,三股力量的合成需要一个相当的时长并后置于艺术品。然而今天,在商业和营销的强大动力作用下,艺术评价机制的各个方面先于艺术品而合成,有时艺术品还在创作之中,评价体系已经操作完备,且先声夺人。因为有了相应的阐释性评论,什么样的艺术作品均有其存在的价值和合理性。阐释不仅仅是对其意义进行阐释,还能对其无意义作出合理的解释。且阐释不仅面向作品,还可面向艺术生产的社会环境。因为阐释性批评的目的不是达成某种规范和统一,而是使批评更加富有内涵和包容性。阐释性批评首先是面向文本的阐释,解读其中的含义,但是文本的意义不是自足的,不是自身的产物,它往往是在与其他同类文本的比较中产生的。当代艺术的文本由于乖离传统和规范,它的参照系不完全是在传统的文本之中,或者说基本不在其中。因此,阐释性批评必须为作品建构语境,甚至单独打造谱系。由于当代艺术是向生活开放的,进入艺术品的路径是多向度的,它的文本参照系几乎无所不包,这也给批评家提供了无限发挥的空间。如果说艺术品是创造了这样一个不同于现实的新世界,那么阐释性批评在于找到最佳的切入角度和路径,或者说创造出这样一条阐释路径来。

当然,阐释的机会也是金钱运作的机会,金钱在后现代语境下也是一种阐释力,这种高强度的物质阐释力,在传统和规范越薄弱的场所,越容易发挥作用。尽管当代艺术家的主观愿望是在其创造中追求独特的艺术价值,但是这种独特性在没有经过实践的检验之前,先要接受金钱的检验。于是,模拟的艺术评价体系就有了大胆发挥其造势功能的空间,有时似乎作品的生命力取决于早逝的持久性。应该说,当阐释性批评本身成为当代艺术的先决条件和组成成分时,所有跟艺术创造相关的条件都相应地发生了变化,而其中最值得警惕的变化是金钱的介入,它既改变了艺术作品的命运,也左右了批评的方向。

三、新媒介文化生态中的文艺批评

相较于出版时代精英文学或者纯文学一统文坛,新媒体和新传播带来了文艺生态环境的大变化。大众文化和传媒文化不仅成为文化生态环境的主导,而且搅动了文艺生态环境的结构调整和形态变迁,文艺批评作为其中的推波助澜者,不可能置身于外。

当下中国文化生态环境同改革开放前的计划经济时代不可同日而语,与20世纪八九十年代的状况也有显著区别,其因当下社会剧烈变革中多元文化相互激荡而处于不断解构和建构的变迁状态。今天的中国文化生态,则由于多元因素相互角力而显得异常活跃、难以指认。在当下中国文化生态环境中,市场文化、大众消费文化和网络文化已成为三大核心文化因素。它们主导着今日中国文化生态变迁的基本格局,决定了中国当前文艺批评的发展趋势。

所谓市场文化,是指以市场经济体制为依托而形成的一种现代商业文化。它以市场价值为基本理念,遵循资本效益最大化原则,相信价值规律在市场调节中的普遍作用。市场文化是一把双刃剑,一面以市场机制彰显富国富民的无限生机,另一面则以利益驱动无情地撕裂人们千百年来形成的道德铠甲。随着文艺领域的进一步市场化,文艺的商品属性正在被日渐放大,"版权""发行量""排行榜""码洋"越来越成为衡量艺术家及其作品艺术地位的标杆。市场文化为文学艺术的繁荣发展注入了前所未有的活力,仅以长篇小说创作而言,现在每年公开出版的就有1000多部,这与20世纪80年代每年几十部、上百部相比简直不可同日而语。市场文化也为文艺批评提供了广阔的言说空间,在美术界、文学界、戏剧界、电影电视界以及音乐舞蹈界,多数作品面世时都会伴随着或多或少或褒或贬的评论,以扩大它的市场影响。但在另一方面,市场文化也为"捧角"式批评、"树碑立传"式批评、"作秀"批评、"红包"批评、广告批评、人情批评、圈子批评、空头批评、媚评、酷评的产生提供了合适的土壤,因为它符合市场化运作的规律,符合商业赚钱的逻辑。在市场文化语境下,那种以文艺本体为观照对象,从作家、作品和创作规律、创作方式出发开展的"独立文艺批评""纯文学批评",因为缺乏市场需要的元素,几乎很难在社会公共领域找到发出这类声音的话语空间。

大众消费文化,本是20世纪兴起于西方后福特主义时期的一种文化潮流,是指由于生产相对过剩、消费相对不足,为了刺激人们扩大消费而形成的一种社会文化思潮。大众消费文化实质上是市场文化的延伸。在大众消费文化的导向下,消费并不是为了满足人们真正的生活需要,而是突出地表现为企业家为追逐剩余价值的实现而制造的虚幻消费景观。它引导大众把幸福和自由的体验完全寄托在商品消费之中,最终导致异化消费。正如马尔库塞所指出的那样,在这里,社会的控制强迫人们被高度浪费性的生产和消费所支配,必须麻木不仁地去干已非真正之所必需的工作,必须去缓和和延长这种麻木不仁的状态和娱乐方式。如果我们不讳言本国实情的话,应该说今天的中国也一定程度上存在着大众消费文化症候。在大众消费文化驱动下,文艺自身成了被消费的对象,因而如何刺激人们的文艺消费行为,拉动文学艺术的消费市场就成为文艺批评需要认真对待的一个关键问题。有关文学艺术的休闲、娱乐和宣泄功能被突出地强调出来,而传统的历史理性、人文关怀和艺术文本维度悄悄退隐了。借助于流行文化,文艺活动中"戏说历史影视热""80后青春小说热""身体写作热""原生态歌舞热""青年歌手大奖赛"等各种热点现象弥漫开来,受到大众和媒体的极力追捧。一些知名批评家或在《百家讲坛》开讲,或借各种文艺赛事亮相。文艺批评中"排行榜""评分""打星"等大众易于接受的流行方式大行其道,"中国现代十大诗人排行榜""最新小说销量龙虎榜"纷纷出笼……通过这类批评,文学艺术和文艺批评扩大了在公众生活中的影响力,但与此同时,我们也注意到这类批评的公信力和权威性正在受到普遍的质疑。

网络文化,是指以计算机及其互联网为依托而存在和传播的一种媒介文化。它以数字化技术为媒介载体,以赛博空间的虚拟真实为对话场域,以"比特化"的超文本、多媒体叙事为自由空间,是一种能够即时表达大众情怀和民间趣味的文化。作为一种正在形成中的新型文化,网络文化无疑对今日中国文化生态变迁产生了深刻而巨大的影响,并且这种影响随着互联网用户规模的扩大正与日俱增。有人认为,网络文化对文学艺术和文艺批评在"体制重建"方面,实现了"原点解构的谱系性转换",这基本上是可以采信的。痞子蔡的《第一次亲密接触》还在写作中,网上就开始流传和评论;李安的《色·戒》还没有公映,网上就开始了有关床戏和版本的讨论;君特·格拉斯的《剥洋葱》刚一出版,有关作者的非议举世皆知⋯⋯网络极大地降低了人们了解世界、发表作品见解和思想的门槛。互联网改变了文艺作品的传播方式,也改变了文艺批评的格局。过去,依赖传统媒介的稀缺性而获得话语垄断权的专业文艺批评,在今天虽然还不能说被海量的"业余"批评声音所淹没,但其影响力大打折扣是确定无疑的。互联网、BBS、博客让所有人都可以拥有自己的媒介,而稍具名气的门户网站首页链接的博客文章,在一天之内就可以带来成千上万的点击量,何况某些网络书迷、影迷、电视迷、戏剧迷、舞蹈迷所撰写的批评文章在文笔和体验方面、在信息量传播方面也还有专业批评家所不曾涉及或不敢涉及的内容,因而有时显得更加鲜活、生动和犀利。这样一来,从前那种由重量级批评家"一语定乾坤""一锤定音"的定性批评,再也难以找到自信的根据了。

正是市场文化、大众消费文化和网络文化这三大核心文化因素的交互作用,才奠定了今日中国文化生态变迁的基本格局,带来了文艺批评方面的深刻变化。同时,也由于它们的作用,一些次生文化如"青年亚文化""女性亚文化""后现代文化""打工文化"等也相应地繁荣起来,并伴生了与之密切相关的文学艺术和文艺批评。从这个意义上来讲,无论是夸大文艺批评的成就还是把批评现状描绘得一片黯然,都显得有些不切实际与不合时宜。正确的态度应该是着眼于文艺批评的发展,深刻揭示文化生态变迁带给文艺批评的正面效应与负面效应,从积极方面推进文艺批评的健康发展。由此观之,文化生态变迁带给文艺批评的效应,应该是正面因素与负面因素互补、积极影响与消极影响并存的。任何简单的肯定或简单的否定,都是脱离当前文艺批评实际的。自然,这并不意味着我们要当好好先生,遮蔽文艺批评中业已存在的问题,而是要从这些问题出发努力去寻找解决问题的正确途径。

当前,互联网正在快速而深刻地改变文艺生产方式,已经形成一个全新的文艺生态。这个新的文艺生态正逐渐显示出其巨大的轮廓:网络文学已然蔚为大观,低门槛的写作模式,快捷便利的阅读体验,产生了海量的文学作品,培养了庞大的读者群。网络文学和传统文学的边界正在模糊,从长篇小说、超长篇小说到中短篇小说乃至微小说,网络文学正在稳步发展为重要的文学创新园地和活力源泉。网络音乐的数字化重构了音乐传播媒介和音乐生产方式。而在影视领域,互联网已携营销、内容和完整的产业链,开启影视大制作时代。书法、美术、摄影艺术的网上展览和数字艺术馆方兴未艾,文艺节目网络直播日益活跃,网络文娱、网络文艺成为所有社会性网站必不可少的内容,成为商业网站的吸金利器。

毋庸否认,目前网络文艺的生产、消费、鉴赏、评价乱象丛生。虽然最具互动性的贴吧、微博、微信、QQ群、论坛、弹幕等社交媒体和各种移动客户终端里不时有众声喧哗的文艺讨论和议论,却鲜见或不见专业、主流和权威的文艺批评家的身影和声音,点击率、粉丝数、转发量、点赞或吐槽数成为衡量和评价文艺作品优劣的"唯一"标准,网络文艺生态的种种混乱也因此层出不穷。

应当看到,"互联网+"时代传统媒体与新媒体的深度融合,为文艺批评突破传统媒体的局限、扩大覆盖面、提升影响力创造了全新的机遇与可能。中外文艺批评在漫长的历史中积累了丰富的文体和理论资源。中国传统的评点体文艺批评、诗话式批评在互联网时代与微信、微博、贴吧、弹幕等社交媒体有天然的体裁契合优势;接受美学、受众研究可以使文艺大数据的统计分析、数据分析和数字可视化获得全新的运用。全新的文艺评价也可以通过文艺数据的集成创新,建构起高效、全面、及时、准确的评价体系,全方位呈现多维度的评价指数。

因此,文艺批评要建构起新媒体全媒体时代的"媒体批评观",首先要以先进文化及其核心价值观为引领,牢牢把握网络文艺创作的政治导向、价值导向、审美导向,积极引领网络潮流,发挥褒优贬劣、激浊扬清的功能。具体来说,就要做到三个"转变":一是从文学评论一枝独秀转变为加强各艺术门类、各新兴文艺业态的文艺批评,对文艺门类及文艺生态进行全覆盖,对文艺热点进行即时回应和权威解读。二是从传统纸媒评论一花独放转变为加强电视、网络、移动媒体的评论渠道建设,实现文艺批评的多媒体、全媒体、新媒体的传播和深度融合。三是从传统的单向度评论转向依靠大数据的统计分析、数据分析,构建起一套高效、全面、科学的文艺评价体系,真正发挥出文艺批评固有的强大功能。

第三节
新的文本观与文艺的生产筛选新机制

文艺观念的变化,不外乎要涉及创作、接受和消费这三个重要的维度。对创作和接受在文艺生产过程中的作用的认识,必然会影响到批评对文本和语言的理解以及文艺观念的新变。由于理论观念的变化,加上互联网对人们日常生活的浸润,新世纪文艺生产机制出现了重要的革新。与市场经济"以消费者(或客户)为中心"的理念相契合的是,由于大众文化的兴起以及信息技术的革命性进展,人们的阅读兴趣出现了从"语言为中心"到以"图像为中心"的迁移,文本接受和释义也出现了以"作者为中心"到以"读者为中心"的转向,这些新的文本观和语言观昭示着新世纪文艺生产、流通、消费机制的全面刷新。

一、网络时代的文本观与语言观

在"新批评"和"形式主义"批评家看来,语言叙述和文本结构形式是理解一部作品的中心。然而随着文艺朝着大众化、娱乐化方向发展并不断被边缘化,以及接受美学重视受众读者思想的广泛扩散,特别是后现代主义对"形式主义"批评传统的解构,对"语言中心论"的文艺文本观的解构,对文艺作品文本及意义的认识发生了转变,引起了批评观念的根本改变。在解构主义批评家眼里,文本不再是一个具有中心意义的封闭结构,而是一种具有无限多样性和多重意义的符号游戏,因此文艺批评的任务不再是重建作品的文本结构,而恰恰是强调对文本结构及中心意义的颠覆和拆解,强调多元性、扩散性和解释的多义性,这样就逐渐导向对阅读阐释的重视与日俱增。

对解构主义批评家而言,任何文本都是不确定的,一切文艺文本都表现出一种自我分解的性质,因此,文艺文本研究必然依赖于阅读行为,而且一切阅读都可能是"误读",即都是一个破坏原有文本、产生附加文本乃至超文本的过程。由此走向强调阅读的主导性和读者的主导地位,强调批评阐释的权利和自由。这种思想为不少当代的中国批评家所采纳和接受,导致批评发生了由"重视文本"、重视语言到重视读者、重视阐释的转变,由"作者文本观"转向"读者文本观"。

(一)"作者文本观"向"读者文本观"的迁移

在文艺批评领域,罗兰·巴特是较早对读者式文本和作者式文本进行区分的批评理论家,在此基础上他还深入地考察了两种不同的文本所引发的不同阅读实践。在他看来,作者式文本设定了一个固定实体的存在,同时假定自身是对这一实体的描述,它吸引的是一个本质上消极的、接受式的、被规训了的读者,这样的读者倾向于把文本作为既成意义来接受。作者式文本是一种相对封闭的文本,只倡导单一意义。读者式文本是丰富的、多义的、充满矛盾的,它反对一致性与统一性。它的代码中没有孰优孰劣之分,也不承认话语的等级结构,因而是开放的。读者式文本凸显了文本本身的被建构性,它邀请读者像作者一样,或者与作者一起来构建文本的意义。这种文本将其意旨结构展现在读者面前,要求读者对文本进行二度创造。所以说作者文本观是一种传统的文本观,它认为作者是文本的权威,是作品意义的构成者。读者文本观是后现代的文本观,认为作者对文本意义的垄断被打破,文本的意义变成了多种人参与的编织活动,读者变成了意义的参与者与生产者。当代文本解读理论的发展,主要是以本体论阐释学理论为基点,由过去只注重解读"作家—作品"转向"文本—读者"的探究。这一重大转移开辟了文本解读的新时代,促进了文本解读观的多层面变革:解读本质观,将文本解读作为寻求理解和自我理解的活动;解读对话观,把文本解读作为文本与读者"主体间性"的对话;解读建构观,把文本解读视为对意义的开放的理解创造,文本对读者是不断敞开的;解读体验观,认为解读即体验,体验即意义的生成,解读是通过读者的体验显现文本意义。

随着本体论阐释学、接受美学、文本学和读者反应理论的兴起与发展,当代文本解读观正在发生变革,即摒弃过去只注重"作家—作品"的解读模式,把文本解读的重心转向文本—读者,视读者的解读为文本的本体存在,把解读活动作为文本构成不可或缺的本体层次。这种变革建立在本体论阐释学和读者反应理论的基础上,具体到操作上主要从三个方面切入:第一,文本解读不是单方面的对象性阐释,而是文本与读者的反应交流过程;第二,文本解读不是复制文本,而是对文本的建构,它造成文本的开放性,将文本从静态的物质符号中解放出来而还原为鲜活的生命;第三,文本解读是通过读者的体验、理解和建构显现文本意义,在文本意义和情感的领悟中人与世界融为一体。它既是文本的存在方式,也是解读主体的存在方式。这种文本解读观的变革,主要体现为对解读本质观、解读对话观、解读建构观和解读体验观的重建。

(二）由"以语言为中心"转向"以图像为中心"

随着市场经济的发展，大众审美文化应运而生。大众审美文化的市场主导地位，促进了读者由"以语言为中心"向"以图像为中心"的阅读实践活动的转变，推动了批评理念由"作者文本观"向"读者文本观"的转变。"读者文本观"提高了读者或受众在阅读活动中的主体性地位，调动了读者的参与积极性，迎合了新媒介时代读者与写手的互动需求、网络文艺的消费接受习惯和方式的变革，以及网络文艺生产机制的重塑。

伴随着网络技术的发展，当下媒体传播方式逐渐进入一种"自媒体"时代，传统的媒体方式受到了很大冲击，一些受大众喜爱的网络社交平台改变了以往媒体信息的传递先过滤再发布的模式，这就极大地扩充了信息传递的自由性和互动性。"自媒体"和大众娱乐消费是密切关联的，一些娱乐以及其他事件经过网民的传播互动很容易就会形成一种大众的娱乐消费，最终形成一种网络狂欢。在互联网环境下，读者在一定程度上也成了文本的创作者之一，读者对文艺作品的要求和感觉与原创作者即时性沟通互动，不仅作者能第一时间了解读者的愿望和诉求，而且读者的创作参与感得到极大的满足。

放眼时下的文艺市场，与时俱进的作者、出版人、制作人等学会了放下身段，利用豆瓣、微博、微信、APP终端等多个网络平台，与读者或受众积极互动，离读者和受众越来越近。而对存在感和参与感无比重视的受众或粉丝们，早已不满足于当一个被动的消费者，而是全面攻占文艺生产的选题、策划、营销、资金筹集等各个环节，化身为出钱出力的内容提供者、选题策划人和梦想赞助商，并不遗余力地开展口碑营销。在此过程中，不仅读者的需求、爱好重于写者的观念和启蒙，而且图像最终大胜语言。

二、数码阅读与文艺批评

传播媒介不仅会使写作、阅读两种不同行为产生直接影响，更为重要的是，它还会严重影响写作者与阅读者之间关系与地位的重新衡定。在新媒介时代，信息创造与更新的速度空前，加上电脑功能的日益扩展和国际互联网的互通互联，各种有助于提高信息处理效率、提高阅读效益的技术不断完善，培养出一代热爱并能熟练使用新媒体的年轻读者（或数码文化产品消费者）。他们与那些经历与感慨信息革命前后巨变并逐渐适应了数码技术数码媒体带来的福祉的人们，构成了数码阅读的主流人群。他们（数码阅读者或消费者）拥有传统读者难以企及的素养和能力，比如随时学习的泛在接入、追逐即兴联想的网上冲浪、基于个人需要的定制服务、提高阅读效率的人机协作。这些数码阅读者除了需要文化素养外，还需要具备跨界、批判性、跨媒体与合作性的素养，在阅读互动中还面临着空前的挑战：海量信息与阅读速度、鱼目混珠与甄别能力、对方推送与自主思考、多变语境与社会历史意识等之间的多重矛盾。他们克服种种障碍，以自己的实际行动参与阅读活动，并在体验叙事的同时创造叙事，拥有了读者兼作者的双重身份。数码阅读已不局限于少数网络或者新媒体弄潮儿的行为，而是遍及社会各群体各阶层的一种普及型活动。

数码阅读在一定程度上介入了文化生产与消费方式的形塑进程，它在生产着文化与时尚的关系、文化生产与消费空间之间的关系。

（一）数码阅读中的读者与作者

数码阅读与传统阅读都是人所特有的社会行为，依托文化产品而进行，是文化生产、文化消费与文化传承的有机组成部分。但两者在发展条件、阅读主体、文本构成、读者能动性等方面歧异明显。传统阅读是在以书面传播为主导的历史条件下发展起来的，数码阅读则是在数字化媒体向文化领域全面渗透的历史条件下发展起来的。传统阅读以识字断文者为主体，以好学深思者为典范接受对象，以教师、鉴赏家、批评家为中介；而数码阅读则以喜好数码产品、乐于数码式阅读的群体为主体，将参与者视为数码产品预设阅读对象，认为机器识别及其开发商是日渐重要的阅读中介。

传统阅读看重文本的稳定性，因此将尊重这种稳定性的好学深思者预设为理想的读者。而数码阅读则强调文本的可变性和虚拟性。作为数码产品的预设读者,屏幕用户是在与智能数码产品的屏幕进行交互活动而非被动的旁观者,他们参与到屏幕上所发生的事情中,而且他们往往正是其发起者。可以说,数码阅读的文本是一种超文本式的存在。不同于传统纸质印刷文本,数码超文本可以通过读者(用户)浏览冲浪、点击链接,积极运用重组、戏仿、改写、联想等手段进行文本再创作或创作接力,与原作者一起创造数码超文本。这个文本可以运用感觉模式的组合,可以是文本、图像、图形和声音的组合。在很多情况下,比如读者在阅读网络小说时,读者的上述参与活动使得读者已经兼有作者的身份,甚至是一个活跃的读者兼作者。他不仅仅编制意义,而且还从作者所提供的配套组件编制文本。在这里数码小说成了文本机器,读者成了机器的一部分,为生产叙事所必需。人们积极参与粉丝小说创作、大规模多用户在线角色扮演游戏等活动。

(二)数码阅读、时尚阅读与文艺批评

在印刷时代,有可能存在分化性知识社区,每个社区从不同的资源习得赖以建构合适行为的东西:成人阅读成人的杂志,儿童阅读儿童读物,妇女阅读时尚杂志,等等。而在一个电子媒体社会中,人人都可以看到一切东西,妇女观看面向男人的节目,男人欣赏面向妇女的节目,儿童观看面向成人的节目。这一情形在数码时代到来之后发生了重要变化,亦即自由组合而形成的虚拟社区成为重要阅读环境,并对个人的阅读行为产生制约作用。在写帖、读帖、跟帖的过程中实现了"人以群分",循着兴趣和偏好形成了各个不同的社区("群""圈")。

一些数码文本(如网络小说)自身要求将重组当成阅读条件。它们由自我包容的语义实体(节点)构成,读者必须对各个节点所提供的材料进行组合、再组合,才能形成比较流畅的阅读。越是能为读者提供有效的重组,作品就越是成功。各种数码媒体、虚拟社区,都通过排行榜不断制造作家明星和明星级作品。与此相应的是,成功的作品或文本都摆脱不了被读者或受众戏仿、改写或解构的命运,完成数码阅读向数码写作的

转化。

在超文本环境中,电子系统成了虚拟叙述者,叙事不再是由作家到读者的单向传播,而是一种读者变成联合作者、智能系统阅读他们的反应的回路。数码语境下的交互式阅读,文本不仅仅是供读者认知的初级刺激物,而且会随读者的反馈而改变。读者的能动性不止表现在根据阅读对象所提供的刺激物来构建意义,而且表现在引导阅读对象朝着符合自己需要的方向发展。比如,在交互性小说中,不同链接将带领故事情节和故事人物走不同的发展方向。读者将追随他们所选链接,因此在每次阅读时创造一部不同的小说。

在这种大众文化的影响之下,目前大众阅读的重心也发生了转移,读者对那种曾经带给我们精神动力和文化营养的经典阅读及其富有审美性、脱俗性、浪漫性、唤醒性的阅读形态已渐渐不感兴趣,转而对那些流行的时尚元素和具有实用性、功利性、目的性的阅读文本和阅读形态趋之若鹜。这就是说,大众文化对我们的大众阅读特别是富有情感陶冶、心灵洗练和精神建构等功能的经典阅读以及审美阅读、陶冶阅读、浪漫阅读、超然阅读等阅读形态大有消解之势。

时尚阅读是大众文化的产物。随着大众文化的迅速发展、新的文化氛围的形成,人们传统的艺术观念、审美意识和欣赏兴趣发生了很大程度的改变。其反映在大众阅读领域,是指人们的阅读兴趣、阅读视野和阅读方式已发生转移。简单来说,就是人们对那些经典作品越来越疏远,经典阅读与当代人的生活产生了隔膜;而反之以新颖、通俗、休闲娱乐性为特征的"时尚阅读"却日益盛行。可以说,经典阅读淡化,时尚阅读兴起,是目前大众阅读的一个现实。

时尚阅读是一种贴近人们生活现实与情感心理、紧步时代潮流和社会时尚的一种阅读形态。现在有些反映当代时尚生活和现代人时尚追求的时尚读物与时尚文本,能够贴近人们的现实生活和情趣,满足人们追求时尚的心理需求和兴趣化的阅读动机。如科幻武侠小说、各种成人童话以及休闲生活小品等,就颇受大众阅读的欢迎。现代社会生活节奏紧张,各种竞争激烈,内心压力和脑力劳动强度加大,休闲读物和生活小品确实为当代人提供了追求个性、放松自我的氛围,也使他们从中可以获得精神的慰藉。因此,自然对一些虽然有意义、有价值而缺乏阅读兴趣的经典文本很少顾及,这就使得大众阅读活动表现出时尚阅读盛行的倾向,形成了时尚阅读对经典阅读的冲击,而且这种冲击力是强烈而具颠覆性的,大有消解经典阅读、促进时尚阅读为大众阅读潮流的趋势。

时尚阅读所具有的以下几个特征是我们所不可忽视的:首先,时尚阅读是一种时代性阅读。时尚阅读能使人们感受到时代的脉搏,把握时代精神的律动,感受到时代的召唤,促使人们关注社会和时代的变革与发展,将大众阅读与社会的发展和时代精神紧密地联系起来,给大众阅读注入了时代风尚和新的意识观念与审美气息。其次,时尚阅读是一种趣味性阅读。时尚阅读多是人们根据自己的兴趣来进行的阅读活动,当代社会时尚阅读文本的丰富多彩与明白流畅给人们提供了广阔的阅读选择空间。人们可以根据个人兴趣随意挑选适合自己的时尚读物,或干脆上网阅读,兴之所至,轻点鼠标便可浏览阅读。这也是时尚阅读极具冲击力的根本所在。人们的个性差异很大,兴趣也是五花八门,时尚阅读以其多元化和适应性满足了不同口味的大众阅读的需求,而且使他们乐此不疲。再次,时尚阅读是一种生活化阅读。时尚阅读文本大都关注社会生活现实、贴近人们的日常生活与情感,使人们能及时了解生活变化,深切感受和把握生活节奏。时尚阅读文本多是写一些人们喜闻乐见的充满生活气息、紧步生活节奏的内容,能适应大众阅读的口味和接受水平。有不少时尚阅读文本以灵活新鲜的表现形式营造温情脉脉、和风细雨的生活场景,使得人们能在繁重、紧张的工作学习之余,躲进这恬静的一隅体味一下生活的鲜亮与温情,抚慰一下疲惫的心灵,放松一下紧张的神经,发泄一下郁闷的情绪,这正是当代人所要寻求的一种生活惬意。如《拿什么拯救你,我的爱人》等影视剧之所以受到欢迎,或许就是因为人们能从中找到自己生活中的种种状态、种种身影、种种情愫,即看到了自己要看的生活场景,听到了自己要听的生活声音,感受到自己所要求的生活。总之,在时尚阅读中,感应新的生活时尚、社会时尚、文化时尚和审美时尚,是每一个当代人的内在需求。它能使人们融进时代,走进社会,拥抱生活,品尝的是人世间的酸甜苦辣,感受到的是现实生活的脉搏,触摸到的是社会时尚的美质。最后,时尚阅读是一种开放性阅读。它能够充分开发大众阅读资源,开拓人们的阅读视野和阅读空间,开启人们的当代意识和时尚智慧,使人们自由地获取不同层次的时尚信息,了解社会和生活的最新动向。同时,它也有助于拓展人们的多元化阅读思维和多元文化观念。

时尚阅读所具有的这些特点决定着文艺批评要正确认识和积极引领大众的时尚阅读,不可把时尚阅读看作一种"无聊阅读",并把它与经典阅读完全对立起来。其实,从本质上看,时尚阅读与经典阅读并非是根本对立的。只有时尚与经典的结合,才能使人们既有经典文化的滋养,又有时尚文化的哺育,在经典文化与时尚文化的渗透整合中建构自我世界,推进时代和社会的文化精神建设。但是,我们必须要清醒地看到,当今大众的时尚阅读已经对经典阅读造成冲击,实际上时尚阅读已经取代了经典阅读。大众阅读是时代文化精神建设的一个重要方面,大众阅读的经典性是不可消解和弱化的,经典阅读不应当被时尚阅读消解,经典阅读应当成为大众阅读的主旋律。有人曾打过这样一个极为形象的比喻,他说:"时尚阅读就像吃麦当劳、肯德基,热量有了,但营养却谈不上。经典阅读就像吃正餐,程序上有点麻烦,但绝对有营养。现在电视上补钙的广告铺天盖地,有谁意识到,中国人的精神更需要补钙?试想,一个时刻跟着时尚阅读走,今天看《厚黑学》、明天看《曾国藩》、后天看《有了快感你就喊》的人,和一个爱读鲁迅、顾准的人会有同样的骨骼吗?"[1]不能说这个比喻所说的就是一种阅读真理,但它十分深入地揭示了时尚阅读与经典阅读的关系,说明我们应当正确处理这种关系,促使时尚阅读和经典阅读的结合。

---

[1] 徐怀谦:《书话阅读:时尚与经典》,《光明日报》2003年7月3日。

三、新媒介环境下文艺生产机制的新变及其特征

在进入新世纪前后,文艺开始分化,并显示了一些重要的特质。伴随着社会的市场化、全球化进程的深入,文艺逐渐把表现重心移向都市,都市文艺的生产过程和机制是新媒体时代文艺生产的典型样本。

文艺生产机制是文艺赖以生产、传播和消费的途径和场所,新都市小说的出现和发展与文学生产机制的变化密不可分。首先,文化转型带来了新都市文学产生语境的变化。具体说来,20世纪90年代以来社会和文化的转型,如经济的发展、文化的世俗化和平民化、现代化的机遇与陷阱以及都市的迅猛发展,都作为新都市小说的文化背景而存在。大众传媒的兴起和"类消费社会"的出现,以及20世纪90年代以来文学生产的主题和客体的变化,主要是创作作为文化生产的一环而出现了代群意识明显化和作家的明星化现象,文学阅读变为文学消费的同时也引发了阅读中的价值取向的变化,阅读成为读者建构个人身份、满足窥探心理和偶像崇拜的途径和手段。其次,新都市文学的出现也离不开中国当代文学制度的变化。具体来说,文艺政策的逐渐宽松、作家和政府体制之间关系的松散化、稿酬和评奖制度的变化(主要指稿酬制度的恢复和完善,以及民间评奖等方式的兴起),还有文学评价体系的日渐多元化和读者消费的日益自主化都对新都市小说起了促进作用。文学出版与新都市小说的关系更为密切,体现为文学期刊作为新都市小说的重要传播媒介对新都市小说的催生、学术和评论界以命名和评论的方式为新都市小说进行"正名"和捧场,以及图书出版在其中所起的推波助澜的作用。如图书出版的"丛书"路线、个体书商运作的第二渠道等都对新都市小说走向文坛起了重要作用。互联网络则给新都市小说的写作和发表开创了一个极为自由的空间,并成为新都市小说的重要成长背景之一。

20世纪90年代以来,中国影视出现了商业化的趋势,一部分作家为利益驱动,进入影视领域,小说改编成影视,影视又出小说本,影视和部分

新都市小说出现互文性。这一态势,既极大地扩张了新都市小说的传播和影响,又导致部分新都市小说作家写作个性的丧失和叙事上的片段化、场景化和单一化。

"文学生产机制"指的是文学生产各部分、各环节的内在工作方式和相互关系,主要包括文学的生产、流通、评介、接受等几个主要方面。本文的目的不是研究新旧文学机制的具体运行方式,而是关注今天已经明显出现的"新旧分制"格局。这格局自新世纪以来暗暗形成,至今已是不可逆转。正如一位文学研究者所言,以往文学大一统的格局如今已是一分为三:传统文学、市场化文学和新媒体文学各占其一。我们试图从文学生产的传统机制和新型机制的分野、交锋、整合的角度关注这一变局。其中传统机制,既指中华人民共和国成立以来建立的、目前维持主流文坛运转的官方体制(如作协—文学期刊体制、专业—业余作家体制)及其背后的意识形态系统,也包括自五四"新文学"以来形成的"严肃性"文学传统(对抗文学的"消遣性"),以及古典文学的精英原则(包括"文以载道"的教化功能和陶冶性情的审美功能)。而新型机制一方面指寄存于传统出版体制中的畅销书机制,但更侧重目前主要以网络为载体的新媒体文学生产机制,背后是一套全新的网络时代的意识形态。

20世纪90年代以前,文学生产主要由国家意识形态机器统管统制,表现为由国家包办文学产品的创作、出版、传播甚至批评接受,从原创作家到发行渠道到宣传喉舌,形成宣传部(统管意识形态)—传统意义上的作家及其所属的文联、作协等"官方组织"(生产内容)—文学期刊和出版社(传播内容)—新华书店等国有图书发行公司(发行渠道)以及评奖机构(文学批评或评价)等一条垂直的生产线体系,这种"一体化"的组织方式,建立了相应的高度组织化的文学场域。

从20世纪90年代开始,这种旧有的文学生产机制开始向市场化转型,"文学场域"的国家意识形态逻辑逐渐向市场的商业资本逻辑转变。虽然文学生产机制向"经济场域"倾斜已久,但是官方意识形态的手并未从"文学场域"完全退出,隐形的仍然是由国家意识形态统管文学领域,显形的则是以控制文学产品的出版和传播代替了以往的高度组织化的生产机制,具体手段表现在严格控制书号的申请和书市的流通渠道。这无疑提高了进入"文学场域"的门槛,在这个"场域"之内,各种权力关系的斗争也更加激烈,其中最活跃的力量会个别地或集体地寻求提高它们的地位,并企图将最优惠的等级体系化原则加到他们自己的产品上去。

不仅在"文学场域",整个"文化场域"的文化生产机制也大抵如此。尤其当以网络和手机为主的新媒体的力量兴起之后,国家意识形态对新媒体文化的控制并没有减弱。网络设有"网警",在人气旺的社区甚至设置"敏感词",所有的内容不经过过滤不能传播开来。大小网站和论坛必须在工业和信息化部备案,否则随时有关闭的可能。影视的审查制度并不轻松,所以老孟的"山寨春晚"也只能在网络上断断续续看到,因为没有取得在电视媒体的播放权。国家意识形态机器的力量牢牢把握"文化场域"的最底端,使之不至于倾斜得太厉害;而在最外围,经济资本的力量在最大限度地侵入"文化场域",以获取最大的利益。

而与此同时,国家意识形态在文化产品的知识产权保护上,仍然相当薄弱。政治力量在"文化场域"原有的保护作用没有得到发挥,这是一个不完全为国家意识形态占据也不完全市场化的场域,没有和市场化相配套的知识产权保护机制,导致了文化生产机制的不完善和畸形发展。在市场经济加速推进的背景下,特别是城市化进程加快,都市文艺成为最亮丽的一朵奇葩。都市文化生产机制的变化,可谓整个国家20世纪90年代以来文艺生产机制变迁的代表。

(一) 都市文艺生产机制的运作与调适

20世纪90年代以来,我国都市文学的生产机制发生重大变化,文学自身的内在特质,或者说它的性质和功能也因此出现了新变。在商品经济中的都市文学创作中,数量代替质量,成了评判文艺作品的重要标准。复制品的狼群战术抹去了原创品的光晕焕彩,消费和娱乐代替了审美和反思,对图像蒙太奇逻辑的狂热替代了对历史逻辑的连续性关注,对文本的逻辑性关联的偏爱取代了对人物行为的价值性评判的重视。在各类媒介中,我们每天都能够看到花样翻新的符号商品,它们试图用技术美学取代意义和价值。在这种情况下,文学生产机制是一种现代的诱惑性"生产—传播—消费"机制。人们在被超量生产的符号商品窒息的同时,既来不及仔细甄别这些蜂拥而至的文化商品的质量,也没有能力评析它的价值所在,从而被一种阅读消费的时尚所控制。在这里,新型的文化/文学作品以它不断更新换代的新奇形式以及数量上的迅速增加,模糊了人们的评判标准。在这样的前提下,作为文学接受的重要形式的阅读,就不再是纯粹的审美阅读了。本来的个人化行为变成了一种公众化的阅读仪式,文学文本成了集体阅读仪式的中介,也就是公众消费的一环,它排斥个人化的经验和兴趣。阅读什么?接受什么?一切都由媒介中的公众兴趣决定,最终导致人们对文学商品的消费成了随从公众趣味的强迫性重复。这就是文学阅读由审美转化为"阅读瘾"的过程。"在阅读领域,从早期的武侠小说到爱情小说,进化到今天的青春小说、网络小说的'瘾',使得阅读成了一种身体行为,它抵制和阻碍这其中的意义追问。"①文学生产商抓住的正是这种阅读心理,以此作为文学生产的基本指导方针,使得现代的诱惑性文学生产的渠道畅通无阻。

进入新世纪以来,都市文学的生产形成了一套自发性"生产—传播—接受"机制。它既不受制于传统的指导性"生产—传播—接受"机制,又在试图摆脱现代的诱惑性生产机制,甚至不接受文学教育的引导而自发地形成。这种新机制的形成,首先是以青年亚文化的形式呈现出来,以网络和多样化的小型社交群落为媒介,以反传统文学体制的审美趣味和现代商业体制的审美趣味为己任,并逐步形成一种新的审美趣味。这一群体主要是"80后"和"90后"的大学生,还有已经走向社会并参与当代都市文学生产的"文学青年",他们已经成为文学的主要受众,并将成为新型都市文学生产的主力军。

文学体制的第一层含义指的是国家机关、企事业单位在有关文学机构的设置、各部门间的领导隶属关系和管理权限划分等方面的体系、制度、方法、形式等的总称。在现实中,它往往要通过一定的组织形式或文

---

① 张柠:《新世纪文学生产模式变迁》,《文艺报》2012年9月24日。

字形式体现出来,属于"显性文学制度"的范畴,当然也是广义的文学制度所涵盖的重要内容。文学体制的第二层含义则是专指诗文的体裁、格局,属于文学内部研究的范畴。这和文学体制的第一层含义相去甚远。作为文学制度重要研究内容的文学体制所涵盖的范围十分广泛,涉及文学创作、出版、传播、消费、批评以及阅读等诸多环节,包括特定时期文学生产组织体系、出版机构、传播媒介、评价研究机构,等等。

从本质上说,文学生成机制指的是一种抽象的运作过程,它是文学生成的各要素在由显性文学制度和隐性文学制度构成的制度环境中相互作用、相互影响的有机活动过程。邵燕君在《倾斜的文学场》中将中国当代文学生产机制分为以下几个环节:一是文学的生产机构,主要有文学期刊和出版社;二是文学的评价机构,主要是评奖机构和批评研究机构;三是文学的生产者及其组织、团体,即传统意义上的作家及其所属的文联、作协等官方组织、各种身份的文学写作者及各种显见或隐见的派别、圈子;四是文学教育机构、文学消费机构,如读书俱乐部、读书会等。中国当代文学生产机制指的是由这些基本要素相互作用、相互协调、相互影响而构成的一整套有机运行方式。

文艺制度是在现代民族国家建立之后,随着整个社会现代化、民主化、制度化过程中而产生的产物,是文学现代化的具体体现和标志。文学生产机制各环节逐步明晰,有助于保护作家的创作权益、经济权益,使作家的外部政治、文化、经济环境逐渐透明化,结束了过去主观化的、意识形态的,甚至是个人好恶影响、决定作家创作价值及其命运的无序状态。文学制度不仅为文学提供了生成空间和生产场所,而且也在不断地限制文学生产的自由与个性。这是文学制度的悖论,它体现了文学自主化与文学社会化之间的"张力",也是现代中国文学现代性的重要特征。同时,我们要看到制度与文学之间的内在精神冲突。

毫无疑问,文艺制度是一种制度,它具有制度的强制性、规范性和体系性特点,是一种刚性的物态化力量存在。这不仅存在于有关文学期刊、出版社出版发行的法律法规,而且也显现在各种协会的组织章程、各种政府与民间机构的评奖、教科书文本的选定等静态的书面文字和动态事务活动之中。随着改革开放的到来,文学渐渐摆脱了附属于政治的命运。邓小平在第四次文代会上的祝词以及文艺"为人民服务、为社会主义服务"方针的提出,使文学创作获得了越来越多的自由裁量权,文艺创作迎来了大好时机。其后,《文艺报》等报纸杂志展开了全国范围的关于"改革文艺体制"讨论热潮。这些讨论为新世纪文学制度改革提供了来自历史的精神启示,构成了新世纪文学制度改革的理论基点。

事实上,文艺创作、生产、发表、出版、评价、传播、接受的一系列过程中,既有可以刚性制度化的侧面,如发表、出版、传播等环节;也有一些如创作、评价和接受这些具有很强主观能动性和个体审美差异性的侧面,是难以强制、也是不可能实现制度化规约的。因此,从这个意义上而言,适用于文学各个环节和侧面的文学制度,不仅存在刚性的一面,也必然存在刚性所难以制约的、具有多种可能性的柔性一面。随着中国社会民主步伐的加快,作家等知识分子享有越来越多的自由权利,有着越来越多的选择自由和制度性保障。

从文学制度的实践演变历史来看,"十七年"文学与新时期文学有一个明显而清晰的断裂。"十七年"文学延续了延安文学的传统,党和政府直接干预文学的发展,参与对文学的评价,文学依然被束缚在政治意识形态的架构之上,因而无论文学创作还是文学批评都显现着非文学的存在方式和形态。一旦文学创作、批评逾越了制度的规训,制度的刚性就显出锐利的锋芒,以一种惩罚的方式对作家的文学创作、批评家的审美批评施加强制性规约。

随着改革开放的到来,文学的外部生产机制发生了根本性的变化。以往"十七年"文学生产过程中的政治任务性写作、命题性写作已经悄然消解;文学评价日趋多元化,以往党和政府领导人直接干预文学评价的情况已经不复存在,文学评价的尺度与准则在探讨中不断扩大。文学评价主体性力量从单一的作协、文联机制渐渐转向学院、民间和媒体等多元评价制度性体系。当代政治意识形态及其所建构的文学制度,以一种更加隐蔽、有效的方式参与文学艺术的生产、传播与接受,实现着文化领导权的柔性化、隐性化存在。

就改革开放以来的中国文学场域而言,文学评奖就是一种在新的文化政治语境下实践文化领导权的积极有效形式,是党和政府通过作协等中介机构来引领文艺的、具有新质的政治实践,也是从单一粗暴干预文艺的专断式向专家式、科学性的现代性转型。

1978年由人民文学杂志社组织的全国优秀短篇小说评选活动成为改革开放以来中国文学各类评奖的先河。1980年《文艺报》《人民文学》和《诗刊》编辑部组织了全国优秀中篇小说、报告文学、新诗评奖活动;1981年茅盾委托中国作家协会主办的长篇小说评选的茅盾文学奖开始了。这些全国性的文学评奖经常性地开展活动,评奖渐渐发展为一种党领导文艺的常态性、科学性的制度性安排。

随着市场经济的到来,文学评奖又一次活跃起来,而且打破了原先单一官方的文学评奖机制,出现了基金会、刊物等民间团体评奖和网络评奖,如中华文学基金会主办的"庄重文文学奖""姚雪垠长篇历史小说奖""冯牧文学奖"、中国小说学会的中国年度小说排行榜、《南方都市报》和《新京报》的"华语文学传媒大奖",新浪网的"中国好书榜"、龙源期刊网的"年度期刊网络传播排行榜"、"新语丝"网络文学奖,《人民文学》《中国作家》《大家》《小说选刊》杂志奖,等等。在官方评奖系列中,也出现了众多国家级和省市地方级的评奖。这些不同级别、层次与性质的奖项彼此互相交织,构成了一道20世纪90年代从官方到民间、从中央到地方的文学奖项繁荣新图景,推动了20世纪90年代文学多元化的发展和文学评奖制度的多元化评价机制。

显然,文学评奖机制在新时期文学生产体制中的确立、发展和多元化演变共存、良性竞争,实现了文学制度从惩罚到奖励、从被动防御到主动建构、从刚性锋芒的显现到柔性隐形化存在,是新时期文学制度走向现代化的体现和标志。这是文学生产机制走向积极作为的一个方面。当代中国文学制度的刚性、柔性和隐性以及之间的此消彼长,显现了改革开放以来中国文学发展的外部环境的积极演化,在自由和规训之间越来越趋向开明、开放的制度设计和制度理念。

当然,随着市场经济的兴起,文化消费时代的拜金主义在一定程度上取代了政治意识形态,金钱的温柔陷阱已经俘获了一部分作家的心灵,起到了文学制度刚性所没有达到的作用,在一定程度上呈现出更为复杂、隐蔽,也更为危险与可怕的文学新危机。

(二)新世纪文艺生产机制的特征

20世纪90年代至今的中国文学与以往(1950—1990年)的一个最重要的不同,就是它所置身的整个社会的文化生产机制发生了根本的变化。这个变化当然不是单独发生的,它是最近20年来中国社会的整体变化的一部分。因此,这个新的正在继续变化的文化生产机制(包括作为它的一部分的文学生产机制)就充当了社会生活和文学之间的一个关键的中介环节,社会几乎所有的重要变化,都首先通过它而影响文学;文学对于社会生活的反作用,也有很大一部分是通过它来实现的。

1. 网络化写作成为重要的生产方式

作为文学载体的文学期刊正如文学的外衣,在迈向新世纪之际,或为生存,或为发行,或为招徕读者,或为文学繁荣,纷纷想方设法,更新面目,于是改版、改刊之潮日盛。此举是顺应时代浪潮与社会时尚也罢,是面向大众读者也罢,是拓宽文学外延、扩充文学内涵也罢,总之,文学期刊纷纷穿上"流行时装"——这似乎成为文学期刊走向新世纪的一大趋势。

文学刊物在新世纪纷纷改版,其特点有三:一是突破以往传统的文学小圈子心态,不延续一贯的纯文学风格,而是以当代的大社会为背景和关注对象,极力关注现实、贴近民众、深入读者内心,以读者所关心的社会事件为准绳,拓宽了文学的外延,充实了文学的内涵,同时也顺应了时代的要求;二是增加了文学的"时效性",对当前社会的种种现象和心态,不仅仅具有文学一贯的细腻、敏感的反应,而且还比以往更加迅捷、更为敏锐;三是增加了许多具有20世纪90年代末文学特征的作品,比如尖锐的文学批评、新兴的网络文学、风行于文坛的"美女文学""穿越文学"等。

在自觉和不自觉之间,文艺批评与社会文化的无意识共谋如加速器一般不断将各式社会文化心理整合归位,贴上标签,细分市场,以便于识别,并在这一过程中完成社会化文化生产机制的自我巩固。

在纸制媒体中,都市报和时尚杂志的兴起,报纸副刊的扩版,专栏写作的流行等,虽因其书面化形式和纯意象性、思想性特点,得以具有相对电视节目更为沉静开阔自由雅致的风貌,但由于销量这一铁手雷打不动的腕力作用,它们无法摆脱投其所好、投怀送抱的市场牵引,甚至干脆就对市场进行敏锐的反操纵,借以引领新的文化时尚潮流。不可避免地,它们要时不时地阉割、软化精神文化产品本应具有的内在独立坚韧的品性,压缩不合时宜的、没有广泛应和的声音,不断复制弥漫着商业味的"家族化"文化产品。

但是,新世纪写作最大的变化是网络媒体的兴起,网络在新世纪的普及为都市文学的发展提供了一种可能的成长背景。对于"70后"和"80后"作家来说,他们大多都是从网上脱颖而出的。如安妮宝贝、郭敬明、张悦然、唐家三少、南派三叔等。网络对传统文学机制的冲击为这一批年轻作家提供了一个自由表达的空间,传播学意义上的"守门人"的隐退,使他们的创作自由和个性自由得到充分的释放和宣泄,这使一种新质的文学的出现成为可能。新世纪都市文学的青春特质不能不说是得益于网络这种新的生产方式。可以说,"70后"和"80后"作家就是在这种语境下经由电子媒介进入印刷媒介而跻身文坛一角。另外,种种文学期刊和图书电子版在网上的问世则扩大了都市文学的读者群。

以郭敬明、韩寒、张悦然等为代表的"80后"写手的崛起,造就了一大批"80后""90后"的读者或者粉丝。郭敬明等偶像化写手的作品如《幻城》等,动辄百万册销量,而"传统作家"的作品印数较之黯然失色,乃至于出现优秀作品标准的"市场"与"价值"之争。无疑,"80后"写手的崛起、"90后"写手的成长,使得同代读者群在不断扩展壮大,这必然会影响文艺生产和消费机制。

在传统媒体依然势头不减的同时,相对于政府全力监控的电视报纸领地,新兴网络文化的崛起正在以排山倒海之势占领都市精神文化高地。由于权力和市场双重审查机制的相对宽松,以及网络文化营造时的不在场性、匿名性、松弛感和自由度,大面积的民间话语狂欢终于在这一网络精神空间得到中华人民共和国成立以来前所未有的释放。中国的现代性先于网络空间得以表现。网民们多元的文化自我确认在各具特色的中文论坛里比比皆是，自由开放的交流在很大程度上得以实现，反映了传统舆论媒体在真实表达民间思想情感方面的严重缺失。

在此背景下，真理追求和道义担当的批判精神和批判力退回文艺批评家的内心深处躲藏，只在书斋、小型聚会、固定的刊物和网络阵地中发出这个时代堂吉诃德般的呼喊，而被迫在绝大多数大众文化垄断的场合保持失语或缺席。

2. 大众化、娱乐化作品成为"主流"

身体是消费主义社会中一道独特的物质景观，被丰盛的商品所包围，被打造成一件最美丽的商品。而消费主义意识形态则在不遗余力地鼓动人们去认同这件超级商品，通过经济的、文化的、心理的投资把自己的身体也打造成诱人的商品。所以，让·波德里亚认为："在消费的全套装备中，有一种比其他一切都更加美丽、更珍贵、更光彩夺目的物品——它比负载了全部内涵的汽车还要负载了更沉重的内涵。这便是身体。"[1]它被消费主义的话语"编码"，成为消费的符号与都市消费的景观。

在新感觉派对都市的书写中，女性的身体成为显著的标志，小说中的叙述者多是从男性消费者的角度去叙述"女性的身体"的。当身体景观重现于20世纪末的"都市风景线"时，"身体"的叙述者们多是一些"另类"的女性都市作家。她们从个体的生命体验出发，信奉享受物质、享受财富、享受身体和性，这是生命的本能的快乐，她们宣泄着充满个体经验感受的欲望，卫慧在小说《像卫慧一样疯狂》中宣称："我们的生活哲学由此而得以体现，那就是简简单单的物质消费，无拘无束的精神游戏，任何时候都相信内心冲动，服从灵魂深处的燃烧，对即兴的疯狂不作抵抗，对各种欲望顶礼膜拜，尽情地交流各种生命狂喜包括性高潮的奥秘，同时对媚俗肤浅、小市民、地痞作风敬而远之。"酒吧、流行音乐、现代艺术、白日梦、性解放、时装……这一切构成了她们的都市，"身体"也由此凸现了出来并在某种意义上构成了对社会伦理道德规范体系、社会生活秩序的挑

---

[1] ［法］让·波德里亚：《消费社会》，刘成富、全志钢译，南京大学出版社2000年版，第98页。

战。但是,"社会,它的各种各样的实践内容和组织形式,它的各种各样的权力技术,它的各种各样的历史悲喜剧,都围绕着身体而展开角逐,都将身体作为一个焦点,都对身体进行精心的规划、设计和表现"①。所以身体是无法脱离社会而存在的。基于消费主义的话语立场,作家在小说中所炫耀的身体的景观,表达的她们对于都市生活的独特感受,体现了消费社会所赋予她们的精神气质,即"遵循享乐主义,追逐眼前的快感,培养自我表现的生活方式,发展出自恋和自私的人格类型","奉行'及时行乐'的人生哲学"。② 身体被各种时尚与名牌包装着,她们炫耀地显示身体所拥有的 GUCCI 牌鞋子、CD 唇膏、鸦片香水……并让这身体游荡于夜晚的都市,出没于迪厅、咖啡馆、酒吧和坐落于"地段相当于纽约的第五大道或巴黎的香榭丽舍大街"的餐馆,在洋人、各类跨国公司的白领、留过洋有私家车做着某个外资公司的首席代表、前卫画家、吸毒者、富婆、同性恋者间周旋。身体传达出来的是一种"另类"的姿态,然而"另类"的姿态中却潜隐着对消费时尚的认同,身体的符号性指向了"中产阶级"的生活方式,它传达出来的是对于中产阶级生活方式以及行为观念的向往,所以身体成为都市消费的景观。本雅明认为:"时尚是与有生命力的东西相对立的。它将有生命的躯体出卖给无机世界。与有生命的躯体相关联,它代表着尸体的权利。屈服于无生命物的性诱惑的恋物欲是时髦的核心之所在。"③身体在消费主义的文学想象中被定格为都市的景观,它展示着都市的欲望与需求,也成为时尚消费的热点。消费主义在制造了无数的美丽谎言快乐假象的同时,将精神悬置了。作家的享乐主义态度对于时尚的追逐,终使身体"落入"消费主义的"陷阱"。

在对个体经验的体认中,书写物质力量、金钱的力量、物质化的景观形成了她们小说中独特的场景。都市在她们的小说世界中是跳荡的、充满感性与欲望的,她们将都市人的欲望作为叙事的内容,同时也贯穿着消

---

① 汪民安、陈永国编:《后身体:文化、权力和生命政治学·编者前言》,吉林人民出版社2003年版,第17页。
② [英]迈克·费瑟斯通:《消费文化与后现代主义》,刘精明译,译林出版社2000年版,第165页。
③ [德]瓦尔特·本雅明:《发达资本主义时代的抒情诗人——论波德莱尔》,张旭东、魏文生译,生活·读书·新知三联书店2007年版,第188页。

费主义社会享乐、自恋与奢华的倾向。也正因为这种态度,她们的都市小说创作也被限于一定的局限之中。因为"这种物化的现实使人丧失了批判意识和批判能力。……一切文化产品都以商品的形式被生产、交换和消费,就像商品一样,它为了获取利润被大规模地生产出来,然后在一个'异化'的社会体系中被消费。它构成了这一体系不可分割的一部分。这种消费文化是一种'肯定的文化',它为社会提供一种补偿性的功能,它提供给异化现实中的人们一种自由和快乐的假象,用来掩盖这些事物在现实中的真正缺失"[1]。她们迷失于自己所创造的物象之中。不难发现,作家对于消费主义都市的表现大多停留于消费化的都市生活景观、都市生活经验的叙述上,这些在为都市小说带来新的"增长点"的同时,其对于时尚的追逐、都市小说作为文化消费品的价值取向,又令人担忧。

另一个难以否认的事实是,影视对都市文学生产的这种倾向起到了推波助澜的作用。这种影响主要是通过小说改编成影视产品的方式来实现的。由于影视作为大众媒介的高覆盖率和它的消遣性质,由影视剧的成功而带动小说成功已成为当代小说生产的一种策略。新世纪都市文学的部分作品也是在这种意义上被大众所接受。这一方面比较典型的有以创作都市言情小说为主的张欣、池莉、皮皮等。都市言情小说之所以有影视缘,主要在于它的题材本身,因为言情本身便具有大众文化的质素。而《潜伏》《杜拉拉升职记》《蜗居》等小说更是因为影视剧的改编而取得发行与传播的巨大成功。然而,这些作品同样存在缺乏精神高度的弊端。

3. 复杂的共存

自20世纪90年代开始形成的中国城市文化仍然处于一种"双栖"和"驳杂"状态之中。这是一种乡村文化与城市文化的"双栖",是前现代、"类现代"和"类后现代"的一种"驳杂"。即使中国最发达的都市,也并未真正进入"现代社会","后现代"亦无从说起。中国现代城市是一个"怪胎",一个"杂种"。任何简单化的理解和处理问题的方式都是轻薄的

---

[1] 罗钢:《探索消费的斯芬克斯之谜》,见罗钢、王中忱主编:《消费文化读本》,中国社会科学出版社2003年版,第18页。

和不负责任的。

以深圳为例。这座年轻的新兴的城市,既有耸立的楼宇,宽阔的马路,亮丽的广场,怡人的园林,豪华的休闲消费场所和出入其中的大款、白领、政府公职人员,也有低矮的棚户、脏乱、污浊的"城中村",向老板追讨工资、生存艰辛的打工族;既有锐意创新、乐于奉献的"拓荒牛"精神,也有日益膨胀的欲望和日见沉沦的"没有家园的灵魂"。我们并不否认包括深圳在内的当代中国城市在建构新的城市精神方面的努力及成效,但我们也必须正视和承认"城市"作为人类"异己"的存在、它的"上帝"与"魔鬼"的双重身份。20世纪90年代中国社会城市化的进程中,充斥着物的尖锐叫嚣和欲望的急剧扩张。当代中国城市文化日渐强盛的"消费主义"的倾向、不断升腾的"欲望"、一种"占有"而不是"存在"的生活方式,对健全的当代都市精神建设确有消解作用。

我们无意否定已有的新都市小说对"欲望化生存"的表现以及批评界在对"欲望化写作"的评说方面有价值的发现和积极的意义,但是,我们也必须同时指出,在较多的从事新都市小说创作和研究的作家和批评家那里,对于"欲望化"多少有一点"仰视",至少说是一种"顺应"的态度。新都市小说中的部分作品,使我们不禁联想到20世纪30年代的新感觉派小说。在新感觉派那里,对于"十里洋场"的灯红酒绿、夜半歌声、奢靡与贪欲,赏玩多于针砭。在一个日益物化的社会里,人为"商品"而生活,"消费"成了人的唯一存在和灵魂,从消费"物"(商品)到消费"身体"(另一种"物"),直到消费"生命"、消费"爱情"……存在的并非全都是合理的。我们不能盲从于所谓的中国"后现代社会的转型"之类的臆断。对于任何"异化"的首肯,都无助于理性的、健全的城市文化乃至民族精神的建构。作为对一种健全形态的新都市文学的呼唤,我们应当高扬文学理性精神的旗帜,以认真的态度和科学的精神,承认新都市小说的客观存在,评说它的贡献和局限,使其健康发展。

4. "微时代"文艺的生产机制

从积极的角度看,博客写作推动了文学回归自由的进程;从消极的角度来看,由于博客写作的门槛低,文字功底、生活积累、艺术表达参差不齐、娱乐化、浮躁气在所难免，博主在把日常生活审美化的同时，也易导致审美的泛化，甚至是庸俗化、粗鄙化。与传统文学精雕细琢、反复推敲相比，博文的民间狂欢与经典的永恒价值构成鲜明对照，私人化流水式的表面之作居多，鸡零狗碎、招摇谩骂之作时有出现。池莉在关闭自己博客时就曾写道："博客像是一个没有篱笆的院子，大家'高度自由'地乱窜，反倒让身为写作者的作者自己失去了'自由'。""你不回，有人不高兴、有人哭有人骂，像个疯人院……"而余华则在网络空间与读者网友的互动中感到其乐融融："开博让我有了自己的地盘"，可以"学习与陌生人交谈"，"我写了20多年的小说了，今天看了你的留言，才知道自己是围坐在篝火旁能讲故事的那个人。这是我得到的最高评价"。"网络让我们坐在了一起，虽然我们互不相识，可是我们中间有篝火，大家互相尊重……"

当下的博文读者是"实在的"，作者和读者的互动性得到空前强化。原本孤立的文本经过网友的不断评论和转发，一变而为文本间的对话、交流和视界融合。博文一经贴出，评论像雪片般地纷飞而来；博主或答疑解惑或回应跟帖，一来二往，好似一个永远没有结局的电视连续剧，有人据此把博文写作称之为"超文本写作"。就文本形式而言，博文的出现革命性地改变了文艺的存在形态，使得文本成为一种开放的、流动的文本，能够多人互动、随时修改，进而形成超链接文本，即一个文本不断地向网络中其他文本跳转，突破纸质版面的物理空间，无限地趋近自由、自然和自在。

如果说博客是一个融文字、图片、声像于一体的信息平台，博文具有较强的文学性，那么，微博则是一个基于用户关系的信息分享、传播以及获取的平台。它重在信息传播的迅捷性，现场感上超过了包括报刊、广播、电影、电视、博客在内的所有媒体，它的出现标志着一个文学微缩化、思想碎片化时代的到来。

微博因为字数少的缘故，讲究短、平、快，缩略语、段子化、时尚化是它的常态。博主和网友同是文化快餐的"食客"——碎片化写作和阅读。微博写作打破了既定模式，由小感触、小情调、小思考引发的"段子"担当主角，追求瞬间的视觉冲击和情感效应，特别强调语言的幽默、思路的逆反、观点的鲜明。微博的内容以段子、言论为主,形式接近"一句话新闻""短评""杂感"等,主要功能是消息发布和交流。它的流行迎合了时下人们思想碎片化的表达需要,满足了人们对信息的焦虑要求,"微博的好处是提供了一个框,可以用来精炼文字"(路金波语)。

"博客书"《特别内向》《飞廉村庄》、"微博书"《一个都不正经》《围脖时代的爱情》《精神病学院毕业生》等相继出版。

发达的网络文学(及其网站)的生产、运作机制发生了新变。网络文学改变了作品生产和流通的所有环节及其关系,生产了新的社会关系和沟通方式。网络作家(写手)的文学创作活动发生了重要变化,越来越类似于工业生产,读者也逐渐转换成消费者(受众/顾客)的模型。网络文学作品的生产是由读者决定的,作品的生产量取决于读者的点击下载量。由于网络的及时性,订单、付款和生产流通,整个过程耗时极短。而且商品在卖出后,在生产者(作者)或者流通商(网站)那里,商品的数量也不会减少。作者和网站有共同的目标,就是吸引更多的读者,尤其是付费阅读的VIP读者。为此,他们紧密合作,有时也采取大工业式的生产流通方式。其代表性例子是"郭妮模式",这是著名的网络作者李寻欢——即以前榕树下CEO、现万榕书业发展有限公司CEO路金波——打造出来的模式。该模式中的作者郭妮日均码字2万,2006年一年竟然出版了14本书。除了这样的集体性写作模式外,还出现了一种把文学网站与作者捆绑在一起的制度——VIP收费阅读制度。该制度的核心是,读者阅读VIP章节每千字付费2分或3分钱,网站与作者分享此项收入。这使得很多作者马不停蹄地写作,因为只有多写、多更新才能多赚钱。网站为了提高其产量,也通过各种各样的排行榜、VIP会员的催更票、作者福利制度等鼓励或者催促作者更新,甚至有网站——如起点中文网——创设了"一系列的奖金激励模式",按字数收费,鼓励每日更新等,创造了惊人的文字产量。网站和作者还会在版权运营、跨界改编等方面进行深度合作。对于那些人气旺的作家,网站还充当版权代理、中介作用,与出版、影视、话剧、游戏等相关企业沟通与合作,在他们和作者之间起到中介作用而收取费用。作者主动寻找建立一个项目团队,团队往往是由网站负责人和编辑所组成。他们的协作关系非常密切，不过协作关系是项目制，具有临时性，项目完成，关系也结束，直到下一个项目开启。

网络文学领域的读者的定位和作用也有了变化。读者和受众在文艺生产过程中也起着创造性的作用。在写作过程中，读者的声音和意见一直会影响到作者，甚至左右着作者对作品的修改方向。

四、从文艺生产机制看文艺的未来

在互联网的众声喧哗中，粉丝数约等于作者的市场号召力。回顾一年多来的畅销书市场，《你的孤独虽败犹荣》90天缔造百万神话，作为新锐传媒人的刘同，其新浪微博粉丝已逾千万；大鹏、叫兽易小星和有时右逝，继其爆笑迷你剧在视频网站上收获亿万点击率之后，成功跨界为畅销书作者；微信公众号拥有400万粉丝的逻辑思维团队2015年4月推出罗振宇新作《成大事者不纠结》，上市一月销量已达50万册。当然还有不得不说的张嘉佳，2014年这位"最会讲故事"的微博红人，凭借300万册销量的超级畅销书《从你的全世界路过》，登顶2014年作家富豪榜榜首。

他们不是举足轻重的名家大师，亦非家喻户晓的大牌明星，但他们都是消费时代的宠儿。从寂寂无闻到被亿万粉丝狂热追捧，他们书写了大众畅销书市场新的江湖法则。在青春的字典里，有爱与梦想，也有孤独与迷茫。对青春的书写和咏叹，很容易引起共鸣，这也是当代青春文学得以在十几年里迅速崛起的原因所在。市场调查显示，青少年人群已经成为我国文学阅读和文化消费的主流人群。青春文学的畅销，无疑是一场青春与市场的合谋。在韩寒、郭敬明、饶雪漫等老一批青春文学作家纷纷进军电影市场的今天，图书市场青春盛宴的赴约者由老去的"80后"变为正值青春年少的"90后"，除了走青春路线，短片则是另一大显著特征。从2013年至今，短篇军团异军突起的同时，也宣告了微阅读时代的到来。在粉丝经济大行其道的年代里，作者必须和自己的消费者融为一体。那些在新媒体时代脱颖而出的作者，都非常在乎他们的粉丝，很善于利用新媒体来维护他们的消费群体。在互联网时代,粉丝经济带来的消费者黏性超乎我们的想象,营销上完全颠覆了书业过去的运作模式。这些除了与粉丝们狂热的追捧有关外,也与短篇军团的走红、业余青春文学创作、传播阵地的转移密切相关。从1999年《萌芽》杂志举办的新概念作文大赛,到21世纪初的"榕树下""红袖添香""晋江文学网"等文学网站,再到郭敬明等人掀起的"MOOK"风潮,这些造星平台使韩寒、郭敬明、张悦然、顾漫、九夜茴、明晓溪、辛夷坞等众多"80后"作家迅速走红。2010年之后,随着微博微信等社交媒体成为网络传播最活跃的阵地,微阅读成为"80后""90后"一代网络原住民的主要阅读方式。移动阅读的兴起,逼迫着文本形式的改变。2013年在微博上讲述睡前故事的张嘉佳,正是以三段式叙述一举成名,成为短篇军团的领军人。韩寒的"一个"App则成为时下又一大造星平台。张晓涵、刘墨闻、陈谌等短篇写作的生力军,都是"一个"App的人气作家。

随着手机、电脑等移动终端的普及,内容的跨屏传播不但使《万万没想到:生活才是喜剧》等自制迷你剧在网上大获成功,而且使原来的知名人士罗振宇站在台前,凭借一款自媒体脱口秀节目《罗辑思维》声名大振。罗振宇从CCTV出走后,2012年打造知识性视频脱口秀《罗辑思维》,半年内这款互联网自媒体视频产品逐渐延伸成为全新的互联网社群的品牌。这一社群将400万年轻人聚在麾下,在优酷上的播放量已达数亿次。

一方面,今天日益发达的大众传媒打破了传统意识形态对知识与信息的垄断。另一方面,大众传媒的力量越来越大,全面渗透和介入公共空间、文化领域,逐渐成为新的隐蔽的文化权力中心,并主导文化市场。大众传媒往往利用自己强大的话语权力,通过引导审美趣味、思想潮流、生活方式、价值观念等来改变文学的外部环境,从而影响文学写作的独立思考和创新。尤其是,随着消费主义时代的到来,文学也可能沦为一种被消费的商品,使得经济效益和读者的要求变得日益重要。这种文学市场的形成,有利于调整作家创作与读者、阅读之间的关系,但也可能导致某些媒体和作者在经济利益的驱动下,一味迎合读者口味,甚至和商业携手,不负责任地进行商业化炒作等,造成媚俗化、肤浅化等浮躁的不良创作倾向以及文学的机械复制、削减深度等缺陷,从而碾碎了个人的精神空间,湮灭了人格精神的深度。因此,如何处理好大众文化、消费文化下的当下需求、文学的娱乐功能和严肃文学的深度精神探索与诉求的冲动之间的关系,便成为事关新世纪文学发展的一个重要课题。

新世纪文艺制度改革不是单一的制度改革,也不是一朝一夕就能够完成的。这不仅需要从中国古代文学制度和西方现代文学制度汲取智慧,需要总结改革开放以来从惩罚到奖励的文学制度变革经验,需要当代文学艺术制度的制定者拿出超人的勇气和智慧,而且也需要整个社会大环境的改变和人文学术新环境的建立。回归民间本位,回归审美本位,去除人文学术的行政化、官僚化是一个整体制度的改革,需要全社会方方面面相应制度的配合。因此,作协等机构的制度性改革不仅仅是去除行政化这样简单化的操作,而是需要更多行业性自律制度的建设和相应法律规范的完善。但是,毫无疑问,新世纪的文学制度改革是不可阻挡的历史进程,因为这是文学制度走向现代化、科学化、民主化、法治化、人性化的必然要求。

在创作等微观方面,在全球化语境下成长起来的一批年轻作家,不应过分地陶醉于当下的感性欲望的潮流中。不管时代如何变化,都市文学的功能和本质都不是单纯的消费和娱乐。文学自身不能没有主题,也不能没有时代的声音,更不能没有民族历史和文化的积淀。在当下都市文学创作中,我们应寻找灵魂栖居的精神家园,思索新的精神生长点。在民族文化和历史积淀的传承中,在时代价值观念和人文机制的整合中,在精神信仰和理性之光的回归中,在生活体悟和深度表现的挖掘中,在艺术特质和美学风格的完善中,把握当代都市文学的脉搏,实现对现实的超越,从而获得长久的艺术生命力。

第四节
新媒介环境中文艺批评的价值取向

　　新世纪以来,随着改革开放的进一步深入、经济社会的繁荣进步,文艺创作上硕果累累,出现了一批弘扬社会主义核心价值观、弘扬主旋律、传播正能量的有思想的艺术与有艺术的思想和谐统一的优秀作品,如电影《周恩来的四个昼夜》《中国合伙人》,电视剧《寻路》《媳妇的美好时代》等,均产生了强烈的社会反响。但是,无论是数量还是质量,这样的优秀作品都还远远不能适应伟大时代和满足人民群众的需求。尤其值得注意的是,时下有一股"唯票房""唯收视率""唯码洋"风,把精神生产完全等同于物质生产,只讲市场导向而放弃价值导向,这就为文艺创作的过度娱乐化大开方便之门。文艺中的主流意识形态遭到冲击、稀释、解构甚至颠覆,它的重要原因根源于当前我国意识形态领域一定程度上存在着结构性失衡、功能性失衡、传播性失衡等现象。这些现象既根源于现代人类文明形态的普遍精神危机与我国经济社会发展中的特殊矛盾,又根源于西方文化价值观渗透与意识形态建设中的错误倾向。

一、文艺批评意识形态的泛化与虚化

　　整体来看,社会主义意识形态作为我国主导意识形态,在经济社会发展中仍居于指导地位、发挥主导作用。但在开放环境、阶层分化的背景下,意识形态领域不可避免地存在着封建意识形态残余和西方资本主义意识形态因素。问题是,一些人重西方意识形态引入、轻本土意识形态创新,重封建意识形态继承、轻现代意识形态发展,强调对异质、残余意识形态包容,忽视对社会主义意识形态的科学坚守,使我国意识形态在理论研究、社会声誉和认同践行上产生了一定的结构性失衡现象。

从理论研究来看,一些人割裂社会主义意识形态政治性与学术性、党性和人民性的内在联系,拒斥马克思主义世界观、方法论,盲目引入或运用西方理论学说,使一些学科和研究领域成为西方意识形态概念、范畴、表述的"跑马场",一定程度上挤压了社会主义意识形态的话语空间。

从社会声誉来看,一些人以"传统文化""普世价值"为名传播美化封建意识形态和西方资本主义意识形态,而对社会主义意识形态却加以贬低。如通过歪曲否定近代以来中国革命的历史,夸大革命建设的历史失误,为已有定论的历史人物事件翻案,贬低社会主义意识形态的历史声誉;通过夸大经济社会发展中的现实问题,提倡指导思想多元化、"文化选择论""宪政民主论",贬低社会主义意识形态的现实声誉。

上述两种失衡给人们认同践行社会主义意识形态带来了挑战,使一些人产生了厌倦政治、虚无主流的情绪,模糊现代化建设的社会主义性质。这一思潮在文艺界也有具体的表现。新世纪以来,在文艺的意识形态问题上,文艺批评界主要存在两种值得注意的倾向:一种是"意识形态泛化"倾向,一种是"意识形态虚化"倾向。

近年来,出现了一种竭力消解文艺的意识形态性,甚至公开主张否定文艺的意识形态性的言论和思潮。有人以鄙弃的神情和眼光挖苦贬低弘扬主旋律的文艺创作,斥责其是"从属于政治"的意识形态产物;有人以超然于世的姿态,标榜"真正的文艺"乃是表现超越政治属性和意识形态性的人类"普世价值"的作品;有人片面夸大文艺的娱乐功能,淡化甚至取消文艺的意识形态教育功能,宣扬"唯票房""唯收视率""唯码洋"论等。且不论这"票房""收视率""码洋"的统计是否科学和准确,这种不讲"服务群众"、不讲"教育引导群众"、不讲"提高素养"只讲"满足需求"的主张和实践,其理论根源便是否认了文艺的美学属性和意识形态属性,而把文艺这种人类的精神生产完全等同于物质生产了。这种只讲"市场导向"而放弃"价值导向"的倾向,为文艺创作的盲目西化、过度娱乐化大开方便之门。譬如,荧屏上出现的以凶杀、打斗、色情营造感官生理刺激感去冲淡乃至取代文艺的精神美感的倾向,就是打着"票房高""收视率高"的旗号大行其市的。为了匡正这种偏向,我们应该坚持文艺作品社会效益与经济效益的统一。当不能统一时,要用政策和舆论去扶持那些社会效益好、经济效益一时并不好的优秀作品。文艺批评要为这种优秀作品鼓与呼,切不能沦为市场的奴隶。

可以说,文艺界屡屡出现甚至有愈演愈烈之势的恶搞历史、颠覆经典、过度娱乐化、盲目西化等不良倾向,从理论上挖根源,都与这股竭力消解文艺的意识形态性,甚至公开主张否定文艺的意识形态性的思潮有关,都与没有正确认识文艺的意识形态性有关。在文艺理论批评中,食洋不化,东施效颦,把西方的一些时髦理论奉若圭臬,不顾国情,生搬硬套,以证其"放之四海而皆准";在文艺创作中,轻贱中华民族优秀的审美传统,盲目模仿、效仿西作,脱离中华民族深厚的历史渊源和广泛的现实基础。不是说不能学习借鉴西方文论中适合中国国情的有用的东西,而是说,以开放包容的心态对西方文论"见好就拿",关键在"拿来就化",这"化"的功夫,尤为紧要。靠什么去"化"呢?靠与时俱进的马克思主义为指导去鉴别、去消化。不强化马克思主义在意识形态领域的指导地位,这"化"就无从谈起。

而文艺批评领域的"意识形态泛化"倾向,则用所谓的"审美"或"文化"无限放大"意识形态"的外延,使得概念和界限模糊,取消了概念的明晰性。意识形态的泛化表面上不主张取消意识形态,也不反对某种意识形态倾向。它似乎赞同马克思主义意识形态学说,也使用马克思主义的理论术语。因此,意识形态的泛化有时容易被误以为是马克思主义的观点而被接受,得以在文艺和审美领域流行。但它是用文艺表现人类共同情感的功能取代了文艺反映和表达特定意识形态性质的功能,历史唯物主义意识形态学说的内涵与实质被抽空了,歪曲了马克思主义文艺观念。

在"非意识形态化"倾向和"泛意识形态化"倾向的相互影响下,当前的文艺实践中出现了一些值得注意的现象。在一些评论中,在一些小说、影视作品里,充斥着无思想、无主题、无立场、无观念,标榜"为所有人服务",全然倾注于形式、技巧、观赏等的主张与现象。这一现象的突出特点是,宣称文艺要"超越""消弭"或"终结"意识形态,极度膨胀文艺的娱乐、审美功能,把文艺完全当作一种"游戏"或"消遣",完全排斥文艺与审美中的社会功利因素和社会倾向性。这种"非意识形态化"和"泛意识形态化"的倾向大有铺展蔓延之势,而且经常被当作文艺和审美的本性广为传播。在文艺实践中,它导致作品空洞、苍白、虚假。另外,在那种以"纯文学""审美性"和"非功利性"为唯一标准来衡量文艺作品价值的文艺批评家眼里,文艺的创作目的、社会作用、情感内容都不带有政治性、思想性、阶级性等社会功利倾向。凡是带有社会功利内容与意义的作品,就不算真正审美性的艺术品。在"过审美筛子"的口号下,许多优秀的革命文艺作品被排除出中国文艺经典之列,一些文学大师被除名或重排了座次。近年来,不少"红色经典"被改编得低俗难耐、面目全非,而昂扬、振奋、关注人民生活和命运的作品越来越少,这与把意识形态进行所谓"审美化"的理论导向密不可分。

在这种文艺倾向的鼓动下,技巧第一、形式至上、观赏优先、思想肤浅的作品,像雨后的蘑菇一般纷纷冒出来。有的作家为适应这些所谓的规则,不愿再去创作具有人民倾向性的作品。甚至一些原先密切关注社会生活的优秀作家,为了能被"文坛"接受,也不得不声明自己不仅写出了反映社会现实问题的作品,而且也写出了"纯审美""纯艺术性"的作品。

其实,优秀的文艺作品创造的真善美和谐统一的艺术形象,不仅给人以对历史与现实的认识启迪和对情感道德的净化提升,而且还给人提供健康向上的审美娱乐。文艺既切忌公式化、概念化,切忌政治化、一般意识形态化;又切忌过度娱乐化、娱乐至死化,切忌非政治化、非意识形态化。文艺"非意识形态论"和"泛意识形态论"在理论上的弊端,都是殊途同归地掉入了不正确的"审美非功利"观的陷阱。

二、文艺批评的功能弱化与缺失

新世纪以来的文学批评在不断变幻的理论背景下,为了适应各种理论潮流和新式方法而进行了不间断的调整,已经耗尽了自身的创新冲动。

文学批评创新热情和勇气的衰减,文艺批评功能的弱化和偏失,不能不说是当代文学批评缺乏深度、高度和力度的原因之所在。这种功能的弱化和偏失主要体现在批评意识的匮乏、批评主体的缺席和批评写作的虚拟化三个方面。

(一)批评意识的匮乏

进入新世纪以后,先锋性的形式革命已经日益蜕化,文学写作从纯粹的文学语境、从文学自身的美学语境向社会化和商业化偏移。面对这种文学创作新情势,批评本应该有更多的承担和应对的策略,但现实是,批评对现实发言的能力正在慢慢地丧失。这种困境的出现主要是导源于批评意识的匮乏。批评意识主要表现在三个方面:批评立场、科学精神和批评良知。

在解构主义的氛围下,批评家被告知,他们并不具有启蒙资格,即那种向读者传授一种有效阅读、鉴赏的方法和规范,确立一种选择、推荐优秀作品的规范与标准,讲解文学上的体验和发现的资格。批评只是一种自娱自乐的操作,一种标志职业身份的手段。在文学批评中,批评家越来越多地采用一种"历史批判方法",即不把任何概念、现象看作"本质化"的、"终极性"的概念、现象,而是看成历史性的阶段性的范畴。批评的对象构成也发生了变化,已经从对被确定为"事实"的事实的分析,转向对那些被作为"事实"的事实是如何成为事实的关注。

事实上,批评的价值在于批评自身,尤其在于批评所持的立场。如果有哪种文化活动将其价值的实现放到另外别的什么文化活动上,寄托于来自另外领域的首肯和重视,那么其存在的前提就要受到怀疑。批评也不只是一套自我满足的话语系统,它追求的不仅仅是自我满足,还要对别人产生一定的影响。文学批评无论对作家作品做多少阐释与发挥,其价值终究在于批评家独特的审美判断、历史观点及充溢其间的批评精神。

文学批评在文学现象面前应该表明自己的态度,决不能人云亦云,随波逐流。批评家理应立场鲜明地反对文学的庸俗化、商业化倾向,肩负起文学批评的责任。

因此，批评家需要有一种鲜明的批评立场。批评家的立场是批评意识的一个显要因素，不同的批评立场可能导致批评家对同一部作品做出不同甚至完全相反的评价。一部文学作品所具有的意义的多样性、审美接受的差异性以及批评家批评方法的多样化正是批评多元化的重要表现。但批评家立场的偏颇乃至丧失和缺乏真诚、理性的批判态度却不能成为批评多元化的借口，在当代"后现代"状况下对消解权威的极端崇拜以及以一种贬损一切的姿态来争取话语权的批评家而言，批评的多元化就只能是一种"瞒和骗"的烟幕。如果一个批评家不敢正视或不能正视作家、作品的卓越与平庸，或媚俗地吹捧或尖刻、轻率地贬斥，恰恰证明了他的软弱、圆滑。当前一些平庸、失范的批评文本充斥文坛就体现出一些批评家浮躁的人品、浮躁的学风。

批评家要勇于追求真理，对关涉文学的是非问题敢于争论。别林斯基面对论敌的责难和攻击，丝毫不退缩，他有他的原则："当问题述及真理、述及艺术的利益的时候，我的确不喜欢宽容。"①当果戈理的创作出现倒退时，坚定的艺术立场促使他对果戈理后期的一些作品，特别是《死魂灵》第二部，进行了毫不留情的批评和抨击。与此相对照，一些批评家对那些精神向度有问题的作家作品熟视无睹，甚至对一些精神庸俗和品格低下的作品给予了令人难以置信的高度评价。当代一些作家，其精神立场和知识分子的理性、良心已严重匮乏，他们既无力抗拒和反抗当代"后现代"状况的人的狂欢化本质，也无力对商业主义、拜金主义进行深入的揭露和批判，更无力去进行历史理性和历史美学的申辩。对这些作家的批评更应该成为批评家的主要任务。而一些批评家放弃了自由独立精神，缺乏鲜明的思想文化立场，丧失严谨、理性的批判精神和真诚的批评态度，这种批评就将一事无成。

由于批评家作为启蒙知识分子的精英立场退缩乃至于丧失，不少批评家的原有立场被大众文化立场所同化，被作家所持的立场所消融，这种

---

① ［俄］别林斯基：《别林斯基的话》，见别林斯基：《文学的幻想》，满清译，安徽文艺出版社1996年版，第422页。

同化和消融导致批评家丧失一种应有的批判性精神。批评既不对文学说话,也不对历史、民族、人民大众负责,相反,则是以平庸的作品来消解经典作品,以当前被炒作出来的风格消解古典文学、经典文学风格。在面对一些亵渎神圣、躲避崇高和践踏使命的文学作品时,文学批评家奉行一种不作价值判断、放弃审美评价的策略,声言批评只是一种话语生产和意义生产的文本,没有引导创作和指导鉴赏的任务。

批评不仅主要是对作家作品负责,而且主要是对读者甚至人民大众负责,对民族文学的发展负责。批评的特点决定了批评家的批评不能是一种私人化的批评,私人化的批评只能使批评家放弃人民、民族的文化及立场,放弃批评家的真正使命,而使批评日益衰敝、沉沦。批评家应该以一种学理的、独立的、自由的精神来从事批评实践,来严格评析作家作品,审视其作品的审美价值,考辨其在文学史上的位置,才能使批评实践得以不断开展和深入,才能取得有恒久性价值的批评成果和思想见解。真正的文学批评应该勇于站在一个较高的观察点上,秉持一种科学精神来对作家创作的优长和短处进行艺术总结和概括,以推动文学创作的进一步繁荣和发展。

当下的文学批评,一些批评家处处讲究一团和气,不努力探求文学自身的美丑,无意致力于文学创作的提高和发展。难怪有批评家要慨叹:"现如今没有真正的文学批评,所谓的文学批评也是广告式的、赤裸裸的展销。"有作家甚至说:"时下标以文学作品评论会的众议厅,常常开成了颂歌大联唱。"文学"研讨会"变成了文学"研好会"。由此,文学批评的精神和生命价值逐渐消解,文学批评的魅力和固有的批评意识也丧失殆尽。

具有一个正确的批评立场,一种真正的科学精神,是文学事业健康发展的保证,而批评良知则是拥有批评家资格的基本前提。这种前提决定了批评文本的有效性和可读性,也决定了批评思想成果所具有的价值。批评良知要求批评家表现出足够的诚实和勇气,需要理性求实的态度。

20 世纪 90 年代,李建军对陕西名作家陈忠实、贾平凹的"直谏",刘川鄂等"直谏池莉"在批评界引起了很大反响,揭示了创作界、批评界存在着的严重问题。批评家本来就应该具有一种不媚俗、不唯上、不唯名的真诚和勇气。如果批评想说出自己的真话,竟要采取"直谏"的形式,可见当前批评界多么缺乏真诚的、直截了当的批评作风。还有另一种可能就是,一些作家只愿意听赞歌,而对批评意见置之不理,在貌似宽容中透露出一种霸气和优越感。这种现象不是一日酿成的,也不是批评的边缘化使然,而是批评的真诚和勇气的匮乏。虽然"直谏"的形式和用词有欠妥当,甚至带有一定的情绪化,其批评作品中的学理性也存在争议,但其在批评上的勇气和真诚是有目共睹的。这种批评事件的意义不在于其本身,而在于其从侧面揭示了批评界批评精神的退化。

批评需要真诚和勇气,但更应该具有理性态度。缺少理性的精神和严谨的学理分析,批评就会变成无知(如果不是刻意炒作的话),而让人嫌厌。比如《十作家批判书》《十诗人批判书》以及《为20世纪中国文学致一份悼词》等批评作品的出炉,就反映了批评界在文学思潮、作家作品评论、文学活动等方面研究中的学理性和科学精神有待提高。这些作品确实体现出少有的批评锐气和叛逆精神,也难以否认其中道出了某些众人不敢说不愿说的见解,但就这些批评作品整体而言,其无论是论证逻辑还是价值立场都有严重的错谬,缺乏学理分析和科学品格。

现代批评本身有着严格的规定性,它要求批评家应该秉持一种理性的精神来进行批评活动。对批评对象发言时,既要有学理性的分析,也要进行客观的阐释和表述。只有这样,批评家才能受到作家和读者的尊重,批评家的见解和思想才可能深刻而对文学事业的发展有所助益。

批评要有美学创造,更要有批评分析;要善于欣赏,也要善于怀疑。批评的灵魂是敏锐、深刻和富有成果。批评并不将自己置于这种从作品中发掘出来的清晰的概念的立场上,而是要和这些观念的创造性潮流相吻合,和作品本身相吻合。批评本身的任务是创造一个由概念、关系和理解组成的世界。

争论是批评的灵魂,没有争论,没有批评的批评,批评就将灭亡。批评的精神就是怀疑,就是实事求是,就是对话和争论。因此,批评应当好处说好、坏处说坏,以求实的态度对待作家与作品。但如今的文学批评把本是平庸的作品捧为精品,好处自然要捧得锦上添花,坏处也得化腐朽为神奇。文学批评的商业化、广告化和庸俗化,只能说明文学批评的不断软化和懦弱。没有勇气正视"真、善、美",丧失了文学批评应秉持的正气和骨气,沦落到向作家献媚求欢的尴尬地步。对同是一个"圈子"的作家作品,极尽溢美之词;对其他圈子的作家作品,不能实事求是地批评,甚至妄加诋毁。"圈子批评"虽存在着一定的合理性和必要性,但以此作为借口而抛弃了批评的良知就将妨碍批评的健康发展。

总之,如果文学批评家缺乏批评意识,就难以深化学理、升华思想和推动创作。批评家应该秉持自己的批评立场,扛起科学主义精神大旗,维护批评的良知,才能够推动批评事业的发展和进步。

(二) 批评主体的缺席

意识形态的功能性失衡导致了批评功能的失衡。首先,从个人与社会两个作用对象来看,一些人对于社会发展的导向功能、社会整合的凝聚功能和社会治理的调节功能认识不清,忽视其坚定个人理想信念、引导个人价值规范、培育个人精神家园以及促进个人与社会良性互动等功能,从而使一些人成为意识形态领域纷争和经济社会发展的"围观者",成为没有精神根底只有普遍焦虑的"漂泊者",以致"怀旧情绪""恶搞调侃""拒斥主流""躲避崇高"之风在一定范围内弥漫。这对文艺批评的主体而言,在对批评对象的阐释和批判上就会导致批评主体的缺席。

其次,在文艺批评实践中,有些批评不讲学理,不讲逻辑,意气行事;有些批评蔑视传统、消解历史和价值,表现出十足的断裂感和平面化的倾向;有些批评貌似激进尖锐,在所谓文化批判的背后,隐含的是商业的目的,是对物欲的屈服。如果批评不问学理,不讲道德和责任,不进行价值判断,那么我们的批评就缺席了,批评的尊严和批评的社会形象就受到了损伤。我们有必要对批评主体的这种缺席现象进行理性的审视和检讨,并在此基础上思考中国文学批评在新世纪的发展路向。

我们认为批评主体的缺席有两种表现形式。第一,是批评落后于创作。这种现象可能有两个方面的原因:一是批评的迟钝和麻木,对文学创作中的审美新质和独创性缺乏敏感和判断力;二是批评家一旦接受了某种具体理论后,其批评实践就会将自己固定在一个支点上,很难再突破自己已有的眼光和思维方式。这将导致批评对文学创新的忽略或不敏感。在当代文学活动中,批评对象的被忽略和遮蔽也是一种很普遍的现象。很多作家作品和许多有价值的文学现象、文学问题被忽略,根本没有进入批评家的视野之中。

第二,是批评主体对重大文学现象放弃评判的责任,对社会审美趣味缺乏影响力。一方面,批评家的才能、锐气、创造性以及影响、参与文学进程力量的减弱等都可以视为批评主体缺席的标志。在这里,许多原先在批评界享有声望的批评家对于批评的逃离、主动离场构成了一个最耐人寻味的现象。从另一方面来说,批评空间的萎缩与变质、文学的边缘化、公众兴奋点和兴趣的转移,也是造成批评主体缺席的一个重要原因。

其实,任何时期的文学都应该是批评家与作家共同创造的,作家的创作激活了批评家的思维,并促使他们将作家的成果进行理论化的提升,这又反过来推进了文学的创造。这种创作与批评会合、对话、交流的现象似乎还不引人注意,我们以为这对文学的发展具有历史意义。进入20世纪90年代,各种思想潮流纷纷涌现,创作更为复杂,更需要批评发挥自身的力量,但批评一直反应迟钝。

此外,批评主体的缺席还可以从批评家在批评文本中谈论问题、表述观点的话语方式方面来得到说明。批评主体的缺席,并非是指丧失个体参与和集体行为,而是指个人所代表的时代和民族以及批评家自身都处在独立判断的悬置状态。

处于这种状态的批评,其所言说的并非其自身言说,而只是某种话语的代言人和传声筒。评论尺度和言说理路本该是陈述性的却变而为转述的,概念翻新最多也不过是对外来特别是西方的批评概念的搬运,总之体现出主体智慧的匮乏、主体原创性思想的贫困。当代中国文学批评在思想创造方面是如此苍白无力,以至于无论是在形而上层面还是形而下层面,往往都因轻信和盲从而陷入现代迷信、西方中心主义的陷阱。面对不断涌进的西方几十年前的精神思潮,我们只会发出阵阵的欢呼和附和,而没有自己对这些思想成果的推进乃至独特创造。也许不难发现,我们现在正对自己以及自己所拥有的智慧失去自信和兴趣,不仅找不到令人振奋的独特切入系统,并因此而形成一套富有时代品格和世界情怀的基本话题,甚至失去了提问的能力,此为批评主体智慧的匮乏。

耐人寻味的是,近二十年来批评家引进了很多的理论,却没有能够将其内化为自身的修养和理论创造力。批评家在具体的文学思潮和文学作品面前找不到自己的感觉,不了解我们到底需要什么样的文学,我们的文学创作中到底存在哪些问题。

造成这种困境大致有两个原因:第一,批评家的评价标准的失落。在优秀作品和平庸作品之间、在真正的创新和哗众取宠之间失去了评判的依据。文学批评曾经对文学作品的长短优劣进行评判,有一种居高临下的批评姿态。当代文学批评摒弃了那种充当真理代言人的角色和全知全能的、训诲式话语,走向了开放、宽容和对话。但问题是,现今的批评对文学作家作品多有阿谀、溢美之词,甚至可以放弃立场和使命责任感进行交易、成为作品的市场代言人,这是批评的悲哀和文学的不幸。文学批评对文学的发展和未来应该有自己的模塑和理解,对涉及文学发展的利益问题要有自己的坚持和立场。

事实上,文学观念的多元多样并不一定就与批评标准上的相对主义相等同,文学批评应该对当代文学的创作进行评判。当前的文化批评和文化研究,就是将文学作品视为对社会发展、文化冲突、社会心理变迁的描述的例证。审美的文本已被肢解为对性别、经济、政治、种族等问题的阐述的具象的文本;对文学的形式因素和文学性因素的关注让位于以一种印证、阐释时代潮流和理论的标准来选择文本的方法。

第二,批评对当代重大文学现象三缄其口,原因恐怕是许多批评家失去了判断的自信和能力。他可以对一部作品进行长篇大论,旁征博引,但他唯独对这部作品没有判断,在作品优劣、平庸、独创这样的基本问题上语焉不详。这种批评更多的只是自言自语,并没有触及作品的本质。这种批评的特点是晦涩、含混,在语言上绕圈子,批评家所必需的艺术直觉、思想穿透力和作出判断的勇气品质在其中了无踪迹。一个批评家,如果不敢在第一时间作出判断,如果不能在新的艺术质素还处于萌芽状态时就发现它,并对它进行理论上的定位,那他的批评就没有什么价值,也得不到足够的尊重。批评中科学性的成分和理论含量的增加与对作品审美价值的评判并不是必然冲突的,文学批评的特殊性要求文学批评中理论的展开和创造并不能脱离对审美体验的概括。只能说,文学批评逃避对文学作品作出自己的审美判断的行为是缺乏信心、缺乏批评精神力量和批评意识的表征。

文学批评应该是使文学增值的决定性因素之一,批评中"大量的学说和见解、判断和理论,是人类积累起来的智慧",它们永不止息地为作品"增值再增值"。批评家如果没有自己的见解和创造,就失去了主体的积极性和创造性。

批评家的评论缺乏首创性和思想的力量,是批评主体缺席的另一种表现。批评如果都变成了一种策略,一种以另一种话语方式对前人观点的重复,就失去了批评的意义。批评应该有创新甚至一定的独创性,当然任何创新都是在一定的参照系内的创新,任何独创也都是相对于特定时空范围的前人而言的。这种创新包括一种价值判断,批评家必须发掘并言之成理地证实作品在思想蕴含、社会生活探索、心态探索、艺术表现等方面具有前人未曾发现的特征和成就,并对这些成就对于人类精神宝库的丰富和艺术发展的价值做出判断。在论证新价值时,批评家应该把自己的创造明确表示出来,与他对作品原意的理解和阐释区分开来,不强加于作品也不强加于读者。

进入新世纪的当代文学批评似乎不仅失去了原有的激情和动力,而且失去了方向感和目标感。一方面批评倾注了过多的热情和精力于一般化甚至粗糙庸俗的作品之上,甚或是无原则性的炒作吹捧,另一方面批评对那些真正优秀的作家作品,却未能及时而有力地予以评价和研究,至于对不良或不那么健康的文学现象,批评也表现出少有的克制和沉默。比如,对于"痞子文学"及其"骂派批评",对于"新生代"的拜物教的浅表化写作,特别是对媒体炒作出来的所谓"美女文学""美男文学"以及"下半身写作",我们的批评没有及时给予评判和引导,没有尽到批评的责任。批评家不但应当对新创的文学作品进行肯定,也要对种种文学现象保持足够的警觉和质疑,向所有的新潮创作致敬更容易得到一时的欢呼,但批评的独立价值却荡然无存。批评不可能为文学立法,但批评当有一种较恒定的尺度和标准。

"一个评论家,除非是满足于在美的事物面前发出感叹,满足于通过相互渗透或感染,将这个感叹传给他人,否则他还应该……建立一种批评方法。"①但这种方法不必一定就是自然科学的方法,"我们应该取之于科学的,是它的科学精神"。与其跟在自然科学家背后亦步亦趋,还不如运用使他们取得成果的那种精神武装我们的头脑。

(三)批评写作的虚拟化

20世纪80年代末期以来,中国当代文学批评的写作呈现出一种新的状态,昭示了一种新的批评眼光。这种批评的新潮文体是在新的文学背景和新的体验的前提下产生的。它表现出十分理性的结构形式,可读性很强;在话语表达上,强调修辞效果——借助外来批评术语包括新的文化典故而成为时髦的装饰,从而产生了陌生化的阅读效果;进一步突出了批评写作的个人体验;张扬了反叛性的阐述立场。这种新的批评文体产生了深广的影响,一方面有人抱怨"看不懂";另一方面有人预言批评文字取代文学文本而成为读者的阅读主要对象的时代已然来临。这种新的批评文体使得批评家拥有了新的言说理路和表述领域,扩大了批评的表现对象,但问题在于,如果过分陶醉于工具的革命而忽略了工具的使命,就可能导致批评钝化自身的原有功能。这种功能的钝化现象,有论者称之为"批评写作的虚拟性迷失"②。

所谓批评写作的虚拟化,就是批评家用不真实的东西来代替真实的东西却依然维持着真实的假象,从而忽略了我们的真实需要。就文学批评而言,其真实存在的理由恐怕是引导文学的发展和完善。如此,文学批评写作是一种实证性很强的学术行为,而主要不是以精神超越为特征的

---

① [美]昂利·拜尔编:《方法·批评及文学史——朗松文论选·编者导言》,徐继曾译,中国社会科学出版社1992年版,第23页。
② 罗宏:《当代文艺批评写作的虚拟化迷失》,《文艺研究》2003年第3期。

智慧神话,它应该致力于文艺问题的厘清和解决,并尽可能推动文艺的进步与拓展。然而当代文学批评写作却在很大程度上以失去一定功能为代价来取悦读者或证明某种理论命题和支撑学理框架的自身建构,从而忽略了自身与文艺的这种真实的关系。总之,在当下批评的写作中,文学主要是一个被解释的对象,更确切地说是用来确证某种解释的对象,而不是在解释中揭示出某种新的文学规则或新的文学方法。解释成了批评写作的主要兴趣与功能之所在。当然,解释是批评的一个重要功能和主要环节,但作为一个学术系统而言,学术不是为了解释而是为了解决问题而存在的。我们认为,批评是一种实践性的学术,它要求解释应该具有实践的力量,必须能够在文学现实的实践中发挥作用而获得自身的合法性。

一个从事批评活动的人,应当具有产生思想的能力。有不少批评家就是从西方批评家的作品或思想中选出一点来敷演成自己的文章,用中国的文学事实来解释西方的理论观点。这里面罕有思想的火花,也没有创造的价值。这样,批评家从现实中总结出来的东西,从文学现象中提升出来的东西难免有限。真正的文学批评应该有自己的批评思想和文学观念,要为文学研究增添些什么。由于缺乏理论和思想的支撑,我们就只有搬用外国的理论,加之这种理论中国化问题没有得到成功的解决,批评只好处于一种朝三暮四、疲于奔命的境地,表面上很热闹很繁华,但难以掩饰思想的贫瘠。这就形成了一种思想上的恶性循环。光有形式方法、没有新内容或思想产生的批评就是一种虚拟化的写作。

在当代文学批评中,话语时尚已成为一种重要的风格和标记。不少当代批评家对方法有强烈的偏好,甚至奉方法为真理。他们无论是在话语策略还是文本策略中,无论是清理策略还是重构策略,无论是命名策略还是阐释策略,批评家们都操练娴熟。在一些批评家看来,肉体世界变轻了,词语却获得了重量;精神世界被消解了,而话语意识却取得了主宰权。[1] 词的及物性变得比任何时候都彰显和迫切。这种特征不仅体现在

---

[1] 这种对方法和话语的迷信可能是导源于福柯和拉康的思想。福柯曾断言:"话语的真理性不仅在于它说什么,而且在于它怎么说,换言之,话语是否被接受为真理,不仅与它的内容有关,而且还与话语使用者的意向有关。"拉康认为现实既不是真的也不是假的,而是词语的。

批评的行文语气、观念和方法更新上的迅速转换,更体现在批评的无原则、无立论持论根基的品格上。学问的权利转化为世俗的权益,在媒体的挤压和诱惑下,成为批评家的道德责任与社会的、世俗的、物质利益的交换。

从改革开放以来的文学批评发展历程来看,批评界在20世纪后二十年曾飞速地扮演了人类现代各个阶段的各种文化姿态,但现在看来这种求全求新、浅尝辄止的做法效果十分有限。加之社会转型时期所特有的各种精神症候,导致了批评界普遍的焦虑与疲惫相交织的心态。整个社会的苟且、卑琐、鄙俗情状,则更以整体氛围的方式助长了这种情状和心态。在知识分子社会地位和经济地位还相对贫困化的世道中,出于"为稻粱谋"的用心,不少批评家形成了以种种经济和社会效益的算计为目的进行文学批评和学术选择的心理。在此背景下,批评家们在精神资源、学术传统方面的局限,宿命般地限定了他们的思想创造能力、学理层次。在文化转型、社会变革所必然会面临的重大历史取舍时刻,批评者既有的学术能力、学理功能难以驾驭,无力深化、拓展和升华思想见解。在感应迷误、信仰局限和精神资源匮乏的前提下,批评家纷纷采取某种批评的策略:批评家不能打"硬仗"时,往往以打"巧仗"来代替,在捕捉不住批评的"本体"时,往往以"功用"来代替,而且进一步将这种策略性行为当作批评研究的"正道"。

更有甚者,后现代批评家将以往视为"创作"的行为置换成"写作",把批评当成一种精神消遣,认为批评不以任何实用的目的为目的,不想对读者施加任何影响,他只想使自己有明确的观点,也不强求别人接受。在此,文学理论不再是一种权威的监视话语和判决话语,而是一个各种批评话语甚或相矛盾的话语汇聚与自由对话的场所。这些话语是对文学实践法则探索的、开放的陈述活动。由此,理论的发展就是一种超出权力的永久的话语更新。理论话语活动中话语生产超过了意义生产的重要性,必然会导致它没有确切的所指,成为一个大而空的能指网络,虽然可以包容所有的意义、对象和实践。因而,理论不再是关于文学的话语,不再是关于批评的一种话语,而是一种对文学的说话和对文学的理解,理论话语变成了真正快乐的话语。理论的理想境界是作为一种"体验、评价、解释世界的'新近的'方式,在这个世界中生存,吸取力量,寻找安慰(但最终找寻不到),享受欢乐,表现情爱"①,使快乐、幸福、交流都交融于一种话语的和声。其实,这种什么都包含了、对什么都言说的理论话语是什么都没有说清、难以沉入穿越对象,也就难以触及文学的真正本质的话语。

另外,当下的批评写作有一个重要的话语焦点——文学可能是什么?在这种对文学几乎是无限性的解释中,写作固然在某种意义上完成了学术,但是,文艺对象却在解释的无限性中被消解了。文学什么都是,也什么都不是。在无限性的解释中,批评难以为文艺的现实发展提供必要的运作性建议,这就导致了文学创作的无所适从——如果我们还承认理论是指导性的话语的话。批评沉醉于无限的解释有两种具体的后果:其一是批评回避"文学应该怎么样""文学应该怎么办"的问题;其二是导致批评学科属性的消失。

就整体性而言,当下文学批评写作实际上把文学对象彻底解构了,使文艺成为什么都是因而也什么都不是的东西,批评写作也就等于没有完成任何解释;由于被解释对象的确定性的消失,当下的文学批评写作实际上也就成了没有任何稳定性学科归属的写作,它可以是文化学研究,也可以是语言学研究,还可以是政治经济学的研究或社会学的研究,等等。这就使得批评成为一个十分爱美的形象。在这里还不止是一种批评写作的文学性消失的问题,而且文学是有某种客观尺度而不能任意解释的原因。如果在这点上批评写作达成了一种共识,"文艺是什么"和"文艺该怎么办"的问题也会得到相应的推进和深化,文学批评写作也就能够摆脱无限解释的窠臼而获得学科的确定性和真实性。

如果当下的批评写作能够更多地具有实践力量,而不是空谈玄虚似的坐而论道,文学的失落感大概不会如此强烈。回顾改革开放以来中国文学走过的历程可以看到,一方面它确实曾在相应的批评写作中吸取了某种新的体验方式从而取得了超越性的美学进步;但另一方面,随着批评

---

① 陈晓明:《理论话语:从容启示的时代》,《艺术广角》1992年第4期。

写作的虚拟化愈演愈烈,文学创作就逐渐与批评写作脱离了同谋关系而自谋前程。当下文学发展的新动向更加激发了虚拟化写作的热情而不是反省意识的呈现。

进一步分析我们就会发现,当下一些批评写作就一直表现出一种偏颇的学科建设新理念:文学批评应该拥有独立的自足的价值,尤其是要警惕成为创作的附庸,文学批评写作应该谋求加入国际性学术话语的游戏世界而获得自身的价值认同。我们认为,正是这样一种观念使虚拟化学术写作建立在自觉的基础之上。这种学科建设思路就是以交出批评话语责任与话语主权作为代价来获得身份认同。显然,这是一种将具体的本国文艺话题泛化为所谓国际化的一般性话题的倾向。它既是一个非常短视而急功近利的选择,也是一个牺牲了文学批评学术生命的选择。中国当下文学批评写作的生命和活力正在于始终拥有话语自主权并与本国文学命运具有密切的亲和性。

要解决当代文学批评"失语"问题,要使文学批评创造出丰富的思想,关键在于改变虚拟化的写作品格,认真面对并解决文学本土性的现实问题,真正显现批评的存在价值。因此,批评需要具有真正而深邃的反省意识。

三、文艺批评的价值分化

西方一些具有前瞻性视野的文艺理论批评家,在20世纪70年代就密切关注后现代主义思潮对批评实践和批评精神的促进与侵蚀问题,特别是发现文艺批评实践在精神生活中开始倾向于跟踪新异、玩弄时尚,醉心于逻各斯游戏,对理论进行过度阐释,摒弃价值判断,消解权威中心,但又未能重构起新的价值标准,如果说有,解构、摧毁、颠覆才是其价值的最重要来源。其后中国文艺批评界也耳濡目染了这些潮流和习性,开始利用后现代主义思想方法作为分析武器在批评领域大显身手。

新世纪以来,文艺批评饱受社会大众的诟病,其功能的弱化或者偏失的趋向愈演愈烈,主要原因在于文艺批评在价值取向与价值评判方面的虚无化。在我们看来,当下文艺批评的"缺席""失势""失范",关键不是因为缺少理论资源或者批评方法,而是缺少批评尺度、价值分析和价值评判。从根本上而言,不做评判,取消价值评价,价值虚无化,其实也是一种价值取向,只不过这种价值取向就是要消解既有价值观,张扬所谓的"新历史观""新价值观"和"新的批评标准"。新世纪批评在这点上,可谓是价值取向不同而出现价值的分化。

从现象上来看,新世纪文艺批评作为一个职业或一个行当当然没有从公共领域退席。相当数量的批评家得力于全社会物质条件和信息传媒技术的改良,正在著书立说的个人功利征途上纵情飞奔。谁也不能说这些有名有姓、有活力的职业批评家们从文化工业的操作车间里消失了,相反,这些手段娴熟、干劲热火朝天的职业批评家们此时此地此种方式的存在,迫切地要求人们予以高度的关切和评价。不过,如果我们的着眼点不是职业,也不是具体的某一个人或某一群人,而是"批评界"或"批评家"作为概念所依据的本质规定性,即批判的能力和勇气,那么,我们将很有可能不得不承认"批评缺席"这一观点置于当前的文学、文化氛围中是极具说服力的。在精神生活的空间里,批评家们不仅溜到了自己的工作对象那一边,而且已经暗暗滋生出逃避反思、拒绝自审的习性。他们一方面放弃了履行自己职业责任的权利,使"批评家"这个职业在社会学意义上名存实亡;另一方面又巧妙地豁免了自己,使最后一个可能的批评对象从他们自己的意识里隐匿得无影无踪。这么一来,展现在他们眼前的,就只剩下清一色的和谐安详。他们自己显然不会把这一派和谐安详的假象当作真实,但他们要维护这种假象,进而把这种假象转化为他们赖以进行丧魂失魄、徒具形式的批评表演的"现实依据"[1]。

早在20世纪70年代,批评家克里格在《批评的旅途》一书中就深入揭示了批评与时尚的合谋,消费主义与后现代观念珠联璧合,借力于技

---

[1] 李林荣:《批评界的分化与批评家的时代形象》,见李林荣:《嬗变的文体:社会历史景深中的中国现当代散文》,社会科学文献出版社2006年版,第270页。

巧,使批评跳脱了价值判断的实践窠臼,成为一种技术,一种有名无实的批评实践。有名无实的批评是技术理性彻底压倒目的理性的时代所欢迎的。反过来,只挂招牌而总也拿不出货色的批评家和买空卖空的批评活动,对技术理性支配一切的时代特征也具有指证意味。就表象而言,在技术理性甚嚣尘上的时代,"批评家"这类人往往是博学的,他们的谈吐和文章里通常充斥着一大堆令人肃然起敬的中外著名学者的名字和片言只语;思想立场毫不相干甚至根本对立的古今贤哲及其学说可以被这样的"批评家"们生拉硬扯地纠集在一起,作为支持一种低劣得经不住任何推敲的见解或概念的凭信。肢解各种严肃思想成果的做法符合技术理性的一般要求,只有这样的做法才能最有效、最方便地破除催生批判精神的理论资源。流行于技术理性时代的伪批评之间不可能形成实质上的辩难关系,它们的内核同样都是些陈腐得不值一辩的见识,只不过在借以哗众取宠的外包装上呈现出了有限的差别。进入20世纪90年代之后,中国当代"批评界"罕有学理蕴涵丰富的论争发生,其部分原因即潜伏于此。

身处作为社会职业和作为精神实质的批评面临益趋加强的挤压,以批评为业的人可以有两种选择。一种选择是保卫作为社会职业的批评,而牺牲作为精神实质的批评;另一种选择是保卫作为精神实质的批评,而牺牲作为社会职业的批评。作出前一种选择的人目前俨然已成为批评家时代形象的塑造者。这一形象招摇于外的主要特点是博学、善辩而又极端珍视自己的职业身份。详尽揭示这类形象所包藏的生存哲学内涵难免要大费周章,这里仅以一言蔽之:这种形象其实完全可以等同于一种虚拟符号。它的"博学"意味着对既有思想成果和学术产品的糟践,它的"善辩"意味着对根本不存在的问题展开作秀式的驳诘,而过分强烈的职业荣誉感,则恰好证明隐蔽在这些形象背后的人们已经把批评家的职业本质属性出卖殆尽,剩下一个空洞的名分成了他们唯一和最后的依赖。如果非要说这个幻影般的批评家的时代形象还有什么内在本质可言的话,那么其本质无非也就是"对外取消批判"和"对内抗拒反审"这双重形象的结合。

生存方式上的任何一种选择都与深刻的社会原因和顽固的个性禀赋

相关。谁也无权强求别人改换生存方式，尤其是那些作出选择之前业已充分论证过个人得失损益的聪明人，他们是绝不会被一场哪怕是轰轰烈烈的学理讨论说服的，更不会被那些在生存方式上作了与他们不同选择的人们炽热坦诚的话语所打动。从这个意义上讲，诸如人文精神和学风、学术规范之类问题的讨论，在现阶段社会环境中未免显得有些迂阔。

行走在不同路径上的人们理应懂得彼此捍卫对方自由选择权的重要性。一切试图相互干预、相互影响的努力原则上都应该中止，取而代之的应该是以强化差别为最终指归的对话。但这需要一个极简单而又极易被忽视的前提，即大家必须首先确认彼此分化的事实。这一点对当今的"批评界"来说，是刻不容缓的。因为现时"批评界"的分化已达到了空前深入、空前复杂的程度，而不少自居为重要"批评家"的人们对此却讳莫如深。

之所以会出现这种结果，既要追溯到20世纪80年代的社会时代、政治文化背景，也要深入反思"审美本体论"和"纯文学"论的得失。应当说，无论何种文艺批评，都有一个自身的价值功能，即文艺批评所做何事、所做何为的问题，只不过这种价值取向和功能选择大多会随着时代变化而出现位移。自20世纪80年代至今，对于文艺创作和文艺批评的发展趋势，有论者将其概括为两个阶段：一是"去政治化"发展趋向；二是"再政治化"的演变路径。这一概括虽然对新时期文艺批评和文艺活动丰富性和复杂性的认识有些简单化，但也不无道理。对于极左时期将政治化批评模式发展到了极致的做法，新时期文艺批评是有深入的批判和彻底的反思的。中华人民共和国成立之后，由于严酷的思想文化斗争还存在一定的现实合理性，政治化批评模式就有了实践空间，将文艺批评的价值功能定位为"文艺界开展思想斗争的工具"，并根据一定的意识形态要求，对各种文艺现象和文艺作品的思想倾向性和意义价值作出相应的分析和评价。到后来的"文化大革命"时期，这种偏重思想倾向性的评析就更加简化为某种政治性的裁判，甚至干脆成为罗织罪名、扣帽子打棍子实行思想专制的手段和工具。在改革开放以来拨乱反正的进程中，这种被严重扭曲了的文艺批评无疑为人们所唾弃和远离。甚而至于，为了与这种被扭曲了的文艺批评划清界限或曰"避嫌",当代文艺批评便愈来愈走向回避对文艺现象及文艺作品思想倾向性的评判分析,生怕被误解为政治化批评,生怕招惹是非,因而尽量避开敏感问题以规避责任。更何况随着改革开放的不断推进,社会生活越来越开放丰富,人们的生活方式和价值观念也越来越多样化、多元化,一时进化论的历史观价值观逐渐占据上风,似乎一切现实中的东西,新的必胜于旧的,存在即合理;似乎既没有必要更没有可能对文艺现象作出价值评判,如果需要有所评价,也只不过在宽容和谐的名义下说说无关痛痒的好话而已。

20世纪90年代以来,有些观点在批评界非常有"市场"。这种观点认为,批评不必为社会代言,它可以是自说自话和自我表现,"我评论的就是我自己"。还有种看法认为,"什么都是相对的",因此没有什么终极真理和固定不变的价值。这种"个体主义"和"相对主义"的批评主张影响广泛,因为它看起来非常吻合市场经济背景下文化精英和年轻人的口味,似乎很民主、够自由,尊重个人选择,对于任何人都无法置评,很有迷惑性。据此,一些文艺批评对文艺现象和活动只做阐释不做评价,成为名副其实的阐释性批评,却回避和消解了思想文化建设的责任,推卸了应有的社会担当,愈益向个人化、私语化的偏向发展(这也恰与文艺创作中的个人化、私语化写作相适应)。及至在市场化的社会条件下,随着文艺活动本身日益走向市场化、消费化、娱乐化等,一些文艺批评不仅没有坚守应有的价值立场,反而更加迎合某些低俗化、时尚化的文艺倾向,在这股消费主义、娱乐主义的文艺潮流中随波逐流、推波助澜。有的不惜自降身价扮演推销员的角色,为某些文化商品招揽顾客;有的屈于人情请托,成为贩卖廉价私情的便利手段;也有的干脆与人合谋制造热点,借题发挥自我炒作,从中猎取名利。由此带来的只能是文艺批评自身的日益庸俗化、广告化、商品化,使其重新沦为一种工具性的东西,即市场化的谋取名利的工具。这样的文艺批评不仅丧失了它应有的价值功能,而且使其批评精神遭到严重扭曲。

在有些人看来,当今是开放多元的时代,理应奉行多元主义、相对主义文化立场和价值观念。站在这个立场上看,真理是多元的,价值是相对的,存在是合理的,一切言说都自有其相对合理性,因而无所谓对错、善恶、美丑。既然如此,当然也就无所谓意义言说和价值评判。如果有谁要坚持自己的某种价值观念并进行价值评判,就会被指斥为观念保守、思想僵化,是话语霸权文化专制,是帽子批评、棍子批评等,使人对价值评析视为畏途而退避三舍。然而实际上,文艺批评没有了价值尺度,消解了意义言说和价值评判,也就无异于消解了文艺批评的根本精神,使其成为一种可有可无的存在。也许正是文艺价值观念和价值评判的虚无化,致使当下某些文艺实践和理论批评愈来愈陷入价值迷乱之中。比如,在社会历史观方面,完全无视社会历史发展的规律性和进步性,在文艺创作和理论批评中极力张扬所谓新历史观,如历史即偶然事件的集合,所以并无规律;历史即利益群体的争斗,所以并无是非;历史即各色人等的人性表演,所以并无善恶;历史不过是一场可用来"戏说"的游戏,所以并无意义;等等。如此一来,势必导向历史虚无主义。在人性观方面,也有一些人极力颠覆传统人性论和人道主义观念,在文艺创作和理论批评中大力倡导和追逐表现所谓现代人性观,如人性即"性爱",人性即"欲望",人性即"情色",人性即"享乐"等,从而将文艺的人性描写引向庸俗化、低俗化的歧路。在审美观方面,同样也有人极力消解传统审美精神,在文艺创作和理论批评中追逐所谓现代审美观念,如简单化地将审美视为艺术本性,否定和拒绝文艺表现思想与承担社会责任;片面地将审美归结为娱乐快感即感性欲望的满足,排斥文艺审美的理性精神;热衷于张扬所谓"审美日常生活化",屈从于审美消费主义潮流而遮蔽文艺的审美反思批判精神,等等。出现上述这样一些现象,当然不能完全归咎于文艺批评的失误,但也不能说与之无关。一段时间以来,在多元主义、相对主义价值观念的影响下,一些文艺批评不自觉地失去了应有的价值立场,模糊了基本的价值尺度,放弃了起码的价值评判。

当今文艺批评的分化是一个显而易见的事实,有人将这种新局面概括为"一元主导,多元奔流"。在相当一段时期内,马克思主义文艺批评陷入了认同危机,但就整体和本质而言,马克思主义文艺批评在新世纪依然是主体,居于主导地位①,并在许多新的文艺现象面前重新焕发了生机和活力,引导着文艺批评发展的方向。曾经风靡一时的文化批评,为文艺批评开创了新空间和开启了新视野,但对其局限性和有效性的反思已经推进到一个更深的层次。个体主义批评、相对主义批评、多元主义批评依然活跃于文艺领域和大众文化领域,并未见到退席的迹象。近年来勃兴的生态批评,因切合人类对现代性的反思之主题,而成为应对全球化、现代化、信息化冲击的人们的精神依托,也在文艺领域开疆辟土。那些操持各种西方文艺批评方法的批评家同样还在文艺界和教育界争夺着文艺话语权,且信众多多。解构主义文艺批评也被不少批评家所征用并实践,虽已经失去了以往那种咄咄逼人、所向披靡的气势,但仍有不可小觑的话语能量和诱人魔力。除此之外,还有论者将文艺批评分为传统文艺批评、大众文艺批评和媒体批评,或者学院批评、媒体批评和大众批评,等等,不一而足。但是当下文艺批评最根本的分化是价值立场和批评标准不同,或者说对文艺批评的价值功能的认识不同。

但当前的现实问题是,如果当代文艺批评仍然不能摆脱相对主义、多元主义的新教条、新符咒,不敢直言,唯恐被指为"话语霸权"、回避价值评判,批评的价值功能仍然难以得到恢复,批评的价值立场与价值观念依然模糊缺失,那么就仍将一切都无所谓是非善恶美丑,一切都仍将服务于娱乐化、时尚化,一切都仍将在解构主义和消费主义潮流中随波逐流。然而这似乎并不是人们的普遍愿望,更不是历史发展的必然要求。正如有论者指出的,当代文艺批评的重建主要是价值重建,关键是要重建文艺批评活动自身的价值功能,解决文艺批评何为的问题。② 显然,重建新世纪文艺批评的价值功能,必然要重构文艺批评的当代形态。

一个早已分崩离析的"批评界"再也没有力量承载任何具有实质意义的公共议题。具体的议题必须交由具体范围内具体立场上的具体人群来担当。然而当批评家们在社会/文化/思想多维空间里的布局态势尚未

---

① 参见董学文:《近三十年中国文学理论的趋势》,《文艺争鸣》2007年第7期。
② 参见赖大仁:《当代文艺批评的价值重建》,《文艺报》2008年4月26日。

被辨明时,与具体议题相适宜的具体范围、具体立场、具体人群均是无法界定的。"批评界"反观并检审自己的工作不会一味延搁下去。启动这项工作的只能是那些在时代的挑战面前断然扔掉批评家的职业外套而守护住批判精神的人,他们是终结一个批评瘫痪的时代的最有指望的人选。而生产和培育这种时代需要的批评家的土壤和生态是否已形成,都还有待于进一步的观察。

第五章

包容与借鉴：文化批评与文艺批评的转型

  大众文化是后现代的产物。杰姆逊曾指出："后现代主义的文化已经是无所不包了，文化和工业生产和商品已经是紧紧地结合在一起，如电影工业，以及大批生产的录音带、录像带等等。在 19 世纪，文化还被理解为只是听高雅的音乐，欣赏绘画或是看歌剧，文化仍然是逃避现实的一种方法。而到了后现代主义阶段，文化已经完全大众化了，高雅文化与通俗文化，纯文学与通俗文学的距离正在消失。商品化进入文化意味着艺术作品正成为商品，甚至理论也成了商品；当然这并不是说那些理论家们用自己的理论来发财，而是说商品化的逻辑已经影响到人们的思维。总之，后现代主义的文化从过去那种特定的'文化圈层'中扩张出来，进入了人们的日常生活，成为消费品。"[1]在杰姆逊看来，19 世纪的西方文化是与通俗文化相对立的高雅的精英文化，随着后现代社会的到来，特定的"文化圈层"中的精英文化被扩张为各类形式的大众文化，并占据了人们日常

---

[1] 唐小兵译：《后现代主义与文化理论：弗·杰姆逊教授讲演录》，陕西师范大学出版社 1987 年版，第 129 页。

生活的广阔地盘。杰姆逊这些理论观点对我们深入理解当代资本主义的消费文化帮助甚多。

20世纪90年代中国开启社会主义市场经济的建设,在从计划经济向市场经济转变的过程中,经济转型带来了社会文化的大转型,商业化、快餐化、俗世化的文化消费占据了突出的地位。今天的文化消费或者建立在当代规模宏大工业基础上的文化,比科学技术更为重要,更是当代资本主义一个合法性、合理性的物质基础。批评家必须从这一大的时代背景去理解作品,其中对当代资本主义和市场经济的理解就是一个重大的现实问题。大众文化批评就是一个非常重要的视角,其实践成果和分析框架有助于文艺批评提高阐释的针对性和有效性。

故此,要理解新世纪文艺批评的实践成果,精到概括它的特征和新质,同样必须将其放在这样一个宏观的框架里来进行。

第一节
社会转型与大众文化的兴起

从20世纪90年代初期开始,后现代主义文化思潮被中国精英界人士陆续介绍到国内,并引发了一系列讨论。随着对外开放的不断扩大和社会主义市场经济体制的推行,人们的思维方式、价值取向都开始发生变化。经济和社会转型带来了文化转型,即大众文化受到热捧,主流文化和精英文化开始备受冷落。

一、大众文化的兴起及其历史意义

20世纪90年代以来,伴随着知识经济和知识全球化浪潮的涌动,加上电视电影、电脑网络对信息传播方式和接受方式的影响和改变,在西方盛行一时的大众文化也以强大的声势渗入中国,在当下已成为中国最汹涌的文化潮流,并渗透到社会生活的各个方面。自此,许多文化精英对自己固守的阵地发生动摇,纷纷跨界、转型成为市场经济的弄潮儿。文化精英在市场经济环境中谋求发展、追逐财富,致使其责任意识、担当意识和使命意识荡然无存,这也自然而然使大众对文化精英产生了强烈的抵触情绪。加之,随着社会主义市场经济体制改革的纵深推进,文化领域各层次的改革也由此展开。自主经营、自负盈亏的文化企业不断增多,原先由国家扶持的很多文化事业单位转企改制,自谋发展,走向市场。而从事纯学术研究的知识分子面临着出书经费难的问题,对普通学者而言,发表学术论文也要交纳一定数额的版面费。此种境况下,部分知识分子不得不先想方设法赚钱,或到企业兼职,或举办各种形式的补习班,或联系单位开讲座,或开动脑筋写畅销作品,然后出版自己的学术著作。这样的恶性循环以及各种利益链的相互依赖,使得粗制滥造的作品甚至庸俗之作开始充斥市场,精英文化受到排挤,日益走向边缘化。精英文化所倡导的崇尚理想和人文精神被平面化、大众化、平庸化的声色幻象所覆盖。

大众文化借助于互联网、流行音乐、影视剧、手机短信等各类媒介针砭时弊,关注现实问题,在一定程度上建立了公共文化空间,展示了一定的批判精神。但更多的公共讨论、面对面谈判成为"作秀"或经济行为。正如哈贝马斯所说的:"今天,讨论本身受到了管制:讲台上的专业对话、公开讨论和圆桌节目——私人的批判成了电台和电视上明显的节目,可以圈起来收门票,当作为会议出现,人人可以'参加'时,批判就已经具有商品形式。讨论进入'交易'领域,具有固定的形式;正方和反方受到事先制定的某些游戏规则的约束;在这样的过程中,共识成为多余之物。提问成了成规;原本在公共辩论中解决的争执挤入了个人摩擦层面。"① 不可否认,大众文化是以营利为目的的消费性文化。时代越是失去什么,大众文化就越要凸现什么,它把人们带入另一种状况,以满足人们心理需求的欲望。可见,大众文化还具有精神追怀、唤醒传统的作用。如果我们仅

---

① [德]哈贝马斯:《公共领域的结构转型》,曹卫东、王晓珏、刘北城等译,学林出版社1999年版,第191页。

仅把大众文化看作一种文化产业、技术和经济现象,就不能很好地研究它的社会价值或社会效益。

大众文化之所以没有产生具有广泛影响的社会效益,正如批评家肖鹰所言,主要在于从普通受众来说,他们有两个方面是相对被动的:一方面,有供给才有消费,其更深刻的表现是,大众的文化欣赏趣味很大程度上是被大众传媒所制约、塑造、诱导、限制的;另一方面,很多人认为把文化弄得低俗娱乐是为了满足百姓的需要。但老百姓不是固定不变的,而是多层次的、发展变化的。当今中国广大的农村老百姓经历了改革开放,经历了现代化的大发展,他们的欣赏情趣和文化品位在提升、丰富,并呈现多样化的趋势。但是,现在的大众文化是单一化地走低俗娱乐的路线,这是对民众欣赏水平的低估、误解和误导。事实上,随着经济生活水平的逐步提高,休闲时间越来越多,普通大众对精神生活要求的质量也在不断提高。通过大众媒介而崭露头角且备受观众喜爱的农民歌手阿宝、王二妮、朱之文("大衣哥")等人的演唱水平几乎可与专业演员一比高低,甚至毫不逊色于专业歌手。他们向观众展示的表演风格、人生经历乃至家庭生活所反映的勤劳、朴实、乐观向上的生活态度成为我们时代所要提倡的风向标。

大众文化从实质上说是在现代工业社会产生、与市场经济发展相适应的一种当代文化,它一方面是同与其共时态的代表官方意识形态的主流文化、代表学界的精英文化相互区别也相互协调、合作的;另一方面也是同传统自然农业经济社会里的各种民间文化、通俗文化有着一些原则差异的。可以说,商业性、流行性、娱乐性和普及性是其最主要的基本特征。

进入新世纪以来,随着市场经济的进一步推进,以及中国迅速融入国际经济秩序框架,中国的大众文化得到前所未有的大发展。从2000—2006年全国消费结构来看,中国人在"娱教文化"方面的消费有逐年增加的趋势,在整个消费结构中仅次于食品和居住的支出,这也说明随着经济的增长,人们对于文化的需求越来越多,且日趋多元化。与人们的需求相对应的是,中国当下的文化消费的观念与结构也在发生变化。马克思曾经指出:"消费在观念上提出生产的对象,把它作为内心的图像、作为需要、作为动力和目的提出来。消费创造出还是在主观形式上的生产对象。没有需要,就没有生产。而消费则把需要再生产出来。"①迈克·费瑟斯通也在《消费文化与后现代主义》中认为:顾名思义,消费文化即指消费社会的文化,它基于这样一个假设,即认为大众消费运动伴随着符号生产、日常体验和实践活动的重新组织。因此,当人们在物质生活的保障上面日趋完善并得到加强时,更高层次的精神文化需求便自然浮出水面,而"大众文化"的本质特征也注定其与"国家主导文化"和"精英文化"存在难以跨越的鸿沟,因此"文化工业"随着"大众文化"的需求而产生,在社会主义市场经济日趋成熟的中国出现,也不是一件奇怪的事情。

有了文化工业生产,就有了与之相对应的文化消费,而中国众多人口所支撑的庞大影视消费,成为当今娱乐文化的一大特征。随着经济的发展、市场化步伐的加快和人们收入水平的不断提高,城市生活节奏不断加快,影视消费成为大众生活中不可或缺的休闲首选。影视播放载体的变化也映衬出人们生活方式的选择与变化,不同的时代体现着不同的消费,消费的对象却是不变的,即影视作品本身。大众文化,在法兰克福学派那里被称为"文化工业",在这些学者眼里,大众文化工业对人们精神生活产生麻醉性侵害,通过沉醉于物欲的享受来摆脱现实的拘束,丧失了批判立场和反思精神。

从1990年开始,国内学者呼吁对大众文学进行理论研究。各种文艺研究刊物(包括学报、报纸等)纷纷开设专栏进行讨论,大众文化在与传统代表官方意识形态的主流文化、代表学界的精英文化的较量中取得了社会合法地位,并逐渐得到思想界、学术界和批评界的关注或认可。1991年《上海文论》开辟专栏"当代视野中的大众文艺",并在当年第一期发表一组有关"大众文艺"的讨论文章。虽然这些文章讨论的对象是"大众文艺",还不是专门有意识地就"大众文化"进行研究,但有关文章已经对大众文艺的性质、机制、生产、流通和消费等问题展开讨论。随着1992年市

---

① 《马克思恩格斯文集》第8卷,人民出版社2009年版,第15页。

场经济建设的铺开,大众文化的合法性得到确立。①

由于大众文化从一出现就受到了批评家的猛烈抨击,作为被批判的靶子,其本身应有的价值并未得到合理的估价。20世纪90年代中后期随着大众文化本身的进一步发展以及大众文化研究的推进,批评界对大众文化和世俗化有了更多的理解和肯定,大众文化的价值只有在这种语境下才能得到公正客观的评价。王宁、陶东风、邹广文等学者在这方面做了不少推进工作。

王宁在《后现代性和中国当代大众文化的挑战》一文中从后现代的维度对大众文化在中国兴起的意义进行了积极的肯定。他认为,大众文化的崛起以及对精英文化的冲击是全球化的普遍现象,在中国,这种现象则是历史发展的必然,是不以人们的意志为转移的。大众文化作为后现代在中国的一个变体,其兴起导致的结果是中国当代文化格局的多元共存的现象。

邹广文在《社会转型期的大众文化定位》中则从社会转型的角度对大众文化进行了肯定。他指出,大众文化的兴起是改革开放以来尤其是20世纪90年代以来当代中国的一种引人瞩目的文化现象,与之相应,对大众文化的价值评价构成了目前国内文化讨论的热点之一,然而要对当前的大众文化实践予以准确价值定位,必须将其与中国走向现代化的社会转型联系起来,否则必然导致对大众文化实践的褒贬不一的评价态度。从社会转型的视角来看,大众文化实践是文化真正回归社会生活、文化真正实现现代化生长的必然环节,因此就通过积极的引导来促进当代大众文化的人文提升。大众文化对于当代中国社会文化现代化所起的推进作用是毋庸置疑的,尤其在现阶段我国处于传统向现代文明转型的关键期,我们更应该积极培育大众文化。该文还总结了大众文化对于当代中国社

---

① 其后,《文艺报》举办了中华人民共和国成立以来首次大众文学理论评论征文活动(1990年12月至1991年6月,历时半年的"环印奖"活动),反响很大。进入1993年,在国内知识界的人文精神大讨论与西方文化研究热潮传入中国的双重背景下,大众文化作为新的研究对象和领域迅速成为学界的热门话题,对"人文科学构成了全新的挑战"。1994年5月,在太原召开了"大众文化与当代美学话语系统"的学术讨论会。1994年12月,《文艺报》在京召开了关于大众文化的专题讨论会,并于1995年1月开始设《大众文化研讨》专栏。《读书》于1997年第2期进行了大众文化的专题讨论。

会文化生活的积极推进作用。

首先,大众文化加速了当代中国文化多元化发展的进程。从世界范围来看,中国本土大众文化的兴起是不同性质文化间相互对话与交流的结果,同时,彼此之间的融合与冲撞又促进了文化的真正繁荣。从中国内部的文化格局来看,大众文化的兴起加快了文化的分层,主要的表现就是主流文化、精英文化、大众文化都在各自文化的实践中寻找和确立自己的应有位置。大众文化实践加速了当代中国文化多元化的深层意义,是它改变了中国原有的文化资源分配方式,使更多人可以方便、自由、快速地拥有自己喜欢的文化资源。

其次,大众文化构成了中国市场经济发展的最深厚的文化基础。大众文化所体现的快节奏、高效率、讲实惠、重实际品格,有利于把人的思想精神追求从传统文化的重义轻利、重本抑末、忧道不忧贫等观念中解放出来。尤其是大众文化把改革开放伊始也许还只是少数人才具有的新观念和新的生活方式充分社会化物质化。个性张扬有利于开阔人的心胸和眼界,大众文化对于改变人们的封闭守旧心态、积极参与社会生活,都会比其他文化形式有更大的优势。而这一切,势必为中国市场经济的发展注入文化动力。

最后,大众文化实践有利于大众百姓日常生活的人文提升。作为市民阶层自发形成的文化,大众文化最接近人们的日常生活领域,现代大众文化向日常生活原发状态的积极渗透,必将有助于更新原有日常生活的内涵,使其增加与时代精神相符合的人文含量。

陶东风的反思更多地从历史主义的角度对大众文化进行了肯定,他指出:"如果我们不否定中国的改革开放与现代化运动具有不可否认的历史合理性与进步性,那么,我们就必须承认:当今社会的世俗化过程及其文化伴生物——世俗文化,具有正面的历史意义。因为它是中国现代化与社会转型的必要前提。如果没有80年代文化界与知识界对于准宗教化的政治文化、个人迷信的神圣光环的充分解除,改革开放的历史成果是不可思议的。"这种历史主义的观点将大众文化的产生放在了中国社会转型的历史进程中来把握,肯定了大众文化在中国产生的历史意义,这样的反思有其积极的意义,但同时也引起了我们这样的思考:我们能不能总是以社会转型经济发展等作为对大众文化进行辩护的理由呢?

总之,大众文化作为当代中国社会生活转型时期的文化,还是一个有待成熟壮大的事物。虽然有其不成熟甚至肤浅、混杂的缺点,但它毕竟带有告别旧传统、探寻现代化新生活的时代品格,尤其在目前其他文化形式尚未调整到贴近生活、与时代精神共振的时刻,大众文化客观上担当了当代中国新文化建设开路先锋的角色。

二、大众文化在中国的发展

如果说20世纪80年代是中国大众文化的萌芽期,那么20世纪90年代则是中国大众文化全面发展、确立自身社会地位的时代。20世纪90年代的中国大众文化从策划、投资、制作、生产、选择、发行到进入实际消费,都已被纳入大工业生产的链条之中,已深入人心并占据了当代中国大众大部分的文化生活空间,大众在文化生产和消费中的地位逐步抬升,从事大众文化制作的艺术家、制作人、明星也都获得了很高的社会声望和地位。

20世纪80年代末至20世纪90年代初,大众文化在中国还不具备合法性,文艺批评界依然沉浸在"文化热"的余波里,他们的兴趣和讨论的重点是"纯文学",依然在努力构建他们的审美通天塔。在这样一种语境下,他们遭遇了大众文化的挑战,这是当时的批评家所不能容忍的,批评界对大众文化界的态度可以用讨伐来形容。这一时期对大众文化进行批判的另一个主要理论依然是现代主流美学的某些观点,其中最核心的就是用"无功利性""审美趣味"说等理论从最大限度上将大众文化和艺术区隔开来,以此来构筑拒斥大众文化的防波堤。

在大众文化研究者看来,大众文化是一种非艺术,大众文化的旨趣和艺术相去甚远。周宪在《大众文化的时代与想象力的衰落》一文中从大众文化背景下人类想象力的衰落的角度,论述了大众文化与艺术的差别。

他认为,当前审美文化想象力衰落的征兆和结论来自大众文化的空前繁荣,或更准确地说,大众消费文化越繁荣发达,卓越的艺术想象力便越是衰竭,于是我们看到了中国当前的一个深刻文化矛盾:科技的昌明和物质的丰盈,日益平庸浅俗且同质化的大众消费文化,与作为创造性标志的艺术想象力的枯萎,形成了强烈的反差。在大众文化批判者的眼里,大众文化缺乏现代传统美学有关艺术无功利性、趣味性的准则,大众文化只能给人一种生理快感的满足,当代消费社会最大限度地刺激了人的欲望,为人们提供了满足欲望的最大可能性,但同时也最大限度地张开了欲望的陷阱和沉沦的危险。在物质文明发达的今天,科学技术(其职能已彻底降为创造财富)以其令人难以置信的力量,把欲望的魅力与沉沦的危险同时昭示在大众面前。科技与欲望的结盟是当代消费社会的根本表征,它的杰作之一就是大众文化或称文化工业。

在一些论者看来,大众文化的最主要功能就是唤起大众最原始的欲望,并且极尽所能去满足大众的这种欲望。而其结果是大众在欲望中沉沦,这与艺术提供给人以精神满足是相背离的。在一些论者看来,当代大众文化与艺术的审美原则背道而驰。大众文化是一种反美学,是对传统艺术、审美文化的反动和挑战。当代文化工业是以反审美的姿态力图削平艺术的深度模式,削平艺术曾赖以辉煌的崇高与悲剧意识,回到一个浅表的游戏之中,而成为一次性消费的文化快餐。还有批评者认为,大众文化产品是主流意识形态禁锢主体意识、控制其自由意识的工具,大众文化是独立思想的障碍,接触大众文化,局部特征是碎片化的,不能形成一个有机整体的过程。甚至有学者认为,大众文化产品是一种后现代式的拼凑,缺乏真正的艺术性特征。

在今天看来,20世纪90年代初,批评家们对大众文化批判的局限性是明显的,这种批判的最大缺陷是无法从人类社会文化变迁的角度客观地审视文化产业和大众文化的历史形成。在批判的过程中,缺少对大众文化的正确公正的认识,不能以一种"同情的了解"来理解大众文化产生的必然性和重要性。有时甚至以一种知识分子被边缘化后的不满情绪对大众文化做道德主义、精英主义的批判,这些都是值得商榷的。另外,人文精神的倡导者之所以用法兰克福学派的大众文化理论来批判大众文化，也是有其内在原因的。当时人文精神的倡导者，从其知识背景或者文学立场来看，坚持的是一种"文学自律论"的精英主义立场，而以阿多尔诺为代表的文化工业理论也是强调精英主义立场的。两者就有了理论上的交集和结合点。可以说，人文精神的讨论是大众工业理论在中国流行的一个重要语境，而人文精神论者借用文化工业理论来批判大众文化，这是一种大众文化研究的主要范式或传统。而事实上，人文精神这种批判范式在其后的大众文化研究中也得到了进一步的发挥和延展。如在北京师范大学组织的"人文精神与大众文化"笔谈会上，有学者就强调用人文精神引领大众文化的发展，他们认为大众文化产品中有无人文精神，是关系到其有无灵魂的问题，关系到把大众往什么地方引导的问题。法兰克福学派的理论之所以具有现实针对性，就是因为我们今天所面临的文化情况与当年阿多尔诺等人面临的社会文化状况类似。只要存在这样一种批判的声音，有这种制衡的力量，大众文化就不至于滑得太远。

20世纪90年代中后期，批评家们对法兰克福学派理论的适用性问题进行了一定反思。中国的大众文化研究由于本土理论资源的相对匮乏，从一开始就是在借用西方大众文化理论展开批判的，可以说，中国大众文化研究的发展轨迹和西方的大众文化理论有着内在的逻辑关联，而反思这些理论的历史适用性问题是进一步前进必须要做的清理工作。

陶东风对自己在前一阶段运用法兰克福批判理论对大众文化进行批判的做法也做了自觉的反思，指出用法兰克福文化工业理论来批判中国的大众文化存在历史的错位。由于中国社会文化与文化所处的历史阶段与西方发达资本主义社会存在着巨大的差异，因此，在借用西方批判理论分析中国社会文化状况时，除了提出新的有一定意义的问题之外，同时也遮蔽了一些或许是更为重要的问题，因而，在援用西方文化批判理论的时候，应该清醒地意识到它在理解与分析中国问题时的适用性和阐释限度。他认为，中国学者要慎用法兰克福文化工业批判理论，而应该从中国的实际问题出发创立或引用适合的理论，而不是从理论出发制造或夸大中国的所谓问题。当然，他在反思法兰克福理论时并不是全盘否定它的有效性和意义,而是指出法兰克福理论与中国大众文化存在的错位现象。①

吴炫认为:探讨现阶段的中国大众文化,应该在一个与传统的通俗文化,尤其是与西方大众文化有着本质差异的,因而还有待于深入探讨的文化定位中,也意味着,用平面化、制作化、商业化、复制化这些法兰克福学派的批判术语来描述中国的大众文化,不仅可能同样描述了精英文化在中国现阶段的生存状态,而且也触及不到中国大众文化的实质性问题,据此我们就"拿错了武器",也失去了"目标"。祖朝志在《错位的大众文化批判》一文中,分析了中国大众文化批评者存在的两种错位情形。从传统精英文化的审美观念和原则出发,去检测、批判大众文化,是时间上的错位;传统精英文化是由文化人创立的供文化人和上流社会欣赏的文化,一般民众被拒斥于外,而现代社会是一个现实化、世俗化的社会,它的文化特色就是大众化和通俗化。精英文化的审美观念和原则包括人文关怀、价值呵护、意义追求、悲剧精神、生命本质等,虽然具有崇高积极的一面,但也有虚幻理想的一面。作为少数人理想追求是可以的,却难以作为社会公众的共同法则。用精英文化标准去规范所有类型的文化,尤其是大众文化,则实际上是剥夺了大多数民众的文化权利。中国时下批判大众文化大多是依据法兰克福学派的"文化工业"理论,这就出现了时空的错位。法兰克福理论是在极为特殊的历史条件和社会状况下产生的,目前一些大众文化批判者却把它当作一个跨时代、跨社会的普遍理论来运用,置中国的实情于不顾,盲目套用文化工业理论显然是不合时宜的。他认为,应从大众文化本身、从中国具体的国情出发来定位和引导大众文化。

还有一些批判者认为,大众文化的文本是无深度、平面化、机械复制的,从质量上看完全是假冒伪劣的文化垃圾和快餐文化。陶东风则认为,有关文本的质量标准不适用于大众文化。大众文化的一个根本特点,也是它受到大众欢迎的重要因素,即它与大众日常生活之间的相关性,大众

---

① 参见陶东风:《超越历史主义与道德主义的二元对立——论对待大众文化的第三种立场》,《上海文化》1996年第3期。

文化可称为"日常生活的文化"。当一个特定的文本与大众的日常生活相通时,大众文化就被创造了出来。大众之所以喜欢文化工业提供的产品或文本,并从中发现意义与快乐,原因即在于他能够在产品和他的日常生活之间建立关联。社会条件在其中起到重要作用,大于文本特征或质量所起的作用,因此决定了这种大众选择终究不是决定性因素。大众选择让人们更看重文本在日常生活中的使用,而不是文本的结构性质或质量。如果一种文化资源不能提供与日常生活经验产生共鸣的相关点,那么就不能成为大众的,尽管文本的质量很高,这种相关点是动态的、相对的。批判者认为大众文化是商业化的,反对其浸润着的商业主义特征。它借助商业炒作把文化垃圾推销给愚笨而无鉴赏力的大众。由于在精英的眼中,商业总与文化、审美是对立的。所以,大众文化是反文化、反审美的。这种看法如果是着眼于大众文化的内在价值导向,还是有一定的阐释力。但如果是着眼于文化的生产与传播方式,则是自相矛盾、自欺欺人。因为在一个发达的商业社会中,文化的生产和流通想完全排斥商业、完全逃脱商业的制约是不可能的。

可见,上述对法兰克福学派理论运用的反思,对我们部分地纠正此前对大众文化与大众的看法起到了一定的作用。但在这里,这些学者的反思似乎从一个理论又陷入了另一个西方理论陷阱之中,如在论及大众文化的意义和积极性因素时运用了菲斯克为大众文化辩护的理论。而在反驳大众被动接受问题上,他的批判话语与理路,似乎存在明显的菲斯克的"大众反抗"论的烙印。因此,这样一种逃脱法兰克福理论又投身于另一种理论罗网的反思,很难说有多大的实践有效性。

三、大众文化批评与日常生活审美化

大众文化是在当今经济全球化和文化多元化的背景下伴随着消费文化的发展和电子传媒的崛起而生成的一种文化形态。应该说,大众文化的发展有效地消解了主流文化的"霸权",赋予了社会绝大多数处于普通认知水平和文化程度的平民百姓以文化消费的权利。但是,大众文化作为现代工业社会的产物,其制作过程与接受过程是完全分离的,大众是被动的接受者。尤其是市场经济规律在大众文化的运作中起着十分重要的作用,有些人基于商业营利目的而快速合成的大众文化,对人生的理解和情感的投入以及审美的体验往往大打折扣,甚至有诸多虚假和矫情的成分掺杂其中。因此,大众文化往往成了一次性消费的文化快餐,它并不执意追求文化价值的永恒性,而更多的是给忙碌的大众一种经验上的娱乐和感官上的享受,日常生活的审美化理论客观上对这种感性文化的发展起到了推波助澜的作用。不过,这种"感性文化"的蔓延往往会导致人们对时代、社会、历史与文化责任感的淡化,造成文化精神与科学理性的稀释,使社会进步缺少恒久的动力。因此,大众文化批评在肯定大众文化的解放潜能的同时,也针对大众文化的消极作用进行了深入的批判。受西方大众文化理论的影响,中国批评家对大众文化的认识和批判也有这样一个逐渐深入的过程。

中国批评家对大众文化的认识大约经历了以下三个阶段[①]:其一,20世纪90年代初期的批判期。主要借助于法兰克福学派的理论资源对大众文化进行批判。此时,中国文艺批评界对大众文化的理解基本上聚焦于阿多尔诺、马尔库塞的思路。其二,20世纪90年代中后期的反思期。研究者对前期的大众文化研究有了较深入的反思,对大众文化的性质和意义进行了重估。反思的成果主要有,法兰克福学派的大众文化批判理论与中国的现实状况沉溺在某种错位中,大众文化是中国社会转型的产物,具有消解一元的意识形态与一元的文化专制主义、推进政治与文化多元化民主化进程的积极历史意义。其三,新世纪以来的百家争鸣时期。文艺批评界对大众文化的认识趋于复杂和多元,进入了一个众声喧哗的时期。其中既有对批判立场的坚守,用现代化理论对大众文化的肯定,如

---

① 有学者用"由外而内""由内而外"和超越内外之分以实现新的综合来表示对新时期文学理论的估价。"由外而内"发生于1980年至1990年,涉及对文学自身规律的研究;"由内而外"是指20世纪90年代以来伴随着文化研究在中国的兴起和中国步入消费社会,我国文艺学重新关注文学和社会文化的关系,包括大众文化、日常生活审美化的研究等。新世纪以来,不少人认为应该把内部研究与外部研究相结合,让文学艺术与社会文化实现互动与互助。

有人认为大众文化"实际地改变着中国当代的意识形态,在建立公共文化空间和文化场域上发挥了积极的作用",也有人对其持有消极、负面的态度。

这些年来,国内大众文化研究者对许多与大众文化相关联的问题进行了探讨和论争,主要包括大众文化的定义及其产生的原因,大众文化与主流文化、精英文化的关系,大众文化与大众传媒,大众文化与文艺学学科,"日常生活的审美化"问题,等等。而面对大众文化的迅速崛起,20世纪90年代初期中国的人文知识分子却普遍地以一种精英主义、道德理想主义的态度对其大加鞭笞和拒斥。这种鞭笞的态度集中地展现在关于人文精神的讨论之中。人文精神作为知识分子对现代性的反思,它所针对的显然不是大众文化,而是现代化的大众文化,其中主要的目标是作为中国大众文化符码的王朔和他的痞子文学。整个论争的过程从1993年延续到1996年,被谈论的问题多种多样,但在今天看来,这场论争的核心是以终极关怀、审美精神拒斥世俗诉求,用道德理想主义和审美主义拒斥大众文化与文艺的市场化、实用化和商品化。① 这种精英主义、道德理想主义与审美主义的批判取向成了20世纪90年代初期文艺批评界对大众文化批判的主要范式,其主要理论资源则是法兰克福学派与现代美学的观念等。

以1997年《读书》杂志对大众文化问题的讨论为一个明显的标志,这一年《读书》杂志第二期推出了《大众文化研究》专栏,这预示着,大众文化已经真正被知识分子所关注,成为他们思考问题的一个主要方面。中国的大众文化批评进入了一个相对繁荣的时期,表现为一系列研究成果相继出版,相关理论译介稳步推进,相关研究机构和出版物陆续成立或发行,等等。

20世纪90年代末,大众文化研究的一个标志性事件是李陀主编的大众文化批评丛书的出版。迄今为止,这套丛书已经出版了十几种:《隐

---

① 这场论争由于参与者未能对人文精神与终极关怀等问题进行恰当的界定,没有讨论问题的共同平台和话语,因而难以达成共识。今天看来,有无信仰不是判定一个人的精神境界高低之标准,因为信仰有好的也有不好的,不是任何信仰都值得提倡,同样人文关怀也有现实性的关怀和超越性的关怀之分。

形书写——90年代中国文化研究》(戴锦华)、《双重视域——当代电子文化分析》(南帆)、《在新的意识形态的笼罩下——90年代的文化和文学分析》(王晓明主编)、《书写文化英雄——世纪之交的文化研究》(戴锦华主编)、《上海酒吧——空间、消费与想象》(包亚明等)、《倾斜的文学场——当代文学生产机制的市场化转型》(邵燕君)、《崇高的暧昧——作为现代生活方式的休闲》(胡大平)、《在角色与非角色之间——中国的青年文化》(陈映芳)、《从娱乐行为到乌托邦冲动——金庸小说再解读》(宋伟杰)、《救赎与消费——当代中国日常生活中的消费主义》(陈昕)。从批评理念、研究框架及其涉及面看,这套丛书在一定意义上可以看作中国本土大众文化批评实践阶段性成果的集中展示。国内第一本介绍西方大众文化理论的基础性读物是陆扬、王毅撰写的《大众文化与传媒》,书中既有对西方文化理论家及其理论作品的介绍,也有对这些理论包括法兰克福学派理论的反思性解读。与此同时,西方大众文化理论的译介工作也得到推进,像罗钢、刘象愚主编的《文化研究读本》,陆扬、王毅选编的《大众文化研究》,周宪、许钧主编的《现代性研究译丛》等,都从不同角度和侧重点将当代西方的大众文化批评研究成果介绍给中国的读者,并使之得到广泛的传播。另外,金元浦主持的"文化研究"网站的开通上线,以及由陶东风、金元浦和高丙中主编的《文化研究》丛刊在这一时期出版,为国内大众文化批评提供了一个相对稳定的研究对话平台。此外,在大众文化批评方面较有代表性的著作还有周宪主编的《世纪之交的文化景观——中国当代审美文化的多元透视》,等等。

新世纪以来,大众文化又有了新的更大的发展,大众文化批评无论从研究者的态度还是研究方法、理论范式等的运用,以及研究的问题意识和之前相比较都有了不同程度的变化,出现了一种百家争鸣的多元局面。与之相适应的是大众文化批评也进入了一个新的时期,最重要的标示就是对"日常生活审美化"的关注和批评。

"日常生活审美化"已然不是一种西方消费社会所特有的文化现象,它至少在北京、上海、广州这样一些消费文化发达的中国都市已属不争的事实。这部分归因于伴随中国社会文化快速转型与城市化进程的不断推进,文化资本在城市发展策略中所占比例愈来愈重。其具体表现在:首先,越来越多的艺术元素、时尚、设计与文化影像不仅融入商品生产与包装,而且被整合进购物中心、休闲娱乐会所、文化主题乐园以及城市建筑。这种具有明显商业意图的文化资本投入,对当代中国都市大众的生活品位与生活方式发生了潜移默化的影响,从家居装潢摆设到个人外表服饰,再到平时言谈举止直至生活习气,等等,皆有可能谋求某种审美的规划和艺术效果的达成。与之相伴,随着人们消费欲望的膨胀和审美欲求的不断扩大,审美突破了艺术的藩篱而呈现世俗化的态势,更多融入商品消费或感官享乐的日常生活实践之中,与消费一道在"让生活更美好"的普遍诉求上形成共谋关系,进而实现着对日常生活全方位的渗透和改造。

其次,近十几年来,在中国许多大城市或自发或有规划地出现了一些类似纽约SOHO区、洛杉矶伯格芒区的艺术集聚区,如北京的"798""宋庄",上海的M50,深圳的大芬村、创库,成都的浓园,等等。随着国家或地方政府的政策调整与经济资本的大量注入,它们正在完成由艺术中心向文化消费中心的身份转变。艺术家们摒弃传统的架上绘画模式,尝试将日常生活中的平庸物品、偶发事件、身体与感官体验等作为艺术表现对象,加之其艺术空间的集聚性与开放性,既在一定程度上跨越或抹平了艺术与生活的界限,同时也拉近了艺术与都市大众的直接距离。尤其是2011年以来,全国公立博物馆、美术馆、图书馆、文化馆陆续免费开放,更令艺术不再是为少数人独享的奢侈品,而是可以随时欣赏的大众文化消费品。

无独有偶,在市场经济快速推进的当代中国大都市中,同样不乏费瑟斯通所谓的"新型文化媒介人"(韦尔施称之为"美学人"、布迪厄称之为"新型知识分子")这一族群。他们大多供职于同文化创意产业相关的行业或部门,如文化艺术业、广播电视业、新闻出版业、网络信息服务业、旅游业、广告业、娱乐业、会展业、咨询业等,并主要从事符号产品的生产与服务。他们迷恋于艺术家与知识分子的生活方式——"关注身份、表象、自我呈现、时尚设计与装潢的生活方式"①,不仅是艺术化生活的身体力行者,同时也是日常生活审美化的媒介人,不断参与着时尚、品位、生活方式的打造和传播,扮演着公众在日常生活与身体美化方面的引导者、规范者角色,并"与知识分子一起,致力于使体育运动、时尚、流行音乐、大众文化等成为合法而有效的知识分析领域"②。借助于这一族群的文化中介功能,原本横亘于高雅文化与大众文化之间的旧有秩序和等级符号得以消解,公众近距离了解艺术家和艺术的可能性得以增强,进而有意无意地部分瓦解了社会差异和社会等级合法性,强化了艺术家、知识分子、文化媒介人、各式观众和公众之间的相互依赖程度,有效推动了艺术的普及化、民主化与日常生活的审美化进程。

显然,新世纪的中国确已具备催生"日常生活审美化"这一新型美学现实与生活趋向的必要因素,它们构成了在当下中国讨论"日常生活审美化"命题的言说场域。因此,尽管中国消费文化的发展程度较之西方仍有一定差距,但这种程度差异终究不应成为人们否认日益明显的"日常生活审美化"景观的充分理由。

周宪认为,消费社会时代"一种新的'视觉文化'已经崛起,其显著的特征乃是我们的日常生活越来越趋向于美化,视觉愉悦和快感体验成为我们日常生活的重要因素"③。而陶东风则在《日常生活的审美化与文化研究的兴起——兼论文艺学的学科反思》一文中强调,今天的审美活动已超出所谓纯艺术/文学范围,渗透到大众日常生活中,文艺学必须正视审美泛化的事实,紧密关注日常生活中新出现的文化/艺术活动方式,及时调整和拓宽自己的对象与方法。对"日常生活的审美化"做出了自己的批评诠释和争鸣的还有:王德胜在《文艺争鸣》2003 年第 6 期发表《视像与快感——我们时代日常生活的美学现实》、朱国华在《文艺争鸣》2003 年第 6 期上撰文《中国人也在诗意地栖居吗?——略论日常生活审美化的语境条件》、鲁枢元在《文艺争鸣》2004 年第 3 期上发表《评所谓

---

① [英]迈克·费瑟斯通:《消费文化与后现代主义》,刘精明译,译林出版社 2000 年版,第 159 页。
② [英]迈克·费瑟斯通:《消费文化与后现代主义》,刘精明译,译林出版社 2000 年版,第 67 页。
③ 周宪:《日常生活的"美学化"——文化视觉转向的一种解读》,《哲学研究》2001 年第 10 期。

"新的美学原则"的崛起——"审美日常生活化"的价值取向析疑》、赵勇在《河北学刊》2004年第9期上发表了《谁的"日常生活审美化"？怎样做"文化研究"？——与陶东风教授商榷》、毛崇杰在《文学评论》2005年第5期上撰文《知识论与价值论上的"日常生活审美化"——也评"新的美学原则"》与同行进行对话和争鸣。

事实上，关于"日常生活审美化"的讨论本身已经宣告了当下日常生活不再像以往那样仅仅是美学研究的"飞地"，也证明了"美学走向日常生活"的现实性。对此，我们从"日常生活审美化"命题对于当代中国日常生活与美学发展所产生的重大影响中可以得到证明。其一，对于长期接受家国观念和集体主义意识形态训诫的中国人来说，"日常生活审美化"的引入及其引发的巨大反响，不仅是对各种显在的日常生活审美化现实的理论应答，更是久被忽视(压抑)的"日常生活"获得独立地位的一个强力信号。它不仅体现了人们对生活意义的日常满足及其内在美学价值的自觉思考，更喻示着人们从心灵到身体的真正解放。对该命题的持续关注，表明了社会个体对日常生命的普遍性关注和生活质量的切实性思考，同时暗示着"日常生活审美化"对于如何引导和塑造美好生活、如何评估善的生活，都有着重要的参考价值。恰如理查德·罗蒂所秉持的主张："美的生活就是伦理上善的生活。"正是在这个阐释维度上，"日常生活审美化"才不单纯意味着当下生活景况的形象描述，而且对人的日常生活具有潜在的规范功效，其指向了一种可触摸的美好生活图景。

其二，"日常生活审美化"的提出，具体搭建了美学与日常生活之间对话的桥梁，使美学得以超越艺术的阈限而对世俗的日常生活本身投以关注的目光，并通过表述、阐释和评估消费文化语境下人的日常生活，实现对当代生活价值体系的重新建构。这是美学针对自身理论上的失语之尴尬而寻求话语转型的积极选择——事实上，除了继续理想性地憧憬超越性的精神目标，在实际生活世界里，人们对日常生活中感性欲望的满足与身体快感的享受变得愈加重视，甚至竭力寻求并扩大着将感官快感直接等同于审美感受的可能性。而在文艺批评必须做出调整之际，"日常生活审美化"命题的适时出现，正如杜威所言是引导文艺批评"回到对普通或平常的东西的经验,发现这些经验中所拥有的审美性质",从而为文艺批评摆脱业已僵化的逻辑思辨和概念阐释而重获现实言说能力提供了一种新的可能性,带给文艺批评发展以新的契机。

除了当下中国的现实文化支撑以外,"日常生活审美化"在中国的讨论也有着一定的本土理论话语资源,即20世纪90年代兴起的"当代审美文化研究"。对"日常生活审美化"的关注,其本身就是对伴随美学理论话语转型问题的讨论而生成的"当代审美文化研究"的特定延续与深入。

作为20世纪90年代以来中国美学的热点话题,"当代审美文化研究"的勃兴与社会文化变迁情势下的中国美学理论话语转型努力紧密联系。虽然有些学者曾尝试将"审美文化"作为一种文化存在形态进行历史爬梳,但就提出这一话题的现实针对性而言,它显然是中国学者基于经典美学话语面对日趋显著的社会文化、生活观念转变所表现出来的巨大隔阂与失语,努力转变审美观念、积极寻求美学话语转型的结果。

我们可以发现,21世纪以后在文艺批评界兴起的"日常生活审美化"研究,在很大程度上与"当代审美文化研究"有着理论上的内在延续性:二者皆是当代美学在理论上应对艺术与大众日常生活界限的抹平而作出的研究重心适度世俗化转向,以期延展美学的现实观照品格与人文关怀意味,并最终指向美学对人的感性解放与现实生活意义的重构。伴随中国社会出现的艺术世俗化与生活艺术化现象的日趋明显和不断加深,与之相伴而生的当代审美文化研究也在新世纪从西方找到了新的理论话语支持——"日常生活审美化"。也可以说,"日常生活审美化"是20世纪90年代以来"当代审美文化研究"的新世纪版本或新的话语形态。

不管我们是否承认,在今天,审美活动已经超出所谓纯艺术/文学的范围、渗透到大众的日常生活中。占据大众文化生活中心的已经不是小说、诗歌、散文、戏剧、绘画、雕塑等经典的艺术门类,而是一些新兴的泛审美/艺术门类或审美、艺术活动,如广告、流行歌曲、时装、电视连续剧乃至环境设计、城市规划、居室装修等。艺术活动的场所也已经远远逸出与大众的日常生活严重隔离的高雅艺术场馆(如北京的中国美术馆、北京音乐厅、首都剧场等),深入大众的日常生活空间。可以说,今天的审美/艺术活动更多地发生在城市广场、购物中心、超级市场、街心花园等与其他社会活动没有严格界限的社会空间与生活场所。在这些场所中,文化活动、审美活动、商业活动、社交活动之间不存在严格的界限。

无可否定的是,日常生活的审美化以及审美活动日常生活化,深刻地导致了文学艺术以及整个文化领域的生产、传播、消费方式的变化,乃至改变了有关"文学""艺术"的定义。这不仅仅是发生在西方发达资本主义社会的现象,我们在中国的许多大城市中分明也可以感受到这种审美的泛化或日常生活的审美化趋势(当然有人把这种"泛化"视为艺术的堕落则属于价值评价的问题,它毋宁从另一个角度承认了泛化的事实)。这应该被视作既是对文艺学的挑战,同时又是文艺学千载难逢的机遇。20世纪90年代兴起的文化研究/文化批评,就是对这种挑战的回应。它已经极大地超出了体制化、学院化的文艺学研究藩篱,大大地拓展了文艺学的研究范围与方法。这种变化较早地发生在20世纪90年代初期关于大众文化、后现代主义、后殖民主义等的讨论中,后来扩展到更加具体的经验性的个案分析,比如王晓明、陈思和等人关于"成功人士"的讨论,包亚明关于上海酒吧的解读,倪伟关于城市广场的分析,以及尝试用文化批评与意识形态批判的角度对广告进行研究,等等。这些研究尽管目前看来还水平不一,有些还停留在比较浅显的印象描述层次,但其研究的对象令人耳目一新,大大地超出了传统的文学艺术作品;其方法也非常不同于传统的文学研究,进入文化分析、社会历史分析、话语分析、政治经济学分析的综合运用层次,其研究的主旨则已经不是简单地揭示对象的审美特征或艺术特征,而是文化生产、文化消费与政治经济之间的复杂互动。

但毋庸讳言的是,从整体上看,我们的文艺学在解释20世纪90年代新的文化与文艺状态时,依然显得十分无力,许多学者采取消极回避或情绪化拒斥的态度,唯独不能也不想在学理上作出令人信服的解释。阻止文艺学及时关注与回应当下日新月异的文艺和审美活动的最主要障碍还是封闭的自律论文艺学。这种自律论的文艺学现在看来已经很难解释当代文艺/文化活动的变化,尤其是文化与艺术的市场化、商业化以及日常生活中的泛文艺/审美现象。它还导致文艺学在研究的对象上作茧自缚,拒绝研究日常生活中的审美现象与文化现象(比如流行歌曲、广告、时尚等),把它们排挤出文艺学的研究范围。西方的文化研究与此形成巨大的反差,广告、流行歌曲乃至随身听等,都已是西方文化研究的重要对象。

当然,文艺的自律性诉求在20世纪80年代是具有进步意义与革命意义的,它直接配合公共领域中的重大论争,紧密联系于当时的思想解放运动,批判与清算"文革""工具论"的文艺学,要求给予文艺独立的地位。这一点必须予以充分肯定。但是20世纪80年代的文艺自主性理论本身就是多重力量参与其中的社会历史建构,它与当时具体的政治气候、意识形态的变化紧密关联,因此并不是什么文学的"一般规律"的表现。如果不能正视这一点,就会使得本来具有革命意义的自主性理论变成排斥新事物的霸权话语。事实上,进入20世纪90年代以后,自主性文艺学在许多方面已经表现出自己明显的局限性。诸如:坚持纯文学的立场而导致拒绝承认大众文化的合法性,导致文艺学的研究对象过于狭隘,局限于经典的作家作品而排除新出现的文学艺术形式或审美活动的承载方式(比如广告、时尚等)。文艺学如果回避日常生活的审美化以及审美泛化的事实,只讲授研究历史上的经典作家作品;如果坚持把那些从经典作家作品中总结出来的特征当作文学的永恒不变的"规律",那么它就无法建立与日常生活与公共领域的积极的建设性的关系,最后导致自己的萎缩与枯竭。而任何人文科学研究都应当对变化着的社会文化现象作出及时而有力的回应,这种回应可以是批判性的、站在边缘立场的,但前提必须是把批评建立在严肃的学理分析的基础上。

第二节
大众文化批评的理论范式

20世纪90年代以来,随着我国市场经济的发展和全球化进程的深入影响,大众文化得到快速发展,大众文化现象和活动大潮汹涌而至。在这种新的文化形态面前,文艺批评家们表现各异。大部分文艺批评家反应较为激烈,秉持精英文化立场,采取抗拒和批判的态度。另有一部分文艺批评家特别是一些年轻批评家则认为,大众文化作为工业社会和现代化进程中的必然现象,有其存在的合理性和积极意义,并呼吁大家客观评价大众文化的价值。还有一些批评家从通俗文艺和民间文艺的角度来寻找大众文化的源流和特点,以说明通俗文艺与大众文化的精神共通性。由于中国文艺批评家们相应理论的匮乏,为了深入分析和有效阐释大众文化现象,不得不从西方寻找理论资源和阐释依据,总括起来主要有"文化批判理论""现代化理论""狂欢化理论"三种理论范式。这些批评范式及其相应实践取得了不俗的批评成果,进而成为文化研究与文学研究互动的重要桥梁,并对新世纪文艺批评的转型发展产生了不小的影响和重要启示。

一、法兰克福学派的批判理论与大众文化批评

法兰克福学派将大众文化作为商业化、平面化、复制性、无深度的文化工业来批判。大众文化理论是西方大众文化研究中最具有批判性,也是影响最为深远的一种批判理论,历来被视为大众文化研究的一个理论基点,尤其是阿多尔诺、霍克海姆和本雅明的文化工业理论,被许多中国学者和文化批评家当作重要的理论分析武器。

法兰克福学派的理论范式在20世纪90年代初的中国大众文化研究中被广泛运用。陶东风1993年在《文艺争鸣》第6期发表的《欲望与沉沦——当代大众文化批判》一文中认为,大众文化属于阿多尔诺所谓的"文化工业",作为一种文化工业的文化生产,大众文化在下述三个方面是与工业生产相似的。其一,大众文化的生产与工业生产方式一样,是一种以现代科技为基础的批量化、标准化和复制性的生产。其二,大众文化的生产目的是创造消费使用价值,满足大众的消费需求。大众文化文本是一种快餐式文本,是高度模式化、雷同化、一体化的,没有真正的风格。

其三,大众文化文本的消费价值是相当短暂的,常常与快餐一样是一次性的、即时的,是没有深远意义的空洞能指。可以发现,他的这些观点基本上是对法兰克福学派批判理论的直接挪用。其主要观点有:大众文化提供的是一种空幻承诺与虚假满足,并使人们丧失现实感与批判性;大众文化的文本是贫困的(机械复制的、平面的、没有深度的,缺乏独创性);大众文化的观众是没有积极性批判的,他们对阅读是消极性、随意性的。归纳起来,他们有机械复制与批判生产论、同一化控制论、虚假满足论、文本贫困论、读者消极论。当然,由于思想条件和知识语境的原因,这些文章基本上是对大众文化抽象的批判,并未针对本土的大众文化发表看法,也没有考虑批判理论在中国的适用性问题。不过,这种对大众文化的立场和对西方批判理论的运用模式,很快在学术界批评界蔓延开来。李彬在《反观电视:一种批判学派的观点》一文中反复引用阿多尔诺和洛文塔尔的观点来强调,大众文化总带有批量生产的痕迹,同类产品间缺乏明显的差异,就像流水线上出来的东西,总是同一的、无个性的、千篇一律的。究其根本,"这种同一化的社会效应难免形成对物化意识的多重强调,从而使人们在清一色的认同中永远丧失自我"。

在李彬看来,法兰克福学派代表人物对大众文化的性质已做了最准确的、具有普遍意义的评价:"法兰克福学派曾一针见血地指出,貌似轻松愉悦的大众文化启示乃是异化劳动的延伸,因为它同样以机械性的节奏(如流行音乐),以标准化的模式(如畅销书、系列剧)榨取人的生命,耗费人的时光,窒息人的个性。""电视以及整个大众文化,对接受者来说无不起着模式的作用,这种模式在无意识中成为权威,成为操纵意识和行为的主体,而接受者则成为卸除了个性投入到受操控的一体化洪流中去的牺牲者。"[①]

与20世纪80年代末和20世纪90年代初期不同的是,新世纪批评对大众文化的批判不再斤斤计较于大众文化的雅俗之辩,对大众文化做否定性的批判,而是更多地从意识形态的角度来揭示大众文化背后所隐

[①] 李彬:《反观电视:一种批判学派的观点》,《郑州大学学报(哲学社会科学版)》1996年第6期。

藏的问题,更接近于一种政治经济学的批判。如戴锦华在《大众文化的隐形政治学》一文中,先从广场这个革命性的用词被今天挪用为商业用语分析开始,并认为这种挪用从某种意义上来说,是一次遮蔽中的暴露。它们似乎在明确地告知一个革命时代的过去,一个消费时代的降临。在她看来,大众文化是一种将自己定位在中产阶级趣味上的文化,这种文化遮蔽了处在阶级急剧分化中的中国社会状况,中国的大众文化行使的是把中产阶级利益合法化的文化霸权的实践。她指出,学术界对大众文化的这种隐形意识形态的批判是不够的。20世纪90年代,大众文化无疑成了中国文化舞台上的主角。在流光溢彩、盛世繁华的表象之下是远为深刻的隐形书写。在似乎相互对抗的意识形态话语的并置与合谋之中,在种种非/超意识形态的表述之中,大众文化的政治学有效地完成着新的意识形态实践。戴锦华虽然不是对大众文化的直接批判,却深刻揭示了在一个社会批判立场缺席的年代里,大众文化背后隐藏的阶级冲突与贫富差距现实。在她看来,这是一种为新富阶层提供合法性的意识形态。

在对大众文化始终保持清醒并秉持批判立场的学者中,赵勇以鲜明的风格和韧劲而突出,比如在大众文化领域日常审美化问题上就是如此。对于有些学者提出的"日常生活审美化"问题,他指出,生活审美化这个命题的深层含义,其实就是对现实的粉饰和装饰。它隔断了人与真正的现实的联系,并让人沉浸在一种虚假而肤浅的审美幻觉之中,误以为他所接触的现实就是真正的现实。对于大众文化带来的民主、平等等问题,他同样有着清醒的姿态。他认为,这是一种新的神话而已,戳穿这一神话的西方学者是值得尊敬的,但毫无疑问的是,越来越多的西方知识界人士将会成为这一神话的编撰者和维护者,因为文化媒介时代已然来临,高雅文化与大众文化握手言和,知识分子已越来越失去批判大众文化的合法依据和现实能力。这种现象固然让人恐惧,但让人更为担忧的是,批判的声音逐渐稀疏甚至消失之后,文化多元化的空间重新让位于文化一体化,平等与民主形同虚设。他的这种分析和批评在时下看起来,似乎对于今天有些批判者对大众文化不加批判地接受、护航辩护,无疑起到警醒作用。

针对陶东风等人关于大众文化批评的这些观点,赵凯则从对大众文化一些精品力作的分析入手,探讨大众文化的定位与批评尺度的确立,并援用菲克斯的理论为大众文化进行辩护。在他看来,当代中国的大众文化,是中国当代社会历史演进与文化变革的必然产物。大众文化审美与商业兼容的双重属性,使得它在追求消费市场与经济效益的同时,必须体现出作为文化艺术应有的艺术表现力与审美感染力等精神价值。既往的大众文化批评往往偏向关注大众文化消费化、娱乐化与平面化等负面因素,而对其成长发展中已经获得大众认可的成功范例重视不够,导致对大众文化定位的审美抽离与历史趋向分析的缺失。[1]

显而易见,以文化批判形态出现的法兰克福学派美学清晰地传达出了这样一个信号:艺术具有独立批判现实的功能,无须其他意识形式相助,其表达方式本身就可以起到鞭挞现实的作用。这一方面守住了艺术的自主世界,另一方面也承续了马克思主义的现代性批判使命。

这样的思路在整个西方马克思主义范围内也引起了很大的反响。20世纪70年代以来,西方马克思主义美学的领军人物伊格尔顿最初提出的"文化生产论"就是沿着艺术对现实的能动作用这个思路来的,其主张艺术不仅来自现实,它更在创造现实,更在生产文化。此后,"美学意识形态论"的提出,更是将艺术对现实的作用直接看成一种意识形态,而且由此强调艺术作用于现实的同时又坚守了其自主的世界,即它是用审美或艺术手段去发挥这种作用的。这显然是法兰克福学派文化批判思路的继续和拓展,艺术在生产着文化、艺术是一种审美意识形态,这样的观点在法兰克福学派那里虽然找不到多少直接的对应,但其所依循的思路则清清楚楚地是法兰克福学派的:艺术不能受制于现实,而是要作用于现实,而且这个作用系之于自律,来自艺术本身固有的表达方式,那就是审美。而艺术要审美地担当起批判现实的使命。

当然,任何批判或抗议都有一个标准问题,也就是反对什么,赞成什么。从法兰克福学派对审美性或艺术性的界定来看,他们反对的显然是吞噬人性的现实,也就是变得一体化和工具化了的现实;赞成的则是一体

---

[1] 参见赵凯:《大众文化的定位与批评尺度——兼与陶东风商榷》,《文艺研究》2013年第6期。

化和工具化的反面,那就是个体性和独立性,而这样的东西可以很好地由审美和艺术活动提供,因为审美和艺术作为最具感性、直接性的意识形式,恰是以不可公约显示出其特征的。因此,法兰克福学派的代表们在弘扬审美和艺术的自主性问题时,都将焦点放在了自体性和独特性上,也就是说,真正属于审美和艺术的就是那种只属自身的东西,那是不可公约和不可复得的。守住了自体,也就有了独特,有了独特也就不会与他者同一。在一个现实正滋生着其肯定力量的时代,为了抵御和反对这样的现实,法兰克福学派的学者们开始转向艺术和审美,正是艺术和审美的这个自主功能还可以开辟出一个不受现实影响的世界,他们希冀着用这个自主的世界去抵御和否定那不尽如人意的现实世界,而这个抵御和否定是指向精神层面的,因此是一种文化批判。

二、现代化理论与大众文化批评

现代化理论是20世纪中期在西方兴起的一种社会经济发展阶段的阐释理论。它通过对现代化的一些核心要素的归纳和提炼,论证文化在现代化进程中的形态变迁。工业化社会使文化走向理性世俗,而后工业化社会则使文化有了新质,人们的文化观念从生存价值的维护转向自我表达价值的实现。这一分析框架为促使大众文化发展的合法性提供了理论支撑。

现代化理论的核心观点认为,经济发展会带来相应的社会结构和意识形态的变化,而这些变化会促进民主制度的出现和稳固。李普赛特是第一个系统阐述现代化理论的学者,其论述民主的一些社会条件被视为现代化理论的奠基之作。他按照民主程度把研究对象分为四组国家:民主的欧洲和英语国家、不够民主的欧洲和英语国家、相对民主的拉美国家、专制的拉美国家。衡量经济发展水准的则是四个变量:财富、工业化程度、教育和城市化程度。他发现,民主程度和经济水准之间存在显然的相关性:数据显示,在更民主的国家,财富、工业化、城市化和教育的平均水准要高得多。据此,他得出结论:经济现代化是支撑民主的必要条件。而经济发展之所以促进民主,根本原因在于它改变阶级关系:对于底层,相对的经济安全让他们以更长远的视角看问题,免受极端主义的蛊惑;经济发展也壮大了中产和中间团体,而这一势力往往能缓冲政治矛盾;对于上层,经济发展带来更多资源,从而缓解他们对于底层再分配冲动的恐惧。李普赛特的贡献在于:首先,他建立了一个清晰的理论框架,即经济社会发展和民主之间的相关性;其次,这个理论框架可以通过输入不同国家和时代的经验资料去不断检验。

罗纳德·英格尔哈特则从另一个新的角度重建了现代化理论。第一,对经济发展做了细分,分为工业化阶段和后工业化阶段。工业化未必会促进民主文化,而后工业化阶段则显著地促进民主文化,这是因为工业社会标准化、机械化的生产方式仍然是在鼓励一种等级化、纪律化的文化心理。相比之下,后工业社会的生产方式灵活多变,个体创造性和自主思考成为重要的生产要素。第二,重新界定了政治文化的核心要素。政治文化是一个很大的箩筐:社会资本、规则意识、政治信任等都可以是研究对象。后工业社会的出现使人们自我表达的价值不断增强,而自我表达的价值是民主转型与稳固的基本动力。所谓自我表达的价值,是与个体自主性联系在一起的,对个体选择的强调是自我表达价值的核心。罗纳德·英格尔哈特对经济发展、政治文化和民主制度之间的关系做了量化分析。分析表明,首先,在经济发展和政治文化这两个变量之间,经济发展高度影响一个社会的基本价值取向:经济发达的国家自我表达的价值明显偏高,反之则否。他关于工业化和后工业化社会的区分也得到了印证:工业化使文化走向世俗理性化,而后工业社会则使观念从生存价值向自我表达价值转变。其次,在政治文化和民主制度这两个变量之间,自我表达的价值显著地影响民主的出现以及质量。自我表达价值越强,形式民主和有效民主的程度就越深。文化对制度的影响,远大于制度对于文化的影响。市场化无论是在西方还是在中国,都是现代性过程的一个部分。

用现代化理论来研究大众文化是新世纪中国大众文化研究的一个重

要理论范式。这种范式的核心要义在于从中国社会的现代化、世俗化转型角度肯定大众文化的进步意义，代表人物是金元浦、陶东风等人。金元浦认为，20世纪90年代开始兴起的中国大众文化首先是一场解构神圣的世俗化运动。它是市场经济下社会整体变革的一部分，它表明了市民社会对自身文化利益的普遍肯定，表明了小康社会时代大众文化生活需求的合理性，以及它处于上升期的内在动力与相应的批判意识。当代大众文化已深深渗透到我国当代社会的制度形态和人们的日常生活，并影响和改变着新时代人们的生活方式。因此，必须全面打破传统的大众文化观念，重新认识当代大众流行文化的性质与特征，并给出合理的解释与说明。陶东风则认为，从中国社会的历史变迁角度来看，世俗化与大众消费文化特别是改革开放初期的世俗大众文化具有消解一元的专制主义、推进政治民主化与文化多元化进程的积极意义。而作为世俗时代文化主流的、以消遣娱乐为本位的大众文化，在中国特定的转型时期客观上具有消解一元文化和正统意识形态的功能。当然，这并不等于说，大众消费文化对政治文化采取了面对面的、直接的、严肃认真的批判姿态，而是说它在客观上打破了文化的一元格局，大量的大众消费文化产品覆盖了大众的文化阅读空间，从而使得原先一元文化的市场与地盘大为缩小，影响力大大降低。从大众消费文化的本质来看，消遣娱乐对它而言无疑是第一位的。我们不能要求它以精英文化的方式追求终极意义，否则无异于取消了它的存在。当然，对于大众消费文化品位与审美格调低下的问题，应当加以批判。而历史主义地肯定其意义恐怕也是情理之中的事情。

在中国社会向现代化转型的过程中，文化启蒙是一个必然的和核心的环节。文化启蒙是以人自身的现代化为宗旨的、倡导一种以人的主体性生成为核心的文化立场。西方现代化进程中以人文主义为特征的文艺复兴和以新教伦理为内涵的宗教改革，就属于这种以人自身的现代化为宗旨的文化启蒙。而文化启蒙的精神内涵恰恰是大众文化所欠缺的，这就造成了大众文化最为致命的缺陷。理性且实事求是地考察中国现实，可以看到现代性的发展进程在中国是极不均衡的。中国社会结构的基本现实就可以很好地说明这一问题，那就是中国社会依旧存在着十分严重的"城乡二元结构"。换个角度看,现代性和后现代性杂陈的大众文化在我国的发展进程也是极不均衡的。在大城市中,文化消费或许在某种程度上已经和国际接轨,与之相应的大众文化发展得也较为迅猛。但是在农村地区和老少边穷地区,大众文化的影响也许就十分有限了。今天我们所说的大众文化,是个特定范畴,它主要是指兴起于当代都市、与当代大工业密切相关、以全球化的现代传媒为介质大批量生产的当代文化形态,是一种由消费意识形态来筹划、引导大众的、采取时尚化运作方式的当代文化消费形态,是现代工业和市场经济充分发展后的产物。而在目前的中国,现代工业和市场经济还远没有发育完善和成熟。考虑到这些因素,大众文化在当代中国仍然是一个正在发展中的"新生事物",而现代性依然是尚未达到的一个目标,那么,现代性的启蒙在中国改革开放过程中、在中国社会转型过程中就仍然是至关重要的一件事情。

当然,中国经过改革开放以及现代市场经济的实践,综合国力有了大幅度的提升,已经成为在世界范围内有影响力的大国。然而,这还不是一个国家完全实现现代化的充分必要条件,应该说,这些内容是现代化的重要内涵,却不是现代化的全部内涵。从深层内涵上看,现代化并非简单的物质层面的发展,而是一种文化的深刻转型,代表着人类社会由传统的农业文明向现代的工业文明的转变。它既包含社会层面的现代化,也包含人自身的现代化,因此,现代化是一个总体性进程。而在后一方面,我国的现代化进程还存在着很大差距。人自身的现代化,是现代化进程深层的和核心的内涵。而文化作为人的生存方式,它的转型直接关系到人自身的现代化。文化启蒙所追求的人自身的现代化就是指人由传统主体向具有现代性的现代主体的转变。如果只在经济和技术的层面推进工业文明和商品经济,而没有相应的文化转型,社会大众不能由传统的自在自发的主体向具有理性主义和人本精神的现代主体转变,将会导致被切割的、片面的现代化,从长远讲不可能导致现代化的根本成功。中国近代以来曲折艰难的追求现代化的历程就充分说明了这一点。

但是,目前中国的改革开放和社会转型却处在一个特殊的历史阶段,"中国的现代化和西方发达国家的现代化有一个很大的时代落差,即我们不是在西方工业文明方兴未艾、朝气蓬勃之际来实现由传统文明向现代工业文明的社会转型和现代化,而是在西方工业文明已经高度发达、以至于出现自身的弊端和危机,并开始接受批判和责难而向后工业文明过渡之时才开始向工业文明过渡的"。这就是说,中国社会转型的特殊历史定位,使得前工业社会、工业社会和后工业社会转化为共时的存在形态,也使得转型期中国的文化景观呈现出前现代、现代和后现代并置的错综复杂的景象,造成了中国社会前所未有的深刻的文化冲突。从文化角度而言,其中根本性的原因就在于大众文化的崛起对于中国社会所造成的巨大冲击、对于中国的现代化转型所造成的种种复杂多维的影响。

不可否认,大众文化客观上对技术理性的负面效应和工业文明的弊端进行了深刻的批判和反思,而中国的大众文化又对于中国多元文化的建构和中国社会的现代化转型起到了积极的作用。但也应看到,由于大众文化质疑真理和普遍价值的绝对权威,怀疑任何终极性解释,这种后现代主义特质使得它不仅消解中心、消解历史、消解宏大叙事,而且消解人之主体性和现代性,从这个意义上而言,这种文化价值判断具有一种"非现代化"和"反现代化"的倾向,这对于正在向现代化迈进的中国是极为不利的。

三、"狂欢化"理论与大众文化研究

作为20世纪重要的思想家之一,米哈伊尔·巴赫金的思想足迹涉及哲学、语言学、诗学、符号学、美学和文化历史学等诸多领域。学术界对巴赫金的研究主要集中在对话理论、复调小说和狂欢诗学。20世纪中后期,源起于英国伯明翰学派的文化研究思潮兴起,巴赫金的狂欢化理论成为约翰·多克、菲斯克等大众文化研究学者广为引证、剖析的理论资源,鲍尔德温等人主编的《文化研究导论》一书也将巴赫金列为最具影响力的文化理论家之一。20世纪90年代,巴赫金研究在中国学界炙手可热,争论颇多,呈现出众声喧哗、杂语共生的态势。就其狂欢化理论而言,学者们聚焦于狂欢理论是否"想象催生的神话"展开对话与争鸣。同时,对于狂欢化理论能否被用来阐释当时中国大众文化兴起的问题,观点也是莫衷一是。

新世纪文艺批评援用狂欢化理论来研究中国大众文化,较早的有孙长军、吴承笃等人。孙长军在《巴赫金的狂欢化理论与新时期中国大众文化研究》一文中指出,巴赫金的狂欢化理论对于中国的大众文化研究具有建设性意义。他指出,大众文化与民间文化是同质的。大众文化是民间文化在现代工业社会的一种文化变体。民间文化的娱乐性、通俗性、自由性、颠覆性等特征在今天仍以新的形态延伸于大众文化之中,而大众文化则借助现代科技手段和现代传媒使民间文化的特性得以无限的复制和传播。大众文化与民间文化形异而神同,在多数情况下是可以互代的,是不存在"间性"的。大众文化是民间文化的现代进行时态,而民间文化则是大众文化的过去进行时态,两者之差别不是本质性的,而只是时间上的先后而已。因此,他认为,巴赫金在民间文化研究基础上建构的狂欢化理论就合乎逻辑地成为中国大众文化批评的话语资源。

由于巴赫金理论架构的庞杂和未完成性,其在传播与接受中存在种种误读,有论者从文化研究视域对狂欢化理论与大众文化之间的合理关系做了深入的考察。吴承笃将狂欢化理论作为大众文化的理论资源进行深入的开掘,阐释中国当代大众文化的突出特征。洪晓用狂欢化理论来研究大众文化的狂欢性。他认为,大众文化与狂欢文化一脉相承,并且承担着狂欢文化所发挥的作用。大众文化的狂欢性就在于解构等级制,恢复与肯定被压制的正常人性,感受生命的激情。邱紫华在归纳大众文化的超越自然、知识成为商品、文化娱乐性、故意颠覆传统四个特点之后,运用狂欢化理论来研究新世纪超女、山寨文化的特点。在他看来,对于大众文化,我们要采取精英文化引导的方法提升它的文化品位。现在网络上低级趣味太泛滥,中国青年的表达过分赤裸,恐怕是涵养不够。尽管大众文化有如此缺点,但它对中国未来民主化进程所起的作用仍是不容低估的。杨巧也在《世界文学评论》2010年第1期发表《巴赫金狂欢化理论与大众文化》一文,对狂欢化理论与新世纪中国大众文化的联结性关系进行分析和阐述,并用狂欢化来描述大众文化的内核。

　　另外,有论者认为,狂欢化又可分为对大众文化的审美狂欢和审美疲劳,并深入解读和分析它们与大众文化认同之间的关联。大众文化是以大众媒介为手段、按商品规律运作、旨在使普通市民获得日常感性愉悦的日常文化形态。在大众文化视野中,"审美疲劳"不仅意味着身心疲劳的状态,而且蕴涵着由"审美"到"疲劳"的心理过程。在"审美"到"疲劳"的心理过程中,"审美"本身具有"娱乐化""狂欢化"的内涵,而"疲劳"则蕴涵着对感性狂欢的抵制。因而,在大众文化视野中,"审美狂欢"表达了人们对当代感性文化的认同,而"审美疲劳"则意味着人们对当代感性文化的抗拒。解读大众文化视野中的"审美狂欢"与"审美疲劳",能够让人们清楚地认识当代感性文化并为当代审美文化建设提供思考。

　　可以说,将狂欢化理论引入大众文化批评对我们具有积极的启示作用。如用它来解释最为热闹的"超女""跑男"等文化现象不失为一种独到的视角。但是《巴赫金的狂欢化理论与新时期中国大众文化研究》还只是简单地将狂欢化理论移植到大众文化研究之中,对其理论的实用性和局限性并没有做过多的考察和分析。

第三节
文化批评视域中的文艺活动

　　20世纪90年代至今,中国学界文化研究蔚然成风,成为文艺研究最引人瞩目的一道风景线。这一方面与晚近西方学术的综合化趋势对我国学界的影响有关,同时也与20世纪90年代以来随着我国向市场经济的转型,大众文化、消费主义的兴起、社会文化问题的凸显有关。文化研究在中国刚开始的时候,其论域还只是后现代主义研究、大众文化等有限的话题。新世纪以来,广告、时尚、全球化、现代性、知识分子、新兴媒介与文学的关系等问题都进入文化研究的视野。文化研究的倡导者之一陶东风认为,随着市场经济和消费文化的发展,审美已经超出纯艺术/审美的范围,渗透到大众的日常生活中。如今,文化活动、审美活动、商业活动、社交活动之间不存在严格的界限。而"文艺学知识生产的突出问题之一表现在不能有效地介入当下的社会文化与审美/艺术活动……尤其是大众的日常文化/艺术生产与消费活动所发生的深刻变化"。他指出,文艺学对审美自主性的坚守,使之无法应对文化与艺术的市场化、商业化和日常生活中的泛文艺/审美现象,这正是当前文艺学的困境所在。文学理论必须及时调整、拓宽自己的研究对象与研究方法,进行越界与扩容。[1] 金元浦对此表示赞同。他认为文学的各种相关要素在不同时期的组合是不同的,20世纪是文学重新划定边界的世纪,表现在理论上就是学科的越界、扩容、交错与重组,因此"文化研究"就成了文学理论适时而出的学术策略。有人甚至从话语权的转移与争夺来看待文化研究的兴起与文艺学的边界之争,因为老一辈学者多以文学研究为主,"毫无疑问是该场域中'文化资本'雄厚的人"。就文学研究而言,中青年学者既然在学术积淀、知识累积上无法与中老年学者相比,便属意于文化研究,文化研究的兴盛涉及先到者与后来者在文艺学场域中的力量分化、对比与转换。可见,传统的以文学为依托的文学理论研究与20世纪90年代以来偏重文化研究的"泛文艺学"研究冲突日益加剧,文艺学研究队伍出现了明显的分化,即分裂为坚守以文学研究为中心的学者群和倡导、从事文化研究的学者群两个相互冲突的阵营。文艺学研究在整体态势上有从认识论文艺学到审美论文艺学,再到文化研究的趋势。

　　文化研究扩大了文艺批评的研究范围,从文学与多种文化现象相互作用的现实境况中不断地激活理论,给中国文艺批评带来了新的发展机遇,但是文化研究漫无边界的跨学科化又有消解文学研究的危险,更对审美论文艺学所固守的关于艺术静观、非功利的自律性美学原则构成了挑战。中国的文化研究是在后现代主义思潮引进、反本质主义思维流行的

---

[1] 参见陶东风:《日常生活的审美化与文化研究的兴起——兼论文艺学的学科反思》,《浙江社会科学》2002年第1期。

大的文化背景之下展开的,呈现出明显的反基础、反预设的解构倾向,对其固有的理论局限和实践带来的负面因素应进行深入反思和认真清理。

一、文化批评视域中的大众文艺生产

从《〈政治经济学批判〉导言》到《资本论》,艺术生产论是马克思主义文艺学的一个贯彻始终的重要组成部分。艺术生产观念的提出,表明马克思已经充分地意识到了艺术本体与人的实践活动本体不可分割的内在联系,意识到只有从与物质生产的联系中揭示艺术的特征和本质,才是研究艺术活动的正确途径。

长期以来,"艺术生产论"这一光辉思想的意义竟然在文艺理论界没有得到应有的重视,这是令人难以接受的。过去,我们的文艺理论习惯于把文艺看作人们认识世界和反映社会生活的一种工具,人们主要是从"艺术反映"的角度而很少从精神生产的角度来研究文学艺术。倒是在西方马克思主义那里,"艺术生产"这个概念以强大的生命力开辟了自己的道路,并形成了一个内涵丰富的科学词汇和社会用语。如前所述,"西马"文论家本雅明、阿尔都塞、马谢雷、伊格尔顿、杰姆逊等都对"艺术生产"问题进行过深入独到的研究和论述。从根源上说,"艺术生产"这个概念是马克思、恩格斯文艺学的富有独创意义的概念,是马克思主义文艺学超越旧文艺学的一个鲜明的标志。

其实,在马克思和恩格斯那里,艺术生产这个概念比艺术反映这个概念更受到重视。因为,反映这个概念不是马克思的独到发现,只是一种习惯性的沿用。反映这个词最初可能只有"再现"、直观性反映的意思,当然,马克思、恩格斯在用"反映"这个概念时已作了改造,把它变成了能动的反映论。但就是这样,反映论并不能说明艺术生产所包容的全部问题,特别是难于直接说明社会的经济状况与文学艺术的复杂关系,所以马克思更重视自己发现的"艺术生产"这个更具根本性的概念。

第一,艺术生产论涵盖面更大。与生产论相比,反映论一般仅指人的思维活动领域,就艺术反映论而言,也仅指艺术家头脑中的思维活动,而艺术生产论则可以说既包含了艺术生产的主体与客体,又包含了艺术生产的目的、手段、产品、产品的价值、产品的消费,更为重要的是艺术生产所表达的是过程,即生动的艺术生产的全过程、普遍联系和不断发展的运动着的过程。在社会存在与社会意识之间、经济基础与意识形态之间、主体与客体之间,都要靠"艺术生产"才能由此过渡到彼。

第二,"艺术生产"概念的确立,不但指明中间环节,而且还突出了文学艺术活动"生产"的特性。马克思的艺术生产论,充分揭示了艺术整个活动过程的生产—加工(即创造)的特性。这实际上把人类对世界的艺术掌握的秘密也揭示出来了。艺术生产者的个体性与社会性的矛盾在生产过程中得到了调解和统一,特别重要的是,艺术作品作为艺术生产的产品,理所当然地同其他所有产品一样,潜在地具有一种在消费中实现其价值的功能。也就是说,在商品社会,艺术生产概念客观地隐含着艺术商品化的倾向。这对于我们今天认识市场语境下的艺术生产无疑具有根本性的理论指导意义。

第三,艺术生产作为经济状况与意识形态的中间环节,作为具有艺术加工性的过程,人和人的能力是决定性的因素。由此可见,艺术生产是社会的经济状况和意识形态的中间环节,这个中间环节具有生产—加工性,是人和人的心理能力的充分展开,人和人的心理是中间环节的关键,因此我们实际上可以把人的心理作为经济状况与文学艺术之间的中介。人的心理、人的社会心理就像一座桥梁,社会存在作用于社会意识,或社会意识要反作用于社会存在,经济作用于文学艺术,或文学艺术要反作用于经济,都要通过这座桥梁。这里特别值得注意的是,艺术生产论的横空出世,彻底破除了绵延了几千年的关于艺术创作的形形色色的神化观点。把艺术创作看成一种生产,就使得"天才说""代神立言"说等蒙在创作者身上的神秘面纱不复存在。同时,生产论也避免了自亚里士多德以来的"再现说""镜子说"等过分强调客体、贬低主体作用的不足。

把艺术活动看成一种生产,这就意味着:就像人人都能参加物质生产一样,只要经过必要的训练,具备一定的素养,掌握相应的技能和技巧,任何一个心志健全的健康的人都有可能使自己变成一个诗人、小说家、画家、小提琴家甚至演员。马克思、恩格斯正是以艺术生产论为依据,设想在未来的社会里,每个人都有自由或机会充分地发挥自己的才能,即使他们无需以诗人、画家作为职业谋生,他们仍然可以创作出优秀的诗歌、描绘出优美的图画。

总之,艺术生产论最重要的意义是,它使文学艺术从神圣的形而上的王国回到了"劳动创造美"的现实世界。它使精神生产和物质生产的天然鸿沟不再难以跨越。艺术生产论克服和纠正了单纯从意识形态论的维度研究文艺的片面性,"它从根本上克服了以往艺术理论脱离艺术实践的大毛病,克服了主要从静止的观点、主要从创作成果(作品)去看问题的缺点,而是更把艺术当作一个感性活动过程来考察"。从实践的层面研究和理解文艺问题,这对我们认识和解决当前市场语境下文艺的生存和发展所面对的种种问题都具有重要的指导作用。

在市场语境下,"艺术生产论"使文艺在经济方面的实践性得到了合理的"阐发和张扬"。人们可以理所当然地把艺术看作一种社会活动,一种与其他形式并存和相关的社会经济和文化的生产方式。艺术像其他形式的生产一样,离不开相应的技术、管理和经营策略,它无法摆脱市场价值规律的引导和制约。市场虽然在一定意义上淡化了文艺的意识形态色彩,但是它极大地解放了艺术生产力。艺术产品魔法般的多样化和一切话语的极端公开化以及艺术对物质生产领域的大规模的强力渗透和扩张,早已使艺术生产部门变成了一个强大的商业化帝国。艺术生产在不彻底丧失其意识形态特性的前提下,已经变成了艺术家、读者或观众、出版商或制片人等共同创造作品价值、营造市场、追求利润的文化行为。艺术本来就不是单纯的精神活动,市场经济又彻底褫夺了传统艺术家的"牧师"和"弄臣"身份,所以,被意识形态论为核心的形形色色的文艺观长期忽视的艺术的市场交换价值,在艺术生产论体系中得到了"合法性"认同。从计划到市场,像经济领域频频出现奇迹一样,艺术得到了一个前所未有的繁荣和发展的机会和空间。

较之于传统文艺批评主要局限于文艺文本的研究不同,文化批评就将显微镜伸向了大众文艺的生产全过程,对文艺作品的创作、流通、传播和消费全链条进行解剖和分析,既有审美、艺术的分析,又不限于审美的分析,而是从艺术生产的整体产业环境、生产环节、流通与传播渠道、消费者接受等角度,尝试从总体上把握文艺作品的社会意义和文化价值。

对于文化在人类社会中的地位特别关注的丹尼尔·帕特里克曾经说,"对一个社会的成功起决定作用的,是文化,而不是政治"。在相同的意义上我们也可以说,在通常的社会语境中对一部艺术作品的成功起决定作用的并不是政治理念的正确性,而是文化理念的正确性。艺术作品在政治上的正确是容易达到的一种生产规格,它保证的只是一部艺术作品的出生底线,而文化的正确则是一部艺术作品的价值取向,它指向的是艺术作品的精神境界。对于一部艺术作品来说,判断其文化境界的高低并不是像判断其政治意识的对错那样直接明了,判断其文化意识的对错也不像判断美学意义上的美丑那样可以在感性的层面上直接领悟。许多作品在政治与美学视野内是合理的,而在文化批评的视野内则不尽合理。

在美学研究的视野内,对于艺术作品风格论的评述使批评的目光主要集中在艺术语言的表现方式上;在历史研究的领域中,对于艺术作品时间维度的考察使批评更关注同一题材在不同历史阶段内的纵向比较,而对于艺术作品中潜在的文化价值与文化意义的评价,并没有确立普遍适用的分析模式。所以,我们必须建构中国独特的文化批评话语体系,使我们能够在一个更广泛的文化视野内展开对于艺术作品的批评。

我们以大众文艺的典型代表电影为例。对于任何一部主流电影,我们不仅仅要考虑它在叙事情节上的合理性、人物性格上的合理性、美学风格上的合理性,而且还要考虑到它在文化价值取向上的合理性。不能够将影片情节的可信、性格的鲜明、艺术的完美作为创作的全部要求。我们必须要观照该作品中所传播的文化理念,体现的文化价值观,塑造的文化形象。这些都有赖于文化批评标准的真正确立才能得到普遍意义上的解决。《功夫》表面上看是一部典型的中国动作电影,他的导演、主演、动作导演都是中国电影界的重要人物,但是其主要的摄制资金却来自美国哥伦比亚(亚洲制作)影片公司,它的行销策略和商业诉求不可能不考虑到中国之外的市场需求，为此，数字技术的大量运用与喜剧化的包装风格，从根本上改变了中国武术在电影中的外部表现形态与内在文化神韵，中国武术演变成了一种变幻之术、魔幻之术。尽管影片的明星效应和类型优势使其取得了高额的经济回报，但影片对于中国武术的展示显然已经被电影的商业诉求所左右，即便就是与同类的谐趣武侠电影《醉拳》《太极张三丰》相比，在文化批评的视野上《功夫》对中国武术的阐释依然不能尽如人意。

不论是作为一种面向世界的文化产业，还是一种面对中国大众的艺术形式，我们都不应当把我们的电影艺术创作的参照系与文化的核心价值体系对立起来。我们的主流商业影片《满城尽带黄金甲》把残酷的杀戮结局置放在中国传统节日上，使中国传统的尊老敬老的节日变成了一场凶险恐怖的杀人噩梦。被杀害的无数士兵与被践踏的万顷菊花使人们看不到任何正义与人性的光芒，包括中药在影片的叙事情节中也逐渐演绎成精心调制的杀人毒药，这些情节如何设置还有待于商榷。

在文化批评的领域内，一部主流艺术作品塑造的人物形象不能够因为其在文学上合乎角色的性格逻辑，就可以任意设计人物的行为。人物的动作必须要考虑到影片的文化指向，这就是说，人物性格的合理性并不能取代艺术作品在文化上的合理性，我们的批评视线不能只停留在人物性格分析的层面上。

我们所要确立的艺术批评的文化标准，是一种以文化价值观为参照系、以文化精神取向为基准的艺术评价原则。文化批评的职能并不是完成一般意义上对于艺术作品民族风格的确认，而是通过对于艺术作品叙事情节的解读来指认作品内在的文化意义，并为不同的艺术批评体系建构一种文化的视阈和参照系，以此来判断艺术作品的文化价值，使对文化精神与文化意义的分析贯穿于整个艺术批评的活动之中，进而在艺术批评的话语体系中确立一个文化的分析与评价维度。

二、"大话文艺"与犬儒主义思潮

无论是在中国还是在西方,"经典"都有规范、法则的意思,它不但指历史上流传下来的、以语言文字或其他符号形式存在的文本,更包含此类文本所蕴含的制约、规范人类思维、情感与行为的文化—道德与政治力量。由此决定了单纯的审美本质主义视角恰恰不能解释经典的本质。文学艺术当然离不开社会、政治、经济、文化的多重合力的影响,文艺经典也必定会受到意识形态和审美文化等多方面的投射和作用,但经典确实也具有超稳定、超历史的因素。人们趋于一个共识,即把经典看作各种社会力量和社会因素介入其中的复杂建构。随着社会文化语境的变化,经典一直在被建构、解构与重构。

正因为这样,经典的命运、对经典的态度,常常能够折射出特定时代、特定民族与群体的特定文化态度与政治立场。比如历史上所谓文化守成主义与文化激进主义的分歧就常常集中表现为对于经典的不同态度。守成主义者总是维护统治阶级所确立的文化经典,他们深知要保守传统就不能不维护经典。经典是储存传统、维护规范的仓库。在以维护传统为主导的中国古代,士大夫阶层对于经典尤其是儒家经典的主导态度就是尊奉。从接受的角度看,这种尊奉常常体现为一种绝对忠实于原文的接受方式——背诵。而这种接受方式反过来又成为作家创作的基础。

如果说,我们必须在中国现代启蒙主义的文化价值建构以及相应的现代民族国家建构的现代性语境中理解人们的离经叛道、解构与重构经典的行为,那么,到了今天这个中国式的早熟的消费时代,经典所面临的则是被快餐化的命运。"五四"启蒙知识界对于经典的态度虽然偏激,其动力却来自启蒙知识分子真诚的变革愿望与启蒙救亡的社会文化使命感。他们真诚地相信,要想拯救中国的文化进而拯救中国,首先必须彻底背叛儒家经典。这种对于经典的态度丝毫不带有商业动机与物欲色彩,其对经典的解构也是以现代启蒙主义价值理想的建构为正面的肯定性内容,从而使之免于滑向虚无主义和犬儒主义。而所谓20世纪90年代肇始的经典消费化思潮,指的是在一个中国式的后现代大众消费文化的语境中,文化工业在商业利润法则的驱使与控制下,迎合大众消费与叛逆欲望,利用现代的声像技术,对历史上的文化经典进行戏拟、拼贴、改写、漫画化,以富有感官刺激与商业气息的空洞能指(如平面图像或搞笑故事),消解经典文本的深度意义、艺术灵韵及权威光环,使之成为大众消费文化的构件、装饰与笑料:贝多芬的《命运交响曲》被用作音响产品广告的开头曲;各种宗教偶像的人像被制作成商品在各个旅游景点廉价出售(甚至有印制在文化衫上);巨幅的《蒙娜丽莎》复制品被用作瓷砖广告挂在北京街头。还有各种各样的文学、电影、电视剧在肆意地戏说历史、改写经典。

　　这些对于经典的戏说、改写形成了洋洋可观的所谓"大话文艺"思潮,它们在文化类型上则属于所谓"大话文化"。"大话文艺"的重要特点就是对经典的改写和戏说,从其创始人周星驰的《大话西游》到林长治的《沙僧日记》《Q版语文》,"大话文艺"的风潮几乎遍及古今中外各种文化与文学经典。其中既包括中国与西方古代的传统文学经典,还有新近出版的漫画版四大名著,也包括革命文艺经典如《林海雪原》《红色娘子军》等。还有人从实用主义角度把经典改写为经济类、管理类和励志类的畅销书,如《水煮三国》《麻辣水浒》《孙悟空是个好员工》等。前段时间热闹一时的《Q版语文》更是用模拟语文课本的方式把中学语文教科书中的那些所谓"范文"(如《孔乙己》《荷塘月色》《卖火柴的小女孩》《愚公移山》等)大大地戏弄了一番。当我们带着思想史研究的兴趣来讨论"大话文艺/文化"的时候,我们关注的首先是它与20世纪90年代以来消费主义的关系,"大话文艺"很典型地表征了文化经典和文化权威在我们这个消费主义时代的命运。

(一)"大话文艺"文体的特征

　　"大话文艺"的基本文体特征,是用戏拟、拼贴、混杂等方式对传统或现存的经典话语秩序以及这种话语秩序背后支撑的美学秩序、道德秩序、文化秩序等进行解构、戏弄和颠覆。"大话一代"根本不认为对于经典必须毕恭毕敬,在他们看来,经典不是由一个高高在上的生产者(作家艺术家)所创造的高高在上的膜拜对象,而是一种可以被偷袭、被盗取的文化资源。约翰·费斯克有一段话论述大众对待文本的态度,在这里不妨一引:"对文本抱有一种深切的不尊重:在它看来,文本不是由一个高高在上的生产者——艺术家所创造的高高在上的东西(比如中产阶级的文本),而是一种可以被偷袭或被盗取的文化资源。文本的价值在于它可以被使用,在于它可以提供的相关性,而非它的本质或美学价值。大众文本所提供的不仅仅是一种意义的多元性,更在于阅读方式以及消费模式的多元性。"①这正是"大话文学"对于传统经典的态度。

当"大话文艺"的作者通过改写经典而进行创作的时候,他们就具有了双重身份:既是作者,同时又是消费者——消费经典。林长治创作《Q版语文》的过程同时就是一个(通过特殊的方式)消费与颠覆经典的过程。经典在这里成为他创作的"原型"和素材。如果说在文本的经典化过程中,官方化的阐释符码逐渐固定了文本的意义,那么,"大话文艺"的创造力充分体现在对于这些被时间和传统所固定了的文本结构、意义与阐释符码的颠覆。这是一场文化的斗争:一方是对"大话文艺"持激进批判态度的文化守成主义者(教师、家长与教育部门官员),他们试图维护经典的规训权力(不管是它的美学权力、意识形态权力还是其他权力)、限制经典的文化用途;而另外一方则是林长治等"大话一代"通过大胆地篡改、戏说经典而冒犯权威、亵渎神圣。这种篡改和冒犯几乎指向文本的所有方面。人物、情节、时空关系、话语方式,无不可以自由篡改。司马光砸缸后可以流出来七个小矮人、圣诞老人、机器猫、刘老根、西瓜太郎、流氓兔以及李亚鹏……《背影》中的老爸会唱"快使用双节棍,哼哼哈嘿!飞檐走壁莫奇怪,去去就来!"《沙僧日记》中的唐僧师徒们个个又好色又贪图酒肉。在话语方式上,"大话文学"继承了狂欢文化的精神,打破时间、地点、文化等级的限制,把古语和今语、雅语与俗语、宏大话语和琐碎

---

① [美]约翰·费斯克:《理解大众文化》,王晓珏、宋伟杰译,中央编译出版社2001年版,第171页。

话语随心所欲地并置在一起,组成话语大拼盘。"七个小矮人""圣诞老人""兔巴哥""机器猫""刘老根""西瓜太郎""流氓兔""李亚鹏",这些人物符号分别来自中国文化和西方文化、精英文化和大众文化、宗教文化与世俗文化、传统文化和当代文化,但它们统统被抽离了原来的语境,跨时空、跨等级地拼贴在一起。媒体中播放的广告词也在漫画中频频出现,"我给您备了金嗓子喉宝、三九胃泰、速效救心丸"。"爽""酷""东东""886""bingo""酱紫""晕菜"之类的"新新人类"专用词语比比皆是。这典型地体现了"大话文化"的语体与快感的又一个特征:在传统的文本中夹杂大量的流行词汇,以便建立传统文学经典与当下日常生活、日常语言的相关性。尤其是当我们注意到被改写、戏拟的作品不仅是一般意义上的经典,而且是直接控制他们的思想、在课堂上根本不能进行自由阐释的课文时,冒犯的快感可能就更加强烈了。利用时尚和无厘头来对传统经典致命一击,无疑是最具颠覆力量的文化手段。

(二)"大话文学"与犬儒主义

当然也应该看到,"大话文学"与"大话文化"是思想解放的一枚畸形的果实。一味地游戏、戏说的态度是一把双刃剑:它一方面消解了人为树立偶像、权威之类的现代迷信、现代愚民的可能性;但是另一方面,这种叛逆精神或怀疑精神由于采取了后现代式的自我解构方式,由于没有正面的价值与理想的支撑,因而很容易转变为批判与颠覆的反面,成为一种犬儒式的人生态度。在文化批评学者徐贲看来,现代犬儒主义是一种"以不相信来获得合理性"的社会文化形态。"现代犬儒主义的彻底不相信表现在它甚至不相信还能有什么办法改变它所不相信的那个世界。犬儒主义有玩世不恭、愤世嫉俗的一面,也有委曲求全、接受现实的一面,它把对现有秩序的不满转化为一种不拒绝的理解、一种不反抗的清醒和一种不认同的接受。"他认为这是一种严重的信任危机,其程度到了一个人自己的左手、右手之间没有信任的地步。他更指出:"当今中国社会的犬儒主义不只是一种单纯的怀疑戒备心态,而更是一种人们在特定的统治和被统治关系中形成的生存方式。"①

"大话文艺"具有双重特性,既抵抗又妥协,既冒犯又合作。由王朔小说开端、周星驰和林长治等的无厘头文艺为代表的"大话文化",具有明显的犬儒主义特征。犬儒主义者聪明绝顶,具有超常的想象力和创造性,但是又玩世不恭,他们认定世界上没有不可以怀疑和亵渎的权威和偶像,但同时也不相信世界上有什么值得献身的崇高价值、值得相信的真理。更加重要的是:他们常常把精神层面和物质层面、终极关怀和现实利益区分得非常清楚。他们敢于嘲弄一切精神界的权威,却未必会去触及现实中的敏感问题,小心地避免真正的强权与压迫力量。历史与现实都证明:由于没有"非如此不可"的信念,犬儒主义者是最容易被统治的。这就非常典型地体现了"大话文化"抵抗与妥协、冒犯与合作的双重性格。一方面,大众犬儒主义和"大话文化"与现实存在妥协的一面,它的冷嘲热讽不同于批评理性,是一种非理性的否定和怀疑,与民主政治文化环境中的理性批评有很大的差距。"大话一代"不相信可以改变世界,因此与理性主义的批评是不同的,其对于建立理性、诚实的民主公众话语的正面贡献也是极为有限的。但是结合今天中国公共话语空间的自由度,我们又必须对之有同情的理解。由于对现有政治和文化秩序的质疑和反对不可自由进入公共话语领域,以非建设性的彻底怀疑和颠覆权威为特征的犬儒主义与"大话文化"只能存在于公共话语的边缘。大众犬儒主义与"大话文化"的边缘性和时常能够感受到的不自由状态,凸现了它相对于官方话语的受制性。正是这种受制性决定了大话式文本语体的隐晦和曲折,不与统治性的公开文本与语体正面冲突。民间文化的暧昧和

---

① 据徐贲分析,古代的犬儒主义具有三种倾向:一是随遇而安的非欲生活方式;二是不相信一切现有价值;三是戏剧性的冷嘲热讽。同时它还可以分化出"在下者"和"在上者"的犬儒主义。"在下者"对世道的不平和权势的强梁,没有公开对抗的力量和手段,冷嘲热讽和玩世不恭便成为他们以谑泄怒的主要表现形式;而对于"在上者"即"权势精英"来说,犬儒主义则是一种对付普通老百姓的手段。现代社会各场域的分化和各自建立的场域规范使得权势政治和大众日常生活的道德规范经常处于冲突状态。冠冕堂皇的政治理想和令人失望的政治表现之间的差距使得普通人对政治敬而远之,甚至视之为不道德的事业。现代大众的犬儒主义的重要特点就表现为政治冷漠。大众犬儒主义是大众对现代政治无可奈何的不满和抗议。"不管多么无奈,大众犬儒主义毕竟表现了大众某种独立的自我意识。"徐贲的分析对我们深入理解"大话文化"的双重特性是极有启发的。

多义,只要不直接与统治者的公开语本对抗,就能营造出相对独立的自由话语领域来。值得注意的是,"大话文化"还是特定社会历史语境中的中国式的亚文化形式。

三、文化批评与文艺批评机制的再造

一方面,20世纪90年代以来兴起的"文化研究"拓展了文艺学研究的领域,但文化研究有泛化、时尚化的趋势。一些文艺学研究者觉得从事文艺学基础理论研究吃力不讨好,纷纷转向对大众文化、新兴媒体、全球化等的文化研究,出现了"文学理论研究冷""文化研究热"的不太正常的情况,不少基本的文学理论问题长期得不到应有的研究。所以,有论者称文化研究偏离了文艺学应当关注的问题,使"文学理论研究再次面临危机""本该深入研究的文学基本问题停滞不前,本该倡导的功能和价值发生了明显的倾斜"。还有学者指出,中国的文化研究者原本出身于文学研究专业,却致力于以文本研究法去研究影视、广告、消费文化和日常生活的审美化,后者只是鲍德里亚所说的"仿真"文本,而对于文化研究的民族志研究法以及接受研究等则相当陌生,"长期与这种文本为伍,既远离了真正的现实,也背离了文化研究的实践精神"。这既说明一些中国文化研究者存在放弃文学研究的倾向,离开了当代文艺现场,也说明很多中国独有的问题或经验还没有进入文化研究者的视野,中国文化研究的本土自主化,仍然有很长的路要走。

另一方面,近十年来围绕"文化研究、文化批评与文学研究"的绝大多数争论都存在着一个将文化批评狭隘化的问题:表现之一是将文化批评局限于文学研究领域,即将"文化批评"视为"文学的外部研究",从而与文学的审美批评、形式批评、语言批评区分开来,将文学批评的社会批评、伦理批评、政治批评等视为"文学的文化批评";表现之二是将文化批评局限为文化研究领域,将"文化研究"视为文化批评的理论资源,强化被体制化后的"文化研究"所形成的批评性、跨学科性、边缘立场等,其所关注的其实是被伯明翰学派所重新定义的"当代文化"的文化批评。其实,当代中国的文化批评不仅是单纯的文学研究内部生长出来的新形态、新趋势,也不是简单的挪用西方的文化研究理论所进行的批评实践的嫁接。除上述两个方面的因素之外,还存在着第三个重要的维度,即"中国式文化批评传统"对当代文化批评的影响,而文学研究中的文化批评的当代转型正是在中国问题意识的召唤下,面对文学研究的文化维度、文化研究的理论启发以及中国式文化批评传统而做出的策略选择。

20世纪80年代,政治批评成为思想解放的弄潮儿,思想上的拨乱反正直接较量和努力克服的就是极左思潮及其影响,其对马克思主义精神的恢复、对启蒙的呼唤、对人道的吁请、对社会现实的关注都体现了这种政治批评强烈的时代感和批判精神。到了20世纪80年代中期,审美批评也构成了当代中国文化批评的重要一翼,尽管这种审美自主性的取向明显是"去政治化"或者"非政治"的,但对于刚刚从十年"文革"的精神荒漠中走出来的人们来说,美和诗意无疑发挥了强大的解放心灵的作用。20世纪80年代中后期,"文化热"的兴起使得当代中国的文化批评形成基于传统文化、民族文化、地域文化的批评取向,并在20世纪90年代以后集中到新儒家、国学等问题上,发展成文化保守主义的文化批评路向。

进入20世纪90年代,面对中国社会市场经济的转型和大众文化兴起,一场规模空前的"人文精神大讨论"为文化批评注入了新鲜血液。尽管讨论中出现了"逃避崇高""削平深度"的声音,但是对人文精神的高扬和对人文理性的重建成为人文知识分子的共识。20世纪90年代的文化批评还有一个现象值得关注,这就是专业知识分子积极参与公共空间的建构。20世纪80—90年代,主宰文化批评的以人文学科的学者为主,20世纪90年代以来,社会科学领域(政治、经济、法律、管理、教育等知识领域)里有着强烈人文关怀的学者,以其专业背景优势,更直接地切入当前各种社会问题和复杂矛盾之中,更加从制度层面关注当代文化及其时代精神。这与以伯明翰学派为代表的文化研究并不完全相同,伯明翰学人的知识背景大多是搞文学研究、社会学研究和历史学研究者,思想倾向上均与英国新左派有千丝万缕的联系。

即使是在文学研究领域，正当文艺学还在为"文学研究"与"文化研究"的边界争得面红耳赤的时候，发端于20世纪90年代的"现代性"思潮已经逐步内化为中国现代文学研究的基本视角，差不多重写了一遍中国现代文学史。从文学研究的角度来看，这确实是一次冒险的历程：它不仅颠覆了"鲁郭茅巴老曹"的文学秩序，而且最终抛弃了"社会历史背景—作家作品"的二元模式。从"文学—文化"的立场出发，文学文本首先不再指向"美的艺术"，而是直接成为思想文本参与各种文化思潮的碰撞；各种文学的、学术的体制和制度也不再是外在于作品的"背景"，而是直接参与了作家的"运思"和文本的"编织"。也许更为重要的是，从"文学—文化"切入，从事现代文学的研究者们找到了一条反思现代中国的通道——在当代文学"失去轰动效应"日益边缘化之后，现代文学研究却因为举起了现代性的大旗而展露思想的锋芒。事实上也是如此，在各种西方文化理论的引入中，只有"中国问题"才是我们寻求发言的场域，也只有在对现代中国的反思中，我们才有可能找到理论建树的契机。与中国现代文学研究中的"文化转向"相比，文艺学学科内部的这场争论多少显得过于意气用事了。文学研究从来就没有简单地固守在审美、形式和语言的牢笼之中，文化研究也从来没有放弃被文学研究所珍视的人文立场。在这场论争里包含着一些被放大的误会：如果没有浓厚的家园意识，就不可能产生越界的冲动；同样，如果没有越界冲动，只是"请息交以绝游"，则只能是守住了家园，却淡化了意识。当文化诗学被视为"文学的文化研究"时，其实已经在方法上越了界，而文化研究更灵活地采用文本研究方法解读大众文化现象时，又何尝不是研究方法上家园意识的强化？

文化批评在当代的突显，绝不仅止于有众多新潮文化理论的涌现，其最根本的原因在于20世纪出现了前所未有的文化危机，迫使人文学者面对当下发言。因此，如果不理解20世纪这个"大时代"，不理解文化批评的当代性，我们将无法区别它与传统文化批评的界限。对于文化批评的当代转型的理解有两个重要的维度不能忽略：其一是作为一场全球性的文化批评理论实践，文化批评确立了哪些极具当代性的文化问题作为论域？其二是作为处于学术古今与思想东西的碰撞中的当代中国的文化批评,自己又在哪些方面做出了积极努力和回应?

从20世纪西方文化批评的当代转型来看,既具有极大的开放性和包容性,又具有明显的可识别特征的文化批评理论及其实践已初步形成。"文化批评"既非一种全新的批评样式,也非对各种学科知识的杂烩,而是知识分子从各自所属的人文社会科学各学科出发针对当代文化问题展开的反思和批判。因此,如果说文化批评自身的逻辑就是对当代文化的密切关注和积极回应的话,那么,作为文学研究者所展开的文化批评实践如何才能既参与当代思想文化的反思和批判,又能够发出自己独特的声音才成为真正的问题。正是在这个意义上,文化批评的质疑者们提出的问题确实存在:文化批评中审美性的弱化甚至缺失,的确成为文学研究者参与文化批评的软肋。大多数批评家愿意相信,对这一问题的克服并非简单回归文学批评或强化文学批评所能够解决的。

一方面,文艺批评知识及其学科形态在几十年间已经事实上发生了从审美化到文化化的转向,这是直接导致审美批评弱化的重要原因。而另一方面,我们也不能不看到,当代文化中美与诗意的弱化也已成不争的事实。当代文化生成的基本语境就是市场经济主导下的商业化逻辑,而突出的表征就是大众文化的兴起。从表面上看,经过文化工业所生产出来的文化消费品,以极大的丰裕和低廉的价格为满足大众日益增长的文化消费的需要提供了保障,但实际上,文化工业本身却是反审美和反诗意的。从生产上说,低成本追求使得大规模复制成为文化产品的生产逻辑,机械复制时代的艺术作品转向的就是"震惊的美学"和"奇观的美学",其后果就是"灵韵的消逝";从消费来说,大众的文化消费活动成为"非生产时间"的"休闲"活动,娱乐化取向使得大众文化消费中对于"快感"的满足压抑了对"审美"和"意义"的追求,"看看而已""权且利用"的态度削弱了文学艺术美和诗意的力量;在大众文化"审美泛化"的逻辑下,艺术自身也正在逐步丧失其"对现实的否定能力",艺术与非艺术之间的界限正被抹平;与之相应的,便是曾经高扬审美大旗的文学研究的日益边缘化。其实,这种边缘化审美批评自身的狭隘化,即日益地将审美局限于语言、形式内部,而失去了真正的审美精神——对现实的人的境遇与存在的关注，越来越显得与当代文化和当代人的精神状况相脱离，越来越"隔膜"也便成为自然而然的事情。

20世纪90年代以来，"文化研究"已极大影响了中国文论的建设与文学研究的现状，跨学科的文化研究发展迅猛，文学的"文化批评"成为重要的趋势。"文化研究"不仅拓展了文论与文学研究的边界，使文学研究与批评的对象涵盖了各种形式的文化产品，包括文学和非文学；更为重要的是，"文化研究"对视像文学、媒介文化、大众流行文化、网络文化、性别文化、时尚文化及身体文化等现象的密切关注，也越来越多地成为当今文论研究的热点所在。"文化研究"的流行启示我们，西方文学研究与文学批评所发生的文化转向，既是其社会总体发展的大势所致，更是文学自身内部要素运动的结果。寻找文学理论与批评的思想原创与现实活力，始终是20世纪西方文论发展的价值指向，在经历了语言论转向，把文学研究的实践专注于文学内部的种种规约后，其理论与批评的走向必然要向更宽广的社会、历史、政治等层面拓展。"文化研究"的实质是对文本中心主义理论范式的解构，也是对固定不变的文学疆界的超越。文化研究在当代中国学界引起的争议十分复杂，孰是孰非，有待学界进一步地辨析。

在法国思想家梅耶的眼里，作为新的部落神话，消费已成为当今社会的风尚，它正在摧毁人类的基础，即自古希腊以来欧洲思想在神话之源与逻各斯世界之间所维系的平衡。他颇赞同波德里亚的分析，消费是一种积极的关系方式，一种系统的行为和总体反应的方式，我们的整个文化体系就是建立在这个基础之上的。对人文学科尤其是文艺学、美学的研究来说，消费文化的来临无疑意味着一种新的文化语境的产生，也意味着因研究对象的转换所带来的对传统学科体制、规范及边界的重新厘定与思考。消费文化研究范式的形成，既秉承了20世纪西方美学与文论的精神资源，又吸收了"西方马克思主义"与后现代的思想传统，它同样是多重理论范式的综合。法兰克福学派以其鲜明的意识形态与文化批判理论，重新评价和认识进入消费时代后人类审美观念与文艺实践所发生的重要变化。如阿多尔诺提出，消费文化的产生导致审美观念的自律性消解，审美实践也由独特的精神创造蜕变成一种文化工业的生产活动,文学艺术生产呈现出新的问题性;本雅明认为,机械复制时代的到来,对传统的文艺与审美观念形成巨大挑战,由此导致传统艺术韵味的衰落以及新的审美趣味的生成,人类审美面临的困惑与文化上的复杂性更为突出。与法兰克福学派相比,后现代思想家更注重从理论上系统思考消费时代所引起的文艺观念与审美实践的变化。如法国后现代思想家费瑟斯通、波德里亚都认为,在消费社会,审美观念和艺术进入了一个被广泛扩张或泛化的过程,它不再仅仅局限于传统的艺术领域,而已蔓延于经济、政治、文化和日常生活的各个方面,形成审美生活化趋势与消费意识形态。詹姆逊也指出,消费社会中人类的审美观念从自律转向感知领域,转向以视觉为核心的生产,美学的封闭性空间也转向开放的实践性空间,导致传统美学的终结,这是文化发展的必然逻辑。由此可见,消费时代的来临以及它所引发的一系列文化悖论,既是这个时代人类生活发展的一种必然、一种人类在其存在维度上别无选择的"命运",也极为真实地对人类文化的发展与文学研究的价值走向,提出了相当严峻的问题与挑战。

值得注意的是,面对这些问题与挑战,在对消费文化的众多研究中,马克思主义、符号学、人类学与社会学构成了三种最重要的路向,其理论的阐释与批判给予当代社会以深刻的启示。如马克思对"异化"劳动和"商品拜物教"的批判,构成了20世纪"西方马克思主义"批评家取用不竭的思想资源;卢卡奇关于"物化"的论述,在消费文化批判中占有重要地位;当代法国思想家波德里亚试图把马克思主义对资本主义的批判从生产领域扩展到消费领域,从符号学的角度对消费社会和商品的符号价值进行了前所未有的积极思考;还有当代法国思想家布尔迪厄,他把文化符号分析与社会等级(阶级)分析结合在一起,并借助"惯习"和"文化资本"等概念对消费文化特性进行了颇为深入的分析。诸多思想资源的整合,均构成了消费文化理论与消费文化研究的思想基础,也对当代中国文艺学与美学的探索产生了至关重要的启迪与影响。其中既有研究命题上的重大转换,也有审美观念与文艺实践层面大量新的矛盾与问题的产生,如视像文化的扩充和蔓延,艺术生产的复制性与泛审美化倾向的日渐突出，媚俗文化与恶俗文化的不断滋生，以及文学创作的愈益萧条与文学市场的空前萎缩等。更为突出的是，消费时代的到来，亦引发了文艺学学科在身份认同与知识转向方面的深入思考，促使人们更清醒地注意到这种语境的更新，不只是某种研究对象或思想资源的变迁，更重要的还是整个生活形态、精神生态和世界格局的变迁。

文化批评与文艺批评的结合，可能是更多的文艺批评家关注的焦点。以2003年发表的王晓明和蔡翔的《美和诗意如何产生：有关一个栏目的设想和对话》为例，他们就"文化研究和文学研究"问题进行了一次深入的对话。"对话"从西方"文化研究"谈起，期望将20世纪90年代社会学、经济学、政治学的研究成果转化到文学及文学批评中来。蔡翔坚持了他在《何谓文学自身》中的观点：20世纪80年代文学"一方面是个体的自主性、自足性和自律性，但是另一方面，当时的文学也多少忽视了和社会—经济结构的联系"。"人的本质的现代化"和"人的解放"的诉求，以一种个体的普遍性忽略了这种诉求可能产生的社会不公和贫富差距，而这些问题在今天被重新尖锐地提了出来。王晓明重申了20世纪90年代的"新意识形态"，他思考的问题侧重"文学研究怎么样来处理人跟那些所谓的'外部'因素的关系"，希望文化研究能成为其间的桥梁。在对人的认识和对文学的认识的关系上，他认为在强调文学"本身"价值的时候，很容易把这种"本身"与文学的所谓"外部"因素分隔开来，这实际上与20世纪80年代对人的抽象的内在性的强调密切相关：正是那个被抽离于社会环境之上的人的"本质"，构成了文学的"本身"的基础即文学本身和人本身实际上已经形成了一种同构关系。比如当人们一谈到"城市人"，就是孤独、陌生感那一套，一讲到"女性"，就是与男人的冲突、身体的自觉等，这正是一种"抽象"在起作用。在此基础上，王晓明触及了文学"如何理解人"的关键问题：一个是人的现实的存在状况。这是"现实主义"文学的出发点和归宿点。第二个层面是人的可能性：所谓文学的独立的"审美"价值，正是超越人的社会历史条件的局限，体现人的超越性和可能性，因此，文学应该更多地关注人的诗意的、精神的那一部分。由此出发，王晓明发现了20世纪90年代文学问题的关键在于：体现人的超越性和可能性的文学作品逐渐减少,"用某种社会中层生活的经验,替换掉了原来蕴涵在八十年代那一套抽象的人的概念当中的比较多样、因而具有反抗意义的生活经验。这转换的结果不但会影响对人的现实状况的理解,也同样会影响对人的精神的可能性的体会"。王晓明在这里真正与20世纪80年代他的"审美批评"分道扬镳:不是回到20世纪80年代的"文学回到自身",而是在把握当代中国文化的过程中深化对人的精神状态的理解。在20世纪90年代"审美"已经转换成为社会中层文化的一部分的时候,"它不但无助于认识人的复杂的现实境况,还可能妨碍对人的多样的精神可能性的揭示"。依然追求文学的"美和诗意",但是"审美"必须要在对人的精神状态的文化研究中被重新阐释,而这种对人的精神状态的理解正是当代文学"文学性"的丰富内涵。王晓明特别强调"诗意"的两个基本维度:一个是从人的现实生活来说的,就是诗意应该和现存的压抑性的东西构成一个对立;另一个是从人的可能性来说的,就是诗意构成人不断自我更新的一种动力。[①] 只有这样,才能使当代文学避免以新的抽象性的"文学自身"观念形成新的压抑机制,才能把"美和诗意"从压抑机制中解放出来。

然而在对文化批评与文学批评结合的理解上,当前理论界在思维方式上却存在着如下局限:一是将文学批评等同于对作品叙事、修辞、人物性格等表现方法的研究,而将文化批评理解为对作品文化性内容的分析,仿佛对文学作品内容的研究已不是文学批评可以胜任的了,这就使"形式"与"内容"再次对立。二是将文学批评理解为以阐释作品为目的,而将文化批评理解为将作品工具化来服务文化目的,这就使得两者的结合永无可能,从而也就不可能看到:文学的自足是作为弥补文化的缺陷的张力而存在的"文化现象"之一。这就暴露出我们在文学批评与文化批评打通上的思维方式之盲点,即文学中的全部文化性内容,如果被看作对现实的文化内容的验证,便是"非文学性的文化批评";如果被看作区别于

[①] 参见王晓明、蔡翔:《美和诗意如何产生:有关一个栏目的设想和对话》,《当代作家评论》2003年第4期。

现实文化内容的一种作家独特的存在力量,便是"文学性的文化批评"①。"非文学性的文化批评"常常是从时代的角度、文化特性的角度切入不同的作品,提炼出共同的文化特性,比如从《大腕》和《大话西游》中提炼出消解性的当代文化思潮,因而常常忽略文学与文化的差异,更不用说会忽略文学与文学的差异。"文学性的文化研究"是将文学的外在形态看作进入文学内在文化性世界的门槛。作品的形式与技巧,只是文学内在世界派生出来的。静态地、分割式地研究文学的形式与技巧,无助于研究作家如何产生自己的形式与技巧。所以,对《英雄》这样的影片的"文学性的文化研究",就是要将作品的叙述方式看作编导关于"英雄"的多重意念派生出来的一种形式,而这种形式所产生的意境美,又强化了编导对"英雄"意念的一种不同于现实中常人对"英雄"的理解。在此意义上,"放弃"的英雄,确实可以看作张艺谋以自己的文学性理解"穿越"约定俗成的对"英雄"的文化性理解的过程。所以《英雄》的文学价值就在于编导"诞生"了一种独特的英雄关系和意念。

  事实上,文艺批评从文化研究和文化批评的理念和实践成果中汲取不少养分。其一,文化批评开阔了文艺批评的视野,促使除了传统命题之外的其他维度第一次进入了文艺批评的研究领域。其二,文化批评具有鲜明的问题意识,主动介入当下生活和人的生存境况,积极参与了公共空间的建构,为已经缺失实践品格的文艺批评注入了一剂强心针。文艺批评只有重拾干预和介入当代生活及当代人的生存境况,才能重建自己的批评精神和社会公信力。其三,文艺批评从文化批评上借用理论资源和分析方法,通过这些理论框架和批评方法,增进自己对现实生活和社会发展的阐释力量。

---

① 吴炫:《当前文化批评的五大问题》,《中华读书报》2003年1月22日。

第六章

回应与展望：新世纪文艺批评的建构实践与发展方向

21世纪以来，随着新媒体对原有传播格局的革命性改写，以及大众文化迅猛的发展，文艺生产方式、传播手段和影响方式的多样化，既对已有文艺思想形成重大挑战，促使其重新调校、确立方向，又催生了新的文艺观念和文艺实践。文艺领域出现了新的观念、新的质素和新的特点，对文艺批评的既有文艺价值观念产生了巨大冲击，并推动了文艺批评价值观的更新。此时的文艺批评虽不像以往那样通过思潮的方式呼风唤雨、大张旗鼓，但其有所针对的发声方式和非常具体的批评观念的植入，让大家感受到崭新的格局和气象。社会上对文艺批评的期望极高，失望也大，但它并没有丧失对新的文艺现象的概括能力、阐释能力和回应能力。比如，新世纪文学概念的提出及其批评实践，对城市化问题的讨论，对方言写作的关注，对新媒介时代网络文艺的探讨，对作品中虚无主义、犬儒主义和物质主义泛滥问题的批判性反思，等等，无不说明，新世纪文艺批评还在介入、适应和影响当代文艺活动的开展与走向。

第一节
新世纪文艺批评的建构实践

  21世纪文艺批评通过对"新世纪文学"的自觉研究和创作推动,聚焦于"新世纪文学"的各种不同文本、文类和文体的深入研究,归纳总结新世纪以来文艺作品中的新的质素和特征,引领新世纪文艺发展的方向,以及适应新媒体时代批评对象的新变,展开对话争鸣,重塑文艺批评的阐释力和公信力,来推进自身的理论建构和功能重塑。

一、对"新世纪文学"的命名与研究

  "新世纪文学"概念的提出和相关研究,可谓是新世纪文艺批评首先发动和切实推进的。大概在2005年、2006年,"新世纪文学"开始成为一个热门的概念,不仅各种文学期刊纷纷亮出《新世纪文学》专栏,出版社也打着这一旗号推出系列丛书,文艺研究者们也把它作为一个关键词切入当下纷繁复杂的文艺现象,还有各种选本、选刊、评奖,均借"新世纪文学"之名以行。随着对"新世纪文学"研究的进一步深入推进,以及新世纪文艺的含义、审美特征、价值规范和它与别的学科之间关系的逐步厘清,文艺批评界对"新世纪文学"已有初步的共识。

  20世纪90年代末,文艺批评界就开始在文学转型的基础上,试图从"新世纪""21世纪"或者"后新时期以来"的角度来观察总结世纪末文学发展的现实性与可能性。雷达等人曾直接将其概括为呼之欲出的"新世纪文学",即经过自我更新获得拓展与深化的社会视角,超越初期的喧嚣浮躁、日趋深沉实在的文化视角共同构成新型的21世纪文学的存在形态。其后,傅修延从文学叙述的展望、孔范今从文学的现实主义精神、孙

中田从话语观念到文学构架的变异、赵学勇从文学的本土性、李怡从文学的民族性与现代性的内在联系等角度共同构想了"新世纪文学"的乌托邦,从而使得"新世纪文学"概念得到广泛应用。

此外,还有学者从自己所研究的学科领域出发来阐发新世纪文学的构成,比如,晓雪关注的新世纪文学的民族性,陈思和研究的新世纪文学中的台湾新世代文学,还有城市文学、科幻文学、网络文学等,都被有意识地冠以新世纪的名称。当然,这种命名潜在地体现着直面现实的勇气和试图突围的自觉,以真正实现文随时变。经过研究者们的大力推动和新的文学实践的发展,批评界开始从理论高度来认识新世纪文学并相继召开各种学术会议[①],对新世纪文学的传统、基础、建构、趋势等方面加以综述,"新世纪文学"终于借此而确认了自己的术语地位。尽管那时还缺乏对新世纪文学共同的定义原则与规范,但在当代文学研究会第12届年会上,大多数文学研究者还是把当前文学命名为"新世纪文学"。他们认为,新时期文学该告一个段落了,"新世纪文学"业已浮出水面,它确有新的形态、内涵,真正由充分的个人化走向整体的多样化。在新的文化语境下产生的大众化在整体文学中的比重越来越大,由此而引起了精英文学、主流文学的调整和变化……这些已成为新世纪文学的基本格局与基本状态。

早在1993年就有将"新世纪"与"文学"一并谈论的文章,如荒煤的《新世纪的文学要真正站起来》、冯牧的《新世纪对文学的呼唤——〈世纪印象〉引发的一些感想》、吴野的《呼之欲出的新世纪文学》。但这些文章都把新世纪作为文学的一个时间性定语看待,并未将"新世纪文学"作为一个整体性的概念提出。真正将"新世纪文学"作为一个完整的概念提出并加以研究始于《文艺争鸣》。自2005年第2期开辟《关于新世纪文

---

① 包括2001年《社会科学战线》所组织的21世纪中国文学前瞻笔谈、中国社科院文学研究所于1999年主办的新世纪文学学术战略名家论坛、北京语言文化大学文学院主办的中国古代文学思想与新世纪文学理念研讨会,等等。其中,最具意义的是中国社科院文学所与海南师院学报编辑部、海南省文学研究会共同举办的跨世纪文学发展战略研讨会。大会分别讨论了市场经济与文学、视听文化与文学、文学的现实主义问题、现代性问题及发展趋势、电影文学、城市文学、文学批评、作家作品及创作个性研究、跨世纪的文学学术转型等主题,借此确定了新世纪文学的范畴和命名。

学》专栏,《文艺争鸣》杂志主编张未民在"编者有关开栏的话"中认为:"21世纪这五年的文学既是当下的现实,也是当代的历史。新世纪的文化景观和文学景观促使我们要以一种平常心来直面这个'新世纪',它需要我们在与之构成的对话关系中展开理性思索。"①随后,由沈阳师范大学中国文化与文学研究所、中国当代文学研究会、《文艺争鸣》杂志举办的"新世纪文学五年与文学新世纪研讨会"于2005年6月在沈阳召开,"新世纪文学"在会上得到了热烈的研讨。此后,这种探讨变得越来越多,"新世纪文学"概念的使用变得越来越自觉。

《文艺争鸣》自2005年第2期开始连续展开的有关"新世纪文学"的讨论,吸引了张炯、陈晓明、张颐武、程光炜、孟繁华、贺绍俊等学者撰文参与。2006年,"新世纪文学"在建构与争议中继续推进,先后有十多位研究者从各个侧面对新世纪文学展开论述。雷达、任东华的《"新世纪文学":概念生成、关联性及审美特征》是继2005年的《新世纪文学初论——新世纪文学的走向》之后又一篇试图建立"新世纪文学"概念合法性的论文。但文章列举了20世纪90年代以来文学理论界对于世纪之交的文学进行筹划的种种努力,承认"新世纪文学"的实践并未完成,需要从多个层面补充概念表述。张颐武等人的讨论文章《关于新世纪文学》梳理了"新时期""后新时期""新世纪文学"的概念差异,设定出新世纪文学的若干表征。一时间,"新世纪文学"在结束了短暂的正名仪式之后,全方位地扩张开来,从文学当代发展史脉络的梳理到文学理论新状况的归纳,从整体文学状态的勾勒到类别文学状况的精雕细描,"新世纪文学"有声有色地开始了全方位的理论构建。

2006年、2008年两届中国当代文学研究会年会都将"新世纪文学"列为大会讨论的主题之一,这不是偶然的,说明文学研究界和批评界对此概念的合理性已有一定共识。起初,评论家们主要把"新世纪文学"作为一种时间意义的总体化概念,其"新世纪以来"的涵义成为这一概念的基

---

① 在《南方文坛》另一篇系统阐述"新世纪文学概念"的文章中,张未民进一步认为:"使用新世纪文学这个概念,我们所做的,乃是又一次将'中国文学'时间化了,并在这种时间化的意义上,将其进行了一次历史总体化。

本用法。至此,在文学研究的各个领域都展开了以"新世纪文学"为中心内容的学术会议和小范围的学术讨论。而代表中国现当代文学研究较高水准的中国人民大学报刊复印资料,在 2007 年第 1 期连续转载了 3 篇关于"新世纪文学"研究的论文。人民文学出版社亦于 2007 年出版了由张未民等主编的论文集《新世纪文学研究》,该书被列入中国作协重点作品扶持对象。可以说,学术界、官方机构与主流传媒的认同更加凸显了该研究领域的重要性和学术价值,也从更大范围反映了当下文学研究的热点现象。随着对于"新世纪文学"研究的深入,一些重要的学术问题和研究方法也逐渐显露,当然这些问题的出现亦从内部证明了"新世纪文学"作为一个研究领域被提出的有效性、广延性。

"新世纪文学"从一个纯时间性的对现实文学的描述性概念很快走向一个具有独特历史性和审美特性的文学史概念,是先从"新世纪文学"与此前文学"分期"切入来寻求界定的。从对"新世纪文学"概念一开始提出来进行自觉的探讨,人们便已不拘泥于其时间的自然限定,而明确将"世纪之交"的数年也都包括进来。雷达说:"进入新世纪的中国文学,已有五六年,若加上性质相近的上世纪最后五六年,也有十年左右的光景了,这段时间所呈现出来的大量新质素,已不容忽视。"后来,他又明确将"新世纪文学"产生时间定在 1992 年。持此种看法的於可训,也明确地以中国开始确立向社会主义市场经济迈进的 20 世纪 90 年代初作为新时期文学和新世纪文学的分界点。这种种研究在明确界定"新世纪文学"概念范围的同时,也将凸显出"新时期文学"作为一种过渡性历史时期文学的性质。在这方面,往前推进得最快的说法是程光炜在 2006 年 10 月中国当代文学研究会学术年会上说的新时期文学实质上就是限定在"伤痕文学"上。这使我们想起以前陈晓明就宣布过 1987 年为"新时期文学终结","新时期的神话已经讲完"。人们急于从新时期文学的概念框定出来,张颐武则沿着他的新时期文学—后新时期文学—新世纪文学来展开文学史描述,其实这种用法也与时下的 80 年代文学—90 年代文学—新世纪文学的架构和用法有着相似和某种重叠。

"新世纪文学"究竟是一个时间性历史概念,还是一个带有新质性的文学概念,一直是讨论的焦点。正如程光炜在《"新世纪文学"与当代文学史》中追问的:"'新世纪文学'究竟是一个'文学'命题还是一个'历史'命题?"正是在这个问题背景下,"新世纪文学"研究中有两个关键词值得关注。一个是"大文学",见于雷达、任东华的《"新世纪文学":概念生成、关联性及审美特征》一文,论者认为:"'新世纪文学'也正是应对文学形势在新时代的巨大变化,试图整合各种资源,超越纯文学的概念局限,从而重构21世纪的'大文学观'。"也是在这个"大文学观"的涵盖下,该文及稍早的《新世纪文学初论——新世纪以来中国文学的走向》同最近的《论"新世纪文学"——我为什么主张"新世纪文学"的提法》,共同构成了雷达对"新世纪文学"命题中"大文学"观念的拓展。这种"大文学"观念的提出,是为"新世纪文学"确认自身存在的合法性,重新找到文学应有的功能和自信,为文学重新确认当下及未来的位置所在。

"大文学"的提出并非空穴来风,它涉及"新世纪文学"命题中另一个关键词,即"大历史",见于张颐武的《大历史下的文学想像——新世纪文化与新世纪的文学》一文。论者认为:"我们发现中国当下的发展却是在两个方向上获得的:一是在对于世界秩序的参与中,二是在普通人争取财富、改变人生的努力中,中国获得了前所未有的发展,也获得了百年现代史中最为清晰的'和平崛起'的历史机遇。在这里,现代中国所没有的历史境遇却由于空间的转变已经来临,历史超出了我们预设的途径,似乎进入了一个完全的意外,但其实这也是'大历史'本身的转变的结果。中国历史超越了原有的'弱者'意识和'反抗'意识,获得了意外的发展。"其后的《新世纪文学:跨出新文学之后的思考》,作者继续在"大历史"观念下对"新世纪文学"进行思考。

同样值得注意的是张未民对"新世纪文学"的"时间"问题的探讨,见于《中国文学的"时间"——关于"新世纪文学"论述的一个逻辑起点》,作者在文中谈道:"这时新世纪文学仍在求新之中,却与古今中外的文学资源在走出20世纪的进程中构成了一种新的对话性关系,与历史同时与现实生活也没有多少紧张的情境,反而显得从容、宽大,从这个意义上说,它对以前的文学,或者20世纪的文学有很多继承性的倾向在里边,也有很多改变在里边,而其最大的改变,就是有一种超越现代性内部的紧张和'断裂'的倾向,并因此而与20世纪中国文学形成很大的不同,从这个意义上说,它的确是20世纪的'后世纪',是现代性同时又是这种现代性的'后'现代性,这本身就可以构成一种新的超越,一种历史的新的总体化。'新世纪文学'的概念也因此使20世纪中国文学史观更加具有整体性和存在的理据,从而开启自己的'新'的'世纪'。这正是新世纪文学的历史逻辑的起点。"显然,该文对"时间"的论述将张颐武提出的"大历史"具体化,也更为学理化了。

可见,"新世纪"的指向是一种时间概念,而"大历史""大文学"都是一种空间概念。尽管张未民极力主张"在时间的理性寻求基础上寻求空间的发展,这是新世纪中国文学合乎规律的丰富性和盛大性的前提。中国文学自古以来往往既有时间的循环与进化,又往往以思想文化的、地理的、个性风格的空间展开取胜。新世纪文学自当以此道视之"①,但也需要思考的是:宏观研究视野之下是否又是"大历史"对文学的遮蔽?在涉及具体的文学现象时往往是"大历史"无法解决的。这在张颐武另一篇文章《日常生活平庸性的回应——"新世纪文学"的一个侧面》中凸现出来。事实上,论者在文中更应注意的是这个"新世纪文学"侧面研究中隐含的矛盾之处。一方面,他认为:"当前的'新世纪文学'从两个方面对中国'新文学'实现了超越,一是对文学直接投射'现实'的可能性的反思,并导致了对于文学复杂性的再认识;一是关注现实生活的具体性,致使一种日常生活的特色开始呈现出来。这两种文学走向都是对当下历史境遇的投射和反映。"另一方面,认识到:"这种反映也凸现了一种持续的困扰和焦虑,即如何面对日常生活本身的平庸性问题。这种对日常生活平庸性的感受,正是当前境遇下文学的典型表征……而对这种平庸性的焦虑与不安仍然是新语境下文学写作的基本主题之一。"张颐武对日常生活平庸性问题的反思,更为突出地反映了这样的问题:"新世纪文学"的这种"大文学"观念如何与"新新中国"的"大历史"观念保持内在的一致?

---

① 张未民:《开展"新世纪文学"研究》,《文艺争鸣》2006年第1期。

正如论者自己所言:"文学悖论式的现状是新世纪文学重要的特征。它源于对社会文化的转型和一种理解的复杂性。"①从张颐武的《日常生活平庸性的回应——"新世纪文学"的一个侧面》对"底层文学"和"打工文学"的分析来看,论者已经很好地触及这一文学的悖论式存在问题。而文学之所以会使其自身在历史中呈现为一个悖论性的存在,其根本原因是内在的文学精神,在于这种精神失落还是坚守。所以,"新世纪文学"中的"大历史"尽管规定了文学存在的时代背景,但它仍不可能对文学存在的本质属性作出改变。

  文艺批评界一贯具有质疑的学术品质和反思的学术精神。文艺批评界对"新世纪文学"这一概念和概括提出质疑和展开争鸣就不足为怪了。对"新世纪文学"命名提出彻底否定的唯一一篇具有论战色彩的争鸣性文章是发表在《文学评论》2006年第5期上的《强悍的宿命与无力的反抗——对"新世纪文学"命名的反思》。论者惠雁冰措辞激烈,对"新世纪文学"的提出表示出强烈的否定,认为:"'新世纪文学'的命名又是当代文学界与批评界在精神资源清空的前提下,为保证自己话语权的不被散失而精心合约过的一次集体逃亡行动,其中隐匿的'私人意识'与'作秀意识'可能比'文学史意识'更为鲜亮。"无独有偶,宋一苇也提出,当我们用"新世纪"来指认或命名文学时,应该对"新世纪"这一历史时间概念进行前提性的批判反思,不应简单地将"新世纪"理解为一个客观物理时间概念。这种时间命名本身已表明我们依然凝滞于现代性的种种神话幻象之中,它容易使我们遮蔽或遗忘20世纪文学中的现代性危机意识。陈思广认为,虽然新世纪在时间上来说的确已经开始并不断融入历史,但文学却并没有同步进入"新世纪"。"新世纪文学"只是人们构建世纪初文学发展脉象的良好心愿与美好设想,而不是文学发展本身的客观呈现,与20世纪90年代相比特别是20世纪90年代后期相比,21世纪之初的文学并没有质的突进。更为全面的分析来自刘卫东的《新世纪批评话语中的"新世纪文学"——以〈文艺争鸣〉对"新世纪文学"的建构为例》,文章

---

① 张颐武等:《关于"新世纪文学"》,《文艺争鸣》2006年第1期。

对比20世纪初赵家璧组织编选的《新文学大系》之后指出,"新世纪文学"缺少类似新文学的成绩,其参与者也缺少对成绩的自信,众多的学者在论证"新世纪文学"的合法性时,也缺乏对"自身"的言说合法性的审视。这些对"新世纪文学"命名的质疑是极为必要的。这种质疑背后所凸现的其实并非"新世纪文学"本身的问题,而是涉及当代文学这门学科一些整体性问题。自当代文学这门学科建立之时起,很多非学术因素的侵入成为当代文学研究者不断突围也不断被困围的屏障,但是敢于说出这些常识的人却常常被有意忽视,因此,最根本的问题是我们选择什么样的方法和立场表达对这个学科的认识。它的挑战性一方面来自研究对象的切近,另一方面,也更为重要的是来自我们这些研究者在多大程度上能意识到自己的局限,以及在这命定的限制背后是否依然能够提供有穿透力的思想。尤其是在文学批评方面,其挑战在于怎样能在相对静态的文学史研究之外诉诸动态的文学批评,同时将活跃的批评理念和审美思想不断添加到文学史研究当中。而对"新世纪文学"命名的争议少而阐释多,这就有将这个命题的复杂之处降低到扁平化状态的危险。

  如果说怀疑精神是批评的灵魂,那么更为学理化的、从"新世纪文学"内部及文学批评方面来探讨的思路则更能体现当代文学研究的素质和水准。如程光炜的《"新世纪文学"与当代文学史》《新世纪文学"建构"所隐含的诸多问题》,贺绍俊的《批评制度与批评观念——关于新世纪文学批评的思考》,刘川鄂的《新世纪文学批评的新策略——批评名家的理由》,黄发有的《影子批评——新世纪文学批评的独立性危机》,白浩、唐小林、谭光辉的《文学的新世纪命名与底层关注——中国当代文学研究会第十四届学术年会综述》。这些文章都涉及"新世纪文学"研究中最为根本的问题,即"新世纪文学"能否被写入文学史?"新世纪文学"的文学批评应如何面对批评制度与批评观念的独立性危机?可以说,这样的追问是迫切的:"'新世纪文学'能否真正地'超越'支持或默认这一'成规'存在的根本的历史'环境'?"

二、新世纪批评实践与理论建构

20世纪末以来,对"新状态文学"之"新"的有关"命名"的形式纠缠与批评,某种程度上导致了当代文学研究中的宏观概念和宏观研究的衰落,这与改革开放之初的80年代的宏观批评与微观批评并重的良好格局形成鲜明对比。于是,在一个不能没有"大词"的时代,文学评论界似乎觉得除了"新时期文学"以外,早已不再需要什么宏观概念,依然可以混得过去,一部一部作品地跟踪,一个一个作品讨论会的召开与鼓吹,一些人指出的所谓批评的失语现象在根本上说明了宏观把握与时代眼光的缺失。这在两年之前的情形尤其如此。"新世纪文学"概念的兴起和使用,说差强人意也好,说它过于宏大和纯时间性也好,总归,它多少向人们显示了时代的文学进程,恢复了当代评论对宏观研究的信心,并有助于改变一个时期以来文坛微观有余的琐屑研究和评论现状。新世纪文艺批评正是在这种氛围下通过实践致力于自身的理论建构。

新世纪这个时代最大的特点或者说与此之前的所有时代的最大的一点不同,即它是一个"新媒体时代",因此在某种意义上来说,"新世纪文学"也就是新媒体时代的文学或称"新媒体文学"。走进新世纪,数字媒体、网络媒体以及自媒体和移动媒体等新媒体的出现与快速发展催生了新媒体语境,而新媒体语境作为一个特殊的文化场域,全方位地甚至十分彻底地改变了文学的存在形态、表现方式和接受机制,进而使新世纪文学成为一种特殊样态的存在——新媒体为这种改变提供了技术前提,新媒体语境则提供了文化背景,所以"新世纪文学"的本质属性即其"新媒体性"。故在某种意义上说,所谓的"新世纪文学",就是在这样一个"泛文学"乃至"泛审美"的新媒体时代里,以"新媒体"为载体形式之一呈现出来的"新"的、"大众化"的文学形态。

新世纪文学批评作为一个特指的概念,与新世纪文学一样,也有广义和狭义之分,广义的是指所有的在这个时间段里并针对这一时间段里各种文学的批评,狭义的则是针对所谓"新世纪文学"概念下的文学开展评论和研究的批评。不过如果像前面我们那样把"新世纪文学"简单化一样,实际新世纪文学批评也可以简单化理解在"新媒体文学批评"乃至"新媒体批评"的意义上。换句话说,当新媒体已经牢牢占据了大半江山,当我们面对着自由而又自主、碎片而又个性、互联而又互动的新媒体文学创作日渐成为大众意义上的文学主流的新形势时,我们已经基本上可以确认一种基于并适应于新媒体平台的所谓的"新世纪文学批评"了。

批评界对新世纪文学与各种文类的关系进行了深入的研究和探讨。雷达等人将1992年作为"新世纪文学"的发端,考察了"新世纪文学"这一概念术语的由来,并论述了"新世纪文学"与当代文学、共和国文学、少数民族文学以及纯文学之间的关系,认为"新世纪文学"正是为了应对文学形式在新时代的巨大变化,试图整合各种资源,超越纯文学的概念局限,从而重构21世纪的"大文学观"。他们还从文学都市的形成、民族灵魂重铸、文学价值取向、想象力转换、审美形式等方面对"新世纪文学"的审美特征进行了简单的概括,认为"新世纪文艺"的价值取向一方面由他律走向自律,并呈现出"类多元化"的景观;另一方面又更为内在与广泛地受到市场经济的调节与控制而倾情于世俗化,即注重对人的现实关怀,如食与色、求生爱美自尊、对金钱与财富的合法赚取、对权力名誉地位的艳羡与追求,等等。但从总体来看,"新世纪文学"在价值趋向方面并未取得平衡,例如对启蒙、道德、政治、社会等价值维度的疏离,对娱乐、生命体验等价值维度的过度倾斜,对现代性全球性人类性等新的价值的犹疑、迷误甚至拒斥。[①]

白烨将"新世纪文学"的起始点定为2000年。"自2000年之后,文学在时间的意义上进入了'新世纪',这是确定无疑的。进入新世纪之后,文学在90年代已经发生的由外到内的深刻转型中持续变异;五年之后,虽远未定型,但看得出来,进入新世纪的文学与80年代、90年代的文学,虽然还有这样那样的一些承继和联结关系,但却具有了越来越大的差

[①] 参见雷达、任东华:《"新世纪文学":概念生成、关联性及审美特征》,《文艺争鸣》2006年第4期。

异与越来越多的不同。这一与上个世纪的文学已明显有别的文学时段，确实需要一个新的命名；但叫做'新世纪文学'，在很大程度上是出于省事和无奈。"①他认为当今文坛已经一分为三：一是以文学期刊为主导的传统文坛；二是以商业出版为依托的大众文学；三是以网络媒介为平台的网络写作。这种文艺新格局给文艺的写作、传播和评论带来了切实的影响：过去，作品只刊发于纸质媒介，评论只出自于评论家笔下；现在，有了网络，爱好文学的可以建立自己的专门网站，写出作品可上网发表和流传；而文学评论，既可由网友读者通过发帖的形式随时发表看法，还可由报纸媒介自撰消息和制造新闻吸引更多的读者。新媒体文艺作品和传统文艺作品虽有互动，但总体是呈现分离的趋势。在他看来，新世纪文学可能超出了我们以往的文学经验，是一个需要我们认真加以认知、努力加以把握的一个全新的文学存在。

而程光炜在《小说的承担——新世纪文学读记》中则对新世纪的底层写作有一个新的判断，并认为小说的前途在于"离开五四，回到晚清"。这不是说小说完全不承担什么，而是说小说承担的应该是它本来应该承担的"娱乐"和"美"。这已形成眼下许多文学家们的共识，王安忆的《富萍》《遍地枭雄》、贾平凹的《秦腔》、铁凝的《笨花》，尤其是莫言的长篇新作《生死疲劳》，都可以说是这方面的典型例子。莫言甚至用章回体作为小说的基本结构和叙述方式，不能说不隐含着离开"五四"、重返晚清的艺术路向和历史意味。主题、题材、立场正在变成渐行渐远的话题，而写作能力、想写什么就写什么，却日益受到他们的重视。王晓华在《当代文学如何表述底层——从底层写作的立场之争说起》一文中则认为，新世纪以来，文学已经从是否应该表述底层过渡到应该如何表述底层。文艺批评也发生了引人瞩目的转向，对底层的关注逐渐成为新的话语焦点。

欧阳友权则从网络媒介的角度切入，研究网络媒体与新世纪文学的转型。在互联网已经成为第四媒体的背景下，迅速挺进互联网的文学带来了新世纪文学的第一次变脸，由此而来的不仅有新型的网络文学以另

---

① 白烨：《新世纪文学的新格局与新课题》，《文艺争鸣》2006年第4期。

类的面孔改变着文学的面貌和文学发展的总体格局,还有新媒介诱发的文学成规改写、文学体制变化和文学观念更新。网络在对传统的文学旧制进行技术化消解的同时,其所演绎的载体革命和媒介更新还将成为撬动文学新生的技术杠杆,以技术墨水书写新世纪的文学神话,乃至试图使文学观念审理和价值重建成为信息时代的文化命名,让新旧交替的文学洗牌获得一种重建的自信。于是,读书转向读屏,印刷文明延伸至电脑文明,书面传播向电子传播的历史性转变,把网络媒介下的文学转型现实地推到了文学研究的前沿。单小曦则运用布迪厄文学场和文化资本理论来分析新世纪文学场域的构成,认为新世纪文艺批评的探讨都聚焦于一个重要问题,即如何认识电子传媒时代文学存在的现实状况。由于电子媒介对人们生活的影响日益深刻,深深地影响到文学场的存在结构和文学的实际存在状况,精英文学也就是纯文学处于统治地位的统一文学场产生裂变,形成了精英文学、大众文学和网络文学三个板块。她认为,今天的文学主体不是什么上升和下降的问题,而是在新的时代文化语境中走向转型、分化和重组,寻找新的文化定位和确认新的文化身份的问题。

而张未民从"生存写作"的角度来阐释新世纪文学的可能定义;吴俊、王晓明、杨扬、蒋述卓则考察了国家的文化政策和管理措施、时尚化的消费趣味,影响"新世纪文学"的诸种因素如主体建构、写作资源与文化资本,具体分析"新世纪文学"的存在特征、状况和未来发展方向,从而为"新世纪文学"作为一种新的文学形态提供依据。

"新世纪文学"概念主要是用于对当下文学即"新世纪以来"的文学的归纳研究,同时,这个概念更大的现实意义或许在于由此深入认识"新时期文学"和"20世纪中国文学",并在得出"文学新世纪"的思想上丰富对晚近30年来中国文学的认识,有望在"20世纪中国文学"的"五四新文学"传统之后开启一种新的文学史"叙事"和"论述"。与启动这种富有意义的讨论相比,"命名"或者叫什么名称确实并不重要。"新世纪文学"概念所显示的是一个语义场,在这个语义场域中,不同的语义用法都显示了一定的有效性,它们在一种对话的格局中显示出探讨的多维空间。

对于"新世纪文学"的审慎静观的理性状态,在许多评论家那里表现出更为实事求是的态度。他们乐于使用"新世纪文学"概念,用以归纳概括和研究自新世纪以来出现于文坛的大规模数量的小说、诗歌、散文作品,探讨新世纪以来的作家转型和文学现象。一切从客观事实出发。如对"80后"文学创作现象的研究、对网络写作的研究、对"新世纪文学"生产方式的研究,这些文章所谈论的各个层面的问题都是寻找研究对象共时存在的"合法性"。而最能代表这方面努力的文章是"新世纪文学"各体文类研究、作家作品评论。对大量作品的关注,这是作为"新世纪文学"得以存在的根基。若无这些作家、作品的支撑,那么"新世纪文学"只能是无源之水。因而,文类研究和作家作品评论也是"新世纪文学"研究领域中涉及文章最多的一个方向。但是,在大量的文类研究和作家作品评论中,却很少见到高质量的文章,大多为倾向性、总体描述性、期待性的研究,少见批评性的文章。很多人似乎还未完全读过作品就急于判断,这样的不经沉潜的文字多半流于表面,大多是一种浮光掠影式的"思想内容+艺术特征"的拼凑,而未提供文体流变和理论建构的阐发。而值得注意和辨析的是《文艺争鸣》2007年第1期《鸡鸣论坛:新世纪文学与启蒙问题》中的几篇文章,包括张光芒的《"伪民间"与反启蒙》、黄发有的《油腔滑调的"艺术"》、傅元峰的《想象力、个性化与审美蒙蔽》、翟业军的《迷失的主体》、罗慧林的《塞壬将如何歌唱——近几年中国女作家的长篇小说创作反思》。这些文章通过对具体作家作品的评价上升到对"新世纪文学"与启蒙问题的反思,大多从文学批评的角度对新世纪以来的作家、作品、文学现象提出了否定性的意见,并以此表达了对时下文学的失望态度和批判立场。但是这样的研究思路也不是没有问题,这些文章关注的研究对象依然是那些与研究者同时代的所谓重量级作家,对这些产生一定影响的作家轻易做出否定并非是一种可取的学术态度。这种现象也说明了批评惯性使然和研究视角老化问题。尽管一些中国当代文学方向的硕士生已有将新世纪以来的文学作为研究对象的学位论文,但这些论文并未产生影响,而且就整个当代文学学科的硕士生、博士生来说,这些大量的学位论文除少数之外基本上是一个数量巨大的零存在。在注重学术含量的借口下堂而皇之地对还未有影响力的同龄人的文字保持沉默,这是可怕的惰性。毕竟,时代同龄人的参与或许更能丰富这个活生生的文学现场。

"新世纪文学"的真实含义就是确立中国本土经验,并指向本土文学与域外文学的差异。比如孟繁华对长篇小说及中篇小说的认识、判断较有个人锋芒,集中表现在他发表在《南方文坛》等杂志上的几篇长文中,即《生存世界与心灵世界——新世纪长篇小说中的"苦难"主题》《"文化乱世"中的"守成"文学——新世纪中篇小说观察》《新世纪:文学经典的终结》《中国的"文学第三世界"——新世纪文学读记》《历史主义与"史传传统"终结之后——新世纪文学现象研究之一》《边缘经验与"超稳定文化结构"——当下长篇小说创作的两种趋向》。较有代表性的是《历史主义与"史传传统"终结之后——新世纪文学现象研究之一》与《作为文学资源的伟大传统——新世纪小说创作的"向后看"现象》。这两篇文章以中国古典文学、欧洲十八九世纪文学作为参照系,尤其是《作为文学资源的伟大传统——新世纪小说创作的"向后看"现象》一文,以"'文人'气息、重新寻找小说的'意味'、在潮流之外在布景之内、乱世与太平中的人性、重新走向内心的幻路"为论题结构谈论"文学传统是如何被接受、借鉴和继承的"。论者选取的具体作家,大多是不怎么起眼的,如温亚军。但论者却能发现他们小说创作的新质并给予积极、严肃、中肯的评价。而对安妮宝贝这样已经在文学市场得到认可的作家则从中看到了其文学创作的精神深度和时代意义。这样经由个体作家的论述开始,进而寻觅新世纪小说创作的整体性倾向,不仅有理论建构上的说服力,更内蕴着当下文学的鲜活气息。

新世纪文艺批评还持续地关注当代重要作家在新世纪之后文学创作的研究。批评家通过解读这些重要作家发表于2000年之后的作品,发现他们文学创作的变化。在这个研究点上较有代表性的是张清华对莫言和余华这两位重要作家持续关注的评论文章。曾以《文学的减法——论余华》获得《南方文坛》2002年度优秀论文奖的论者在《窄门以里和深渊以下——关于〈兄弟〉(上)的阅读笔记》继续对余华创作的研究。从"文学的减法"到"窄门以里""深渊以下",在评价角度上显示了与其他论者的不同，这也正是该文的独到和精彩之处。同样地，《天马的缰绳——论新世纪以来的莫言》是对《叙述的极限——论莫言》的接续。对一个当代文坛重要作家的持续关注显示了当代文学研究的厚重和积淀，更重要的是论者能从这种延续性的余论中发现这些作家创作所存在的问题，这就使得对问题的分析变得理论化。这样的研究更具操作上的难度，论者往往会在如何把握评价尺度上游移不定。而这两篇文章正因其持续阐释的有效性，以及在此基础上理论式切入显得格外突出，基本避免了评价尺度前后差异的弊病。

新世纪文艺批评在批判立场、批评环境优化、对底层写作的关注，以及对当下文学界中产阶级写作的充分警惕和尖锐批评等方面令人眼前一亮。文章集中在《南方文坛》2006年第2期中，包括张清华的《我们时代的中产阶级趣味》、孟繁华的《中产阶级的身体修辞》、赵勇的《学者的中产阶级化与中产阶级美学的兴起》。相关文章还有向荣等的《新世纪的文学神话：中产化写作与"优雅"的崛起》。

需要阐明的是，虽然文化研究转向已经变得沉潜，但是文化研究的批判立场仍然是我们十分需要的。同时，文化研究中对中产阶级的研究成为论者们可以借鉴的理论资源。尽管阿诺德和霍加特在对工人阶级的文化属性的认识上有所分歧，但都认为中产阶级与文化无缘，它处于文化对立面上的缺失秩序和规范的"无政府"状态。在物质发达、资讯爆炸的当下，对中产生活的物质渴望和文学精神的赤贫已经构成了一个惊人的现实。对这个问题的关注并非仅是表面的否定和质疑，而是从当下社会的文化表征中深入我们这个时代文化内核所存在的孱弱和病症，是对"新世纪的文学生态"问题的关注。如施战军的《新世纪中国文学生态与文学教育》、宋炳辉的《开放的经典教育与新世纪文学生态》、徐肖楠的《迷失的市场自由叙事》，论者通过这些文章对当下的文学生态尤其是当代文学的教育所存在的问题进行反思，如当下文学生态的混乱化、灰色化、娱乐化，如当代文学课程中对当前文学评论部分的忽视。尽管如论者所言：本应最活跃，可以在文学现场发挥学理影响力的当代文学教研活动在相当程度上也处在可怕的消极状态。一种表现为消极坐享。还有一种表现叫做消极参与。但他们依然申明："文学教育的指归，应该是以史识穿透文学现象，并通过教育，使受教育者逐渐也养成从怀疑到确定的法眼，并最终具备在新的生态环境下得到发挥的史识。"①而白烨的《新世纪文学的新格局与新课题》《新的裂变与新的挑战——我看"新世纪文学"》《遭遇"媒体时代"——三谈"新世纪文学"》同样表达了对"媒体时代"下"新世纪文学生态"所遭遇的"新的裂变与挑战"的隐忧，以及学者作为个人面对媒体、网络的孤独感、紧迫感。底层写作的问题集中显露了研究者对文学研究和文学批评介入生活和现实的能力和态度。对这个问题的争论亦很激烈，如张丽军的《新世纪文学人民性的溯源与重申——兼与王晓华先生商榷》、王晓华的《当代文学如何表述底层——从底层写作的立场之争说起》、郜元宝的《中国的"文学第三世界"之歧见》、曹征路的《纯文学"向上"了吗?》《文学与社会主义——一个讨论：新的批评建构已经开始了?》。在这个问题上的意见分歧，依然是因为对文学的功能认知的不同，或者说是如何捍卫论者心中理想文学的不同。但是，笔者认为，即使真有"纯文学"存在着，那么它也不是无关现实的，只不过是有多大关联的问题。因此，文学关注底层恰恰是今天在心灵和生存上都遭受了巨大震动的我们需要的最大现实。

可以说，以上问题的讨论都是发生在学院派的研究者群体中，这个群体在当下所处的优势亦成其诟病。因而能经由中产阶级写作、新世纪的文学生态、底层写作这些直面现实的具体问题出发，是这个群体试图摆脱学术生产日益琐碎化的某种倾向。

三、新世纪文艺批评的总体特征

前述有关新世纪文艺批评的研究成果对其概念、范畴进行了界定，对其新质要素也有所剖析和归纳，虽不是在所有方面达成了共识，但对新世

---

① 施战军：《新世纪中国文学生态与文学教育》，《天津师范大学学报(社会科学版)》2006年第5期。

纪文艺批评的核心要素和基本特征大体趋向以下三点认识。

一是新媒体性。就批评对象而言,当今的文学批评已不只是针对传统文学的批评,而是针对新媒体时代里全部新生文学样式在内的"新批评"。就批评方式来看,当下的文学批评不是仅指使用传统批评方式的文学评介活动,当前活跃于各种新媒体上的各种非专业、非学术的评论形式同样属于文学批评的范畴。而如果我们能在新媒体时代的背景下去深入体会"互联网+"思维的笼罩性、世界"互联网化"的彻底性,以及"媒体融合"的全面性等,可以初步确认,在"新媒体写作"背景下的"新媒体批评",会在"新媒体化"的意义上成为今后的文学批评主流或主体的可能性大增。

二是大众化。在市场规则对文化领域广泛渗透的今天,在大众传媒特别是网络创作、"底层批评"、"草根批评"浩如烟海的今天,文艺批评大众化是显而易见的事。当然,大众化既不是简单化,也不是庸俗化。主流、高端、专家的文艺批评再不能是相互"对话""自言自语",而是要积极主动地进入大众传媒,进入当代大众社会文化特别是文艺的话题中间,不断丰富自身的理论资源和精神资源,不断提升自身的专业素养和文化素养,保持自身的文化操守和艺术品位,通过对创作现实和实践的发言,拓宽主流话语的覆盖面,放大主流批评的声音,文艺批评才能凸显出自身在新的历史时期的独特意义、作用、责任与使命。新媒体语境对文学的改造完全可以被看作一场当代最具规模、也最彻底的"文学大众化"运动,因此,新世纪文学批评在"新媒体"的决定意义上,就必然也必须要形成某种能够表达出阅读主体个性和个人性,并符合大众的泛审美精神追求的大众化的文学批评方式,比如像去科学化、去中心化、通俗化、多媒体化等,都是其大众化的文学批评姿态。尤其是在"微化"的意义上,随着微文化在大众消费意义上的流行,不管是广义的文化批评还是狭义的文学批评,我们都已经必然有了对"人人都是批评家"的呼唤和建构。

三是较之20世纪90年代的主流批评,新世纪文艺批评还突出地显现出一种当下性。文艺批评本身就是一种当下性很强的学科。对文艺发展脉动的敏锐捕捉,对新生力量和新质元素的及时发掘,对现实文艺经验的梳理和提升,都鲜明地印证着新世纪文艺批评不可或缺的当下性。介入当下的批评,即连通时代、接通地气的文艺批评。因为这样的批评才可能真切,才可能务实,才可能发挥切实效用。正如鲁迅所说:"必须更有真切的批评,这才有真的新文艺和新批评的产生的希望。"新世纪文艺批评采纳了许多文化批评的话题议题,借鉴了文化批评的问题意识,使得以往疏离现实、隔阂民瘼的弊端得到部分的克服。其一,文艺批评从关注纯文学到关注泛文学。人们开始接受"文学既不会窒息在某些既定的文体中,也不会为广告、大众传媒或网络文体所挤兑和取代。它活在比过去更为广阔的文化场景中。我们正在走向一个没有张扬的形式的泛文学时代"[1]。开始重新审视批评对象,越过传统边界,开始关注视觉文学与视觉文化,关注媒介文化,关注大众文艺与大众流行文化,关注网络文学与网络文化,关注时尚文化、性别文化和身体文化。其二,从关怀终极价值到关怀世俗。转型时期是社会心理急剧动荡变化的时期,是人们的生活方式、价值观念和心理结构迅速解构与重构的时期。世俗化是社会转型的重要特征之一。在西方,世俗化的主要意思是"解神圣化",即宗教与人们的日常世俗生活的脱钩;在中国,世俗化所消解的不是典型的宗教神权,而是准宗教性的,集政治权威与道德权威于一身的极左意识形态。文化批评关注日常生活的幸福本身为目的的价值观念和生活态度,执着于当下、平凡与普通。如陶东风对誉之为大众心理窗口的流行歌曲,对城市边缘人的思乡主题,对圣人与常人之间的"好人"主题,对校园民谣的批评,与生活的接近显得更为直接,更为本真,更为具体生动。其三,从对社会问题的回避到开始自觉地批判。中国文学批评一直缺乏一种自觉的批判立场,在"不争论"的宽松背景下,随着后现代主义、后殖民主义、女性主义、新历史主义等西方理论话语进入中国文化批评家的视野,对文学和文化现象的审视赋予了一种全新的视角。有的批评家以一种激进亢奋的姿态去怀疑颠覆和重估价值预设,深切地关心转型期间人的生存状态,真正体现出了人文关怀的社会学说。其四,从单一视角到整体观照。文化

---

[1] 徐亮:《泛文学时代的文艺学》,《浙江大学学报(人文社会科学版)》2002年第1期。

批评把文学置在一个广阔的文化视野之下来考察,关注的不是单一的政治、社会和文学批评,而是从多方关注文学自身,看清文学的方方面面。如受视觉时代来临的启示,开始关注对与文学有关的图像的研究,杨义就主张把图志引入中国文学研究,认为这样可澄清文学史的一些模糊认识,加强一些不充分有力的观点和结论,从而让图志与文学史文字表述组成一个互渗互释的生命整体。再如,文化批评对文学生产的机制、特性、功能、符号、意义进行分析。这种将社会文本化的做法导致了与文学—文化分析密切相关的学科,如历史学、心理学、人类学、宗教学、社会学等,进入文化批评。其五,从重视宏观理论到关注微观个案。由于历史的原因,中国现代形态的文学批评一直比较重视理论层面的探讨,以概念和范畴为核心的抽象的理论思辨最受关注。随着文化批评重视主流文化排斥的边缘文化、弱势群体和亚文化,文化多元观念和更平民化思想的渗透,直面现实的、细致具体的微观个案批评不断受到重视,一些学者成为坚决的倡导者,一些学者同时也成为文化批评的具体实践者。叶舒宪对《哈利·波特》这部轰动世界的通俗文学作品曾进行了详尽的个案解读,认为这是"跟现代主义文明彻底决裂"的标本。可以说,微观个案重视有鲜明文化特征的文化现象,还原批评对象中文化的真正内涵,关注文化中生存的"人"的需要及其精神和价值。其六,从独尊话语的思维到多元思维。在中国当代文化的历史中,先是主流文化独领风骚,思维则是非此即彼定势;20世纪80年代则基本上是主流文化与精英文化二强鼎立,二元思维得到了充分发展与运用;20世纪80年代末主流文化与精英文化两败俱伤之后,主流文化调整了自己的文化策略,精英文化则在边缘发出自己的声音,随着大众文化崛起,三分天下成为20世纪90年代文化的一个重要特征,它们在不争论的背景下,体现了对差异的宽容,三元即多元思维得到了充分的发展。多元思维成了新世纪文艺批评面对丰富而复杂的世界进行多元沟通和平等对话的基础,人们由此能够在一个更高的层面理解"差异性中的普遍性",能够更好地理解根植于不同文化语境中的文学作品。

新世纪文艺批评正是在世纪文学实践创新、媒介传播手段变革、当下消费社会建构以及精神生活品质分层杂化的背景下,在阐释、追问、探寻新世纪文艺的发展路向,剖析新世纪文艺的价值意义的过程中,具有自身的新的特质和能量。

第二节
新世纪文艺批评功能的重塑

此前,文艺批评在市场经济、消费社会转型的进程中出现了不少为社会所诟病的问题,其功能也显然有所缺失。

新世纪以来,我国的文艺格局发生了很大的变化,文艺的生产—传播—接受方式也发生了很大的变化,不断涌现出新的文艺现象、思潮与作品,比如"80后"作家的出现、网络文学与类型小说、都市文艺、方言写作,等等。对于这些新的文艺经验,文艺批评应该以一种开放的姿态将新的文艺经验纳入研究范围,而不应该仅仅以旧有的评价标准简单地加以评判,进而重建一种新的美学评价体系。批评必须与文艺创作互动回应,向丰富的文艺现实开放,必须以文艺的方式介入和干预社会生活,重塑文艺批评的功能。

其一,批评家需要增强社会责任心,增强历史使命感,以知识分子的良知、审美高端的感知,观察现状,洞悉走势,仗义执言,激浊扬清。要超出对于具体作家作品的一般关注,由微观现象捕捉宏观走向,由典型性现象发现倾向性问题。该倡扬的要敢于倡扬,该批评的则勇于批评,对于一些疑似有问题的倾向和影响甚大的热点现象,要善于发出洞见症结的意见和旗帜鲜明的声音。要通过批评家自身心态与姿态的切实调整,强化批评的厚度与力度,逐步改变目前这种文学批评宣传多于研究、表扬多于批评、微观胜于宏观的不如人意的现状。

其二,批评家在观念、方法和语言上,要不断地与时俱进。比如有的批评家的思想与情绪还停留在过去的岁月,这使得他们在看现状和表述问题时,都明显地与当下现实错位或脱节。还有不少批评家,在知识结构与理论准备等方面几十年"一贯制",少有新的吸纳和大的变化,甚至明显老化。因此,在面对超出已有经验的新的文学现象时,要么是文不对题,要么就失语、缺席,显得力不从心、束手无策。譬如在市场上长驱直入的青春文学、在网络上广为流传的网络文学,就基本上游离于主流批评的视野之外。出现这种现象的原因,并非文学批评的"不为",而是现在批评家的"不能"。这种现状长此以往,既可能会使如青春文学、网络文学等新兴文学难以得到品位的提升,也会使文学整体的和谐发展受到很大的影响。

其三,要适应文学与文坛各个方面(从观念到群体)的新变化,走出传统的文学批评模式,在批评的样式和方式上增强多样性,体现鲜活性,加大辐射性。比如,在传统的以作家作品为主的评论之外,要借助新的传媒方式和传播形式,适应新的阅读群体,介入各类文学评选、评奖;利用电视、网络视频等就有关现象、话题进行座谈、对话与讨论;利用网络阅读跟帖点评网络文学作品;运用微博、微信发布文讯、书讯,对文学作品进行短评、点评,等等。总之,要打破固有的观念,走出传统的模式,使批评在新的历史条件下争取话语权,实现有效性。

当下文艺批评家只有增进自身的文艺责任心和使命感,与时俱进地更新文艺观念、批评方法和批评写作手段,对文艺实践敏锐有感,密切关注文艺现实,及时回应创作问题,实现审美趣味开放,重视投身于社会变革,介入社会精神生活的建构,才能重构文艺批评的应有功能。

一、与文艺创作互动回应

英国杰出的文学批评家雷蒙·威廉斯在《关键词》中将 City(城市)作为 20 世纪最重要的社会和文化关键词引入文学研究领域。这些西方人文学者的研究尝试,体现了他们对于大规模的城市化进程对人文社会科学影响的职业敏感。相对于西方发达国家的社会发展状况,"城市"作为文化因素进入中国人文研究领域,其时间大概可追溯到20世纪80年代后期。

新世纪以来,城市化进程在中国社会以更大规模全面铺开,人们关注中国社会的城市化进程,以及这种城市化进程会以何种方式来实现的问题。文艺创作对城市化进程实现的方式有明显的投射和反映,比如作家对城市生活的思考更加深入,希望从历史源头上寻找中国的城市化经验。如方方的《水在时间之下》呈现的是1949年之前武汉的城市生活经验,张欣的《深喉》则着力呈现广州的市井生活,叶兆言对南京城市生活的叙述和阿城对哈尔滨城市景观的表现,都展示了城市经验在文艺创作中的多样形态。这种多样性还表现在对新世纪城市生活的描写对象的重新定位,形成了一批新的城市形象和新的文艺审美景观。新世纪的中国文学把关注的目光由农村转向城镇和都市也是一种必然。在这一过程中,文学运用批判性的叙事策略,突出表现了快速城市化对原有传统乡土秩序的破坏和伤害,反映了在催生出一套全新的城市行为方式和观念习俗之后,城市文明与生态文明的冲突和悖反日益严重,文学对现实社会中传统文化的失落、生态环境的恶化和底层生存者的困境等问题进行了多重反思和批判。城市文学要产生真正无愧于时代的作品,就必须从乡村文学的重围中冲出来,创造出迥异于乡村文学的新的话语方式和体系。

在迅猛的城市化进程中,作家们到底该如何自处和面对?"新世纪文学"对于城市与都市风景的重视将成为无法拒绝的趋向,"城市化"书写逐渐成为文学叙事场域中一种相对成熟的话语资源,并影响和渗透着当前文学精神体系的整体性构建,同时还作为一个独特的审美对象被积极纳入新世纪文学的批评视野。新世纪文艺批评非常关注城市文学创作的现状、问题与出路,《广州文艺》《山花》等文艺期刊都开辟了城市文学专栏,《探索与争鸣》《当代作家评论》《南方文坛》《小说评论》以及《文艺争鸣》等批评理论刊物以专稿形式或者组织研讨会展开城市与文艺关系的研讨。

2011年2月,在由上海文化发展基金会资助、上海市社会科学界联合会主办、《探索与争鸣》杂志社和华东师大文学研究所联合承办的"新世纪城市文学创作的问题与出路"研讨会上,评论家吴秀明、刘绪源、黄发有、杨斌华、杨扬、王宏图、杨剑龙、陈歆耕等就城市文学的创作现状与出路、全球化背景下城市文学书写主体的辨认、城市文学想象的检索与建构、城市经验的多元表达、城市文学创作的人类忧患意识等话题展开研讨。批评家们达成了以下共识:第一,当代中国文学已处于一个新旧文学模式转换的临界点上。新的城市文学书写模式即将生成,它将以情感纽带为核心,由个人内心向外发散,自我成为写作的中心,个人的心理情感成为作品的中心,也是美学上的极致境界。第二,虽然新世纪城市文学在整体上缺乏厚重之作、精品力作,关注物欲社会的欲望书写,缺乏对于精神世界崇高境界的关注,关注都市世界的自我追求,缺乏对于个人责任和社会责任的承担,注重以写实主义手法叙事,缺乏对于文学形式的创新探索实验,但必须看到新世纪以来城市文学创作已经取得了可贵的进步,形成了一批新的城市形象和新的文学审美经验。

　　新世纪文艺批评对城市化问题的探讨,特别是对城市与文学关系的深入争鸣,是文艺批评介入文艺进程、干预社会现实生活的一次重要实践。《探索与争鸣》2011 年第 4 期刊出了多篇批评与研究文章,围绕"新世纪城市文学创作的危机与出路"进行了深入的探讨。杨扬在《当文学遭遇城市——新世纪中国文学发展的一种境况》一文中,以擅长写乡村社会生活的莫言在长篇小说创作上的新变化,并以《四十一炮》为例,对莫言长篇小说中出现的新因素做了深入的剖析,介绍了新世纪以后莫言长篇小说中城市文学景观和城市因素的增长状况。莫言不是在道德层面来表现"乡村城镇化"背景下人们对金钱的欲望和追求,而是在审美层面来探索这种金钱贪欲的文学表达,其小说中城市因素的增多,表明了城市化对于新世纪文学的深刻影响。当然,城市文学"不单单是一个素材的问题,更关键的是文学视野的问题"[①],光从题材上来定义城市文学的局限十分明显,要提升中国城市文学的水平,就不能以写到了互联网、白领生活、股票市场、酒吧或者 KTV 为满足,因为这些只是城市生活的表象,

---

① 谈瀛洲:《城市文学:问题的由来》,《探索与争鸣》2011 年第 4 期。

而城市文学要写出城市的视野和气质。但当今的一批新作家生于斯长于斯,其城市文学的写作水平离这种标准还有较大差距。比如安妮宝贝一部非常畅销的小说《莲花》,以及卫慧的一些中短篇小说,在描写城市人独特的生活和情感状态,尤其是灵魂的追求与挣扎方面,在书写城市的精神形态方面,其对小说本身或城市文学的贡献几趋于零。这种短板主要体现在以下三个方面:其一,城市文学创作关注物欲社会的欲望书写,缺乏对于精神世界崇高境界的关注。身体写作、欲望书写成为赢得市场吸引读者的策略,聚焦于千奇百怪花样翻新的欲望描写,而忽略欲望的节制、人情的表达,如林青的《湿润的上海》、唐墨的《百分之二》等。其二,关注都市世界景观的自我追求,缺乏对于责任的担当。走出校园青春写作的"80后"作家虽然将视角转向在社会奋力打拼的年青一代的生活,但他们的创作在整体上仍然呈现出缺少责任担当的倾向。如张悦然的《誓鸟》、韩寒的《一座城池》。其三,都市小说有类型化写作的痕迹,日常化奇观成为其审美的主要方面。作家们迷失于都市崛起的高楼大厦、涌现的新名牌、暴发的新富人的万花筒中,在写物主义泥潭中不能自拔。郭敬明写上海的《小时代》,将各种元素拼接在一起,是十足的模拟写作和山寨写作。

新世纪城市文学写作的一个重要参照角度就是"城市化批判"的精神。城市化批判已成为新世纪文艺批评重塑人文理想的重要途径。新世纪文学对城市的批判是借由对乡村的"怀旧"而实现的。新世纪文学的城市化批判主要有四个维度:一是以工业污染为着眼点,批判城市化对田园的戕害、对心灵的荼毒,例如张炜的《刺猬歌》;二是极力书写资本强权下城市"吃人"的罪恶,如陈应松的《太平狗》;三是从现代化造成的"人种退化"的忧虑来声讨城市,如贾平凹的《怀念狼》;四是从城市吞噬乡村,使人们失去土地、失去"根"的角度批判城市化践踏人性的暴虐本质。但这种文学城市化批判未能深入探查发展中的失误与偏差,也未能对经济与政治媾和的"新极权主义"予以应有关注。

城市化进程对于文学审美的影响也是一种显性的存在,下面拟从两个方面进行审视。首先是在城市化进程中,作家构成及生活环境、表达的文学内容发生了变化。从作家的构成来看，无论是新中国成立前成名的作家，还是新中国成立后成长的作家，包括新时期的知青作家以及20世纪80年代的寻根作家、先锋作家，他们很多有农村生活的亲身体验，对农村生活相当熟悉，自然笔下的乡村生活比较多，如汪曾祺《大淖纪事》中的江南农村风情，莫言《红高粱》中山东的乡野世界。随着城市化进程，作家的身份发生转变，城市以"超级大市场"般无所不有的空间不仅吸引了农民进城，而且绝大多数作家也长期生活于城市之中，他们离真正的乡村越来越远，耳濡目染的是城市人和城市生活。尤其是"70后"作家，一部分农村的生活经历已成为儿时记忆，更何况"80后""90后"那些自小便生活在城市的作家群，他们熟悉的是城市生活和都市人的生存状态，他们与传统农业文明的联系越来越稀少。这些作家作品中延续着20世纪30年代"新感觉派"的表达内容，大量出现酒吧、高级消费品、高级商场、混乱的性爱等充满物质欲望和性爱欲望的书写，这些几乎成为现代大都市的象征。

从文学创作题材来说，城市生活题材的作品迅速增多，以茅盾文学奖为例，能够入围的作品城市题材越来越多，甚至电影剧本、电视剧本涉足城市题材也越来越多，而且占有的表现空间和读者观众越来越多，并通过电视媒体网络将城市的审美文化和价值观念传遍中国乡村的角角落落，甚至是部分边远山区。除了描写城市生活的文学作品外，中国城市化进程本身具有的特殊性也造成文学题材的多样性，因中国城乡二元对立模式、户籍制度等，那些繁华城市的主要功臣——农民工真正市民化、融入都市生活是一个复杂的过程，其中遭受着身心的煎熬和磨砺，一方面是制度上的争取，更多的是精神上的"脱胎换骨"。因而，老舍笔下那个从农村到城市寻找立身之所的"打工者"祥子，在对"钱"的追逐之下逐渐抛弃原有的传统道德伦理，而选取城市人的"规则"求得生存亦不可得，一步步沦为"无灵魂"的乞丐。新一代的"祥子"在中国城市化进程中再次以更大规模涌进城市，这也是中国城市化进程中一个不可忽视的群体，他们的生存状态、生活困境、精神出路等也成为文学表现的重要一部分，有人称之为"底层文学"或者"打工文学"，无论如何命名，这是中国城市化进程中的一面镜子。

更重要的是,随着城市化进程的加快、市场经济的发展,文学创作也被卷入"市场化"的逻辑,在作家、读者之间形成商业色彩的文化运行机制,因而在作家的独立创作与读者的审美需求之间形成一种张力。作家创作受读者需求、市场运作的影响越来越大,这也是城市化进程中商业对文学的介入、城市化进程在作品出版和流通环节产生的影响,这也必然导致文学审美的变化。

中国城市化进程的加速发展,使得中国呈现独特的社会面貌,莫言在上海举办的第二届春申原创文学奖论坛上曾谈及:"再过三十年,我想在中国找到一个乡村也很不容易,全中国会变成一个庞大的城市。到那个时候,文学与城市的讨论就不再有意义了吧。"城市化进程加快,文学如何面对城市?这个问题成为文学界的热点问题。城市空间和人口的膨胀是惊人的,虽然以城市为题材的文学作品也在数量上激增,但在中国文学中,对城市的表达仍然是一个尴尬的话题。城市文学表现的薄弱,跟生活在中国特色城市化进程中的每个人息息相关,大家忙于竞争和准备城市生活,而并没有真正进入和体验城市生活。城市魔幻般的变化让其中的人们无法把握,人们对城市的感觉、体验以及在此基础上产生的文学审美观念也处于变化的"进程"之中。文学不能脱离当下的社会和文化,城市化进程中文学对城市的书写成为不可回避的问题,关键是城市书写也不能仅仅限于城市表征的表达,更重要的是文学作为人学,更要表达中国城市、中国现代都市人的生存状态和内在灵魂。

虽然有人惋惜城市化会导致价值观念的单一性,地域文学面临"失根"的危机,人们免不了为历史唱起凄美的挽歌,20世纪30年代以沈从文为代表的"京派"部分作家想象出一个充满人情美、人性美的想象的"湘西世界",以此去对抗城市文明。事实是,城市化毕竟是一种社会发展趋势,乡村正在加速消失,将来也许仅存在于历史画卷和人们的想象中,所以文学必须在痛苦与迷茫中开始它的转型,揭示中国城市化进程中方方面面的复杂性以及中国城市人的内在灵魂。

新世纪以来,情况有所变化,批评家们在作家创作中感到写什么的问题逐渐变得重要起来。像余华、苏童等原先的先锋派作家,他们的创作由侧重语言实验转向现实叙事。余华的《兄弟》《第七天》和苏童的《河岸》《金雀记》等作品,创作风格上有非常强烈的现实感和写实特征。而且,批评家还意识到新世纪中国文学创作中涌入了许多新内容。新内容之一是作家对城市生活的关注。对于中国这样一个有着2000多年文学历史的国度,乡土文学传统源远流长,积累深厚。作家们对此也是轻车熟路,闭上眼睛,脑海里立马会浮现出生动的文学形象。可一旦涉及城市生活,作家们普遍有一种脱节感,感觉与对象之间有一种错位,不知道城市该用哪些文学意象和符号来表现。

偏偏新世纪以来,中国的城市化进程是全球各国中增长最快的,2011年中国公布的人口数据表明,城市居住人口第一次超过农村居住人口,这意味着真正的城市化时代的到来。因此,与城市相关的文学表现成为当代中国文学中增长最快的部分也就不难理解了。但作家们在处理城市题材时,发现中国的城市生活并不好写。一个最显著的现象是,有那么多人写城市,佳作却很少。城市生活的文学表现难度在哪里?作家们将目光投向文学史,希望看到文学史上前辈作家是如何处理这些题材的,有哪些成功的案例。

当然,当代作家中不是没有人写都市中的大人物和英雄式的人物的,如虹影的《上海王》、彭瑞高的《东方大港》,采取的是宏大叙事法,但似乎都不如王安忆和金宇澄的那两部小说来得讨巧。有人因此总结说,上海的文学表达是偏向于低调而卑微的市民生活,这是因为市民社会的文化诉求不在于宏大叙事,而是日常的甚至是家常的,一点一滴,零零落落,就像是马赛克式的小斑点,需要读者自己去拼图。批评家对当代中国作家有关城市生活创作经验的总结,对作家强化城市文学的创作意识应该有启发。

新世纪文学批评对文学创作的互动回应,还表现在对文学语言问题的开掘上。从20世纪80年代开始,文学批评对于文学语言的强调,直接引发了先锋文学的语言实验。但从20世纪90年代起,包括《马桥词典》在内的一批小说创作与先锋实验文学在语言问题上分道扬镳,这是因为先锋文学的语言实验到 20 世纪 90 年代已呈强弩之末,没有更多的形式翻新。与此同时,像韩少功等人的"寻根文学"的创作从一开始便走着与先锋文学语言实验不同的路径,他们更偏向于个人的生活积累与文化溯源。20 世纪 90 年代,围绕韩少功的《马桥词典》的文体形式,文学评论家之间有过论争。一些人认为韩少功的作品受《扎哈尔辞典》影响,也有人以为韩少功应该是受捷克作家昆德拉的《笑忘录》启发的,从关键词着眼叙述历史。先锋文学的语言实验受新潮批评的影响,而这些批评在观念上深受西方形式主义语言观影响,将语言当作表意的工具,在能指与所指的功能区分上,偏重于语言的能指实验。我们在 20 世纪 80 年代余华、苏童等一批先锋作家的创作中看到,文学语言的能指实验在叙事功能上得到最大的发挥,通过能指功能的改变,整个文学价值世界也发生动摇。先锋文学的实验颠覆了原有的现实主义美学观和创作观,镜子式的反映论退出了文学舞台。

但文学毕竟不全都是虚构、语言实验的产物,它有着通向生命体验和文化传统的现实渠道,不是作家随心所欲的能指就可改变。所以,韩少功们在既定的文化规范下,对文学语言做了探讨。《马桥词典》将一个词的来源以及在地方文化中的特殊含义敷衍出一个个故事,由此串联成长篇。这在西方批评中类似于雷蒙·威廉斯开创的关键词的做法。寻找一个关键词,然后疏解它的历史。但韩少功意识到,文学语言问题不仅仅只是叙事的能指变革,而是与文化有关。至于在小说创作中如何落实这种文化与语言的结合,他寻找的是地方风俗与语言。

新世纪以来,文学批评在文学语言上的一个变化,是强调方言在文学写作中的作用,并由此对先锋文学的语言实验提出修正意见。这些批评意见在新世纪初就逐渐发表出来。一些批评家认为先锋文学是在普通话这一形式前提下做语言实验,而没有深入地方文化层面来揭示文学语言的特殊性。所以,新世纪文学应该改变普通话的文学实验,从地方文化层面考虑文学语言问题。这一时期像莫言的《檀香刑》、阎连科的《受活》,都在方言写作上做了尝试,这股潮流延续至今,2012 年上海《收获》发表了金宇澄的长篇小说《繁花》,又一次将方言写作推向了文学前台。《繁花》用沪语揭示出的声音世界,让读者感受到文学表达的多种可能。

一些批评家认为方言不方言无所谓,重要的是地方文化在文学中如何表现,但更多的作家、评论家认为方言写作揭示了中国文学创作的个性机制,让人们认识到问题的存在。在方言写作探讨中,文学天地似乎又一次被打开,人们似乎看到被语言遮蔽的生活世界原来如此多彩。

二、批评必须向新的事实开放

近些年来,各种对文艺批评的责难之声不绝于耳。但令人感到沮丧的是,这些理论上的批判并没有换来现实中文艺创作和文艺批评的改变。面对这样一种状况,我们不禁要问,我们的文艺批评到底怎么了? 我们到底还能做些什么?要想尽快地摆脱困境,解决问题,文艺批评必须向新的文艺事实开放。

从文艺批评自身来讲,随着文艺现象的日趋复杂化和批评方法的多样化,原有那一套批评概念和批评体系的有效性受到了极大的怀疑和挑战,而新的批评体系并没有形成。文艺批评与文艺创作是相互影响、相互促进的关系,二者并不存在上下、高低之分。优秀的、天才性的文艺创作,更能够激发批评家的批评兴趣和理论灵感,促使批评家做出更为生动、丰富、深刻的阐释,进而使文艺作品的价值得以彰显。反过来,遇到媚俗、干瘪的作品和不正常的文艺风气,批评家也理应有敢于讲真话的责任与勇气,推动文艺创作向正确的方向发展。但是,近些年来,文艺批评的最主要对象之一——文学,已经越来越边缘化,且不说文学作品的质量如何,就连纸质阅读人群也越来越少。而随着社会和科技的发展,电影、电视剧和各种选秀、广告、网络文学等新的文艺现象却层出不穷。这种批评对象的转变对于批评家来说可能需要一定的观察时间,更为重要的是,当这些通常被批评家视为没有深度的、不值一提的文艺现象不得不被重视时,这种心理的改变恐怕也需要一定的过程。

另外,文艺批评总要有一个方法的问题,从历史的角度看,文艺批评总是要借鉴古今中外的文艺理论。这本身并没有什么问题,可是,当方法本身日趋成为一种知识,让人眼花缭乱时,问题便出现了。在西方曾经有人把18世纪、19世纪称为批评的世纪,可是20世纪的文艺批评更胜于前两个世纪数倍。形式主义的、现象学的、阐释学的、心理分析的、性别的,等等,新的批评方法一个接着一个,运用这些方法所做的批评也五花八门。除了学院里和研究机构的专业人士,广大读者对这些新的批评概念与方法显然并不熟悉,读后也总是让人云里雾里,不知所云。这就在很大程度上影响了读者的阅读兴趣和参与的热情,也让原本可能是最接近广大读者的文艺批评越来越学院化、专业化。除了对象与方法的改变给文艺批评带来的困难以外,面对中国社会发展过程中产生的社会问题,如贫富差距越来越大、环境污染越来越严重、医疗问题、教育问题等,我们也都缺乏实际批评的勇气与理论开拓的精神。俄国大批评家别林斯基在谈到批评与现实的关系时曾说:"批评永远是和它所批评的现象相适应的,因此批评是现实底意识。"我们当下的文学批评显然缺少这种"现实底意识",缺少这种勇于担当、勇于开拓的现实责任与理论勇气。

当前的批评现实就是,批评者和批评对象之间失去了利害关系。文艺批评要重获阐释力量和社会影响,必须向新的事实开放,必须适应新的文艺现实,必须站在理论的高度来阐释新的文艺现象和文艺事实。而新世纪文艺批评在这方面的努力主要体现在对"80后"作家作品的阐释,以及对网络文艺的批评上。

新世纪文艺批评对"80后"文学以及网络文学的态度和评估就很能说明问题。"80后"作家兴起于20世纪90年代萌芽杂志社举办的"新概念作文竞赛",郭敬明、韩寒、张悦然等人就是这些作文竞赛的优胜者。他们就是通过大众媒体走上文艺的前台,他们的作品不仅成为同龄人的精神食粮,他们个人也变成了明星,成为高中生和青年人的追逐偶像,拥有无数的粉丝。由于这些人的写作风格以及作品的审美趣味与传统作家作品迥异,一开始文艺批评并没有对这些作家和作品以及读者的热情给予应有的关注,而是有意忽视这些拥有无数青年读者和取得巨大的市场成功的文艺作品。一些文艺批评家发现了这一文艺现象,并尝试加以评估,却遭到这些年轻作家及其读者的严重挑战。正如有论者所言:"至少到目前为止,对于'80后'的文学批评基本上都还缺乏真正的有效性。言下之意是,文学批评的'标准'与具体对象之间,还并未获得真正的沟通,基本上属于'两股道上跑的车',各自'自娱自乐'。"①这一论断对其后的批评界与新媒体作家之间的争论甚至决裂提供了理论依据。传统批评家与新媒体作家之间的这种误解甚至敌意,最典型的要算"韩白之争"。

白烨的《"80后"的现状与未来》本是发表在《长城》2005年第6期上的一篇论文,该文章认为:"从文学的角度来看,'80后'写作从整体上说还不是文学写作,充其量只能算是文学的'票友'写作。"2006年2月24日,他在自己的博客贴出了这篇文章。2006年3月2日,韩寒在自己的博客里做了回应,引发了一场"80后"作家与批评家之间的口水战。

"韩白之争"也值得我们反思:无论掌握文坛准入资源的批评家,还是拥有市场强力的"80后"作家,如果双方的资源处于绝对的不对等之时,被动者除了破釜沉舟,别无他法。被"80后"文学市场所排斥的批评界是这样,被批评界所控制的"80后"作家也是这样。

玄幻小说的争论也体现了文艺批评对"80后"作家创作现象和作品特点的评价的迁移。2006年,陶东风等人对当下流行的网络玄幻小说提出了尖锐的批评,认为以《诛仙》为代表的拟武侠类玄幻文学(有人称为"新武侠小说")不同于传统武侠小说的最大特点是它专擅装神弄鬼,其所谓"幻想世界"是建立在各种胡乱杜撰的魔法、妖术和歪门邪道之上的,小说人物无论正反无一不热衷魔法妖道,作者更以此来掩盖自己除装神弄鬼之外其他方面艺术才华的严重贫乏。至于产生这种作品和被广泛接受的现象则是因为:绝大多数"80后"一代真正懂事的时期已经是20世纪90年代,而这个年代与20世纪80年代的最大区别就是全民的政治冷漠,大家对于社会的道德沦丧、价值世界的真空和颠倒已经习以为常,对于权钱交易、贪污腐败、公共财产的私有化等已经没有了愤怒。他们不仅生活在一个电子游戏机的世界,而且也生活在一个道德颠倒和价值真

---

① 吴俊:《"80后"的挑战,或批评的迟暮》,《南方文坛》2004年第5期。

空的世界。这样的环境中长大的一代必然也是道德价值混乱、政治冷漠、公共关怀缺失的一代。他们一方面没有任何参与现实改变现实的欲望和信心,完全认同了"坏者为王"的逻辑,不择手段地捞取现实利益,另一方面通过网络游戏等手段打发自己的无聊,发泄自己的剩余精力。

陶东风的批评很快招致玄幻小说作者和读者的反批评,其中,来自文学批评界内部的张柠的声音格外引人注意。张柠在其博客中撰文,认为当代文学批评的矛头应该指向商品生产背后的资本运作的秘密。无论是"80后文学""青春小说",还是"玄幻""奇幻""武打"等,都不是单纯的文学问题,而是文学商品生产领域里的事情。今天在年轻人中流行的那些读物,首先应该当作商品市场中的生产、消费、流通问题,不应当把它们当作封闭的美学整体来分析,并试图从中发现思想深度、人文精神等价值问题。

玄幻小说的论辩在此之后迅速归于沉寂。这体现了作为庞然大物的理论界对于网络民间置若罔闻的傲慢和无礼。与之相关的诸多的问题甚至连展览的机遇都没有就遭到悬置。诸如:神魔原型的当代对应、神魔谱系的营造、神魔叙事与历史的互文关系,以及神魔小说(包括动漫产品)的生产、消费机制等,甚至连词源意义上的神话、神魔、玄幻小说的类型的区分都懒得探讨。

另一个批评实例就是对网络文艺的批评和反思。当下的文学艺术在传播、发行与接受媒介方面的电子化、网络化将是一个明显的趋势,"网络文学"有可能成为新世纪文学的基本样态并进而成为新世纪文学研究的重要关键词。必须承认,网络化的电子传播较以往的纸质传播和单向度的广播传播、电话传播、影视传播等有着更为明显的优势,这便是快捷性、视听性、交互性、超文本性。仅以网络的视觉性而言,就比纸质文学的视觉性丰富、生动,既具绘画的色彩感,又有游戏的趣味性。新世纪文艺批评受传统文艺批评价值观念的影响,对网络文艺的关注和评论虽然有一定的滞后性,但面对网络文艺越来越成为大众文艺的主要方式且拥有愈来愈多的受众这一事实,迅速给予了评论方向和焦点的调整。

网络文学自诞生起,围绕着"网络文学是什么""究竟有没有网络文学"这一中心问题,展开了来自各方的形形色色的争论,可以将这看作网络文学研究的无意识发端,也可以看作传统文学理论思维的延续。尽管来自各方的观点林林总总、五花八门,但概括起来不外乎以下两类:一是认为不存在一种所谓的"网络文学",或者认为网络只是单纯的载体,不会改变文学的本质,所谓的"网络文学"其实和依托印刷媒介的纸质文学没什么两样。在新世纪的一些文艺家、批评家看来,"对于文学来说,无论是网上传播还是平面出版传播,只是传播方式的不同,而不会是文学本质的不同"[1]。"文学产生于心灵,而不是产生于网络。"[2]

  作家张抗抗在《网络文学杂感》中也提出疑问:网络文学会改变文学的载体和传播方式,会改变读者阅读的习惯,会改变作者的视野、心态、思维方式和表现方式,但它究竟在多大程度上能改变文学本身? 比如说,情感、良知、想象、语言等文学要素。

  很显然,这些作家和批评家们是站在传统文学的立场上,依照传统文学的评价标准来看待网络文学的,虽然在一定程度上强调了网络文学与传统文学有着共有的文学的基本属性,却忽视了网络文学的独特性。这类观点在互联网刚刚出现的世纪之交很有市场,直到今天持这种观点的仍不乏其人。但是随着网络文学的发展渐成规模、影响日增,多数作家和批评家逐渐认识到网络文学的独特价值,不仅认可网络文学的存在,而且论述了网络文学的"超文学意义"。作家白烨指出:"以网络文学为主的新媒体文学,在两个方面的发展极大地超出了我们的想象。一是以类型写作的分化,逐步显现特点,迅速形成气候。……还有一个是文学网站的发展,由小到大,不断整合,已开始出现集团化、产业化的倾向。"[3]由此可见,网络文学的类型化写作非但不与传统武侠、言情等小说相一致,反而成为它区别于传统小说的重要特质。其一,因为网络文学的题材特征只是表面现象,深层的意义在于网络这一新兴媒介造就了一种异军突起的数字化文化产业,正如白烨在文中所指出的,"这些文学网络公司用他们

---

[1] 余华:《网络和文学》,《中学语文》2004 年第 8 期。
[2] 李敬泽:《网络文学:要点和疑问》,《文学报》2000 年 4 月 20 日。
[3] 白烨:《网络文学的超文学意义》,《当代文学研究资料与信息》2010 年第 3 期。

的方式打造作家,营造产业,已成为在当下文坛呼风唤雨的重要的文学机制"。其二,确实存在着区别于传统文学的"网络文学",但对网络文学的命名又有多种不同的看法,颇多分歧。网络写手痞子蔡认为,在网络文学出现之初,给这种新兴文学下定义为时尚早,还是要等到网络文学更加多元化以后界定它为好。如果非要给它下一个定义,那应该是指在网络时代出生的写手,在网络上发表的作品。王新萍在《网络文学的界定及其特征》中指出,网络文学是以计算机为载体、为依托、为手段,以网民为接受对象的艺术样式。具体来说,网络文学有三种存在的方式:第一种是已经存在的文学艺术作品经过电子扫描技术或人工输入等方式进入互联网。第二种是直接在互联网上"发表"的文学作品。第三种是通过计算机创作或通过有关计算机软件生成的文学作品进入互联网。

新世纪以来,众多著述往往把自由性、虚拟性、民间性作为网络文学的最主要特征,甚而是本体性特征。欧阳友权在《论网络文学的自由表征》中指出,"网络文学最核心的人文性就在于它的自由性",并把虚拟性作为自由性得以实现的技术前提。在《网络文学本体论》中,欧阳友权更是把自由性看作网络文学的本体性特征。另外的许多网络文学研究论文也论述了网络文学的自由性、虚拟性、民间性特征,杨新敏在《网络文学与民间文学》中通过分析网络文学与民间文学的关系,也指出了网络文学的民间性特征。纵观这些关于网络文学的论述不难发现,这类论述都是从网络自身所具有的特点出发,论述依附其上的网络文学的特点。这类论述抓住了网络文学自身具有的媒介优势,并把媒介作为影响网络文学的本体性因素,有利于抓住网络文学区别于传统文学的显著特征。但是也存在缺憾,那就是单纯从媒介的角度进行分析。实际上,对于网络文学特征的论述需要综合考虑新世纪以来的政治、经济、文化等方面的因素,媒介转型带来的新载体、新的技术手段正是由于与新世纪中国特定的政治、经济、文化状况形成了一种独特的合力才造就了新世纪中国网络文学独特的景观。因此,不应仅把自由性、民间性当作是网络文学所具有的特征,而应把它们看作网络媒介和网络文学生态的特征。

除此之外,也有不少研究者论述了网络文学的大众化、娱乐化、商业化以及后现代特征,欧阳友权在《网络艺术的后审美范式》《网络文学的后现代文化逻辑》中从后现代主义文化逻辑的角度指出网络文学具有虚拟现实的符号审美、在线交互的活性审美和游戏世界的快乐审美等特征,认为网络文学与后现代文化二者之间构成了一种"图—底"关系。张改亮在《网络文学:沿着后现代主义道路前进——网络文学与后现代主义研究(上)》中指出,网络文学具有削平深度、颠覆理性、消解中心话语、距离感的消失、主体的零散化等特征。除了笼统地运用后现代文化理论分析网络文学特点以外,也有一些理论家试图探讨消费社会、媒介力量与日常生活审美化之间错综复杂的关系,分析网络文学的通俗化、娱乐化、大众化、商业化特征。廖健春在《网络文学的大众文化特征及价值取向》中指出互联网这一大众媒介与商品经济共同促成了大众文化现象,网络文学身上有着大众文化烙印。赵雪明在《浅析网络文学的通俗化特征》中则直接把网络文学定义为通俗文学的一种,指出网络文学具有大众性的题材、商品性的倾向、娱乐性的手法等通俗化特征。但是这里也存在着把网络文学简单等同于通俗文学、大众文化的缺憾。而且通俗文学、大众文化是与传统精英文学相对的概念,这种划分方法暴露了既有文学观的思维定式。相比之下,马建国的《你我他自由参与的超文本文学——网络文学大众化特征的几个点击》在分析网络所带来的大众化特征,即网络创造了人人参与其中、满足大众的审美需求、实现大众与艺术文本之间对话交流、消除精英与大众之间界限的文学形态时,更强调网络文学的参与性,显示了网络文学与通常所谓的大众文化的差异。郭百灵在《浅谈网络文学的大众化和自由境界特征》中认为网络文学与大众文化最大的区别就在于它拒绝了商业性,此观点在网络文学发展初期是成立的,然而随着越来越多的商业网站和网络写手出现,网络文学的商业化有目共睹。这说明对于网络文学的特征进行论析,不仅不能从预设的立场出发泛泛而谈,而且不能停留于印象化、阶段化的浮光掠影,必须把网络文学本身视为一个动态消长的过程,关注其趋势、主流、变化,审察媒介文化转型、消费语境与网络文学之间错综复杂的关系。

新世纪以来,许多学者在论述网络文学生态时常常趋于理想化,把网络文学描述为文学界的"福音",颂扬它带给文坛的自由、民主、繁荣、多元的新气象。然而,也有一些学者对网络文学背后的商业之手高度警惕,指出"网络文学似乎很民主,很轻松,很超然,实际上并不然。它不可避免地打有当代世界无处不在的商品化逻辑的烙印……网络文学出身于消费文化甚嚣尘上的时代语境中,它的身上能不打有后现代消费文化的这种深刻烙印吗?能超然于商品世界的同质化文化的控制之外吗?"[1]从20世纪末到今天,汉语网络文学在中国大陆已经行走了20多年,网络文学从最初无功利的纯情涂鸦到崛起为类型化文学产业的庞大帝国,其发展一波三折,它与传统纸质文学的关系也比许多人预料的要复杂得多。或许是看惯了新世纪以来新媒体文艺的波诡云谲,或许是长期的观察使人们越来越意识到文学多样化的重要性,为网络文学提供"舒展"的生态环境成为越来越多学者的共识。如何志钧呼吁促进网络文学生态建设,他强调不应忽视网络文学与传统文学在文化精神上的巨大差异,认为一味强调"规范"网络文学,势必会戕杀网络文学的"野性"。

可见,新世纪以来的网络文学研究,实际上以媒介转型研究为内核,具体来说就是重点探讨了网络媒介和数字化技术,以及由此形成的全媒体格局在哪些方面、何种程度上冲击了此前的印刷文学传统,影响了既往的文学生态。这些研究和批评主要是围绕网络文学的命名和界定,探究网络文学的特征,在数字媒介转型的背景下,分析数字媒介使文学、文化生态发生的变化。面对网络文学,我们不能因它是不可阻碍的数字化潮流影响下产生的文学现象而一味迷信,丧失批判的锐气和清醒的头脑。我们也不应故步自封,固守旧的文学规范,一味以传统文学的眼光和评判标准,排斥野泼迷离的网络文学,视之为洪水猛兽。

---

[1] 何志钧:《网络文学:无法忽略的"物质基因"》,《中华读书报》2003年5月22日。

三、介入社会现实生活

新世纪文艺批评以褒扬和介入的姿态推动底层文艺创作的发展,引发社会各界对底层民众生活境遇的关注和同情,产生了强烈的社会反响。除此之外,文艺批评还对大众文化和文艺创作中出现的虚无主义和物质主义思想倾向进行了揭示和批判。

(一)对"底层写作"的倡导

改革开放以来,中国在迈进现代化的过程中,经济高速发展,改革此起彼伏,社会结构变迁造成贫富差距,转型期各种社会矛盾凸显,使城市下岗工人与广大的农民成为庞大的弱势群体。不少作家视点下移,聚焦于底层人物及其生活。进入新世纪后,文艺对底层的关注成为新世纪文艺表现和叙述的焦点,描写底层的文艺作品大量出现,有关底层文学现象的研讨和争论也如火如荼。

"底层文学"的命名和研究是新世纪文艺批评介入文学进程、回应和影响转型期社会现实生活的一次尝试。文艺批评对"底层文学"的建构和推动主要表现在概念界定、源流与资源、写作主体与表述等方面。2004年《天涯》杂志在文艺界发起"底层与关于底层的表述"专题研讨会,"底层文学"被正式命名后逐渐进入公众视野。虽然"底层文学"在命名后存留诸多争论和歧义,但并不影响它成为新世纪重要的文学创作主潮之一。

批评家王晓华在《当代文学如何表述底层?——从底层写作的立场之争说起》一文中,对"底层文学"表述范围进行了概括:"(1)指向底层的文学;(2)为了底层的文学;(3)底层自身的文学。"[1]刘继明、李云雷则从内容、形式、写作态度和传统四个方面对"底层文学"进行界定。他们虽然从文学性、社会性和历史性等角度对"底层文学"的诸多特征和发展

---

[1] 王晓华:《当代文学如何表述底层?——从底层写作的立场之争说起》,《文艺争鸣》2006年第4期。

趋向做了较全面、清晰的概括,但对"底层文学"的命名在批评界依然有不少歧义和困惑。其一,底层的语义学所指与文学想象中的底层社会之间的概念对应问题。其二,作假的代言人身份能否真正表达底层的声音。其三,底层文学与新写实小说畅行以来的俗世文学的界域或问题。其四,底层文学的命名究竟是一种抗议性命名、临时性的命名,还是纯粹为了彰显某种关怀弱者的道德立场的命名?另外,在"底层文学"的源流问题上,一些批评家将"底层文学"与"左翼文学"做了联结,认为底层写作是左翼文学传统失败的产物,但同时也是其复苏的迹象。另一些批评家则从左翼文学精神角度来分析"底层文学"的继承性:"底层写作并不是新世纪才出现的新事物,这一股写作热潮是一种文学的'回归'和'继承',它要回归、继承、张扬和延伸的是'左翼'文学中最有价值的平民意识、批判意识、启蒙意识、人文关怀意识、责任意识等优秀的文学精神,是对文学现实主义(批判现实主义)传统的回归。"[1]此外,要通过"重新审视'左翼文学'传统,总结经验教训,为'底层写作'能健康、长远的发展提供借鉴。如果我们不能充分正视'左翼文学'的传统,那么'底层写作'也将行之不远"[2]。在一些批评家看来,作品中的写"底层"生活和"底层人物"并不一定是"底层叙述",知识分子和中产阶级作家未必能成为"底层"的代言人。

新世纪文艺批评对尤凤伟的《泥鳅》的评论多达十几篇,如葛红兵的《让农民发声,还是让农民沉默》、陈思和等的《文学如何面对当下底层现实生活》、李云雷对曹征路的《那儿》的评论《"底层写作"的误区与"新左翼文艺"的可能性》、傅逸尘对陈应松"神农架系列"小说的评论《城乡二元对立背景下的人性探索》、张华的批评文章《异乡人的生存焦虑》、刘伟厚对刘庆邦的"矿井小说"做的深入评论《躲不开的悲剧》、瞿华兵的《"底层文学"创作转向》等,都针对底层文学的具体作品做出了自己的概括和剖析。

---

[1] 白亮:《"左翼文学"精神与底层写作》,《江汉大学学报(人文科学版)》2007年第4期。
[2] 李云雷:《如何扬弃"纯文学"与"左翼文学"?——底层写作所面临的问题》,《江汉大学学报(人文科学版)》2006年第5期。

对"底层文学"的人民性，王莉和张延松认为，底层文学充分体现了人民性，充满了无边的爱意和悲悯的情怀，对陷入逆境的弱者和陷入不幸境地的人们、对遭遇命运转折的底层人寄予深切的同情。在底层文学理论的建构中，孟繁华等人对底层文学的人民性主体价值进行了充分肯定。孟繁华据此提出了"新人民性"的概念和观点，强调了新世纪文学的启蒙姿态和社会介入作用。无论是新人民性也好，还是国民性批判也好，其实都包含着人民性与社会形态的关系。不同社会形态决定了人民性不同的具体内涵。而具有人民性的底层文学作品具有以下四个特征：其一，书写内容为底层民众所直接和间接地关心；其二，作品真实地反映了现实生活；其三，作品以大众化形式表现出高度的艺术性；其四，作品中表现出底层民众的要求、愿望和情绪。

新世纪批评对一些底层文学作品中所散发出的"以人为本"精神给予了充分肯定："作家面对底层不是居高的俯视，也不是站在'边缘'的观赏与把玩，而是以平民意识和人道精神对于灰暗、复杂的生存境况发出质疑的批判，揭示底层人悲喜人生与人性之光。"[1]"底层文学"具有底层意识或平民意识，将自己定位在人民群众一边，以人民群众的利益得失作为评判是非的标准，以人民群众的喜怒哀乐作为情感取舍的准则。这些底层文学的人民性意义在于展示和揭示被现代城市文明遮蔽的苦难、被社会和历史遗忘了的底层民众的生存状态。

新世纪文艺批评主要从三个方面来揭示底层文学对底层的人道主义关怀：第一是表现当代农民的生存困境和承受的心灵冲击；第二是表现工人的命运和心理转折，及艰难的新生；第三是表现边缘人在城市/乡村、中心/边缘二元对立中的梦想、挣扎和身份焦虑。底层文学作为新世纪现实主义文学的代表回避大叙事，聚焦底层人民和小人物，反映他们的酸甜苦辣、喜怒悲伤，并对那些陷入逆境和不幸遭遇的人民给予深切同情。比如，张廷竹在2012年《十月》第二期发表的《城市的河》、迟子建的《世界上所有的夜晚》，以及刘庆邦的《神木》等就是关注那些遭遇不幸的弱势

---

[1] 张韧：《从新写实走进"底层文学"》，《文艺争鸣》2004年第3期。

群体,在批判之余对这些底层苦难表现出深厚的人道主义情怀。

文艺批评界对底层文学等为代表的现实主义文学的发展路向给予了揭示,认为需要强化对底层文学精神方面的批判性、新人民性,深化情感审美表达。批评家李建军对底层文学作家提出了期望:"他可以不满,可以愤怒,但是,他必须爱这个世界,必须为人类提供爱的激情和行动的力量。"底层文学要"向上超升人,给人希望和力量,让人变得更温柔、更优雅、更有教养、更热爱生活。也写丑恶,但以美好做底子;也写黑暗,但以光明做背景。""恨比爱更有原始快感,但爱却带给人更多的幸福。"[①]

批评家们对底层文学和底层写作的评价也不一致。有论者认为,底层文学具有无限丰富的底层历史定位、丰富的底层精神、丰富的叙述主体和叙述姿态,能唤起知识分子重新关注社会民生、悲天悯人的品质,抵抗以中产阶级为主流的意识形态和文化形态。"底层文学"不仅关注现实与社会问题,而且在艺术上也有独特的创造。

在一些文艺批评家看来,"底层文学的写作态度是相当严肃认真的,致力于在对底层社会生活完整客观描述的同时,更期望引起人们对这种现象存在的密切思考,探究和挖掘造成这种现象的背后深层渊源"[②]。另一些批评家发掘了"底层文学"的现实主义精神传统,认为"底层文学"在价值取向上面向现实,充满强烈的现实感和悲悯精神,充满了深厚的人民性,具有真实性、人民性、批判性和启蒙性的美学品格。当然,质疑声也一直伴随着"底层文学"。对苦难的描述和表现是"底层文学"的主要情节内容,但它近来陷入了一种苦难焦虑症。我们却很少读到那种温暖的人性,很少读到那种来自灵魂深处的宽厚、广袤和悲悯,也很少感受到那些人之为人的亲情、荣耀和梦想。它们带给我的常常是惊悚、绝望、凄迷和无奈,间或还有些堕落式的玩味和暴力化的戏谑。洪治纲还认为,底层文学的社会学意义远远大于审美意义,"在作家们的主体精神里,非常明确地凸现出某种道德化的情感立场——同情大于体恤,怨愤大于省察,经验

---

① 李建军:《被任性与愤恨奴役的单向度写作》,《小说评论》2005 年第 1 期。
② 吴著斌:《简论底层文学的兴起、发展与未来方向》,《大家》2012 年第 9 期。

大于想象,简单的道德认同替代了丰富的生命思考"①。这种道德化立场使得作品少有思想的分量、审美的冲击力和现实的观照力。更有论者认为,"有的底层文学作家在表现苦难时脱离了具体的语境,将之抽象化、概念化、寓言化,同时也推向极端化。于是,'底层叙述'变成了不断刺激读者神经、比狠比惨的'残酷叙述';有的作家以简单的'城乡对立'、'肉食者鄙'等线性逻辑理解复杂的'底层问题',以苦大仇深作为推动故事的情绪动力,于是'底层叙述'变成了隐含的'仇恨叙述';还有的作家既无底层经验,又少底层关怀,只因题材热门、'政治正确',也来分一杯羹,寻求'入场'的捷径,这样的'底层叙述'已经是一种'功利叙述'"②。

由底层文学引发的系列大讨论由依附性批评转化为批评界的独立探索;由肤浅、片面和情绪化走向深入、系统和理性化;由对底层文学的单一性批评发展为对新世纪文学乃至新时期文学内在发展理路的全面检讨和探索,指向新世纪文学发展方向的争鸣和探索,展现出对新世纪文艺批评功能的重塑行动;由底层文学的书写与讨论扩展和升华到对新时期文学的研析和检讨,对新世纪文学和文化格局与方向的探索与改变,正在冲破时间概念而获得它"充分的内质和存在的逻辑根据",获得它的内在精神元素,从而获得其命名的"合理性和有效性"。③

(二)对虚无主义和物质主义的批判

在消费文化和快餐文化盛行的当下,随着影视娱乐化、商业化的不断推进,视觉化、读图时代已经到来,越来越多的文学作品尤其是文学名著被改编成影视作品搬上银幕,这其中包括对世界经典的文学名著的改编、对现当代的优秀文学作品的改编以及对近几年来一些网络文学作品的改编。文学名著改编成影视作品符合了人们浅层次视觉化的审美需要,在一定程度上也扩大了文学名著的影响,加快了文学名著的普及,但名著改编中也存在着很多问题,由于历史虚无主义的作祟,其中恶搞名著、任意

---

① 洪治纲:《底层写作仅仅体现了道德化的文学立场》,《探索与争鸣》2008年第5期。
② 邵燕君:《"底层"如何文学?》,《小说选刊》2006年第3期。
③ 参见白浩:《新世纪底层文学的书写与讨论》,《文艺理论与批评》2008年第6期。

篡改名著的现象屡见不鲜。

进入新世纪,网络文学也进入了影视作品改编的行列,在2000年,风靡一时的网络小说《第一次亲密接触》由小说改编为电影,自此网络小说与电影的"联姻"拉开了序幕。2013年的《致青春》则改编自网络小说《致我们终将逝去的青春》。近几年由网络小说改编成的电影也越来越多。

但是,文艺领域对待改编的态度轻浮,存在恶搞、颠覆。对待改编的态度包括两方面:一方面我们要忠实于原著的精神,能复现原著的主旨;另一方面我们要在形式上维护原著的完整性,不能打破原著的基本构思。因此,改编的最高境界就是能做到形神兼备,也就是说要不仅形似也要神似。然而,现实中很多影视作品对于改编的态度却过于轻浮,甚至大搞颠覆、重构、恶搞等,这是现代消费语境下影视改编娱乐化的表现,影视作品日渐成为人们的娱乐和消遣的方式,这其中包括影视剧中对历史题材的"戏说"、对传统文学的解构以及对红色经典的恶搞等。"戏说"历史的现象可能会满足商业语境下观众的想象,但这种把历史娱乐化、消费化的方法并不讨巧。再一个就是对红色经典的恶搞,《闪闪的红星之潘冬子参赛记》中潘冬子被塑造成了一个整天做明星梦并渴望赚大钱的拜金主义者,这种恶搞革命英雄和混淆历史黑白的做法消解了"红色经典"的崇高性和严肃性,成了一些人在娱乐化中宣泄情绪博得关注的手段。

究其原因,这是历史虚无主义在文学创作、文学批评和文学史书写中的表现。"文学'虚无'历史,是在历史和现实的关系上预设了一个前提,即认为历史以脱离现实而存在,如何处理历史与现实无关,将历史视作可以随意消费的娱乐资源,肆意调侃、戏说、恶搞;或者将它当作表达自己特殊意图的工具,可以根据主观意图任意改写、涂抹。这种行为的危害就是,它拒绝了历史提供的各种文化经验进入现实的可能。历史被封存、消费,它所携带的经验和智慧也随之消散。"[①]文学"虚无"历史,本质上是"虚无"价值,是否定和解构在历史中形成的民族文化价值。时下创作界

---

① 张江:《慎对文学"虚无"历史》,《南京日报》2014年4月8日。

最流行的是从所谓"还原历史""人性发现论"出发,对已有定论的历史人物进行重塑。其极端者,甚至将历史上臭名昭著的汉奸打造成正面角色,寻找所谓的人性,给予无原则的同情。在这里,对汉奸形象的颠覆只是表象,真正颠覆的,是这个形象符号所承载的、人们在漫长的历史过程中形成的忠诚与背叛、坚强与怯懦、光荣与耻辱的价值判断。这些人声称要寻找历史演进和历史行为的真实内在逻辑,但他们所找到的,无非是突破民族理性底线的所谓"普适人性"。

针对文艺领域中的这种历史虚无主义现象,新世纪文艺批评给予了有力的回应和批判。2014年1月18日,《人民日报》和中国社会科学院共同开设《文学观象》栏目,就文学发展过程中的现象、问题进行探讨。"开栏的话"说,其目的是"开展深入有力的文学批评和理论研究,以期正本清源、引导创作,推助当代文学繁荣健康发展"。当日,《人民日报》发表中国社会科学院副院长张江等知名学者的文章《文学不能"虚无"历史》。此后,陆续发表了《文学不能消解道德》《文学,请回归生活》《文学不能成为负能量》《文学是民众的文学》《文学需要什么样的批评》《文学呼唤崇高》《重塑文学的"真"》《写出时代的史诗》等文章。它们揭示和剖析了文坛的病症,具有很强的现实针对性。

有论者总结了文艺领域历史虚无主义的三种方式:一是以碎片化手法解构历史。首先是以孤立的个人际遇遮蔽社会总体趋势,造成作品历史叙事碎片化;其次是以片面的细节选择解构主流历史评价,造成作品历史观念碎片化。一些创作者可谓"明足以察秋毫之末,而不见舆薪"。如有些战争题材文艺作品,专门选择激战场面、血腥场景进行特写,而对体现战争本质的人民性背景则予以忽略。在这些创作者眼中,战争只是厮杀,不需要辨别战争有没有意义、牺牲有没有价值;创作只要从市场切入,在市场上赢得观众即可,核心就是赢取眼球。

二是以抽象化手法混淆历史。其一是有些作品把人性抽象化,给历史人物贴"普遍人性"的标签,使历史在这样的抽象中被虚无化了。这主要体现在一些历史题材的文艺作品,特别是革命历史题材和战争题材作品中。对人物做"中性化"处理是其具体表现和主要手法。"中性化"就是给好人添加点坏人的元素或特点,给坏人添加点好人的元素或特点,使人没有好坏、善恶之别,都体现为观念决定的抽象人、普遍人,从而使主流史观和主流价值被解构。比如,有的作品写剥削者,涂上一层仁慈的玫瑰色;写汉奸,点缀些美好人性;写残暴侵略者,也要在其眼睛里流露出人道的哀伤……这样就将人物形象抽象地中和化了。在对历史人物和历史事件的评判中,拆除了基本的善恶、美丑界线,使受众丧失了对崇高的敬仰感和对卑劣的批判力,陷于一种平庸的审美。其二是以抽象学科理论裁剪历史,给历史事实过"学科的筛子",使其脱离历史情境而抽象为琐碎的学科材料。这在一些文艺评论和文学史写作中表现突出。比如,有人以现行法律观点去衡估革命,给历史过"法律的筛子",要求纠正不合法的历史存在。他们认为共产党领导农民分地主的土地是非法的、违法的,是土匪行径;认为《白毛女》中的杨白劳不冤枉,也不值得同情,因为欠债还钱,天经地义,而杨白劳一直拖欠不还,还出去躲债,是违法行为。再比如,中国现当代文学史的写作中,有学者主张给革命文艺作品过"审美的筛子",认为革命文艺大多是标语口号和为政治服务,没有什么审美价值,不配进入文学史。以重写文学史的名义,一些文学史家对当代文学前后两个三十年采取了截然相反的态度:对前三十年文学一概否定,将其批驳得一无是处;对后三十年,尤其是对20世纪80年代文学则极尽溢美之词,称其为文学的黄金时代,等等。

三是以娱乐化手法戏说历史。娱乐化的典型手法就是戏说历史,使人们对历史认识扭曲、错位。一段时间以来,部分戏说历史、戏说历史人物的古装影视剧受到热捧,走红荧屏,潜移默化地改变着人们看待历史的态度和习惯,使广大群众对历史的认识明显错位。一些创作者把帝王将相美化为可亲可敬的仁者和人民大众的救星,封建帝王由严酷、暴虐的压迫者变成了谦谦君子和有情郎,是好父亲、好丈夫和一心为民的好皇帝,从而使一种历史上真实存在的压迫性力量成为一种虚拟的、想象的解放性力量。具有娱乐特质的戏说剧对一些观众具有很强的吸引力,收视率也明显走高,受此影响,其他表现近现代历史的影视剧也都或多或少加入了戏说成分,减弱了历史的严正性,很多历史人物和历史场景在剧中明显失真。

近年来,不少作家在文艺创作中为物质主义鸣锣开道,为欲望写作摇旗呐喊,作品中充满了铜臭和荷尔蒙。尤其是在"80后"作家眼里,物质的炫耀和身体的展示似乎是一种很酷的个性,成为他们着力描写的对象。评论界对这种现象褒贬不一,一些批评家从个人解放和自由空间开创等角度对此表示了肯定,更加助长了这种物质主义的思潮,而另外一些批评家则对这些思潮取质疑的态度,并保持了足够的警惕。有论者就对郭敬明的《小时代》和海岩的《长安盗》中这种物质主义思想倾向进行了批判。"记得郭敬明曾说过自己对待物质的态度,表达过对物质、名牌、奢侈品的追求,并认为这是一个普通人的权利,也是作为一个作家的权利。所以,在郭敬明的电影处女秀《小时代》中,他无疑是把自我在物质方面的态度、艺术的态度投射进了这部影片之中,或者也可以这样说,《小时代》实际上是表达了他的物质的审美趣味。"在评论海岩的《长安盗》时,论者认为:其中充斥了大量金钱名利对抗道德文化的情节,给人很大的冲击力。那么,为什么要对"大量金钱名利对抗道德文化"进行思考?海岩认为现代年轻人从出生到长大,整个社会都处于一个逐利状态,也觉得这个状态天经地义,和他们那个时代的人正好相反。对当下社会现状,海岩认为,"我们反感逐利,但是我们不能不逐利"。很显然,海岩对他小说中人物的价值和道德的判断,"逐利"是"天经地义"的,而在这样一个"逐利"的时代,海岩的自我价值判断和道德态度通过小说中的人物折射了出来——"我们反感逐利,但是我们不能不逐利"[①]。

"欲望书写"也是新世纪文学的突出现象。"欲望写作""欲望化写作"和"欲望书写"几个相近概念,或许确实概括了某些普遍创作现象,也印证了人们的现实经验,所以传播很快,成为文学评论中频频出现的流行词语。顾名思义,无论是表达自我还是展示社会,这类书写都离不开欲望。而所谓"商业写作""都市写作""美女写作""身体写作""隐私写作""中产阶级写作"等,就都含有欲望写作的意味。针对这一现象,文艺批

---

① 袁跃兴:《中国作家为何变得越来越"物质"?》,《中国艺术报》2013年7月3日。

评对欲望书写多持质疑态度。其主要针对三个方面：一是书写对象问题。批评者认为欲望书写展示的多是膨胀和不宜渲染的欲望，如金钱欲、权力欲、性欲、情场游戏、私人隐秘、感官享乐、身体狂欢等，甚至是色情暴力。二是认为这类书写的创作态度带有浓厚的商业化、媚俗化和本能化，甚至有点诲淫诲盗。三是认为它们是典型的市场文化，属于消费主义和享乐主义文学。也因此，即使展示的是红尘世界的客观存在，也不值得称道。这些看法虽然不无道理，但也带有一定的片面性和情绪化。

作家对于读者利益的考虑决不能以牺牲文学的思想深度和艺术品位为代价，因为市场的效益原则和读者的口味并非总是积极健康的。以欲望书写为例，"在20世纪80年代启蒙语境中，曾经作为对抗极左思潮扭曲人性的反叛性生命形式，负载着特定时代的'执著的精神性追寻与理性深度的分析与思辨'功能。但是，在90年代骤然而生的消费文化语境中，无论是林白、陈染们的'女性主义'创作，还是棉棉的《糖》、卫慧的《上海宝贝》一类的'都市新人类'作品，以及新近作家李修文的《滴泪痣》《捆绑上天堂》一类的唯美—颓废主义写作，虽然这些作家所隶属的文学'流派'各异，但在'身体写作'及'欲望表现'方面，却显出惊人的相似性"，这是值得警惕的。随着消费主义时代的到来，文学可能沦为一种被消费的特殊商品，这可能导致某些媒体和作者在经济利益的驱动下一味迎合读者口味，甚至和商业携手进行不负责任的商业化炒作，造成媚俗化、肤浅化等浮躁的不良创作倾向，从而碾碎个人的精神空间，湮灭人格精神的深度。

大众化的时尚趣味未必就符合进步的时代潮流。如果文学一味迎合并非先进甚或庸俗低级的时尚趣味，那么，文学的审美教育功能又从何谈起？平民意愿的自觉、官能叙事的畅行以及消费欲望的膨胀是否同时并同样合理？抛弃了精神提升和灵魂安抚的文学是否还有继续存在下去的价值和理由？即使是寻常百姓，艺术的装点或熏染也是必要的。因此，我们还是有责任要求作家敢于并善于以文学的方式批判大众趣味中的庸俗部分，倡导并张扬进步的平民意愿和健康的大众趣味，积极追寻昂扬向上的人生目标和有益于社会和谐的生活方式。正如杨匡汉所言，在中国这样一个传统道德根深蒂固的国度,改革开放使人们的生活方式和行为模式发生了剧烈变迁。地生五谷杂粮,人有七情六欲,原汁原味原生态的人间万象和各种欲望,本可无碍地进入文学创作之门。问题在于,勃兴的欲望虽是生活的一部分,但文学还得"打碎生活""再造生活",因为文艺毕竟不止于欲望的狂欢,更重要的还是要完善人性,提升精神境界。

第三节
新世纪文艺批评的发展趋向

较之于新世纪文艺批评,以往的传统文艺批评大致由两部分组成:一是高校、科研院所系统的学术论文,一般的载体是各种学术期刊、大学学报;二是文联、作协、出版传媒系统期刊杂志上发表的理论文章,这类批评中的一些短文章,经常在各种报纸的理论、副刊版面上呈现。

高校、科研院所系统的学术论文,是近年来饱受诟病的一种批评文体。这类论文大多为完成学位或是科研量化指标而作,不排除真知灼见、有感而发,但不必讳言,很多论文是"为赋新词强说愁"。功利的写作出发点,注定了这类文字缺少激情,很少能引起普通读者的关注、互动、共鸣。除了作者本人和后来的论文撰写借鉴者,这种文章基本没有圈外读者。同时为了检索方便、符合"学术标准",这类论文通常以关键词开头,以注释、索引结尾,内文经常罗列翻译、引进的概念、术语,晦涩难懂,还有些欧化的长句子拗口难读,写作内容多偏向文艺史,与当下文艺实践搭界的不多。即使论述文艺实践,也因为作者远离文艺现场,或者用生硬的理论硬套创作实践,隔靴搔痒,对艺术实践总结不到位,更不可能产生介入意义。"学术新八股文",应该是对这类文章比较贴切的概括。

与学院论文同时存在着的是文联、作协、出版系统的文艺期刊或者报纸上的批评文章。这类文章在文体上更灵活多样,相对更切近艺术实践现场,表达上可以更率性、随意,除了文化部门的大小官员、专业批评家,也吸引了一些从事创作的艺术家或者社会上更广泛的文化人参与。但这类文章的缺点,一是相当一批作者立场站得太高,心态、文字上居高临下,俯瞰的气势让圈外读者感觉自己在"受教育",心理接受上先隔了一层;二是缺乏真正的"批评",不愿或不能发现问题,以"文艺表扬"为主,"红包批评""人情批评"的嫌疑由此而生;三是写作者理论修养相对不足,表述浅显易懂了,却往往又缺乏深度、灼见。这一类批评文章,普通读者、观众仍旧不读、不看、不愿意买账,归根结底,仍旧是在小圈子里流传。

事实上,这些传统文艺批评很长一段时期都表现得远离文艺现场,远离读者,只在小圈子内循环。远离文艺现场,对艺术实践缺乏影响、促进能力,不能对观众、读者产生观赏引领,是最近几年主流媒体不断呼唤"增强文艺批评有效性"的潜台词。

进入新世纪后,文艺批评与创作、欣赏的隔阂、脱节,随着互联网的普及,正在发生变化。一种新媒体时代的文艺批评冲击波正汹涌袭来。传统文艺批评遭遇了空前的挑战,已被新媒体批评扯下了神坛。新媒体批评短小精悍、通俗易懂,迎合了碎片化的阅读新潮流,并已为许多年轻读者所接受。受上述新媒体批评的影响,主流文艺批评也正在向文艺观点鲜明、现场感强、文体简朴实在、语言精练好读的批评形态转换。有思想观点、文风活泼、文体感性、可触可及、人人可为、处处可为的批评正在成为新世纪文艺批评的突出特征。

一、"人人可为,处处可为"的批评

新世纪以来,互联网、新媒体兴起、普及,任何个人都可以方便地通过博客、微博、微信发表自己的想法、见解。关于文艺的种种话语,表扬与自我表扬也好,理性批评也好,无理谩骂、无节操地吹捧推销也罢,在新媒体平台上快速传播,想看不见都难。这些新媒体上的文艺批评、文艺吐槽,有艺术作品的创作者对自己作品的亲民展示,有普通观众的观感、读后感,有文化产品公司水军和推销商的灌水、炒作,也有匿名或者不匿名的专业评论家利用新媒体在努力发声。文艺批评正在文艺新生态和"微时代"中努力调适自己,确立自己的发展趋向。

(一)媒体批评与新世纪文艺生态

能对文艺生态环境施加影响、重建秩序,是文艺批评搅动文学艺术场域的最重要体现。文艺批评在失衡、失序的文艺生态场中最有用武之地,通过价值引导、情绪疏导、审美趣味提升、文艺经验梳理总结,阐释对生活的新发现新美感,为新生态的建设制造舆论,为创作提供方向、推波助澜。

当前,互联网正在快速而深刻地改变文艺生产方式,已经形成一个全新的文艺生态。这个新的文艺生态正逐渐显示出其巨大的轮廓:网络文学已蔚为大观,低门槛的写作模式,快捷便利的阅读体验,产生了海量的文学作品,培养了庞大的读者群。网络文学和传统文学的边界正在模糊,从长篇、超长篇小说到中短篇小说乃至微小说,网络文学正在稳步发展为重要的文学创新园地和活力源泉。网络音乐的数字化重构了音乐传播媒介和音乐生产方式。而在影视领域,互联网已携营销、内容和完整的产业链,开启影视大制作时代。书法、美术、摄影艺术的网上展览和数字艺术馆方兴未艾,文艺节目网络直播日益活跃,网络文娱、网络文艺成为所有社会性网站必不可少的内容,成为商业网站的吸金利器。在新的网络时代,人们的感官平衡出现了更高的系统性整合,传统的印刷文明面临终结,但是印刷时代形成的一切关于文学的标准和审美习惯,并非都要废弃,而是要引入新的尺度,把新的感官平衡和比例的变化引入判断标准中去。

无疑,新世纪文艺生态已经发生结构性的改变,呈现出新的混杂性和多样性。面对这一全新的文艺生态,批评的对象,批评表达的媒介、传播的方式都在发生巨变,文艺批评应该积极适应、阐释和引领这种新的文艺事实和文艺现象,才能发挥价值引领、美学导向、思想召唤的功能。但现实情况是,文艺批评面对的态势是以缩小的批评面对扩大的文学、传统的批评面对崭新的生态。

在新的现实面前,文艺批评应该深入思考两个问题:一是文艺评论和新媒体的关系,最为突出的就是,无论电影、电视、音乐,还是动漫、网游,包括我们的舞台艺术,互联网既是传播渠道,更成为物质载体,它们都被互联网所重新塑造和定义。在这一历史趋势的背后,新一波工业革命已经出现在了历史地表,其实就意味着文艺评论要面对新一波工业革命的时代挑战。二是文艺评论与新现实的问题,在21世纪的今天,中国正在生成新的经验,但是也出现了从《蜗居》到《小时代》的文化表征,作为一种高度分裂的体验,我们的价值观、情感模式、情感结构,甚至我们最基本的认知方式,都受到新现实的冲击,甚至被其决定。

新媒体上关于文学艺术的一些批评文字,随性、率真,有话则长、无话则短,与读者站在同一地平线上说话,谈论的大多是艺术实践第一现场,接地气,但鱼龙混杂,真知灼见与牢骚吐槽、商业利益齐飞。不必经过传统报刊的审查、删改,没有明确的稿费收入、利益假想,匿名者的大胆直言,越来越适合于从新媒体上接受信息的当代观众、读者。他们对文艺批评的需求,通过电脑或者手中的手机,通过上下班地铁、公交车上或者学校课堂上的集体温柔俯首,几乎完全就可以满足了。

受新媒体冲击,因阅读、接受习惯的改变,刊载传统批评的纸媒生存越来越艰难,书籍印数下降,报刊订数萎缩,这是不争的残酷现实。传统纸媒为了显示存在价值,也在利用新媒体寻找出路。书籍数字化,期刊网上阅读,微信公众号大量出现,这些都是突破的尝试。

新媒体文艺批评看似空前繁荣,其实也存在不少短板和不足。新媒体文艺批评应该有新思维方式,不仅应该在新形式上还应该在新内容上有所突破和创新。新媒体艺术批评的思想资源源于传统,离不开艺术史的积淀,但必须冲破陈旧保守观念的藩篱。面对新鲜的艺术现场,用新鲜的表达、新鲜的阐释,带来新鲜的接受。唯有新,才能为新时代的新人接受。

写作立场不变、文风不变、不能把心交给读者的学术新八股文或者官气文章虽然套上了新媒体这件时尚马甲,却也只不过给另外一些写八股文章的后来者提供了检索、阅读方便,读者面、影响力不会有任何扩大。而大多数遮蔽了写作者身份的网络文艺批评文章或者文字碎片,由于写作速度的快捷、发表门槛的降低、商业利益的驱动,难免泥沙俱下:不排除沙里淘到金疙瘩的惊喜,但也会有大量的口水、污水、泡沫。新媒体助推新的批评势力打破传统文艺批评壁垒的同时,并没有马上显示出更高的理论水准、思想洞见,大多数只是在表述上更短小精悍、通俗易懂,迎合了碎片化的阅读新潮流而已。当新的文艺批评与文艺吐槽、文化产品广告推销被互联网缠绕在一起,什么样的批评文字是有建设性的,有利于对文艺创作的促进,能够帮助普通观众、读者更深入地接受、理解文艺作品,滋润我们这个时代的心灵,成为文化传承的新生力量?新的衡量标准是什么?这些是有待考察的问题。

电影网络批评在大众文艺批评中影响最大,对文艺新生态的形塑效果也较明显。现在的电影处于一个与众多新媒体争夺受众的全媒介时代,处于一个面临互联网语境,必须考虑如何通过互联网宣传、众筹、粉丝营销的"互联网+"时代。全媒介语境导致电影传播和评价方式的多元化,电影批评的生态、形态、写作方式和传播方式、功能价值等也都在这个全媒介和互联网的时代发生着巨变。

现在,批评不是单向发声,而是众声喧哗。观众不再是电视媒体时代"沉默的大多数",而能够轻松地"用脚投票",用"拇指发声"(点赞或点衰)。他们有自己的群落、部落,有自己的群主、偶像,而"水军""自来水"现象的存在,都证明了网络影评不可小觑。以电影、影院为发端的公共文化空间变成了一个遍布各种媒介、众声喧哗的舆情空间。

电影的网络批评也面临诸多问题,诸如情绪化、谩骂化的表达,水军的存在等。这种情况下,我们的电影批评、文艺批评面临的问题和难题是:如何以文艺批评影响广大的读者观众网民?如何使我们专业批评工作者发出的声音能有回响、有共鸣?能否使批评真正起到让受众辨别影片优劣、推动电影产业发展的作用?对电影批评而言,有效的对策可能是革新批评文体,调校电影不同层次的美学标准。

我们要顺应、利用网络,保持批评文体的新意。批评与理论不一样,理论要严谨,批评要灵活生动。学院文艺评论工作者也应该适时写一些短小精悍、适宜于网络传播的文章,语言应该生动灵活,判断应该鲜明简明有力道,力图做到兼容和优化网络用语。

就电影而言,新的综合的标准也许可以分为四个方面:第一是艺术美学标准,即叙事、故事、想象力、艺术品格等的保障;第二是现实美学标准,要求"接地气",要有现实的依据和逻辑,当然不排除想象力;第三是技术美学标准,作为与科技发展密切相关的电影艺术,其技术应该合格;第四是适度的制片或票房的标准,票房一定程度上还是代表了观众的接受度,而电影作为一种文化产业,也要有投资与产出的基本考量,我们既不能唯票房,也不能完全不顾票房。

不过,在其他艺术门类方面,同样存在评判标准的僵化和不合时宜的问题,我们要针对网络时代文艺观念大幅刷新的现实,提炼新的批评标准。与人们对电影网络批评的期望相比,当下中国的网络文艺批评依然存在两个误区:一是以原有的理论视角观察网络文艺现象,用针对传统文艺的价值标准与审美原则要求网络文艺。对于这种研究而言,研究者所使用的理论话语与所谈论的对象之间是隔膜的,而且很容易把网络文艺不同于传统文艺之处简单地当成网络文艺的负面因素,进行盲目的批判与否定。二是完全站在网络文艺的立场上,拼凑一些时髦的理论,想方设法为网络文艺存在的合法性、各种网络文艺现象出现的合理性进行辩护,把网络文艺所有不同于传统文艺的特征都当成文艺发展的新方向,进行盲目的赞扬与肯定。

随着互联网技术的飞速发展,其对人类艺术活动的影响也日益广泛而深入。在作品文本存在形态、生产方式、传播方式、接受方式等方面都与传统文艺有着很大差别的网络文艺,正是在这种背景下出现并迅速崛起的。近些年来,网络文艺的崛起对原有文艺格局造成的巨大冲击,已经逐渐引起创作家、批评家、文艺理论研究者、政府文化管理部门和国家最高领导层的高度重视。就其广泛的群众基础、迅猛的发展趋势,以及对原有的文艺传统造成的巨大冲击而言,网络文艺崛起的过程,的确与当初的"五四"新文艺有许多相似之处。然而,在将网络文艺的出现与"五四"新文艺的出现作比较的时候,我们却不能忽视其间一个巨大的差别,那就是"五四"新文艺是建立在对西方既有的文艺形式借鉴、吸收甚至是移植的基础上的。而且,在这个过程中,借鉴、吸收与移植的还不仅包括西方文艺当中许多经过时间考验、已经相当成熟的文艺形式,而且包括西方许多经过时间考验、已经相当成熟的文艺理论。可以说,"五四"新文艺的创作实践与新的文艺理论的建构,以及建立在新的理论话语基础之上的文艺批评是同步展开的。许多时候,新的文艺观念对创作实践与批评实践起到了先导作用。

然而,网络文艺在生成与发展的过程中,却没有这么幸运。一方面,网络文艺不仅在当今的中国出道还不算久,在世界范围内,它也还都是新生事物,我们不可能引入一套成熟的网络文艺理论对网络文艺现象进行研究与阐释;另一方面,网络文艺最初作为一种"草根"文艺,并没有引起理论界的重视,对网络文艺的研究,尤其是基础理论的建构,是相当滞后的。当今中国的网络文艺,发展势头迅猛,但同时也泥沙俱下、鱼龙混杂,其成就众所周知,其存在的问题也有目共睹。而其混乱与失序的一面,恐怕与缺乏理性的反思和理论的有效引导有直接的关系。

在全新的互联网时代,在文艺批评的实践中,我们既应坚守基本原则和价值,又要与时俱进地把握新特点,固本开新、面向未来,力求文艺批评在当下语境中保持开放的态势,力求文艺批评保有鲜活的生命活力,继续发挥重要的时代影响力。

(二)"微时代"的文艺批评

随着互联网时代特别是移动互联网时代的到来,人们获取"所有时代所有地方的所有信息"不再是遥远的梦想,这无疑是新世纪新发展这一时代的馈赠。更紧要的是,信息的便利更加细致入微地落实到每个平凡个体身上,由此带来更加深刻的媒介革命。这便是以"微信息"和"微交流"共同推动的"微时代"的来临。文艺批评随着微博、微信、微电影、微文学一道,进入一个名副其实的"微批评"时代。

现代人的生活节奏快,对信息的需求饥渴,因此,在这个"微批评"时代,洋洋洒洒的"大块文章"已绝难再现,"豆腐块"文章已让人习以为常,但"微批评"又并不是一个简单的传统批评的瘦身版。它意味着一种新的文体和传播方式,以及新文体背后的批评姿态和解放潜能。

学院批评虽以专业为专擅,严谨而惯于喻世,但一直以来,学界对过于封闭的专业文学批评多有微词,常指责它们搬弄西方学术名词,话语呆板乏味,行文程式僵化,难以击中对象的要害。其中问题的关键在于,以学术规范之名,忽略批评所应具有的思想、精神与灵魂。概而言之,专业文学批评固然深刻、严谨,但其学理性常会成为弱化批评现实感的主因。因而,批评其实存在着蜕变为从理论到理论、从文本到文本的危险,它有时候会沉浸于单纯理论操练的欢悦,在纯粹的阐释中迷失批判性力量,从而流于一种无效的分析。

在自媒体时代,每个人都有可能成为信息的发布者,因而都可能是批评家。这无疑有利于打破专业精英文学批评的壁垒,激活普通大众的话语热情,也打破专业话语对批评行业的垄断。在这个意义上,微批评因其微小而更易于回到对象本身,回到批评的初心。它仗义执言,无所旁骛,能够在简短的文字中直抵根本,而无需漫无边际的铺陈和虚张声势的延展,更没有长篇累牍的枯燥和食洋不化的迂腐;它拒绝一切关于批评的繁文缛节,只要"寸铁杀人"、一针见血的快意和"语不惊人死不休"的惊艳。

尽管微批评将批评的权利下延到普通读者身上,以捕获非专业人士灵光乍现的时刻,但遗憾的是,并非所有的参与者都是一语道破天机的神人,毕竟这需要比专业批评更高的概括力和更卓越的语言天赋,且这种能力并非通过学习就可以练就。那些逃离了引经据典、资料索引拖累的纯粹知性和感悟,那些心灵极度自由状态下闪现的思想火花,以只言片语的方式显现出来自然令人叹为观止。

这些闪光的片言只语、警句断章,虽然能使普通读者大快朵颐,甚至觉得挠到痒处,但需要指出的是,那些基于微批评的原则、以"灵魂在杰作中历险"的方式所生产的酷评,固然可以让人领略"不着一字尽得风流"的犀利、尖刻和酣畅淋漓,但更多的批评活动其实与此无缘。就像人们所谈到的,微批评有时候也逃脱不了媒体狂欢的宿命,那些简短、直接、无需严密逻辑就能制造的文字神话,其实能够更加方便地制造一个个"眼球话题"。简洁和犀利之中自然也免不了冷面与冷血,以及用情绪代替判断,用谩骂代替观点,追求发泄的快感。再加上文化失序所造成的商业混乱,微批评容易在资本的裹挟下沦为成本低廉的市场营销行为,比如越来越多的电影发行部门都会借助微批评来进行宣传。那些唯利是图的影评人、混淆视听的大批"水军"以及稳居幕后的网络推手们,利用微批评制造网络焦点,操纵民意,形成不正当的商业竞争。由此可见,所谓的微批评其实极易悄无声息地充当文化失序的潜在合谋者。

相对于传统批评的专业性而言,大部分微批评的内容往往存在较大的随意性,只言片语之中,批评本该具有的复杂思想被极大程度地消解,而沦为一种充满思想泡沫的口水,很难形成具有理论性、专业性和权威性的评论。另外,微批评又会高筑批评方式僵化的壁垒,致使传统学理性的批评模式被个人化的情绪宣泄所取代。微批评固然有许多鲜活的东西,其自由与随意所塑造的"焦点"和"热点"往往也能抓住人们的眼球,但不可否认,其间大量充斥的蜻蜓点水、嬉笑怒骂和不着边际也是极为令人失望的。批评毕竟不仅仅是要判断一部作品的好坏,或者仅仅乐于阐释,而是批评家借由认识这个世界、并经由身处的这个世界来反观自我的方式。因此批评从来都不是判断或鉴赏某个作品,而是要进行细致入微的考察和分析,进而打开这个隐秘而荒谬的世界的一角。它面对的不仅仅是语言的纹路和肌理、虚构的世界里那些博大的人物内心,抑或如深渊般无比幽暗的人性本身,而是整个丰富而驳杂的外部世界,需要在更高的意义上阅读历史和社会。

面对"微时代"文学批评碎片化、表象化,批评纯度被稀释的现实,如何将其与专业文学批评相融合,便成为一个实实在在的问题。其一,专业批评家不可以忽视微批评的存在,而应将其充分纳入自己的视野,从中发现更多批评资源、批评视角和真知灼见。微批评的出现既给专业批评带来了新的批评资源与话语空间,也给专业批评增加了新的职责和使命。微批评是一种鱼龙混杂、良莠不齐的意见集群。专业批评既要关注微批评,虚心学习和吸纳微批评中合理的、精彩的意见,也要以更多的学理、更有力的批评方法,去发表更专业的意见。同时,专业批评与微批评应该建构起一种相互倾听、相互学习、相互拉动的平等的对话关系,从而形成微时代文艺批评的一个全新的话语张力场,共同推动文艺的繁荣发展。其二,微批评也应加强批评的专业性和学理性,以提升学术品格和权威性。就其融合而言,专业批评者则要以"外地人"的谦虚态度,向微批评的"土著们"学习,倾听他们几乎是本能地使用着的"土著理论",然后将它们加工成专业意义上的"微文学"批评话语。经过加工之后的这套微批评话语便既是地道的"微时代"的批评表达,又惊人地达到了专业批评的水准,由此形成专业批评与微批评之间理应构成的对话关系。在微批评行为中,每个人都有可能是批评话语的主体,而且可以越过把关人而自由发言。然而,自由不是任意妄言,真正的自由是对客观规律的深刻把握。如果批评家没对文艺现象、文艺作品和文艺规律的充分把握,是不可能有真正的批评自由的。在微批评时代,批评家首先应该将功夫用在了解文艺本身上,而不是去享受或者挥霍那些虚假的自由。

向真、向善、向美应是任何文艺批评的共同价值取向。不管批评标准如何取舍,微批评作为人民大众的声音,总体上是趋于核心价值观的。当然,价值标准的多元化,要求专业批评家具有更加明确而强烈的核心价值观,以凝聚和发挥文艺批评的正能量。无论是微批评还是专业批评,只有坚持运用历史的、人民的、艺术的、美学的观点评判鉴赏,才能充分凝聚核心价值观。

就上述意义而言,微时代给文艺批评带来的并不是去专业化或者泛批评化趋势,更不会稀释或消解专业批评的存在意义,反而是对文艺批评的专业性提出了更高的要求。甚至可以说,只有专业主义的批评才可能驾驭微时代,才可能引领微时代文艺的发展。而当下的问题不是在于微批评的泛滥,而是专业批评的专业性还远远不够。一些专业批评既没有表现出对文艺作品和文艺现象的直觉和感知能力,又缺乏学理上对文艺规律的概括和升华能力,更缺乏专业批评的理论基础和方法论,而是流于读后感式的跟踪描述。其批评水准未必超过微批评,有的甚至在非批评因素驱动下进行简单粗暴的"捧杀"或者"棒杀"。这样的所谓批评,不仅无法引领微时代的文艺创作,而且会直接败坏微时代文艺批评的风气和人们对文艺批评的认识。因此,在微批评时代到来之际,我们应该在持守正确的文艺批评价值观的同时,呼唤专业主义文艺批评。

总之,多媒体融合时代的批评场景当然包含着一系列的人文和美学后果,值得认真思索,而对于我们关心的文学批评而言,新的转机和内在的陷阱也恰恰需要人们仔细辨识。文艺批评曾经是极少数人的事情,在互联网、新媒体日新月异的微时代,文艺批评成为"人人可为,处处可为"的活动,成为万众狂欢的一种实践方式。关于电影、电视的豆瓣点评中,那些多彩的评价、打分,对观众的观看需求产生了广泛影响;影视观看过程中可以随时表达观众心绪的弹幕,在前互联网时代是不敢想象的。关于艺术,大家可以随心所欲、随时随地说上几句什么,这当然是文艺批评的好时代;文艺批评借助新媒体蓬勃葳蕤,当然是好事;但丛生的野草或者灌木林中,能不能长出能够标志我们这个时代的参天大树?如果新媒体平台上的文艺批评就像野草一样一岁一枯荣,永远是草丛而不是森林,这样的文艺批评现状,决不能算形势一片大好。借助新媒体阅读成长起来的一代新人,关于艺术的常识、见解、欣赏能力,如果全是碎片化的知识填充而没有系统的思想体系做支撑,这样的欣赏与传统的欣赏相比,也只能说是五十步笑百步而已,并不能再生产出于己有益,对人有利,有助于新时代审美趣味提升,推动大众文艺发展的生态环境。

二、走向"真正对话的批评"

"批评"可能会包含了判断和针砭,但判断与针砭并非是批评唯一的主旨,这点世人多有误解。批评家不是神,不是真理或权力的化身,批评也只是一家之言,不能确立或否决一部作品的价值。如果没有一定的时代条件和思想语境,强行赋予批评活动以构造秩序、振兴文艺、摒除积弊等外力化和权威性的使命,实为无法兑现的妄念。莎士比亚和曹雪芹的时代何曾有现代意义上的"文学批评",不是照样出现了不朽的作品?可见文学是否繁荣,与批评并无必然关系。19世纪的俄罗斯确乎在涌现了群星璀璨的伟大作家的同时,也出现了许多杰出的批评家,但不要忘了,那种批评首先是一个民族在其"精神成长期"的一种灵魂的对话,与当代意义上的职业性、专业化的批评活动相去甚远。现代著名的批评家李健吾就说:"一部伟大作品的仇敌,往往不是别人,而是同时代的批评家。"这就是针对那种轻率的判断而言的,历史上这种悲剧比比皆是,否则不会有杜甫所斥的"尔曹身与名俱灭,不废江河万古流"。批评家首先要做一个与作者读者坦诚的对话者,这个对话是对作品的理解,是对写作者意图观念的一个揣摩,也是与读者公众之间的一个交流。它应该是悉心的体味或共鸣的知音,而不是一个自负和武断的下结论者,要在充分对话和深入解读作品的基础上做出自己的判断和评价。

新世纪的文艺批评具有对话精神。这种对话具体体现在批评与文本的对话、批评与作家的对话、批评与读者的对话、批评与批评的对话,其中最重要的是不同形态的批评之间的对话,以及不同层次的批评之间的对话。

文艺批评的发展应该是批评的层次更加丰富,生存方式更加多样,不同层次的批评承担着不同的批评功能。有人在谈到批评的现状时,认为问题之一是缺少对话。这是对的,但应该看到,一般来说,对话的平台是有层次的,对话应该在同一个层次上进行。不同层次间的对话则需要一种过渡。

20世纪90年代以来,中国社会发生了重要的变化,很多变化似乎都可以归结为市场经济的大幅度推进,而表现在文学批评领域,就是媒体批评的迅速发展和其在左右社会情绪的温度计上起到越来越明显的作用。而在媒体批评之外,还存在着思想意识形态的批评、学理批评、赏析性审美批评,等等。

媒体批评显然带有大众传媒所特有的时尚性、瞬时性、夸饰性、商业性等特点;思想意识形态的批评也许在我国是一直受到高度重视的,它既是意识形态的任务和职责所衍化出来的一种带有很浓政治意义的批评,也与中华民族历来重教化的文化传统有关系。虽然现在不是过去唯政治第一的年代,文学批评活动已经变得多样化,但多年来的思想意识形态的批评活动毕竟造就了一种意识形态化的批评话语和批评思维,何况从思想教化的角度说,这种批评也有其他批评不能替代的作用。

不同层次的批评有不同的功能,因而也有不同的话语表达方式。

首先,学理批评必须得到足够的重视,它是保证各种对话良性展开的基础。将学理化批评转化为媒体批评,不仅仅是一种批评话语的转换,应看到两者具有不同的功能和方式,不能因为转化而取消了学理批评的功能。学理批评的功能就相当于文学批评大厦中不可缺少的钢筋和水泥。你尽可以在媒体中融进学理批评的成分,但不能取消目前学理批评的生存方式,如果没有课堂里、书斋里以及学术刊物中的学理批评的充分发展,就不会有大众传媒上的学理批评气息。当前的文艺学研究存在忽视基础理论建设的倾向。当然,强调学理性往往与倡导学院批评相关联,有学者认为,"学院批评"水平的提高有极大的风险性,它很容易让人联想到"经院哲学",联想到烦琐无聊的议论。"学院批评"在其兴起和发展的过程中,伴随而来的是误入歧途的危险。来自西方的丰富的理论资源,在尚未来得及消化之时便急切地应用于当代中国的批评之中,批评的对象常常成为理论的佐证,而对具体的文学作品,在失去了阅读耐心的同时,自然也丧失了说出真实体会的能力。批评被理论支配的现象已相当普遍。"学院批评"纠正这一失误是一件急迫的事情。

其次,批评家在观念、方法和语言上,要不断地与时俱进。比如有的批评家的思想与情绪还停留在过去的岁月,这使得他们在看现状和表述问题时,都明显地与当下现实错位或脱节。还有不少批评家,在知识结构与理论准备等方面几十年"一贯制",少有新的吸纳和大的变化,甚至明显老化。因此,在面对超出已有经验的新的文学现象时,要么是文不对题,要么就失语、缺席,显得力不从心、束手无策。譬如在市场上长驱直入的青春文学、在网络上广为流传的网络文学,就基本上游离于主流批评的视野之外。出现这种现象的原因,大多时候并非文学批评的"不为",而是现在批评家的"不能"。长此以往,既可能会使如青春文学、网络文学等新兴文学难以得到品位的提升,也会使文学整体的和谐发展受到很大的影响。

最后,批评家要在批评方法和问题方式上表现出多样性的选择。要适应文学与文坛各个方面(从观念到群体)的新变化,走出传统的文学批评模式,在批评的样式和方式上增强多样性,体现鲜活性,加大辐射性。比如,在传统的以作家作品为主的评论之外,要借助新的传媒方式和传播形式,适应新的阅读群体,介入各类文学评选、评奖;利用电视、网络视频等就有关现象、话题进行座谈、对话与讨论;利用网络阅读跟帖点评网络文学作品,等等。总之,要打破固有的观念,走出传统的模式,使批评在新的历史条件下争取话语权,实现有效性。

当下是自媒体、微媒体盛行的时代,但是自媒体、微媒体时代的本质仍然是信息化。不过,自媒体与微媒体的出现,却前所未有地将信息化的同质化本质幻化为缤纷诱人的碎片,上演着一场场貌似信息丰富多元的盛宴与狂欢。然而如上所说,自媒体、微媒体时代的碎片化幻想,事实上不过都是数量分割意义上的空花泡影。文学批评同样如此。

事实上,目前大量的文学批评基于自媒体和微媒体的发达与自由,也基于当下文学批评的失范,往往裂解为毫不相关、各自为战的文本。在一定程度上,信息化时代的同质追求的底线与旨趣,在自媒体、微媒体时代的文学批评里面,很多时候恰恰是极为艰难的共识。自媒体和微媒体时代的文学批评,显然不是复调、多元的文学批评,而是噪声与消音莫名共处的文学批评,聒噪就成为这个时代文学批评的表征。因此,对话批评以及批评的对话精神在这个时代就显得尤为重要和必需。

面对新媒体的这种症候,如何利用自媒体和微媒体来打通批评与受众之间的阻梗,切实地体现出新世纪文艺批评的对话精神,《文学报·新批评》在该方面有很多有益的尝试和批评实践,并且使得这一时期批评家与作家、批评家与读者、批评家与批评家的对话实践批评取得了明显的实绩。

《文学报·新批评》首先特别注重对话批评。最早设立的"争鸣"就是让观点自由交流的场地。文艺争鸣是检验批评观点的重要方式。网络小说的语言一直为大多数读者所诟病,刘火以"第三届郁达夫小说奖"的获奖小说《你可以让百合生长》(邓一光著)为例,批判在严肃书写中语言流于低俗的状况。半年之后,就由首都互联网协会发起了一场"抵制网络低俗语言、倡导文明用语倡议书"活动,可见对网络语言的清理深得人心。而廖令鹏却表达了不同意见,他从口语的角度为作者邓一光开脱,或许还有半分道理,但他竟说,"据我所知,(《你可以让百合生长》)是其写作的初步尝试,并不一定能在将来文学史上留下点什么。但作为新时期小说,尝试多种写法,探索多种可能性,这不好吗?而且,现在看来,事情也没有刘火说的那样恐怖,让小说家在语言上'堕落'一下,在网络语言中'迷失'一番,天不会塌下来。不要把广大读者想象得那么不堪,现在的读者思想很开放,心态很包容,口语也越来越鲜活"。这似乎不是一个严谨的写作者该有的态度。相形之下,孰高孰低,是非立判。也正是在这样的争鸣中,批评家之间相互取长补短,在学习中提高自己的批判能力。

在每一个重大话题之后,《文学报·新批评》会精选一些代表观点集成《多声部》这一版块。这种形式类似网络批评,网友们在感兴趣的文章后面跟帖,作者在第一时间内与读者直接互动、沟通。当它呈现在纸媒上时,首先清除了大量"灌水"批评、"一个字"批评及不理智批评,是一份清晰、有料的"读者留言"。它的写作者根据主题的不同各有侧重,比如在谈论作家、作品时,亦不乏学界大咖的助阵,诸如王德威、李欧梵;当主题是网络文学时,则更多地选用网友或网文研究者的言论;当针对流行影视剧作品时,则会有著名导演、编剧对各环节进行解释和分析……其目的更加明确,就是针对问题表达更专业化、更有前瞻性的个人观点。可以说《多声部》这一版块是对"网络批评"的改造再利用,一方面提供了问题的更多视角,另一面真正实现了畅所欲言,是对长篇大论的智慧补充,具有高度灵活性。

互联网技术和新媒体技术,一方面催生了新的文学类型与文学形态,另一方面也促进了传统文学主动向新媒体技术求发展。继网站、论坛、博客以及微博等网络媒体之后,随着智能手机的普及,文学期刊公众号、文化内容 APP 等自媒体越来越成为读者们的"新宠"。

自 2013 年《小说月报》和《收获》相继开通微信公众号,《十月》《上海文学》《花城》《当代》等一大批纯文学期刊纷纷效仿,当然《文学报》也不甘落后。于是《文学报》形成了以纸媒为核心,博客、微博和微信三大新媒体共同运营的场面,并且有随着技术的更新换代不断变化发展的特点。因此,除了纸质媒体外,在新媒体上也有数目庞大的读者群,而且尚有较大的进步空间。

《新批评》根据三大新媒体的传播优势和受众差异,推送适合读者需要的文学作品和批评文章。博客在使用时对硬件设备和环境的要求较高,而且不具备即时性。尤其是微博和微信带来的冲击使博客用户每况愈下,因此《文学报》并不时时维护、更新,只作为目录索引和重大消息传播的一个渠道。微博虽然有字数限制,但已然通过发布长微博的方式弥补了自身不足。因此《文学报·新批评》的微博不仅具备博客的部分功能,而且在发布文章时,也有更大的选择空间。当然,微博的最大优势是全民性的及时沟通,单就文学界来说,作家、批评家、出版社齐聚一堂,对各色问题展开交流和论争。不过,这也是问题所在。如果是纯粹发泄情绪式的发声、交流和沟通,难免会让人误入歧途,反而对有价值的话语起了遮蔽作用。

相对于博客和微博,微信的优势在于公众号就像是专营阅览室,读者在网络自由的环境中可以随时随地在手机上随机阅读。它是直接面向读者个人的,"交流"通过面对面的方式进行,用户体验的效果更方便、快捷。就纸媒《文学报》的读者来看,从在校学生到爱好文艺的普通大众,从认真玩票到知识阶层,虽然在年龄、身份、受教育程度等方面有差距,但都本着热爱文艺的真诚态度。因此微信公众号的运营,大多是"悦读""有料"等在文风上轻松幽默的小品文、名人轶事、大家访谈等。文学批评通过对文学的分析、评价完成对自身的品格构造,在一定程度上,是评价文学价值和展现批评价值的重要方式。因此微信公众号推送《新批评》的文章时,并不拘泥于满足每一位读者的需要,而是本着提供思维方式和文化价值的宗旨,为整个《文学报》微信公众号运营提供了思想保证。不论是在数字空间还是实体空间,《新批评》与读者之间始终保持着紧密的联系。

《新批评》作为编辑部批评观的具体外化,选登的作品往往体现着编辑部的批评思想,所以研究《新批评》一般要从刊印的作品开始。值得注意的是，报纸的版块、版面都可以成为编辑部的批评方式，通过版块的增减、更新和版面的大小、多寡鲜明地表现编辑部的观念，并以此促进文学批评的传播、提高文学批评的地位。

就《新批评》与读者的关系来说，它开辟的《读者来函》《回音壁》《回应》等版块，有利于实现双方及时、有效的沟通。在办报初期，更多的读者在谈自己的读报体会，并提出建议或意见。一段时间之后，也有读者针对批评文章发表见解并顺着问题"接着讲"。比如，《新批评》虽倡导"真诚"和"善意"，但在具体操作中很难控制，使得一部分文章往往先入为主，像"法官"一样向作者"发难"。针对此种现象，沈善增回应说："批评别人同时在显露自己。"在表示自己诚意的同时又将自己的意见准确地传达。更有读者开始用理论的眼光看问题，陈永志认为，《新批评》的"真诚、善意、锐利"的批评原则应该再加上"建设"。他说，"正由于赞赏，也就有了更高的期待，期待能从对作家作品文学现象的解析评价及争论中，更向前进步更向上提升，达到对于文学理论批评的建设。"他们的文字是最真诚的、最有温度的。尤其当《新批评》经过两年的发展，它以"靶标"精准的直言批评为批评赢得了一定尊严。正当它发展最盛之时，读者提出希望"文学批评要继续防动摇，是指不要松懈，不能打退堂鼓，也不能'见好就收'，要防止回到老路上去，继续吹捧名家、名人"。这表明，对好的文艺批评的期望，不只存在于学术界，普通读者希望批评能发挥指领的作用。

这些来自读者的批评经历了从简单回应到深层思考的过程。文学批评与大众更广阔的接触，一方面使得这些新的观点得以广泛传播，另一方面在传播的过程中使这些观点更加丰富和完整，以此来促进文学批评的活力和效力。

结　语
构建具有中国气派的新世纪文艺批评形态

　　进入新世纪后,身处大众传媒时代和网络时代语境中的文艺批评写作愈益依赖甚至依附于高科技新兴媒体,强化了批评的工具性、复制性、拼贴性和可操作性,进而直接影响到了文艺批评的品质和品格,从而导致真正透彻的批评声音难以出现,固有的公信力逐渐流失,文艺批评生态遭到严重破坏,批评主体的迷茫和价值判断的失衡成为最大顽症。新世纪文艺批评要重塑自己的品质和品格,恢复自己在公共领域中的公信力,打造良好健康的批评生态,就必须构建起文艺批评的当代形态。

　　首先,在大众媒体的众声喧哗中,既有许多富于民间智慧的理性表达,也有不少过于随意的非理性宣泄,众声混杂往往让人扑朔迷离、是非莫辨,文艺活动领域可能尤其如此。在这种情形下,本来可以期待一些专业批评发出更加强有力的声音,在混杂的媒体评论中发挥主导性和引领性的作用。然而评论界的情况却往往让人失望,有的自身也在各种混杂喧哗的声音中困惑不已,缺乏应有的判断力;有的或许畏惧现代媒体"怪兽"的力量而缺少批评勇气,害怕自己的批评意见与"民意"不合而带来麻烦;有的则干脆放弃批评立场而迎合大众舆论,参与媒体炒作和舆论狂欢。主导性文艺批评及其主体精神的缺失,无疑会使得媒体评论更加混杂无序。

其次,在新的网络时代,当代文艺生态已经发生结构性的改变,呈现出新的混杂性和多样性。与此相应的是,人们的感官平衡出现了更高的系统性整合,传统的印刷文明面临终结,但是印刷时代形成的一切关于文学的标准和审美习惯并非都要废弃,而是要引入新的尺度,把新的感官平衡和比例的变化引入判断标准中去。

最后,在思想多元的时代,文艺批评面对的最大的问题是标准的丧失,因此健康的文艺批评应该起到建立制度和标准的作用,以最终促使新的文艺秩序的生成。

面对这样一种新的挑战,文艺批评当代形态的构建必须处理好两种关系:一是文艺评论和新媒体的关系。最为突出的就是,无论电影、电视、音乐,还是动漫、网游,包括我们的舞台艺术,互联网既是传播渠道,更成为物质载体,它们都被互联网所重新塑造和定义。在这一历史趋势的背后,新一波工业革命已经出现在了历史地表,其实就意味着文艺评论要面对新一波工业革命的时代挑战。二是文艺评论与新现实的问题。在21世纪的今天,中国正在生成新的经验,但是也出现了从《蜗居》到《小时代》的文化表征,作为一种高度分裂的体验,我们的价值观、情感模式、情感结构,甚至我们最基本的认知方式,都受到新现实的冲击,甚至被其决定。

总之,今天的文学批评如果想获得有效性,就必须适应变化了的文艺现实,最关键的一点就是要寻找到自己的思想脉络和问题意识,能够参与到总体性问题的生产当中去,寻找到现实问题和文学问题的交叉点,寻找到中国文学和西方文学相通的地方。今天的文学批评的独特性,应该是参与到属于中国的这么一种整体性价值原则生产的过程中去。

我国理论界在20世纪90年代以来就开始对上述问题进行反思和讨论。一方面,有论者通过对西方现阶段的一种文学理论发展趋向的考察得出结论:文艺理论正在走向批评化,而且文艺理论的批评化是理论的必然趋势。还有些论者因不满意那种由"理论到理论"的理论研究现状,以及重逻辑推演的理论建构方式,而断言"文学理论的增长点不在理论之内,而在批评之中"①。另一方面,文艺批评也正在走向理论化,文艺批评的理论化也是批评发展的当代趋势。理论的批评化与批评的理论化是建构文艺批评当代形态的两个重要的维度。我们要强调的是,要建构中国文艺批评的当代形态,必须处理好中国化的马克思主义文艺批评、西方马克思主义文艺批评思想、中国传统文艺批评思想以及中国现代文艺批评实践四者之间的关系。在坚持马克思主义文艺观的基础上注重理论的开放性,有选择地汲取现代社会科学的新思想、新成果和新方法,在中西文艺批评的传统的互补中注重理论的本土性;关注世界文学发展的潮流和现状,注重观照中国当代文艺现象,在总结文艺创作实践的经验和教训的基础上注重批评理论的指导性,注重文艺批评对文学发展的"中国经验"阐释力量,在新的历史条件下走出一条文艺批评的"中国道路"。

新世纪以来,文艺批评更加重视自身形态的建构。文艺批评对新世纪文学的命名,聚焦于"底层文学""城市文学""方言写作"等文艺现象的研究,归纳和概括新世纪文艺中的新质素和新特点。新世纪文艺批评正是一方面通过现实的批评实践(这个在第六章第一节有详细的论述),另一方面通过对文艺批评的理想形态的研讨和争鸣,来达致对自身当代形态的有效建构。比如,一些具有影响力的文艺研究、文艺批评的刊物组织有关论题的研讨,《文艺争鸣》《文艺研究》《南方文坛》与一些高校研究机构联合举办研讨会,并且提出了一些重要的思路和观点,如刘卫东在2006年第1期《小说评论》上发表《新世纪批评话语中的"新世纪文学"——以〈文艺争鸣〉对"新世纪文学"的建构为例》,雷体沛在《文艺争鸣》上发表《新世纪文学批评如何建构——"新世纪文学批评的建构"研讨会综述》,陈国恩在《文艺研究》上发表《文学批评的状态和批评家的角色》,贺绍俊在《文艺争鸣》上发表《批评制度与批评观念——关于新世纪文学批评的思考》,孙桂荣在《南方文坛》上发表《给新世纪文学批评写一

---

① 季广茂:《现状·生长·期待——关于文学理论摆脱危机的思考》,《北京师范大学学报(社会科学版)》2003年第3期。

份真正的"悼词"?——文学产业化之后的批评困境》。我们认为当前文艺批评理论的发展除了受到自身内在机制的影响,还主要受到来自政治经济、外来文论话语、批评实践等方面的推动。面对当前理论建构和理论研究的相对沉滞状态,重视文艺批评实践对理论的建构作用,可能会为文学批评当代形态的建构带来新的契机和局面。

"新批评"、原型批评、结构主义批评、解构主义批评乃至生态批评、后殖民主义批评等各种批评理论与实践都曾风靡一时。它们的优长和局限同样明显,可是其批评实践确实对文艺批评当代形态的建构和发展产生了巨大的推力。这些事实证明,任何一种新的批评实践的出现不仅仅是话语方式的变化,而且意味着某种新的思维方式的运用,这些新变化大多具有一定的方法论意义,丰富和充实了既有理论,甚至参与建构了新的批评形态。

如今,新世纪文艺批评的发展无论是在西方还是在中国都面临着很大的困境。这种困境不仅仅表现在话语方面,同时也深入批评的本体构造上。批评作品的出版数量大为增长,可是其中有价值的作品却寥寥无几,批评的理论品格和批评精神出现了令人扼腕的大幅度萎缩或蜕变,以至于有人断言,现今已没有真正的批评了,没有那种具有内在的批判精神、深刻的洞察力和富有学理性的批评了。在当今的中国批评界,一方面,泛文化化批评似乎成了主要模式,它带来了一个严峻的后果:对文学审美价值的观照似乎已让位于对文化价值的开掘,文学批评和文学批评家的"缺席"或"退场"正在被无形之中认同甚至合理化。批评家们纷纷以参与、挑起、发动文化论争为荣,以出让对文学的责任和丧失批评良知为代价来换取名利。批评家不断地从一个话题转移到另一个话题,从一场论争到另一场论争,这种批评模式已对文学创作产生了内在的影响。批评取得实质性进展所需要的论题的连续性和焦点的集中性已是不可能之事,这必将损及批评自身的建设和发展。另一方面,当今文学批评几乎都是援用西方的理论资源,以交出话语责任和话语主权为代价来获得国际认同,少有自己的批评思想,缺乏理论的原创。要增强批评自身的实践力量,归根结底取决于批评的理论品格和理论创造力。

虽然文艺批评更多地关注现存的具体作品和当代文学现象,但它避免不了有关文学的共性问题,因为批评不自觉地、在不知道具体内容的情况下运用了共性问题。有些文学批评思想的启发力量和理论的智慧,远远超过了解释或简单的描述。就整体而言,这种观点是有一定道理的,它认为现在正在发生的是新的文学实践在转变主导性理论范式自身。上述对文艺批评的宏观描述方法,特别能够就当下变化迅速的文学艺术新思潮和流派作出有效的解释,也可以凸现文学批评在理论建构中的特点和功能。但对这种批评功能的研究只有落实到对具体现象的分析上,才能发现它的现实特点和作用机制。

"没有一种方法,没有一种解释,没有一种阅读文本的方式能够避免隐含的理论。"①因此,文学批评实践中隐含着一种理论的"潜结构",这种"潜结构"既可能是受惠于现有批评理论,也可能是建构和发展批评当代形态的新因素。换言之,理论并不能决定批评的确切形式和细节,这就意味着批评实践往往不仅是一种思想探险,也可能会有理论发现;批评家不仅能发现作品的新的情感经验、新的含意和美,也可能发现新的文学观和审美观。因而,批评反过来会不断修正、丰富和建构文学理论,可以增强文学理论解释文学现象的力量和涵盖力。批评实践的某些前提在批评运作中生成和构成着,批评实践中发现和创造出来的理论因素,往往包含着不少有关文学本质和特性的精辟见解和思想,能够成为文学理论的重要组成部分。"由理论指导的观察就可以导致对理论的认可或否定"②,对于文学批评而言更是如此,它既需要运用一定的理论方法来进行文学研究,又往往能突破理论。在对具体文学现象和文学思潮进行研究与评判时,虽然批评家一方面接受并肯定现有的文学体制,但也有可能会在批评实践中将自己的批评目标指向文学的体制界限,这也会导致批评形态的新建构。

---

① [英]拉曼·塞尔登:《文学批评理论——从柏拉图到现在·原序》,刘象愚等译,北京大学出版社2000年版,第3页。
② [加拿大]马克·昂热、[法]让·贝西埃等主编:《问题与观点》,史忠义、田庆生译,百花文艺出版社2000年版,第442页。

每一时代的文学创作都表现了当时人们的文学与文化的情愫,即使抱持着以过去的文学经典为楷模的创作观点,在创作中也会打下当代人生活和思想的印痕。对批评的这一功能的强调,就是要求以当今文艺观念来重新界定文学,这对文艺批评具有不断催生的功用。因此,重视批评理论和批评形态的建构,就是强调当今时代文学的革新作用。比如,面对当下"粗鄙存在观文艺观"和"虚无存在观文艺观",文艺批评当代形态的建构可以从对这两种文艺观的批判中找到自身的出发点和文艺批评理论的生长点。

有些文艺批评家奚落和嘲讽中国当代文艺批评,认为它既无力抗拒又无法容纳繁盛的大众文学,尴尬无比,这就是在理论上陷入了误区。这些文艺批评家将当代的大众文学与过去的通俗文学等同起来,认为中国古代的大文艺理论家并不都无视当时的通俗文学,而中国当代的一些文艺理论家则排斥当代的大众文学。因此,他们认为当代文艺理论立脚的基础太窄小了,不能包容中国当代所有的文艺,提出中国当代文艺观念变革论。这就是说,每个文艺批评家往往有自己关注和熟悉的专门领域和研究重点,但他的心里要装着文艺世界的全部、整体,即要意识到、要承认整体的存在。这种理论要求承认文艺世界的整体存在固然不错,但却没有区分文艺世界的好坏和优劣,必然在文艺批评中放弃了是非和价值高下判断,在一定程度上拒绝了文艺批评。这无疑是一种粗鄙存在观文艺观。这种文艺观要求从新的文学创作现象概括出新的文学理论思想,这固然不错,但它却没有区分新的文学创作现象的好坏和优劣,就陷入了"凡是新的文学创作现象都是合理的"这一庸俗哲学泥淖。

与此相反,有些文艺批评家则坚决反对将当代的消费文化和过去的通俗文化等同起来,认为"消费文化虽然以通俗文化的形式出现,但它作为后工业社会出现的一种资本主义商业文化,是与传统的通俗文化有着本质的区别的"。他们从接受主体、社会功能和产生的社会历史条件这三个方面严格地区别了过去的通俗文化和当代的消费文化。接受主体不同在于,通俗文化的接受主体一般是广大群众,而消费文化的接受主体则是一些"引领时尚的中产阶级"。在当代中国,消费文化实际上是一种为

"新富人"们所把持和享受的"新富人文化"。社会功能不同在于,通俗文化虽然由于它的明白晓畅、通俗易懂为广大人民群众所喜闻乐见,但其中许多优秀作品在丰富群众的精神生活、提升群众的道德情操方面与审美文化是相辅相成的,与审美文化一样具有永恒的价值和典范的意义;而消费文化则是一种没有思想深度的,人们即时的、当下的、"过把瘾就扔"的、及时行乐的玩物,完全成了一种"享乐文化"。二者产生的社会历史条件不同在于,通俗文化是在民间自发产生的,是人民大众自娱自乐的方式;消费文化则完全是一种后工业社会的商业文化,是一种完全被资本所操纵和利用的文化。消费文化不仅以刺激感官、挑动情欲、为资本创造巨大的利润为目的,而且还以这种纯感官的快感把人引向醉生梦死、及时行乐,也是一些国家进行意识形态输出,为推广霸权主义、强权政治扫清道路的工具。

在此基础上,有的文艺批评家极力推崇伟大的文艺作品,认为"真正美的、优秀的、伟大的作品不可能只是一种存在的自发的显现,它总是这样那样地体现作家对美好生活的期盼和梦想,而使得人生因有梦而变得美丽。尽管这种美好生活离现实人生还十分遥远,但它可以使我们在经验生活中看到一个经验生活之上的世界"。他们坚决而彻底地批判和否定了那些只是供人娱乐消遣的文艺作品:"并非那些轰动一时、人人争读的作品都可以称作是文艺的。丹麦哲学家克尔凯戈尔在谈到什么是人时说:'人是什么?只能就人的理念而言……那些庸庸碌碌的千百万人不过是一种假象、一种幻觉、一种骚动、一种噪声、一种喧嚣等等,从理论的角度看他们等于零,甚至连零也不如,因为这些人不能以自己的生命去通达理念。'这'理念'以我的理解就是'本体观'。这话同样适合于我们看待文艺。"显然,这是一种虚无存在观文艺观。这种虚无存在观文艺观虽然坚决抵制和批判中国当代那些大肆泛滥的低俗、庸俗、恶俗的文化垃圾,这是可取的,但它却从伟大文艺作品的观念出发,彻底否认各种各样的文艺作品现实存在的权利,这就陷入虚无主义泥淖了。这种虚无存在观文艺观只看到了一般文艺作品和伟大文艺作品的差距,而没有看到它们之间的辩证联系,这实质上无异于取消了文艺的多样存在。如果说粗鄙存在观文艺观没有看到文艺世界的差别,那么,虚无存在观文艺观则没有看到文艺世界的联系。

可以说,粗鄙存在观文艺观和虚无存在观文艺观各执一端。在深入地批判虚无存在观文艺观和粗鄙存在观文艺观的过程中,中国当代文艺批评界形成了辩证地批判现实的科学存在观文艺观。这种科学存在观文艺观既不是完全认同现实,也不是彻底否定现实,而是要求既要看到理想和现实的差距,又要看到现实正是理想实现的一个阶段。也就是说,我们针对现实提出某种理想,与人们在实现这种理想时达到了什么程度是两回事。我们绝不能因为人们没有完全达到这种要求,就全盘否定他们的进步。

因此,中国文艺批评的当代形态建构应该透过种种乱象把握中国当代文艺批评这一有次序的发展进程,并在推进文艺批评的发展过程中不断丰富和完善自己。但是,中国文艺批评形态的当代建构却不仅无视文艺批评的这些交锋和发展,而且无力在这种交锋和发展中把握文艺批评的发展方向,而是在激烈交锋的文艺批评中按需取舍。

另外,解构主义的一些思想方法对当代文艺批评形态的建构取向也有借鉴意义。在当代文化现实中,由于解构主义的运思方式给人文科学所带来的影响和变革,原先被认为是理所当然的东西都受到质疑,一切理论都处在为自己辩护的境地。应该承认,这种思路确实给文学理论的建构和发展带来了某些变化。可是真理并没有被解构,也解构不了,变化了的只是这个真理的功能:它不再是预先的责任,而成了不同观点进行争鸣的场所;它就是使这一对话成为可能的东西。

解构主义的思路和功绩在于"破",使我们以另一种视角来审视和反思文学理论。在这种批判反思的语境中,文学理论现今正处于从"权威真理"向"相符真理"过渡的时代。一切权威都不再是膜拜的偶像,而只能是争辩的对手。因此,文学理论不得不再一次思考自身,不得不修正它的自我反思的传统,不得不详细说明、辩护与批判自己的认知程序以及自己的某些由文学研究的方法等程序所带来的有效性主张。然而,文学理论的建构不能仅仅依靠理论本身的自洽性,而是要深入研究经典文学作品,从中揭示文化价值和语言传统的矛盾。这必然有一个证明和证伪的过程,不将其中的矛盾和冲突揭示出来,从而对原有理论和引进的理论进行补充、衍生甚至颠覆,于文学理论的建构是不可想象的。

可以说,文艺批评模式或者理论是在文化传统中以及某一社会的各个领域中的许多势力的影响下形成、修正并日趋复杂的。正是在这样各种势力互相作用的场中,才产生了新的甚至更有效的理论和批评方法。这些批评方法和理论之所以"新",是因为它们尽量使文学理论与实践相互对立,不时产生了一些非常丰富而有效的词汇,也因此产生了一些暂时性的、受历史局限的概念。而且,各种批评理论、批评方法之间的竞争相当激烈,有时后起者就是以对前在者的反动形式而出现。因此,当下文学理论的发展也存在着一个这样的时刻:"在各种思想的演化中存在着内在的逻辑:观念的辩证关系。一种思想很容易给推向极端或转向对立面。对前此或流行的批评体系的反作用乃是思想史上最常见的推动力,虽说我们无法预言一种反作用将向什么方向发展或断定为何它会在某个时候发生。"①我们认为,怀疑主义时代所产生的文艺价值观碎片化,以及文艺批评失序和失范的现象,其后必会出现一个建设和创造并重的时代,并在此基础上应该会迎来一个"立"的时代。当然,这种建设是在一种超越原有成果的基础上进行。也许我们并不能看到具有庞大体系的理论的出现,但事实证明我们正处于一个理论建设和创造并举的时代。我们也正是在"建设和创造"这个意义上来使用"建构"一词。这就表明了,这种建构不是线性的建构,而是一种在不断积累的基础上螺旋上升式的建构。这种建构更多地体现在整个批评实践对理论的贡献上。

建立一种新的批评理想模式和当代形态的任务已经开始。这一任务是必要的、诱人的。难道不正是因为它的功能未能很好地完成,才导致文学批评和文学艺术处于我们现在所见所闻的这种危机状态吗?在我们看来,问题不在于建立一种新的批评学派和新的文学流派,我们所关注的是如何维持文学批评的某种严肃性,以便与肤浅粗陋、放任自流做斗争。文

---

① [美]雷纳·韦勒克:《近代文学批评史·导论》第1卷,杨岂深、杨自伍译,上海译文出版社1987年版,第10页。

学批评必须遵守，也必须让别人遵守一种规则，批评理论就是为这种新的批评方式制定规则的。文学批评是头脑清醒、理性的把关人，它需要毫不气馁地揭露软弱和无章可循，揭露谎言，使精神恍惚者重新获得更纯粹更稳定的抱负，同时向作家们推荐伟大的典范和完美的创作范例。它要致力于经典文本的挖掘和研究，才能为具有原创性的本土批评理论的出现提供条件。

新世纪以来，文艺理论批评界就如何建构文艺批评的当代形态问题进行了可贵的探索，也在某些问题上达成一些共识。大家都认识到，不管是中国自己的传统，还是苏俄留下来的文学遗产，又或是最近四十年来从西方引进的理论资源，都应该很好地加以利用，要回到文学的原点，认真思考文艺批评当代形态的建构。有论者认为，重建新世纪文艺批评的当代形态必须从回归作品入手，才能真正有效地介入文学进程。还有种看法，觉得应该从创作角度来提出对批评的要求，建构"接地气"、解决实际问题的文艺批评。还有批评家从期刊特别是批评专业杂志如何成为真正的批评平台这一角度来阐发文艺批评当代形态的构建路径。

总体而言，业界对文艺批评当代形态的建构方面的探讨成果，归纳起来大致有四种路向。第一，董学文、狄其骢等人提出的马克思主义文艺学"当代形态"论，为新世纪文艺批评的发展提供了切实可行的路径。董学文自1987年开始呼吁建立当代形态的马克思主义文艺学，引起了理论界的众多反响。他在国内第一次提出了马克思主义文艺学的"经典形态"与"当代形态"两个概念[①]，并努力论证、探索两者之间存在的区别和有机联系，以及从"经典形态"向"当代形态"过渡的途径。"当代形态"文艺学是在坚持马克思主义基本原理的基础上，有效地吸收利用现有的文学理论资源，走有中国特色"综合创新"之路的文艺学创构。从"经典形态"到"当代形态"、从"当代形态"建构到文艺学学科反思，"当代形态"文艺学建设为我们找到了一条通向未来的中国文艺批评发展之路。其后，胡亚敏等人在这一理论思路的基础上聚焦于马克思主义文艺批评的当代形

---

① 董学文：《从"经典形态"到"当代形态"——关于马克思主义文艺学改革的思考》，《求是》1988年第2期。

态建构的研究,取得了较大的实绩。她认为,要彰显中国文艺批评的力量,建构文艺批评的当代形态,首先必须坚持马克思主义文艺批评的主导地位,其次要与中国当代社会的现实需要联系起来,并为中国当代文艺的健康发展提出有效建议。

第二,有论者认为在今天的时代条件下,按照"主导多元、综合创新"的思路来建构当代文艺学和文学批评形态,是一条比较现实可行的道路。① 其依据有二:首先,从我国现阶段的基本国情来看,我国的国家体制、经济体制、意识形态和文化方面都形成了主导多元的基本格局。在这样一种主导多元的基本格局及整体氛围中,当代文艺学和文学批评的建构发展呈主导多元的态势,应当说是必然的走向。其次,从历史的经验教训来看,回顾中国文学批评第一次转型发展的历程,其中最宝贵的历史经验之一,就是在社会变革和外来批评观念的冲击之下,批评家们各有自己的理性的选择,多方面地探索并开拓现代文学批评的道路,形成了多元化转型探索的局面。鉴于这种历史的经验教训,当代文学批评在已经形成的多元探索局面的基础上,走"主导多元、综合创新"的建构之路,应当说也是历史的必然要求和马克思主义文学批评在中国的当代形态。

第三,"回归古典"的建构之路。有论者通过将20世纪80年代与20世纪90年代文艺批评进行比较,指出导致20世纪90年代文学批评生存危机的主要原因是人文激情的丧失和"痞子文学"的盛行。因此,文学批评出现了"缺席"现象。基于此,在新世纪里,我们有必要对20世纪末的文学批评进行理性的检讨,并在此基础上思考中国文艺批评在新世纪的发展路向。陈剑晖提出:"在新的世纪,我国文学批评首先要选择的,是回归古典的道路。"②引文中对回归古典的新世纪文学批评,从审美历史主义批评和贵族式批评两个角度,提出了一些设想。他认为,首先,审美历史主义批评,是建立在具有中国特色的古典文论的基础上的批评方法,而不属于后结构主义的范畴。其次,它遵从辩证唯物主义的两点论。换

---

① 参见赖大仁:《当代文学批评形态重构:必要与可能》,《文艺评论》2001年第1期。
② 陈剑晖:《回归古典——对90年代批评的反思及对新世纪批评的展望》,《文艺评论》2001年第5期。

言之,审美历史主义对批评的原则,是既强调作者的主体,又尊重文艺的客体;既关注文学的现实问题,又不放弃对心灵的探寻。审美历史批评是一个开放的批评视野,具有包容性、融合性。它不仅可以让各种互相冲突的理论共存共生,而且可以在对各种理论的集合中寻找出最佳的结合点。

第四,把以审美为主导引入文艺批评形态的建构中。这是徐珂在《多元审美意识形态批评——21世纪中国文学批评形态的必要和可能》一文中提出的。他在该文中提出,"多元审美意识形态批评理论"可以理直气壮地走在文学批评的前列。多元审美意识形态批评指的是,在文艺评论中必须遵循审美规律和意识形态的规定并将二者辩证结合起来,以此来评价文学活动,这一思路是文艺批评理论的前提条件。他认为从学理上看,多元审美意识形态批评理论符合马克思主义文艺学的基本规律,是马克思主义文艺学理论在文学批评领域的运用和逻辑延伸。审美的意识形态批评把重视批评的意识形态性质和文学活动特有的本质规律有机地结合起来,一方面注重探索文艺整体活动所蕴涵着的社会生活内容,另一方面也对文本的语言作品由理智在暗中规范和牵引的情感判断所形成的审美内容进行深入的思索。从另一个角度来讲,审美的意识形态批评也承认了文艺批评必须是在内容上具有审美的意识形态的内涵,在批评活动上也是对文艺活动作以审美的评价和审美判断,因此,它既有批评理论的深度和广度,从而打击了经验性个人自由主义批评派的泛滥,特别是文艺批评的庸俗化倾向,也在一定程度上遏制了对建构体系性文学批评理论的逃避,同时又注意了对社会生活的感性审美愉悦和理性审美判断,克服了学院派批评的晦涩性。坚持多元审美意识形态批评不仅是批评理论的规定使然,而且是对中国传统文艺批评理论和马克思主义文艺批评的继承和发展。

综上所述,这四种构想虽然有差别,但是它们的共同之处是在中国特色的当代文论的基础上,立足现实,面向未来,遵循马克思主义批评观的美的和历史的观点,建构一个具有中国气派的批评形态、一个可以成为新世纪文艺批评的主导形态,从而走在文艺批评的前列。

毋庸否认,目前网络文艺的生产、消费、鉴赏、评价环节乱象丛生。虽然最具互动性的贴吧、微博、微信、QQ 群、论坛、弹幕等社交媒体和各种移动客户终端里不时有众声喧哗的文艺讨论和议论,却鲜见或不见专业、主流和权威的文艺批评家的身影和声音,点击率、粉丝数、转发量、点赞或吐槽数成为衡量和评价文艺作品优劣的"唯一"标准,网络文艺生态的种种混乱也因此层出不穷。

应当看到,"互联网+"时代传统媒体与新媒体的深度融合,为文艺批评突破传统媒体的局限、高扬正能量创造了全新的机遇与可能。中外文艺批评在漫长的历史中积累了丰富的文体和理论资源。中国传统的评点体文艺批评、诗话式批评在互联网时代与微信、微博、贴吧、弹幕等社交媒体有天然的体裁契合优势;接受美学、受众研究可以使文艺大数据的统计分析、数据分析和数字可视化获得全新的运用。全新的文艺评价也可以通过文艺数据的集成创新,建构起高效、全面、及时、准确的评价体系,全方位呈现多维度的评价指数。

因此,新世纪文艺批评要建构起具有中国气派的新世纪文艺批评形态,就必须建构起新媒体全媒体时代的"媒体批评观",必须要以社会主义核心价值观为引领,坚持马克思主义文艺批评为主体,吸纳各种文艺批评理论中的有益思想、观点、方法,做到四个"转变":一是从文学评论一枝独秀转变为加强各艺术门类、各新兴文艺业态的文艺批评,对文艺门类及文艺生态进行全覆盖,对文艺热点进行即时回应和权威解读。二是从传统纸媒评论一花独放转变为加强电视、网络、移动媒体的评论渠道建设,实现文艺批评的多媒体、全媒体、新媒体的传播和深度融合。三是强化对话精神,以马克思主义文艺批评为主体,通过摄取多元化批评价值取向中一些有益的原则和方法,萃取、提炼、熔铸出一套新的符合现实要求和时代精神的批评原则和价值标准,重新建立一种新的文艺秩序。四是从传统的单向度评论转向依靠大数据的统计分析、数据分析,构建起一套高效、全面、科学的文艺评价体系,真正发挥出文艺批评固有的强大功能。

参考资料

[1]《马克思恩格斯选集》第1卷,人民出版社1995年版。

[2]《列宁全集》第12卷,人民出版社1987年版。

[3]《毛泽东论文艺》,人民出版社1958年版。

[4]《邓小平文选》第2卷,人民出版社1994年版。

[5][法]让·波德里亚:《消费社会》,刘成富、全志钢译,南京大学出版社2006年版。

[6]程光炜:《文学讲稿:"八十年代"作为方法》,北京大学出版社2009年版。

[7]陈平原:《中国现代学术之建立——以章太炎、胡适之为中心》,北京大学出版社1998年版。

[8]陈思和:《中国新文学整体观》,上海文艺出版社1987年版。

[9][英]戴维·洛奇编:《二十世纪文学批评》,朗曼出版社1972年版。

[10]董学文:《马克思与美学问题》,北京大学出版社1983年版。

[11]董学文:《文艺学当代形态论》,北京大学出版社1998年版。

[12]冯宪光:《马克思美学的现代阐释》,四川教育出版社2002年版。

[13]冯宪光:《新编马克思主义文论》,中国人民大学出版社2011年版。

[14]贺桂梅:《批评的增长与危机》,山西教育出版社1999年版。

[15]胡经之、张首映主编:《西方二十世纪文论选》,中国社会科学出版社1989年版。

[16]胡经之、王岳川主编:《文艺学美学方法论》,北京大学出版社1994年版。

[17]惠西平主编:《突发的思想交锋——博士直谏陕西文坛及其他》,太白文艺出版社2001年版。

[18]洪子诚主编:《中国当代文学史·史料选:1945—1999(上、下)》,长江文艺出版社2002年版。

[19]洪子诚、刘登翰:《中国当代新诗史》修订版,人民文学出版社1994年版。

[20]洪子诚:《问题与方法:中国当代文学史研究讲稿》,生活·读书·新知三联书店2002年版。

[21]洪子诚、孟繁华主编:《当代文学关键词》,广西师范大学出版社2002年版。

[22][联邦德国]H·R·姚斯、[美]R·C·霍拉勃:《接受美学与接受理论》,周宁、金元浦译,辽宁人民出版社1987年版。

[23]《胡乔木传》编写组编:《胡乔木书信集》,人民出版社2002年版。

[24]黄曼君主编:《中国20世纪文学理论批评史》,中国文联出版社2002年版。

[25]蒋孔阳:《美和美的创造》,江苏人民出版社1981年版。

[26]李健吾:《咀华集·咀华二集》,复旦大学出版社2005年版。

[27]刘克宽:《新时期小说批评探险》,百花文艺出版社1995年版。

[28][美]罗纳德·英格尔哈特:《现代化与后现代化——43个国家的文化、经济与政治变迁》,严挺译,社会科学文献出版社2013年版。

[29]刘思谦:《文学梦寻》,河南大学出版社1994年版。

[30]李泽厚:《中国现代思想史论》,东方出版社1987年版。

[31]李泽厚:《美学四讲》,安徽文艺出版社1994年版。

[32]李泽厚:《批判哲学的批判——康德述评》,人民出版社1979年版。

[33]李泽厚:《历史本体论》,生活·读书·新知三联书店2002年版。

[34]刘再复:《文学的反思》,人民文学出版社1986年版。

[35]刘再复:《性格组合论》,安徽文艺出版社1999年版。

[36]刘再复、林岗:《传统与中国人》,生活·读书·新知三联书店1987年版。

[37][英]迈克·费瑟斯通:《消费文化与后现代主义》,刘精明译,译林出版社2000年版。

[38]马龙潜:《方法论意识与问题化意识》,山东大学出版社2006年版。

[39]马龙潜:《当代文艺学——美学观念引论》,山东大学出版社2000年版。

[40]南帆:《叩访感觉》,东方出版中心1999年版。

[41][加拿大]诺思若普·弗莱:《批评的解剖》,普林斯顿大学出版社1957年版。

[42]欧阳友权等:《网络文学论纲》,人民文学出版社2003年版。

[43]周扬:《周扬文集》第2卷,人民文学出版社1985年版。

[44]钱中文:《新理性精神文学论》,华中师范大学出版社2000年版。

[45]钱中文:《文学理论:走向交往与对话的时代》,北京大学出版社1999年版。

[46]钱钟书:《写在人生边上 人生边上的边上 石语》,生活·读书·新知三联书店2002年版。

[47][瑞士]荣格:《原型与集体无意识》,普林斯顿大学出版社1968年版。

[48]邵燕君:《倾斜的文学场》,江苏人民出版社2003年版。

[49][苏联]什克洛夫斯基:《关于散文理论》,苏联作家出版社1984年版。

[50]陶东风主编:《大众文化教程》,广西师范大学出版社2008年版。

[51]陶东风等:《当代大众文化价值观研究:社会主义与大众文化》,辽宁教育出版社2014年版。

[52]童庆炳:《文学审美特征论》,华中师范大学出版社2000年版。

[53][德]瓦尔特·本雅明:《机械复制时代的艺术作品》,王才勇译,中国城市出版社2002年版。

[54][美]韦勒克、[美]沃伦:《文学理论》,刘象愚、邢培明、陈圣生、李哲明译,文化艺术出版社2010年版。

[55]王岳川:《后现代主义文化研究》,北京大学出版社1992年版。

[56]汪晖:《现代中国思想的兴起》,生活·读书·新知三联书店2004年版。

[57]吴义勤:《对话的年代》,明天出版社2005年版。

[58]王元骧:《审美反映与艺术创造》,杭州大学出版社1992年版。

[59]中国人民大学中国语言文学系:《文艺学方法论演讲集》,中国人民大学出版社1987年版。

[60]王晓明:《半张脸的神话(修订版)》,南方日报出版社2003年版。

[61]王晓明主编:《在新意识形态的笼罩下:90年代的文化和文学分析》,江苏人民出版社2000年版。

[62]陆梅林、盛同主编:《新时期以来文艺论争辑要》,重庆出版社1991年版。

[63]北京大学中国新诗研究所编:《新诗评论》2006年第1辑,北京大学出版社2006年版。

[64]程光炜:《朦胧诗实验诗艺术论》,长江文艺出版社1990年版。

[65]夏中义:《新潮学案》,生活·读书·新知上海三联书店1996年版。

[66]谢有顺:《我们内心的冲突》,广州出版社2000年版。

[67]尹昌龙:《重返自身的文学:当代中国文学思潮的话语类型考察》,广东人民出版社1999年版。

[68]郁达夫编选:《中国新文学大系·散文二集》,上海良友图书印刷公司1935年版。

[69][英]特里·伊格尔顿:《马克思主义与文学批评》,文宝译,人民文学出版社1980年版。

[70]叶子铭:《中国现代小说史:第一卷(1917—1927)》,南京大学出版社1991年版。

[71]《人民文学》编辑部编:《一九七八年全国优秀短篇小说评选作品集》,人民文学出版社1980年版。

[72]杨守森主编:《二十世纪中国作家心态史》,中央编译出版社1999年版。

[73]姚家华编:《朦胧诗论争集》,学苑出版社1989年版。

[74]叶舒宪选编:《神话——原型批评》,陕西师范大学出版社1987年版。

[75]丁帆:《重回"五四"起跑线》,人民文学出版社2004年版。

[76]朱立元:《当代西方文艺理论》,华东师范大学出版社2005年版。

[77]李庚、许觉民主编:《中国新文艺大系(1976—1982):理论一集》,中

国文联出版公司 1988 年版。

[78]中共中央文献研究室编:《三中全会以来重要文献选编》,人民出版社 1982 年版。

[79]张英进、于沛编:《现当代西方文艺社会学探索》,海峡文艺出版社 1987 年版。

[80]赵毅衡:《新批评——一种独特的形式主义文论》,中国社会科学出版社 1988 年版。

后　记

本书是国家社科基金重大项目"新时期中国文艺理论建设与文艺批评研究"的子课题"新时期中国文艺批评的发展路向与价值嬗变"之最终研究成果。在项目首席专家马龙潜教授的精心指导和大力支持下，本课题组成员克服了地理空间的阻碍，充分沟通，深入切磋，精诚合作，最终按时完成了课题研究。

完成本书初稿的写作已是猴年岁中，其后几经修改，最终得以定稿，酸甜苦辣心中自知。在本书内容框架的成型、确定以及修改的过程中，得到了仲呈祥、董学文、孙文宪、李志宏等前辈学者的重要指点；在本书的写作过程中，还得到上海社会科学院文学研究所荣跃明教授、蒯大申研究员的支持和帮助，许姣艳、崔琦等同学在资料收集和观点讨论方面对本书也有贡献。本书一些理论观点的形成与展开借鉴了不少前辈和同行学者的相关研究成果，在此一并致谢。

本书的总论、第五章、第六章、结语由饶先来完成，第一章、第二章由张春华撰写，第三章、第四章由陈亚民撰写，饶先来负责本书统稿。

饶先来
2018年7月于上海社会科学院文学研究所